SÓLO PARA TUS OJOS

Cuarenta y cuatro años

de investigación ovni

J. J. Benítez

 Planeta

SÓLO PARA TUS OJOS

Cuarenta y cuatro años
de investigación ovni

J. J. Benítez

Obra editada en colaboración con Editorial Planeta – España

Diseño e ilustración de portada: © Opalworks BCN
Fotografía de la solapa: Juanjo Benítez en Israel. Foto: Iván Benítez
Fotografías del interior: © archivo del autor
Diseño de mapas: archivo del autor y GradualMap

© 2016, J.J. Benítez

© 2016, Editorial Planeta, S.A. – Barcelona, España

Derechos reservados

© 2016, Editorial Planeta Mexicana, S.A. de C.V.
Bajo el sello editorial PLANETA M.R.
Avenida Presidente Masarik núm. 111, Piso 2
Colonia Polanco V Sección
Deleg. Miguel Hidalgo
C.P. 11560, Ciudad de México
www.planetadelibros.com.mx

Primera edición impresa en España: septiembre de 2016
ISBN: 978-84-08-15973-5

Primera edición impresa en México: septiembre de 2016
ISBN: 978-607-07-3624-7

El editor quiere agradecer las autorizaciones recibidas para reproducir imágenes
protegidas en este libro. Se han realizado todos los esfuerzos para contactar con
los propietarios de los copyrights. Con todo, si no se ha conseguido la autorización
o el crédito correcto, el editor ruega que le sea comunicado.

Impreso en los talleres de EDAMSA Impresiones, S.A. de C.V.
Av. Hidalgo núm. 111, Col. Fracc. San Nicolás Tolentino, Ciudad de México
Impreso en México – *Printed in Mexico*

*A Fernando Múgica, compañero de
venturas y desventuras*

No hay nada más fantástico que la realidad.

FIÓDOR DOSTOIEVSKI

Cualquiera que sea el lugar donde uno se encuentra, el universo se extiende a partir de allí en todas direcciones por igual, sin límite.

LUCRECIO (siglo I a. de C.)

Hay otros mundos en otras regiones del universo, y razas diferentes de humanos y de especies animales.

LUCRECIO. DE LA NATURALEZA DE LAS COSAS

En el fenómeno ovni, lo que pueda imaginar ya ha sucedido.

J. J. BENÍTEZ

Los investigadores de campo del fenómeno ovni somos notarios de la historia más importante del mundo.

J. J. BENÍTEZ

El mundo invisible que nos rodea es tan real como el visible que conocemos... La humanidad siempre ha sido protegida por seres que ven el rostro de Dios de cerca.

Pío XII (3 de octubre de 1958)

Siempre he pensado que nuestra civilización está siendo conducida; que ha sido programada y que recibe, en momentos oportunos, los empujones necesarios.

MANUEL AUDIJE, capitán de submarinos
de la Armada Española

Lo grisáceo, lo polvoriento, se adhiere únicamente a la superficie. Quien cava más hondo alcanza, en cualquier desierto, el estrato donde se halla el manantial. Y con las aguas sube a la superficie una fecundidad nueva.

ERNST JÜNGER

Mientras la ciencia sea experimental —y no clarividente, como lo fue en su tiempo la alquimia y como solo hoy puede serlo la poesía—, la humanidad seguirá formando parte del mundo de los percebes. Seguiremos viendo con la boca abierta esos discos luminosos que ya eran familiares en las noches de la Biblia, y seguiremos negando su existencia aunque sus tripulantes se sienten a almorzar con nosotros, como ocurrió tantas veces en el pasado, porque somos los habitantes del planeta más provinciano, reaccionario y atrasado del Universo.

GABRIEL GARCÍA MÁRQUEZ

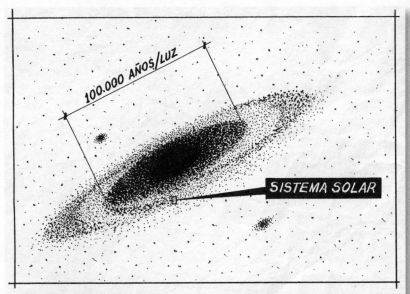

Dicen que la creación visible está formada por ocho gigantescos superuniversos. Nuestra galaxia se halla en uno de ellos y contiene más de cien mil millones de soles, con sus cortejos planetarios. El número de galaxias es inimaginable. Los planetas habitados tienen que ser trillones...

Por razones de seguridad, algunos nombres,
fechas y emplazamientos han sido modificados.

URDAX

En mayo de 1952, Urdax era una remota aldea en el Pirineo de Navarra (España). Las casas de piedra daban cobijo a 636 habitantes. Era un lugar tan pequeño que uno podía salirse del pueblo a poco que pensase.

Pues bien, en ese 1952, yo tenía seis años. Y mi padre decidió pasar unos días de vacaciones en el cuartel de la Guardia Civil de la referida localidad. El cabo que lo mandaba era un viejo amigo: Maximiliano Cuéllar. Se habían conocido años atrás. Mi padre también era guardia civil.

Nos instalamos en el viejo caserón, en el barrio de Iribere, a cosa de doscientos metros de Urdax. Al pie del cuartel, construido en 1770, corría verde y veloz el río Ugarana. Le eché el ojo desde el primer momento.

Y sucedió al segundo o al tercer día de nuestra estancia en el cuartel.

A eso de las tres de la tarde, después del almuerzo, abandoné el edificio (supongo que sin permiso). Algo me hizo salir. No sabría explicarlo... Y me aproximé al río. Mi intención era jugar. Recuerdo que llegué a la orilla y empecé a trastear con las piedras. La corriente hacía pequeñas olas. Se escuchaban los pájaros...

Pero, de pronto, todo cambió. Y me encontré en el interior de una casa, en el pueblo.

No entendía nada...

La gente de Urdax me rodeó. Hablaban, pero era una lengua extraña. No comprendí.

Después llegó mi padre, muy enfadado, y me reprendió.

—¿Dónde has estado? —repetía—. Llevamos tres horas buscándote.

No supe explicar qué había sucedido.

Eran, efectivamente, las seis de la tarde. Durante tres horas, nadie supo qué había ocurrido y cómo había ido a parar al interior de aquella casa. Yo era un niño tímido e introvertido. Por nada del mundo me habría atrevido a entrar en un lugar desconocido.

Y el incidente quedó olvidado (más o menos).

Por más que lo intenté no pude reconstruir esas horas perdidas. Nadie pudo.

CUARENTA AÑOS DESPUÉS

Y llegó noviembre de 1992.

En un viaje de investigación a USA, aparentemente por casualidad, conocí a Roseline, psicóloga y experta en regresiones.

Y el suceso de Urdax se presentó en mi mente con una fuerza arrolladora. ¿Por qué no intentarlo? Habían transcurrido cuarenta años. Era el momento. Expliqué a la psicóloga lo sucedido en las montañas de Navarra y aceptó someterme a una hipnosis.

Y el 23 de noviembre, a las 10.30 horas, llevó a cabo la regresión.

Todo fue grabado. He aquí una síntesis de lo sucedido en aquel mes de mayo de 1952:

—Hay un niño —expliqué—... Está inclinado en la orilla de un río... Hay luz. Es de día... Está jugando con el agua... Veo niebla. Es como humo... La niebla está en el río... Se mueve... El niño se queda mirando... Está en cuclillas... La niebla llega y envuelve al niño... El niño se pone de pie. Está asustado... No se ve nada. Sólo niebla...

Roseline pregunta:

—¿Cómo es la niebla?

—Espesa y blanca.

—¿De dónde procede?

—Lo ignoro.

Y prosigue la hipnosis:

—Alguien me coge por la muñeca... Es una figura alta y oscura... Me arrastra... El niño se inclina hacia atrás... No quiere... El niño no habla. No dice nada... Está pálido y asustado...

—¿Cómo es la mano?

—Normal.

—¿Es un hombre o una mujer?

—No lo sé...

—El ser se lleva al niño —prosigo—. Hay guijarros en el suelo... Tropieza al caminar... Se lleva al niño... La niebla se mueve... Parecen jirones de humo... Hay más luz.

—¿De dónde procede esa luz?

Silencio. No respondo. La hipnóloga presiona.

—Es algo bajo y luminoso —replico—. Parece cristal... Está en tierra, entre la niebla.

—Pero ¿qué es?

—No lo sé.

—La figura alta y negra sigue arrastrando al niño —continúo—... Bajan unas escaleras...

Roseline insiste:

—¿Qué ves? ¿Cómo es ese lugar?

—Tiene las paredes de cristal...

—¿Bajan unas escaleras?

—Sí, parecen de cristal.

—Prosigue...

—Las escaleras conducen a un lugar donde también hay niebla, pero menos niebla... Hay una mesa... No es una mesa... Es un bloque oscuro... Se paran... La figura coge al niño por las axilas... Lo levanta... El niño no llora... El niño está bien... El niño mira la cabeza del ser... Es redonda...

—¿Redonda?

—Es una escafandra.

—¿Le ve la cara?

—No, el cristal es negro.

» El niño sonríe —prosigo—. No sé por qué sonríe... El niño está bien... Y el ser lo deposita en el interior del bloque...

Roseline solicita información sobre el referido bloque.

—Es como agua... Parece una bañera... Las paredes no son de piedra... Parece un líquido... Puedo tocarlo pero no me mojo...

Sigo con más detalles:

—En el suelo de la «bañera» veo focos... Están alineados de tres en tres... El niño sonríe y juega con los focos... Los pisa... El niño mira a la figura... Ésta tiende los brazos hacia el niño, lo toma por las axilas, y lo saca del bloque... Entonces abraza al niño...

—¿Cómo es la ropa del ser?

—Metálica, pero no es fría. Brilla.

—¿Cómo es el cuerpo del ser?

—Muy delgado.

—¿Tiene guantes?

—No lo sé...

—¿Botas?

—Lo ignoro...

—¿Hay más seres en ese lugar?

—No veo a nadie más.

—¿Qué hace con el niño?

—Lo lleva abrazado... Da la vuelta y sale del lugar.

Roseline insiste en lo del abrazo:

—¿Cómo es el abrazo?

—Muy tierno... Es como si conociera al niño... Más aún: es como si la figura fuera su padre...

Y continúo:

—Salen de esa «cosa»... Ahí está la niebla... Lo deja en el suelo, muy despacio... El niño y la figura se miran... Niebla... La figura se marcha y desaparece en la niebla... Hay viento, pero no es viento... Y la niebla se va... Se aleja hacia la montaña, muy rápida.

—¿Se la lleva el viento?

—No, la niebla tiene vida propia. Se aleja a gran velocidad.

El niño está bien —prosigo—. Se mira los zapatos. Están limpios... Antes, cuando jugaba, estaban sucios... Viene gente... El niño está junto a un pozo... La gente del pueblo le habla, pero el niño no entiende... Lo llevan a otro lugar... Es una casa, con un arco... Llega el padre del niño... Está enfadado... El niño está contento... Ríe... Sigue mirando los zapatos...

—Volvamos a la figura alta y negra. ¿Le habló al niño?

—No.

—¿Cuál fue el propósito de esta experiencia?

—Lo prepararon...

—¿Para qué?

—Para protegerlo.

—¿De qué?

—No lo sé...

—¿Quién crees que era esa figura?

—Un astronauta.

Roseline insiste:

—¿Para qué preparaban al niño?

—No se puede responder.

—¿Por qué?

Silencio.

—¿Qué te impide responder?

—Ellos.

—¿Quiénes son «ellos»?

—No veo...

—¿Qué pasaría si respondieras ahora?

—Está todo oscuro.

—¿Hay alguna razón por la que has recordado ahora, 23 de noviembre de 1992, lo sucedido en 1952?

—Me dicen que el panel está lleno.

—¿Qué significa?

—Es el momento.

—¿Algo más que puedas decir?

—En la mano derecha del niño hay una luz azul. Sale de la palma. El niño juega con ella.

—¿La ve alguien más?

—No, sólo él. El niño abre y cierra la mano y juega con la luz.

—¿Cuánto tiempo permaneció la luz azul en la mano del niño?

—Sólo un día.

La hipnosis se prolongó una hora más.

Al regresar a España me apresuré a interrogar de nuevo a mi padre. Confirmó las horas perdidas en Urdax. Aproximadamente entre las 15 y las 18. Me encontraron junto a un pozo y después fui llevado a una casa, con un arco. La gente del pueblo sólo hablaba euskera (por eso el niño no entendía). El susto de mi padre fue de tal calibre que, a las pocas horas, regresamos a Pamplona.

Por supuesto no le hice ningún comentario sobre la regresión.

Días después me trasladaba a Montcada, en Barcelona, donde residía la familia de Maximiliano Cuéllar.

Maximiliano había fallecido en 1975. Pero Carmen, la viuda, recordaba el suceso. Y ratificó lo narrado por mi padre. Al principio, los guardias me buscaron por los alrededores del cuartel. Después fueron ampliando el perímetro y llegaron al pueblo. Allí fue donde me hallaron. Carmen Murillo precisó que la búsqueda se inició a la hora de la merienda, cuando observaron que no me hallaba en el cuartel.

Después peiné Urdax.

Habían pasado muchos años.

La casa, con el arco, perteneció a Josefina Echeberría. Ella y sus hermanos —José y Carmen— habían fallecido. Pero la casa se conservaba.

El viejo cuartel de la Guardia Civil había sido rehabilitado y transformado en un bello hostal (Irigoienea). Mila y José Miguel, los propietarios, me permitieron visitarlo. Sentí una profunda emoción.

Y recorrí los alrededores, aproximándome al río. Las imágenes regresaron en tropel.

Por último le tocó el turno a las cuevas de Ikaburu, próximas a Urdax. ¿Era el lugar al que fui conducido por la figura?

Nada más entrar comprendí que no era el recinto que buscaba. Las grutas, formadas hace 14.000 años por la erosión del río Urtxuma, son enormes, y adornadas con numerosas estalactitas y estalagmitas. Nada que ver con el lugar en el que entré. La temperatura, además, era sensiblemente inferior a la que percibí en aquel sitio de paredes luminosas. En las cuevas de Ikaburu habitan tres especies de murciélagos y un tipo de araña, blanca y ciega. Entre las estalactitas observé largas y rojas raíces de robles, colgando como espectros de los techos de caliza. Nada que ver, sí, con el lugar al que fui llevado por aquella criatura.

Juanjo Benítez,
a los siete años.

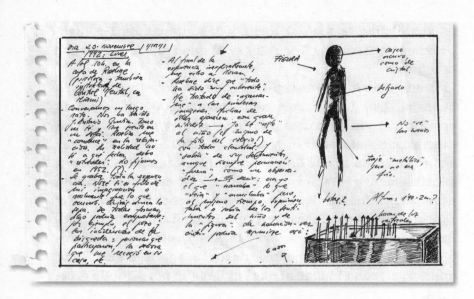

Cuaderno de campo de J. J. Benítez (1992).

Roseline. (Foto: Blanca.)

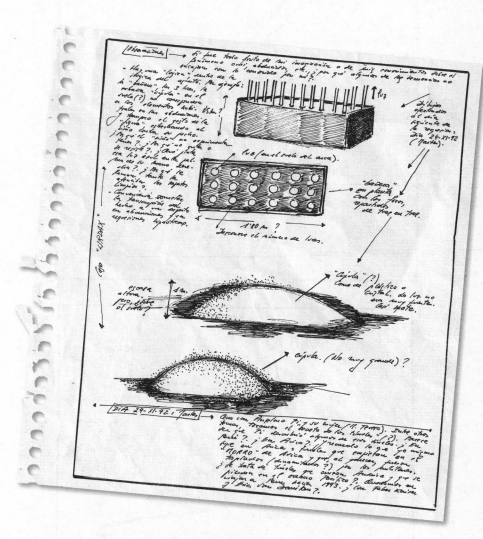

Cuaderno de campo de Juanjo Benítez con anotaciones y dibujos sobre el extraño suceso ocurrido en Urdax.

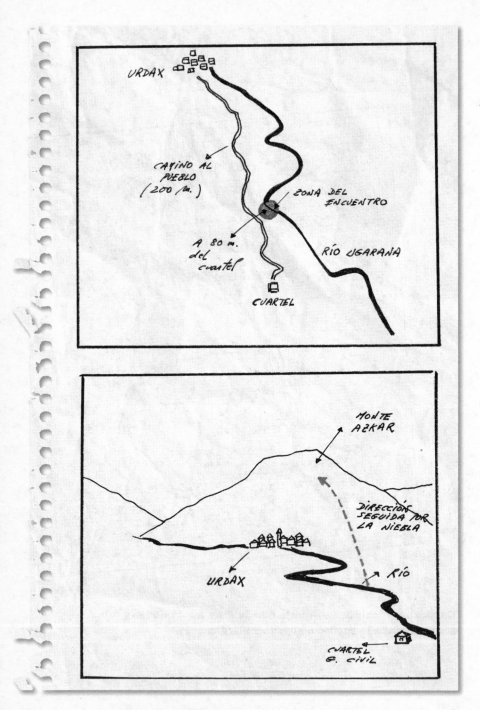

Cuaderno de campo de Juanjo Benítez.

22

El viejo cuartel de la Guardia Civil, en Urdax, hoy convertido en hostal.

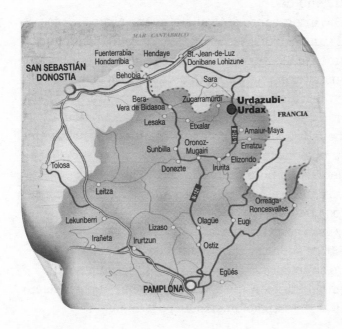

Ubicación de Urdax, junto a la frontera española con Francia. (Gentileza de Ana Cobo.)

Y la vida continuó...

El extraño suceso de Urdax fue casi olvidado.

Aunque deseaba ser pintor, el Destino me condujo por otro camino: me hice periodista y trabajé en tres diarios. Entre 1966 y 1972 me curtí a fondo. Entonces no lo entendí. Ahora sé a qué obedeció aquella intensa preparación...

En esos años de periodismo nunca tropecé con el tema ovni. Miento: el 30 de mayo de 1972, mientras trabajaba como reportero en *El Heraldo de Aragón*, en Zaragoza, publiqué una entrevista al abogado Alfaro Gracia, miembro del CEI (Centro de Estudios Interplanetarios). Alfaro era un estudioso de los «platillos volantes». Fue mi bautismo de fuego. Quedé sorprendido ante la información aportada por el abogado. Yo, entonces, hacía preguntas como éstas: «¿Cree usted a pie juntillas que los "ovnis" existen? ¿Por qué surgen casi siempre en la zona de Suramérica? ¿Es posible que en la Biblia se haga mención a posibles cuerpos extraños? ¿Usted cree que el hombre no procede de la Tierra? ¿Es posible que los gobiernos tengan en su poder auténticas pruebas de la existencia de estos objetos voladores no identificados?».

¡Bendita ingenuidad!

Pero aquella interesante entrevista no me abrió los ojos. Y proseguí como un periodista más. El fenómeno ovni estaba ahí pero, sinceramente, no me interesó.

Dos años más tarde, ya en *La Gaceta del Norte*, en el País Vasco, Alfonso Ventura, redactor jefe, me ordenó que acudiera a cubrir una información ovni. Fue mi Damasco particular.

E inicié una febril carrera, investigando cuantos casos fueron llegando a mi conocimiento.

Todo obedecía a un plan (ahora lo sé).

No tardé en comprender que estaba ante un fenómeno real.

Los testigos no mentían...

Y las pesquisas se extendieron al mundo entero.

Publiqué libros sobre ovnis y cientos de artículos.

Pero no fue suficiente.

Una voz, en mi interior, me aconsejaba dejar el periodismo y dedicarme a la investigación en cuerpo y alma.

Y así lo hice. Corría el año 1979. Abandoné el puesto de trabajo (con la oposición de todos) y me entregué a lo que me gustaba: perseguir ovnis.

Y así ha sido durante 44 años, y de forma ininterrumpida.

En ese tiempo (de 1972 a 2016) he sabido de miles de casos ovni. He interrogado a casi veintiséis mil testigos y he reunido en mis archivos más de diez mil imágenes de objetos volantes no identificados, así como cientos de documentos sobre el particular.

Pues bien, entiendo que ha llegado el momento de sacar a la luz lo más granado de esos 44 años de pesquisas. No sé si son los casos más notables. Sé que me impactaron, por alguna razón.

He dividido la recopilación en dos capítulos, obedeciendo a dos grandes preguntas. A saber:

1. ¿Estamos ante un fenómeno real?
2. ¿De dónde proceden?

Sé que, una vez más, el lector sacará sus propias conclusiones. De eso se trata...

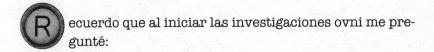 ecuerdo que al iniciar las investigaciones ovni me pregunté:

¿ESTAMOS ANTE UN FENÓMENO REAL?

A mi entender, las primeras décadas del siglo xx fueron de especial importancia a la hora de evaluar el fenómeno. En aquellos años, los aviones eran escasos y con especiales limitaciones.

Mi amigo Batet, excelente investigador, me proporcionó la siguiente información:

En 1910, Ignacio Ramos contaba diez años de edad. Era vecino de Tardienta, en Huesca (España). Anochecía cuando, en compañía de su abuelo, encerró el ganado en la paridera y se dirigieron al pueblo. Y faltando cosa de quinientos metros para alcanzar Tardienta, una «cosa» grande y roja descendió hacia ellos. Era como una bola, y silenciosa. Se colocó a diez metros sobre los testigos y empezó a describir círculos sobre las cabezas de los aterrorizados individuos. Nieto y abuelo se arrojaron al suelo y allí permanecieron un rato, desconcertados. La «cosa» pudo dar treinta vueltas sobre los descompuestos testigos. Después se detuvo y ascendió a gran velocidad, perdiéndose entre las nubes.

Al llegar al pueblo, Ignacio se metió en la cama, sin cenar. Estaba pálido.

El abuelo denunció el hecho a la Guardia Civil, así como al cura, pero nadie prestó atención.

LA BISBAL

El caso registrado en La Bisbal de Falset, en la provincia española de Tarragona, me dejó igualmente perplejo.

Sucedió en agosto de 1913.

El relato procede de mi amigo Francesc Masip, nieto de los testigos:

—Mi abuela Concepción —explicó Masip— me contó la historia muchas veces; sobre todo mientras me daba la comida. Una noche, a eso de las tres de la madrugada, vio una enorme «nube». Tenía luz propia. Era circular. Y pasó despacio, cruzando por encima de La Bisbal. Ella venía de regar las judías, en el huerto. Al alejarse —repetía— parecía un huevo de gallina, pero muy grande. En ningún momento escuchó ruido. También lo vio José, mi abuelo. Al día siguiente lo comentaron.

Para evitar suspicacias diré que el primer vuelo de un helicóptero, en España, se produjo el 31 de enero de 1922, en la población de Getafe (Madrid). El vuelo se prolongó durante

Agosto de 1913, sobre La Bisbal. (Ilustración de Francesc Masip.)

Dirección seguida por el ovni al sobrevolar La Bisbal de Falset. (Gentileza de la familia Masip.)

tres minutos. Sería años después (marzo de 1954) cuando el comandante Ferrer y el capitán Zamarripa llevaron a cabo el primer curso de helicópteros, en Texas. Hasta esa fecha, el Ejército del Aire español carecía de pilotos de helicópteros.

Concepción y José, testigos del objeto que fue observado sobre La Bisbal en 1913. (Gentileza de la familia.)

31

KANSAS

En ese año (1913) se registraron otros muchos casos ovni. Ni que decir tiene que nadie hablaba de «platillos volantes»... He seleccionado dos.

Del primero tuve conocimiento a través del investigador Harold Wilkins:

... Sucedió en 1913... Una noche, en Winfeld (Kansas), con luna llena y sin nubes, a eso de las nueve y diez, el señor Shelley caminaba desde la iglesia hacia su casa... Lo acompañaban sus padres y otros cuatro parientes... En esos momentos apareció en el cielo, junto a la luna, un objeto negro, de forma ovalada... Navegaba despacio, en dirección norte-sur... No hacía ruido... Volaba a cosa de mil metros de altura... Tenía que ser enorme... Era claramente metálico, sin ventanas.

BULGARIA

El segundo suceso ovni tuvo lugar en las proximidades de un campo de prisioneros, en el valle de Struma, en Bulgaria. Corría también el año 1913. Los prisioneros eran rumanos. El suceso fue presenciado por miles de personas. Uno de los testigos fue el poeta George Torpiceanu.

Así lo contó en su libro de memorias *Opera Alese*:

«... Fue esa misma tarde cuando ocurrió uno de los más extraños fenómenos que jamás ha visto hombre alguno... Fue en el valle de Struma, donde miles de prisioneros de guerra nos amontonábamos en unas barracas de madera que poca protección nos brindaban contra la furia de los elementos... Una de nuestras únicas distracciones era ver cómo, a la hora del crepúsculo, el sol se iba escondiendo poco a poco tras las montañas de Albania y el cielo enrojecía hasta el cenit... Era una hora propicia para la meditación, para el recuerdo de los seres queridos y el olvido momentáneo de los horrores del conflicto bélico en el cual nos encontrábamos envueltos... Todos los prisioneros, en religioso silencio, nos sentábamos en nuestro lugar favorito y observábamos abstraídos el espectáculo que nos brindaba la naturaleza... Pero aquella tarde todo fue distinto... El sol se había ocultado tras los montes albaneses, sólo quedaba su reflejo sobre las nubes, como un incendio... De pronto apareció otro sol, una inmensa bola de fuego, y comenzó a descender lentamente por el lado contrario al que se había puesto el astro rey... Este nuevo sol desapareció tras las elevaciones que formaban la frontera con Grecia. En todo momento, los hombres que nos encontrábamos en el valle de Struma, guardianes búlgaros y prisioneros rumanos, vimos el extraño fenómeno...»

El objeto, según cálculos posteriores, superaba los dos mil metros de diámetro. De haberse tratado de un meteorito, la catástrofe habría sido histórica... No conozco, además, ningún meteorito que descienda lentamente.

DE NUEVO, LA BISBAL

Años después, el 29 de junio de 1954, el padre de Francesc Masip fue protagonista de otro suceso singular. Sucedió también en su pueblo, La Bisbal de Falset. Ésta fue la información proporcionada por mi amigo:

—Mi padre se llamaba Claudio. Una noche del mes de junio, tomó la mula, la cargó de gavillas de trigo y regresó a La Bisbal, para descargar. La faena la hacían por la noche para evitar el calor, las moscas, y que las gavillas no se quebraran. Pues bien, cuando estaban cerca del pueblo, una luz blanca y potentísima iluminó a mi padre y a la mula. Y allí quedaron los dos, incapaces de dar un solo paso, asustados.

—¿Cómo era esa luz?

Claudio Masip y su esposa,
Benedicta, en 1954.
(Gentileza de la familia.)

Una potente luz iluminó a Claudio y a la mula. (Ilustración:
Francesc Masip.)

La Bisbal de Falset. La flecha señala el lugar en el que Masip y la mula fueron sorprendidos por el cañón de luz. (Gentileza de la familia Masip.)

—Él decía que más potente que el sol. Podía ver todo a su alrededor, aunque era de noche. Piedras, casas, árboles... Era como si fuera de día.

—¿Observó de dónde procedía el cañón de luz?

—No. La luz, como te digo, era potentísima.

—¿Cuánto tiempo se prolongó aquella situación?

—Mi padre no supo aclararlo; no llevaba reloj.

—¿Y qué sucedió?

—Cuando el foco se apagó, mi padre tiró de la mula, descargó las gavillas, llevó la caballería al establo, se retiró a su casa y se acostó. No dijo nada a nadie. Después lo supo la familia.

Insistí en lo del tiempo, pero Francesc Masip no supo aclararlo:

—Mi padre no acertó a saber cuánto tiempo estuvieron bajo la luz.

—¿Minutos, horas?

Masip negó con la cabeza.

—No lo supo.

—¿Presentó algún tipo de quemaduras?

—Que yo sepa no...

—¿Qué explicación le dio él?

—Era el año 1954. No supo qué había sucedido.

—¿Oyó ruido?

—No.

—Dices que se asustó...

—Sí, hasta el punto que no volvió a salir al campo por la noche.

—¿Qué pasó con la mula?

—Nada. Al menos, yo no lo recuerdo...

CANADÁ

El suceso vivido por Claudio Masip, en 1954, me recordó otra experiencia —muy similar—, pero registrada en 1875.

Lo relata el historiador Harold Velt.

Uno de los protagonistas fue el reverendo Cornish, cuando bautizaba a una pareja, por el rito de inmersión, en London (Ontario, Canadá).

Así lo cuenta Velt:

«... El hecho tuvo lugar en la noche del 29 de diciembre de 1875... Cornish oficiaba el bautismo de John Taylor y de la señorita Sara Lively... La ceremonia se registró en el río Tharmes... De pronto surgió del cielo una luz hermosa, que iluminó a los tres... Era más brillante que el sol de mediodía... La luz bajó acompañada de un sonido como de viento... En la orilla había más testigos... Y el sacerdote y la pareja quedaron envueltos por aquella luz brillante... La luz era como un cilindro, como una columna... Su brillo era idéntico en el centro y en los bordes... Contrastaba poderosamente con la oscuridad de la noche... Al terminar la ceremonia, la columna de luz no se apagó, sino que fue desvaneciéndose poco a poco, hasta desaparecer... Nadie supo decir de dónde procedía... Y todos lo asociaron a la gloria de Dios.»

Columna de luz en el bautismo de una pareja, en Canadá (1875). Cuaderno de campo de J. J. Benítez.

DINAMARCA

Años después (13 de agosto de 1970), otro misterioso cañón de luz apareció en Dinamarca. Mi buen amigo René Fouéré, veterano investigador, me puso al día:

... La observación se produjo entre Kabdrup y Fjelstrup...
A las 22.50 horas de dicho día, el oficial de policía, el señor
Hansen Maarup, se dirigía a su domicilio, en Knud... Conducía un patrullero... Hallándose entre los dos puntos citados
(Kabdrup y Fjelstrup), el coche policial se vio envuelto, de
pronto, por una luz blanca-azulada... Y el motor se detuvo...
También se apagaron las luces, incluidas las del interior del
vehículo... La luz era tan fuerte que el policía no lograba ver
nada a su alrededor... Y protegiéndose con un brazo, el oficial Maarup, palpando con la mano, llegó hasta la radio. Pero
tampoco funcionaba... Y la temperatura en el interior del co-

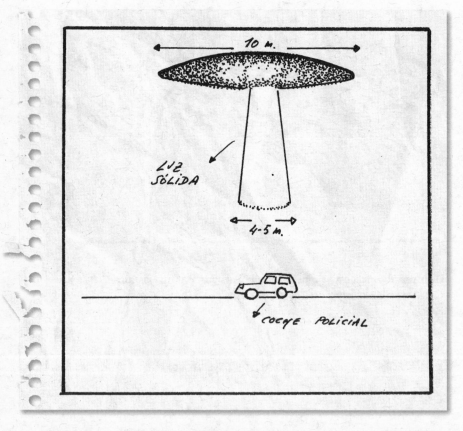

**Dinamarca (1970). Otro cañón de luz sólida sobre un coche policial.
Cuaderno de campo de J. J. Benítez.**

che empezó a subir... Al cabo de un rato, la luz se elevó... Según la descripción del policía, se trataba de un foco luminoso en forma de cono, con una base de cuatro a cinco metros de diámetro... Y observó que dicho cono de luz partía de la «panza» de un objeto circular de unos diez metros de diámetro... Era metálico y de color gris... Segundos después, la luz se fue «encogiendo»... Maarup salió del patrullero y vio cómo el cono luminoso era «tragado» por un agujero existente en la base del ovni... El proceso de desaparición de la luz se prolongó durante cinco minutos... A continuación, la nave empezó a moverse y terminó elevándose, desapareciendo... En esos instantes, las luces y el motor del coche recuperaron la normalidad...

Por supuesto, ni el señor Masip supo del caso de Dinamarca ni el policía Maarup tuvo noticias del cañón de luz que iluminó al vecino de La Bisbal.

SUDÁFRICA

Cynthia Hind fue una prestigiosa investigadora ovni. Indagó, sobre todo, en África del Sur. La conocí en la década de los años noventa (siglo xx). Cynthia se interesó por el caso de Harry Mallard, el ingeniero inglés que fue invitado a entrar en una nave en la montaña de Drakenstein, en las proximidades de Ciudad del Cabo.[1] Le proporcioné cuanto sabía y ahí nació una relación muy provechosa. A partir de entonces, Cynthia me llevó de la mano por África y me puso al corriente de numerosos casos ovni.[2] Fue así como supe de las experiencias de Elizabeth Klarer, piloto y titulada en Meteorología por la Universidad de Cambridge. Klarer nació en Natal (África del Sur),

1. Amplia información en *El hombre que susurraba a los «ummitas»* (2007).
2. Al contrario que los «vampiros» y demás ufólogos de salón, jamás investigo lo que ya ha sido investigado por otros investigadores de campo. Sería una falta de respeto y una pérdida de tiempo.

pero se crió en Drakenstein, la zona en la que Mallard tuvo el encuentro ovni en 1952.

El primer caso ovni, vivido por Klarer y su hermana, tuvo lugar en octubre de 1917 (insisto: cuando nadie se preocupaba del fenómeno).

Nos hallábamos en un monte alto —explicó Elizabeth—. Contemplábamos la puesta de sol... Eran las cinco y media... Entonces vimos una bola rojiza... Venía hacia nosotras... ¡Era un meteorito!... De pronto vimos aparecer un objeto circular, metálico... Estábamos asombradas... El objeto dio tres vueltas alrededor del meteorito y terminó desviándolo...

La segunda experiencia ovni se registró en 1937. Klarer volaba con su marido desde Durban a Baragwanath. La mujer pilotaba un pequeño Havilland Leopard. Y en mitad de la noche se presentó una luz azul que iluminó el avión. La luz se aproximó, colocándose al mismo nivel del aparato. Fue entonces cuando distinguieron un objeto circular; de él partía la luz azul. Y la luz fue cambiando de color. Del azul pasó al dorado y de éste al rojo. Minutos después, el ovni se alejó a gran velocidad.

El 27 de diciembre de 1954, Klarer vivió una tercera experiencia ovni.

Se hallaba en la granja de su familia, en Drakenstein.

Esa mañana, los *umfaans* (campesinos al servicio de la finca) estaban muy excitados. Y señalaban al cielo. Klarer vio algo y corrió hacia una de las colinas.

—Eran las diez de la mañana —manifestó—. Entonces, entre las nubes, observé un resplandor. Era una nave enorme, en forma de media naranja. Era metálica y se dirigió hacia el lugar en el que me encontraba.

—¿Descendió?

—Sí, lentamente. Y permaneció a cosa de cuatro metros del suelo.

—Descríbela.

—Era plana por la parte inferior. Parecía una cúpula. Podría tener veinte metros de diámetro.

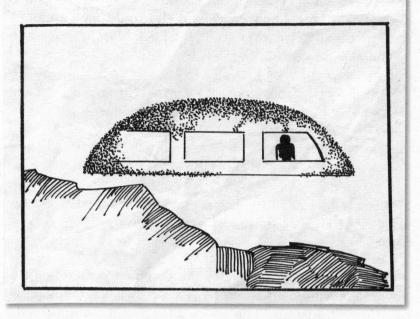

Observación de Elizabeth Klarer en 1954, en Drakenstein (África del Sur). Cuaderno de campo de J. J. Benítez.

—¿No tuviste miedo?

—Al principio, sí. Y pensé en salir corriendo, pero algo me detuvo.

—Sigue —añadió Cynthia Hind.

—La nave, como te digo, era una especie de cúpula aplanada. Por debajo del objeto se percibía un viento fuerte, y también alrededor de la nave. Sentí presión en la cabeza. Dolía. Entonces apareció un zumbido. La nave tenía tres ventanas.

—¿Viste algo en esas ventanas?

—Al principio, no. El brillo de la nave era tal que no me permitía ver. Después me fui acostumbrando y distinguí una figura. Parecía humana. Estaba de pie, con los brazos cruzados. Me miraba. Tenía una cara alargada, con nariz aguileña y pómulos salientes. Parecía un asceta.

—¿Cuánto duró la observación?

—No mucho... Y cuando la presión en mi cabeza estaba llegando al límite, la nave lanzó un chorro de aire caliente y se elevó, desapareciendo a gran velocidad. Mi sombrero salió volando...

Cynthia y yo coincidimos: la señorita Klarer estaba siendo observada... ¿Con qué fin? No supimos responder.

HIMALAYAS

Nicolás Roerich fue un poeta, pintor y místico ruso de gran prestigio. En uno de sus libros —*Altai-Himalaya*— leí con sorpresa:

«... El 5 de agosto de 1926, durante una expedición al Himalaya, sucedió algo sorprendente... Nos hallábamos en el distrito de Koukounor, no lejos de la cadena montañosa de Humboldt... A eso de las nueve y media de la mañana, algunos de nuestros compañeros de caravana vieron un pájaro negro de gran tamaño que volaba sobre nuestras cabezas... Algunos aseguraron que se trataba de un águila... Y, al mismo tiempo, otro compañero indicó: "Hay algo por encima del pájaro"... Efectivamente, en dirección norte-sur volaba un objeto grande y brillante, que reflejaba la luz del sol... Era un gran óvalo... Se desplazaba a gran velocidad... Al cruzar nuestro campo, el objeto cambió de dirección, de sur a suroeste. Y vimos cómo desaparecía en el cielo azul... Tuvimos tiempo para coger nuestros prismáticos de campaña y ver claramente su forma oval y la superficie brillante al sol.»

Años más tarde, en 1939 (la fecha no es segura), un inglés llamado Blofeld se hallaba en Wu T'ai, una de las montañas sagradas de China, muy próxima a las Himalayas.

Y Blofeld cuenta la siguiente experiencia:

... Hacía mucho frío. De noche, los visitantes dormían juntos, con el fin de darse calor los unos a los otros... Una de aquellas noches fuimos despertados por un grito: «Ha aparecido el *Bodhisattva*»... Para los que no conocen la terminología budista, *Bodhisattva* es un término difícil de definir. Lo más aproximado sería «buscador de la felicidad»... Aquel grito anunciaba que algo sorprendente estaba sucediendo... Nos vestimos y salimos... ¡Sorpresa!... En el espacio, a no más de doscientas yardas [no llega a doscientos metros], flotaban innumerables bolas de fuego... Eran bolas de color naranja... Se movían con la agilidad de los peces en el agua... Se movían inteligentemente... Como mínimo tenían del orden de treinta o cuarenta centímetros de diámetro... Cuando preguntamos a los naturales de Wu T'ai no le dieron demasiada importancia... «Eso —dijeron— sucede con frecuencia»... Al parecer se presentaban siempre de noche, entre las doce y las dos de la madrugada... Según los budistas era una manifestación de la sabiduría.

Si el testimonio de Blofeld es cierto (y no veo razón para que inventara algo así), las referidas «bolas de fuego», en 1939, serían la primera manifestación conocida de *foo fighter* o sondas no humanas, lanzadas desde ovnis de mayor tamaño. Más adelante me ocuparé de este interesante asunto.

CÁDIZ, HUELVA Y NAVARRA

Juan Vega Gil falleció antes de que alcanzara a interrogarlo. Fue una pena. Pero su nieto, Francisco Javier Candil Vega, sí tuvo ocasión de conversar con él en numerosas ocasiones. Y Paco Candil tuvo la gentileza de informarme sobre la experiencia vivida por su abuelo. He aquí, en síntesis, lo sucedido en el verano de 1928:

—... Esa noche —relató Paco—, mi abuelo se hallaba cerca del río, en Puerto Serrano (Cádiz, España)... Cuidaba de las vacas y de los cochinos en la compañía de José García, pariente suyo... Mi abuelo podía tener diez años... El otro era algo mayor... Y a eso de la medianoche, cuando conversaban animadamente, «se hizo de día»...

Ésas fueron las palabras de Juan Vega... La noche se volvió día... Podían ver el campo, el río, los animales, todo... Entonces levantaron la vista y vieron una luz blanca, muy grande... Se hallaba sobre sus cabezas... Mi abuelo no supo decirme a qué altura estaba la luz... Pero era grandísima, y era la responsable de aquella iluminación... Acto seguido (decía) se sintieron amorrados, como aturdidos... Y, visto y no visto, la luz desapareció... En esos momentos amanecía... Mi abuelo repetía: «Se nos fue la noche en un santiamén.»

Paco Candil y yo hicimos cuentas. En agosto amanece entre las seis y media y las siete de la mañana. Si la luz se presentó entre las doce y la una, los testigos habían «perdido» del orden de cinco o seis horas. Al parecer, Juan Vega y José García no recordaban absolutamente nada.

La deducción era sencilla: los testigos, probablemente, fueron introducidos en la nave que alumbró la zona.

Posteriormente, otros vecinos de Puerto Serrano han sido testigos de una misteriosa luz azul que merodea cerca del río

Juan Vega Gil.
(Gentileza de
la familia.)

Guadalete. Cuando se acercan a ella se apaga o se sumerge en las aguas.

En esas mismas fechas de la posible abducción de los vecinos de Puerto Serrano, en La Rábida (Huelva, España) se registró otro no menos singular acontecimiento. Según mis noticias, el 18 de agosto de 1928, a eso de las siete y media de la tarde, una enorme esfera —brillantísima— cruzó sobre la población, perdiéndose en dirección a la mar. Tras el objeto se presentó sobre La Rábida un extraño «artefacto»: dos esferas, igualmente luminosas, unidas por una «barra» (?) «como de fuego». Y permanecieron sobre la población por espacio de quince minutos. Después se «apagaron». Los «científicos» de la época dieron una explicación sabrosísima: «Se trató —dijeron— de una condensación de la estela incandescente del bólido en cavidades aéreas de densidades distintas a las de las capas atmosféricas circundantes.»

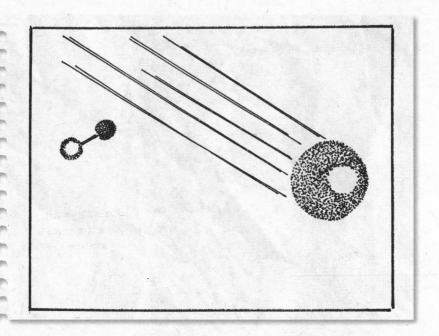

Objetos divisados sobre La Rábida (Huelva) el 18 de agosto de 1928. Cuaderno de campo de J. J. Benítez.

Y se quedaron tan anchos...

Interrogué a Eloy Tejada en la ciudad de Zaragoza (España). Contó algo que me recordó lo vivido por los vecinos de La Bisbal y Puerto Serrano.

—Sucedió en octubre de 1935 —explicó—. Yo vivía en Castejón (Navarra, España). Y una noche acudí a la caza del pato. Me acompañaban mi hermano Raúl y otro vecino, Julio Romanos. Pues bien, a cuatro o cinco kilómetros del pueblo, en lo que llaman el balsón de San Marcos, de repente, la noche se convirtió en día...

—¿A qué se refiere?

—Pues eso... Toda la laguna quedó iluminada como si fuera de día. Se veían hasta los más pequeños detalles. Y lo más curioso es que aquella luminosidad no daba sombras.

—¿Qué hora podía ser?

—Hacia las cuatro de la madrugada.

—¿Observaron algo más?

—No, sólo luz.

—¿Siguieron cazando?

—¡Ni hablar! No hicimos comentario alguno, y nos volvimos. Lo reconozco: estábamos asustados.

—¿Escucharon algún ruido?

—Ninguno. El silencio era total y muy extraño.

—¿Por qué?

—No se oía nada, ni patos, ni pájaros... Nada. Fue un silencio artificial, si me permite la expresión.

—¿Llevaban perros?

—Sí, y estaban igualmente aterrorizados.

—¿Cuánto pudo prolongarse la claridad?

—Alrededor de un minuto.

BARBATE

Lo oí, por primera vez, de labios de mi abuela, Manolita Bernal, alias *la Contrabandista*. Después, indagando, otros ancianos de Barbate, en Cádiz (España), confirmaron y ampliaron la sorprendente noticia.

Todos coincidieron. Poco antes de la guerra civil española, en junio y principios de julio de 1936, durante varias noches, los cielos de Barbate se convirtieron en un espectáculo.

Cientos, quizá miles de «estrellas», se desplazaban de un lado para otro... Las «estrellas» corrían, se detenían, bajaban casi hasta las azoteas, y subían de nuevo, siempre en silencio y a gran velocidad.. Eran «estrellas» blancas, rojas, azules y amarillas... El «baile» se prolongaba horas y horas... Al alba desaparecían...

El pueblo entero lo vio. En aquel tiempo, Barbate contaba con 15.000 habitantes.

Todo el mundo asoció las «estrellas» con un mal presagio. No se equivocaron...

Curiosamente, el llamado «convoy de la victoria», de Franco, cruzó a la península por esa zona.

Después, en otras regiones de España, numerosos testigos observaron también asombrosos «bailes» de estrellas. Y todos ellos poco antes del estallido de la guerra.

¿Nos observaban? Por supuesto...

BURGOS

A finales de julio de 1946, Braulio Velasco fue testigo de otro gran «enjambre» ovni.

Así me lo relató:

—No recuerdo exactamente si sucedió a finales de julio o primeros de agosto... Eran las once de la mañana... El día se presentó soleado y sin nubes... Yo me hallaba en Barbadillo del Mercado, a 6 kilómetros de Salas de los Infantes, en la provincia de Burgos (España)... Y decidí salir a dar un paseo con mi hija de un año... Al acercarme a la carretera Burgos-Sagunto, junto a la casa en la que estaba el estanco, miré al cielo y quedé sorprendido... Allí había un grupo de «estrellas»... Y pensé: «Qué cosa tan rara. ¿Cómo pueden verse las estrellas a pleno sol?»... Lo comenté, pero nadie me hizo caso... Observé el «enjambre» durante unos minutos... Era como una pelota, pero de estrellas... Brillaban como la plata.... Después seguí el paseo hasta una fuente: la Pisa... Y allí continuaba el «enjambre»... Después, sin saber cómo, desapareció. No volví a verlo.

—¿Cuántas «estrellas» pudo observar?

—Era difícil contarlas. Decenas...

—¿Se movían?

—Formaban una bola o enjambre. No sabría decirle si se movían. La «pelota» sí permanecía quieta.

—¿A qué altura se hallaba?

—Lo desconozco.

—¿Escuchó ruido?

—Ninguno.

—¿Cuánto tiempo llegó a verlas?

—Varios minutos. Quizá quince o veinte.

NUEVO MÉXICO

Los días 17, 18 y 19 de marzo de 1950 se registró en el pequeño pueblo petrolero de Farmington, en Nuevo México (USA), un espectáculo similar a lo relatado anteriormente. Tomé como referencia lo publicado por Orville Rickets, editor del *Farmington Daily Times* (periódico local).

En esencia, Orville escribió lo siguiente:

«... Entre las diez y media y el mediodía del 17 de marzo, numerosos vecinos observaron la llegada de cientos de objetos... Primero se aproximó un disco de color rojo... Descendió a baja altura... Después llegaron otros ovnis... Los testigos contaron más de quinientos... El fenómeno se repitió por la tarde y en los días siguientes (18 y 19)... En total, unos

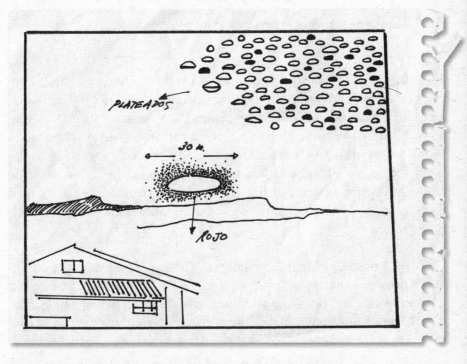

Avistamiento masivo en Farmington (Nuevo México, USA).
Cuaderno de campo de J. J. Benítez.

Estado de Nuevo México (USA).

cinco mil testigos... Los objetos eran plateados y brillaban al sol... Eran del tamaño de un bombardero B-29 (30 metros de longitud por 43 de envergadura)... Al pasar sobre la población, los vecinos vieron y recogieron unos "hilos" (?) parecidos al nilón que se deshacían de inmediato... Los objetos llegaron en oleadas... Volaban muy rápido (quizá a más de 2.000 kilómetros por hora) y hacían acrobacias... Los grupos o formaciones de platillos volantes aparecían cada tres minutos».

En una de las informaciones, Orville proporciona los nombres de cincuenta testigos: amas de casa, campesinos, niños que salieron de la escuela, hombres de negocios, policías, etc.

Fue, sin duda, el avistamiento ovni más masivo de la historia de Estados Unidos. Tres años antes, el ejército norteamericano había declarado «que los platillos volantes no existían» (!).

50

CUENCA

Conocí a Hilario Zamora en los años ochenta (siglo xx), y merced a la investigadora Carmen Domenech. Ella me lo presentó. Lo visité con frecuencia en Sóller (Mallorca, España). Era un hombre sencillo y afable. Toda su vida la dedicó al campo y al ganado. Pues bien, según él, había tenido varios encuentros con ovnis y con sus tripulantes. Me ocuparé ahora del primero de estos avistamientos.

Según Hilario, él contaba ocho años de edad.

—Sucedió en junio de 1938, en plena guerra civil española. Pudo ser el día 7. Yo me hallaba esa mañana entre las poblaciones de Valera de Abajo y Piqueras del Castillo, en mi tierra, Cuenca. Cuidaba de las ovejas de mis padres: alrededor de mil animales. Me acompañaba una perra a la que llamábamos *Pilar*. Serían las once de la mañana cuando me senté al pie de un árbol, sin perder de vista al ganado. Entonces sentí una sombra. Algo tapaba el sol. Levanté la vista y vi un avión redondo, sin alas. Quedé perplejo. Me alcé y vi cómo descendía hacia un trigal próximo.

—¿Cómo era el «avión redondo»?

—Enorme. Tenía ventanas.

—¿Cuánto podía medir?

Hilario echó cuentas con la cabeza:

—No menos de treinta o cuarenta metros de diámetro. Quizá más.

—¿Y qué pasó?

—Me acerqué a veinte metros. Entonces vi por las ventanas a dos personas. Digo yo que lo serían —aclaró— porque eran iguales a nosotros.

—¿Iguales?

—Igualitas. Estaban sentadas y miraban a las ovejas y también a mí.

—Por cierto, ¿cómo reaccionaron los animales?

—Se espantaron y huyeron.

—¿El trigal estaba alto?

Junio de 1938, en Cuenca. Ilustración de José Rivera.

—Las espigas me llegaban por los hombros. Creo que estaban a punto de cosechar.

—¿Y qué pasó?

—Contemplé «aquello» durante quince o veinte minutos. Era increíble y muy bonito. Brillaba al sol como si fuera plata. Pero no vi cola, ni alas. Tenía patas, como ganchos. Conté cinco ventanas, todas redondas. Entonces vi a un señor, peón caminero, que venía corriendo hacia mí.

—¿Lo conocías?

—De vista. El señor peón caminero trabajaba en la carretera, pero no supe su nombre. Podía tener cincuenta años, o más.

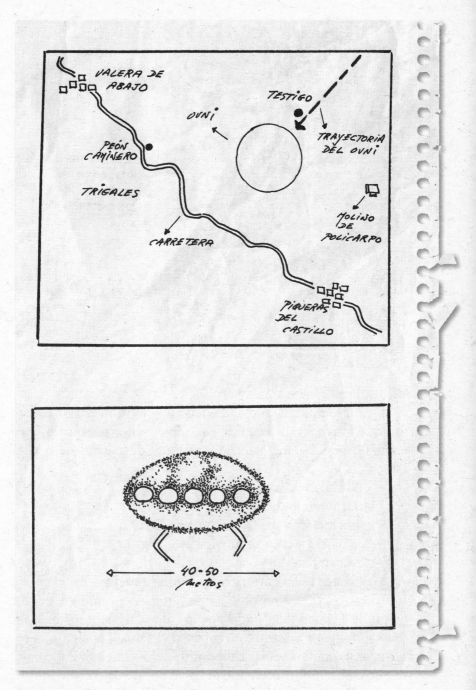

Ubicación del ovni en el trigal de Cuenca. En el dibujo inferior, la nave, según Hilario. Cuaderno de campo de J. J. Benítez.

Hilario Zamora, dibujando en el cuaderno de campo de J. J. Benítez. (Foto: Blanca.)

—¿Crees que era un avión?

—En esa época, en plena guerra, pensé que era un avión, aunque muy raro. Entonces, cuando el señor peón caminero estaba llegando a mí, el «avión» se elevó despacio y desapareció en el cielo azul.

—¿Hacía ruido?

—Ahora que lo dices, no. ¡Qué raro!

—¿Qué hicieron las figuras que aparecían sentadas?

—Nada. Mirar. No se movieron.

—¿Y después?

—El señor peón caminero dijo que «aquel avión no era de los nuestros, de los republicanos, y que, seguramente, era un avión de Franco, facilitado por los alemanes». Pues bien, al día siguiente se presentó en mi casa el señor peón caminero. Lo acompañaban seis o siete militares y el señor Policarpo, dueño de un molino cercano al trigal donde bajó el «avión sin alas».

—¿Los militares eran republicanos?

—Claro.

—¿Y qué pasó?

—Me pidieron que les acompañase hasta el lugar donde había aterrizado el aparato. Y así lo hice. Allí fuimos todos. El trigal estaba aplastado y descubrimos una serie de huellas en la tierra. Los militares me hicieron muchas preguntas sobre lo que vi. Y llegaron a la conclusión, entre ellos, de que había sido un avión espía de Franco. Sacaron una cinta métrica y tomaron medidas e hicieron dibujos y croquis. Después, a eso de la dos de la tarde, recogieron todo, me dieron las gracias, y se marcharon para Cuenca.

—¿Recuerdas la graduación de los mandos?

—Había un capitán y un teniente. Del resto no estoy seguro.

—¿Tomaron muchas notas?

—Muchísimas. Eran muy meticulosos.

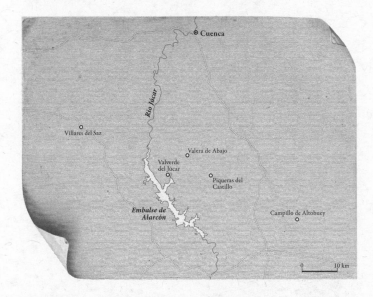

Durante años traté de hallar el informe que, supuestamente, elaboró el ejército republicano sobre el «avión espía de Franco» que descendió en los trigales de Cuenca en junio de 1938. Por más vueltas que di no logré una sola pista. Quizá los jóvenes investigadores de campo tengan más fortuna que yo...

CARTAGENA

Conocí a Luis Núñez de Castro el 2 de febrero de 1980, en la casa de mi buen amigo Manuel Audije, oficial de la Armada Española.

Octubre de 1938. Cartagena. Ilustración de José Rivera.

Luis, suegro de Audije, había vivido un suceso fuera de lo común. Y lo contó tal y como lo recordaba:

En aquel año de 1938, Cartagena era republicana... Yo era comandante... Y una buena mañana, azul y transparente, a eso de la una, se presentó «aquello»... Nos hallábamos en el túnel del submarino... Era un objeto redondo, brillante al sol y enorme... Nos quedamos mirando y alguien, pensando en Franco, ordenó abrir fuego... Y dispararon los cañones antiaéreos... Pero los proyectiles no acertaron... Y «aquello» siguió allí un tiempo, hasta que desapareció... Podría ser el mes de octubre.

MAR CANTÁBRICO

Por esas mismas fechas (septiembre de 1938), Félix Lobato vivió una aventura que jamás olvidará. Así me lo contó el 23 de febrero de 1993:

... Me hallaba en la mar, en el Cantábrico, a bordo del *Ízaro*, un yate requisado por Franco al gobierno de Euskadi... Era de día... Hacia las 18 horas.... Recuerdo que estábamos a 10 millas de tierra, a la altura de Fuenterrabía... Era un día precioso... Yo estaba en popa, vigilante... El *Ízaro* hacía de guardacostas... Y, de pronto, lo vi... Era algo muy extraño... Me recordó la estrella de Belén... Era un objeto de grandes dimensiones, pero con pinchos o puntas... Presentaba una cola ancha, como un abanico, y de color amarillo... No escuché ruido... Volaba despacio y en vuelo perfectamente horizontal... No supe de qué se trataba.

CHURRIANA

Manuel Francisco Márquez Sierra me avisó a tiempo: su padre, José Márquez, y un primo de éste (Pepe Salcedo) habían tenido un encuentro sorprendente con un gigantesco ovni. El hecho pudo ocurrir en la primera quincena de agosto del año 1945 o quizá 1946. Manuel Francisco me proporcionó todo tipo de detalles y quedé en visitar a su padre y al otro testigo, vecinos de Churriana, en Málaga (España). Pero, como sucede con frecuencia, me enredé en otras pesquisas y dejé pasar el tiempo. «Churriana está muy cerca —me decía a mí mismo—. La visitaré en breve.»

Pero el tiempo pasó y los testigos fallecieron. Maldije mi mala estrella...

Manuel Francisco (Francis) y yo nos reunimos el 8 de marzo de 2015 en Málaga. Y volvió a relatarme lo que ya sabía:

—Mi padre era un hombre de campo. Lo llamaban *el Palmita*. En la primera quincena de agosto, no sé si del año 1945 o 1946, José Márquez se dirigía de madrugada por el camino llamado de La Renta hacia el mercado de la ciudad de Málaga. Conducía un carro cargado de sandías. Por delante marchaba Pepe Salcedo, conocido como *el Pea*, guiando a las vacas que tiraban de otro carro, esta vez con tomates.

—El camino de La Renta, ¿correspondería a qué zona...?

—A lo que hoy es el aeropuerto de Málaga, cerca de Loma Negra.

—¿A qué hora se registró el incidente?

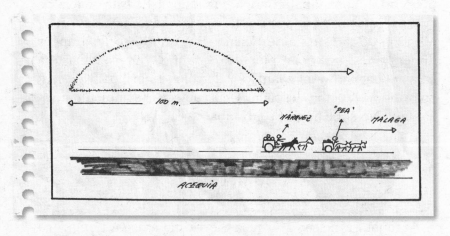

Caso Churriana. Cuaderno de campo de J. J. Benítez.

—Mi padre contaba que podían ser las tres y media o cuatro de la madrugada.

—¿Y qué sucedió?

—Primero, a su espalda, escucharon un sonido. *El Palmita* decía que era parecido a la sirena de un barco cuando se dispone a atracar. Y al volver la cabeza se encontró con «aquello»... Era una esfera gigantesca de luz que procedía de Cártama. Llevaba dirección hacia el mar. Quedaron sobrecogidos por las dimensiones y por la baja altura del objeto. Iluminaba toda la vega como si fuera de día. Kilómetros y kilómetros... Y, al cabo de unos segundos, la esfera de luz sobrevoló los dos carros... Mi padre contaba que, en el interior de la luz, vio algo parecido a una semiesfera. Era gigantesca. Podía medir 150 metros, como poco, y era alta como una casa de diez pisos.

—¿Cuánto tiempo lo tuvieron encima?

—Alrededor de cinco o seis segundos.

—¿A qué velocidad?

—Decían que no mucha; quizá como el trote de un caballo (treinta o cuarenta kilómetros a la hora).

—Prosigue...

—Y «aquello» continuó hacia el mar. Pero, al pasar sobre sus cabezas, las vacas que tiraban del primer carro se asustaron y terminaron por echarse hacia la derecha, precipitándose en una acequia. Los tomates (casi una tonelada) se perdieron. Y *el Pea*, con mucho sentido, procuró que las vacas mantuvieran las cabezas fuera del agua. Mi padre, entonces, echó a correr hacia el cortijo de La Renta, con el fin de solicitar ayuda. Y el propietario, Pedro Cruz, le prestó una yunta de bueyes. Fue así como lograron sacar el carro y las vacas.

—¿Cuánto tiempo alcanzaron a ver el objeto?

—Poco más o menos, unos veinte minutos.

—¿Qué profundidad tenía la acequia?

—Alrededor de dos metros, aunque en verano bajaba menos crecida.

—¿Y qué hicieron?

—Mi padre y *el Pea* recogieron lo que pudieron, cargaron el carro y continuaron hacia Málaga. Y por el camino comen-

José Márquez, *el Palmita*. (Gentileza de la familia.)

El Palmita, en 1964. (Gentileza de la familia.)

José Salcedo, *el Pea*. (Gentileza de la familia.)

taron: «Pepe, ¿tú has visto lo que nos ha pasado por encima?» «Sí», respondió mi padre. «¿Y no te has asustado?» «No, me he venido riendo todo el camino», replicó *el Palmita* con sorna.

—¿Cuánto tiempo pudo permanecer *el Pea* en mitad de la acequia?

—Alrededor de una hora, como poco.

—¿Las pérdidas fueron importantes?

—Creo que sí.

—¿Supo tu padre la naturaleza de lo que vio?

—Intuyo que no...

MADAGASCAR

Información facilitada por Cynthia Hind.

La noche del 1 de julio de 1947, el buque *Castillo Llandovery*, que había partido de Mombasa (Kenya) con rumbo a Ciudad del Cabo, se hallaba navegando frente a las costas de Madagascar... Hacia las 23 horas, algunos pasajeros y tripulantes observaron una luz, muy brillante, que se acercaba al barco en rumbo de colisión... Al llegar junto al *Castillo Llandovery*, la luz se detuvo, permaneciendo a unos quince metros de la superficie del agua... Y la luz navegó en paralelo con el buque, iluminando la mar... Según los testigos (más de cincuenta), a los pocos minutos la luz se apagó... Y vieron una nave cilíndrica de unos trescientos metros de longitud por cincuenta o sesenta de diámetro... Uno de los extremos del cilindro era más fino... Carecía de ventanas... Era todo liso y parecía obvio que era manejado de forma inteligente... Mantuvo la velocidad del buque durante poco más de un minuto... Después empezó a elevarse, siempre en absoluto silencio... De la parte trasera del cilindro salían llamas o luces de intensos colores... El objeto terminó alejándose a gran velocidad...

El incidente, al parecer, fue registrado en el cuaderno de bitácora... Cynthia Hind llevó a cabo las gestiones pertinentes para localizar dicho cuaderno, pero la búsqueda fue infructuosa.

Curioso. El encuentro del barco con el enorme cilindro se registró horas antes del célebre incidente en las cercanías de Roswell, en Nuevo México (USA). Como recordará el lector, el 2 de julio de 1947, un objeto no humano se estrelló (o fue estrellado)[1] en Roswell. El ejército capturó los restos y a los tripulantes.

MAURI (USA)

El famoso encuentro de Kenneth Arnold con nueve discos voladores sobre el monte Rainier (24 de junio de 1947) marcó un antes y un después en la era ovni. Tres días antes, sin embargo, tuvo lugar otro suceso que quedó difuminado ante la repercusión de lo contado por el piloto Arnold.

Según mis indagaciones, el referido 21 de junio (1947), Harold Dahl desempeñaba su labor como guardacostas en las proximidades de la isla de Mauri, frente a la costa de Tacoma, en el estado norteamericano de Washington.

Era un día apacible, con una mar rizada.

En el barco se encontraban dos marineros, un hijo pequeño de Dahl, un perro, y el citado Dahl.

Todo discurría con normalidad hasta que, de pronto, Dahl levantó la vista y acertó a ver «algo» que lo desconcertó: seis objetos metálicos que, en un primer momento, describió como «gigantescas rosquillas». Se fijó mejor, y llamó la atención de sus compañeros. Todos lo vieron. Las «rosquillas volantes» presentaban ventanas redondas. Los objetos se hallaban a quinientos o seiscientos metros de altura y muy cerca del barco.

---

1. En mi libro *Pactos y señales* apunto la posibilidad de que la nave de Roswell fuera accidentada por los propios extraterrestres (no por las criaturas que la tripulaban).

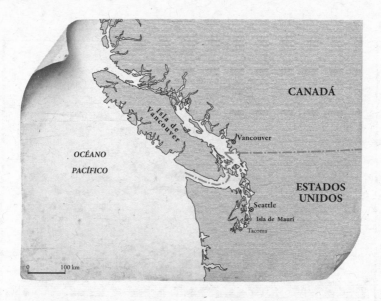

Isla de Mauri, en el estado de Washington (USA).

Entonces se percataron de otro hecho singular: cinco de los objetos formaban un círculo, rodeando a una sexta «rosquilla». Ésta parecía navegar con dificultades. Los otros objetos trataban de ayudar.

Y los ovnis fueron descendiendo, muy lentamente.

El que parecía en apuros bajó más rápido y terminó colocándose a cincuenta metros del agua. Tenía más de treinta metros de diámetro.

Fue entonces cuando uno de los objetos, que rodeaba al que se hallaba en apuros, tocó ligeramente al «averiado».

Y Dahl explicó:

—Oímos un estampido y vimos cómo por el centro de la nave en dificultades empezaban a caer «cosas». Parecían hojas de periódicos. Cayeron a miles sobre la playa de Mauri y sobre el barco.

Pero no eran periódicos, sino láminas de un metal muy ligero.

—Estábamos perplejos —añadió Dahl—. Y en eso, mientras caían las «hojas de periódicos», se produjo otra «lluvia», pero más mortífera: eran como rocas volcánicas, pero de

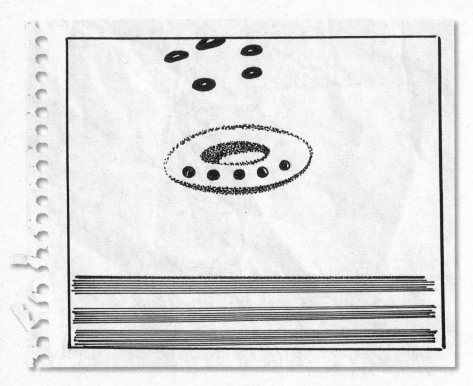

Uno de los objetos descendió hacia el mar. Cuaderno de campo de J. J. Benítez.

gran peso. Y se precipitaron sobre la lancha y sobre la mar. Mataron al perro e hirieron a mi hijo. Los daños, en el barco, fueron considerables. Sobre la cubierta pudieron caer del orden de veinte toneladas de «rocas» o lo que fuera.

Dahl dirigió el guardacostas hacia la playa de la isla y allí desembarcaron.

Y la lluvia de piedras cesó.

Los testigos, entonces, observaron cómo las cinco naves rodeaban de nuevo a la sexta «rosquilla», protegiéndola, y perdiéndose en el horizonte.

Dahl y el resto regresaron a puerto e ingresaron al niño en el hospital.

Acto seguido, el marino informó a su superior, aportando algunas rocas, parte del metal y varias fotografías de los objetos, tomadas con la cámara de la patrullera.

Días después, dos oficiales de Información Militar aterrizaban en Tacoma y, tras interrogar a los testigos, requisaron el material y las imágenes de los ovnis.

Pero, misteriosamente, el B-25 que los trasladaba a Washington se estrelló a los veinte minutos del despegue. Todos murieron. Y el material requisado desapareció.

Dahl fue trasladado con su familia y jamás ningún investigador logró localizarlo.

En mi opinión se trata de uno de los casos más notables de la ufología, pero el encuentro de Arnold lo eclipsó.

BARDENAS

Diez días después del suceso registrado en la isla de Mauri, dos pastores y un niño fueron testigos de un extraño artefacto en el desierto de Bardenas, en Navarra (España).

La primera noticia me llegó a través de Nacho Aldaia Lizarraga, amigo de José Iriarte, uno de los testigos.

Cuando me entrevisté con Iriarte quedé sorprendido. Su memoria era excelente. El caso había tenido lugar en julio de 1947.

—Probablemente el día 2 o quizá el 3 —manifestó Iriarte—. Yo, entonces, tenía diez años. Caminábamos por lo que hoy es el polígono de tiro del Ejército del Aire, en las Bardenas. Me acompañaban mi hermano Juan Ignacio y el abuelo Filadelfo, ya muertos.

—¿Y qué vieron?

—Estábamos por el rincón de Bu, a la derecha de la caseta de Zapata. Serían las doce del mediodía. Recuerdo que era un día de mucho calor. Entonces lo vimos en el cielo azul. Era un balón, y muy luminoso. Un balón enorme. Y empezó a bajar, despacio. Nos quedamos mirando, como tontos. Íbamos a espigar.

—¿Un balón luminoso?

—Sí, brillante como el flash de una cámara fotográfica.

—¿Oyeron ruido?

—Nada. Bajaba en silencio, y elegantemente.

—¿Por qué elegantemente?

—Sin problemas y, como diciendo, «aquí estoy yo».

—¿Y qué ocurrió?

—El balón llegó a tierra y desapareció.

—¿Cómo?

Iriarte se encogió de hombros.

—Ni idea. Al tocar el suelo, digo yo, se apagó. Y no volvimos a verlo.

En esas fechas, como dije, se registró el célebre incidente en las proximidades de la ciudad norteamericana de Roswell, en Nuevo México.

Pero aquel encuentro ovni, en 1947, no fue el único. José Iriarte, que continuó su vida como pastor, pasó a relatarme lo siguiente:

—Sucedió el 11 de agosto de 1956. Caminaba en solitario por la corraliza de Candebalo, en el término de Arguedas (Navarra).

—¿Cuántos años tenía usted?

—Nací en el 36. Eche cuentas...

—Veinte años.

—Eso.

—Siga...

—Tenía intención de colocar lazos, para los conejos. Iba con un perro, un pastor vasco.

—¿Furtivo?

Iriarte me miró, divertido, y preguntó a su vez:

—¿Furtivo quién, el perro?

—No, usted...

—Claro.

Y prosiguió:

—El sol acababa de ocultarse. Entonces llegué a un cabezo de unos cinco metros de altura y me subí. Desde allí hay un buen panorama. Entonces lo vi. Se hallaba a cosa de cien metros. Era un objeto enorme, grande como una plaza de toros, y suspendido en el aire, a uno o dos metros de tierra. Entonces me dije: «¿Y si me da una descarga?».

—¿Qué forma tenía?

—Algo así como una media naranja.

—¿Y el tamaño?

—Ya le digo, como una plaza de toros...

Hice cálculos.

—¿Cincuenta metros?

—No, mucho más.

—¿Cien?

—Más...

—¿Doscientos?

—Algo menos.

—¿Y qué pasó?

—De pronto se abrió una puerta, hacia el interior, y vi salir tres objetos más pequeños.

—¿Qué forma tenían?

—Eran discos, pero con una cúpula negra. Y volaron hacia mí. Uno se colocó sobre mi cabeza y los otros, uno a cada lado. Eran idénticos. Metálicos y brillantes.

José Iriarte con J. J. Benítez, en el lugar de los hechos. (Foto: Iván Benítez.)

—¿A qué distancia?

—Muy cerca. Yo llevaba un palo. Pues bien, de haberlo querido las habría tocado, pero no me atreví.

—¿Se movían?

—Permanecían quietas.

—¿Ruido?

—Cero. Se me pusieron los pelos de punta.

—¿Vio la panza de la que se hallaba sobre su cabeza?

—Sí, era lisa. Y giraba sobre sí misma, como las otras.

—¿Y qué pasó?

—Nada. Allí estuvieron, supongo que observándome.

—¿Cuánto tiempo?

—No llegó a un minuto.

—¿Sintió miedo?

—Mire, eso es lo raro...

—¿Por qué?

—Sentí paz y un sosiego maravillosos.

—¿Y el perro?

—Por allí estaba...

—¿Se comportó normalmente?

—Yo diría que sí.

—¿Y cómo terminó el negocio?

—Las naves pequeñas se alejaron a gran velocidad, en dirección al polígono de tiro de los militares. Al marcharse emitieron un silbido, como el de una serpiente.

—¿Y la nave grande?

—Allí se quedó. Yo me bajé del cabezo y me fui con el perro.

—¿Por qué dijo que esa nave era negra?

—Yo no he dicho eso —puntualizó Iriarte, que no cayó en la trampa—. La grande era de color ceniza, sin brillo.

—¿Qué ropa llevaba usted?

—La habitual en el campo: un pellejo de cabra, un pantalón bastante sucio, con remiendos, y unas albarcas con suelas de caucho.

—¿Llevaba reloj?

—No.

—¿Cuánto tiempo pudo contemplar la nave nodriza y las pequeñas?

—Entre veinte minutos y media hora.

—¿Pudieron ver los militares la nave grande o las pequeñas?

—Es posible. Las pequeñas se dirigieron hacia el polígono.

—¿Llegó a su casa a la hora prevista?

—Sí.

—¿Comentó lo sucedido con alguien?

—Con mi padre, y respondió: «Eso son los rusos...»

—¿Y usted qué dice?

—Que esos aparatos no eran de aquí...

—¿Por qué?

—Primero, por la hechura. Después, por el silencio al volar. Y tercero, por la tecnología.

Días más tarde, Iriarte regresó al lugar y observó la zona sobre la que flotaba la nave portadora. No halló nada extraño.

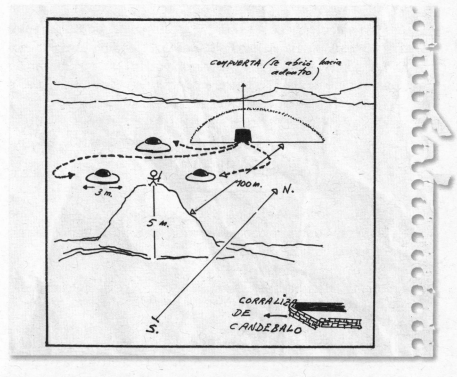

Tres naves salieron de la nodriza o portadora. El testigo se hallaba en lo alto de un cabezo. Cuaderno de campo de J. J. Benítez.

SABADELL

Ese mismo 11 de agosto de 1956, Encarna Corbalán se encontraba en las afueras de Sabadell, al norte de Barcelona (España). Eran las 18 horas...

... Me hallaba con mi abuela... Recogía flores cerca de lo que es el aeródromo... Yo era una niña... Y, de pronto, los trigales se aplastaron... Miramos al cielo y vimos dos objetos metálicos... Volaban muy bajos, provocando un fuerte viento a su paso... Eran discos, con una cúpula oscura, como tintada... Pasaron por encima de nosotras, a cosa de diez o quince metros, y a enorme velocidad... No hacían ruido... Después se alejaron y desaparecieron... Al llegar a casa, la abuela manifestó: «Hemos visto aviones redondos».

Hice cálculos y comprobé que la distancia, en línea recta, entre Sabadell y Bardenas Reales es de 300 kilómetros. Curioso. Las observaciones se registraron con un escaso margen de tiempo entre ambas: 18 horas en Cataluña y 21 en Navarra. Y las naves eran idénticas. ¿Qué podía pensar?

ROSAS

Manuel Novoa se encontraba aquella tibia noche de verano en la terraza del hotel, observando la mar. Lo acompañaba un sacerdote a quien llamaré Roger.
Era el mes de agosto de 1950.
El golfo de Rosas, en Cataluña (España), dormía plácidamente.

—Hablábamos y hablábamos —contó Novoa—. Él estaba allí convaleciente de una enfermedad. Yo disfrutaba de unas vacaciones... Podían ser las once u once y media de la noche. Yo le contaba mis problemas, que eran muchos, y él decía a todo que sí. Y en esas estábamos cuando, de pronto, el firmamento se abrió. Nos quedamos mirando, atónitos. Y vimos aparecer «algo» asombroso: dos gigantescas naves, ovaladas, enganchadas la una a la otra.

Novoa buscó mi comprensión.

—Juro que le cuento la verdad. No habíamos bebido...

Le rogué que prosiguiera.

—Entonces se movieron hacia las montañas. Eran increíblemente hermosas.

—¿Por qué?

—Eran transparentes, como el cristal, con irisaciones verdes y violetas.

—Dice usted que eran grandes...

—Enormes. No sabría precisar la longitud, pero superior a quinientos metros cada una. Y en el interior vimos hombres. Se movían de un lado para otro. Y vimos algo así como máquinas.

—¿Cuántos hombres?

Novoa no supo ni quiso precisar. Y resumió:

—Muchos.

—¿Y qué sucedió?

—Ni el sacerdote ni yo abrimos la boca. Nos limitamos a observar. Las dos naves continuaron enganchadas y se alejaron hacia la línea de las montañas. Pudimos verlas durante un minuto, más o menos.

—¿Cómo desaparecieron?

—Se apagaron, exactamente igual que una bombilla. Y el firmamento siguió negro y nítido.

Retrocedí en la exposición.

—No comprendo la primera parte del avistamiento. Dice usted que el cielo se abrió. ¿Podría concretar un poco más?

—No es fácil, estimado amigo. El firmamento se hallaba limpio, sin nubes, y, de repente, vimos aparecer la primera nave. Fue como si saliera de la negrura, y poco a poco.

—Es decir, no la vio completa desde el primer momento.

—No. Era como si procediera de otra dimensión. Fue apareciendo lentamente. Y detrás, como le digo, la segunda.

—Enganchada...

—Eso es. Y así se mantuvo todo el tiempo: a remolque de la primera.

—¿Y qué dijo su amigo?

—Fui yo quien pregunté: «Y si le dijera que he visto lo que usted también acaba de ver, ¿qué diría?». Y el cura respondió: «No le creería».

—¿Qué explicación le da al asunto?

—No la tengo.

—Arriésguese...

—Podían ser naves procedentes de mundos o dimensiones desconocidos...

Era lo que yo pensaba.

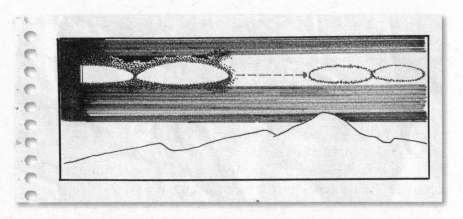

Dos naves gigantescas surgieron de la nada frente a la costa catalana. Agosto de 1950. Cuaderno de campo de J. J. Benítez.

JUMILLA

Aquel 28 de febrero de 1994 me encontraba en Murcia (España), sumido en nuevas investigaciones ovni.

Y ese día decidí visitar el convento de los franciscanos, en Jumilla. Me acompañaba el investigador Juan Francisco Valero.

Los franciscanos habían sido testigos de un avistamiento ovni.

Gerónimo García, Blanca y Juanjo Benítez.

Julio de 1954. Una enorme esfera sobrevoló el convento de los franciscanos, en Jumilla (Murcia). Cuaderno de campo de J. J. Benítez.

El padre guardián de Santa Ana, Gerónimo García, lo confirmó y amplió detalles:

—Ocurrió en julio de 1954... Alguien avisó... Por encima de las montañas apareció un globo de fuego, gigantesco... Y navegó hasta situarse sobre nuestras cabezas... Éramos veinte frailes, o más... Vimos una esfera roja, brillante... Pasó a cosa de trescientos metros... Nadie escuchó ruido alguno... Era majestuoso... Después se alejó... Recuerdo que podían ser las cuatro de la tarde. Hacía calor... Al sobrevolar el convento se detuvo unos segundos, muy poco... Después marchó a gran velocidad.

LA HABANA

El 24 de agosto de 1954 no fue un día como los demás; al menos para Manuel Delgado, ayudante del jefe de la Marina de Guerra de Cuba.

La información me la proporcionó el investigador Virgilio Sánchez-Ocejo, que grabó la entrevista a Delgado.

«Sucedió en la ciudad de La Habana... Salí del trabajo y me dirigí a la calle San Bernardino (esquina con la de Buenos Aires)... Mi intención era cenar en la casa de mi hermana Gladis y regresar al Estado Mayor... Serían las 16.30 horas cuando ingresé en la casa... Recuerdo que hacía mucho calor... Y me dirigí al balcón, ubicado en el cuarto piso... Fue entonces cuando me sorprendió un potente resplandor, encima de la fábrica de Crusellas... «Aquello» estaba parado, a cosa de mil metros del suelo... No fui el único que lo vio... Allí, en la calle, había más gente... Pues bien, a los dos o tres minutos, el objeto empezó a oscilar como un péndulo... Llamé a mi hermana y a un amigo, que se hallaba abajo, en una bodeguilla, y también lo vieron... Era una máquina de veinte o veinticinco metros de diámetro... Tenía forma de polvera, con una cúpula en la parte superior... La cúpula presentaba tres o cuatro ventanas redondas, como ojos de buey, y un par de antenas. Una más larga que la otra... Entonces, como digo, la nave (porque de eso se trataba) empezó a balancearse como un péndulo... Era increíble... Se movía con precisión y en absoluto silencio... Un halo de luz la envolvía permanentemente... Y al tercer o cuarto movimiento salió disparada hacia lo alto... Se detuvo unos instantes y prosiguió el vuelo, en vertical, perdiéndose en el azul del cielo... Llamé al Servicio Naval de Inteligencia y a la Aviación... Y a los veinte minutos se presentó un caza... Pero el ovni ya no estaba... Calculo que, en total, lo vimos unas cincuenta personas.»

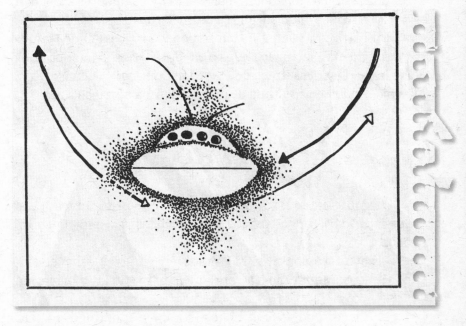

La Habana, 1954. Cuaderno de campo de J. J. Benítez.

FLORENCIA Y MANTUA

En octubre y noviembre de 1954 se registraron dos avistamientos importantes en Italia. El primero, en la ciudad de Florencia. Era el día 27. A las 15.30, dos objetos no identificados aparecieron sobre el estadio de fútbol de la Florentina, en la capital toscana. Jugaban la Florentina y el Pistoiese. Número de testigos: 10.000.

Los ovnis eran ovalados y de aspecto metálico. Zigzaguearon sobre los atónitos asistentes al partido y terminaron alejándose. Del cielo cayeron unos filamentos blancos...[1]

El 14 de noviembre, otro objeto desconocido se presentó a la vista de los asistentes a un partido de fútbol en el estadio de Casaloldo, en Mantua. Número de testigos: 6.500. El partido también fue interrumpido. Se trató, esta vez, de un objeto nacarado, en forma de disco, que evolucionó con rapidez sobre los asombrados testigos (jugadores, periodistas y seguidores). Del ovni cayeron «copos blancos» que se deshicieron al tocar el suelo.

En ese año (1954), fueron muchas las localidades que se vieron afectadas por los hilos o copos blancos, llamados entre los investigadores «hilos de la virgen», que caían al paso de los ovnis. En Francia e Italia se dieron cientos de casos...

SEVILLA

Joaquín Mateo Nogales y Manolo Filpo son dos investigadores españoles, tan veteranos como eficaces. Aprendí mucho de ellos.

El caso del embalse de El Pintado, en Sevilla, fue investigado por ambos. Me limitaré a reproducir parte de la información:

... Sucedió en 1956... El testigo, cuya identidad no estamos autorizados a revelar, se hallaba a orillas del referido pantano... Tenía dieciocho años de edad... Entonces apareció

---

1 La Universidad de Milán llevó a cabo un análisis de los filamentos. El profesor Giovanni Canneri hizo públicos los resultados: «Sustancia de estructura fibrosa, con resistencia mecánica a la tracción y a la torsión... Se inflama al ser humedecida, dejando un residuo transparente... Según la espectrografía, los filamentos contienen hierro, silicio, magnesio, calcio y otros elementos, pero en proporciones mínimas... Todo hace pensar que estamos ante un vidrio con contenidos de boro y de sílice.»

aquello, a plena luz del día... Se hallaba a çuarenta metros de tierra y a cosa de diez sobre la superficie del agua... Tenía la forma de un diábolo[1]... El color era similar al del mercurio... No vio ventanas... Observó el objeto durante veinte minutos, siempre en silencio... Después lo vio elevarse, a gran velocidad, dejando un tenue humo blanco... Al poco, el muchacho empezó a tener precogniciones, cada vez más serias.

Una de las precogniciones consistió en ver a las hermanas de luto, por la muerte de la madre. A los pocos días, en efecto, falleció.

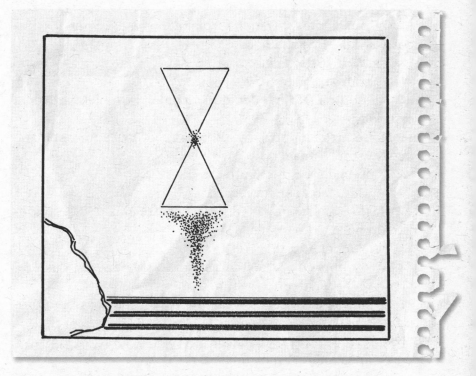

Ovni en forma de diábolo sobre el embalse de El Pintado (Sevilla). Cuaderno de campo de J. J. Benítez.

1. Diábolo: juguete formado por dos conos, unidos por los vértices. Se hace girar mediante una cuerda que pasa por la unión de los referidos vértices.

BUENOS AIRES

Conocí a Mario Blanco en Madrid. Era pintor de murales. Nació en Argentina.

En 1956, cuando contaba diez años de edad, fue testigo de algo poco frecuente:

—Vivíamos en la calle Moctezuma, en el barrio de La Floresta, en Buenos Aires. Y una tarde, a eso de las seis, me dio por subir a la azotea. Me gustaba estar solo. Y en eso, ante mí, aparecieron muchas naves.

—¿Muchas? ¿A qué te refieres?

—Eran cientos... Tenían forma redondeada, como los típicos platillos. Brillaban al sol.

Insistí en lo del número.

—¿Podrías concretar?

—Es difícil. No me dediqué a contar los objetos. Estaba extasiado.

Mario hizo una pausa y trató de recordar la imagen. Después aventuró una cifra:

—Alrededor de doscientos objetos.

—¿Marchaban en formación?

—Sí, y guardaban las distancias entre ellos. Se desplazaban un poco y desaparecían.

—No entiendo...

—Yo tampoco —rió el testigo—. Los veía volar y, de repente, ya no estaban. Se esfumaban.

La imagen me recordó el caso de la bahía de Rosas, en Cataluña (España), pero al revés.

—¿A qué altura se hallaban?

—Quizá a quinientos metros, no más.

—¿Cuánto tiempo se prolongó la observación?

—No más allá de tres o cuatro minutos. De pronto, ya no estaban.

—¿Estás seguro de la forma de los objetos?

—Absolutamente. Eran discos, con un brillo plateado.

—¿Podrían ser helicópteros?

La pregunta era casi ofensiva, lo sé.

—¿Doscientos helicópteros en 1956, en Buenos Aires? ¿Y por qué no emitían ruido?

No insistí. Estaba claro.

ETNA

El astrónomo Percy Wilkins se lo contó al investigador Gordon Creighton y éste, a su vez, me lo contó a mí.

Wilkins se hallaba el 11 de septiembre de 1957 en un barco que lo trasladaba desde Naxos a las islas Lipari, cerca del

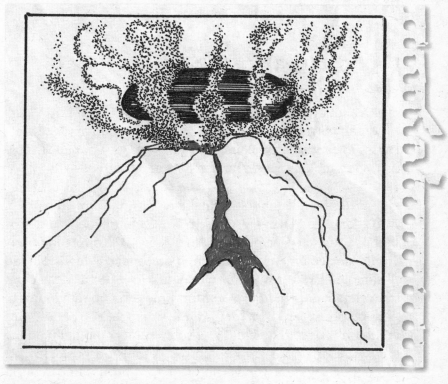

Gigantesco objeto ovalado sobre el Etna (1957).
Cuaderno de campo de J. J. Benítez.

79

Etna... «Del cráter —relató Wilkins— salía humo y vapor... Permanecían un rato sobre la boca del Etna y el viento terminaba por disiparlos... Y, de pronto, vi algo encima del cráter... Era una colosal masa negra, de forma ovalada, como un balón de rugby... Se hallaba inmóvil, a no mucha distancia del volcán... No parecía afectarle el humo o los gases... Tomé los prismáticos, de 8 por 30, y lo contemplé a placer... El vapor lo envolvía, pero "aquello" no se movía... La observación duró veinte minutos... Después, cuando el barco se alejó, lo perdí de vista... Al día siguiente dediqué un tiempo a contemplar el Etna, pero no lo vi.»

Dado que el diámetro de la caldera del Etna se aproxima a los dos kilómetros y medio, el objeto —según Wilkins— tenía que ser enorme; como poco mediría del orden de dos mil metros de longitud.

SIERRA NEVADA Y SEVILLA

He aquí un caso singular. Otro más...

En el verano de 1958, Félix Moreno, siendo las 19.30 horas, se encontraba en plena Sierra Nevada, en Granada (España), contemplando la depresión del valle del Genil.

... Pues bien, cuando nos hallábamos en la cima de Mojón Alto —explicó Félix—, a unos tres mil metros de altura, nos llamó la atención «algo»... Éramos tres... Y los tres lo observamos perfectamente... El tiempo era bueno y la visibilidad ilimitada... El sol empezaba a ocultarse por detrás de la cima del Veleta... Al principio lo confundimos con un pluviómetro, pero no podía ser... Era más grande y disponía de patas... Era como un proyectil... Se hallaba sobre un terreno inclinado, y a cosa de tres o cuatro kilómetros de nuestra posición... Al mirar por segunda vez ya no estaba... Lo buscamos con la mirada y, de pronto, lo vimos elevarse... Al principio lo hacía despacio... Después giró, entró en la luz solar y se movió a

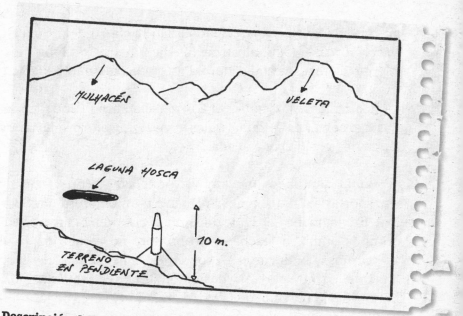

Descripción del objeto, según el testigo. Cuaderno de campo de J. J. Benítez.

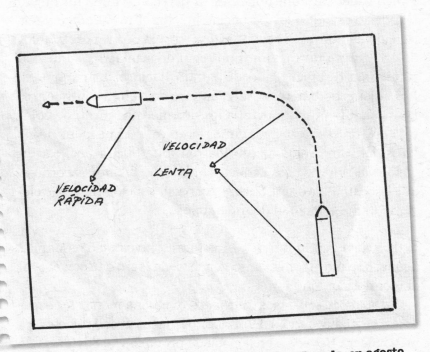

Desplazamiento del objeto observado en Sierra Nevada, en agosto de 1958. Cuaderno de campo de J. J. Benítez.

gran velocidad, desapareciendo... No hacía ruido... Se alejó hacia África... Podía alcanzar los diez metros de longitud... Era metálico; eso estaba claro. Parecía de acero inoxidable...

Cuatro meses después, el 31 de diciembre (1958), un industrial sevillano —Rafael Salas— vivió una experiencia muy similar a la de Sierra Nevada.

Había alquilado un camión —explicó—, con el fin de transportar sal marina desde Huelva a mi empresa, en Sevilla... Era la noche del 31 de diciembre... Conducía un empleado de la empresa Hacha, cuyo nombre no recuerdo... Y al acercarnos a Sanlúcar la Mayor, antes de llegar a la cuesta de Las Doblas, miré el reloj y decidí tomar las uvas, allí mismo... Paramos a la derecha de la carretera... Muy cerca se levantaba una alambrada de espinos... Yo sabía que, más allá, había toros bravos... Y, como le digo, paramos... Pues bien, a metro y medio del camión, por nuestra derecha, vimos un objeto cilíndrico que despegaba hacia el cielo... Era metálico y terminado en punta... Traté de salir... Abrí la portezuela y, antes de echar pie a tierra, vimos un segundo artefacto, idéntico al primero... También salió disparado hacia el firmamento... Los objetos podían tener un diámetro de treinta centímetros, no más... Su altura superaba los dos metros... Eran de color rojo, fosforescente... Y los vimos, creo yo, porque la luz de los faros del camión los hizo brillar en mitad de la noche... En cuanto al ruido de los «cohetes» al despegar, nos recordó el que hace una batidora Túrmix o una sierra eléctrica... Se elevaron a una velocidad de mil diablos...

Por más que lo intentó, el veterano investigador Manuel Osuna, que fue quien levantó la liebre, no logró dar con el conductor del camión.

Es obvio que ni rusos ni gringos, y mucho menos los españoles, se dedicaban en 1958 a experimentar con cohetes en plena Sierra Nevada o en la poblada provincia de Sevilla. Pero entonces...

SIERRA MAESTRA

Tuve noticia del siguiente suceso en agosto de 2014, en Panamá.

En una animada cena con José Luis Gil, empresario español afincado en Panamá, éste me confesó algo que jamás había hecho público:

—Fidel Castro fue testigo de la aproximación de un ovni.
Lo miré, incrédulo.
—¿Cómo sabes eso?
—Él mismo me lo dijo...
—¿Fidel?
—Sí, y te explico. El que fue presidente de Panamá, Martín Torrijos, me invitó a visitar Cuba. Pues bien, en una recepción oficial, Torrijos comentó con Fidel que yo me dedicaba a estudiar el fenómeno ovni desde hacía años. Castro, entonces, se acercó a mí y soltó, sin previo aviso: «Yo he visto uno.»

Fidel Castro y José Luis Gil.

83

Debo aclarar que José Luis Gil, en efecto, lleva años investigando el asunto ovni; especialmente, en Panamá.

—Entonces —prosiguió mi amigo— Castro me dio toda clase de detalles. Ocurrió antes de 1959, cuando la revolución cubana se hallaba en la Sierra Maestra.

«Allí estábamos nosotros, en mitad de la noche», aclaró Fidel, «con los rifles sobre las rodillas, cuando, de pronto, vimos una luz que corría entre las estrellas. La luz se acercó al grupo de los comandantes y cayó sobre nosotros como un cubo. Era redonda y enorme. Y el campo y la montaña se iluminaron como si fuera de día».

También Castro vio un ovni. Cuaderno de campo de J. J. Benítez.

—Le pregunté a qué distancia estuvo el ovni del grupo y respondió que a cosa de tres metros.

—¿Hicieron uso de las armas?

—No habló sobre eso. Dijo que pensaron que eran los «malditos gringos»... Se pusieron en pie, pero el objeto se elevó, desapareciendo.

—Si creyeron que eran los norteamericanos —insistí— supongo que pensaron en disparar...

—Eso deduje de la conversación con Fidel, pero él no se mojó... Entendí que, cuando estaban a punto de usar las armas, la nave se alejó.

—En otras palabras: el ovni leyó sus pensamientos.

Gil se echó a reír.

—Por supuesto, el incidente ovni en Sierra Maestra nunca se hizo público...

—Nunca. Es más: si algún periodista le pregunta sobre el particular dudo que lo confirme.

AGADIR

Me lo contaron muchas veces pero, al principio, no presté la debida atención...

En la última semana de febrero de 1960, varios pesqueros con base en Barbate (Cádiz) se hallaban faenando en el caladero marroquí, frente a la población de Agadir.

Y durante varias noches —de madrugada— observaron luces extrañas y silenciosas, que evolucionaban sobre Agadir y sobre la mar.

Recuerdo que conversé con muchos de los marineros.

Formaban parte de las tripulaciones del *Manolo Cid*, del *Joven Alonso* (desaparecido en diciembre de ese mismo año), del *Sufragio*, del *Carmen Oliva*, del *Juan Malía* y del *Barbate*, entre otros.

Los testimonios coincidieron: vieron siempre dos luces enormes y redondas, que navegaban a mil metros del agua, y que se detenían sobre la vertical del faro del cabo Rhir, al norte de Agadir.

El 29 de febrero de ese año se registró un intenso terremoto en la zona de Agadir. El posterior maremoto acabó con la vida de 20.000 personas.

Después me he preguntado muchas veces: «¿Sabían "ellos" lo que estaba a punto de suceder?». Es muy probable...

A lo largo del mundo, días y horas antes de un seísmo, los testigos han dado cuenta de la presencia de numerosos objetos no identificados. Ejemplo: en el referido año de 1960, en un total de 35 terremotos, fueron contabilizados otros tantos avistamientos ovni, siempre previos a la catástrofe. Y voy más allá: ¿son los ocupantes de esos ovnis los encargados de recoger las almas de los que fallecen en los terremotos?

Ovnis sobre Agadir (Marruecos), poco antes del maremoto que acabó con la vida de 20.000 personas. Cuaderno de campo de J. J. Benítez.

CUEVA DEL CERRO

En esas mismas fechas (finales de febrero de 1960), Héctor y su padre fueron protagonistas de una aventura que no olvidarán jamás. Así me lo contó Héctor:

—Éramos cazadores. Faltaba poco para el amanecer. Circulábamos con el coche de mi padre, un Austin de gasolina. Regresábamos a Cueva del Cerro, en la provincia de Málaga (España). Estábamos compinchados con la Guardia Civil. El trato era simple: ellos retiraban a la pareja durante la noche y nosotros cazábamos. Al regresar dejábamos unas liebres en el cuartel... El caso es que, de pronto, vimos unas luces. Y mi padre, siguiendo el consejo de la Benemérita, me pidió que desmontara y ocultara la escopeta. Así lo hice y apagué el faro que llevábamos sobre el techo del vehículo. El caso es que, conforme nos acercábamos, «aquello» nos pareció muy raro. Mantenía los faros hacia abajo. Y mi padre comentó: «No se mueve. Puede ser un coche averiado». Fue entonces, cuando estábamos a ochenta o cien metros del supuesto coche con problemas, cuando nos dimos cuenta. ¡Aquello no era un automóvil! ¡Era un ovni! ¡Era un plato, boca abajo, y tan ancho como la carretera, o más! Era de color naranja, como la candela de un cigarrillo en la noche. No escuchamos el menor ruido.

—¿Y qué hicisteis?

—Paramos el Austin y observamos. ¡Era increíble y maravilloso! Yo quería sacar la escopeta, pero mi padre no lo permitió. Recuerdo que comentó: «¿Cómo pasamos?». No supe qué decir. Y en eso, nada más pronunciar las palabras, como si nos hubieran oído y entendido, el objeto empezó a elevarse despacio. Yo estaba aterrorizado. Y pasó por encima del coche, a escasa distancia.

—¿A cuánto?

—Quizá a diez metros. Era impresionante. Y todo se iluminó a su paso, como si fuera de día. El ovni, entonces, se situó a nuestra espalda y se detuvo a cien o doscientos metros.

—¿Sobre la carretera?

—Sí. Abrimos las ventanillas. Hacía frío. El silencio era total. Y, tras unos minutos de indecisión, mi padre optó por darle la vuelta al Austin. Y quedamos de nuevo frente al «plato». Y surgió la polémica: «¿Qué hacemos? ¿Pasamos o no?». Teníamos miedo, a qué negarlo. Y en esas estábamos —«sí o no»—, discutiendo, cuando la nave se elevó suavemente y se perdió en el cielo estrellado. Al ascender hizo un movimiento extraño, como de escalera.

—¿Continuó la caza?

—Pues sí. Y no se dio mal.

—¿Sufrió el Austin alguna alteración?

—Ninguna.

—¿Tuvisteis la sensación de que os observaban?

Fue evidente que entendieron la preocupación de los testigos. Cuaderno de campo de J. J. Benítez.

—Sí, muy nítida. Creo que oyeron nuestras conversaciones, y reaccionaron, dejándonos pasar y, posteriormente, alejándose.

—¿Cuánto duró la observación del «plato»?

—Alrededor de ocho o diez minutos.

—¿Tu padre supo que aquello era un ovni?

—Creo que sí. Por eso no permitió que usara la escopeta.

MAR MENOR

Joaquín Fernández es otro viejo amigo. Es mecánico de aviones, y mejor persona. Lleva años investigando el fenómeno ovni en la región de Murcia (España).

En el verano de 1963 el testigo fue él.

Así me lo contó muchas veces:

... Yo tenía ocho años... Una tarde me encontraba jugando en la playa de Los Urrutias, en el mar Menor... Estaba solo... Y, de pronto, al mirar hacia la mar, vi algo que me llamó la atención... Entre dos islas, suspendido en el aire y quieto, había un objeto metálico... Parecía una gran lenteja... Estuve mirando un rato... El objeto no se movió... Fue entonces, mientras miraba, cuando llegó aquel pensamiento: «Lo que estoy viendo es una nave de otro mundo»... A partir de esos momentos, los recuerdos desaparecieron... Me quedé en blanco... Y ahora, pasados los años, me pregunto: «¿Cómo pude tener semejante pensamiento si yo, a los ocho años, no sabía nada de ovnis?...».

Recuerdo que respondí: «Quizá el pensamiento no fue tuyo; quizá fue transmitido desde la nave...».

Joaquín asintió. Después, con el tiempo, vivió otras experiencias ovni que ratificarían esta hipótesis. Como otros, mi amigo ha sido (y es) «controlado» por esos seres; no tengo la menor duda...[1]

1. En los últimos años, Joaquín Fernández ha sido protagonista de trece avistamientos (con testigos o sin ellos) y ha logrado fotografiar las naves. Amplia información en *Mis ovnis favoritos* (2001).

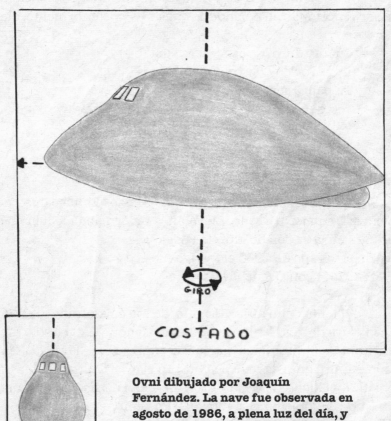

GIRO

COSTADO

GRO

Ovni dibujado por Joaquín Fernández. La nave fue observada en agosto de 1986, a plena luz del día, y desde la localidad de Santiago de la Ribera, en el mar Menor. El objeto mantenía una trayectoria rectilínea y, al mismo tiempo, giraba sobre su propio eje, y en sentido contrario al de las agujas del reloj. «Parecía una nuez, pero puesta de costado, con una especie de quilla en el extremo más fino. En el opuesto, más ancho, observé tres ventanas de forma cuadrada —manifestó Joaquín—. El objeto tenía un color gris plomo (metálico). No escuché ningún ruido. Pudo pasar a trescientos metros y a cosa de cincuenta del agua.»

·ECO II·

Tuve la fortuna de conocer al padre Reyna, jesuita. Fue director del Observatorio Astronómico de Adhara, en Argentina. Era doctor en Ciencias y Letras y profesor de Física Matemática en la Universidad del Salvador, en Buenos Aires.

En cierta oportunidad me contó lo siguiente:

... Sucedió la clara noche del 14 de noviembre de 1964... Desde el observatorio de Adhara seguíamos con el telescopio al satélite artificial *Eco II*, que volaba del polo norte al polo sur... Pues bien, a las 20 horas y 45 minutos vimos aparecer una luz... Se aproximó al *Eco II* y describió una semicircunferencia alrededor del satélite, como observándolo... Después

El satélite *ECO II*, poco antes de su lanzamiento desde cabo Kennedy (enero de 1964), (Foto: Europa Press).

se alejó hacia Orión y descendió hasta el horizonte... Pero no quedó ahí el asunto... A las 20 horas y 52 minutos, cuando el *Eco II* se hallaba en el cenit, el ovni regresó... Apareció por Centauro y fue al encuentro del satélite... Lo rodeó y se alejó nuevamente... A las 21 horas lo vimos surgir por tercera vez... El ovni tenía forma de cigarro puro... Después se volvió circular... Y repitió la operación del objeto anterior: dio una vuelta alrededor del *Eco II*, como si lo examinase, y se alejó en dirección a Canopus... Teniendo en cuenta que la velocidad del satélite era de 25.000 kilómetros por hora, la de los ovnis no podía bajar de 100.000 kilómetros a la hora.

Merced al telescopio utilizado por el padre Reyna (100 diámetros de aumento), los testigos (todos astrónomos) pudieron observar una especie de torreta en la parte superior del ovni.

Años después, en 1981, sobre el estrecho de Gibraltar se registró otro fenómeno parecido.

Hubo cientos de testigos.

Hacia las once menos diez de la noche, y prácticamente sobre la vertical de la ciudad de Algeciras (Cádiz), los ciudadanos pudieron ver un punto luminoso que se desplazaba con velocidad regular y en dirección norte sureste. Obviamente se trataba de un satélite artificial. Pero, de pronto, los testigos descubrieron una segunda luz, mucho mayor, que fue aproximándose. Esta segunda luz rodeó al satélite, describiendo varias vueltas en torno suyo.

En un momento determinado, el objeto grande se alejó del satélite y se detuvo, esperando la llegada de aquél. Cuando el satélite alcanzó la masa luminosa, ésta lo «devoró». Y durante veinte o veinticinco segundos sólo pudieron observar al gran objeto, inmóvil en el firmamento. Después, el ovni se alejó y el satélite prosiguió su camino, «como si allí no hubiera pasado nada».

La singular «captura» se registró durante meses, y siempre a la misma hora.

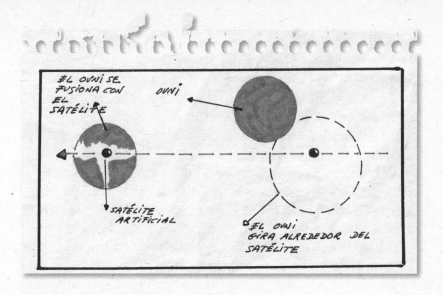

En el dibujo (cuaderno de campo):
EL OVNI SE FUSIONA CON EL SATÉLITE
OVNI
SATÉLITE ARTIFICIAL
EL OVNI GIRA ALREDEDOR DEL SATÉLITE

Cuaderno de campo de J. J. Benítez.

CASTEJÓN

La primera noticia me llegó en febrero de 1995.

En una carta, mi buen amigo Rafael Varea daba cuenta de un avistamiento sucedido en la localidad navarra de Castejón en 1965. Habían transcurrido treinta años...

No me desanimé. Y al poco peiné Castejón.

En efecto, en octubre del referido año, algunos vecinos fueron testigos del paso de un objeto. Al mismo tiempo, un muchacho de la localidad observó el paso del referido ovni y procedió a fotografiarlo.

Por fortuna para mí, Eloy Tejada Herrero, actuario de seguros, y residente en Castejón, hacía años que había llevado a cabo una exhaustiva investigación sobre lo ocurrido.

Resumiré el contenido de la misma:

Fecha: 27 de octubre de 1965. Hora: entre las 21.45 y las 22.00. Testigos: Emiliano Hernández Romero (guardia civil), Ignacio Navas (encargado de sector del servicio eléctrico de RENFE, en Castejón), Pedro Vicente Calvo (guarda jurado de

RENFE) y un agente de trenes cuya identidad no estoy autorizado a revelar.

Estos testigos vieron pasar el ovni, sin saber que otro ciudadano había efectuado las fotografías.

La primera noticia del asunto —explicó Eloy Tejada— me la facilitó mi cuñado, Ignacio Navas, al día siguiente del avistamiento... La noche anterior, 27 de octubre, mi cuñado se hallaba paseando por la estación de Castejón, a la espera del tren ómnibus número 5120, procedente de Logroño. En él llegaba el jefe de sección del servicio eléctrico de RENFE... Pues bien, en esos momentos reparó en una enorme rata que se paseaba por una de las ventanas del edificio. En esos instantes llegaba al cuarto de agentes un empleado de dicho servicio... Portaba una botella de vino... Y se detuvo a hablar con mi cuñado... Ignacio le mostró la rata y el agente la amenazó con la botella... La rata, entonces, saltó sobre el pecho de Pedro Vicente y terminó huyendo... Finalmente acudieron Emiliano Hernández y el agente de trenes... Y en ello estaban,

Ovni fotografiado en Castejón. (Gentileza de Luis Larrad.)

comentando el suceso de la rata, cuando Hernández, el guardia civil, observó algo sobre sus cabezas... Era un disco de color verde... La luz era muy intensa... Y desapareció en dirección norte... La observación duró segundos... Esa misma noche del 28 de octubre le referí a mi buen amigo, el doctor Luis Larrad Puyol, médico de Castejón, lo que me había contado mi cuñado y testigo... Pues bien, lejos de sorprenderse, me espetó: «Se me olvidó decirte que Luisito —su hijo— vio también, a la misma hora, un disco luminoso muy extraño y pudo "tirarle" dos fotografías»... Cuando hablé con Luis, el fotógrafo, confirmó lo relatado por su padre y añadió: «Me hallaba en el cuarto de baño, con la ventana abierta, cuando observé en el cielo una estrella muy rara. Aumentaba de tamaño. Y vi cómo se aproximaba. Entonces pensé en el asunto de los platillos volantes y corrí a mi habitación, a por la cámara fotográfica. Al regresar a la ventana del baño, la estrella se había convertido en un disco luminoso, muy verde. Y tiré dos fotos.»

Segunda imagen (retocada) del ovni de Castejón. (Gentileza de Eloy Tejada.)

Luis Larrad, junto a la ventana desde la que vio y fotografió el ovni. (Gentileza de Luis Larrad.)

Las imágenes fueron reveladas poco después —prosiguió Eloy Tejada—, pero la segunda toma se malogró. El 24 de diciembre de 1965, el doctor Larrad, la señorita Aurita Tejada Goyeneche y servidor pudimos examinar los negativos mediante una lupa... Allí estaba el objeto... El ovni fue fotografiado a cosa de cien o ciento cincuenta metros de distancia, cuando volaba a treinta o cuarenta metros del suelo... Hicimos cálculos: el ovni tenía unos treinta metros de diámetro.

Días más tarde localicé al «fotógrafo», Luis Larrad, quien confirmó lo expuesto por Eloy Tejada, añadiendo algo que, para él, resultaba incomprensible:

—Disparé a un disco luminoso y, sin embargo, en las fotografías, sobre todo en la primera, aparece un artefacto perfectamente visible.

Un año más tarde, Pío Tejada, hermano de Eloy, entonces comandante del Ejército del Aire español, elevó un informe y

Señalada con la flecha, la dirección del ovni sobre Castejón (1965). En la posición «A», los testigos. Posición «B»: situación del fotógrafo.

las correspondientes fotografías al Estado Mayor del referido Ejército. No tuvo respuesta.[1]

Lo que nadie supo, en Castejón, es que un mes antes (septiembre de 1965), un objeto volante no identificado, de características parecidas al fotografiado por Luis Larrad, fue observado por Norah Beltrán, en Brasil. La información me fue facilitada por el investigador Rubens Junqueira:

... Norah vivía en un sexto piso, en Largo de Arouche, en la zona central de São Paulo... Una noche, hacia la una de la madrugada, observó una potente luz desde una de las ventanas de su casa... La luz se aproximó en silencio y sobrevoló los tejados del barrio... La estructura del ovni era semitransparente, como si fuera de cristal... En el interior se apreciaba

1. El informe y las imágenes del ovni de Castejón nunca fueron desclasificados por la Fuerza Aérea Española. Sin comentarios...

Pío Tejada,
que se retiró
como general
del Ejército
del Aire
español.
(Gentileza de
la familia.)

Eloy Tejada.
Foto: J. J. Benítez.)

Phénomènes Spatiaux

GROUPEMENT D'ÉTUDE DE PHÉNOMÈNES AÉRIENS

G.E.P.A.

(D'après un dessin original de Norah Beltran)

UN DESSIN EXCEPTIONNEL

(voir l'article page 21)

Imagen del ovni observado en Brasil, muy similar al que sobrevoló Castejón.

«algo» (como un «hueso») que giraba sobre sí mismo... Era «algo retorcido, con dos bandas»... Hacía pensar en una bobina... La luz emitida era amarilla en el centro y verde en la periferia.

LUCENA

Los sucesos registrados en Lucena y en Montijo son, como poco, sorprendentes.

La primera historia me fue relatada por Francisco Ayala, vecino de Lucena (Córdoba, España) y pariente de los testigos.

Sucedió así:

... Era el verano de 1962 o quizá de 1963... Hora: entre las 22 y las 23... Testigos: Concepción Díaz, mi madre; Francisco Díaz y Carmen Sánchez, mis abuelos, y Loli, hermana de mi madre. También se hallaba en el lugar un amigo de mi abuelo. Ignoro su identidad... La familia se encontraba a las puertas de la casa, en una zona rural llamada Los Poleares, a unos siete u ocho kilómetros al oeste de Lucena... Se trata de cortijos... Era una noche cerrada, sin luna... De pronto, mi madre vio una luna llena en mitad de la negrura del cielo... Era anaranjada rojiza... Mi madre, asombrada, llamó la atención del resto y mi abuelo (hombre de campo y con mucha experiencia y sabiduría) le hizo ver que «aquello» no podía ser la luna... Esa noche, como le digo, no había luna... Y «aquello», lo que fuera, empezó a transformarse... De ser una «luna llena» pasó a convertirse en una figura ovalada, también de color naranja... Después se transformó en una especie de «hoja de palma», igualmente anaranjada rojiza... Y la figura cubrió el cielo... Era enorme, decía mi madre... Y no se escuchaba ningún ruido... Luego se fue deshaciendo y se quedó en una neblina, como el humo de los aviones... Finalmente vieron una pequeña luminaria, que terminó por desaparecer en el cielo estrellado.

MONTIJO

Años más tarde (mayo de 1967), otra familia fue testigo de algo similar.

La noticia me llegó a través de María Isabel Sánchez.

He aquí una síntesis de los hechos:

... Sucedió en una casa de campo ubicada entre Montijo y Lácara (Badajoz, España)... Allí vivía mi padre, Antonio Sánchez, con su familia: sus padres y hermanos... En el momento de suceder «aquello» eran siete testigos... Era la última hora de la tarde, casi de noche... Todos se hallaban en el exterior de «La Caseta» (así llamábamos a la casa), disfrutando de la suavidad del momento... Y fue mi abuelo, José Sánchez, quien se percató de la proximidad de una esfera luminosa, grande como una luna llena... Era anaranjada... Se acercaba despacio, procedente de Torremayor... Hizo estacionario durante veinte minutos y todos quedaron asombrados... Dado el color rojizo, más parecía un sol que una luna... Era de tamaño considerable... Entonces, mientras la familia discutía sobre lo que estaba viendo, «aquello» empezó a cambiar de color, haciéndose de un rojizo más suave... Y se transformó en algo ovalado... Después, aquella cosa se convirtió en dos... Ambas partes seguían siendo rojas y ovaladas... Y fueron adquiriendo la forma de «peces»... Ambos miraban en la misma dirección... Las cabezas hacia Lácara y las colas hacia Torremayor... Finalmente, el tono rojizo se fue difuminando y quedó un blanco luminoso... Según mi familia, conforme cambiaban de color, las figuras se iban alargando... Las colas eran muy grandes... Y allí se quedaron el resto de la noche, como si fueran nubes... La transformación pudo durar una hora, más o menos.

Cuando me puse en contacto con Carmen Sánchez, tía de Isabel, y testigo del fenómeno, la mujer ratificó lo que ya sabía. Ella, entonces, contaba diez años de edad, pero lo recordaba a la perfección. Las diferentes fases de la transformación discurrieron en absoluto silencio. Al parecer, aunque no he podido confirmarlo, otras personas, en Montijo, observaron también la enorme «luna roja». Y otro detalle interesante: según los testigos, el fenómeno se produjo en la vertical de sus cabezas.

Ni qué decir tiene que, hasta hoy, la familia de Lucena no supo de lo sucedido en Montijo, y viceversa.

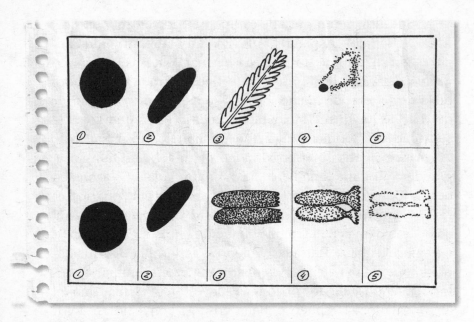

En la parte superior del grabado, el fenómeno observado en Lucena. En el inferior, la misma esfera o luna roja y la secuencia de los «peces». Cuaderno de campo de J. J. Benítez.

GUAYAQUIL

Cuando Vivanne Bucaram contaba ocho años de edad le tocó vivir una experiencia que nunca olvidará.

Éste fue su relato:

... Lo recuerdo como si fuera ayer, aunque el suceso se produjo en 1965... Una noche, mis padres conversaban en el balcón de mi habitación, en Guayaquil (Ecuador)... Yo me había quedado dormida... Y, de pronto, oí un grito... Era mi madre... Quería que me reuniera con ellos... Mis padres estaban asustados... Corrí al balcón y quedé asombrada... En mitad de la calle, a escasos metros de altura, había un ovni... Tenía tres pisos, si se puede llamar así... La parte más ancha y grande era como dos platos soperos, encarados... Tenía muchas ventanitas y dos «pisos» más... Uno en lo alto y otro en

102

Ovni sobre Guayaquil (1965). Cuaderno de campo de J. J. Benítez.

la zona inferior de la nave... También presentaban ventanas...
Pero lo que más me llamó la atención fueron las dos antenas,
inmensas, en el «castillete» superior... Una a cada lado... Era
como ver una película de ciencia ficción...

VENEZUELA

En 1978, con una ya larga experiencia en la investigación
ovni, fui a conocer a don Eladio de Aguirre-Amézola, sacerdote
en la localidad vizcaína de Ceánuri (España). El bueno de don
Eladio era coadjutor. Tenía una mente abierta y brillante (algo
poco común en un sacerdote de aquella época).

Le gustaban mis reportajes en *La Gaceta del Norte*.

Y un buen día accedió a contarme lo que le sucedió en el
occidente de Venezuela, donde desempeñó su trabajo como sacerdote durante tres años.

—Fue en 1965. Una noche, de vuelta de una gira pastoral a un poblado remoto, me dio por parar el carro en la carretera. La noche era bellísima, con el cielo poblado de estrellas. No había luna. Serían las doce. Yo estaba extasiado, contemplando el cielo, cuando se presentaron cuatro objetos. Estaban en mi vertical. Se movían como las águilas, cuando planean. Iban y venían, en silencio. Se cruzaban, majestuosamente. Y emitían toda clase de colores, como si quisieran comunicarse entre ellos: blanco, rojo, amarillo, verde, azul... Fui al carro, tomé unos prismáticos y los observé a placer.

—¿Cómo eran?

—Discos. Tenían esa forma.

—Dice usted que volaban como las águilas...

—Planeaban a todas las alturas. Era maravilloso.

Don Eladio permaneció en el lugar durante casi una hora.

—Después me aburrí y allí los dejé.

—¿Y qué opina?

—No eran humanos. Así de claro.

Lo dicho: un sacerdote valiente...

NOJA, TAZACORTE Y VALLDEMOSSA

En 1966 se registraron en España dos casos ovni que me llamaron la atención por la similitud de las naves. El primero ocurrió en verano y el segundo, en septiembre.

Así me lo contaron los testigos del primer avistamiento, Ignacio Bilbao Berasategui y su esposa:

... Nos hallábamos veraneando en Noja (Santander, España)... Y un día, a eso de las doce, cuando nos encontrábamos en la playa, tomando el sol, me dio por mirar, distraídamente, hacia el horizonte... Entonces vi algo que, en un primer momento, me pareció un avión de pasajeros...

Conviene aclarar que Bilbao Berasategui poseía el título «C» de vuelo a vela, emitido por el Club de Vuelo a Vela de Caracas (1963).

... Necesité unos segundos para reaccionar —prosiguió Ignacio—. Aquel aparato volaba a cinco o seis metros sobre el mar... Me extrañó, la verdad... ¿Podía ser un avión en apuros?... No hacía ruido y sostenía una velocidad de planeo... Y me pregunté: «¿Será un avión que se prepara para un amaraje de emergencia?»... Y verifiqué que volaba de sureste a noroeste. Esa dirección no es habitual en los aviones de línea... Para cerciorarme de que no era una visión mía interrogué a mi mujer: «¿Ves algo en el horizonte?»... Y ella replicó de inmediato: «Sí, veo un avión»... Y no le dio mayor importancia... Seguimos con la vista fija en aquel objeto hasta que, recorridos uno o dos kilómetros, desapareció... Lo más asombroso es que tenía forma de bala de cañón, sin cola... Aparecía cortado por la zona posterior y presentaba cinco o seis ventanas cuadradas y grandes.

Semanas después, en septiembre, un objeto de parecido corte fue observado, a placer, en la localidad de Tazacorte, en la isla canaria de La Palma (España). El testigo fue Petronio Pérez Pulido.

Ésta fue su versión:

... Era un objeto enorme, con forma de torpedo... Permaneció inmóvil, ante mí, durante un breve espacio de tiempo, como si deseara que lo observara... Y ya lo creo que lo observé... Conté trece ventanas... Su color era gris oscuro, metalizado... Después se alejó, también en silencio... A esa hora, alrededor de las cinco de la tarde, fue visto por otras personas que se hallaban en la zona.

Años después, en mis correrías tras los ovnis, fui a investigar un caso muy similar a los de Noja y Tazacorte.

Sucedió en Valldemossa (Mallorca, España).

Juana y Miguel Ángel, los testigos, me lo contaron con todo lujo de detalles:

—Ocurrió el 30 de diciembre de 1970 —explicó Juana, la esposa—. Serían la una y media de la madrugada cuando fuimos despertados por los claxons de los automóviles.

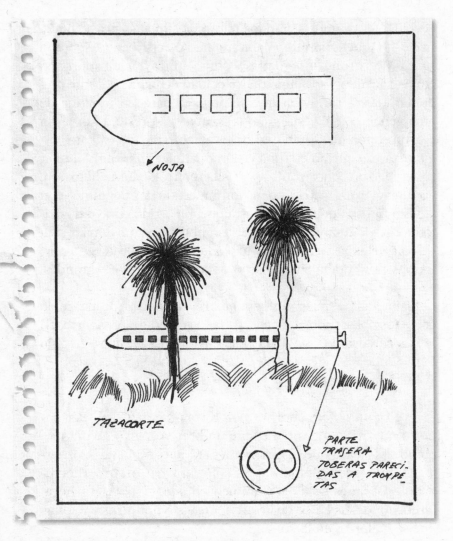

Cuaderno de campo de J. J. Benítez.

Conviene aclarar que la casa de los testigos se halla a 25 metros de la carretera general que lleva a Alcúdia.

—Total, me desperté —continuó Juana—. Fue entonces cuando descubrí un gran resplandor. Procedía del jardín. Pensé en un accidente. Me asomé a la ventana y vi una cosa muy extraña. Era redonda, con mucha luz. Estaba posada en el suelo. Era de color violeta. Me asusté y desperté a Miguel Ángel. «¿Qué es esto?», repetía. Entonces empezamos a oír unos ruidos muy raros en las tuberías de la casa. Mi marido sugirió que subiéramos a la azotea. Y así lo hicimos. Desde allí contemplamos el objeto y comprendimos por qué los coches tocaban el claxon. La luminosidad del aparato molestaba a los conductores que acertaban a pasar.

—¿Cómo era el objeto?

—Parecía una bala, pero enorme. Calculamos unos ocho metros de altura por cinco de diámetro. En el interior se veían luces rojas, como si fueran linternas.

—¿Vieron algún ocupante?

—No.

—¿Cuánto tiempo observaron la «bala»?

—Hasta las seis de la mañana, cuando desapareció. Nos hartamos de verlo... Volvíamos a la cama y nos levantábamos de vez en cuando, para observar.

—¿A qué distancia se hallaban del ovni?

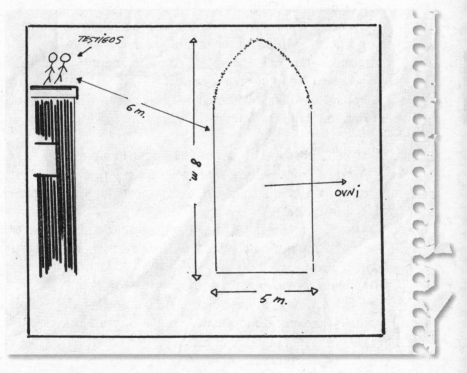

Cuaderno de campo de J. J. Benítez.

—A seis o siete metros.

—¿Tenían perros en la casa?

—Sí, había tres, pero se mantuvieron en la parte de atrás... Tenían miedo... Aullaron hasta que «aquello» se fue.

Miguel confesó que él deseaba bajar al jardín y acercarse a la «cosa», pero la mujer no lo permitió.

—Pensé, incluso —manifestó—, en acercarme al coche. Allí tenía una cámara fotográfica, pero Juana dijo que ni hablar.

—¿Qué había en el lugar donde se posó la nave?

—Árboles frutales, una huerta y un estanque con más de mil ranas... Y algo más allá, un invernadero. La luz violeta del ovni lo iluminaba.

—¿Por qué no permitió que Miguel se acercara a la «bala»?

La mujer me miró, atónita. Y se limitó a responder: «¿Y si se lo hubieran llevado?»

El marido sonrió, pícaro, pero no dijo nada.

—A la mañana siguiente —prosiguió Miguel— inspeccioné el jardín y la zona donde estuvo posado, pero no encontré nada raro.

—¿Cómo desapareció la nave?

—Se elevó y se alejó.

—¿Oyeron ruido?

—Nada. Total silencio.

—¿Se detuvo algún automóvil?

—Que sepamos, no. Tocaban el claxon porque la luz los deslumbraba. La casa, como ves, está muy cerca de la carretera y la luz violeta era intensísima.

—¿Qué se supone que buscaban en vuestro jardín?

—Lo ignoramos.

GOBI

Siempre sentí una atracción especial por el desierto de Gobi, en Mongolia. Sé que oculta muchos misterios... En cierta ocasión, en los años ochenta, una famosa médium me anunció que terminaría viajando a Gobi. «Allí te aguarda una sorpresa —aseguró—. Veo documentos...»

Pero, mientras eso llega (¿o no?), he ido archivando cientos de casos ovni, ocurridos en la inmensidad de dicho desierto. Analizaré algunos, a lo largo de *Sólo para tus ojos*.

El primero tuvo lugar en 1968. El investigador Shi Bo me puso al corriente:

... La protagonista fue una muchacha que trabajó en el ejército de China... Se hallaba destacada en Gobi... «Terminé mis estudios secundarios —explicó la mujer a Shi Bo— y me destinaron al desierto... Nuestro trabajo era abrir un largo canal... Un día, a finales de agosto, cuando regresábamos a los barracones, observamos algo muy raro... Era al atardecer... Una enorme bola roja apareció en mitad del cielo y se dirigió hacia nosotros... Presentaba un rojo anaranjado en el centro y un rojo fuerte en los bordes... Pasó sobre nuestras cabezas y terminó descendiendo, lentamente, en un montículo cercano... Parecía una antena parabólica boca abajo... Después cambió de forma y se transformó en algo similar a un gran sombrero de paja... Algunos muchachos, más valientes, tomaron picos y palas y corrieron hacia la nave... Pero, antes de que se aproximaran, el objeto despegó y se alejó a gran velocidad... En la arena descubrieron cinco marcas; cinco hoyos, y una superficie quemada... Al retornar al campamento, los campesinos aseguraron que esos objetos eran muy fre-

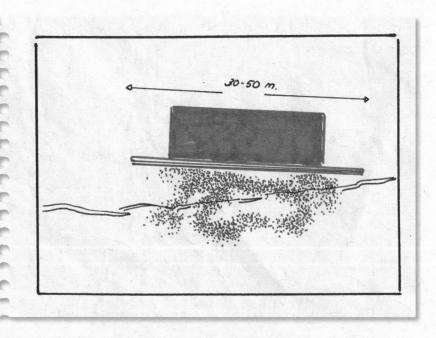

Gobi, 1968. Cuaderno de campo de J. J. Benítez.

cuentes en Gobi... A veces tenían forma de cigarro, o bien de sombrero de paja, como el que acabábamos de observar... Los llamaban "sombreros de ángel" y no tenían idea de lo que eran...»

PAMPLONA

La hermana Soledad Elgué, de la Orden del Sagrado Corazón, fue un ejemplo de entereza y de devoción. El lector sabrá juzgar...

Soledad se encontraba aquella mañana de primavera de 1968 en su cuarto, en el convento ubicado en el barrio de la Media Luna, en Pamplona (España).

—Era temprano —me explicó—. Acababa de levantarme. Quizá fueran las seis y veinticinco... Abrí la ventana de la celda y lo vi... Estaba sobre la pista de patinar y cerca de las de baloncesto. Era una luz brillante y redonda, ligeramente ovoide.

—¿Se movía?

—No.

—¿Qué dimensiones tenía?

—Un metro de diámetro, aproximadamente.

—¿Un metro?

—Sí.

—¿Y qué hizo?

—Me quedé un rato, observando; quizá tres o cuatro minutos.

—¿Cómo era la luz?

—Entre blanca y gris.

Soledad, entonces, pensó que aquello era algo sobrenatural y decidió bajar a la capilla, para rezar y dar las gracias por la visión. Y así lo hizo. Salió de la habitación, situada en el cuarto piso, y se fue derecha a la iglesia.

—¿Qué distancia podía haber entre la ventana y la «visión»?

—En línea recta, unos sesenta metros.

—¿Volvió a verlo cuando salió de la capilla?

—Ya no estaba.

—¿Cuánto tiempo permaneció rezando?

—Una hora.

—¿Lo vio alguien más?

—Nadie comentó nada. Supongo que lo vi yo sola.

—¿Y por qué piensa que fue una «visión del cielo»?

—¿Y qué otra cosa podía pensar? Era bellísimo y silencioso, como las cosas de Dios.

No quise entrar en polémica. ¿Para qué? La monja, en el fondo, estaba en lo cierto...

LIMA

Meses después, en el invierno de ese mismo año (1968), Carlos Moreno, estudiante de Derecho en la ciudad de Lima (Perú), recibió el susto de su vida.

Así lo contó:

... Una madrugada me hallaba durmiendo, en mi cama, cuando fui despertado bruscamente... No podía creer lo que estaba pasando... Al principio imaginé que se trataba de una pesadilla... Pero no... La cama empezó a levitar... Y subió cosa de un metro... Yo estaba aterrorizado... ¿Qué sucedía?... Entonces, de debajo de la cama, surgió una bola luminosa, del tamaño de un melón... Era brillante, como una bengala... Y se paseó despacio por la habitación... Yo no podía moverme, supongo que del susto... Entonces, a los pocos segundos, se dirigió a la ventana, que estaba abierta, y desapareció... Y la cama se precipitó al suelo, con gran ruido...

Casos como el de la monja navarra y el joven peruano son abundantísimos en la casuística ovni. Los llamamos *foo fighters* o cazas de fuego. Se trata, al parecer, de sondas no tripuladas, lanzadas desde naves más grandes, probablemente para explorar (?) áreas de difícil acceso. El nombre de *foo fighters* surge en 1944, en plena segunda guerra mundial, cuando los pilotos de la 415 escuadrilla de cazas nocturnos norteamericanos, con base en Dijon (Francia), se vieron envueltos en infinidad de incidentes con dichas bolas luminosas. Los *foo fighters* presentaban tamaños reducidos (entre 20 centímetros y 1 metro) y jugaban con los cazas a su antojo. Los perseguían sin cesar en los vuelos, en los virajes y en los picados. Los aliados creyeron que estaban ante armas secretas de los alemanes. Y éstos, a su vez, las identificaron con armas de los aliados. Pero los *foo fighters*, como ya mencioné en páginas precedentes, habían sido vistos mucho antes...

Volveré sobre el asunto...

ALCALÁ DE GUADAÍRA

1968 fue un año especial en ufología.

Se vivió otra oleada ovni.

En mis archivos figuran miles de casos. Fue la locura.

Me limitaré a mencionar cuatro.

El primero fue investigado por Manuel Osuna, Joaquín Mateo Nogales, Manuel Filpo, Ignacio Darnaude y por mí mismo.

Ocurrió el 17 de julio, a eso de las 20.30 horas.

Francisco Ramírez se hallaba sentado en las instalaciones de una importante emisora de radio, en el pueblo sevillano de Alcalá de Guadaíra.

—De pronto vi un aparato... Lo tomé por un avión, pero carecía de alas. Me puse en pie y observé con atención. Tenía forma de cigarro puro. Era blanco, plateado. Llevaba dirección noroeste-sureste. Se movía despacio, mucho más lentamente que un avión a reacción.

—¿A qué velocidad, aproximadamente?

—Treinta o cuarenta kilómetros por hora. Era asombroso. A esa velocidad tendría que haber caído.

—¿Escuchó ruido?

113

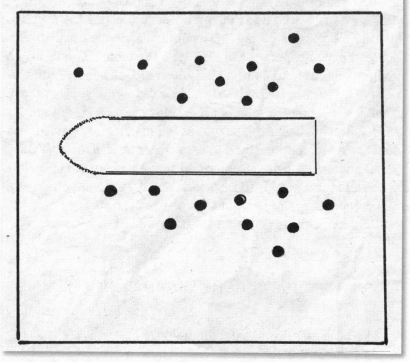

Alcalá de Guadaíra (Sevilla, España) 1968. Cuaderno de campo de J. J. Benítez.

—Ninguno. Eso también me impresionó.

—¿Dejaba estela?

—No.

Pero la cosa no quedó ahí. Media hora más tarde, Francisco volvió a ver un objeto idéntico (quizá el mismo):

—Hizo el mismo recorrido —manifestó—, con una salvedad: el brillo era dorado.

—¿Qué hora era?

—Las nueve de la noche. Me fijé mejor y comprobé que se trataba de un gran cilindro, terminado en punta, y con la parte de atrás recta. No emitía ruido y volaba majestuosamente. La velocidad era la misma: escasísima. Lo rodeaban puntos negros que se alejaban y aproximaban al cilindro de forma anárquica.

—¿Puntos negros? ¿Cuántos?

—No los conté. Muchos. Otros desaparecían de pronto.

El testigo entró en las instalaciones, con el fin de avisar al resto de los operarios pero, al salir, la nave nodriza y el resto habían desaparecido.

—¿Qué supone usted que vio?

—Aquello no era humano, ni normal. Jamás he visto algo así.

—¿Qué tamaño podía tener el cilindro?

—Enorme. Si le digo cien metros, seguramente me quedaré corto.

COSTA PORTUGUESA

Manuel Osuna, veterano investigador ovni, se ocupó del caso de Francisco Suárez.

... Sucedió en septiembre de 1968... Yo era oficial de puente en un mercante llamado *Campanario*... Navegábamos de las islas Canarias a Vigo, frente a la costa de Portugal... Y a eso de las cuatro y media de la madrugada, con tiempo en calma, observamos una luz... Recuerdo que me hallaba con el oficial primero y con el timonel... Todos lo vimos... Era una esfera, como una luna llena, con mucha luz... Flotaba a baja altura; quizá a un metro sobre el agua... La velocidad era endiablada... Pasó junto al buque, paralelamente, y se alejó, desapareciendo... Al aproximarse al *Campanario*, los motores y las luces del barco se apagaron... Nos quedamos a oscuras y sin máquinas... Sólo duró unos segundos.

COMORES

El 13 de junio de 1997, según consta en uno de mis cuadernos de campo, conocí a Antonio Vergés. Nos hallábamos en la

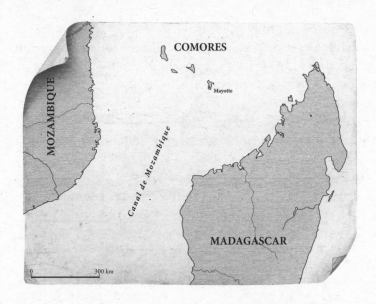

casa del periodista Santi Arriazu, compañero de promoción en la Universidad de Navarra. Santi me presentó a Vergés. Fue así como conocí la experiencia del que fuera capitán de la marina mercante.

Ocurrió en 1968 —explicó Antonio Vergés—. No recuerdo el mes. Yo era capitán de un petrolero. Íbamos en lastre, a la altura de las islas Comores, en el Índico. Era noche cerrada. Y, de pronto, vimos una bola roja, como el sol cuando se pone. Junto a la bola aparecieron cuarenta o cincuenta esferas luminosas, más pequeñas. Y rodearon el buque. Las bolas pequeñas cruzaban sobre cubierta, de proa a popa, y a enorme velocidad. Aquello pudo durar unos minutos. Después se alejaron y desaparecieron.

MARRUECOS

Carmen Horti vivió veintiséis años en Marruecos. Fue ella la que me puso en guardia sobre la experiencia vivida por un arquitecto, el señor Caviglioli, y Julia, su esposa.

En uno de mis viajes a Rabat sostuve una interesante conversación con la testigo:

Sucedió en la noche del primero de diciembre de 1968. Serían las cuatro de la madrugada, más o menos. Regresábamos de una fiesta, en Rabat, y nos dirigíamos a Casablanca por la carretera 36. Y en eso que, en la lejanía, observamos un punto luminoso. Era un disco de color rojo, Se hallaba muy lejos... Pero, súbitamente, el objeto se nos echó encima.

—Cuando dice «súbitamente», ¿a qué se refiere?

—En un segundo, o menos.

Y Julia prosiguió:

—El objeto se colocó sobre un campo de trigo, a cosa de uno o dos metros de tierra.

—¿A qué distancia de ustedes?

—No más allá de doscientos metros. Entonces, intrigado, Noel, mi marido, se bajó del coche y dijo que quería acercarse.

—Y usted, ¿qué hizo?

—Le grité para que no saliera del vehículo. Tenía miedo. Pero era muy testarudo y se bajó del coche, iniciando el camino hacia la nave. Yo, desesperada, me fui tras él.

—¿A qué distancia llegaron?

—Muy cerca: quizá a veinte metros.

—¿Cómo era la nave?

—Enorme y cilíndrica. Vimos una puerta abierta y, en el interior, máquinas, luces y asientos. Pero no había nadie o, al menos, nosotros no vimos...

—¿Qué podía medir el cilindro?

—Más de cincuenta metros. En la «sala», o lo que fuera, cabían veinte personas, como poco. Entonces observamos una especie de vapor, que flotaba sobre los tableros de mando.

—¿Y su marido?

—Intentó subir, pero lo agarré y no se lo permití.

En esos instantes, Julia, en el límite de sus fuerzas, creyó que se desmayaba. Y el marido, prudentemente, dio media vuelta y regresaron al coche.

—Nos metimos en el auto —prosiguió la mujer— y nos dedicamos a observar. Al poco, la puerta se cerró y la nave ascendió, perdiéndose en la noche. Esperamos hasta el amanecer. Regresamos al punto donde estuvo el objeto y descubrimos un gran círculo, quemado. Después, mi marido dio cuenta a la policía, pero no nos hicieron mucho caso.

Antes de la desaparición de la nave, los testigos observaron otro hecho no menos singular:

—Sí, el cilindro cambió de forma y se transformó en un disco.

Julia lo dibujó.

—Era como dos platos soperos, encarados, con una franja luminosa en el centro. Y por la parte inferior, por el «plato» de abajo, surgieron unos «focos» o haces luminosos, de escasa divergencia. Parecían sólidos.

—¿Varió el tamaño de la nave?

—Sí, se redujo a quince o veinte metros. Fue asombroso.

—¿Escucharon algún ruido?

—Nada. Silencio absoluto. Fue otra de las cosas que nos impresionó.

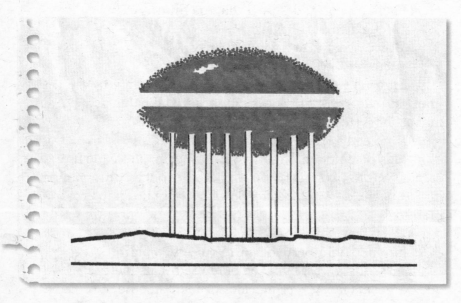

Marruecos, 1968. Cuaderno de campo de J. J. Benítez.

CHIAPAS

El 8 de mayo de 1992 recibí una carta de Ricardo Orozco, químico industrial. Procedía de México.

Decía textualmente:

Por la mano de Editorial Planeta...

Muy señor mío:

Acabo de leer el libro *Terror en la Luna*, escrito por usted... y estoy leyendo con el mismo interés *Los humanoides*.

Ambos son unos libros fantásticos que me han gustado mucho... El primero me hizo recordar un libro que hace unos años leí y que fue el que me obligó a creer en la existencia de los ovnis. Fue escrito por una persona muy seria y de mucho crédito. Ese libro se titula *Así era Chiapas*. Éste es el nombre del estado del extremo sureste de México y, al mismo tiempo, el más bello de la república...

El autor es Miguel Álvarez del Toro, director de Historia Natural de la Flora y la Fauna en la ciudad de Tuxtla Gutiérrez, capital del estado de Chiapas. El currículum de Álvarez del Toro es impresionante...

Pues bien, en ese libro (páginas 477 y 478) se habla de algo que me dejó perplejo y que, como le digo, me llevó a creer en la existencia de los ovnis como vehículos extraterrestres.

El lugar donde ocurrieron los hechos es un rancho próximo a la estación Juárez (ferrocarril que va del D. F. a la ciudad de Mérida).

Dice así el referido texto:

«... Antes de cerrar este capítulo de Juárez, relataré un episodio que jamás me he podido explicar, ni tampoco nadie lo ha hecho. Algunos lectores tal vez sonreirán sardónicamente, otros permanecerán serios, pero los desafío a que me den una explicación convincente. Durante uno de los primeros viajes a Juárez estábamos varias personas y yo platicando con don Che, en el corredor de la casa, en el rancho de Alejandría. Eran como las ocho de la noche; unos se encontraban sentados en sillas, otros sobre el pasto, eternamente verde —antes del petróleo desde luego— porque ahora es gris. Yo estaba sentado dando la espalda al campo, precisamente hacia la loma larga que ya varias veces he mencionado. De repente me di cuenta que mi sombra se proyectaba sobre la pared, como si por detrás hubiese llegado un carro y sus fanales iluminaran la escena. Tardé unos instantes en comprender que ningún automóvil llegaba por ahí; sencillamente no había camino y levanté la mirada interrogante hacia las personas sentadas frente a mí, dándome cuenta de que estaban como hipnotizados, con la mirada fija y los ojos muy abiertos. Me di vuelta para ver qué sucedía, descubriendo que el cielo nocturno estaba tan brillantemente iluminado como de día, a tal grado que la vegetación distante un kilómetro se podía ver con todo detalle.

A la derecha y hacia la izquierda de la loma había grandes bosques cubriendo los pantanos y las lomas vecinas y desde atrás de una de estas lomas, muy lentamente salió una fila de grandes manchas luminosas como el sol; eran seis en perfecta formación y equidistantes, marchando o volando para cruzar sobre la loma despejada. Conforme avanzaban, la luminosidad aumentaba hacia adelante. Eran unas manchas ovaladas, algo imprecisas o por lo menos muy difíciles de ver a causa de su brillantez; era tanto como pretender ver el sol directamente. No fue una visión fugaz, estuvieron maniobrando, si de esta manera se le puede llamar, durante unos diez o quince minutos. Trazaban círculos volando sobre la loma de un pantano al otro, algunas veces unos subían y otros bajaban; se encontraban más o menos a un kilómetro de distancia y como tardaban fui corriendo al campamento que estaba cerca para traer unos binoculares, pero fue inútil porque no se podían enfocar directamente a los objetos; su luz era sencillamente cegadora, no obstante algo se distinguía en el centro: unas formas ovoides muy bruñidas. En cambio, el campo, los bosques cercanos, estaban claramente iluminados, como si de pronto se hubiese hecho de día. Recuerdo que los bejucos, las plantas epífitas, las ramitas, todo era claramente visible.

Después de maniobrar varios minutos, casi un cuarto de hora, desaparecieron detrás de unos bosques mientras la luminosidad trasparentaba los árboles. De pronto todo se apagó, quedó negro como una noche oscura y desde luego salieron los comentarios, las opiniones y alguien propuso ir hasta la cercanía por donde pasaron los objetos, pero francamente nadie se atrevió a salir, ni el mismo que lo sugirió; estábamos sencillamente espantados, asombrados y francamente atemorizados. Discutiendo y opinando transcurrió como una media hora y cuando todo se estaba normalizando..., de improviso, como al accionar un interruptor de luz, todo se iluminó de nuevo y aparecieron los objetos que se elevaron sobre las copas de los árboles y en fila india desaparecieron por el rumbo donde originalmente habían aparecido; ya no hubo maniobras, ya no dieron vueltas, se marcharon simplemente.

Que no me salgan con el cuento de que eran fenómenos de luz; eran aparatos dirigidos y además maniobraban. ¿Qué eran? Jamás nadie me ha dado una explicación convincente. Tardamos horas discutiendo francamente demasiado atemorizados para irnos a la cama. Cuando al fin nos fuimos a dormir, casi nadie pudo conciliar el sueño, según dijeron al día siguiente. Yo por mi parte casi pasé la noche cavilando, tratando de encontrar una explicación porque no deseaba caer en la tentación de llamar platillos voladores a los extraños objetos. Pero a causa de esta aparición yo sí creo en la existencia de algo por el momento inexplicable, algo tal vez extraterrestre; es muy fácil negarlo cuando no se ha tenido una experiencia de esta clase. Al día siguiente a la aparición, muy valientes a la luz del día, corrimos la loma sin encontrar nada anormal y desde lo alto examiné tramo a tramo los pantanos vecinos con los binoculares y tampoco vi nada, ninguna señal de algo extraño...».

Según Ricardo Orozco, la experiencia de Miguel Álvarez del Toro y sus compañeros, tuvo lugar en mayo de 1969.

Poco se puede añadir. La descripción es típica...

COTO DE DOÑANA

En el coto de Doñana (Huelva, España), como iré narrando, han sucedido cosas extrañas, muy extrañas...

Empezaré por el caso de Caro, uno de los guardas del referido coto.

Un atardecer del verano de 1970, Caro marchaba por la marisma. Llevaba el caballo por la brida.

—Buscaba nidos de pájaros —manifestó—. Y en esas empecé a oír un ruido muy raro. Me asusté...

—¿Por qué?

—Lo identifiqué con un enjambre de abejas. Podían atacar... Y el caballo, inquieto, empezó a tirar de la brida. Lo sujeté como pude, al tiempo que miraba a todas partes. Pero no había abejas. Finalmente, el caballo dio un tironazo y logró zafarse. Y salió huyendo. En esos instantes, tratando de localizar a la caballería, vi algo sobre mi cabeza. Era enorme, como un zepelín, y de color butano.

—¿Qué hizo usted?

—Me tiré al suelo.

—¿Por qué?

—Volaba tan bajo que, de no haberme tirado a la arena, me hubiera descabezado.

Cuando el objeto se alejó, Caro emprendió el camino, a la búsqueda del caballo. Lo encontró y regresó al Palacio (cuartel general del coto de Doñana). El susto que llevaba era tal que no salió del recinto en cuatro días.

—No lo hice —dijo— por no volver a cruzar la marisma.

—¿Recuerda algún detalle del objeto?

—Sólo que era inmenso, y con aquel zumbido, como de miles de abejas.

—¿Qué podía medir?

—Treinta o cuarenta metros, por decir algo...

—¿Lo habría golpeado si usted no se hubiera arrojado al suelo?

—Eso creo.

—¿Observó ventanas o símbolos?

—No, todo era de color naranja, como el butano. Además fue rapidísimo.

ANTIGUO SAHARA ESPAÑOL

Lo llamaré José Luis. Era geólogo.
En octubre de 1970 se hallaba en el antiguo Sahara Español, en una misión de búsqueda de recursos mineros.

Trabajábamos para la empresa FOSBUCRA —explicó—. Hacíamos prospecciones y mediciones topográficas... Era un equipo integrado por tres vehículos... En el primer Land Rover viajábamos un topógrafo, su ayudante y yo, así como el chófer, un nativo... En el segundo marchaban tres peones y el conductor, todos nativos, con las tiendas y los víveres... El último todoterreno era una escolta armada... Aquélla era una zona peligrosa... Al tercer día, la expedición montó el campamento al pie de un farallón rocoso... Levantaron las tiendas y establecimos los turnos de vigilancia... Estaba oscureciendo... Y empezaron a preparar la cena... Fue en esos momentos cuando observamos unas extrañas ráfagas luminosas que partían del otro lado del farallón... Eran impresionantes: verdes, rojas, azules, grises... Y los nativos fueron presa del pánico, y huyeron, escondiéndose entre las piedras... A los pocos segundos vimos una gran masa... Se nos echó encima... Era redonda o, mejor dicho, esférica... No presentaba ninguna luz... Todo era negro, pero destacaba contra el cielo estrellado... Aquella inmensa cosa se silueteaba perfectamente contra las estrellas... Según el topógrafo, acostumbrado a las mediciones, la esfera superaba los mil metros de diámetro... Y, lentamente, se fue alejando, perdiéndose en el horizonte... Era una masa enorme y silenciosa... Jamás he visto algo parecido... ¿Cómo podía volar?... Todos coincidimos: durante la observación experimentamos una sensación extraña, muy densa y opresiva, como cuando llega un frente tormentoso... Por supuesto, tomamos la decisión de no contárselo a nadie.

EL HAVRE

M. L. vivía en El Havre (Francia).
En el invierno de 1970 contaba once años de edad.

... Había anochecido —relató—. Me encontraba sentada frente al ventanal del salón, mirando hacia un bosque de castaños... Vivíamos en la rue Vaillant, en una torre de doce pisos... Entonces, de repente, aparecieron aquellas esferas rojas... Eran iguales... Volaban en formación, guardando las mismas distancias entre sí... Conté siete... Quedé muy impactada... El rojo era intenso, como el del fuego... Marchaban de derecha a izquierda... Llamé a mi madre, pero no le dio tiempo a verlo... Fueron desapareciendo en el aire, tal y como las vi aparecer... No logré explicármelo.

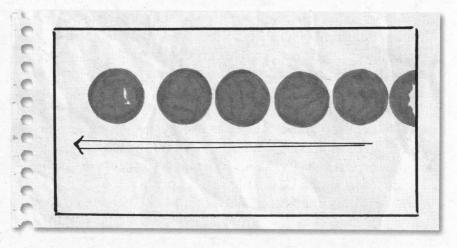

El Havre (Francia), 1970. Siete objetos aparecieron de pronto, volaron ante la testigo, y se esfumaron. Cuaderno de campo de J. J. Benítez.

EL MOLAR

En ocasiones me preguntan: «¿Por qué la gente del Opus Dei no ve ovnis?».

Falso.

Y en el presente trabajo aportaré dos testimonios.

El primero lo vivió (o lo sufrió, según se mire) Antonio Velasco Gorricho, gerente de una importante empresa y profesor, en aquel tiempo, del colegio Gaztelueta, del Opus, en Las Arenas (Vizcaya, España).

Así me relató lo ocurrido el 4 de abril de 1973:

—Me trasladaba desde Bilbao a Madrid. Podían ser las tres y media de la madrugada. Marchaba solo y con la radio a todo volumen porque empezaba a notar sueño. Pues bien, cuando rodaba a unos cien kilómetros de Madrid, poco antes de llegar a El Molar, vi de frente una luz. Y pensé en un avión que trataba de aterrizar. Fue perdiendo altura e, instintivamente, reduje la velocidad. Entonces pasó sobre el coche. Y miré, asombrado...

—¿Por qué?

—¡No era un avión! Tenía forma triangular. Llevaba unas luces blancas y ámbar, fijas, delimitando el triángulo.

—¿Qué dimensiones podía tener?

—Alrededor de quince o veinte metros.

—¿Observó ruedas?

—No. Era liso.

—¿A qué altura le sobrevoló?

**Antonio Velasco.
(Foto: Gras.)**

—Muy bajo; quizá a menos de cien metros.

—¿Oyó ruido?

—Nada. Y eso también fue raro. De haber sido un avión, a esa altura, los motores se hubieran escuchado.

En esos instantes, cuando el «triángulo» pasó sobre el Austin, el conductor trató de localizarlo de nuevo, mirando a todas partes.

—No lo vi... Y en ese momento, la radio se paró. Pues bien, segundos después volví a ver el extraño aparato. Me seguía. Aceleré y, al poco, el objeto hizo un ángulo y desapareció por la derecha. Y la radio volvió a funcionar.

—¿A qué velocidad pasó sobre su coche?

—Muy lento. Eso me dejó perplejo.

ROCIANA

El año 1974 fue especial para mí, en lo que a la investigación ovni se refiere. Pero iré por partes...

El 1 de abril de ese año, en una finca situada entre los pueblos de Rociana y Bollullos del Condado, en la provincia de Huelva (España), un campesino al que llamaré Escobedo se hallaba faenando con las viñas. Eran las cinco y media de la tarde.

El agricultor permanecía inclinado sobre el terreno cuando, súbitamente, percibió una especie de flash fotográfico.

Levantó la cabeza y descubrió sobre las viñas, a cosa de cincuenta metros, un objeto rarísimo y silencioso:

Estaba inmóvil —manifestó— y a poco más de un metro sobre el terreno... Era de color azul metalizado y tenía la forma de un cono truncado... No era muy grande... Quizá midiera un metro de altura y tres de base... Cuatro «rayos» (?) luminosos lo sostenían... Parecían patas, pero yo juraría que no lo eran... En la parte de arriba presentaba un gran ventanal... Era apaisado, pero no dejaba ver el interior... Aquello pudo durar un minuto o algo más... Nos observamos mutuamen-

Rociana, abril de 1974. Cuaderno de campo de J. J. Benítez.

te... Después, el objeto se alejó en diagonal, en silencio, y a gran velocidad... Corrí entonces a una huerta próxima, en la que trabajaba un familiar, y le grité para que lo viera, pero el hombre no lo vio... Regresé a las viñas y examiné la zona... Allí no había nada: ni huellas, ni quemaduras, nada...

Escobedo se mostró enojado porque nadie quiso creerle. Como decía Manuel Osuna, «éste es el triste destino de los que "ellos" escogen para su difícil y comprometido testimonio».

OLIVARES

Tres meses y medio más tarde, en un pueblo relativamente próximo al anterior, se registró otro avistamiento ovni. Fue Osuna, también, quién levantó la liebre:

Era el 19 de julio de 1974... Hacia las nueve de la noche, un grupo de amigos se encontraba en la cancela de entrada a la llamada «Huerta de San José», a cosa de doscientos metros de Olivares... María del Carmen y Francisco Petit Gancedo fueron los primeros en verlo... Primero observaron una luz en la distancia... Después fue acercándose al grupo... Cuando estuvo cerca de los jóvenes comprobaron que se trataba de un objeto muy raro... Tenía forma de sombrero mexicano... Giraba sobre sí mismo... Era plateado, con potentes focos en su perímetro... Al cabo de unos segundos, el ovni se alejó por donde había llegado, y en total silencio... Tiempo total de la observación: alrededor de tres minutos.

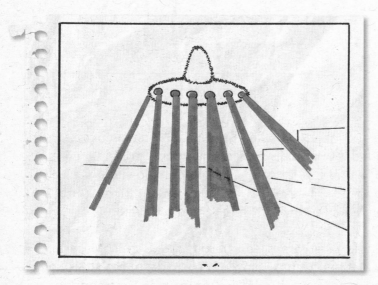

Olivares, julio de 1974. Cuaderno de campo de J. J. Benítez.

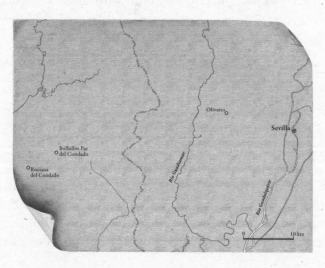

SAGUNTO

El 3 de agosto de 1993 me detuve en Sagunto, en la costa levantina española. Allí llevé a cabo diferentes indagaciones ovni. Una de ellas resultó especialmente interesante. Las hermanas Josefina y Consuelo Chabret, testigos del avistamiento, me pusieron al tanto:

—Fue en la noche del 5 de agosto de 1974. Como mínimo lo vimos catorce personas. Nos hallábamos en un terrado, en la calle Camino Real. Serían las doce de la noche. Estábamos presenciando la representación de *La destrucción de Sagunto*, por la compañía teatral de Tamayo, con música del maestro Rodrigo. La función la daban en el teatro romano, a escasa distancia de la azotea en la que nos encontrábamos.

En esos momentos —según relataron—, Josefina miró al cielo.

—Sobre la plaza de Almenara vi algo que, en un primer instante, confundí con un avión. Pero estaba parado...

—¿Qué forma tenía?

Josefina lo dibujó en el cuaderno de campo, y añadió:

Josefina Chabret.
(Gentileza de la familia.)

—Era como dos platos de sopa, encarados por el borde exterior. Observé focos: cuatro o cinco. Pero, si era un avión, ¿cómo podía permanecer inmóvil? «¡Qué avión tan raro!», me dije.

—¿A qué altura se hallaba?

—Encima del castillo de Almenara. Entonces lo comenté con el resto, y todos lo vieron.

—¿Recuerdas quiénes eran?

—Amparo y Sara Vives, Carmina Bono y un sobrino, Maruja Izquierdo... En total, como digo, catorce personas.

—¿Lo vio el público que asistía a la representación?

—Es muy posible.

—¿Y qué sucedió?

—Al cabo de diez minutos, más o menos, «aquello» se abrió, como una concha. Y del interior salieron rayos de colores. Fue precioso. Blancos, verdes, rojos, amarillos... Entonces se alejó hacia el pueblo. Y volvió a cerrarse. Los rayos

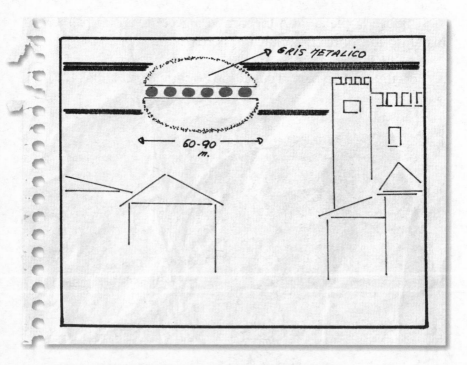

Sagunto, 1974. Cuaderno de campo de J. J. Benítez.

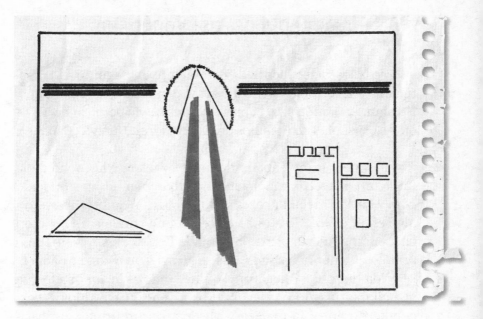

Sagunto: segunda fase del avistamiento. La nave se abrió como una almeja. Cuaderno de campo de J. J. Benítez.

de colores desaparecieron y el objeto se transformó en una bola de luz, como si fuera algodón.

—¿Dices que parecía una concha?

—Sí, como una almeja; mejor dicho, como la concha de los peregrinos que caminan a Santiago.

—¿Tamaño?

—Como un avión Jumbo. (Algo más de noventa metros.)

—¿Oíste ruido?

—Ninguno.

—¿Qué sensación te produjo?

—Muy agradable. Nada de temor...

—Háblame de los rayos que salieron de la «almeja».

—No llegaban al suelo. Se quedaban a medio camino, como si los hubieran cortado a cuchillo; pero eso es imposible...

Comprendí. Otra vez la luz sólida.

BOLLULLOS DEL CONDADO

Tres meses después del avistamiento en Sagunto, el investigador Lucrecio Camacho me avisó de un caso muy parecido. He aquí, en síntesis, lo ocurrido a finales de octubre de 1974 en las cercanías de Bollullos del Condado, en Huelva (España):

... Era el último sábado del mes... A eso de las ocho de la tarde, un grupo de muchachos jugaba en el paraje conocido como La Puentecilla, cerca del pueblo... Y de pronto vieron algo en el cielo... Era una «estrella» que corría... Y la vieron caer en una huerta próxima llamada Los Nebles... De los cuarenta o cincuenta testigos, dos se atrevieron a correr hacia la referida huerta... Y llegaron a quince metros de un objeto que se hallaba posado en tierra... Los jóvenes, casi niños, se escondieron entre la maleza y observaron un artefacto rarísimo... Tenía forma de almeja, con un diámetro de diez o quince metros... A los lados aparecían dos pilotos, uno rojo y otro verde... Era de un metal blanco, plateado, muy brillante, con un halo amarillo a su alrededor... Al cabo de unos minutos, el objeto se elevó, en silencio, y de forma vertical... Emitía un

Diego Sánchez (izquierda) y Francisco Esquivel, testigos del aterrizaje ovni en Bollullos del Condado. (Gentileza de las familias.)

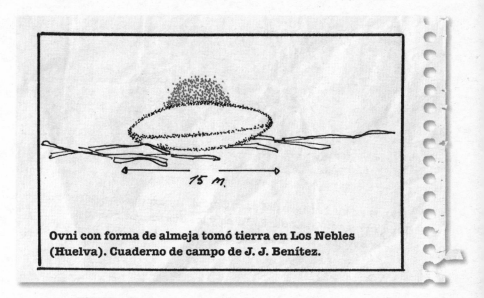

Ovni con forma de almeja tomó tierra en Los Nebles (Huelva). Cuaderno de campo de J. J. Benítez.

zumbido muy potente... Según los testigos, el ovni giraba sobre su eje... En el lugar donde se posó la «almeja» vieron un círculo de hierba quemada... La Guardia Civil intervino y aseguró que la zona quemada, de quince metros de diámetro, había sido provocada por cazadores...

Lucrecio Camacho sonrió al comentar lo de la Benemérita, y añadió: «No hay peor ciego que el que no quiere ver...».

Y proseguí las pesquisas.

CHILCA

El año 1974, como decía, fue decisivo para mí.

De no haber sido por aquel avistamiento ovni, en los arenales de Chilca, al sur de Lima, mi Destino habría sido otro. Quién sabe...

El 7 de septiembre, ya anochecido, tuve la suerte de ver dos objetos volantes no identificados.[1]

---

1. Amplia información en *Ovnis: S.O.S. a la humanidad* (1975).

Algunos de los testigos del caso Chilca. De izquierda a derecha, Oré Tippe, el ingeniero Eduardo Elías y los dos universitarios «invitados» al avistamiento «previa cita». (Foto: J. J. Benítez.)

Fue una experiencia única.

Me acompañaban Charli Paz y otros simpatizantes del grupo RAMA en Perú. Había sido una «cita previa», según los peruanos. En otras palabras: los tripulantes de los ovnis habían concertado la referida cita. El «contacto» —decían— se llevó a cabo a través de la escritura automática.

Y decidí acompañarles.

No me permitieron llevar las cámaras fotográficas. Y bien que lo lamenté.

Y a las 21 horas, aproximadamente, cuando nos encontrábamos en mitad de la nada, vimos aparecer un objeto de gran luminosidad. Se hallaba entre las nubes, silencioso, a doscientos o trescientos metros de los arenales. No podía creerlo. Busqué algún tipo de explicación lógica, pero no la hallé. Y el objeto desapareció. Al poco regresó y, con él, vimos un segundo objeto, también luminoso, que giraba de forma anárquica alrededor del primero. Del objeto grande partió un haz de luz, que no llegó a tocar el suelo. Tras desaparecer, el disco luminoso de mayor tamaño se presentó en Chilca por tercera vez. Segundos más tarde se perdía entre las nubes.

Lo tuve claro. A partir de ese día, mi consagración a la investigación ovni fue plena.

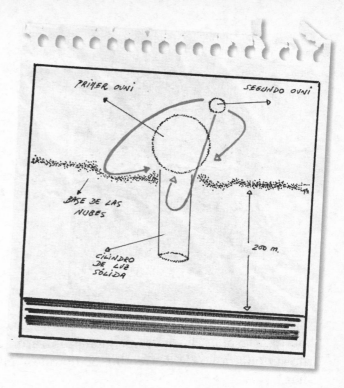

Cuaderno de campo de J. J. Benítez.

GÓJAR

Cinco días después de la asombrosa experiencia en el desierto de Chilca, Adela Carretero y otros muchachos, todos vecinos de Gójar, en Granada (España), vivieron un avistamiento ovni no menos singular.

Así me lo contó:

... Podían ser las dos y media o tres de la madrugada... Habíamos ido a robar fresas... Nos hallábamos contemplando el firmamento, de cara a las montañas existentes a espaldas de Dila... Entonces, sobre dichas montañas, vimos aparecer un objeto elíptico, muy grande... Ocupaba toda la montaña y sobresalía... Brillaba con un color azul, tipo neón... Era impresionante... Y, de pronto, empezaron a salir otros objetos más pequeños... Salían del centro de la nave grande... Eran luces pequeñas, de muchos colores... No sabría calcular, pero había varias decenas... Lo contemplamos durante media

Adela Carretero. (Foto: Moli.)

hora... Después, las luces pequeñas entraron de nuevo en la nave nodriza y ésta descendió, ocultándose entre las montañas.

Recreación de la nodriza, y de las pequeñas naves de exploración, observadas el 12 de septiembre de 1974 sobre las montañas de Granada (España). (Foto: Moli.)

EL OVNI DEL PIRINEO

En 1974 se registró también un suceso que ya mencioné en *Terror en la Luna* (1982) y que, entiendo, debe ser recuperado en el presente bloque.

«Aquella noche —contaba en el referido libro—, todavía no sé por qué, me asomé al balcón. Y quedé desconcertado. En mitad del cielo, aparentemente sobre la ciudad de Bilbao (País Vasco, España), flotaba una serie de estelas, "nubes" o manchas luminosas de proporciones gigantescas.

Eran las diez y media de la noche del 12 de junio de 1974.

Permanecí largo rato contemplando el hermoso e intrigante fenómeno. Y, poco a poco, las formaciones luminosas fueron disipándose.

¿Qué había sucedido?

Mi primera deducción fue quizá la de casi todos aquellos que llegaron a contemplarlo: «algo» hizo explosión a gran altura... ¿Un satélite?

Esa misma noche hice las primeras averiguaciones. Los aeropuertos consultados —Bilbao, Madrid y Zaragoza— no tenían noticia de siniestro alguno en relación con aviones civiles o militares. Había que descartar, por tanto, este tipo de aparatos. Al llamar a los aeropuertos en cuestión me confirmaron que allí también se habían visto —y se veían aún— las singulares estelas luminosas.

Teniendo en cuenta las distancias que separan Bilbao de Zaragoza y Madrid, ningún caza o avión civil hubiera sido visto simultáneamente en los tres puntos. Ni el más grande de los reactores —el Jumbo—, con sus 98 metros, hubiera podido ser visible a un mismo tiempo desde las tres ciudades mencionadas.

Pero, conforme fui profundizando en las investigaciones, el problema se hizo más difícil...

Al día siguiente, decenas de llamadas bloquearon la centralita del periódico donde trabajaba en aquella época. Eran llamadas procedentes de todo el País Vasco, de Navarra, Asturias, Valladolid, Santander y un largo etcétera. El asunto se complicaba.

Imagen superior: un objeto discoidal precedió a la estela. Imagen inferior: la estela.

Por otros canales supe que el fenómeno había sido visto y fotografiado desde Cataluña y Baleares...

¿A qué altura se había registrado entonces? Y lo más intrigante: ¿de qué se trataba?

Pero mi desconcierto fue total cuando, guiado por el instinto, decidí llamar esa misma mañana a Galicia. ¡Allí también fue visto!

Hice lo propio con Andalucía y Canarias, pero en estas regiones los resultados fueron negativos.

El tema quedó centrado, en principio, en la zona norte de España, incluyendo el centro, Aragón y parte de la costa levantina. Demasiados kilómetros como para pensar en la explosión de un avión...

A las pocas horas —y ante el revuelo producido por la noticia— "fuentes oficiales" aseguraron que todo se debía a un cohete meteorológico francés. El Servicio Meteorológico Francés —afirmaron— hizo explosionar un cohete portasatélites, tipo

PASEO DEL MUELLE DE LAS ARENAS
Fenómeno acaecido sobre la vertical (aparente) de Negurí

12 de Junio de 1974
— 22,15 horas —

Avistamiento desde el muelle de Las Arenas, en Vizcaya (España). Dibujo del doctor Larrazabal.

Veronique, que, al parecer, había escapado al control y se dirigía hacia el espacio aéreo español. Ante los posibles riesgos, el cohete fue desintegrado en la atmósfera...

Pero "algo" me hizo dudar. "Algo" me decía que "aquello" no fue fruto de la explosión de un cohete (por muy francés que fuera). Normalmente, las dimensiones de estos cohetes no superan los seis u ocho metros de longitud. Era difícil imaginar que un artefacto de tan reducido tamaño pudiera ser visto, al mismo tiempo, desde zonas tan alejadas.

Allí había algo más...»

Y me puse en marcha.

Durante años peiné España, a la búsqueda de casos ovni, registrados, justamente, el 12 de junio de 1974.

No me equivoqué.

He aquí una selección de lo que acerté a encontrar y que pone en tela de juicio la versión oficial:

VILANOVA I LA GELTRÚ

Antonio Marcé relató lo siguiente:

... Ese día, a las 22.10 horas, al abandonar la fábrica Pirelli, situada a dos kilómetros al norte de mi pueblo —Vilanova i la Geltrú—, vi algo sorprendente... El autocar trasladaba al segundo turno al pueblo... Pues bien, cuando nos hallábamos a 300 metros de la fábrica, en el horizonte vimos una estela rojiza... Por delante marchaba un cuerpo redondo... Segundos después, dicho objeto (totalmente redondo) dio tres vueltas... Al concluir el tercer giro, el artefacto explotó y se formó la extraña y gigantesca nube... Después, al llegar a casa, continué la observación... Y fue entonces cuando vi un segundo objeto... Volaba de oeste a este... Al llegar a nuestra vertical giró y se dirigió hacia la gran nube... Después desapareció.

Extrañísimo. ¡Un cohete meteorológico redondo!

Pero sigamos...

PAMPLONA

A la misma hora (22.15), un destacado periodista (director de Radio Nacional), cuya identidad no estoy autorizado a revelar, circulaba en su vehículo, con destino al País Vasco. Esto fue lo que me contó:

... Empecé a verlo a las afueras de Pamplona, pasado el mesón de El Toro... Era algo ovalado... Y empezó a dibujar elipses... Lo hacía con radios de menor a mayor... Finalmente vi cómo giraba sobre sí mismo... Y se elevó a gran velocidad... Tenía una luz muy intensa, similar a la de la soldadura autógena... Me bajé del coche y lo contemplé durante diez minutos... Era asombroso... Era mucho más grande que un avión... Y sucedió algo extraño... Cuando quise regresar al vehículo no fue posible... Estaba como imantado... No logré abrir la puerta y tuve que romper el cristal (derivabrisas) de la ventanilla... A día siguiente vi las fotografías de las extrañas nubes en la prensa.

VUELO BARCELONA-SANTIAGO

El 8 de febrero de 1993 celebré una entrevista con José Luis Gahona, comandante de líneas aéreas.

Y relató lo siguiente respecto al 12 de junio de 1974:

... Esa noche volaba de Barcelona a Santiago de Compostela... Nos hallábamos al norte de la ciudad de Zaragoza cuando, de pronto, por nuestra derecha, nos vimos rebasados por algo inmenso y desconcertante... Era una bola roja y, detrás, una estela igualmente rojiza... Era como un chorro, pero separada de la esfera... Nosotros volábamos a 30.000 pies y «aquello» se encontraba más alto. Puede que a unos 50.000 pies... Lo vimos todos... Marchaba a unas diez veces nuestra velocidad (900 kilómetros por hora); es decir, a 9.000 o

10.000 kilómetros a la hora, como mínimo... Era impresionante... La estela (?), o lo que fuera, era tan larga como la cadena de los Pirineos... Como poco, cien kilómetros... No me atrevo a decirte el tamaño de la esfera... El vuelo, por supuesto, era perfectamente horizontal.

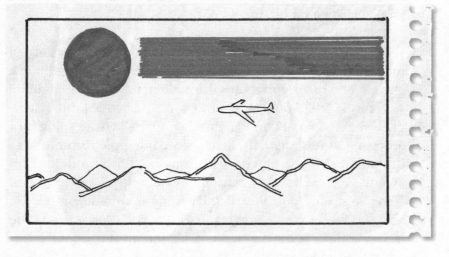

Pirineos, 12 de junio de 1974. Cuaderno de campo de J. J. Benítez.

SANTIAGO DE LA RIBERA

En otra de mis correrías por Murcia (España) me reuní con Esperanza Basabe en la localidad de Santiago de la Ribera. El 12 de junio de 1974, a eso de las doce de la noche, fue testigo de algo desconcertante. La acompañaban sus padres, y *Boy*, el perro de la familia.

—Salíamos todas las noches a caminar. Pero ese día sucedió algo poco común. De pronto, a la altura del edificio Santiago, notamos algo raro. Era como una atmósfera densa que impedía caminar. Y el perro se refugió entre nuestros pies, atemorizado. No comprendíamos qué estaba sucediendo. Entonces lo vimos. Estaba sobre el barrio de San Blas. Era un objeto ovalado, grande, con un halo de muchos colores. Giraba sobre sí mismo, sin ruido. En el centro presentaba unos signos...

Esperanza dibujó el ovni y los símbolos. Quedé perplejo. ¡Eran unos enormes «palo-cero-palo»!

—¿Estás segura?

—Completamente.

Y prosiguió:

—Del objeto salió un haz de luz y se dirigió a nosotros. Nos asustamos y dimos la vuelta, regresando a casa, en la calle O'Shea. Pero nos costaba caminar. Tardamos en llegar. Y el objeto siguió detrás de nosotros.

Finalmente, Esperanza y los padres alcanzaron el número 27 de la referida calle O'Shea.

—El perro se escondió debajo de la cama y no hubo forma de sacarlo de allí. Yo me fui a una de las ventanas y observé el ovni. Estaba quieto y a baja altura; quizá a diez metros del suelo. Nos acostamos vestidos, de puro miedo. Al otro día nos despertamos a las once de la mañana; algo insólito.

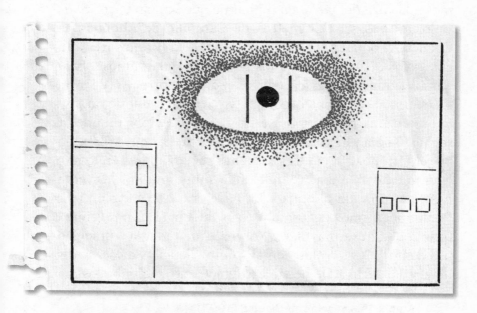

Santiago de la Ribera (Murcia), 12 de junio de 1974. Cuaderno de campo de J. J. Benítez.

143

Debo recordar a los seguidores y estudiosos del fenómeno ovni que la primera vez que tuve conocimiento de una nave, con los signos «IOI» (palo-cero-palo) en la cúpula, fue en julio de 1996, en Los Villares (Jaén, España).[1] En otras palabras: veintidós años después de la experiencia vivida por Esperanza Basabe y sus padres.

CAMPILLO DE ALTOBUEY

Conocí a Ángel Díaz Cuéllar durante las investigaciones sobre el caso Manises.[2] Había sido capitán del Ejército del Aire. En 1963 entró en aviación civil y fue jefe de operaciones y oficial de tráfico en el aeropuerto de Valencia.

En una de las muchas conversaciones que sostuve con él confesó algo que no había hecho público:

... Ocurrió en la noche del 12 de junio de 1974... Estábamos a la caza del jabalí en un paraje que llaman el corral del Bolo, a unos seis kilómetros de Campillo de Altobuey, en Cuenca... Podían ser las diez de la noche... Éramos tres amigos... Nos distribuimos en los puestos y aguardamos... Estábamos a quinientos o mil metros el uno del otro... Y, de pronto, en mitad del silencio, oí algo parecido al crujir de ramas... Pensé en una pieza... Miré a mi izquierda y por una de las rochas[3] vi algo increíble: un objeto lenticular que volaba sobre el terreno... Lucía tres ventanas rectangulares en lo alto, ligeramente abombadas en la zona superior... Por las ventanas salía una luz naranja... La nave era de color plomizo... Podía medir unos cuarenta metros de longitud, por veinte o treinta de altura máxima... Yo diría que tenía las dimensiones de un DC-9... Volaba en absoluto silencio y a escasa distancia del suelo... De hecho escuché cómo quebraba los ma-

1. Amplia información en *Ricky B* (1997).
2. Amplia información en *Incidente en Manises* (1980).
3. Rocha: franja de tierra que ha sido despejada.

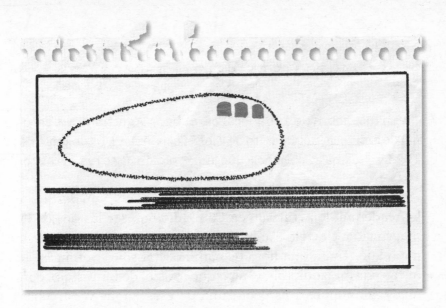

Campillo de Altobuey (12 de junio de 1974).

torrales... Llevaba dirección Madrid-Valencia... Pude observarlo unos diez o quince segundos, y a cosa de trescientos metros... Después, cuando me reuní con mis compañeros, supe que ellos también lo habían visto, pero no dije nada... Jamás había visto nada igual...

Ángel Díaz Cuéllar.
(Foto: J. J. Benítez.)

AUTOPISTA SEVILLA-CÁDIZ

En diciembre de 1992 localicé, al fin, a Agustín Ortiz, coronel de artillería del Ejército de Tierra español. El 12 de junio de 1974 vivió una experiencia que jamás olvidó. Éste fue su relato:

—Entonces era comandante. Salí de Sevilla, con destino a la Academia de Artillería, en Cádiz. Podían ser las dos de la madrugada. El cielo estaba encapotado. Tomé la autopista y me relajé. Tenía una hora de camino. Iba solo. Entonces, al mirar por mi izquierda, vi algo que asocié, de inmediato, con una «gallinópolis»; es decir, una de esas largas y estrechas granjas donde se crían gallinas. Todo eran ventanas. Bajé el cristal y verifiqué que aquello no era una «gallinópolis». ¡Aquello volaba a escasa distancia del suelo! Y el objeto me siguió, en silencio, durante 80 kilómetros...

—¿Podría precisar la forma del ovni?

—Rectangular, como una granja, pero con cincuenta o sesenta ventanas.

Agustín Ortiz. (Gentileza de la familia.)

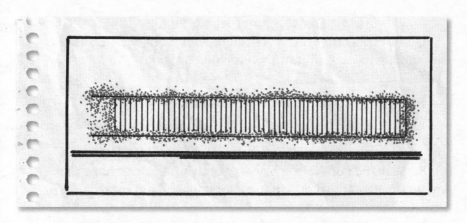

La «gallinópolis». Cuaderno de campo de J. J. Benítez.

El entonces comandante llegó al peaje, pero no dijo nada.

—No me pareció oportuno. Y proseguí el viaje.

—¿Y la «gallinópolis»?

—Por mi izquierda. Allí siguió. Puse el Dodge a 180 kilómetros por hora, y el objeto continuó a mi lado, a idéntica velocidad. Entonces opté por parar el coche. Y le hice señales con los faros. Quizá cinco o seis ráfagas. Y el objeto empezó a aproximarse. Sentí miedo y arranqué.

—¿Cuánto tiempo estuvo parado?

—Unos cinco minutos.

—¿Le adelantó algún otro vehículo?

—Ninguno. Y tampoco cruzaron en dirección contraria.

—¿Y qué hizo?

—Circulé despacio, fijándome en todo lo que pude. Conté, incluso, las ventanas. Las esquinas eran nítidas. La paralaje, al principio, era pequeña. En Lebrija aumentó. Después del segundo peaje, el objeto se elevó por encima de Puerto Real y se fue perdiendo. Lo vi detenerse unos segundos sobre la zona del puente de Carranza. Acto seguido se dirigió hacia Tarifa y no volví a verlo.

—¿Qué tamaño le calcula?

—Según la paralaje,[1] alrededor de sesenta metros de longitud.

1. Una milésima = un metro, a un kilómetro de distancia.

—¿Qué fue lo que más le impresionó?

—El desplazamiento: rectilíneo, silencioso y majestuoso. No había cabeceo, ni tampoco balanceo.

GOLFO DE MÉXICO

En 1980 celebré una entrevista con Julián Urréchaga Urbizu, de Górliz (Vizcaya, España). Fue piloto de la marina mercante.

En la noche del 12 de junio de 1974 se hallaba en el puente de un petrolero de 60.000 toneladas: el *S. S. Golar Solveig*, de la compañía Gotaas Larsen.

—Navegábamos en lastre —explicó—. Serían las once de la noche. Nos dirigíamos por el golfo de México hacia Bullen Bay... Yo hacía la guardia del tercero... Entonces me llamó un marinero y señaló a popa... Y vimos una formación de objetos... Eran seis o siete... Llegaron por la popa y nos sobrevolaron...

—¿A qué altura?

—Marchaban a dos niveles: los más bajos, a unos mil quinientos metros. El resto, más alto.

—¿Qué forma tenían?

—No eran redondos del todo; más bien, ovalados. Y cada uno dejaba atrás una estela. Los objetos de arriba brillaban con un color amarillento. Los de abajo cambiaban de tonalidad.

—¿Hubo alteraciones en el barco?

—Que yo sepa, no. El petrolero marchaba en automático.

—¿Oyeron algún ruido?

—Se escuchaba una especie de zumbido.

—¿Cuánto tiempo los observaron?

—Segundos. Iban a gran velocidad. Yo diría que a diez veces la de un reactor de combate.

—¿Iluminaron el buque o la mar?

—Negativo.

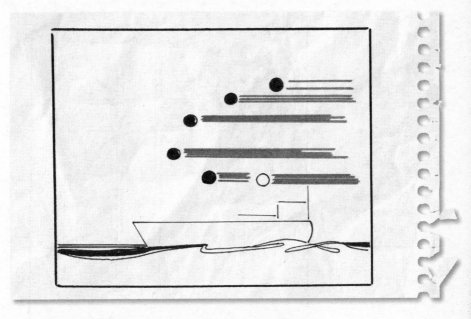

Golfo de México. Cuaderno de campo de J. J. Benítez.

—¿Qué rumbo llevaban?

—Sudeste. 130 o 135 grados. Esa misma madrugada, por Radio Nacional, supimos que seis objetos habían sido vistos sobre la ciudad de Caracas. Era el rumbo que llevaban los que vimos...

TRASMOZ

Durante semanas viajé por Zaragoza (España), reuniendo una importante información ovni.

Uno de los casos me dejó perplejo.

En Trasmoz, un pequeño y recóndito pueblo, los vecinos habían asistido, atemorizados, al paso de una serie de misteriosas y silenciosas luces. Los hechos tuvieron lugar las noches de los días 11, 12 y 13 de junio de 1974.

El asunto no hubiera tenido mayor trascendencia de no haber sido por un pequeño «detalle»: una de las bolas de fuego

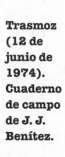

Trasmoz (12 de junio de 1974). Cuaderno de campo de J. J. Benítez.

Uno de los vecinos de Trasmoz muestra una de las cruces metálicas arrancadas por el ovni. (Foto: J. J. Benítez.)

permaneció toda la noche sobre el cementerio de la localidad, arrastrando las cruces metálicas de las tumbas. Los vecinos, asombrados, tuvieron que volver a clavarlas.

Era la primera vez, que yo sepa, que un ovni altera un cementerio...

CAMPILLO

El 12 de junio de 1974, hacia las doce de la noche, Manuel Llamas Alcaraz, Joaquín García Marín y José Montiel se hallaban regando en el término de Campillo, a un kilómetro de Lorca, en Murcia (España).

... Y, de repente, apareció «aquello»... Era una cosa redonda, como una luna llena... Marchaba despacio, sin ruido... Y al llegar a nuestra vertical se detuvo unos instantes... Enton-

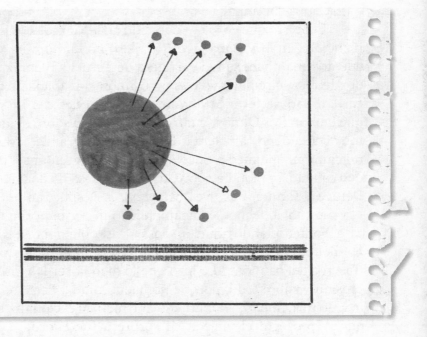

Campillo (Lorca), 12 de junio de 1974. Cuaderno de campo de J. J. Benítez.

ces vimos cómo arrojaba otras luces, más pequeñas... Cinco o seis por cada lado... Y la grande se alejó a toda velocidad... Visto y no visto... Se perdió en dirección a Águilas... Y las pequeñas se fueron tras ella...

LOS OLMOS

En 2001 recibí la siguiente comunicación escrita:

Me llamo Julián Campos. Soy camionero. Tengo cincuenta y un años. He leído su libro *Mis ovnis favoritos* y, al llegar a la página 354, y observar el ovni fotografiado en México, me he decidido a escribirle... Yo también vi uno, pero hace muchos años. Fue en junio de 1974. Al día siguiente sacaron en la prensa unas extrañas nubes...

Deduje que Julián hablaba del 12 de junio de 1974.

La carta continuaba así:

... El objeto que yo vi era parecido al de Tlaxcala, que usted menciona en *Mis ovnis favoritos*, pero no tan luminoso... Le cuento: una noche, en la carretera de Teruel a Alcañiz, cerca de Alcorisa, circulaba yo con un camión... Acababa de cargar carbón para la térmica de Andorra... Y al llegar a un paraje que llaman Los Olmos (cuatro casas) vi algo sobre el terreno, muy cerca de la carretera... Era ovalado y grande... Más que mi camión, que medía once metros... Tenía ventanas, por las que salía luz... Flotaba sobre la tierra, a cosa de dos metros... Detuve el camión y estuve observando... Después abrí la puerta y me subí al techo de la cabina... Y allí permanecí un buen rato, contemplando aquella «cosa»... El objeto, no sé si se lo he dicho, era rojo; un rojo brillante, como el de los pilotos traseros del camión... Le juro que le digo la verdad... Me impresionó, sobre todo, porque no hacía ruido... Pero, mire usted, no tuve miedo... Finalmente me metí en el camión, arranqué, y proseguí el viaje... Mi sorpresa fue enorme cuando «aquello» se puso en marcha y me siguió, siempre por mi izquierda... Puse el camión a 80 o 90 kilómetros por hora y

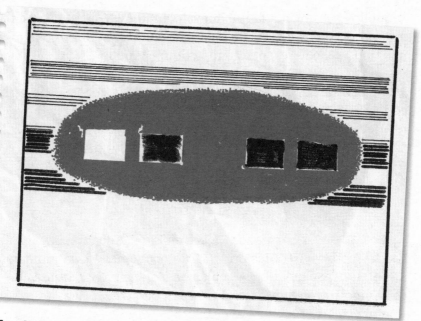

Los Olmos, 12 de junio de 1974. Cuaderno de campo de J. J. Benítez.

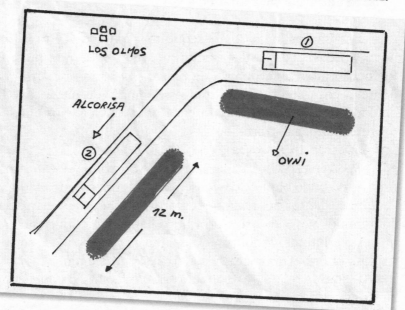

En la posición «1», el camión de Julián, a escasos cinco metros del ovni. Posición «2»: el ovni sigue al camión. Cuaderno de campo de J. J. Benítez.

«aquello» se movía a la misma velocidad... He conducido camiones de todas clases, he sido paracaidista y conozco algunos tipos de aviones, pero nada como «aquello»...

Dejé pasar un tiempo (sólo catorce años) y volví a conectar con Julián. La descripción fue idéntica. La técnica de la «nevera», como ya expliqué en su momento,[1] nunca falla.

BAÑARES

Localicé a los hermanos Nájera en Elda (Alicante, España). Los hechos, registrados en la tarde-noche del 12 de junio de 1974, tuvieron lugar en la población riojana de Bañares, a cinco kilómetros de Santo Domingo de la Calzada.

Fuimos directamente al grano:

Ana Rosa Nájera, principal protagonista del encuentro, contaba entonces ocho años de edad...

—Estábamos jugando al escondite —explicó—. Era ya de noche, o casi. Total, nos escondimos detrás de una piedra. Recuerdo que cerca había una pieza, sin sembrar. Y, de repente, a cosa de cincuenta metros de la citada pieza cayó o bajó algo. Era una luz muy intensa, muy blanca. Nos quedamos mirando, asombrados.

—¿Detrás de la piedra?

—Sí. Y en eso vimos aparecer a una persona. Llevaba una especie de buzo blanco, con casco. Era como los astronautas. Caminaba lento. Se agachó, cogió un puñado de tierra y la contempló. Después se irguió y miró hacia la piedra en la que nos escondíamos. Y continuó hacia la nave. Entonces se cerró una puerta y el objeto se elevó, desapareciendo.

—¿Piensas que el «astronauta» se dio cuenta de que estabais escondidos?

1. Amplia información en *Estoy bien* y *Pactos y señales* (2014 y 2015, respectivamente).

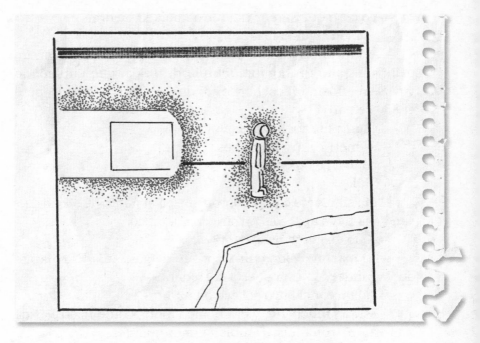

Bañares (La Rioja). Cuaderno de campo de J. J. Benítez.

Los hermanos Nájera.
(Foto: J. J. Benítez.)

155

—Yo creo que sí; por eso miró hacia la piedra.

—¿Lo vio alguien más?

—Al entrar en la nave empezamos a gritar: «¡Un ovni, un ovni!». Y salió un hombre, el hijo de Tasia, que también lo vio. Se metió en un coche y trató de perseguir a la nave, pero el 850 se paró.

—¿Cómo desapareció el ovni?

—Se metió entre las nubes.

—¿Hacía ruido?

—Nada.

Al día siguiente comprobaron que en el punto en el que descendió la nave aparecía un círculo quemado.

—¿Qué forma tenía el ovni?

—Lo más parecido a un depósito de gasolina. Era alargado y grande, con una puerta corredera.

—Háblame del buzo del astronauta.

—Estaba hinchado, y era blanco mate, como los trajes de nuestros astronautas. También vimos guantes.

—¿Se llevó la tierra a la nave?

—Lo ignoro.

—¿Doblaba las rodillas?

—Sí, lo hizo, sobre todo, al entrar en el objeto. Después, la puerta se cerró y la nave se elevó, en silencio.

—¿Cuándo observasteis las extrañas nubes?

—Esa misma noche, al poco del aterrizaje ovni.

Lo tuve clarísimo. La tarde-noche del 12 de junio de 1974 sí hubo ovnis sobre la península ibérica, ¡y de qué forma!

Lo dicho: las «fuentes oficiales» mintieron, una vez más.

JAPÓN

Durante años, Manuel Calvo Hernando, del Instituto de Cultura Hispánica, me facilitó cientos de casos ovni. A él le llegaban a través de las embajadas. Después, con el paso del tiempo, Manolo Calvo Hernando se posicionó en contra de los ovnis. Y tuve que soportar sus críticas. Uno de los primeros casos llegó el 8 de abril de 1975. Decía así:

... Formación ovni en Japón asombra a oficiales de la policía y al gobierno... Una escuadrilla de objetos volantes no identificados cruzó parte de Japón durante la noche del 15 de enero (1975)... Eran veinte objetos resplandecientes, camuflados en una nube... Los ovnis volaban en fila, en perfecta formación... Los testimonios se cuentan por miles... La «nube» (obviamente fabricada) voló de norte a sur del país... La policía recibió cientos de llamadas telefónicas, así como los militares... Uno de los testimonios principales procede de la policía de Morioka, al norte... Los oficiales vieron una nube que se desplazaba a gran velocidad... Tenía 500 metros de longitud... En el interior observaron 20 luces de color naranja, todas en fila... Los objetos no fueron detectados en los radares... Cada ovni alcanzaba los 10 metros de diámetro.

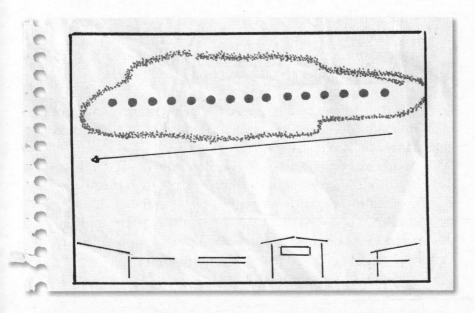

Decenas de ciudades, en Japón, observaron una nube «inteligente». En el interior marchaban 20 objetos no identificados. Cuaderno de campo de J. J. Benítez.

TENERIFE

Aquella madrugada, Fermín León Rojas se hallaba regando. Vivía en Santa Cruz de Tenerife (Canarias, España).

—Ocurrió el 11 de junio de 1975. Podían ser las tres y veinte de la madrugada. Apareció sobre la punta de Teno.

Fermín era un hombre sencillo. Trabajaba como listero en el puerto.

—Entonces, cuando sacaba agua de un estanque —explicó—, apareció «aquello» en el cielo. «¡Madre mía!», me dije. Y el resplandor me cegó...

—¿El resplandor de qué?

—No me creerá... Usted no me creerá. Nadie me cree.

—Le aseguro que le creeré. He visto muchas cosas...

La conversación se estaba celebrando un año después del avistamiento, pero Fermín, de sesenta y dos años de edad, continuaba asustado.

—Era como un bolígrafo, pero gigantesco, con una cola que no terminaba nunca.

—¿Un bolígrafo?

—Mejor aún, como un cigarro puro. Y en la parte de atrás llevaba algo, como una cuerda, con una luz al final.

Le pedí que lo dibujara.

Era la típica nave nodriza, pero inmensa. Según el testigo, el objeto medía del orden de seiscientos metros. En cuanto a la cola, de trescientos no bajaba.

—Apareció, como le digo, en el cielo y voló hacia donde yo estaba. Entonces lanzó aquel fogonazo y me dejó medio ciego. Pero pude observarlo durante unos segundos. Llevaba tres luces más pequeñas en el morro y otras cuatro a los lados, como si escoltaran al puro. Pasó por encima de Santa Cruz en absoluto silencio. No se oía ni una mosca.

—¿De qué color era la nave grande?

—Oscura.

—¿Y las pequeñas?

—Del color de la soldadura autógena.

—¿A qué altura pudo pasar?

—No demasiado alto; quizá a dos mil metros, o menos. Mi casa se encuentra a 130 metros sobre el nivel del mar.

—¿Qué sensación le produjo?

—Primero, asombro. «¿Qué es esto?», me dije. Después, tras el fogonazo, experimenté miedo.

—¿Ha vuelto a ver algo así?

—Nunca, y Dios quiera que no vuelva a verlo.

—¿Por qué?

—Sentí impotencia. Era inmenso. ¿Cómo puede volar algo así?

Buena pregunta...

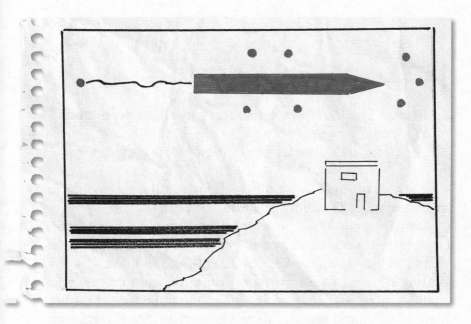

Tenerife, junio de 1975. Cuaderno de campo de J. J. Benítez.

ANDRATX

Fernando Rodríguez Madero fue un periodista audaz. Su retransmisión, en directo, del atraco al Banco Central, en Barcelona, fue una lección de buen periodismo.

Señalado con la flecha el lugar del avistamiento ovni.

Lo conocí en 1975. Él conducía un importante programa de radio.

Pues bien, en una de las conversaciones, me reveló algo:

... Yo vi un ovni —me dijo—. Ocurrió a las cuatro de la madrugada del 23 de junio de este año (1975)...

Navegaba con otras personas hacia el puerto de Andratx, en el extremo occidental de la isla de Mallorca... Podíamos estar a treinta millas de Andratx... Le tocaba el timón a Víctor Bottini, pero quise acompañarle... Entonces sentimos un gran ruido, superior al de un reactor... Y, de inmediato, una luz blanca lo iluminó todo... Apareció de golpe... La luz era una masa... No sabría decirte qué forma tenía... Y de la luz blanca vimos «caer» (?) una luz verde... Y se precipitó en la mar... Entonces, todo volvió a la normalidad... El ruido y la luz nuclear aparecieron casi al mismo tiempo y desaparecieron de la misma manera.

Fernando Rodríguez Madero. (Gentileza de la familia.)

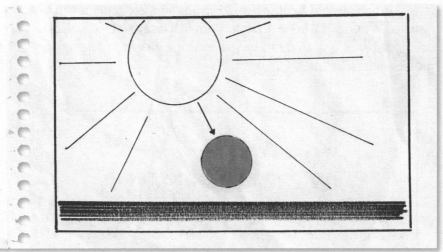

Una luz verde se desprendió de la luz blanca. Cuaderno de campo de J. J. Benítez.

ZIMBABWE

En julio de 1975 se registró en Zimbabwe (antigua Rodesia) una interesante minioleada ovni. Cynthia Hind volvió a informarme:

... El 16 de julio —contó— fue espectacular... El matrimonio Burger tuvo problemas eléctricos la noche anterior...

Nada funcionaba en la casa... Las luces y la tele se apagaban y volvían a prenderse... Era cosa de locos... Pero nadie tuvo la precaución de mirar al exterior... Al día siguiente, 16, a eso de las siete y cuarto de la noche, Wayne Burger salió de la casa con el fin de cerrar la cancela exterior... El perro alsaciano, que siempre lo acompañaba, no quiso pasar de la terraza. Estaba inquieto... Wayne cerró la puerta metálica y fue entonces cuando lo vio... «Era una luz brillante —manifestó—, con forma de regla, y redondeada en los extremos. Tendría unos nueve metros de longitud. Me quedé helado, viendo cómo se movía, en silencio, sobre las copas de los árboles. Podía estar muy cerca de mí: a cosa de cuarenta metros. Tenía un halo brillante... Después se alejó a gran velocidad»... Wayne llamó a gritos a su esposa Noeleen y ésta acertó a ver el objeto cuando se alejaba... Noeleen quedó perpleja.

Zimbabwe. Julio de 1975. Cuaderno de campo de J. J. Benítez.

Ese mismo 16 de julio, hacia las 20.30 horas, David Burgess y un amigo contemplaron otro ovni, inmóvil sobre la prisión de Khami. «Era naranja —manifestaron—, como una semiesfera.» Los funcionarios de la cárcel también lo vieron. Nadie hizo uso de las armas... El objeto desapareció sobre el río Makabusi.

Los días 18, 20 y 26 de ese mes de julio fueron observados otros ovnis en Smuts Road, Salisbury y Ruwa.

La embajada USA se interesó vivamente, recogiendo un máximo de información al respecto; en especial, sobre el caso del matrimonio Burger.

Nada de esto apareció en los medios de comunicación.

EL ROCÍO

Cuando me di cuenta quedé asombrado...

Al mismo tiempo que los ovnis se dejaban ver en la antigua Rodesia, en el sur de España, a 7.000 kilómetros de Zimbabwe, otros objetos (¿o eran los mismos?) se paseaban por la provincia de Huelva.

He aquí una síntesis de mis pesquisas:

El 16 de julio de 1975, Manuel Iglesias, de treinta y cuatro años, conducía un Citroën por un camino de arena de la llamada Dehesa de Bollullos, en la referida provincia española de Huelva. Eran las 21 horas. De pronto observó cómo el coche se desviaba hacia un costado. «Fue como si hubiera pinchado una rueda —me explicó—. Me bajé e inspeccioné el vehículo. Ninguna rueda había pinchado. Fue entonces cuando lo vi... Era un objeto largo, como una canoa, de unos diez metros de longitud. Volaba despacio, a unos trescientos metros... Brillaba en un color rosa oscuro. Después se alejó.»

El suegro, que circulaba en el Citroën con Manuel Iglesias, también lo vio.

Días después, algunos vecinos de Almonte, también en Huelva, fueron testigos de las acrobacias de tres objetos sobre la célebre ermita de El Rocío.

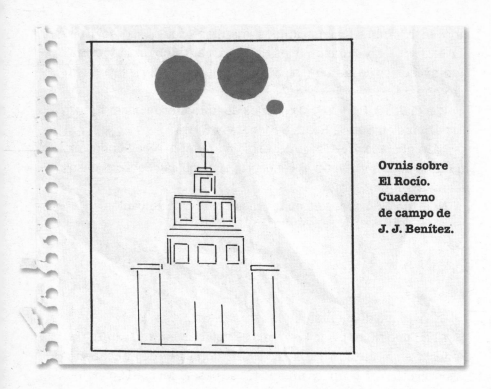

Ovnis sobre El Rocío. Cuaderno de campo de J. J. Benítez.

... Eran las seis y media de la madrugada —relataron—. Nos disponíamos a marchar a Bollullos... Entonces aparecieron unas bolas metálicas... Y se situaron sobre la Blanca Paloma (designación de la ermita de El Rocío)... Y allí permanecieron durante una hora... Subían, bajaban... Fue increíble... Y todo en silencio; un silencio absoluto.

Pregunté a Cynthia Hind en varias ocasiones. No había error: los ovnis de la antigua Rodesia fueron vistos entre el 16 y el 26 de julio de 1975; en las mismas fechas que en el sur de España. Y sigo preguntándome: ¿fueron las mismas naves?

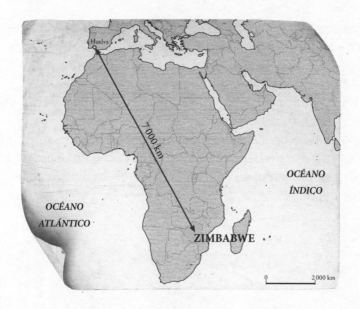

REMUÑANA

Meses más tarde (octubre de 1975) me llegaron noticias de nuevos avistamientos en Huelva. Y allí me fui.

Se produjeron a decenas, pero reseñaré dos:

José Rodríguez Villarán, de sesenta y ocho años, era agricultor de toda la vida. Y esa madrugada del 9 de octubre, a las cinco, se levantó para marchar a una finca de su propiedad, en la antigua Dehesa de Remuñana, en el término de Bollullos del Condado. Montó en su asno y se dirigió a Remuñana. Pero, súbitamente, una luz grande y clara descendió del cielo y lo iluminó todo como si fuera de día. Se dirigió hacia José y se detuvo sobre su cabeza, a cosa de veinte metros. José Rodríguez era sordo, por lo que no pude precisar si escuchó algún ruido. El objeto —aseguró— presentaba una cola, como de fuego, y de unos cincuenta o sesenta metros de longitud. Era ancha. Lo asombroso (para él) es que, al llegar sobre su cabeza, ni José ni el burro pudieron dar un solo paso. Lo intentaron, pero nada. Permanecieron inmóviles, como estatuas. Tampoco recordaba, con exactitud, cuánto tiempo permanecieron en aquella absurda posición o cómo se marchó el ovni. «La cuestión es que a eso de las seis de la mañana —precisó— yo recuperé el movimiento. Entonces decidí volver a casa; me sentía mal.»

José permaneció dos días en cama, impresionado.

Justamente, cuando José Rodríguez llegaba a su domicilio, otros agricultores vieron algo extraño...

Se trataba de Manuel Camacho Jiménez, de sesenta y cinco años, Antonio Rodríguez Villarán, hermano de José, y Lucrecio Camacho Calvo, de veintinueve, profesor de EGB, e investigador ovni.

Lucrecio Camacho, testigo e investigador ovni. (Gentileza de la familia.)

Eran casi las seis de la mañana —detallaron—. Estábamos a punto de salir hacia Remuñana, para cargar la uva. Entonces, sobre unos olivos, a cosa de cien metros, vimos una luz naranja... El objeto ascendió lentamente y fue perdiendo parte de la luminosidad... De repente aceleró y pareció que perdía chispas... Y se alejó en vertical...

Dada la proximidad de las fincas y de las horas en que fueron vistos los ovnis (cinco y seis de la mañana), cabe la posibilidad de que la nave que paralizó a José Rodríguez Villarán y a su caballería fuera la misma que fue observada una hora más tarde por los referidos agricultores. Y, por supuesto, cabe también la posibilidad de que José, durante esos 60 minutos, fuera introducido en el interior del ovni.

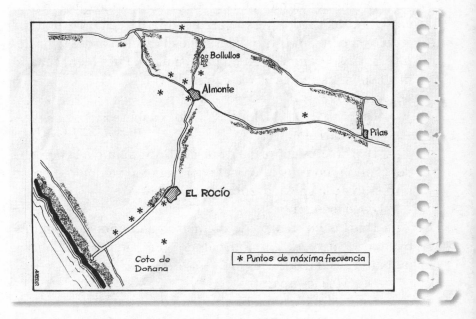

Puntos de máxima frecuencia ovni en 1975 en la zona de Almonte y El Rocío. Cuaderno de campo de J. J. Benítez.

CORRALES

Dos meses más tarde (diciembre de 1975), otro camionero se dio de bruces con dos objetos volantes no identificados.

Así me lo contó tres años después:

—Me llamo Manuel Mazorra, aunque todos me llaman *Lolo*. Ocurrió la víspera de Nochebuena de 1975. Conducía un camión Man. Salí de Santander, con destino a Madrid. Transportaba 16 toneladas de agua de Solares. Paré a cenar en Cabañas y pasé El Escudo a eso de las nueve y media de la noche. Y seguí hacia Madrid, feliz como una perdiz. Pero, al llegar al puerto de Paradores, pasado Corrales, llegó el susto...

Lolo, vaya por delante, es un hombre valiente.

—Entonces vi un gran resplandor.

—¿Dónde?

—Detrás del camión. Le di paso, imaginando que era otro vehículo. Recuerdo que me arrimé a la derecha. Pero la luz seguía en el mismo sitio. Pensé que el camión ardía y me detuve. Lo inspeccioné y allí no pasaba nada. Pues bien, cuando me disponía a regresar a la cabina lo vi...

—¿El qué?

—Un cacharro... Mejor dicho, dos cacharros.

—¿Cacharros?

—Dos objetos en forma de disco. Uno se situó a la derecha del camión, no muy alto, y el otro frente al vehículo, pero al otro lado de la calzada, sobre los árboles.

—¿Qué medían?

—Unos ocho metros de diámetro cada uno. Lo iluminaban todo: carretera, camión, campo... Pero lo más desconcertante fue el silencio. Era total.

—Describe los aparatos...

—Uno, el que estaba al otro lado de la carretera, era verdoso. El que se hallaba a mi derecha era blanco.

Ovnis sobre un camionero (Navidad de 1975). Dibujo de Fernando Jiménez del Oso.

—¿Se movían?

—No.

—¿Qué hiciste?

—Al cabo de unos segundos monté en la cabina y proseguí el viaje.

—¿Y qué pasó?

—Los objetos me siguieron.

—¿Cuánto tiempo?

—Unos diez kilómetros. Si cambiaba la velocidad, ellos hacían lo mismo. Yo tocaba el claxon, pero no había respuesta.

—¿Te adelantó algún vehículo?

—Ninguno, y tampoco circularon en sentido contrario. Total, volví a parar. Me bajé de la cabina y, con miedo, empuñando un bastón, grité: «¡Si tenéis cojones, bajad!».

—¿Bajaron?

—¡Qué va!... Me acurruqué junto a la rueda delantera derecha y allí permanecí un tiempo, muerto de miedo. Entonces, el que volaba a mi derecha hizo un giro y se alejó hacia el oeste. Me oriné en los pantalones. Entonces vi venir a otro compañero, de Torrelavega, y le hice señas para que parase. Iba de Santander a Salamanca, con petróleo. Vio el ovni y aconsejó que nos fuéramos de allí. Se puso delante y rodamos despacito...

—¿Y el segundo ovni?

—Nos siguió, como si tal cosa. Al llegar a Escalada, donde cruza el río Ebro, empezó a subir, a poca velocidad, y nos dejó en paz. Paramos en Cobanera y el ovni seguía en lo alto. Se veía como la rueda de un camión. Toda la gente del bar lo vio. Allí siguió más de una hora...

—¿Por qué los amenazaste con el bastón?

Lolo se encogió de hombros.

—Quizá fue una defensa —confesó—. Tenía miedo...

CÓRDOBA

El año 1976 fue también «caliente», en lo que a avistamientos ovni se refiere.

He aquí una selección:

En enero, dos empleados de un banco de Granada (España), cuya identidad no estoy autorizado a desvelar, hicieron público lo siguiente:

... Trabajamos en Granada, pero nuestras familias están en Córdoba... Y, como cada fin de semana, tomamos el coche y nos dirigimos a casa... Podían ser las once de la noche cuando estábamos a punto de entrar en Córdoba... Entonces lo vimos... Era un objeto con forma de «riñón», pero situado en posición vertical... En la zona convexa se veían dos luces rojas... Y fue descendiendo, hasta situarse cerca del morro del coche, a cosa de dos metros de la carretera... Yo reduje la velocidad —explicó el conductor— y lo vimos con detalle... Era como un «riñón», pero puesto en vertical... Tenía unos diez metros de longitud... Por la parte cóncava se veían cinco ventanas redondas, iluminadas en el interior... La parte exterior era azulada y oscura... Nos pusimos nerviosos, la verdad, hasta el punto que no podía controlar mi pierna derecha y,

Córdoba (1976). El ovni fue visto primero en posición vertical. Cuaderno de campo de J. J. Benítez.

por tanto, el acelerador... Y, de pronto, esa situación cambió... Y nos invadió una agradabilísima sensación de paz... Jamás he experimentado algo así... Después el ovni se colocó en posición horizontal.

Al entrar en Córdoba, desapareció.

Según los testigos, el viaje de Granada a Córdoba se prolongó 20 minutos más de lo habitual. Fue el tiempo —siempre según los empleados de banca— que permanecieron frente al objeto con forma de «riñón». ¿Se produjo una abducción?

Tras el incidente, en la casa de Granada han observado extrañas luces, de pequeño tamaño, que circulan por el pasillo...

OLIVARES-GERENA

El 15 de febrero de 1976, en la carretera de Olivares a Gerena, en la provincia de Sevilla (España), dos motoristas quedaron perplejos. No fue para menos...

Francisco Calero e Ignacio Pérez fueron los protagonistas. He aquí lo que contaron a los investigadores:

... Eran las ocho y diez de la noche... Circulábamos en la motocicleta de Ignacio... Nos dirigíamos a Gerena... Y a la altura del kilómetro 7, junto a un viejo torreón que llaman Torre Mocha, empezamos a ver algo raro... Al llegar a cien metros de aquella «cosa», la moto se paró... Estaba a la izquierda de la carretera, y a cosa de un metro del suelo... Era alargada, con forma de cigarro puro, y de unos treinta metros de longitud... Calculamos que podía hallarse a ochenta metros de la Torre Mocha... Tenía ventanillas... Como veinte... Todas eran de color rojo fuego...

Ignacio y Francisco, lógicamente asustados, decidieron regresar a Olivares. Dieron la vuelta, arrancaron como pudieron, y huyeron del lugar. Pero la alegría duró poco...

... Cuando llevábamos un kilómetro, más o menos, observé que algo nos seguía... Y Francisco Calero (que iba de «paquete»), al volver la cabeza, descubrió una luz blanca que nos sobrevolaba...

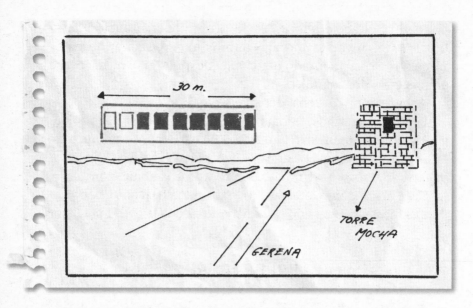

**Persecución ovni en la carretera de Olivares a Gerena (Sevilla).
Cuaderno de campo de J. J. Benítez.**

La persecución —según los testigos— se prolongó por espacio de cinco kilómetros.

... Al entrar en Olivares —prosiguió el conductor de la moto— nos bajamos en el surtidor de gasolina... Estábamos asustados... Jamás habíamos visto una cosa así.

ESQUIVEL

A las 6.30 de la madrugada del 5 de septiembre de 1976, Francisco Fernández montó en su moto y se dirigió al cortijo en el que trabajaba como tractorista: Budapelos, en Esquivel (Sevilla, España).

Según manifestó el testigo, se encontraba a cuatro kilómetros, aproximadamente, de Budapelos, cuando, en una loma, observó una luz. Pensó en un tractor.

... Al poco me bajé de la moto —relató—. La lámpara se había fundido... Y, en eso, mientras trasteaba con la lámpara, vi cómo la luz del supuesto tractor se elevaba del suelo... Y se dirigió hacia mí... Tuve el tiempo justo de agacharme... Aquello pasó a cuatro metros sobre mi cabeza y se alejó.

Diez minutos más tarde (6.45 horas), Antonio Zambrano, también tractorista en el citado cortijo de Budapelos, salió de Santiponce para dirigirse a su lugar de trabajo, en Esquivel. Lo hizo en una pequeña moto de 49 centímetros cúbicos.

... Aquel día —manifestó— recogí por el camino a otro compañero, José Conejo... Marchábamos por la carretera comarcal 433, que une Viar del Caudillo con Esquivel... Después entramos en una recta, que cruza un gran naranjal... Fue en esos instantes cuando la vimos... Era una nave metálica... Salió de entre los naranjos... Era como dos platos encarados, de unos seis metros de diámetro... Se hallaba a quince metros del suelo y a cosa de cien o ciento cincuenta de nosotros... El objeto marchaba en dirección a Brenes... De pronto se dio cuenta de nuestra presencia y cambió el rumbo, diri-

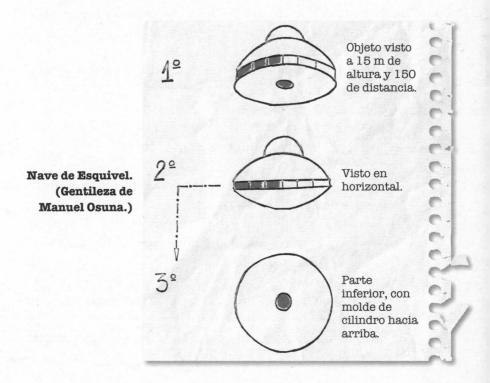

1º — Objeto visto a 15 m de altura y 150 de distancia.

2º — Visto en horizontal.

3º — Parte inferior, con molde de cilindro hacia arriba.

Nave de Esquivel. (Gentileza de Manuel Osuna.)

giéndose hacia nosotros... Paré la moto y apagué la luz... La nave se detuvo también... Y así estuvimos, inmóviles, durante diez o quince minutos... La nave tenía un bamboleo, de derecha a izquierda, y de arriba abajo... No oímos ruido, ni vimos gases o humo... Tampoco tenía toberas o timones... En la parte superior observamos una cúpula... La zona inferior era plana, con un orificio en el centro... De aquel boquete salía un haz de luz muy blanca... En la unión de los «platos» vimos seis ventanas: tres rojas y el resto amarillas...

El objeto volaba a una velocidad inferior a la de una avioneta.

Otros testigos, en los alrededores, vieron la misma nave.

DOÑANA

La aventura de José Espinar, guarda del coto de Doñana, en Huelva, me dejó atónito, y me ha dado mucho que pensar...

—Sucedió una mañana, en marzo de 1976.

José no recordaba el día.

—Regresaba a caballo. De pronto, una luz increíble apareció en lo alto de una duna...

—¿Cómo era?

—Luz. Sólo vi eso. Y se me echó encima. Me asusté y piqué espuelas. El caballo salió como un rayo.

—¿Y la luz?

—Se colocó a nuestra derecha, a cosa de treinta metros.

José, años después, seguía perplejo:

—Galopamos y galopamos durante media hora. Y la luz a nuestro lado... Entonces se alejó y desapareció. El caballo se detuvo y ahí llegó lo más grande.

—¿Lo más grande?

—¿Quiere usted creer que el caballo no se había movido del sitio?

Rogué que me lo explicara de nuevo. Y José lo hizo, cargado de paciencia:

—A pesar de la galopada, durante media hora, el caballo y servidor continuábamos en el mismo lugar; allí donde vimos aproximarse la luz. No habíamos avanzado ni un metro.

—Pero eso no puede ser...

—Eso digo yo.

José Espinar se brindó a acompañarme al lugar de los hechos: una zona de dunas que llaman El Inglesillo.

—No logro entenderlo —comenté—. ¿Recuerda en qué condiciones se hallaba el caballo?

—Sudoroso y muy agitado.

—¿Verdaderamente cree usted que galopó durante media hora?

—De eso no tengo la menor duda.

Conclusión: la nave que se aproximó al guarda manipuló el espacio.

José Espinar (izquierda), junto a José Luis García López, guarda también del coto. (Foto: Blanca.)

Meses más tarde, en noviembre de 1976, otro guarda del coto de Doñana vivió una experiencia desconcertante.

Se llamaba Rafael Pichardo...

... Viajábamos por las dunas —relató— en un Land Rover... Había caído la noche... Me acompañaban cuatro personas... Extranjeros... Deseaban ver no sé qué pájaros... Y de pronto, a lo lejos, vimos una luz roja... Nadie dijo nada, pero todos la vimos... Y se fue acercando y acercando... Cuando llegó a unos mil metros, la luz se detuvo... Yo pensaba: «¿Otro Land Rover?»... No podía ser... Era una luz muy grande y redonda... Además se movía como el péndulo de un reloj... Total, decidí parar... Nada más detener el vehículo, «aquello», nuca supe qué era, empezó a aproximarse... Y se acercó despacito, con precaución... Cuando llegó a veinte a veinticinco metros del Land Rover se puso a dar vueltas a nuestro alrededor... Era totalmente silencioso... Y enorme... Era una esfera de fuego, grande como una casa de dos pisos... Nos asustamos... Y los extranjeros me gritaban, para que saliera de allí... Yo esperé... Aquello, en principio, no parecía agresivo... No me equivoqué... La esfera dio cinco vueltas, siempre a dos metros de la arena, y terminó retirándose por donde había venido... Yo respiré.

Coto de Doñana (noviembre de 1976).

SA CALOBRA

El bueno de Guillermo Buades nunca se lo explicó. Es más: cuando contó lo vivido en la noche del 15 de agosto de 1976 volvió a estremecerse. Y habían transcurrido dieciséis años...

Buades tenía una agencia de alquiler de coches en Mallorca. También era mecánico de automóviles.

Y aquella noche del mencionado 15 de agosto tuvo una emergencia:

—Uno de los coches de alquiler —detalló— se había quedado tirado en mitad de Sa Calobra, en la sierra de Tramontana, entre Lluc y Sóller. Y a las doce y cuarenta y cinco de la noche me puse en marcha. Tomé algunas herramientas y partimos hacia el lugar. Me acompañaron mi mujer y mi hijo pequeño, de tres años.

Margarita, la esposa, que asistió a la conversación, fue redondeando el relato de Buades.

—Es una zona solitaria y no quise que fuera solo —explicó la mujer—. Mi hijo iba dormido en el asiento de atrás.

—Y nada más empezar a subir la sierra —prosiguió Buades— vimos aquellas luces violetas. Tenían cola, como las cometas. Mi mujer también las vio, pero casi no lo comentamos. Alcanzamos un restaurante, que se llamaba Escorca, y empezamos a bajar. Y a los seis o siete kilómetros vimos el Simca 1000 averiado. Me estacioné por delante y procedí a examinar el auto. Lo había alquilado un extranjero. Fue el que llamó a la agencia. Y hacia las dos de la madrugada descubrí que la junta de culata y la culata estaban perforadas. El motor se había quemado. «Mal asunto», me dije. Teníamos que remolcarlo. Me hice con una cuerda gruesa y procedí a amarrar el coche averiado al mío. Y en ello estaba cuando se presentó aquella luz ovalada y sin ruido. Estaba muy cerca de los coches, a cosa de cincuenta o sesenta metros.

Margarita asintió, y añadió:

—Ninguno dijo nada, para no asustar al otro.

—¿Y el niño?

—Seguía dormido.

—¿Y qué hicieron?

—Lo miramos unos segundos —continuó Buades—, pero seguí a lo mío, tratando de anudar la cuerda a los parachoques. Era grande. Creo que estaba muy cerca del suelo.

—¿Recuerda el color?

—Blanco, con un gran resplandor a todo su alrededor. Era una luz muy potente.

—¿En qué posición se hallaba el objeto?

—A la izquierda de los coches; siempre se mantuvo en esa posición.

—¿Y usted siguió amarrando los vehículos?

—Sí, qué otra cosa podía hacer... Entonces hablé con Margarita y le expliqué lo que tenía que hacer. Ella conduciría nuestro coche y yo iría al volante del averiado. Al llegar a las zonas de bajada pararíamos los coches y soltaríamos la cuerda. Yo aprovecharía la inercia para avanzar. Después tendríamos que engancharlos de nuevo.

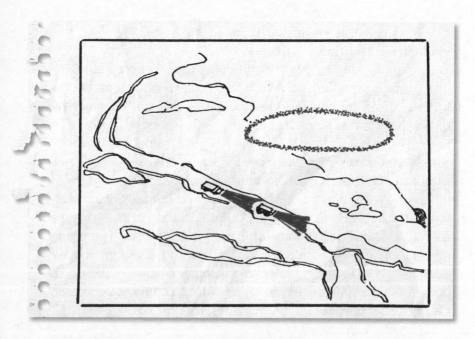

Sierra de Tramontana (agosto de 1976). Cuaderno de campo de J. J. Benítez.

Margarita es taxista y sabía lo que tenía que hacer.

—Y así fue —prosiguió el testigo—. En seis kilómetros soltamos la cuerda tres veces.

—¿Y el ovni?

—Allí siguió, siempre por la izquierda, a la misma distancia. Cuando parábamos, él paraba.

—Yo iba rezando —intervino la esposa—. Mi temor era que se llevaran al niño. Y lo cogía por el pie...

—¿Se cruzaron con algún vehículo?

—Con ninguno. Y así llegamos al cruce de Pollença...

Guillermo dudó un instante. Noté que se emocionaba. Pero continuó el relato:

—Entonces, al tomar dicho cruce, sucedió algo que no he logrado explicar. Era una zona de bajada y, por tanto, los coches iban sueltos. Yo había adelantado al Simca de Margarita y, como digo, sucedió algo extraño: fue como si me quedara en blanco...

En ese momento intervino la esposa:

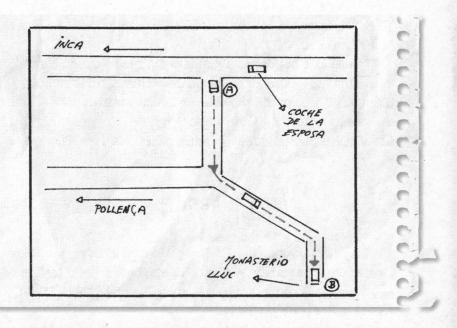

En la posición «A», Buades quedó en blanco. Y «condujo» hasta «B».
Cuaderno de campo de J. J. Benítez.

—El vehículo de mi marido empezó a correr; mejor dicho, a volar. Y lo perdí de vista. Aceleré y volví a verlo. No podía entender lo que sucedía. El Simca estaba averiado y sin motor. ¿Cómo podía correr en las cuestas arriba? La velocidad, en algunos tramos, superaba los cien kilómetros por hora. Yo le hacía luces, para que se detuviera, pero no. Y recorrió unos cuatro kilómetros, hasta que se detuvo frente al monasterio de Lluc.

Regresé a Buades, pero el hombre no recordaba nada:

—Yo conducía el coche —reconoció—, pero era como si no estuviera... No sé explicarme. Me quedé en blanco.

—Pero el motor funcionaba.

—Creo que no. Estaba muerto.

—¿Entonces?

Buades se encogió de hombros. No sabía...

—¿Y la nave?

—Siguió a nuestro lado, todo el tiempo —aclaró Margarita—. Al llegar al monasterio desapareció. Después, camino de Pollença, volvió a presentarse, y nos siguió otro rato.

El matrimonio, aturdido, llegó a su domicilio a las cuatro de la madrugada.

Y en el aire quedaron algunas preguntas: ¿Quién condujo el automóvil averiado en el tramo en el que Buades se quedó en blanco? ¿Cómo podía acelerar en las cuestas arriba? Si el motor estaba muerto, ¿cómo alcanzó más de cien kilómetros a la hora? ¿Fue el ovni quien «condujo» el Simca 1000?

BARBATE

Esa misma noche del 15 de agosto de 1976, varios policías locales de la población gaditana de Barbate fueron testigos de la presencia de un extraño y silencioso objeto sobre las terrazas de la dormida población.

Me lo contaron al día siguiente. Yo me hallaba en el pueblo, de vacaciones.

... Sucedió hacia las dos y cuarto de la madrugada —contaron los policías Roque Vázquez y Juan Serrano—. Patrullábamos con el «4-L» cuando lo vimos sobre la zona del hostal... Y allí nos dirigimos... Se hallaba a cosa de treinta metros sobre la azotea del hostal Atlántico, en las afueras del pueblo... Apagamos las luces y nos situamos bajo el objeto... Era enorme... Tenía forma de punta de flecha, con una serie de luces en el perímetro... Emitía un sonido sordo, como el de un moscardón... Al cabo de unos minutos se desplazó hacia la iglesia de San Paulino y, desde allí, hacia la playa... Otros compañeros también lo vieron.

Y yo durmiendo...

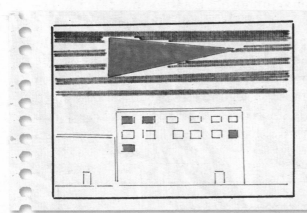

Ovni sobre el hostal Atlántico, en Barbate. Cuaderno de campo de J. J. Benítez.

Roque Vázquez. (Gentileza de la familia.)

ESTEPONA

Cuarenta y ocho horas más tarde, un camionero vio algo asombroso cuando circulaba a la altura de la playa de Los Ingleses, en Estepona (Málaga, España).

El testigo, cuya identidad no debo desvelar, aseguró haber visto un enorme objeto, tipo cigarro puro. Eran las cuatro menos cuarto de la madrugada.

... Me dirigía a Cádiz... El tiempo era bueno y la noche se presentaba en calma... Entonces apareció «aquello»... Era algo monstruoso, como un puro... Estaba sobre el mar... Podía alcanzar los 150 metros de longitud y cuarenta en la zona más ancha... Era opaco, con un halo luminoso... Observé muchas ventanillas... Por ellas salía una luz amarilla... Y, de pronto, lanzó dos bolas de luz... Eran brillantísimas... Una voló hacia las montañas y la segunda se dirigió a la playa... La primera traspuso y desapareció... La segunda esfera se quedó allí, cerca del agua... Entonces conecté las luces largas del

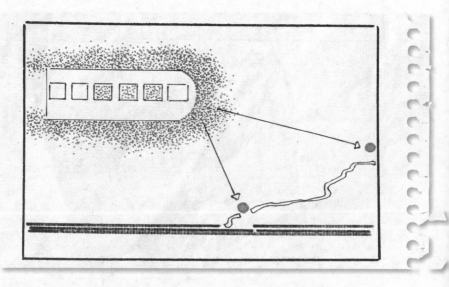

17 de agosto de 1976 (Estepona). Cuaderno de campo de J. J. Benítez.

182

camión y el puro y la luz más pequeña se lanzaron hacia lo alto, desapareciendo... La velocidad de ascenso fue asombrosa... Visto y no visto...

Recuerdo que esos días de agosto de 1976 recibí la noticia de otro gigantesco objeto (posiblemente una nave nodriza), observado por cientos de personas en El Real de la Jara, minas de Cala y Guadalcanal. Me faltó tiempo para salir en su búsqueda. Y llegué hasta Portugal. Decenas de testigos confirmaron el paso de un ovni plateado, de enormes dimensiones. Tuve mala suerte. Jamás lo alcancé...

EL GRAN SUCESO

Manolo Osuna, el incansable investigador ovni de Umbrete (Sevilla), calificó el múltiple caso del 19 de septiembre de 1976 como «el gran suceso». No le faltaba razón.

Aquella noche fue memorable para muchos y, sobre todo, para la ufología.

Se vieron decenas de ovnis en Huelva, Cádiz, Sevilla y Extremadura.

He seleccionado diez casos:

2.15 horas.

Esa madrugada, una pareja de la Guardia Civil se hallaba de servicio en las proximidades de Benacazón (Sevilla). Verdugo, uno de los guardias, declaró lo siguiente: «Vimos un objeto en forma de óvalo... Era seguido por cuatro o cinco luces más pequeñas, y en línea recta... Se dirigían al noreste... Ningún ruido... La primera era grande y blanca.»

2.20 horas.

En un viaje de Las Palmas (Canarias) a Málaga, el timonel y el oficial de guardia de un carguero observaron una luz sobre el buque. Era roja. Al salir a cubierta descubrieron, con asombro, que se trataba de una esfera de color blanco, muy intenso, a la que siguieron otras luces más pequeñas; todas, en formación. Los ovnis cruzaron sobre el barco, de popa a proa. Después se alejaron y desaparecieron. Ningún sonido.

2.45 horas.
Setenta pescadores de la peña El Coto, de Málaga, participaban en un concurso de caña en la playa de Punta Paloma (Tarifa, España). De pronto, por el sur, vieron un resplandor. «Era como un sol que saliera del agua —manifestaron—. Y se fue acercando a la costa... Entonces vimos que no era un objeto, sino dos... Pasaron sobre nuestras cabezas y lo iluminaron todo como si fuera de día... Cinco luces rojas rodeaban a las grandes... Se movían en zigzag y en todas las direcciones... Pasaron en absoluto silencio...»
Los concursantes se hallaban distribuidos a lo largo de dos kilómetros. Tiempo de visión: alrededor de diez segundos.
Al poco se presentó la Guardia Civil y comentaron lo sucedido. La Benemérita también lo había visto.
El informe de los pescadores fue redactado por Luis Castillejo, funcionario de prisiones, y firmado por la totalidad de los testigos.

2.45 horas.
Kilómetro 7 de la carretera Huelva-Ayamonte, a 400 metros de las marismas del río Odiel.
Testigos: Francisco Sierra, Guillermo Ramos, Manuel y Juan Díaz, Emilio Rengel y Francisco Barrera.

... Nos encontrábamos en una zona que llaman Los Polvorines, a 800 metros de la gasolinera y del hotel Santa Úrsula... Estábamos alrededor de una fogata, esperando el alba... Nuestra intención era cazar patos... De pronto, más bajo que una avioneta, vimos «algo» parecido a una gigantesca «piedra»... Volaba a cien metros del suelo... Y al llegar a nuestra vertical empezó a soltar otras «piedras» más chicas... Vimos cuatro o cinco... Salían por detrás del objeto y lo seguían en fila india... Procedían del mar... Las vimos durante tres minutos... No oímos ruido... La «piedra» grande era blanca, muy luminosa; las pequeñas se apagaban y se encendían.

2.50 horas.

Antenas de Radio Nacional, entre Los Palacios y Dos Hermanas (Sevilla).

El guarda observa una luz blanca muy potente. Alarmado, avisa a dos técnicos que se hallaban en el interior de las instalaciones.

El objeto pasa sobre la vertical de las antenas y los testigos ven dos esferas más pequeñas, que siguen a la grande. En esos momentos, la nave madre lanza una tercera esfera, y por la popa de la nodriza surgen llamaradas. Las tres esferas se dedican a «bailar» alrededor de la grande. Velocidad: lentísima. La formación tuerce a la izquierda, describiendo una curva muy abierta, y se dirige hacia Sevilla capital. Procedían del sur. Ruido: ninguno. Impresión de los técnicos: «Eso no es de este mundo.»

2.55 horas.

Entre Mazagón y Chipiona (golfo de Cádiz).

Un pequeño barco se encuentra anclado. El dueño, Manuel Prieto, de cincuenta y cinco años, se dedica a pescar. Lo acompaña un joven, empleado de la Telefónica en Huelva. La proa, en esos momentos, se hallaba orientada hacia el faro de Chipiona.

De pronto, por el sur, vieron llegar una potente luz roja.

Manuel Prieto, asustado, cubrió la luz de una bombona de gas con un jersey. La impresión es que «aquello» se les caía encima.

El enorme objeto presentaba un foco delantero, con una luz roja muy intensa. Pasó a 20 metros del barco, acompañado de un ruido «finísimo».

El objeto lanzaba por su popa otras luces rojas, del tamaño de un balón de fútbol. Al alejarse tomaban una tonalidad plateada, hasta que desaparecían. En total lanzó siete «pelotas».

Los testigos observaron también otro extraño fenómeno. A estribor, y a cosa de cuatro millas, la mar se volvió roja. «Había infinidad de luces rojas», explicaron los pescadores.

3.00 horas.

Dos vecinos de Sevilla circulaban por las afueras de la ciudad.

Un reflejo en el parabrisas obligó al conductor a parar el vehículo. Al echarse a tierra contemplaron nueve objetos pequeños que volaban entre dos torres de viviendas. Los ovnis marchaban en formación: cuatro a mayor altura y cinco por detrás.

3.20 horas.

Nueve amigos se hallaban reunidos a las afueras de Valverde del Camino (Huelva). De pronto, en mitad del más absoluto silencio, vieron dos grandes luces de color blanco destellante, que se aproximaban. Detrás, en perfecta formación, aparecieron cuatro o cinco luces más pequeñas, de color anaranjado (dos de ellas hacían intermitencias). Al llegar a su altura, las luces pequeñas rompieron la formación y se dedicaron a hacer piruetas alrededor de las grandes. «Tuvimos la sensación —manifestaron— de que el "espectáculo" era para nosotros.»

Antes de desaparecer por un encinar, las luces pequeñas regresaron a la formación en fila india.

Procedían del sur y llevaban dirección noreste.

3.30 horas.

Cuatro investigadores ovni se dirigen de El Pedroso a Cantillana, en Sevilla.

De pronto ven volar una gran esfera. Detienen el vehículo y bajan.

Se trata de una bola luminosa a la que siguen otros objetos más pequeños. Los testigos narran lo siguiente: «Primero vimos la esfera... Y al llegar a nuestra altura lanzó nueve objetos más chicos... Los arrojaba por la parte de atrás, y de tres en tres... segundos después, los nueve objetos formaron en línea...»

Procedían del suroeste y se dirigían hacia el noreste.

Ruido: ninguno.

Al pasar sobre la vertical de los testigos, el ganado que se hallaba en los alrededores se mostró inquieto, mugiendo con miedo.

Los nueve objetos más pequeños eran de color naranja y dejaban estelas del mismo color.

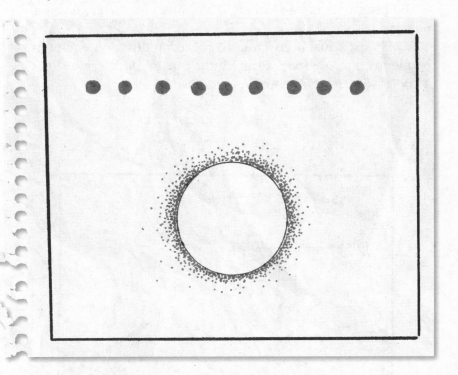

El Pedroso, madrugada del 19 de septiembre de 1976.
Cuaderno de campo de J. J. Benítez.

4.00 horas.

Una flota de cinco camiones escalaba la serranía de Aracena, en la provincia española de Huelva. Pertenecían a una empresa agrícola.

Al llegar al valle en el que se asienta el pueblo de Cabezas Rubias, los ocupantes del último camión observaron algo raro sobre el repetidor de TVE, en uno de los picachos próximos. Se trataba de una nave, inmóvil, que iluminaba el repetidor y parte del monte. El chófer detuvo el vehículo, mientras el ayudante sufría un ataque de nervios.

Pero el camionero reaccionó con calma; hasta el punto de tomar un cuaderno y dibujar lo que estaba viendo.

... Era un objeto ovalado —explicó—, con aletas laterales, o algo así... Era enorme...

De pronto, la nave reanudó la marcha y se dirigió hacia el norte.

... En esos instantes empezó a lanzar otros objetos más pequeños por la popa... Eran tantos que no pude contarlos... Y todos se perdieron entre los montes.

Sierra de Aracena (Huelva). Cuaderno de campo de J. J. Benítez.

VALDELAMUSA

Veinte días después del «gran suceso», en la pequeña localidad de Valdelamusa (El Andévalo, Huelva), tenía lugar otro avistamiento ovni, de especiales características.

188

A las diez de la noche, Antonio Ceballos, de profesión guardagujas, se encontraba en la estación, aguardando la llegada de un tren cargado de mineral.

Esta clase de mercancías no estaban obligados a detenerse, pero el jefe de estación debía salir al exterior para dar la entrada o la salida, haciendo señales con un farol.

Pues bien, en esas estaba cuando, de pronto, Ceballos divisó una esfera de luz amarillenta-anaranjada que se le echaba encima.

Fue tal el susto que dejó su puesto y se refugió en el edificio de la estación.

Valdelamusa (Huelva), 10 de octubre de 1976. Cuaderno de campo de J. J. Benítez.

Y, desde la puerta acristalada, Ceballos y el jefe de estación contemplaron, desconcertados, cómo la esfera luminosa se posaba sobre las vías, cerca de la aguja.

Para colmo, en esos momentos vieron aparecer el tren...

Pero ninguno de los funcionarios se atrevió a salir.

El maquinista, al descubrir la esfera de luz sobre los raíles, detuvo la locomotora y, con una sangre fría extraordinaria, esperó.

Pasaron quince minutos. Nadie hizo nada. Todos observaban.

Al cabo de este tiempo, la esfera se elevó, muy despacio, hasta alcanzar cuatro o cinco metros. Después se alejó a gran velocidad. Otros trabajadores de las minas de San Telmo fueron testigos del paso del ovni.

LA GARRUFA

En noviembre de 1992, enredado en nuevas investigaciones ovni por tierras de Almería (España), fui a dar con José Quevedo Muñoz, entonces capitán de la Guardia Civil en Huercal-Overa. Y me relató un caso ovni, vivido por él y por tres guardias más, cuando prestaban servicio en La Garrufa.

—Fue en diciembre de 1976. Yo, entonces, era cabo. Podía ser la una de la madrugada, más o menos. Nos hallábamos sobre un puente, junto a las motos, conversando. Primero vimos un punto de luz. Pero se fue acercando y haciéndose enorme. Creímos que se trataba de un meteorito y que se nos echaba encima. Nos asustamos. Y, de pronto, dejó el picado y se colocó en vuelo horizontal. ¡Dios mío!

—¿Qué forma tenía?

—Esférica, con más de veinte metros de diámetro. Al volar sobre el puente lo iluminó todo, como si fuera de día. Era una luz verdosa.

—¿Producía ruido?

—Negativo. El silencio fue total. Ni viento, ni silbido, nada.

José Quevedo
(Gentileza
de la familia.)

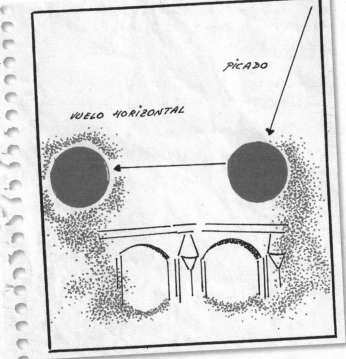

PICADO

VUELO HORIZONTAL

La Garrufa (Almería, España). Cuaderno de Campo
de J. J. Benítez.

—¿A qué velocidad volaba?

—Imposible calcularlo. Fue visto y no visto.

—¿A qué altura pasó?

—A no más de cien metros.

—¿Qué cree que fue lo que vieron?

—Algo tripulado, por supuesto. Ningún meteorito se comporta así. Y, de haber sido un meteorito, yo no estaría aquí, contándolo.

Curioso. De los 504.641 kilómetros cuadrados que tiene España, la nave eligió La Garrufa, y el puente, con los cuatro guardias civiles... Estaba claro que pretendía dejar constancia.

UNCASTILLO

Peinando Navarra fui a dar con Ángel Pérez, de profesión, pastelero. Vivía en Ejea de los Caballeros.

Esto fue lo que me contó:

... Sucedió la noche del 7 de febrero de 1977... Subí a Uncastillo, al funeral de un hermano y me quedé a cenar con los

Ángel Pérez, dibujando en el cuaderno de campo de J. J. Benítez. (Foto: Blanca.)

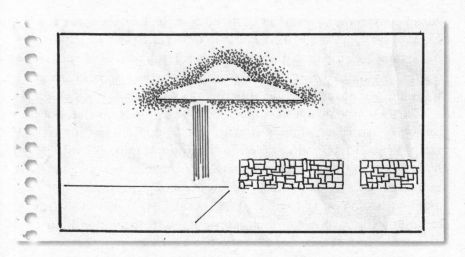

«La nave era ovalada y plana por la parte inferior. Tenía una cúpula.» Cuaderno de campo de J. J. Benítez.

padres... Y a eso de las diez de la noche salí en dirección a mi pueblo... Nada más dejar atrás Uncastillo vi algo raro por mi derecha... Estaba a 200 metros... Era grande, como una furgoneta DKV, pero de color butano... Lanzaba dos chorros por la parte de abajo... Uno, el de la izquierda, era rojo y fijo... El segundo tenía color verde y era intermitente... Lo perdí por las curvas pero, al llegar al cementerio de Uncastillo, allí estaba, esperándome... Se hallaba inmóvil, a cosa de cincuenta metros del suelo... Y me siguió durante cinco o seis kilómetros... Yo había empezado a asustarme... Era silencioso... Y hacía lo que yo hacía: si aceleraba, el objeto aceleraba... Si me detenía, hacía lo propio... Al llegar a unos corrales de piedra había descendido, hasta casi tocar el suelo... Paré, asustado, y pensé en dar la vuelta y regresar a Uncastillo... Pero el objeto, como si me leyera el pensamiento, desapareció... Decidí continuar... Pero, al poco, volvió a aparecer... Paré el coche y me eché a llorar... Estaba horrorizado... Baje la ventanilla y traté de oír algo... Nada, ni una mosca... Y «aquello» empezó a balancearse... Yo empecé a rezar el «Señor mío Jesucristo»... Creí que iba a morir... Después de rezar me recuperé un poco y continué la marcha... Y el objeto me siguió de nuevo, por la derecha... Y al llegar a La Llana se alejó... Pensé entonces en alcánzar el cuartel de la Guardia Civil, en Sádaba... Y al cruzar La Llana regresó... Puse el 127 a todo lo que daba, pero «aquello» me seguía a la misma velocidad... Fueron los peores momentos de mi vida... Al entrar en Sádaba, el ovni desapareció... En total, quince kilómetros de sufrimiento y de rezos... Al llegar al cuartel no me atreví a llamar... Pensé que me tomarían por un loco... En Ejea no pude dormir y se lo conté a la mujer... Después se enteró todo el pueblo, incluido Magín, el capitán de la Guardia Civil... Días más tarde se presentaron dos capitanes del Ejército del Aire y me interrogaron... Estuve cinco años sin salir por la noche... El general Castro Cavero, que tenía una finca en Ejea, habló conmigo, y me dijo, confidencialmente, que el ovni fue captado por los radares.

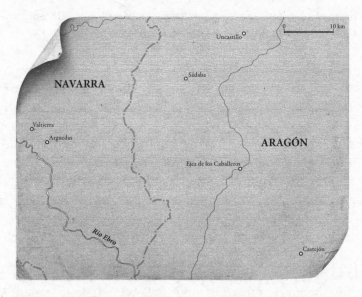

CABO HATTERAS

Conocí a Augusto Domínguez en 1980.

Era capitán de la marina mercante. En agosto de 1977, cuando contaba treinta y nueve años de edad, fue testigo de algo que lo desconcertó:

—Navegábamos a cien millas al este del cabo Hatteras, rumbo a Nueva York. El *Pacific Ocean* era un carguero. Y a eso de las ocho de la noche, ya oscurecido, el primer oficial y el timonel me avisaron. Habían observado algo extraño. Salí de mi camarote y vi una cosa redonda, más bien ovalada, con una luz muy potente que daba vueltas alrededor de la esfera. Después se alejó. Y al poco, cuando comentábamos el asunto, reapareció. Pero ahora tenía forma de platillo volante. Era típico, con unas luces rojas y amarillas. Llamé a otros tripulantes y también lo vieron.

—¿Recuerdas los nombres?

—Nicolás Salazar, de Santander (primer oficial), José Antonio Sánchez, de Cangas (tercer oficial), Juanito Varela, de La Coruña (telegrafista) y no sé cuántos más. Y el objeto pasó por encima del barco y se situó sobre el horizonte. Tuvimos la sensación de que succionaba agua de la mar.

—¿A qué altura podía estar de la superficie marina?

Cabo Hatteras, frente a las costas de Carolina del Norte (USA). El ovni era algo menor que un Boeing. Cuaderno de campo de J. J. Benítez.

—A unos quince metros.

El buque, entonces, hizo diferentes llamadas a otros barcos.

—Utilizamos el canal 16, pero nadie respondió.

—¿Y qué sucedió?

—De repente se elevó, pasó por la proa, y desapareció hacia el este.

—¿Cuál fue vuestra impresión?

—Nos dio respeto. Era evidente que estaba tripulado.

El tiempo total de observación fue de quince minutos.

HOYO DE PINARES

Jenny Corradi de Gottschalk fue una alemana maravillosa. Hicimos amistad en los años ochenta, a raíz de la publicación de *Caballo de Troya*. Y un buen día me contó lo siguiente:

—Mi hermana y yo estábamos de vacaciones en Hoyo de Pinares, en Ávila (España). Allí teníamos una casita, a seis kilómetros de Cebreros. Era agosto de 1977.

Unos amigos nos pidieron un favor: ¿podíamos quedarnos con su perrita durante unos días? Accedimos, claro. Y nos trajeron a *Samanta*, una pequinesa rebelde, que ni siquiera se dejaba acariciar. Pues bien, una noche, hacia las doce, la perrita se volvió loca. Arañaba la puerta de nuestro dormitorio, queriendo entrar. Lloraba y gemía. La dejamos pasar y se fue, directa, bajo la cama. No hubo forma de sacarla de allí. ¿Qué hacíamos? A esas horas no podíamos llamar a un veterinario... Y mi hermana pidió que abriera las ventanas. Si no llovía trataríamos de dejarla en el jardín. La noche estaba estrellada y preciosa. Y fue en esos momentos cuando lo vi. A la izquierda de la casa había dos lunas... Estaban pegadas la una a la otra. Eran gigantescas y resplandecientes. No se movían. Llamé a mi hermana y dijo que «eso era cosa de la NASA». Yo no supe qué pensar. La luz era tan viva que hacía daño a los ojos. No podíamos mirarlas.

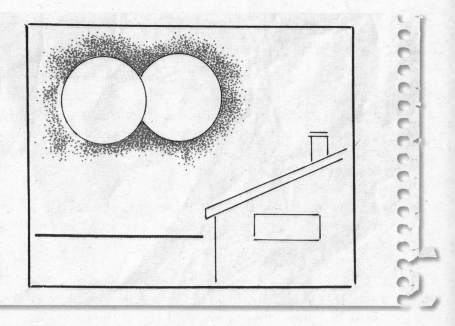

Hoyo de Pinares (agosto de 1977). Cuaderno de campo de J. J. Benítez.

—¿Y la perrita?

—Abrí la puerta del jardín, para que saliera, pero no se movió de nuestro lado. Lloraba sin cesar. Estaba aterrorizada.

Y Jenny prosiguió:

—De pronto, uno de los discos (no sé cómo llamarlos) se separó del otro. Y lo hizo a una velocidad indescriptible y en total silencio. Entonces empezó a pasearse frente a la casa.

—¿Y el otro?

—Siguió inmóvil.

—¿A qué distancia estaba de la casa?

—Muy cerca: a cuarenta o cincuenta metros, como mucho.

—¿Observasteis algo especial en los «discos»?

—Eran muy luminosos.

—¿Qué hizo *Samanta*?

—Estaba como loca.

—¿Y cómo terminó el asunto?

—Nos fuimos a la cama, y allí se quedaron...

JACA

La presente información me fue proporcionada por José Luis Roche.

Varios testigos, entre los que se encontraban un licenciado en Historia y su esposa, maestra, observaron lo siguiente en agosto de 1977 (en las mismas fechas que los casos de Hatteras y Hoyo de Pinares):

Hora: 21.30.

Lugar: entre Jaca y Castiello de Jaca (a unos tres kilómetros de éste). Un grupo de personas regresaba del pueblo, en dirección a un campamento.

Testigos: siete u ocho.

... De pronto, entre las montañas, vimos un objeto... Tenía forma de plato... Presentaba un foco en cada extremo... Iluminaban toda la montaña... El foco de la derecha se encendía de vez en cuando... El de la izquierda estaba fijo... Parecían buscar algo porque los focos se movían... El objeto era de un color rojizo brillante, con los bordes difuminados... Permaneció estático todo el tiempo (unos diez minutos)... Sólo movía los focos... Eran independientes entre sí... Cuando se apagó el foco de la izquierda, el objeto partió hacia su derecha, y a gran velocidad... Era imposible seguirlo con la vista... El objeto podía encontrarse a cuatrocientos o quinientos metros de altura, por encima de la montaña... El tamaño era superior al de un avión... ¿Sonido?: ninguno... Los haces de luz eran blancos, inmaculados, y alumbraban toda la montaña como si fuera de día.

A la mañana siguiente —según los testigos— se presentó en el campamento un individuo, con vestimenta militar, provisto de un contador Geiger.[1] Y les habló de la excepcionalidad del avistamiento. Al parecer, el objeto fue visto en otros lugares. No se identificó.

---

1. Geiger: aparato destinado a medir la radioactividad.

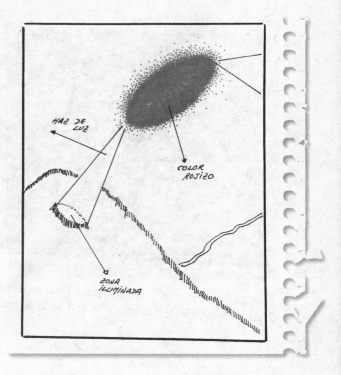

Montañas de Jaca (Huesca, España). Cuaderno de campo de J. J. Benítez.

HAZ DE LUZ

COLOR ROJIZO

ZONA ILUMINADA

«CANTORA»

El 12 de agosto de 1977, mientras veraneaba en Barbate, otra nave se paseó por la zona. Por supuesto, no me enteré hasta el día siguiente...

La primera noticia llegó de la mano de Ezequiel Rodríguez Ruiz. Después me entrevisté con el resto de los testigos: José Sánchez Martínez, Juan Redondo y Juan Calderón, todos albañiles.

Esto fue lo que saqué en claro:

... Serían las ocho menos cuarto de la tarde... Nos hallábamos en la finca de *Paquirri*, en «Cantora», en el término de Medina Sidonia (Cádiz)... Estábamos levantando un garaje... Y, de pronto, lo vimos... Estaba inmóvil, a la altura de las águilas que sobrevuelan la zona...

Calculé 200 metros.

Testigos del ovni sobre «Cantora». De izquierda a derecha: Merlín, Chorba, Ezequiel y Rosado. (Foto: J. J. Benítez.)

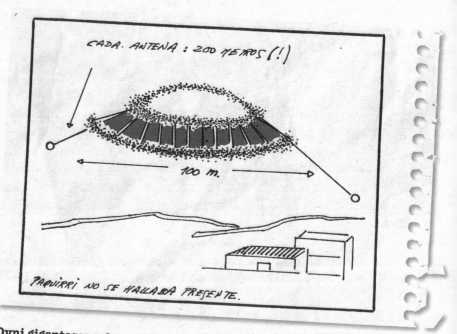

Ovni gigantesco sobre «Cantora», a veinte kilómetros de Barbate. Cuaderno de campo de J. J. Benítez.

... Brillaba como el aluminio —prosiguieron—... Tenía forma de disco, con largas antenas y unas placas (?) alrededor de la estructura... Al final de las antenas se veían unas bolas (?)... Era grande... Lo vimos durante hora y media... Allí permaneció, sin moverse... Nos aburrimos y continuamos con los ladrillos... A las nueve de la noche, más o menos, se alejó y quedó como un lucero, en lo alto... Era silencioso total... No vimos estelas ni humo... Las antenas eran muy largas: el doble del diámetro del «bicho»... El objeto podía alcanzar cien metros, y nos quedamos cortos...

Durante años pensé en el avistamiento de «Cantora». ¿Por qué se detuvieron sobre la finca del famoso torero? ¿Conocían su trágico final, en 1984? Sólo faltaban siete años...

BOLLULLOS, OTRA VEZ

La zona «caliente» de Huelva volvió a ser protagonista ovni el 24 de septiembre de 1977.

A las siete y media de la mañana todavía era de noche.

Un grupo de ocho vendimiadores se disponía a acudir al lugar de trabajo, en la zona de Bollullos del Condado. Marchaban en un tractor cuando, de pronto, observaron una nave. Era casi esférica, con una especie de torreta en lo alto.

... Nos quedamos inmóviles —explicaron—. No sabíamos qué era aquello... Flotaba sobre un grupo de manzanos... No nos atrevimos a bajar del tractor... Tendría cinco metros de altura y tres de diámetro en la «torreta»... Estuvo quieta quince minutos, y en absoluto silencio... Era espectacular... Entonces empezó a moverse sobre la viña y se dirigió hacia un callejón... Allí rozó unos olivos y terminó elevándose, en vertical, a gran velocidad, y entre chispas... El «baile» de la esfera sobre las viñas pudo prolongarse veinte minutos.

Los vendimiadores, ubicados a doscientos metros de la esfera, necesitaron un tiempo para bajar del tractor. Cuando lo hicieron caminaron hasta los referidos olivos y percibieron un intenso olor a serrín quemado.

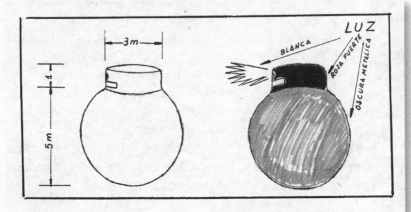

Ovni esférico sobre las viñas de Bollullos del Condado. (Gentileza de Manuel Osuna.)

JEREZ

El 24 de septiembre de 1977 fue un día especial para mí.

Rodaba por la autopista de Cádiz a Sevilla, enredado, como siempre, en otras pesquisas ovni, cuando apareció en la lejanía. Descendí del vehículo y lo fotografié. ¡Era un ovni! Y conté la experiencia con detalle.[1]

Pues bien, años más tarde, aparentemente por casualidad, fui a conocer al doctor Víctor López García-Aranda, prestigioso cardiólogo sevillano.

Hablamos de muchas cosas y, entre otras, del ovni que había visto esa misma tarde del 24 de septiembre de 1977. Quedé asombrado:

... Salíamos de Jerez... Nos dirigíamos a Sevilla... Me acompañaban Rocío, mi esposa, y las niñas... Y, de pronto, por la derecha de la autopista, vimos una bola que se acerca-

1. Amplia información en *Tempestad en Bonanza* (1979).

202

ba... Era blanca amarillenta y totalmente redonda... Volaba con el movimiento de un péndulo... Tenía un suave zigzagueo... En uno de los acercamientos, Rocío sintió miedo y me obligó a proseguir hacia Sevilla... Y la bola se quedó atrás... Al llegar a la ciudad observamos las luces de dos cazas. Se dirigían hacia Jerez...

Ovni fotografiado por Juanjo Benítez en la autopista Cádiz-Sevilla.

No lo voy a ocultar. Me sentí reconfortado cuando Víctor y Rocío ratificaron lo visto y fotografiado en aquella tarde. ¡Sólo habían pasado 36 años!

PUCUSANA

Conocí a don Carlos Paz García Corrochano en 1974, en su casa de Barranco (calle Junín), en Lima. Era el padre de los supuestos contactados del IPRI (Instituto Peruano de Relaciones Interplanetarias): Charli y Sixto Paz.

Don Carlos Paz.
(Foto: J. J. Benítez.)

Tuve con él largas conversaciones. Y en una de estas amigables charlas, don Carlos pasó a referirme algo que nunca había hecho público:

... Sucedió en febrero de 1978... Aquí era verano... Y ocho miembros del IPRI decidimos hacer una excursión a las playas de Pucusana, a 65 kilómetros al sur de Lima... Visitamos los restos arqueológicos de un posible templo de la cultura costeña proto lima, conquistada posteriormente por los incas, y paseamos por las rocas, hasta llegar a un precipicio, un gran acantilado, que se abría al Pacífico... El panorama era espectacular... Estábamos a 80 metros sobre las aguas... Y en ello andábamos, extasiados con el paisaje, cuando alguien nos llamó la atención... Abajo, a mitad de camino del acantilado, a unos cuarenta metros, posado en una plataforma rocosa, descubrimos un disco... ¡Era un ovni!... Era pequeño, de unos tres metros de diámetro, y de color plateado... Utilizaba esa plataforma como si fuera un nido de águila... Era totalmente redondo, como te digo, con una pequeña cúpula en lo alto... No vimos patas, pero parecía posado en la roca... Lo miramos y lo miramos, entusiasmados, e, incluso, buscamos una forma de bajar para examinarlo de cerca... Pero era muy difícil: el corte era abrupto... Y optamos por dividirnos en dos grupos. Uno trataría de descender por el norte y el otro por el sur... Y en esas estábamos, preparándonos para el descenso por el acantilado, cuando oímos un silbido muy musical y subido de tono... Miramos entonces al platillo y comprobamos que el silbido procedía de él y que se estaba poniendo en movimiento... Quedamos nuevamente paralizados... El objeto parecía temblar... Se alzó un par de metros y, en silencio, se dirigió hacia el mar... Y lo hizo en vuelo horizontal... Al alcanzar doscientos metros, aproximadamente, se detuvo de nuevo en el aire... Así permaneció un minuto... Después se lanzó hacia el acantilado, a una velocidad increíble... Y lo hizo a la misma altura: a unos cuarenta metros bajo nuestros pies... Su velocidad era tan grande que no pudimos reprimir un grito de horror... A esa velocidad, en segundos, el objeto se estrellaría contra las rocas del cortado... Y nos tiramos a tierra, tratando de protegernos del inevitable impacto... Pero pasaron los segundos y no escuchamos nada... Nos rehicimos como pudimos y volvimos a mirar a nuestros pies... ¡Allí no había nada de nada!... La nave desapareció... Y empezamos a discutir... ¿Qué pasó con el plato volador?... Unos hablaban de la existencia de una gruta, por la que entró el disco... Otros decían que la nave se había volatilizado en el aire y que pasó a otra dimensión... En fin, un lío... Y decidimos buscar esa hipotética cueva... Volvimos a dividirnos en dos grupos y descendimos por el cortado... Bajamos con muchas dificultades, pero no hallamos la pretendida gruta... Y en 30 minutos estábamos en la playa... Ascendimos y alcanzamos la pequeña plataforma rocosa en la que se posó el ovni... Era un nido de aves marinas... No había huellas del disco... Nada... Quedamos tan impresionados que acordamos no decir nada..., hasta hoy, que te lo cuento a ti.

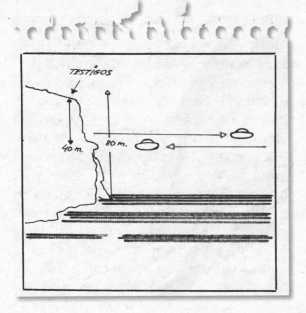

TESTIGOS

40 m.   80 m.

Pucusana (Perú). Cuaderno de campo de J. J. Benítez.

Ese mismo año (1978) tuve la ocasión de ser testigo de otro acontecimiento que tampoco vio la luz pública...

En viajes anteriores, yo había hablado mucho sobre el fenómeno ovni con la entonces reina de España, doña Sofía. Ella se mostró interesada. Y recuerdo que, al llegar a Lima, en el citado 1978, la reina mostró interés por conversar con don Carlos Paz, presidente del IPRI. Arreglé la reunión y don Carlos habló sobre los ovnis a un escogido grupo de personas, entre las que se hallaba S. M. doña Sofía. La reina preguntó y preguntó durante más de dos horas. Al final, doña Sofía insinuó si ella también podía ver las naves. Don Carlos Paz dijo que sí. Yo estaba alucinado.

Y don Carlos se las ingenió —no sé cómo— para establecer una «cita» con los extraterrestres. Se produciría en la Nochebuena de ese año, sobre el palacio de La Zarzuela, en Madrid. La reina preguntó que quién podía asistir. Y don Carlos Paz respondió que quien ella deseara. Yo seguía alucinado...

Así, más o menos, terminó la reunión privada.

Y llegó la Nochebuena de ese año.

A la mañana siguiente llamé a La Zarzuela y me interesé por el asunto. La respuesta me dejó helado: «No vimos nada de nada, pero pasamos frío.» Entre los frustrados observadores se hallaba la familia real al completo.

Creí morir...

Pero «algo» me hizo investigar. Y dirigí mis pasos a la zona. Cuál no sería mi sorpresa cuando descubrí que sobre el palacio de El Pardo, a escasa distancia de La Zarzuela, varios testigos habían visto objetos volantes no identificados, y justamente a las dos de la madrugada de la referida Nochebuena. La distancia entre ambos palacios es mínima: 350 metros andando y 300 en coche.[1]

Doña Sofía, en 1978.
(Foto: J. J. Benítez.)

En otras palabras: sí hubo avistamiento sobre la zona de La Zarzuela (más exactamente, sobre El Pardo) en la fecha indicada por don Carlos Paz. Cuando se lo conté a doña Sofía se quedó perpleja. Y preguntó: «¿Es que tus amigos no saben que ha llegado la democracia?».

VALDEHÚNCAR

El 4 de marzo de 1978, Antonio Rivas, soldador de profesión, recibió un susto importante...

1. El Pardo era el lugar de residencia del dictador, general Franco.

He aquí su testimonio:

... Esa tarde decidimos salir a dar un paseo... Me acompañaban mi mujer y mi hija, de tres años... Nos montamos en el coche y llegamos a un pueblo llamado Valdehúncar... Nos metimos por unos caminos y paramos a cosa de cien metros de la carretera... Era un lugar precioso, rodeado de encinas... Pasamos la tarde muy bien, merendando y jugando con la pequeña... Y cuando empezaba a oscurecer (más o menos hacia las ocho de la tarde) nos pusimos a recoger las cosas, con el fin de regresar a casa... Fue entonces cuando la niña empezó a gritar: «¡Mira, papá!»... Y lo repetía con insistencia... Al darme la vuelta observé una enorme bola de luz, suspendida sobre los árboles... Estaría a doscientos o trescientos metros de nosotros... Llamé la atención a mi esposa y, durante dos o tres minutos, nos quedamos como bobos, mirando aquella «cosa»... No nos atrevimos a movernos... Yo retenía a la niña de la mano y ella tiraba y tiraba hacia la esfera... Quería acercarse... ¿Cómo describir el ovni? Porque de eso se trataba... Era muy luminoso y de un color amarillo, tirando a naranja... Le calculé un diámetro de diez metros... Durante este tiempo, la bola permaneció quieta y en el más sobrecogedor de los silencios... Por la parte inferior, muy cerca de las copas de los árboles, se encendía una luz parecida a los focos de los coches, pero más intensa... Tanto que molestaba a los ojos... Parecía la luz de un arco de soldadura (y soy experto en eso)... Y quedamos deslumbrados... Yo tuve que cerrar los ojos y mi esposa hizo lo mismo... La niña, entonces, se abrazó a mis piernas y comenzó a llorar... La cogí, casi a tientas, y, como pudimos, nos metimos en el auto... Mi mujer insistía para que nos fuéramos, pero yo no quise perderme «aquello», y permanecimos en el interior del coche durante un rato... Pasaron los minutos y la luz que deslumbraba empezó a disminuir de intensidad... Y todo se quedó a oscuras... Y la bola descendió entre los árboles, hasta que la mitad inferior quedó oculta... Después la vimos ascender, muy lentamente... Y al llegar a cien metros de tierra escapó hacia el sur en un abrir y cerrar de ojos... La velocidad era asombrosa... Permanecimos en el coche durante un tiempo, comentando lo ocurrido y en espera de que volviera, pero ya no pasó nada... Y regresamos a casa... Mi mujer asegura que oyó un ruido, como un zumbido de mosquitos, pero yo no oía nada... Ella lo escuchó cuando la nave ascendía... Al día siguiente, por la mañana, volvimos al lugar, pero no encontramos nada raro... Lo único extraño es que los matorrales aparecían más resecos de lo normal... Preguntamos a los vecinos de Valdehúncar, pero nadie sabía nada...

Valdehúncar (Extremadura, España). Cuaderno de campo de J. J. Benítez.

VILLAVERDE DEL RÍO

Prometí no dar nombres, y así lo hago.

El caso de Villaverde, en Sevilla (España), fue otro avistamiento singular..., «previa cita».

F. M. era celador del Hospital Universitario. J. G. era mecánico en la fábrica de artillería, en Sevilla, al igual que M. F. Por su parte, F. J. era estudiante y J. C., mecánico de coches.

Hicieron un «contacto» y acudieron a la una de la madrugada al santuario de Villaverde del Río. Era el 13 de mayo de 1978.

... La noche era clara —manifestaron—, con la luna en cuarto creciente... Y, de pronto, a la hora establecida, se presentó un disco... Voló haciendo zigzag, de oeste a este... Y desapareció... A los cinco minutos apareció un segundo disco, idéntico al primero, o quizá era el mismo... Volaba de oeste a este... Y a las 24.55 horas, diez minutos después de desaparecer el segundo disco, surgió la tercera nave... Era grande... Como mínimo, doce metros... Evolucionó sobre nuestras cabezas durante cinco minutos... Fue impresionante... Estábamos emocionados... ¡Eran ellos!... ¡Habían acudido a la cita!

Solicité que dibujaran la tercera nave, y así lo hicieron. Era un enorme cilindro, con cuatro potentes focos de luz: el inferior, de color rojo; el superior destellaba en azul o violeta y los laterales eran blancos, inmaculados.

Ovni sobre el santuario de Villaverde del Río (Sevilla).

LA BALLENA

Podían ser la dos de la madrugada cuando Francisco Sarmiento y el cabo Rojo observaron aquella luminosidad en la superficie del agua...

—Estábamos de servicio —explicó Sarmiento—. Nos encontrábamos cerca de una venta, La Peña, en la playa de La Ballena, en El Puerto de Santa María, en Cádiz.

Sarmiento y Rojo eran guardias civiles.

—Era junio de 1978, pero no recuerdo el día exacto. Nos hallábamos en el interior del Land Rover, en servicio de vigilancia. Y, de repente, observamos aquella luminosidad en el agua...

—¿De qué color?

—Muy rara: azul verdosa. Primero pensamos en un submarino, que subía a la superficie.

—¿A qué distancia estaba de la orilla?

—Poco: a unos setenta metros. Eso nos hizo dudar. No podía tratarse de un submarino; a no ser que estuviera averiado...

Pero las dudas de los guardias quedaron despejadas un minuto después.

—Del agua salió algo, y empezó a elevarse. Era circular, con unas extrañas antenas a los lados. Las antenas presentaban, en los extremos, unos triángulos. Y voló hacia nosotros... Y nos pasó por encima, chorreándonos.

—¿A qué altura?

—A unos cincuenta metros.

Al ver la luminosidad verdosa, los guardias salieron del vehículo.

—El objeto era grande, con unas luces reflectantes en la parte delantera; las de atrás eran más tenues. Y el ovni se alejó hacia la base de Rota en mitad de un zumbido muy suave.

—¿Qué dimensiones podía tener el objeto?

—Alrededor de cincuenta metros.

—¿Oyeron motores?

—Negativo; sólo un zumbido.

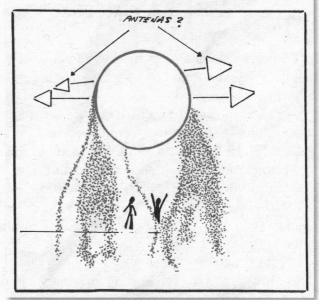

Playa de La Ballena (1978). Cuaderno de campo de J. J. Benítez.

—¿Qué opina del suceso?

—Pensamos en muchas cosas; incluso que pudiera tratarse de un arma secreta de los norteamericanos. Pero no, aquello era muy superior...

—¿Y la nave se dirigió a la base naval de Rota?

—Derechita.

—Las mojaduras, supongo, fueron de agua salada...

—Sí, mojó el Land Rover, y a nosotros. Nos puso perdidos.

—¿Y qué hicieron?

—Llamamos al teniente y le comunicamos lo sucedido. La respuesta fue: «No comenten nada.»

Curiosamente, un año después, en junio de 1979, y en el mismo lugar, otros guardias civiles fueron testigos de un suceso muy similar. Así me lo contó José Luis Millán:

... Estábamos de servicio... Me acompañaba Francisco Ruiz Sánchez (hoy sargento)... Serían las once de la noche... El Land Rover estaba situado a poco más de doscientos metros de la orilla, en la playa de La Ballena... Y de pronto vimos algo que salía del agua... Era una máquina ovalada... Descendimos del vehículo y lo contemplamos a placer... Y se vino hacia nosotros... Nos sobrevoló a cien metros de altura y se alejó hacia Rota... Presentaba luces de colores a su alrededor y lo iluminaba todo, a su paso, como si fuera de día... No escuchamos ningún ruido... La velocidad del artefacto era muy lenta... Jamás vimos cosa igual.

**Cabo Millán.
(Gentileza
de la
familia.)**

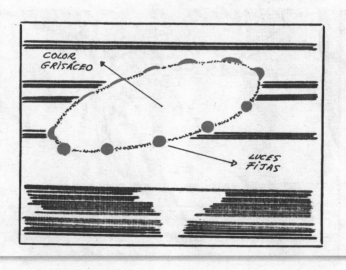

Segundo avistamiento en la playa de La Ballena (1979). Cuaderno de campo de J. J. Benítez.

ESTRECHO DE BASS

Ese mismo año de 1978 se registró en Australia un interesante caso. Me fue reportado por Paul Norman, vicepresidente de VUFORS (Sociedad Victoriana de Investigación OVNI).

... Sucedió el 21 de octubre de 1978... A eso de las siete de la tarde, un par de familias se hallaban disfrutando de la playa al sur de la ciudad de Melbourne... Y de repente observaron un objeto muy raro... Tenía la forma de un cigarro puro... Volaba sobre la bahía de Port Phillip... Al parecer procedía del estrecho de Bass... Y al llegar al centro de la bahía, el puro lanzó un fortísimo destello blanco... Acto seguido, otro objeto de color rojo, y más pequeño, se desprendió del primero... Y el grande se alejó hacia el norte... Los asombrados testigos (ocho en total) vieron cómo el ovni rojo se dirigía hacia ellos... La sorpresa de los observadores fue total... El objeto tenía forma de es-

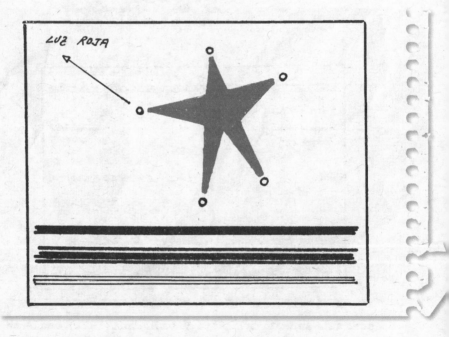

Australia, 1978. Cuaderno de campo de J. J. Benítez.

214

trella de mar, con luces rojas en las puntas... Escucharon un zumbido muy potente... De pronto, cerca de la orilla, se detuvo y permaneció quieta en el aire... La contemplaron cinco minutos... Después se alejó hacia el estrecho de Bass.

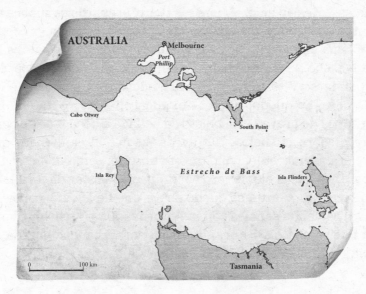

AUTOPISTA SEVILLA-HUELVA

Los intentos de comunicación entre los humanos y los tripulantes de los ovnis siempre me intrigaron. A lo largo de estos 44 años de pesquisas he logrado reunir decenas de casos. Mostraré algunos, muy sintetizados:

En 1976 tuve noticias de un intercambio de señales luminosas en las proximidades de la autopista de Sevilla a Huelva (España). Y allí me dirigí.

Esto fue lo que averigüé:

... Hacia las ocho y cuarto de la tarde del 20 de diciembre de 1976, un camionero llegó a una planta de procesamiento de grava, situada entre las localidades de Umbrete, Benacazón y Bollullos. El guarda salió a recibirle... Y, cuando procedía a la

215

descarga del camión, el conductor señaló una luz, a lo lejos, y comentó con el guarda que le había seguido durante un trecho del viaje... El guarda propuso al camionero que orientara los faros del camión hacia el punto de luz, con el fin de hacerle señales... Y así lo hizo... Mientras tanto, el guarda se subió a un montón de grava y, provisto de una potente linterna, procedió también a enviar guiños de luz a lo que suponía se trataba de una estrella... De inmediato, la supuesta «estrella» empezó a aproximarse y terminó inmovilizándose a 20 metros de los testigos... «Se quedó quieto —explicaron— sobre uno de los montones de grava»... El objeto se hallaba a poco más de ocho metros sobre el suelo... El guarda sugirió al camionero que acudiera a Umbrete y solicitara ayuda, así como una cámara fotográfica... Y el camionero corrió hacia la referida localidad sevillana... El guarda se quedó sobre uno de los montones de grava, haciendo señales con la linterna... Un transistor quedó fuera de combate... Y durante media hora, el audaz guarda de la planta moledora repitió las señales luminosas... El hombre

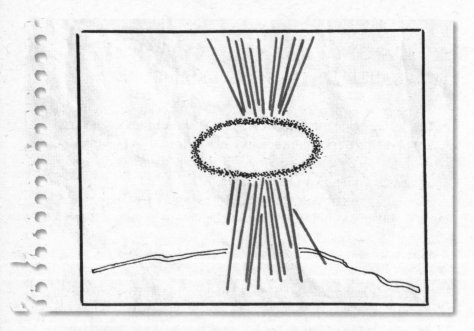

Ovni sobre una planta moledora. Cuaderno de campo de J. J. Benítez.

se envalentonó y decidió ascender por el montículo sobre el que se hallaba la nave... A los pocos pasos, el objeto se apagaba y desapareció... Durante esa media hora larga, el silencio fue total... «El objeto —dijeron— lanzaba rayos luminosos por arriba y por abajo, respondiendo a nuestras señales; tanto a los faros del camión como a mi linterna»... De acuerdo con los testigos, la nave podía tener unos doce metros de longitud por diez de alto... Cuando llegaron los «refuerzos», la luz deambulaba por los alrededores, pero no volvió a acercarse, a pesar de las señales enviadas por el guarda... La aventura se prolongó hasta las cuatro de la madrugada.

JAMAICA

En agosto de 1977 tuve conocimiento de un hecho singular. Y volé a Colombia.

El 31 de julio, un piloto de la empresa Aerocondor, que volaba de Barranquilla (Colombia) a la ciudad de Miami (USA), vivió un desconcertante encuentro con un ovni.

El piloto, Camilo Barrios, me habló en los siguientes términos:

—Serían las 8.30 horas (GMT). Llevaba un cargamento de flores a Miami. Y cuando nos encontrábamos a 25 millas de Jamaica, en pleno triángulo de las Bermudas, apareció aquel objeto. Era un disco o un plato, como usted prefiera. Lanzaba destellos de muchos colores: rojos, verdes, amarillos, azules y blancos.

—¿Lo vio toda la tripulación?

—Sí, yo los llamé.

—¿A qué distancia y en qué posición se hallaba el disco?

—Podía encontrarse a treinta millas. Se presentó por el este y se mantuvo paralelo a mi avión.

—¿Y qué sucedió?

—Estábamos maravillados. Y se me ocurrió intentar comunicarme con los posibles pilotos del ovni. Agarré el micro,

Ovni sobre Jamaica. Cuaderno de campo de J. J. Benítez.

me identifiqué, así como a la tripulación, y les dije qué clase de avión comandaba, así como nuestro rumbo, hacia el norte. Entonces manifesté que, si me entendían, hicieran alguna demostración. Por ejemplo: que el ovni ascendiera. Y cuál no sería nuestra sorpresa al ver que la nave ascendía. Creo que palidecí. Acto seguido, con cierto temor, no lo voy a ocultar, agarré de nuevo el micrófono y solicité que descendiera. Y así lo hizo, al momento. Nos quedamos perplejos.

—¿Piensa usted que aquella nave estaba tripulada?

—Sin duda.

Al aterrizar en Miami, el comandante notificó el hecho a las autoridades norteamericanas.

La experiencia de Camilo Barrios me recordó lo vivido por el comandante español Juan Ignacio Lorenzo Torres el 4 de noviembre de 1968, cuando volaba de Londres a Alicante.[1] Otro objeto desconocido se situó frente al morro del Caravelle de Iberia y lo acompañó durante un tiempo. En esos minutos, Lorenzo Torres intercambió señales luminosas con el ovni.

1. Amplia información en *Materia reservada* (1993).

SAN VICENTE DEL RASPEIG

Cuando supe lo que le había ocurrido a Francisco Monera, taxista, me apresuré a localizarlo.

Y sostuve con él varias e interesantes conversaciones.

He aquí una síntesis:

—Yo era un incrédulo total en lo referente al fenómeno ovni. Me reía de todo y de todos... Pero aquella noche del 14 de agosto de 1980...

Y Paco empezó por el principio:

—Yo tenía una casita de campo en las proximidades de San Vicente del Raspeig, en Alicante (España). No teníamos luz. Nos valíamos de una modesta lámpara de Campingaz. Recuerdo que esa noche, en la cadena SER, habían programado una «alerta ovni». Mi hermana estaba en la casa. Le encantaban esos asuntos. Y yo me reí de ellos, de todos. El caso es que, a eso de las doce, mi mujer y las tres niñas se retiraron a dormir. Y nos quedamos en el porche. Mi hermana, muy atenta al cielo estrellado, así como mi hijo mayor. Pero yo les pinchaba de tal forma que terminaron por retirarse un poco más allá, al filo de una balsa. Sintonizaron la SER y allí se quedaron, pendientes del cielo. De vez en cuando les gritaba: «¿Qué, habéis visto algún ovni? ¿No os parece que se están retrasando?». Y ellos, pacientemente, seguían a lo suyo. Recuerdo que hablaba José Antonio Alés, un célebre locutor de radio. Y aseguraba que habían visto ovnis no sé dónde... Yo me reía. Y pasó el tiempo. A eso de las dos menos cuarto de la madrugada, mi hermana lanzó un grito. Me asusté. Y señaló un punto luminoso. Pensé en un avión. Pero, al cabo de unos minutos, al comprobar que la luz seguía inmóvil, empecé a extrañarme. «Eso no es un avión», me dije. Y así pasaron treinta minutos. Era una luz blanca, muy potente. Nos pusimos a hablar y a gritar y terminamos por despertar a la familia. Entonces empezó lo del «baile» de las bombillas de las casas colindantes.

—¿El «baile»?

—Las luces de los chalets oscilaron, hasta que terminaron por apagarse.

—¿Y el objeto?

—Seguía en lo alto, quieto. En ocasiones aumentaba la luminosidad. Y las luces de las casitas volvieron a encenderse. Yo estaba desconcertado. Al poco tintinearon de nuevo y se apagaron otra vez. Y así sucesivamente durante un tiempo.

—¿Y la familia?

—Tan perplejos como yo. Bueno, las mujeres estaban inquietas. Y en esas comenté: «Me gustaría que bajasen.» La familia me llamó de todo. Pero yo, tozudo, agarré la bombona de Campingaz, aumenté el paso del quemador, y empecé a levantarla y a bajarla, y a moverla de izquierda a derecha. Y, al mismo tiempo, gritaba: «¡Eh!... ¡Los de ahí arriba!... ¡Los de la luz!... ¡Bajad, que hay espacio suficiente para el aterrizaje!... ¡Os invito a café y a una copa!» Ya puedes imaginar: la familia se revolvió contra mí, llamándome loco e inconsciente.

—¿Y qué pasó?

—No había transcurrido ni un minuto desde que hiciera las señales con la bombona cuando la «estrella» empezó a aumentar de luminosidad.

—¿Se aproximó?

—No lo sé. Lo que estaba claro es que multiplicó la potencia de luz. Y empezó a dar fogonazos, de menor a mayor. Fue impresionante. Y la operación se repitió cuatro o cinco veces. Después volvió a la intensidad inicial. La familia salió corriendo, escondiéndose en la casa. Y así pasaron veinte minutos.

Paco Monera estaba radiante. Y prosiguió:

—Decidí repetir la «hazaña». Agarré de nuevo la bombona de gas y empecé a agitarla como en la ocasión anterior: arriba y abajo, de izquierda a derecha y al revés. Y en mi interior pedía que bajasen...

—Pero tú eras incrédulo...

—Lo era, sí, pero aquello terminó con mis dudas.

—¿Lo pedías mentalmente?

—Sí, esta vez no grité.

—¿Y qué ocurrió?

—No bajaron, como era mi deseo, pero la «estrella» repitió los fogonazos. Y lo hizo otras cuatro o cinco veces. Cada resplandor llegaba hasta la casa y lo iluminaba todo.

—¿Podrías describir la potencia de esos fogonazos?

—Muy difícil. Eran más fuertes que la luz de un automóvil, pero molestaban menos que una bombilla de 6 vatios.

—¿Cómo era la luz?

—Blanca, muy linda. Jamás he visto una cosa así.

—¿Qué sensación tuviste?

—Alegría. Ellos, los que pilotaban aquella nave, habían respondido a mis señales, y a mis pensamientos.

—¿Crees que leyeron tu mente?

—No hay duda.

Y a las seis de la madrugada, rendidos, los testigos optaron por retirarse a descansar. Y allí quedó la nave, en lo alto. Esa mañana, a las nueve, cuando volvieron a salir, ya no estaba en el cielo.

Fueron cuatro horas intensas, que Monera y los suyos no olvidarán jamás.

TURQUÍA

Cuatro meses después del intercambio de señales en Alicante me llegó la siguiente información, procedente de Turquía:

... Un objeto volador no identificado provocó el pánico entre los habitantes de la región suroriental del país... Los sucesos se registraron entre el 16 y el 21 de diciembre (1981)... Cientos de personas de la región de Niage fueron testigos de un ovni con forma de huevo... El objeto descendió sobre las aldeas y los campos, proyectando focos de luz... El jefe de la policía local de Aksaray, Orhan Celen, tuvo el valor de enfocar al objeto con su linterna... El ovni respondió con el mismo número de señales...

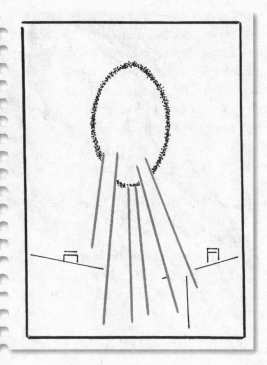

**Ovni sobre Turquía.
Cuaderno de campo
de J. J. Benítez.**

Cuando me puse en contacto con los investigadores de la zona confirmaron la noticia y añadieron:

... Era un objeto silencioso y enorme... Lanzaba luces de color verde hacia el suelo... En una de las granjas, tras el paso del ovni, aparecieron muertas decenas de gallinas y pollos... Estaban abrasados...

MENASHA

El 26 de noviembre de 1992 me hallaba en Menasha, una pequeña localidad del estado norteamericano de Wisconsin.

Allí me enteré del siguiente caso:

En agosto de 1989, Justin Woods tenía nueve años. Y una tarde, a eso de las cinco, se asomó a la ventana del salón de su casa. Su familia había salido.

Justin Woods
(Foto: Blanca.)

—Entonces, sobre los árboles, vi algo que me llamó la atención.

Justin señaló la arboleda.

—Era un objeto grande, amarillo y redondo —prosiguió—. Supe que era un ovni. Y pregunté, mentalmente, si procedían de las estrellas.

—¿Cómo fue la pregunta?

—¿Sois de las estrellas? Y el objeto se transformó en tres.

—No entiendo...

—Del grande salieron dos objetos más pequeños. Uno se colocó en la parte de arriba y el otro en la de abajo. Y allí estuvieron un buen rato, sin moverse.

—¿Cuánto tiempo?

—Unos veinticinco minutos. Entonces volví a preguntar, mentalmente: «¿Sois amigos?»

Justin sonrió, y añadió, satisfecho:

—Entonces aparecieron dos objetos más. Y los dos anteriores se marcharon: uno en una dirección y el otro en la contraria. Después, a los diez minutos, ya no estaban. Todos desaparecieron.

—¿Cuánto tiempo estuvieron frente a la ventana?

—En total, alrededor de una hora y algo.

—¿Recuerdas la forma de los objetos?

—El grande era como un plato. Brillaba como el sol. Los otros eran más pequeños.

Recorrimos la zona y calculé que los objetos habían estado a 400 metros de la casa. No hallé señales de quemaduras en las copas de los pinos.

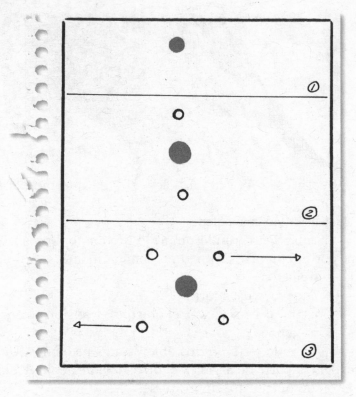

**Los ovnis respondieron a las preguntas del niño.
Cuaderno de campo de J. J. Benítez.**

CARLET

Sucedió a principios de junio de 1993.

El protagonista —Alberto V. Mendoza— me lo contó así:

... Me dirigía a la casa de mis padres, en Carlet (Valencia, España)... Podían ser las doce de la noche... Mis padres tienen un chalet y allí me dirigí con mi Seat Toledo... Tomé, como siempre, el camino del cementerio... Y al terminar la tapia, por la izquierda, observé una luz... Iluminaba una gran extensión de monte... Estaba situada sobre la vertical del barrio de Villarrubia, a cosa de trescientos metros del lugar por el que circulaba... En un primer instante pensé en la luna... Después, al descubrir la verdadera luna, quedé perplejo... ¿Dos lunas?... Yo sabía que eso era imposible... Y al llegar al puente sobre el río Seco me detuve, maniobré el auto, y lo situé de forma que pudiera hacer señales con las luces largas... La verdad, aún no sé por qué lo hice... Y me puse a lanzarle destellos... ¡Oh, sorpresa!... Al momento, la luz se acercó, aunque no tanto como yo hubiera deseado... Y se inmovilizó a cosa de cincuenta metros... Entonces incrementó la formidable luminosidad, pero fue un instante... Y así transcurrieron algunos minutos, eternos... Mi corazón latía con fuerza... Finalmente decidí continuar... Pero me esperaba otra sorpresa: el objeto comenzó a seguirme, dibujando, incluso, las mismas curvas... Era como si estuviésemos unidos por un eje invisible... Hice dos altos en el camino e, inexplicablemente, la nave también se detuvo... Al llegar al club de tenis, el objeto, al que había perdido de vista por causa del terreno, se situó de nuevo a mi lado, y a la misma distancia... Y casi en el chalet de mis padres se colocó en mi vertical. Al llegar a la casa situé el coche con cierta inclinación, con las luces apuntando hacia el cielo, y proseguí con las señales luminosas... El objeto descendió y lo hizo lentamente... Por un momento pensé que iba a aterrizar, pero supe que eso era imposible, dado lo abrupto del terreno... Además, las dimensiones del ovni eran considerables... Al menos como cuatro lunas... Y entonces se produjo un fenómeno que me fascinó y que interpreté como una respuesta a mis señales: los bordes del objeto empezaron a cambiar de coloración... El interior permanecía blanco anaranjado, pero los filos iban pasando por toda la gama de colores conocidos, aunque más suaves... La luz blanca anaranjada lo iluminaba todo, como si fuera de día... Podía ver en un radio de cien metros, más o menos... Y así pasaron los minutos... Entonces corrí a despertar a mi madre y le conté... Pero no creyó una sola palabra... Me dijo que apagara la luz del porche y que me acostara... Comenté que la luz no procedía del porche y decidió salir... Lo vio y se asustó... Y al contarle lo vivido se asustó mucho más y se metió en la casa... Yo me quedé un rato, practicando el «juego» de las señales con las largas... Y el objeto respondía siempre con aquel maravilloso cambio de colores en su perímetro... No tengo idea de si los cambios de colores obedecían a algún código o patrón... Lo cierto es que, a cada ráfaga mía, él modificaba las tonalidades exteriores... Pasado un tiempo, no sabría decir cuánto, cansado de repetir mentalmente que bajaran, opté por dejarlo y me retiré a descansar, puesto que tenía que levantarme en cuestión de horas... Al día siguiente no había rastro del objeto.

Según Alberto, los colores que recuerda eran el rojo, el violeta y el turquesa (estos dos últimos de gran belleza).

... Cuando respondía a mis señales —añadió el testigo— lo hacía incrementando la luminosidad de dichos colores peri-

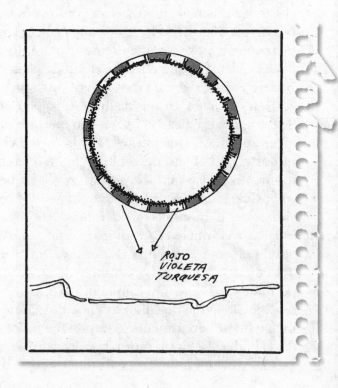

El ovni respondió a las señales, incrementando la intensidad de los colores perimetrales. Cuaderno de campo de J. J. Benítez.

metrales... A veces lo hacía con todos a la vez o con algunos de ellos... Fue algo tan fascinante como indescifrable... No sé qué quisieron decirme, pero replicaban a todas mis series de señales luminosas... Imagino que aquella comunicación resultó tan estéril para ellos como para mí.

SEVILLA

Lo llamaré F. P.

Era policía nacional en junio de 1980, cuando ocurrieron los hechos.

He aquí una síntesis de los mismos:

Viajaba de Madrid a Rota, donde estaba destinado. Oscurecía. Y a cosa de dos kilómetros de Sevilla observé una luz muy brillante en el cielo. Paré el automóvil. Era una esfera, como una pelota de golf, de color blanco. Estaba quieta, después cruzó el cielo, de izquierda a derecha, y se perdió. Yo llevaba un 131. Total, me metí en la autopista de Sevilla a Cádiz y continué el viaje. Pero, al alcanzar el primer peaje, me llevé un buen susto. En lo alto, algo inclinado, había un enorme rectángulo...

—¿En lo alto del peaje?

—Sí, quizá a cien metros.

—Descríbalo.

—Era muy raro. Vi luces en cada vértice del rectángulo. Y, como digo, aparecía inclinado. Un taxista también lo vio. Entonces, el objeto empezó a emitir unas «ondas» (?) de luz, en vertical. Eran blancas y muy rápidas. Pagué el peaje y continué.

—¿Lo comentó con el empleado del peaje?

—No dije nada.

—¿Y el ovni?

—Se quedó en lo alto del peaje. Yo continué a toda velocidad. No quería quedarme solo en la autopista. Adelanté al taxista y proseguí. Y, al poco, el objeto se presentó por mi izquierda. Volaba sobre el campo.

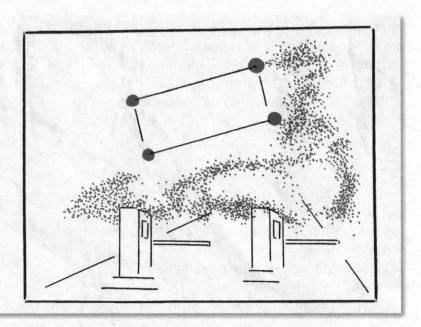

**Ovni sobre el peaje en la autopista de Sevilla a Cádiz (1980).
Cuaderno de campo de J. J. Benítez.**

—¿Cuánto tiempo pasó desde que abandonó el peaje?

—Unos diez minutos. Entonces se me ocurrió hacerle señales. Pensé cómo, y utilicé los intermitentes. Primero hice la intermitencia de la izquierda y después la de la derecha. Y repetí la maniobra por segunda vez.

—¿Había más vehículos en la utopista?

—En esos momentos me hallaba solo. Ni un alma.

—¿Y qué ocurrió?

—El ovni seguía inclinado, con las luces en las cuatro esquinas. Pero, de pronto, respondió: intensificó la luminosidad de las dos luces de la izquierda, y después hizo lo mismo con las de la derecha. Me emocioné. Y me puse a 100 kilómetros por hora. Pues bien, la nave me seguía a la misma velocidad. Y repetí la secuencia de las señales. Primero, los intermitentes de la izquierda y, a continuación, los de la derecha.

—¿Y el ovni?

—Esta vez se encendieron quince o dieciséis luces en el interior del rectángulo, y de forma anárquica. Unas eran verdes, otras rojas, otras azules... Entonces me entró miedo de verdad. Aceleré y el ovni se quedó atrás. Pero, al poco, estaba de nuevo sobre la carretera, por delante del coche. Yo, aterrorizado, tomé la primera salida de Jerez y vi cómo la nave cruzaba la autopista, siguiéndome. Al llegar al cruce de Sanlúcar estaba sobre mi cabeza. Era un triángulo. ¿Cómo pudo cambiar de forma? Lo vieron otros coches. Yo arranqué de nuevo y me fui para Rota.

—¿Y la nave?

—Allí se quedó. Ni miré...

En esos mismos días, en un viejo convento de clausura de la ciudad de Sevilla, una de las monjas vivió, sin duda, la aventura de su vida. Me lo contó Manuel Osuna, vecino de la familia de la madre Inmaculada Concepción, mercedaria, de cuarenta años de edad.

.... Sobre las once de la noche —contó Osuna— la monja se hallaba en su habitación en el convento a punto de acostarse... Y en eso vio una luz sucia (amarillenta)... Parecía un melón... Podría tener veinte centímetros... Era silencioso... Y se movió por la habitación, pero lentamente, como observando... Y de pronto se esfumó... La ventana estaba cerrada... Dos noches después volvió a presentarse en la celda... Y la monja, aterrorizada, se puso a rezar... Pues bien, al rezar, la luz aumentaba, como si supiera lo que estaba haciendo la religiosa... Si se detenía en los rezos, el *foo fighter* (porque de eso se trataba) volvía a la luminosidad inicial... Y así sucesivamente, durante un buen rato.

MURCIA-ALICANTE

Veamos otro caso de comunicación, o de intento de comunicación.

Una de las protagonistas —Marina Iglesias— me lo contó así:

... Sucedió en el año 1982 o quizá en 1983, entre Murcia y Alicante... Habíamos estado de vacaciones y regresábamos a casa... Mis hijas iban jugando a las cartas en el asiento de atrás del coche... Yo, como siempre que viajamos de noche, miraba al cielo... Me gustan las estrellas e imaginaba un universo grandioso... Mi marido iba al volante y atento, como siempre... Íbamos a tomar la autovía cuando, muy a lo lejos, me empecé a fijar en unas luces altas... No dije nada... Tan solo miraba... Y pensé que podía tratarse de alguna fábrica... Cada vez más cerca, empecé a sentir una extraña sensación... Las luces seguían paralelas al coche... Entonces pregunté a mis hijas y la mayor, emocionada, dijo que era un ovni... El corazón me dio un vuelco... Era lo que pensaba desde hacía rato... Pedí a mi marido que se desviara por una carretera comarcal y lo hizo, aunque a regañadientes... Allí nos bajamos y corrimos para ver qué era... Pues bien, en lo alto, como a seis o siete pisos de altura, distinguimos cuatro luces redondas... Eran blancas y estaban fijas, como los faros de un co-

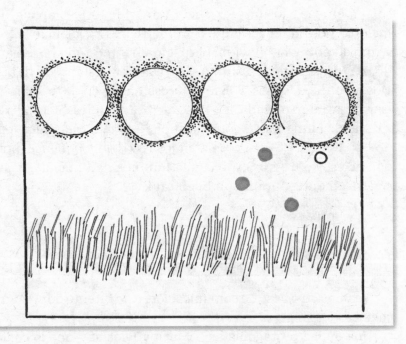

Levante (1982 o 1983). Cuaderno de campo de J. J. Benítez.

che... Podían ser las doce y media o la una de la madrugada...
No emitían ruido... Nos hallábamos frente a un campo de
cañas... Era imposible pasar... Más arriba vimos a un chico,
apoyado en un coche, y contemplando lo mismo que nosotros... Al rato, del objeto salieron cuatro luces rojas e intensas... Parecían globos... Tampoco hacían ruido... Flotaban e
interactuaban... Así estuvimos unos diez minutos, hasta que
mi hija mayor propuso que les hiciéramos señales... Corrimos al coche, tomamos un linterna, y empecé a hacerles luces... ¡Sorpresa!... Cada vez que lanzaba la luz hacia las rojas,
una de ellas se volvía blanca... Así estuvimos un buen rato,
hasta que mi marido se cansó... Y tuvimos que marcharnos...
De algo estoy segura: no sé qué era aquello, pero respondía a
nuestras señales... Fue algo extraordinario.

SUR DE FORMENTERA

Busqué al capitán José Luis González, y a los hombres que
integraban la tripulación del barco butanero *Tamames*. Y,
poco a poco, conversé con los 18 tripulantes.

El martes, 6 de febrero de 1979, el citado buque se vio «asaltado» por medio centenar de ovnis cuando navegaba, en lastre, desde Alcúdia a Escombreras.

En síntesis, esto fue lo que me contaron:

—Hacia las nueve de la noche navegábamos al sur de la isla de Formentera. Estábamos a 15 millas. Entonces aparecieron aquellas luces amarillas.

—¿En qué posición?

—Primero a proa. Y se movían. Fue muy extraño.

—¿Cuántas luces?

—Muchas. Quizá cincuenta o sesenta.

—¿Las captó el radar?

—Sí. Lanzaban tremendos «pantallazos». Y eso duró hora y media.

Hacia la una de la madrugada, el radar del *Tamames* registró la presencia de más objetos.

—Se hallaban muy cerca del barco —explicaron los marineros—. Volaban hasta el buque y después se alejaban.

—¿Lo visteis a simple vista?

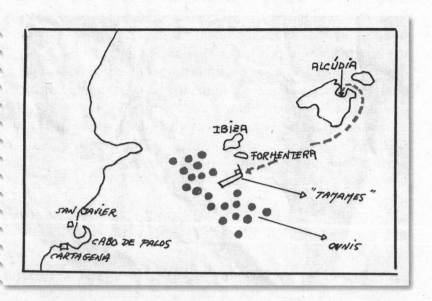

Cuaderno de campo de J. J. Benítez.

232

—Claro. Fue un espectáculo asombroso. Iban y venían. Se acercaban por un costado, nos sobrevolaban, y se alejaban. Después regresaban por popa, por estribor... En el barco nadie dormía.

—¿Cuánto duró el «espectáculo»?

—Unas seis horas. Al avistar el cabo de Palos se alejaron y desaparecieron.

Al atracar en la dársena de Escombreras, en Cartagena (España), la noticia del masivo avistamiento corrió como la pólvora. Y las agencias de prensa la transmitieron a todo el mundo.

Horas después, los mercachifles de turno proporcionaron la solución: lo observado por la gente del *Tamames* eran paracaidistas.

Volví a conversar con los testigos y mostraron su extrañeza.

—¿Desde cuándo unos paracaidistas permanecen seis horas en el aire y jugando con un barco?

Estaba claro, pero quise cerciorarme.

Dejé pasar un tiempo (técnica de la «nevera») y me trasladé a la Brigada Paracaidista Méndez Parada, en Alcantarilla (Murcia), relativamente cerca del puerto de Escombreras.

El capitán Manuel Vela y el teniente Javier Elvira, muy gentiles, me facilitaron los libros en los que quedan registrados los saltos de los paracaidistas.

El día 6 de febrero de 1979 se llevó a cabo un salto nocturno. Se inició con el ocaso y terminó a las doce de la noche. Saltaron 45 «paracas» (31 en sistema manual y 14 en automático). Despegaron de la base de San Javier y tomaron tierra en la zona ECO, en las inmediaciones de la Escuela Militar de Paracaidistas. Fue un salto de instrucción, como tantos, mandado por el entonces capitán Francisco Valverde Oñate. Fue un ejercicio más en el curso de Apertura Manual y curso Básico de Paracaidismo (para oficiales y suboficiales de los ejércitos de Tierra, Mar y Aire). Cada paracaidista, en automático, permaneció del orden de tres minutos en el aire; en manual, dependiendo de la altura, osciló entre cuatro y cinco minutos. El salto se llevó a cabo a 4.500 pies de altura (1.500 metros), para el procedimiento manual y a 1.500 pies para el automático. Los sal-

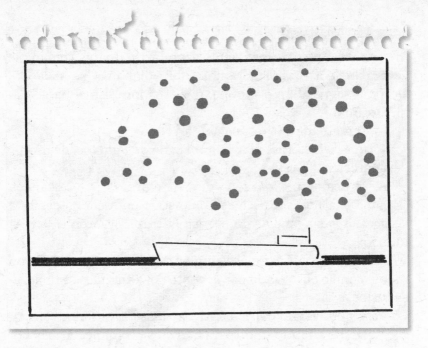

**Cincuenta o sesenta ovnis sobre el *Tamames* (1979).
Cuaderno de campo de J. J. Benítez.**

tos se efectuaron en varias rotaciones. No hubo incidentes dig-
nos de mención.

En otras palabras: a la una de la madrugada, cuando el radar del *Tamames* detectó cincuenta o sesenta objetos cerca del
barco, los paracaidistas ya estaban en tierra (lo hicieron a las
doce de la noche). Los «paracas», además, en ningún momento
se lanzaron sobre la mar. Y la permanencia en el aire osciló
entre tres y cinco minutos para cada paracaidista. ¿Qué tiene
esto que ver con las seis horas de observación de los ovnis por
parte de la tripulación del butanero? El *Tamames*, no lo olvide-
mos, empezó a ver las luces a las nueve de la noche, y a 200 millas de la costa. Por supuesto, ningún paracaidista sobrevoló el
buque, ni remotamente...

Lo dicho: mercachifles...

Pero hay más.

Esa madrugada, cuando los ovnis desaparecieron de la vista y del radar del *Tamames*, otros testigos observaron el paso
de cuarenta o cincuenta luces, en formación, sobre la carretera de Alicante a Murcia.

Emilia Maeso fue uno de los testigos:

—Era impresionante. Los vieron muchos automovilistas. Se dirigían hacia el interior y en total silencio.

ARCHENA

Veinticuatro horas después del incidente del *Tamames*, un vecino de Archena (Murcia) tuvo una experiencia ovni difícil de olvidar...

La primera noticia me llegó a través de CIFE (Centro Investigador de Fenómenos Extraterrestres), con sede en la citada localidad murciana. Ellos levantaron la liebre. Alberto García fue el primero en interrogar a Joaquín Sánchez, testigo del suceso.

Joaquín tenía entonces dieciocho años de edad. Era estudiante de segundo de BUP en Archena.

Veamos una síntesis de lo ocurrido:

... Eran las 21.30 o 22 horas del 7 de febrero de 1979... Me dirigía a Ulea, a dos kilómetros de Archena, para dejar en su casa a una amiga... Conducía un 850... Y, de regreso, el motor del Seat se paró... Mi primer pensamiento es que me había quedado sin gasolina... Detuve el coche en mitad de la oscuridad y las luces se apagaron... Intenté poner el motor en marcha, pero no lo conseguí... Bajé del auto y abrí el motor, situado en la parte trasera, tratando de averiguar cuál era la avería... Prendí una cerilla, intentando ver, y, en eso, el lugar se iluminó... Un potente haz de luz blanca me inundó... Solté la cerilla y miré hacia lo alto, apoyándome en el capó y en la carrocería... Percibí un objeto, en lo alto... Entonces sucedió algo no menos extraño... Quise separarme del coche y no fue posible... Estaba materialmente pegado a la chapa y a la carretera... No podía moverme... En esos momentos, cuando intentaba separarme del vehículo, sentí un hormigueo por todo el cuerpo... Me entró miedo... Volví a mirar hacia lo alto, no sin dificultad, y comprobé que el objeto se encontraba sobre mi cabeza... Era redondo, con un foco central que parecía no tener fondo... Irradiaba una luz blanca muy intensa...

Todo, a mi alrededor, era más vivo... El haz de luz formaba un cono pero, más allá, la oscuridad era completa... El foco central aparecía rodeado por una serie de luces amarillas anaranjadas... El perímetro del objeto lo formaban unas luces rojas, divididas en rectángulos... Así pasaron dos minutos... El objeto, entonces, hizo un movimiento pendular, se inclinó algo, y terminó alejándose hacia el suroeste... Lo vi perderse entre el Cabezo de los Mazos y el Cabezo del Tío Pío... Entonces recuperé la movilidad... Estaba aterrado... Arranqué el 850 y me dirigí a mi pueblo.

Semanas más tarde, Joaquín Sánchez me ratificó lo ya expuesto y añadió que la nave podía medir unos cien metros de diámetro. Permaneció siempre en silencio y a cosa de treinta metros de altura.

Para mí no ofrecía dudas. La nave observada por el vecino de Archena era una de las vistas 24 horas antes por la tripulación del *Tamames* y por conductores que circulaban por la carretera de Alicante a Murcia.

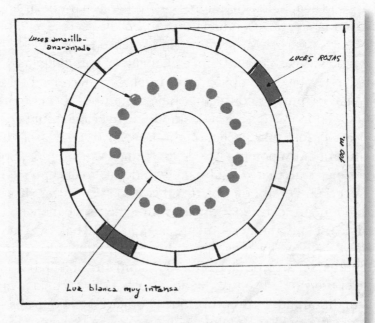

Descripción, en planta, del ovni. (Gentileza de CIFE.)

MONEGROS

Lo sucedido aquel verano de 1979 en el desierto de los Monegros, en Zaragoza (España), vino a confirmar lo que sabía: el contacto con los tripulantes de los ovnis es más frecuente de lo que podamos suponer.

La aventura, en este caso, fue vivida por seis testigos: Luis y Fernando Navarro (que me lo contaron), Mariano Martín y Palmira, su mujer, y dos psiquiatras del Hospital Clínico de Zaragoza, cuyas identidades no estoy autorizado a revelar.

El contacto, a través de la escritura automática, fue recibido por Martín.

Y se dirigieron en dos coches a la zona de los Monegros.

Los extraterrestres, según la psicografía, se presentarían esa noche, a las once y media.

... Nos instalamos —explicó Luis— y esperamos... Yo estaba tranquilo, pero había de todo... Y a las 23.30 horas, puntualísimos, aparecieron por nuestra izquierda... Era un objeto ovoide, con muchas ventanillas iluminadas, y focos en la proa y en la popa... Eran focos de luz naranja, casi amarilla...

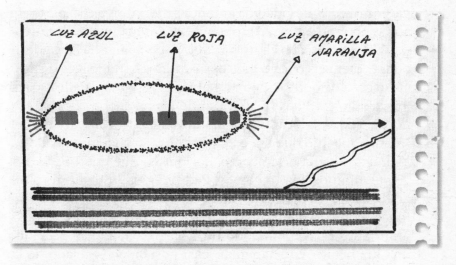

Contacto en los Monegros. Cuaderno de campo de J. J. Benítez.

Y se movió en silencio y lentamente... Todos lo vimos... Se paseó, literalmente, por delante de nosotros... Yo tomé los prismáticos y lo contemplé a placer... Y lo vimos alejarse hacia la población de Monegrillo... Allí se ocultó y desapareció... Después, Mariano llevó a cabo otras dos psicografías y volvieron a aparecer, ¡otras dos veces!... Era el mismo objeto: una nave de grandes dimensiones que navegaba despacio y a escasa altura sobre el suelo... Nos dimos por satisfechos. Eran ellos...

HINOJOS

No pude conversar con el testigo principal. Falleció. Pero el caso le fue narrado a Néstor Rufino por Juan Francisco Oliveros, que se hallaba esa noche en la finca de Hinojos (Huelva). Y mi buen amigo Néstor me puso en contacto con el casi testigo del avistamiento. Y me explicó. Esa noche de diciembre de 1980, Oliveros había acudido a la casa de su amigo Pedro, en las proximidades del referido pueblo de Hinojos.

... Trataré de describirte el lugar —decía Juan Francisco Oliveros— en el que Pedro presenció el avistamiento... Imagínate una casa de pueblo, grande, señorial, y en la parte de atrás, un gran patio... Al fondo se levantaba una bodega rectangular, con techo de teja árabe, a dos aguas... La bodega podía tener seis o siete metros de altura... Frente a este edificio, a cosa de quince metros, había unos boxes (cuadras para los caballos)... Pues bien, a eso de las once o las doce de la noche, Pedro se levantó (estábamos jugando a las cartas en el salón) y me dijo que iba a echarle un vistazo a los caballos... Y preguntó si quería acompañarlo... Le dije que no... A los veinte minutos, más o menos, Pedro regresó y se dirigió a mí de forma particular, ignorando al resto de los amigos... Entonces contó lo que acababa de ver sobre la bodega... Estaba junto a los boxes, fumando un cigarro, cuando se presentó una luz blanca y rectangular, casi posada en el tejado de la bodega... La luz iluminó el patio durante un par de minutos...

Después se apagó o desapareció... Me llené de rabia... Me lo perdí por culpa de las cartas... Creo que no se lo contó a nadie más, ni siquiera a su familia.

Ovni sobre una bodega, en Hinojos. Dibujo de Néstor Rufino.

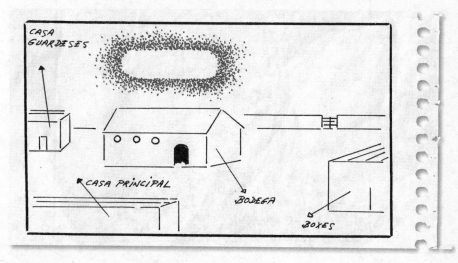

Hinojos. Cuaderno de campo de J. J. Benítez.

SORIA

En el verano de 1980 (fecha dudosa), Sonia Ramos tuvo una experiencia única. Así me lo contó:

... Hacía poco que vivíamos en Soria... A 5 kilómetros, para ser exactos... Un día tomamos el coche y nos fuimos a dar un paseo por la carretera de Madrid... Era por la tarde, a eso de las ocho... No había oscurecido aún... En el auto íbamos mi tío, que conducía, mi abuelo, en el asiento del copiloto, y mi madre y yo en el de atrás... La tarde, como te digo, era tranquilísima... Recuerdo que hacía mucho calor... Y, de repente, al salir de una curva, entre Los Rábanos y Lubia, lo vimos... Estaba en un claro de un pinar... Fui la primera en verlo... Y avisé a mi madre... Mi tío y mi abuelo seguían conversando, animadamente... Vimos un objeto esférico, flotando por encima de las copas de los árboles... Lo vimos con to-

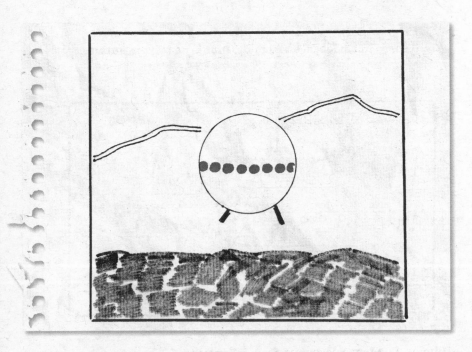

Soria. Cuaderno de campo de J. J. Benítez.

Sonia Ramos.
(Gentileza
de la familia.)

tal nitidez... Era una esfera de color plateado, como el acero, rodeada de luces por el ecuador de la misma... Eran luces de colores... En la parte de abajo tenía dos «patitas»... Fue espectacular... Podíamos estar a ochenta o cien metros del objeto, en línea recta... No hablamos entre nosotras, sólo nos miramos, y volvimos a contemplarlo... Tuve la sensación de que estaba allí porque quiso mostrarse, porque quiso que lo viéramos... Quién sabe el tiempo que llevaba en el lugar... Fue una lástima no tener una cámara fotográfica...

Y Sonia procedió a dibujar la nave. Negó haber oído ruido.

... Todo se hallaba en silencio... Después, conforme el coche se alejaba, lo fuimos perdiendo... La esfera podía tener treinta o cincuenta metros de diámetro... Era parecida a la nave del final de la película *ET*... Durante varios días me asomé al balcón de mi casa, esperando volver a verlo, pero no fue así...

OKTYABRSKIY

Durante años fui un admirador del doctor Zigel; probablemente el «Hynek» ruso. En mi opinión, uno de los mejores investigadores ovni del mundo.

Procuré aprender de él...

En cierta ocasión me facilitó el siguiente informe:

... Ocurrió en el verano de 1980, en el campo petrolífero de Oktyabrskiy, en la república rusa de Baskortostán... Los testigos contaron: «Era una noche calurosa... No podíamos dormir... A la una de la madrugada, uno de nosotros se levantó, con el fin de respirar aire fresco... Fue entonces cuando vio un objeto enorme, de unos 130 metros de diámetro... Volaba despacio, y en total silencio, a sólo 70 metros del suelo... Parecía una bola de nieve, todo blanco y brillante... Lo envolvía una nube blanca... El testigo salió corriendo, aterrorizado, y nos avisó a todos... El hombre gritaba: "¡Ha llegado el anticristo!"... Se metió en su catre y se tapó la cabeza con la sábana... Dos de nosotros nos atrevimos a salir y vimos el ovni... Estaba aterrizado y su forma era aplanada, "como si lo aplastara un gran peso"... Y salieron otros obreros... Y también lo vieron... Uno de los operarios —Iván Sherbakov— telefoneó a la oficina administrativa del campo petrolífero y al geólogo Zolotov, que se encargó de investigar el caso... Cuando Iván trató de llamar a la compañía no lo consiguió; el teléfono no funcionaba... Tuvo que llamar a la mañana siguiente... A las

cinco de la madrugada, Sherbakov, acompañado de otros trabajadores, inspeccionó la zona del aterrizaje ovni y encontró
un agujero de unos treinta centímetros de ancho... El borde
estaba caliente... También encontraron tres huellas rectangulares, de un metro de largo cada una. Formaban un triángulo
equilátero... ¿Podían ser las huellas del tren de aterrizaje?...
Lo más probable... La tierra estaba ennegrecida, como si hubiera sido sometida a una altísima temperatura... Parte de la
arena estaba vitrificada...».

Pero la cosa no quedó ahí.

«... A las pocas horas —continuaba el informe del profesor
Zigel—, otro grupo de obreros del mismo campo petrolífero
asistió al aterrizaje de un segundo ovni... Éste era rojo y pul-
saba por los costados... Según el capataz Migulin, testigo del
avistamiento, también presentaba una forma aplastada... Era
muy semejante al anterior y de las mismas dimensiones...
Permaneció en el campo durante una hora... Nadie se atrevió
a acercarse... Después se alejó hacia el norte... Cuando Zolo-

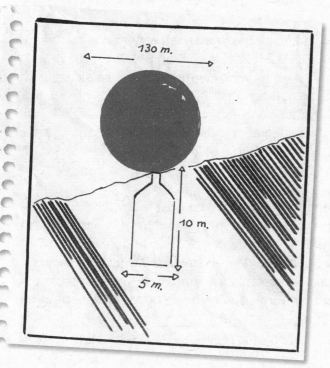

Campo
petrolífero de
Oktyabrskiy,
en la
república
rusa de
Baskortostán.
(Cuaderno
de campo de
J. J. Benítez.)

tov investigó los casos se llevó una gran sorpresa... En el lugar del aterrizaje del primer ovni, el geólogo descubrió que el agujero de treinta centímetros de diámetro, era, en realidad, la boca de una cavidad mucho más grande, y con forma de botella... Medía diez metros de altura por cinco de ancho... Sus paredes eran suaves y compactas, como salidas de un horno de cerámica... La tierra arenosa se había fundido con el calor, convirtiéndose en vidrio (tal y como sucedió en la superficie)... En el interior de la "botella" hallaron radioactividad... Pero lo más desconcertante es que los investigadores no encontraron tierra en el exterior... En otras palabras: las toneladas de tierra fueron extraídas o desintegradas por los seres del ovni.»

La descripción del ovni (bola plateada) me recordó lo visto por Sonia Ramos, en Soria (España).

LOS CARACAS

He dedicado muchos años, y un gran esfuerzo, a la investigación del tema «UMMO»[1]. Por eso, cuando sé de un nuevo caso relacionado con los «ummitas», siento una intensa alegría. Así ocurrió el 11 de noviembre de 2007, cuando logré entrevistarme con José Enrique Tacoronte, en Venezuela.

José era secretario general del Sindicato de Funcionarios Públicos. Y en junio de 1980, por razones de su trabajo, viajó desde Caracas a La Guaira.

—Me acompañó Manuel Gallego. Él marchaba en un coche y yo en otro, con mi hijo pequeño. Nos dirigíamos a Todasana. Y a eso de las dos de la madrugada noté algo raro en el vehículo. Había pinchado una rueda. Nos detuvimos en un sector que llaman Los Caracas, junto a la mar. Gallego me alumbró con una linterna, mientras yo procedía a cambiar la

1. Amplia información en *El hombre que susurraba a los «ummitas»* (2007).

goma. Allí cerca pescaban dos hombres. Y, de pronto, observamos un potente destello sobre el agua. Entonces vimos salir «aquello» del interior del mar...

—¿«Aquello»?

—Sí, un objeto redondo, de unos seis o siete metros de diámetro. Mi hijo, Gabriel, fue el primero que lo vio, y nos avisó.

—¿Y los pescadores?

—También lo vieron, y empezaron a gritar: «¡Un ovni, un ovni!». Y el objeto se detuvo sobre el agua, como a dos metros. Allí permaneció unos segundos, lanzó otro destello, y se dirigió hacia el interior. Al pasar sobre nuestras cabezas vimos un emblema, o algo así, en la panza de la nave.

Le pedí que lo dibujara. Quedé asombrado: era la célebre «H» de «UMMO».

—¿Estás seguro?

—Totalmente. La «H» parecía algo que sirviera para aterrizar. Me explico: eran unas ranuras oscuras, de unos veinte centímetros de ancho, que podían servir para sacar el tren de aterrizaje.

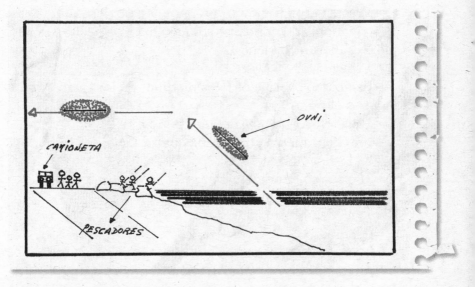

Los Caracas (1980). Nave «ummita». Cuaderno de campo de J. J. Benítez.

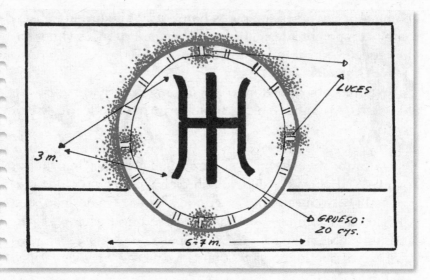

Según el testigo, la «H» ocultaría un sistema de aterrizaje. Cuaderno de campo de J. J. Benítez.

—¿A qué altura pasó?

—No más de cincuenta metros. Y al sobrevolarnos sentimos un viento.

—¿Escucharon ruido?

—Ninguno. Eso nos asustó mucho más. De hecho, los pescadores salieron corriendo.

—¿Y ustedes?

—Estábamos perplejos. Nos metimos en los carros y continuamos el viaje.

—¿Observó algún otro detalle en el ovni?

—En el perímetro presentaba cuatro hendiduras; por allí lanzaba los fogonazos.

—¿De qué color era la nave?

—Gris metálico, como plateado.

—¿Y la «H»?

—Oscura.

—¿Qué dimensiones tenía la «H»?

—Alrededor de tres metros. Ocupaba la casi totalidad de la base.

—¿A qué distancia se encontraba cuando salió de la mar?

—Yo diría que a cien metros.

Según el niño, la nave presentaba una cúpula, parecida a un sombrero.

—¿No le parece raro que pinchara una rueda segundos antes de la aparición del ovni?

—Ahora que usted lo dice, pues sí...

LOS MORENOS

En 1990, dos vecinos extremeños fueron testigos de otra nave «ummita».

Ignacio Darnaude me pasó la información:

... Manuel Bravo se dirigía a la localidad de Malcocinado, en Badajoz (España), en la compañía de un amigo... Era el 17 de agosto de 1990... Y a las doce de la noche, aproximada-

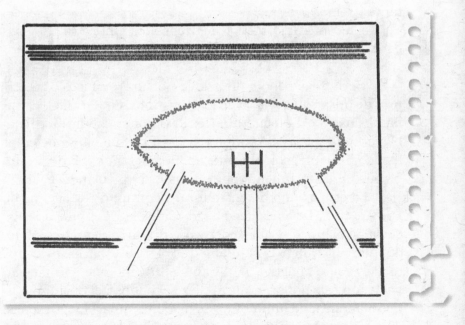

Nave «ummita» en Badajoz (España). Cuaderno de campo de J. J. Benítez.

mente, decidieron parar el coche en la finca Los Morenos...
Necesitaban orinar... Fue en esos instantes cuando vieron
una gran luz que tomaba tierra a cierta distancia... Manuel le
echó valor y se acercó a cosa de diez metros del objeto... El
ovni tenía la forma de dos platos (invertidos) y se hallaba posado en el suelo con la ayuda de tres patas telescópicas...
Emitía una luz blanca y amarilla... Un anillo separaba ambos
platos. Y, justo en la curvatura más próxima al terreno, el
testigo distinguió la célebre «H» de los «ummitas»... Días después, en el lugar del aterrizaje, se observaron matorrales cha-
muscados, así como las huellas de tres patas.

PORTUGALETE

El fenómeno ovni siempre me sorprende.

Lo ocurrido en la tarde-noche del 15 de noviembre de 1980
en plena ría de Bilbao (España) es, cuando menos, desconcertante y temerario...

Me lo contó Galo, testigo de excepción, junto a su hija Estí-
baliz.

... Serían las ocho y diez de la noche —explicó—... Salíamos de misa, en la iglesia de los Agustinos, en Portu... Y caminamos hacia el hotel... Entonces lo vi por primera vez... Estaba sobre la iglesia de Santa María... Era una elipse de color
blanco brillante, con el contorno bien definido... Y de pronto
se puso en movimiento, en total silencio, volando hacia la
ría... La cruzó, a no mucha altura, y continuó por encima de
Las Arenas... Después llegó a la boca de la ría, frente a la Escuela de Náutica, y allí se detuvo... Era un objeto, tipo plato,
de unos diez metros de diámetro... Podía estar a dos o tres
metros sobre el agua... Y durante el tiempo que permaneció
haciendo estacionario (quizá diez segundos), el objeto modi-
ficó la intensidad luminosa... Se hizo más amarillo... Después,
despacio, y siempre sobre la ría, tomó la dirección del puente
colgante... Mi hija y yo estábamos desconcertados... Pues

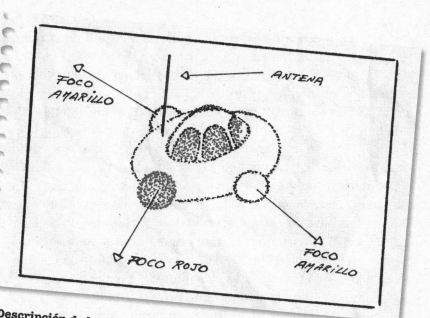

Descripción de la nave, según los testigos. Cuaderno de campo de J. J. Benítez.

Ovni bajo el puente colgante de Portugalete (1980). Cuaderno de campo de J. J. Benítez.

bien, ante nuestro asombro, pasó limpiamente bajo el puente... La barquilla, en ese momento, se hallaba en el lado de Las Arenas... Y escuchamos un grito colectivo de la gente que se hallaba en dicha barquilla... No cabe duda de que lo vieron... En esos momentos lo observamos con más detalle... Tenía la forma de un elipsoide de revolución con una cabina en lo alto... En esa cabina o cúpula se veían ventanas... Emitían una luz amarilla... A los lados del ovni se distinguían dos focos amarillos de unos dos metros de diámetro cada uno... En la parte trasera llevaba otro foco, idéntico, pero en color rojo... Vimos también una larga antena en el lado izquierdo del aparato... Lo más llamativo es que volaba con absoluta seguridad... No le importó el puente, ni el posible peligro que suponía pasar por debajo... Era desafiante... Volaba, respecto al agua, con una inclinación de veinticinco o treinta grados... La velocidad de desplazamiento era mínima, como de paseo... Después, tras cruzar bajo el puente, giró a su izquierda y desapareció a la altura de Las Arenas... No lo vimos más.

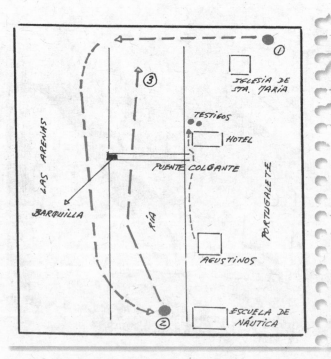

«1»: primera observación del ovni. Se dirige a la posición «2» sobre la ría. Pasa bajo el puente y desaparece en la posición «3». Cuaderno de campo de J. J. Benítez.

Me personé en el referido puente colgante e interrogué a los empleados. Efectivamente, vieron el objeto. Y también los pasajeros de la barquilla. En total, cincuenta o sesenta personas. Hice indagaciones en el aeropuerto de Bilbao, por si podía tratarse de un helicóptero. Negativo. El único disponible en esos momentos se hallaba averiado.

El puente colgante de Portugalete tiene una altura de 61 metros y 164 de longitud. Y me pregunto: ¿no fue un poco temerario por parte de los tripulantes del ovni? ¿Qué pretendían? ¿Dejar constancia? Pues lo lograron...

LOS TORNOS

Manuel Alejandro Hervás me informó del caso en octubre de 1997. Un grupo de *scouts* había sido testigo del paso de ovnis en julio de 1981. El hecho tuvo lugar en la zona de Los Tornos, en Facinas (Cádiz, España). Y dejé el asunto en la nevera... ¡Sólo dieciocho años!

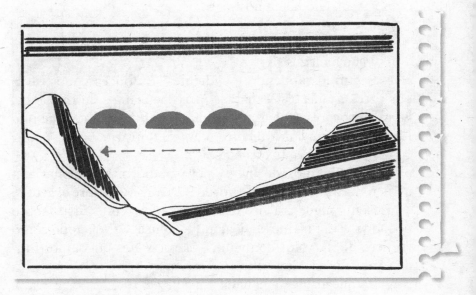

Facinas. Naves entre montañas (1981). Cuaderno de campo de J. J. Benítez.

En 2015 me entrevisté con uno de los testigos, cuya identidad no estoy autorizado a revelar. Se trata de un policía local.

He aquí lo narrado:

—Nos hallábamos en un campamento —explicó—. Y un día programaron una marcha nocturna. Había luna llena. Era la segunda quincena de julio. Y salimos doce o catorce muchachos. Todos, entre catorce y dieciséis años. Juan Pablo era nuestro monitor. Tomamos una carretera comarcal y, cuando llevábamos 45 minutos de marcha, hacia las doce de la noche, alguien avisó: se veían unas extrañas luces entre las colinas. Eran cuatro, en fila. Aparecían por detrás de una montaña y desaparecían por otra, situada enfrente.

—¿Cómo eran las luces?

—Tenían forma acampanada. Volaban en fila india. Y al desaparecer en la segunda montaña volvían a presentarse por la primera. Y así sucesivamente. Repitieron la maniobra tres o cuatro veces. Entonces, una de las luces rompió la formación y se dirigió hacia nosotros.

—¿Tenían color?

—Eran anaranjadas.

—¿Qué hicisteis?

—Seguimos andando, pendientes. Entonces vimos otras dos luces a nuestras espaldas, pero pensamos en un coche. Nuestra sorpresa fue grande cuando comprobamos que una luz tiró para un lado y la otra para el contrario.

—¿Hicisteis algún comentario?

—Sí, hablamos de ovnis, pero nadie prestó demasiada atención. Entonces vino lo gordo... De pronto, sobre el grupo, se presentó algo. Era circular. Proyectó un cono de luz sobre nosotros. Era una luz blanca, muy intensa. Se veía todo como si fuera de día. Nos detuvimos, claro. Y nos quedamos mudos, mirando hacia lo alto.

—¿A qué altura se hallaba ese objeto?

—Quizá a veinte o treinta metros.

—¿Cuál era el diámetro del haz de luz?

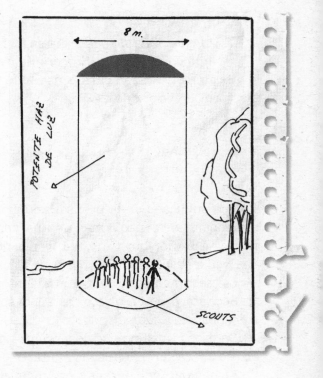

Los Tornos, en Facinas (Cádiz). Cuaderno de campo de J. J. Benítez.

—De unos nueve metros.

—¿Ruido?

—Ninguno. Entonces fue cuando sucedió «aquello», para lo que no tengo explicación.

Y el testigo refirió que, en esos instantes, mientras la luz los alumbraba, vio «pasar» por su cabeza varias secuencias de su vida, como si fueran diapositivas. Algo similar a lo que cuentan los que han vivido las llamadas «experiencias cercanas a la muerte».

—Fueron dos escenas, con claridad, aunque pudieron ser más.

—¿Qué clase de escenas?

—De la niñez. Después, la luz se apagó y no vimos nada más.

—¿Alguien dijo algo o dio una explicación?

—No lo recuerdo. Estábamos muy impresionados. Caminamos algo más y nos detuvimos.

—¿Aparecieron de nuevo?

—No.

—¿Alguien más vio pasar por su mente escenas de su vida?

—No lo comentamos. Sinceramente, no lo sé.

He aquí otra razón para pensar que los ovnis no son lo que siempre hemos creído...

SEVILLA

Fue publicado en la prensa. Aquel objeto, de grandes proporciones, permaneció más de una hora en la vertical de la fábrica IPEASA (hoy CARGILL), en el polígono San Jerónimo, en Sevilla (España).

Los testimonios se contaron a cientos.

Se trataba de un objeto metálico, con forma de media naranja. Estaba amaneciendo.

De pronto, del ovni se desprendió una luz más pequeña. Y en eso aparecieron los cazas militares.

La nave grande desapareció, mientras los reactores se dedicaban a perseguir, inútilmente, al objeto más pequeño.

El avistamiento no hubiera tenido mayor trascendencia (uno más) de no haber sido por un pequeño «detalle»: esa mañana, en la citada fábrica de aceite de CARGILL echaron de menos la falta de miles de kilos de hexano, un producto químico, de gran toxicidad, utilizado en la elaboración del aceite. Según mis informantes, más de veinte mil kilos.[1]

Era materialmente imposible que dicho hexano hubiera desaparecido de los tanques.

Cuando me dirigí a los responsables de la factoría se negaron a responder a mis preguntas.

---

1. El hexano o n-hexano es un hidrocarburo alifático alcano con seis átomos de carbono. El hexano es incoloro, con un olor característico a disolvente y de fácil combustión. Se mezcla bien con disolventes orgánicos. Se utiliza, entre otras funciones, para disolver las pepitas de uva, así como para extraer el aceite de orujo. El hexano es neurotóxico.

CABO BLANCO

Finales de agosto de 1982.

José Manuel Coya Iglesias practicaba una de sus aficiones favoritas: el buceo.

—Me encontraba a una milla de cabo Blanco, en Mallorca. Me acompañaba Ramón Lojo, un sargento del Ejército del Aire. Estábamos a 15 metros de profundidad y, de pronto, localizamos una murena. Serían las doce y media o la una del mediodía. Y, cuando me disponía a arponearla, surgió «aquello». Salió del fondo y fue emergiendo, poco a poco. ¡Era un cilindro metálico! Pasó a treinta o cuarenta metros de distancia. Y desapareció en la superficie.

—¿Recuerdas las características del cilindro?

—No tendría más de seis metros de anchura. Era largo como un catamarán. No vimos ventanas, ni tubos de escape, nada...

—¿Y burbujas?

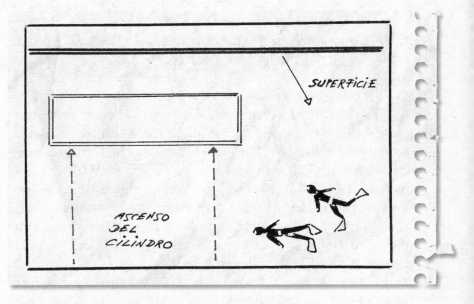

Mallorca, 1982. Cuaderno de campo de J. J. Benítez.

—Tampoco. La ascensión fue lenta, pero firme. Yo lo vi por encima de mí, cuando se dirigía a la superficie.

—¿Subía en horizontal o verticalmente?

—En horizontal.

—¿La claridad era buena a esa profundidad?

—Excelente.

—¿Qué sensación te produjo?

—Extrañeza. ¿Qué hacía algo así en el fondo del mar?

—¿Había pescado?

—Eso es lo curioso. Salvo la murena, no vimos nada. No había un solo pescado.

—¿Cuánto tiempo llevabais en el agua?

—Una hora, más o menos.

—¿Ruido?

—Silencio total.

FRANCIA

En la noche de 13 de julio de 1983, cientos de personas (quizá miles) contemplaron, asombradas, el paso de un objeto gigantesco por los espacios aéreos de España y Francia. Me puse en comunicación con mis informantes en los radares, pero no supieron darme mucha información.

El objeto había volado a 60.000 pies (más de veinte kilómetros de altura), con velocidades estimadas en «4 mach»: entre 5.000 y 6.000 kilómetros a la hora. El objeto fue detectado a las 22.20 horas por un avión militar de transporte que hacía el vuelo Valencia-Torrejón de Ardoz, en Madrid. Otros pilotos de líneas aéreas también lo reportaron. Avisados por las autoridades aeronáuticas españolas, los franceses ordenaron el despegue de cazas militares. Pero los Mirage no lograron acercarse a la gigantesca nave. El objeto llevaba dirección norte, procedente de España.

En mis archivos figuran decenas de testimonios de observadores en Madrid, Albacete, Barcelona, Gerona, Cádiz, Jaén y Murcia, entre otras regiones españolas.

El objeto —coincidían— era muy luminoso y marchaba a gran velocidad. De pronto se detenía en el aire y allí permanecía, durante algunos minutos. Después se alejaba, rodeado de luces de todos los colores.

Por supuesto no se trataba de un avión, y mucho menos de un meteorito, como apuntaron los recalcitrantes de siempre.

Y lo escribí en mi cuaderno de campo, en aquel momento: «Han visto una nave nodriza, casi con seguridad. En breve habrá nuevas observaciones ovni.»

No me equivoqué.

BARBATE

Lo sabía por experiencia.

Cuando una nave de estas características aparece en un lugar, al poco (en cuestión de horas o días) se registran avistamientos de otros vehículos más pequeños (naves de exploración). Es matemático.

Y así ocurrió...

El 19 de julio de 1983, a los seis días de la presencia de la portadora sobre España y Francia, yo mismo tuve oportunidad de ver una de las naves pequeñas (?). Leo en mi cuaderno de campo: «... A las once y cinco de la noche, cuando regresábamos a Barbate, los tripulantes de *La gitana azul* (la barquilla de Castillo) observamos un objeto muy luminoso que cruzó por la proa, de este a oeste. Era una esfera que se fue convirtiendo en un cigarro puro... Detrás la acompañaba una larga estela... Todos lo vieron: Castillo, al timón, *el Nene*, Manolo Beardo y yo... De la esfera salían reflejos azules, preciosos... Llevaba un vuelo paralelo a la costa, no muy rápido, y a poco más de cien metros del suelo... Curiosamente, en esos momentos, *el Nene* nos contaba lo vivido por él y su hijo cuando, tres días antes, al circular con la moto por la Breña, cerca de la torre del Tajo, escucharon un ruido muy raro ("como el producido por una turbina"). *El Nene* se asustó y dio media vuelta. Eran las once y media de la mañana del día 16 de julio... No vieron nada, pero

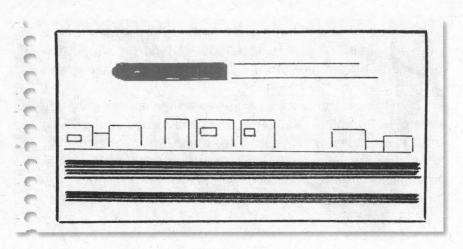

Ovni sobre Barbate (1983). Cuaderno de campo de J. J. Benítez.

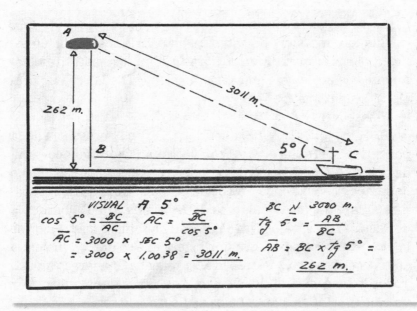

$$VISUAL \quad A \quad 5°$$

$$cos \ 5° = \frac{BC}{AC} \qquad \overline{AC} = \frac{\overline{BC}}{cos \ 5°}$$

$$\overline{AC} = 3000 \times sec \ 5°$$

$$= 3000 \times 1.0038 = \underline{3011 \ m.}$$

$$BC \sim 3000 \ m.$$

$$tg \ 5° = \frac{AB}{BC}$$

$$\overline{AB} = BC \times tg \ 5° =$$

$$\underline{262 \ m.}$$

Barbate (1983). El ovni se hallaba a 262 metros sobre la costa. Cuaderno de campo de J. J. Benítez.

el ruido era muy intenso... Y en eso se me ocurrió echar mano de la potente linterna que llevo siempre conmigo... Y apunté hacia el cigarro puro... Sorpresa: la cola luminosa desapareció... Y la nave prosiguió hacia Caños de Meca... Cuando desembarcamos, los testimonios de los barbateños llegaron a decenas... La gente que se hallaba en el paseo Marítimo quedó asombrada... Era un objeto silencioso y azul...».

VEJER

A los cinco minutos de nuestra observación, otro objeto no identificado fue visto muy cerca de Vejer de la Frontera, a pocos kilómetros de mi pueblo. Gonzalo Serván fue el protagonista. Así me lo contó:

Serían las once y diez de la noche... Salí de Conil, en dirección a Vejer... Iba en la moto... Y al llegar a los eucaliptus, cerca de la carretera que sube a Vejer, apareció aquella luz, a mi izquierda, y sobre los árboles... Yo continué, tranquilo, contemplando aquello tan brillante... En eso, el objeto lanzó unos aros azules... Muchos... Iban de menor a ma-

Aros de luz azul sobre un motorista. Cuaderno de campo de J. J. Benítez.

yor... Y los aros me alcanzaron... Eran como la luz de la soldadura... Entonces noté un dolor en la cabeza y la garganta seca... Se me saltaron las lágrimas... No supe qué hacer... ¿Seguía o me volvía? Opté por continuar... El objeto era ovalado, con muchas luces en la parte de abajo... Al poco, nada más dejarlo atrás, vi cómo se movía en dirección a Chiclana.

LOS OLIVOS

Cincuenta minutos más tarde (sobre las doce de la noche), en la misma zona, empleados, propietarios y clientes de la venta Los Olivos, al pie de Vejer, fueron testigos de otros ovnis. Hablé con Antonio Valdés, Ramón Tello, Francisco Valdés Mateo y otras doce personas más. Los testimonios fueron coincidentes:

... Vimos caer estrellas... Eran esferas de color rojo... Tenían un piloto verde en lo alto y una luz blanca que giraba sin cesar alrededor de la roja... No escuchamos ruido... Permanecieron dos horas sobre el cerro, acercándose y alejándose.

Juan Carpinter y Pedro G. Morillo trataron de aproximarse pero, al llegar a escasos metros, se asustaron y dieron la vuelta. No quisieron hablar de lo que habían visto. Estaban pálidos.

Los testigos acudieron al cuartel de la Guardia Civil, en Vejer, pero estaba cerrado.

Al día siguiente peinaron la falda del monte, pero no encontraron nada extraño.

... Los animales —relataron— estaban muy asustados... Boy, el perro, ladraba con furia... En cuanto a las gallinas, dejaron de poner huevos durante unos días...

A las dos de la madrugada, los objetos se alejaron hacia la zona de Caños.

EL TAJO

A las dos y cuarto de la madrugada de ese 19 de julio (ya día 20), José Arco del Pozo se hallaba frente al Tajo, muy cerca de Barbate. José era pescador.

—Salí con el bote —explicó— y fondeé frente a la torre. Era una noche serena. Y, de pronto, sin sentirlo, apareció «aquello». Era un disco como el sol.

—¿Por qué como el sol?

—Brillaba igual. Iluminaba la barquilla y la mar. Entonces me calentó los ojos y tuve que bajar la vista.

—¿Qué dimensiones tendría?

—No era muy grande. Quizá diez o quince metros.

—¿Hacía ruido?

—Ninguno. Y al cabo de unos minutos se volvió de color rojo y se fue echando candela...

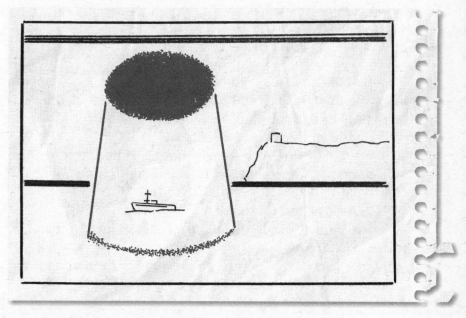

Ovni frente al Tajo (julio de 1983). Cuaderno de campo de J. J. Benítez.

Pero la pequeña oleada ovni sobre Barbate y su entorno no quedó ahí. Días después fui recogiendo otros testimonios, a cual más esclarecedor. Y descubrí que los *foo fighters* también habían hecho acto de presencia. Reuní seis casos, todos en la bella localidad barbateña. Me limitaré a proporcionar el más sobresaliente.

Lo vivió María Heredia, ama de casa.

—Vivíamos entonces en la barriada de La Fátima. Y de madrugada me levanté para ir al baño. Entonces noté una luz en la cocina. Me acerqué y vi una especie de bola luminosa, amarilla, en el aire, a cosa de metro y medio del piso. Me quedé blanca. ¿Qué era aquello?

—¿Qué dimensiones tenía?

—Como un melón.

—¿Amarillo?

—Sí.

—¿Estaban las ventanas cerradas?

—Sí. Y la «cosa» se fue acercando, muy despacio. Yo me quedé quieta, aterrorizada.

—¿Escuchó ruido?

—Nada de nada.

—¿Y qué pasó?

—La bola amarilla siguió avanzando y se colocó a medio metro de mi cara. Yo estaba alucinada. No me salían las palabras. Quería gritar, pero no pude.

—¿Observó algo dentro de la bola?

—Nada. Sólo luz. Y al cabo de unos segundos (eternos), la bola se dirigió a otro cuarto. La seguí con la vista. Y de ese cuarto pasó al dormitorio. Allí la perdí.

—¿La vio salir de la casa?

—No. Ignoro por dónde se fue o cómo se fue. Simplemente desapareció.

María mide 1,60 metros. El *foo fighter* se mantuvo, por tanto, a esa altura, frente a sus ojos. Por supuesto, la testigo nunca supo qué era aquella luz...

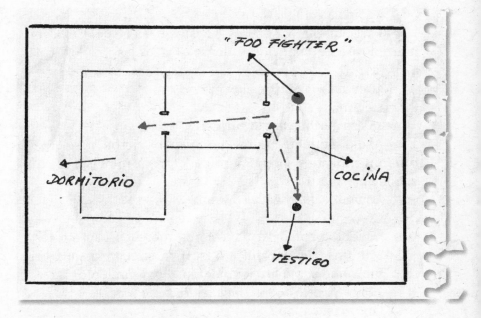

**Movimientos del *foo fighter* en la casa de María.
Cuaderno de campo de J. J. Benítez.**

CHICAGO

En noviembre del año 2000 visité Chicago.

Algo había oído. Varios ovnis se pasearon sobre los laboratorios nucleares, en Batavia, a 65 millas de Chicago (USA).

Tuve suerte.

Encontré a uno de los científicos, testigo del suceso.

Lo llamaré J. L. Es civil, pero no desea revelar su identidad. La administración norteamericana podría despedirlo de su trabajo.

—¿Qué sucedió?

—Fue una noche de octubre de 1984. Me hallaba en la casa, muy cerca de Fermilab, los laboratorios nucleares. Me asomé a la ventana y vi unas extrañas luces sobre la zona restringida. Tomé los prismáticos y quedé asombrado. Había cinco objetos, muy cerca de las instalaciones.

—¿Cómo eran?

—Parecían platos soperos, puestos boca abajo. En la zona inferior presentaban luces de colores: rojas, azules, rojas, azules...

—¿Cerca de las instalaciones?

—Encima.

—¿Y los guardias de seguridad?

—Al día siguiente lo supe: también los vieron, pero quedaron inmovilizados. No pudieron telefonear ni pulsar los timbres de alarma.

—¿Cuántos guardas los vieron?

—Creo que seis.

—¿Cuánto tiempo permanecieron sobre los laboratorios?

—Minutos. Cuando fui a buscar la cámara desaparecieron. Fue como si me hubieran leído el pensamiento.

—¿Desapareció algo en las instalaciones?

—Que yo sepa, no.

—¿Hubo alteraciones en el suministro eléctrico?

—Tampoco.

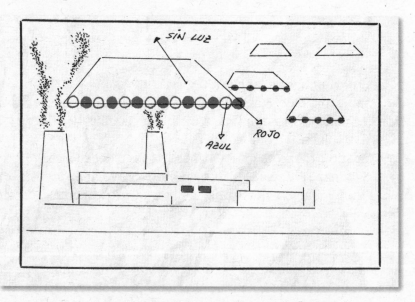

1984. Cinco naves no humanas se pasearon a baja altura sobre los laboratorios nucleares de Batavia, en Chicago (USA). Cuaderno de campo de J. J. Benítez.

—Los ovnis, ¿eran iguales?

—Idénticos. Cada «plato» tendría cinco o diez metros de diámetro.

Las naves, según el testigo, se movían en silencio, y como si conocieran la zona a la perfección. A los cinco minutos se esfumaron. Durante dos días, los helicópteros militares sobrevolaron el lugar. J. L. no declaró nada a sus superiores.

SANTANDER

La experiencia de Esteban Las Hayas no es fácil de catalogar. ¿Se trató de un fenómeno ovni? Es posible que sí, pero siempre queda la duda. El lector juzgará.

—Aquella noche del 12 de diciembre de 1985 —me contó— yo regresaba a Bilbao. Volvía de un viaje de trabajo... Serían la una y media de la madrugada. Iba solo. Y al entrar en una recta, entre La Pinilla y Sarón, en la provincia de Santander (España), me llamó la atención «algo»... Yo iba con las luces largas. Era como un tubo de uralita, en mitad de la carretera. Estaba encima de la raya medianera y de pie. Lo vi quieto. No había señales de obras. Me desconcertó, la verdad. Y me eché a la izquierda, por precaución. Entonces descubrí que se trataba de un disco metálico, algo más pequeño que una rueda de camión. Reduje la velocidad a 80 kilómetros por hora y comprobé que rodaba (no estoy seguro si tocaba la calzada) hacia mí. Tenía un agujero en el centro. Y pensé: «Esto no es una rueda». Seguí por la izquierda y la «cosa» se cruzó conmigo. Y seguí viéndola por el espejo retrovisor, hasta que se perdió en la oscuridad.

—Vayamos por partes. ¿Qué dimensiones tenía la «cosa»?

—Calculé unos ochenta centímetros de diámetro, con un agujero en el centro, de cuarenta. Era metálico. Cuando lo iluminaron los faros del coche lanzaba diminutos destellos, como si tuviera granos de mica.

—¿A qué velocidad rodaba?

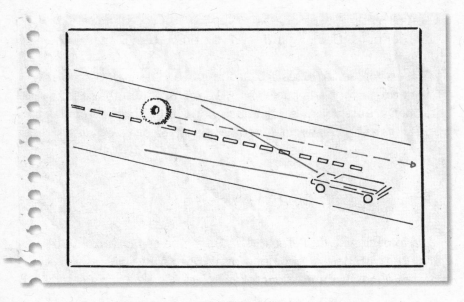

La «cosa» (1985). Cuaderno de campo de J. J. Benítez.

—Como un hombre cuando corre; quizá a veinticinco kilómetros a la hora.

—¿Oscilaba a los lados?

—No. Se desplazaba recto.

—Dices que se movía sobre la raya central...

—Así es, y todo el tiempo.

—¿Qué anchura podía tener?

—Unos veinte centímetros.

—¿Era raya continua?

—No. Era discontinua.

—¿Te cruzaste con algún vehículo?

—Eso me extrañó mucho. No vi ninguno, ni antes ni después.

—¿Llevabas la radio puesta?

—Sí, y empezó a fallar al bajar el puerto de La Montaña, antes de Vargas; es decir, mucho antes del encuentro con la «cosa».

—¿Qué pensaste en esos momentos?

—Que alguien había perdido una pieza. Y aceleré, para ver si alcanzaba al camión. Pero no hallé ningún vehículo.

—¿A qué distancia observaste por primera vez el objeto?

—Quizá a cien metros. La observación, en total, pudo prolongarse medio minuto.

—¿Qué fue lo que más te llamó la atención?

—La cosa en sí y cómo se mantenía tiesa, como una vela.

—¿Recuperaste la radio?

—Sí, pero más adelante.

—Dices que era sólido...

—Eso me pareció.

—¿Qué hubiera pasado si no te desplazas hacia la izquierda?

Esteban sonrió y se encogió de hombros.

—¿Quién sabe?

—¿Estás seguro de que no se trataba de una rueda?

—¿Una rueda maciza y metálica? Estoy seguro: no era una rueda.

—¿Entonces?

Esteban Las Hayas volvió a encogerse de hombros, y añadió:

—Prefiero no saber...

MÁLAGA

En la madrugada del 7 de octubre de 1986, un grupo de pescadores y una patrulla de la policía quedaron desconcertados al observar una gran nave, a la que seguían otras luces más pequeñas. El enorme objeto fue visto desde el puerto deportivo de Benalmádena y desde la urbanización Los Pacos, en Fuengirola (Málaga, España).

Mis contactos en la zona me pusieron al corriente de lo ocurrido, pero, siguiendo el instinto, dejé pasar un tiempo más que prudencial antes de interrogar a los testigos: ¡seis años! Y el 18 de diciembre de 1992 me dejé caer por Fuengirola y por Benalmádena.

Las entrevistas en la comisaría de policía de la primera localidad malagueña fueron un éxito total. Los inspectores jefe Francisco Lara y Emiliano Cáceres me proporcionaron toda clase de facilidades. Hablé con los testigos —Antonio Portillo y

Miguel Jiménez— y conseguí, incluso, una copia del informe policial. Dice textualmente:

«Iltmo. Señor: Los agentes del Cuerpo Nacional de Policía que suscriben la presente, tienen el honor de informar a V. I. que, sobre las 3.45 horas, del presente día, cuando se encontraban de servicio de seguridad ciudadana en el vehículo radio-patrulla con distintivo «Z-20», en la urbanización de Los Pacos, de esta villa, quedaron sorprendidos ante la visión de un objeto esférico, muy luminoso, que cruzaba el espacio, a una velocidad aproximada a la apreciada en un avión de pasajeros y que fue acelerando hasta perderse en el horizonte, siempre a la misma altura.

Dicho objeto volador se comenzó a ver junto a la tierra donde está ubicado el repetidor de televisión, junto a la de Mijas, y a la altura de su cima.

Era de mayor proporción que la visión que ofrece el Sol, más del doble, con un color blanco brillante, enormemente resplandeciente. Dejaba una estela, de un kilómetro, aproximadamente, de larga, que parecía de fuego, con sus extremos de colores anaranjados, rojo y amarillo.

Seguían a este artefacto una serie de puntos luminosos, muy brillantes, de varios colores, que se movían continuamente, pero sin separarse del objeto.

El objeto pasó sin hacer ruido alguno, con una trayectoria paralela a la que ellos se encontraban, con dirección al mar, muy posiblemente de Norte a Sur.

La noche se encontraba muy estrellada, con un cielo muy claro, sin nubes y con una luna llena que iluminaba la zona y que se hallaba de espaldas al vehículo oficial.

Algo nerviosos, por lo inusual del fenómeno, estuvieron llamando por radio a la Comisaría, donde se les informó que se habían producido unas veinte llamadas telefónicas, de diferentes testigos, interesándose por lo mismo.

Estuvieron también en el puerto de Fuengirola, donde hablaron con varios pescadores, quienes manifestaron que habían visto una gran bola luminosa, seguida de varias "naves" pequeñas, muy brillantes, de colores azulados y anaranjados.

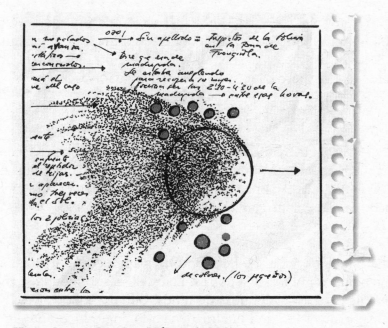

Nave observada sobre Málaga (1986).
Cuaderno de campo de J. J. Benítez.

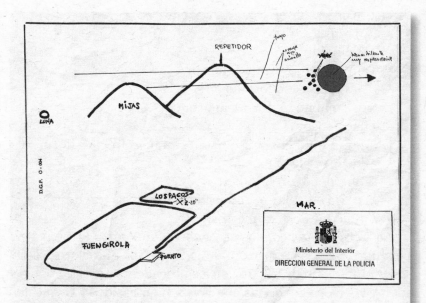

Gráfico que acompaña al informe policial.

Ya en Comisaría y desde la Inspección de Guardia, se llamó al Aeropuerto de Málaga, donde comunicaron que algún piloto de las líneas Aviaco, también había presenciado el objeto volador, pero "que se trataría de un avión...".

Se adjunta un plano relativo a la visión.

Fuengirola, 17 de octubre de 1986».

Merced a la ayuda de los policías nacionales pude acceder también a José Luis Villanueva, jefe de seguridad del casino de Torrequebrada, en Benalmádena, y testigo del paso de la nave nodriza en la madrugada del 17 de octubre de 1986.

—Me hallaba en mi casa —explicó Villanueva—. Esa noche estaba libre de servicio. Entonces apareció aquella enorme bola, con una estela detrás. La estela era tremenda, y con muchos colores. Algunos rarísimos. Soltaba una especie de chisporroteo. Iba de Benalmádena a Fuengirola, en paralelo con la playa. Me llamó la atención lo despacio que volaba, como dejándose ver... Detrás marchaban otras luces, más pequeñas.

—¿De qué color era la nave grande?

—Roja, tipo cereza.

—¿Y el resto?

—También rojos, muy intenso.

—¿Marchaban en formación?

—No. Volaban de forma anárquica.

—¿Qué pensó?

—¡Madre mía! No pensé nada. Era increíble, y sin ruido.

—¿Qué mediría la estela?

—Como poco, un kilómetro.

—¿Podría calcular el diámetro de la esfera grande?

—Alrededor de cien metros.

Las entrevistas con los pescadores, en Puerto Príncipe, en Benalmádena, redondearon lo dicho por los anteriores testigos. Antonio Gómez Gil, uno de los pescadores, tuvo tiempo de contar las luces pequeñas que volaban detrás de la gran esfera: entre treinta y cuarenta, aseguró. Marchaban en dirección a Granada.

GALDÁCANO

Y, tal y como ya he manifestado, a lo largo de las semanas siguientes, los ovnis se presentaron en numerosas regiones españolas. Es lo habitual cuando aparece una nave nodriza o portadora.

Me referiré, únicamente, a las imágenes obtenidas por otro policía; en este caso un *ertzaintza* (policía del País Vasco).

Ángel Alkegui me contó la odisea en varias oportunidades. He aquí un resumen:

... A eso de las cuatro y media de la madrugada del 5 al 6 de diciembre de 1986 —relató el *ertzaintza*— llamaron a la base... Se veían extrañas luces sobre Galdácano... Salimos con la patrulla y nos detuvimos en el alto de Castrejana... Y sí, vimos algo incandescente en el cielo, en dirección a Durango... Continuamos la marcha y al llegar al kilómetro 101, en la carretera nacional 634, decidimos parar y sacar el trípode... Y lo fotografiamos... Allí estuvimos una hora y pico, con-

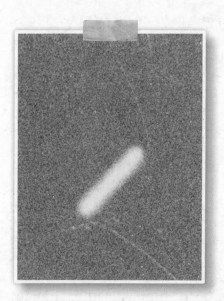 

Dos de las seis fotografías conseguidas por Ángel Alkegui (1986).

templando «aquello»... Después lo dejamos y regresamos a la base, en Bilbao... Ese mismo 6 de diciembre redacté el parte oficial...

La nave fue fotografiada por Ángel, y contemplada por sus dos compañeros de patrulla. El policía llevó a cabo seis imágenes.

LA FLORESTA

Aquella primavera de 1987, Juan José García tenía dieciséis años. A las nueve de la noche se encontraba contemplando un partido de fútbol en el campo de La Floresta, en Tarragona (España). Y fue testigo de algo sorprendente. Así me lo contó:

... Estaba con dos amigos, sentados en el suelo... Veíamos cómo entrenaban los jugadores del grupo *amateur*... Y de pronto, sin haberlo visto llegar, sobre nuestras cabezas, a cosa de veinticinco metros, apareció un ovni... Era tan grande como el campo de fútbol... Más de cien metros... Y se hallaba quieto y sin ruido... En realidad escuchamos un zumbido, como el que hacen las abejas o los mosquitos... Nos quedamos mudos... Nos pusimos en pie y contemplamos «aquello», estupefactos... Los jugadores (unos quince) pararon el juego y se quedaron igualmente mirando hacia lo alto... ¿Qué era? ¿De dónde había salido? Nadie lo vio llegar. Se presentó de pronto, como salido de la nada... La nave desprendía tanta luz que veíamos como si fuera de día... El campo de fútbol aparecía perfectamente iluminado... La nave era plateada y algo ovalada. Del centro salía una luz blanca, como si saliera de unas ventanas, pero no vimos ventanas. Era una luz intermitente... Creo que pasaron dos minutos... Nadie se movió... Estábamos pasmados... Era una nave increíble y espectacular... Y, de repente, se puso en movimiento, girando sobre sí misma, y se dirigió hacia Reus... Y la seguimos con la vista durante medio minuto... Oímos un zumbido mayor y la nave se desplazó a gran velocidad en dirección al barrio de Bonavista... Tres o cuatro jugadores echaron a correr detrás del objeto, pero fue inútil... La nave se perdió... Jamás vimos cosa igual... El objeto era tan grande como el terreno de juego, o más.

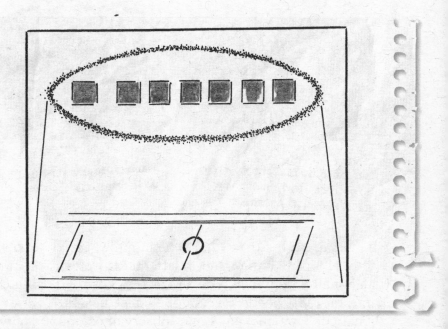

La Floresta (Tarragona, España), 1987. Cuaderno de campo de J. J. Benítez.

CABO DE PLATA

Me lo contaron muchas veces. Yo vivía a cincuenta metros del lugar en el que se presentó la nave. Los guardias civiles que la contemplaron eran conocidos míos: Gutiérrez (brigada), Ramón Jiménez, José Antonio Moreno y Palmero (conductor).

Esa madrugada del 2 de agosto de 1987 se encontraban de servicio en cabo de Plata, en la urbanización Atlanterra, en Tarifa (Cádiz, España).

José Antonio Moreno, testigo del ovni de 1987 en cabo de Plata. (Foto: J. J. Benítez.)

Ramón Jiménez. (Gentileza de la familia.)

... Eran las cuatro y cuarto de la madrugada —explicaron—. Nos hallábamos fuera del Land Rover... Estábamos estacionados muy cerca de tu casa, el «ovni.» [Así llamaban a mi casa, por la forma de la construcción.]... Y en el silencio de la noche, en el mar, observamos una luz potentísima... No sabemos si salió del agua... La cuestión es que se nos echó encima... Era enorme, con ventanas... Vimos dos pisos... En la proa llevaba un foco blanco y en la popa se distinguía otro, pero de color azul... La altura, sobre el suelo, era mínima: 300 metros... No escuchamos ningún ruido... Quedamos asombrados... Fue un espectáculo fascinante... Jamás habíamos visto cosa igual... Después se alejó hacia la sierra del Retín... A su paso, todo se iluminó como si fuera pleno día... Calculamos un tamaño superior a un autobús.

El paso de naves sobre mi domicilio empezó a ser frecuente...

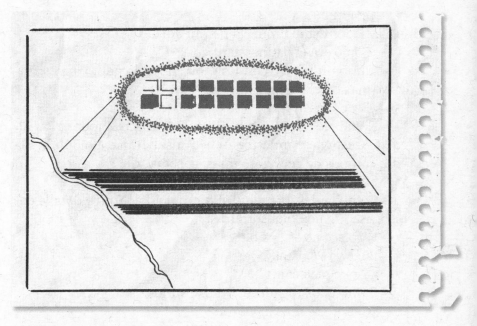

Cabo de Plata (1987). Cuaderno de campo de J. J. Benítez.

CENIZATE

En una de mis andanzas tras los ovnis fui a parar al pueblo de Cenizate, en Albacete (España). El agricultor Francisco García Guardiola me contó lo siguiente:

—Ocurrió un sábado, en agosto de 1988. A eso de las dos de la madrugada, mi mujer y yo montamos en el 4×4 y acudimos a la zona de La Boticaria, en las proximidades del pueblo. Nuestra intención era cambiar los regadores.

María del Pilar Soriano, la esposa, asintió.

—Entonces —prosiguió Francisco—, nada más llegar a las huertas, vimos aquella iluminación. Paré el Land Rover y observamos. Era asombroso. Allí cerca, sobre las viñas, había una cosa enorme, tan grande como un transatlántico.

—¿Sobre el campo?

—Eso es. Me bajé del vehículo y quise acercarme, para investigar, pero la mujer no me dejó.

—¿Por qué?

—Miedo. Estaba muerta de miedo.

—¿Cómo era el «transatlántico»?

—Como un barco, con una torreta en lo alto, y luces verdes y rojas en el perímetro.

—¿Escuchó ruido?

—Nada. No se oía ni un grillo. Era como si todo, a mi alrededor, estuviera muerto. Y el «transatlántico» lo iluminaba todo: campos de cereales, viñas, casetas...

—¿Qué tipo de iluminación?

—Como la del sol, como si fuera de día. Y otro detalle curioso: esa luz no daba sombras.

—Pero eso no es posible...

—Pues ya ve usted...

—¿Y qué hicieron?

—Cambié los regadores y nos fuimos.

—¿Cuánto tiempo lo vieron?

—Unos veinte minutos.

—¿Se movió?

—Nosotros no lo vimos. Todo el tiempo permaneció inmóvil. Después nos fuimos y allí se quedó.

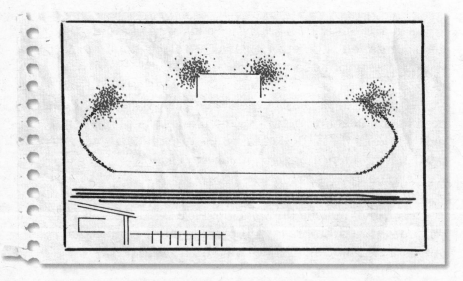

«Transatlántico» sobre Albacete (1988). Cuaderno de campo de J. J. Benítez.

Curioso. Consulté los mapas y comprobé que la zona se encuentra a 30 kilómetros de la base aérea de Los Llanos. Cuando pregunté si los radares habían captado algo, los militares dijeron no saber nada de nada. Lo de siempre...

PASCUA

Visité la isla de Pascua en cinco oportunidades. En todas ellas conocí a testigos ovni. Referiré uno de los casos.

Lo vivió la familia de Vicente Atán Pakarati. Sucedió en enero de 1989.

La referida familia (quince personas en total) se encontraba acampada en la falda del volcán Rano Kau.

Erika Sobarzo Quesada, esposa de Atán, me hizo el siguiente relato:

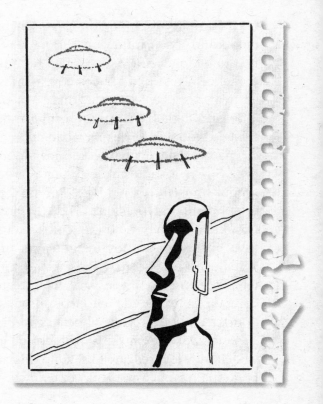

Ovnis sobre la isla de Pascua (1989). Cuaderno de campo de J. J. Benítez.

... A eso de las cuatro de la madrugada nos despertaron unas extrañas luces... Y se fueron acercando a nosotros... Entonces vimos tres objetos... Estaban a 80 metros, muy cerca... Eran discos, con tres patas cada uno... Producían un sonido muy raro: como el zumbido de miles de abejas... Molestaba a los oídos... Cada ovni tenía unos diez metros de diámetro... A su alrededor giraban luces de colores: rojas, verdes, violetas... Uno de ellos casi tocó el suelo... Y pudimos contemplarlos durante dos horas.

ALMUÑÉCAR

Francisco Fernández Trassiera era guardia civil.

En la noche del 23 de agosto de 1990, en compañía de su esposa, Nuria Olmedo, y de sus hijos, fue testigo de un hecho excepcional.

He aquí su testimonio:

... Eran las doce y media... Nos encontrábamos en un cine de verano, en Almuñécar (Granada, España)... En un momento dado alcé la vista al cielo (era una noche estrellada) y comencé a distinguir luces con formas ovoides... Subían en vertical, por el este, por la zona de la sierra de Lújar (situada a nuestra derecha)... En un primer momento creí que se trataba de globos... Se desplazaban en una dirección determinada, pero no navegaban como los globos (a merced del viento)... Su vuelo, a pesar de ser algo ondulante o serpenteante, seguía una ruta concreta... Por otra parte, las velocidades eran mucho mayores que las de un globo... Tenían una luminosidad muy fuerte, con un color amarillo brillante... Los estuve observando unos instantes y, cuando comprendí que aquello no era normal, avisé a mi mujer, que también los vio... Llegaron a nuestra vertical y en perfecta formación, como si se tratase de aviones militares (por supuesto, no lo eran)... Y al girar hacia el oeste cambiaron de forma. Ahora parecían *boomerangs*... El primero de los objetos aumentó la velocidad y los tres que lo seguían hicieron lo propio, para no perder la formación... Una vez estuvieron todos (los cuatro) a

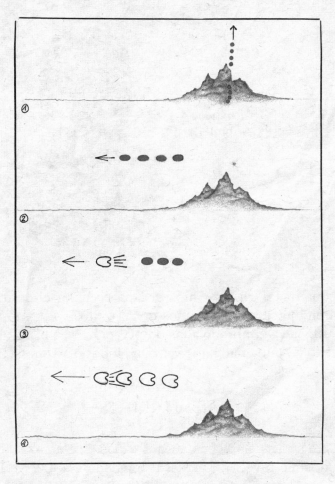

Observación de los ovnis sobre Almuñécar (1990).
(Dibujo de Raquel Guerra.)

Francisco Fernández.
(Gentileza de la familia.)

la misma distancia los vimos desaparecer por el oeste... El avistamiento se prolongó unos dos minutos... Por mi profesión estoy acostumbrado a las observaciones en la oscuridad y aquello no tenía nada que ver con globos o aviones...

SAN VICENTE

Visité a Eustasio López durante años. Era un excelente y prudentísimo investigador del fenómeno ovni. Cubrió la comarca de Valencia de Alcántara, en Cáceres (España); otra zona «caliente»... Eustasio y yo compartimos mucha información. Tras su fallecimiento, Pedro M. Fernández, otro veterano investigador de campo, reunió parte de lo investigado por Eustasio. De esta forma se salvó lo más granado de su trabajo.

Haré referencia a tres casos, muy bien investigados por Eustasio.

... 10 y 17 de febrero de 1993... Hora: diez de la noche... Lugar: carretera de San Vicente (y localidad)... Testigos: Antonio Higuero, Mariano Rivero, Ángel Sánchez, Milagros Lainsa y los jóvenes Alfredo, Antonio y Juan Carlos Núñez...

280

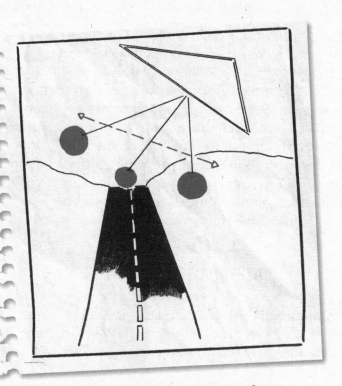

San Vicente de Alcántara (1993). Cuaderno de campo de J. J. Benítez.

Eustasio López.
(Gentileza
de la familia.)

Características: objeto luminoso, de forma triangular y color blanco-amarillento, del que colgaba un péndulo de tono rojizo... Ha sido visto en varias ocasiones sobre el mismo lugar... En una de las observaciones, Antonio dice que el objeto hizo amagos de posarse en San Blas, pero la irrupción de un motorista, que venía en sentido contrario, con el foco encendido, le hizo volar hacia la ermita de Los Remedios, primero, y hacia Marvao después... Sobre la misma hora, el día 17, fue avistado de nuevo por Antonio y su esposa, desde la azotea de su domicilio... Contemplaron cómo del objeto entraba y salía una bola, como si fuera una burbuja...

MALPARTIDA

... 8 de noviembre de 1993... Hacia las diez de la noche... Lugar: carretera N-521 (a diez kilómetros de Malpartida de Cáceres (Extremadura, España)... Testigo: José Leal Neva-

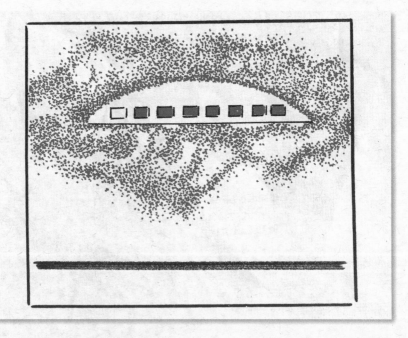

Malpartida de Cáceres (1993). Cuaderno de campo de J. J. Benítez.

do... Características: cuando viajaba con su hijo de corta edad fue testigo de un ovni... Leal observó que le seguía algo parecido a una nube iluminada... La «persecución» se prolongó durante tres kilómetros... Leal le echó valor, paró el auto, para cerciorarse de lo que estaba pasando, y comprobó, con asombro, que se trataba de una nave... El objeto tenía forma de plato, con un diámetro aproximado de treinta metros... Flotaba a menos de cien metros del suelo, mostrando ventanas o paneles luminosos de un color amarillento poco potente... A los pocos segundos, el objeto arrancó veloz...

LORCA

El presente caso fue investigado, inicialmente, por Carlos González Cutre, meteorólogo. Él me pasó la información. Cuando me entrevisté con los testigos confirmaron lo ya expuesto.

He aquí la versión del meteorólogo:

... El avistamiento sucedió en Lorca (Murcia, España)... Fecha: 19 de enero de 1994... Testigos principales: una pareja de novios de veintidós y veinte años de edad, serios, equilibrados, con trabajo en peluquería y hostelería, sin el menor afán de publicidad o protagonismo y que, hasta el presente, no se han interesado por los fenómenos extraños... Cuando hacia las once y media de la noche se aproximaban a la vivienda de la novia, una casa de campo situada en la carretera de Lorca a Águilas, y desde una distancia como de un kilómetro, empezaron a ver unas luces rojizas sobre la casa... La noche era clara y despejada... Al parar en una explanada existente frente a la casa (a unos treinta metros) pudieron contemplar, inmóvil sobre dicha casa, y a una altura de doce a quince metros, un objeto de forma lenticular, negro, de unos seis metros de diámetro... Era silencioso... Presentaba una serie de luces en su ecuador... Unas eran grandes, de color rojizo, y otras pequeñas, de tonalidad rosada... Brillaban como los pilotos traseros de los coches... Tocaron el claxon para avisar a la familia... En esos instantes, el ovni se puso en movimiento, en paralelo con la carretera y en dirección a Águilas... Continuó a la misma altura... Los jóvenes decidieron seguirlo... Como la carretera es una recta, llegaron a alcanzar los 130 kilómetros por hora... Y el ovni volaba a la misma velocidad... Si frenaban, el objeto frenaba... Si aceleraban, el ovni hacía lo mismo... Siempre permaneció a la derecha del automóvil... Al llegar a la localidad de Purias lo perdieron... Dieron la vuelta y el ovni reapareció... Y acompañó a los jóvenes hasta la casa donde lo habían visto inicialmente... Y allí se detuvo... Los novios entraron en la vivienda, con el fin de avisar a la familia y, al salir, el objeto había desaparecido... La observación total del ovni se prolongó durante quince o veinte minutos... El padre de la novia aseguró que dos noches antes (día 17) también lo vio sobre la casa de otra hija, situada a 200 metros...

Al recorrer la zona encontré otros testigos. Todos describieron la nave de la misma forma: un disco, con luces, y silencioso.

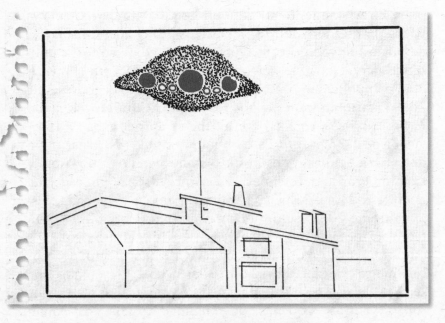

Lorca (1994). Cuaderno de campo de J. J. Benítez.

Carlos González, el meteorólogo, también hizo averiguaciones. Investigó la actividad de la Fuerza Aérea española en esa zona, y a esas horas, y los resultados fueron negativos: ni la Escuela de Helicópteros de Granada, ni la base de paracaidistas de Alcantarilla, ni la Academia General del Aire, en San Javier (Murcia), sabían del suceso.

GORBEA

Dos meses después de los avistamientos en la zona de Lorca, otra nave fue observada sobre el monte Gorbea, en Vizcaya (España).

Edmundo A. Urkiza fue testigo de dicha observación.

Así me lo contó:

—El martes, 8 de marzo de 1994, me hallaba en el refugio del Gorbea, en compañía de una chica. Y a eso de las diez y media de la noche decidimos salir a dar una vuelta. Nos acompañaba un perro, propiedad de la mujer.

No estoy autorizado a revelar el nombre de la chica.

Y Edmundo continuó:

—Cuando llevábamos un rato por la zona lo vimos sobre los cerros. Era un objeto rectangular, con muchas ventanillas. Volaba en total silencio y a cosa de cincuenta o sesenta metros sobre las rocas.

—¿Rectangular?

—Como un vagón de ferrocarril, pero más grande. Y se desplazaba en vuelo totalmente horizontal. Nos quedamos perplejos.

—¿Y el perro?

—Se metió entre mis pies, aterrorizado.

—¿Y qué sucedió?

—Lo contemplamos durante dos o tres minutos. Y, de pronto, hizo un ángulo de 90 grados y ascendió a gran velocidad.

—¿Qué velocidad podía llevar antes de ascender?

—Muy lenta, como si fuera de paseo...

—¿Recuerdas las características de la nave?

—La luz de las ventanillas era amarilla. La noche era muy buena y se distinguían con claridad. Después, al hacer el ángulo recto, en el aire quedó como un «pasillo» de luz.

—¿Qué dimensiones tenía el ovni?

—No menos de diez metros de longitud.

Cuando regresaron al refugio, el perro seguía inquieto.

—Fue preciso meterlo en el interior porque no dejaba de llorar.

—Pero el ovni ya había desaparecido...

—Sí, hacía rato.

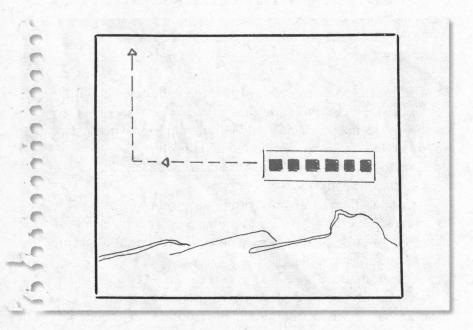

Maniobra imposible en el monte Gorbea (1994).
Cuaderno de campo de J. J. Benítez.

Los avistamientos de ovnis en la región del Gorbea se cuentan por centenares, y desde la más remota antigüedad. Recuerdo que Barandiarán, el gran antropólogo vasco, me contó algunos casos, muy sabrosos.

... En 1992 —relató Barandiarán— un pastor que guardaba las ovejas en la cueva de Supelegor (monte Gorbea) contó lo siguiente: «Una noche había metido las quinientas ovejas en la cueva, por miedo a los lobos... Éramos cuatro pastores... Y, en un momento, sin venir a cuento, las ovejas empezaron a correr de un lado para otro, muy asustadas... No sabíamos qué hacer... Salimos al exterior, pensando en los lobos, y encontramos unas extrañas luces en el cielo y en tierra... Se movían y alumbraban los bosques y los peñascos como si fuera de día... A la mañana siguiente, cerca de la gruta, observamos unas huellas de pisadas, como de niños de seis o siete años... Las borrábamos y al día siguiente volvían a aparecer.»

Según Barandiarán, los pastores y lugareños asociaban estas luces con las «lamiak», unos genios o espíritus sobrenaturales.

Recorrí el Gorbea durante años. Y tuve ocasión de sentir y fotografiar «algo» muy extraño. Sucedió en 1976.[1] Me acompañaban dos amigos: José Luis Barturen y Javier Fuentes. No vimos nada raro pero, de pronto, sentí la necesidad de disparar mi cámara hacia el cielo. En esos instantes percibimos una intensa ola de calor. Al revelar la película apareció una enorme nave luminosa, de forma esférica, sobre nuestras cabezas. Yo supe que eran «ellos»...

Meses después (diciembre de 1977), dos montañeros vieron algo especial sobre la gran pared de Itxina, en el referido monte Gorbea.

... Subíamos por el camino habitual —explicaron— y, tras descansar en Ojo Atxular, nos dirigimos a la cueva de Supelegor... Cruzamos el circo de Itxina y hacia las 13 horas alcanzamos el buzón de Petrondegui... Teníamos enfrente el monte Aizkorrigan... Fue entonces, hacia las 13.30 horas, cuando observamos un objeto extraño sobre el monte... Era un cilindro metálico... Brillaba al sol... Lo enfocamos con los prismáticos (18 por 30) y lo contemplamos sin problemas... Podía encon-

---

1. Amplia información en *Mis ovnis favoritos* (2001).

trarse a dos kilómetros, en línea recta... Era un aparato de unos cuatro metros de altura por otros tres de diámetro... En la parte inferior se distinguían luces de colores... Es casi seguro que se hallaba posado en tierra... Todo estaba en silencio... Y nos preguntamos: «¿Cómo ha llegado hasta ese lugar?»... Allí no hay carreteras ni caminos... Respuesta: sólo por el aire... Pero aquello no era un helicóptero... Era algo muy raro... Después continuamos nuestro camino y lo perdimos.

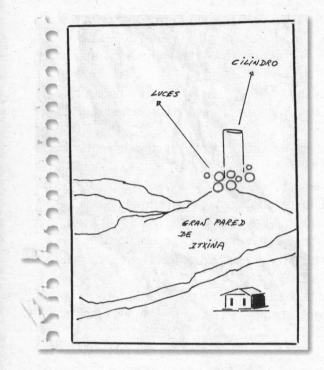

Monte Gorbea (1977). Cuaderno de campo de J. J. Benítez.

SAN PEDRO

Nuevo caso investigado en su momento por Eustasio López:

... Fecha: 6 de noviembre de 1994... Hora: una de la madrugada... Lugar: caserío de San Pedro (Cáceres, España)... Testigo: Manuel Ordiales... Características: la madrugada de ese domingo, Manuel, persona de total credibilidad, viajaba con su hijo Óscar, menor de edad, hacia el caserío de San Pedro de los Majarretes... Entonces observaron unas luces... Eran como quince focos, formando un círculo, que cambiaban a la forma ovalada... Del objeto partían haces de luz, de tonos claros, que se alargaban o encogían, siempre sin tocar el suelo... Tales focos marcharon delante del coche durante seis kilómetros... El testigo calculó que se hallaban a unos cuatro metros de tierra y a cosa de diez del vehículo... Al llegar al caserío, los focos desaparecieron... Y Manuel Ordiales, en un gesto de valentía, prolongó el viaje otros dos kilómetros... Pero no vieron nada... Al alcanzar la población de La Miera decidió volver... Y fue en el regreso cuando los focos se presentaron por segunda vez... Era un objeto idéntico; posiblemente el mismo... Ya en casa, padre e hijo subieron a la azotea y, en compañía de cuatro camareros del mesón El Convento, siguieron contemplando las evoluciones del ovni... La observación se prolongó largo rato... Otros vecinos presenciaron igualmente el ovni.

Cuando interrogué personalmente a los testigos todos coincidieron:

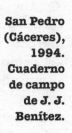

San Pedro (Cáceres), 1994. Cuaderno de campo de J. J. Benítez.

Era silencioso... Podía ser circular, aunque variaba la forma y se transformaba en algo de tipo ovoide... Los rayos de luz nunca tocaban el suelo... Se quedaban a medio camino, como si los hubieran cortado con un cuchillo.

ISRAEL

Tuve la fortuna de visitar Israel en quince oportunidades. Pues bien, en todas ellas supe de casos ovni.

A lo largo de *Sólo para tus ojos* iré desgranando algunos de los avistamientos que me impactaron.

Me referiré ahora a la minioleada ovni registrada en los meses de marzo y abril de 1996. Christian Kirshben, investigador local, me proporcionó las primeras pistas.

Veamos un par de casos:

... 24 de marzo... Hacia las tres de la madrugada, Shula Cohen y Galit Ben-Harush fueron despertados por un singular fenómeno... Shula se había quedado dormida en el salón, junto a Galit, su marido... La radio y el televisor estaban prendidos... Pues bien, a eso de las tres de la madrugada, la mujer se despertó, muy sobresaltada... La casa aparecía bañada de luz... Shula se asomó a la ventana y vio un gran sol sobre la casa...«Era enorme y silencioso», aseguró... Un potente foco de luz partía de la nave, iluminando la casa y el terreno circundante... La vivienda del matrimonio se encuentra en Petah-Tikva, cerca de Tel Aviv... El objeto empezó a moverse, muy despacio, y se alejó hacia el interior del país, hacia el este... La luz era tan intensa que molestaba a los ojos... El marido fue despertado por Shula, y vio también el gigantesco objeto... Mientras la nave permaneció cerca de la vivienda, «nada funcionó». Después, cuando se alejó, la radio y el televisor emitieron con normalidad... Uno de los hijos, de siete años, ha declarado que, desde hace días, observa luces de colores en las proximidades... «Y unos seres de pequeña estatura, como niños, lo visitan y juegan con él»... A raíz de esas visitas, el pequeño sufre fuertes dolores de cabeza.

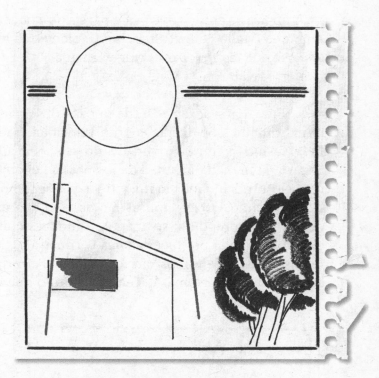

Marzo de 1996, al norte de Tel Aviv. Cuaderno de campo de J. J. Benítez.

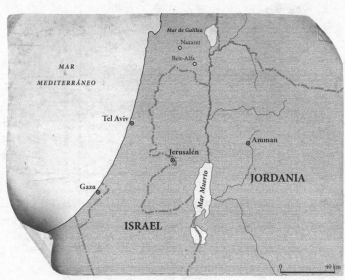

BEIT ALFA

A finales de abril (1996), una pareja de ciudadanos de Beit Alfa, en el valle de Beit Shan, a 20 kilómetros al sureste de Nazaret, fue testigo de otra singular nave.

Así lo relataron:

... Fue al atardecer... Desde la casa observamos una luz muy brillante... Se dirigía, a gran velocidad, hacia el kibutz Beit Hashita... Montamos en el auto y lo perseguimos... Y, al llegar a la llamada laguna «de los peces», el objeto se detuvo... Nosotros hicimos lo mismo y nos quedamos a 300 metros... Hicimos luces, con las largas, y el aparato, como si hubiera comprendido, se apagó... Entonces quedó un gran círculo, formado por luces azules perimetrales... Ya no hicimos señales... Sentimos cierto miedo... Pero optamos por acercarnos un poco más... Teníamos tanto miedo como cu-

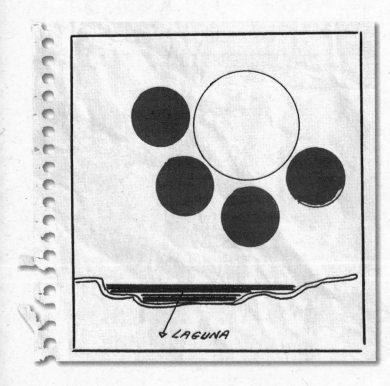

Sur de Nazaret (1996). Cuaderno de campo de J. J. Benítez.

LAGUNA

riosidad... Pues bien, en esos momentos, al arrancar el coche e intentar llegar bajo el objeto, éste se encendió de nuevo y se dirigió hacia el este a gran velocidad... Ahí lo perdimos.

CASTRO DEL RÍO

Conocí a Ramón Cabilla en 2014; aparentemente, por casualidad. Ahora sé que, en la vida, y, sobre todo, en el fenómeno ovni, nada sucede de forma gratuita. Todo está planificado, ¡y de qué forma!

Sucedió el 17 de enero de 1997, en la población de Castro del Río, en Córdoba (España).

—Era un día despejado —explicó—. Me hallaba en el número 10 de la calle Alta. Y a eso de las 17.45, cuando me encontraba en el balcón, en compañía de Nana, una tía, vi aparecer «aquello»... Era ovalado y metálico. Nos sobrevoló a cosa de trescientos metros. Y lo hizo en total silencio. Por la parte de atrás salían unos «chorros» curvos, pero no eran gases. Parecían chispas eléctricas y de un bello color azul. Uno de mis sobrinos —Paquito— también lo vio. Subí a la terraza a la carrera, pero ya no lo vi.

—¿Dices que era ovalado y metálico?

—Sí, tipo aluminio. No se parecía a nada conocido.

—¿Observaste humo?

—No, sólo los «chorros» curvos.

—¿Qué dimensiones podían tener esos «chorros»?

—Más o menos, una quinta parte del diámetro mayor de la nave.

—¿Y la nave?

—Como una luna llena.

—¿A qué velocidad navegaba?

—No más allá de setenta u ochenta millas por hora (alrededor de 130 o 150 kilómetros a la hora).

—Ésa es una velocidad muy baja para un «avión»...

—Por supuesto, pero es que no era un avión. No vimos alas, ni ventanillas, ni cola...

—¿Qué sensación te produjo?

—Sorpresa, y cierta emoción.

—¿Fuiste consciente de que «aquello» no era humano?

—Inmediatamente.

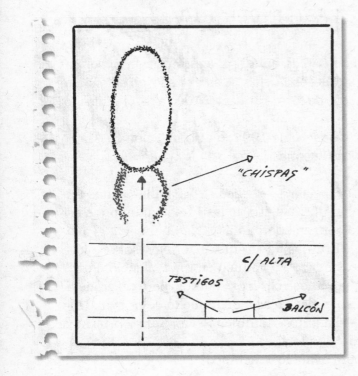

Castro del Río (1997). Cuaderno de campo de J. J. Benítez.

SANTIAGO DE CHILE

Lo narrado por Alberto Elías Sáenz Toro da que pensar.

Conocí a Elías en abril del año 2000, durante una de mis giras de investigación por Chile.

Él trabajaba como productor de televisión cuando, una noche, a eso de las diez y media, decidió salir fuera del recinto de la productora con el fin de fumar un cigarrillo. Era el 14 de febrero de 1998.

—Estábamos en el barrio de Las Condes, en el centro de la ciudad de Santiago —relató—. Salí al estacionamiento del edificio y observé que las farolas del alumbrado público parpadeaban. Me llamó la atención. Parecía como si fueran a cortar la luz. Fue entonces cuando lo vi. Permanecía inmóvil sobre la azotea de la embajada norteamericana en nuestro país. Era enorme, tipo elipse. Era un objeto más grande que el edificio, y totalmente silencioso.

—¿A qué distancia de la azotea?

—A cosa de cincuenta metros; no más.

—¿Se movía?

—Cuando lo vi por primera vez no. Tenía un gran halo de luz a su alrededor; una luz blanca.

—¿A qué distancia te hallabas del ovni, en línea recta?

—A unos sesenta metros.

—Es decir, lo observaste con nitidez...

—Perfectamente.

—¿Podrías calcular el diámetro?

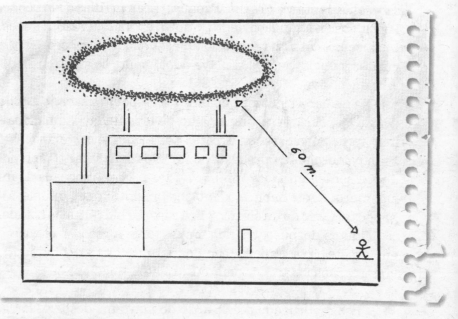

Embajada USA en Santiago de Chile (1998). Cuaderno de campo de J. J. Benítez.

—Más de cien metros.

—¿Se produjo alguna alteración entre el personal de vigilancia de la embajada?

—Todo estaba tranquilo.

—¿Cuánto tiempo duró la observación?

—Puede que un minuto, o poco más. El ovni, entonces, empezó a moverse y se dirigió hacia el este, hacia la cordillera. Allí aparecieron dos luces más.

—¿Salió algo en la prensa?

—Nada, ni una línea.

¿Qué buscaban mis «primos» sobre el edificio de la embajada USA en Chile? Buena pregunta...

ATLANTERRA

La noche del 25 de mayo de 2007 escuchamos el típico tableteo de un helicóptero. Blanca y yo salimos al exterior de la casa, en Atlanterra (Tarifa, España). Eran las diez de la noche. Pensamos en algún accidente, o quizá en maniobras militares. A los veinte minutos apareció un segundo helicóptero. Daban vueltas y vueltas sobre la playa. Finalmente se alejaron en dirección a Rota.

A la mañana siguiente, cuando me disponía a sacar el coche del garaje, observé algunas baldosas levantadas. Se hallaban muy cerca de la casa, en el patio. Las examiné con extrañeza. Eran baldosas muy pesadas, de 70 kilos cada una. ¿Cómo pudieron ser levantadas? «Ab-bā», mi casa, estaba rodeada de un alto muro. Nadie había entrado en el recinto (que yo supiera). ¿Pudo tratarse de un seísmo? Era raro. Lo hubiéramos notado.

Minutos después, cuando me disponía a recoger el correo en Barbate, fui a tropezar con Borrell, dentista y vecino en Atlanterra. José María, asombrado, relató lo siguiente:

... Esa madrugada del 25 al 26 de mayo me desperté hacia la una... En realidad me despertó un sonido extraño, como un silbido... Los perros ladraban, alterados... Me asomé al

296

exterior y, sobre la playa, vi una luz roja... Era como un cilindro... Caía hacia el mar... Fue espectacular...

Comprendí entonces el porqué de los helicópteros sobre la zona, e incluso el porqué de las baldosas arrancadas en el patio de mi casa. «Ellos», de nuevo...

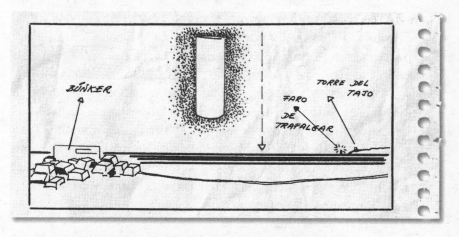

Atlanterra (2007). Cuaderno de campo de J. J. Benítez.

José María Borrell. (Foto: Blanca.)

CAZADORES

La primera noticia me la proporcionó el añorado Paco Padrón, investigador canario.

Año 1973. En las solitarias tierras de Cazadores, en la isla de Gran Canaria (España) se produjo un hecho difícil de catalogar.

He aquí lo relatado por Padrón y por los testigos:

... La experiencia —cuenta Padrón— fue vivida por un sencillo hombre de cuarenta y cinco años, por sus dos hijas, de diez y doce años, y por un viejito que cuidaba animales en las tierras del Lomo del Cementerio, cerca del lugar denominado Cazadores.

J. B. recuerda que era sábado y que estaba oyendo, en la radio, la transmisión de un partido de fútbol entre Las Palmas y el Murcia... Serían sobre las ocho y media de la noche... Era el tiempo de descanso... El testigo salió fuera de la casa... Entonces vio una luz que bajaba por la cumbre, como de Tejeda... También la vio el viejito... J. B. llamó a las hijas y comentó:

—De arriba viene un coche.

Y las niñas replicaron:

—Papá, no puede ser un coche. Ahí no hay carreteras.

—Entonces, un coche se «derriscó».

—No, es un avión que viene por las tierras de Muñoz.

—¡Coño!, pues parece un avión que se cayó...

Y, de pronto, la luz se dividió en dos... Una se quedó inmóvil, sobre las colinas, y la otra se dirigió hacia los testigos...

—La primera —contaba J. B.— se mantuvo, como vigilante. En el aire se oía un zumbido suave, como el que produce un ventilador.

Y la luz fue acercándose a los asombrados testigos... Y quedaron atónitos... La «luz», en realidad, era una «caja»... Medía unos tres por cuatro metros... Y se aproximó a cosa de diez o quince metros del grupo...

—Quise acercarme más —manifestó J. B.—, pero mis hijas no lo permitieron. Me jalaban de la ropa y gritaban: «¡Papá, no vayas!».

Y el cajón luminoso se posó en tierra, suavemente... Derribó un muro y los testigos percibieron un viento fuerte que casi tumbó una palmera... En el interior de la caja, J. B. y el resto vieron «gente que se movía».

—La nave, o lo que fuera —indicó J. B.—, se mantuvo aterrizada unos diez minutos. Los perros estaban enfurecidos. Y al cabo de este tiempo, la «caja» se elevó despacio, regresando al lugar en el que aguardaba la primera luz. Pero no llegaron a unirse. Después volaron hacia el Teide, como si fueran dos aviones. Y los perdimos de vista.

—¿Qué hicieron ustedes?

—Nos metimos en la casa, asustados. Y apagamos todas las luces, incluida la radio. Y el viejito y yo nos tomamos unos vinos. A la mañana siguiente acudimos al lugar en el que había bajado la «caja» y comprobamos que todo estaba quemado: piedras, pasto...

Paco Padrón me mostró algunas de las piedras. En efecto, aparecían quemadas por una sola cara y con un ligero tinte violáceo. Las marcas en el campo duraron diez meses.

Me interesé por las características del «cajón», pero los testigos no supieron aportar más información:

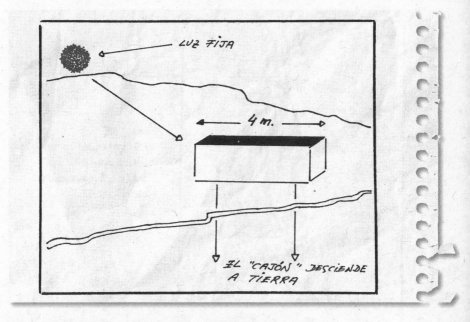

Isla de Gran Canaria (1973). Un «cajón» luminoso descendió a tierra. Cuaderno de campo de J. J. Benítez.

—Era rectangular y luminoso —comentaron— y sólo producía el ruido de un ventilador.

—¿Cómo era la «gente» que vieron en el interior?

—Sólo vimos sombras que se movían. Parecían humanos.

QUINTANILLA DE ARRIBA

A lo largo de estos cuarenta años he reunido numerosos casos de ovnis con forma de «caja». Lo sé: resulta desconcertante... Me referiré a cinco avistamientos concretos:

El primero lo leí en *Autopista del misterio*, de Bruno Cardeñosa. Bruno es uno de los pocos investigadores de campo que sigue en la brecha.

«Adolfo Arrauz —dice Bruno— vivió la experiencia en 1975 o 1976, en Quintanilla de Arriba (Palencia, España)... Tenía

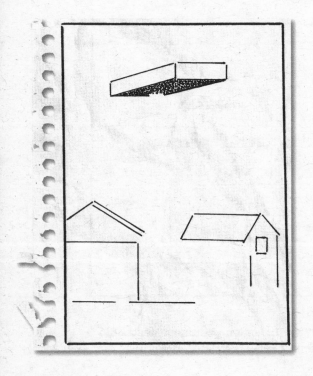

«Caja» voladora sobre Palencia (1975 o 1976). Cuaderno de campo de J. J. Benítez.

entonces cinco o seis años... Estaba con Sergio, un primo segundo... De pronto, mientras jugaban, se encontraron de frente con un artefacto negro y rectangular, estático en mitad del cielo y desafiando toda lógica aeronáutica... "No recuerdo la hora —precisó Adolfo—, pero fue al atardecer... Era un día despejado... Estábamos en el patio de atrás de la casa... Jugábamos... Y, de pronto, lo vimos... No sabemos cómo apareció... Estaba allí, en dirección noreste... No se movía... Permanecía quieto... Era como una caja rectangular, de color negro opaco... Era todo negro... Se distinguían las aristas a la perfección... Entramos en la casa, para avisar, pero no nos hicieron caso... Después, al volver a salir, la 'caja' ya no estaba...".»

Por supuesto, en 1975 o 1976, la experiencia vivida en la isla de Gran Canaria aún no había sido publicada. Paco Padrón lo hizo en octubre de 1988. Y digo yo: ¿cómo pudieron copiar los niños de Palencia la descripción de Cazadores? Obviamente no lo hicieron. Los casos son rigurosamente ciertos.

ESCOCIA

En los años setenta, la investigadora Jenny Randles me pasó la siguiente información:

... Febrero de 1977... A media milla de Coldstream, en Berwickshire, al sureste de Escocia, el matrimonio formado por Edith y Stan, de sesenta y un y sesenta y nueve años, respectivamente, vivió una experiencia única... Marchaban en coche... La noche era linda y despejada... El matrimonio procedía de Swinton... Durante los meses anteriores, numerosos testigos habían visto luces blancas en el cielo... Los militares de la RAF negaron que fueran sus aviones o helicópteros... Stan conducía... Al salir de una curva, pasado Lennel House, a cosa de 150 metros por delante de ellos, vieron un objeto como del tamaño de un automóvil... Tenía una forma muy rara: era una caja alargada, algo más estrecha y más baja que un coche... Estaba totalmente cubierta con ventanas cuadradas, incluso en el techo... El objeto emitía una luz intensa... El «cajón» volaba por encima de la raya central de la carretera, a cosa de diez o veinte centímetros del asfalto... Se desplazaba despacio... Stan aceleró, para tratar de alcanzarlo, pero la «cosa» también aceleró... La observación se prolongó por espacio de un minuto, más o menos... Después, la «caja» desapareció misteriosamente...

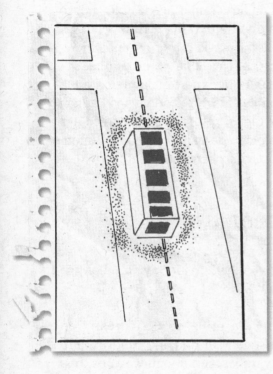

«Caja» voladora sobre Escocia (1977). Cuaderno de campo de J. J. Benítez.

TAMAIMO

En diciembre de 2010 recibí una carta de Jesús Mederos, vecino de Canarias (España). Me contaba la siguiente experiencia:

... Corría el año de 1982... Si no me equivoco era primavera, entre los meses de abril y mayo... Vivíamos en esos momentos en un pequeño pueblo costero llamado Puerto Santiago... Cada mañana nos veíamos obligados a tomar una guagua (autobús escolar) para trasladarnos al colegio público, en otro pueblecito próximo: Tamaimo... Pues bien, fue en ese colegio donde vimos aquella misteriosa «caja-giroscópica-flotante»... Cierro los ojos e intento visualizar el suceso... El día comenzó como cualquier otro... Nos levantamos a eso de las siete de la mañana de un hermoso y soleado día... Y mi hermano mayor, un tío paterno y quien esto escribe cogimos la guagua a eso de las ocho y pico... Llegamos al colegio y las clases de la mañana se desarrollaron entre las nueve y las doce... A partir de las doce se iniciaba la hora del comedor... Después, como las clases no se reanudaban hasta. las dos de la tarde, disponíamos de algo más de una hora para jugar, siempre dentro del recinto escolar... A eso de las dos menos cuarto era costumbre empezar a reagruparnos en filas, y por cursos, en la cancha de fútbol... Esta zona estaba situada en la parte posterior del edificio principal del colegio... Una vez agrupados de este modo iniciábamos la entrada en las aulas... Fue en esos momentos cuando sucedió todo... Fue mágico, casi irreal... Estábamos a punto de abandonar la cancha (todos muy majos y ordenaditos) cuando algo, en el cielo, algo muy extraño, llamó nuestra atención... El objeto apareció desde el norte, rumbo al sur... Se movía muy despacio y a poca altitud... Calculo que a 150 o 200 metros del suelo, como mucho... En cuanto a su velocidad, no me atrevo a conjeturar nada: tenía un movimiento muy parsimonioso... ¿Cómo describirte aquella cosa?... Era un objeto estrecho y alargado, pero no cilíndrico... Tenía una forma angulosa, como una caja rectangular... Sinceramente, mi impresión, al verlo, para que te hagas una idea, fue la de estar contemplando una especie de «ataúd volador»... Sobre sus medidas no sabría decirte a ciencia cierta; tal vez unos tres o cuatro metros de largo por dos de ancho... Era de color negro, o muy oscuro... No recuerdo si era brillante o mate; sólo que era oscuro y completamente opaco... No puedo darte detalles del interior... No se veían, a simple vista, ni puertas, ni ventanas, ni alas, ni antenas... La superficie era

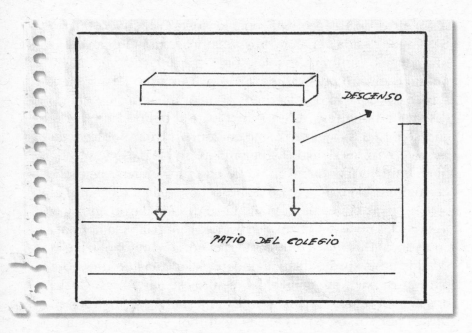

Canarias (1982). Cuaderno de campo de J. J. Benítez.

totalmente lisa... Parecía metálico... Además de lo extraño del objeto, lo que más llamaba la atención era su forma de moverse... Avanzaba muy despacio y girando constantemente... Rotaba cuan largo era, desplazándose al mismo tiempo por el espacio... Giraba como la hélice de un avión invisible... Aquel aparato no poseía turbinas, ni hélices, ni ningún otro sistema de propulsión... Aquello, sencillamente, flotaba en el aire, manteniendo en todo momento aquella curiosa «inercia giroscópica»... Su comportamiento era muy parecido al que tendría un objeto en el vacío del espacio exterior, desafiando así la gravedad... El objeto evolucionó sobre nuestras cabezas hasta colocarse sobre la vertical de la cancha... En ese momento detuvo su avance hacia el sur, sin perder la inercia giroscópica... Y se quedó en estacionario sobre los asombrados testigos... Entonces se produjo un hecho que nos dejó sin aliento: el objeto comenzó a bajar... Llegó a bajar tanto que mi corazón empezó a galopar, creyendo que iba a tomar tierra... Diría que descendió a menos de cien metros del suelo... Se quedó unos segundos a esa altitud, como estudiándonos, y luego, ante nuestra decepción (y el alivio de los profesores, supongo) ascendió de nuevo hasta colocarse, más o menos, a la misma altitud a la que lo vimos llegar... No emitía sonido alguno... y comenzó a moverse hacia el sur... Fue alejándose, sin dejar de girar... Todo el avistamiento pudo durar unos quince minutos... Nadie entró en las aulas hasta que la «caja voladora» se perdió de vista... Tras el avistamiento entramos en las aulas y, nada más ocupar nuestros asientos, la profesora reclamó nuestra atención... Había escrito en la pizarra, con letras muy grandes, unas siglas, y las palabras correspondientes... Efectivamente: «OVNI»... Y otro dato curioso: el objeto se presentó justo cuando estábamos formados en el patio (ni antes ni después)... Y pienso que se exhibió, para que no lo olvidáramos nunca... Este suceso fue un espectáculo insólito, puesto ante nosotros para despertar las mentes de grandes y chicos, para evitar que cayéramos en el error del totalitarismo ideológico (ya sea secular o eclesiástico).

Se puede decir más alto, pero no tan claro...

FLORIDA

La llamaré Merly.

Era oficial de prisiones en una cárcel de máxima seguridad, en la costa Oeste de Florida (USA).

—Sucedió una noche, en noviembre de 2007. Eran las cuatro y media de la madrugada. Acompañaba a tres internas a tirar la basura. Entonces lo vimos. Era un objeto cuadrado, de color blanco, con unas luces rojas que giraban a su alrededor. Se aproximó a cosa de diez metros de nosotras y a unos quince del suelo. Lo contemplamos unos segundos. Después hizo un giro y se alejó.

Interrogué a Merly durante horas.

Ella, al principio, pensó en un aparato experimental. Muy cerca de la cárcel existe una base aérea. Después comprendió que «aquello» era muy superior a todo lo conocido. Se deslizaba en silencio y, como afirmaba Bruno Cardeñosa, contra todas las leyes de la aerodinámica.

De nuevo las «cajas voladoras»...

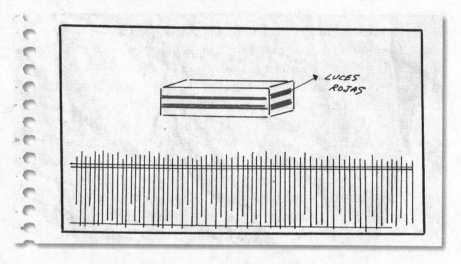

Florida (USA), 2007. Cuaderno de campo de J. J. Benítez.

BRASIL

Los casos de levitación, provocados por ovnis, siempre me fascinaron. Mencionaré algunos:

El 17 de mayo de 1968, José Da Silva, Manuel González, Flavio y Moisés circulaban entre Laguna y Florianópolis, en Brasil.

La información me fue proporcionada por Manuel González:

... Viajábamos en una combi, una furgoneta Volkswagen... Asunto de negocios... Había ya oscurecido cuando, de pronto, se hizo de día... Todo, a nuestro alrededor, se iluminó, incluido el interior del vehículo... Y escuchamos un zumbido, similar al de una enceradora... Entonces, ante nuestro des-

concierto, la combi se elevó de la carretera... Un segundo después cayó pesadamente sobre el asfalto y volvió a elevarse por segunda vez... Al poco descendió de nuevo, pero con gran suavidad... Y el vehículo se detuvo... Entonces, a cosa de quinientos metros, vimos un objeto muy luminoso, que se elevaba hacia el firmamento...

—¿A qué altura se elevó la combi?

—Quizá a medio metro del pavimento.

—¿Cómo era el objeto?

—Circular, con ventanillas. Una luz rojiza giraba sin cesar a su alrededor.

Días después, González fue visitado en su negocio de venta de zapatos por un oficial de la Fuerza Aérea Brasileña. El informe sigue siendo secreto.

En el techo de la furgoneta apareció una mancha circular, con la pintura quemada y numerosas ampollas.

El conductor, José Da Silva, que lucía una abundante cabellera negra, quedó calvo en menos de un año. Por su parte, Manuel González experimentó también una intensa y extraña picazón en las cejas que no le permitió dormir en muchos días.

307

Brasil, 1968. Cuaderno de campo de J. J. Benítez.

RÍO DE JANEIRO

Años después, también en Brasil, tuvo lugar un hecho relativamente parecido al anterior. He aquí la información, proporcionada por la gran investigadora Irene Granchi:

... Sucedió el 21 de enero de 1976, a las 23.30 horas... Reis y Bianca, su esposa, viajaban en su Volkswagen por la carretera de Río a Bello Horizonte... «De pronto —explicó Reis— sentí sueño. Detuve el auto, coloqué las manos sobre el volante y me dormí»... «Entonces, mientras mi marido descansaba —continuó Bianca—, vi una luz azul que se aproximaba. Era muy potente. Pensé en un camión o en un autobús. Y, de pronto, la luz se hizo más fuerte. Creí que se trataba de un avión, que estaba a punto de estrellarse. Grité y desperté a mi marido. Pero no tuve tiempo de explicarle: el coche empezó a elevarse y nos vimos dentro de una especie de garaje circular, muy iluminado... Era como estar en el interior de una bombilla gigante... Se abrió una especie de tragaluz en el techo y dos hombres se deslizaron hasta nosotros... Eran morenos... Medían dos metros, como poco... Se aproximaron al coche, lo examinaron con detenimiento, y nos hicieron señas para que bajáramos... Yo estaba paralizada —continuó Bianca—. Era puro miedo... Traté de abrir la puerta, pero no pude... Mi marido me auxilió y la puerta se abrió... Al salir, el suelo se movía... Me sentía como borracha... Los hombres hablaban en una lengua extraña... Uno de ellos pisó un botón, en el suelo, y pasamos a otro compartimento superior... Era una pieza muy grande, con aparatos... Uno de los seres nos dio unos auriculares, él se colocó otros, y los enchufó a un aparato, parecido a un ordenador... Entonces oímos una voz... Hablaba en portugués y decía: "Me llamo Karen, estén tranquilos".»

Los testigos —según Irene Granchi— fueron sometidos a diferentes exámenes.

«"... Realizamos también investigaciones médicas —aclaró Karen—. La vejez sigue siendo una enfermedad, pero nosotros hemos conseguido vencerla. En nuestro mundo no existe la muerte... No hablen de lo que les ha ocurrido... Les tomarán por locos..."»

En el transcurso de la «conversación», el tal Karen hizo una importante revelación a Bianca, relacionada con el año 2027.

VIEDMA

Cuando leí la noticia quedé desconcertado. Y me apresuré a viajar a Chile. Los chilenos Carlos Acevedo y Miguel Ángel Moya, participantes en un rally automovilístico en Argentina tuvieron un singular encuentro con un ovni.

He aquí sus declaraciones:

... Manejábamos un Citroën GS 1220... Nos encontrábamos a 30 kilómetros de la ciudad de Viedma... Recuerdo que circulábamos a 140 kilómetros por hora... Entonces —prosiguió Acevedo— observé una luz muy potente por el espejo retrovisor... Se lo dije a Moya, el mecánico, y también la vio... Pensamos en un camión... Pero la luz se colocó sobre el auto y, de pronto, el motor falló... Todo, en el interior, estaba iluminado... Y, ante nuestro asombro, el coche empezó a elevarse... Se mantuvo en el aire algo más de un minuto y después descendió... El auto, entonces, arrancó normalmente...

Rally «Vuelta a América del Sur» (1978). Cuaderno de campo de J. J. Benítez.

Pero la sorpresa de los pilotos del rally «Vuelta a América del Sur», no había terminado. Pasados 20 kilómetros, al detenerse en una gasolinera, con el fin de denunciar lo sucedido, Acevedo comprobó que el tanque de gasolina estaba casi vacío.

...No me lo explico —manifestó Acevedo—. Antes del encuentro con el ovni estaba lleno, y sólo hemos recorrido 20 kilómetros... También el depósito de reserva, con otros 40 litros, se hallaba seco...

La tercera sorpresa llegó al consultar el cuentakilómetros:

... El tablero del auto decía que habíamos recorrido 120 kilómetros... Eso no era posible —añadió Acevedo—. Sólo recorrimos 20. ¿Qué pasó con los otros 100?

SANTIAGO

A las pocas horas del encuentro ovni de Acevedo y Moya en tierras argentinas, otros testigos, también chilenos, contaron lo siguiente:

... Eran las cinco y media de la tarde del sábado, 23 de septiembre de 1978... Paseábamos en coche por las calles de Santiago —manifestó Alejandro Hernández—. Me acompañaba Robinson, mi hijo... Entonces comprobamos cómo una extraña máquina se había situado sobre el auto... En la parte de abajo se abrió una compuerta y el coche empezó a vibrar... Y vimos cómo el vehículo era aspirado hacia el ovni... Y fuimos a parar al interior del objeto... Y nos vimos rodeados por cinco o seis bultos, de 1,80 metros de altura, y con apariencia humana... Uno de ellos ordenó al niño que saliera... Tenía una voz metálica... Después me dijeron: «Alejandro, baje del automóvil»... Quedé perplejo... ¿Cómo sabían mi nombre?... Hablé con ellos... Me dijeron que venían «de lo alto». Después me revelaron otros asuntos... Uno de ellos es secreto.

Hernández me confirmó que, en efecto, uno de los secretos se refería al citado 2027.

Curioso. Dos años antes (1976), como fue dicho, los tripulantes de otra nave hablaron también del año 2027 al matrimonio que fue introducido en el objeto en las proximidades de Río de Janeiro, en Brasil.

GENERAL PAZ

En uno de mis viajes a Argentina supe del caso vivido (o sufrido) por Rubén Meneses.

El encuentro con el ovni tuvo lugar el 15 de diciembre de 1981.

Rubén era camionero. Esa tarde, hacia las 15.30, circulaba con un camión de 9 toneladas entre las poblaciones de Itatí y San Luis del Palmar.

De repente, en la soledad de la carretera, vio aparecer una luz.

—No tuve tiempo de nada —explicó—. El camión se puso a vibrar y yo sentí un hormigueo por todo el cuerpo. Y, ante mi asombro, el vehículo comenzó a elevarse. Y se volvió transparente.

—No comprendo. ¿Qué significa que se volvió transparente?

—Las piezas metálicas desaparecieron de mi vista. Sólo veía los cables y las gomas. No podía moverme. Estaba asustado. La ruta se veía allí abajo, a cosa de veinte o treinta metros; quizá más. Entonces perdí el sentido y, supongo, me desmayé.

Argentina, 1981. Cuaderno de campo de J. J. Benítez.

Al recobrar la conciencia, Meneses comprobó que el camión estaba perfectamente aparcado, pero a 110 kilómetros del lugar del encuentro con el ovni. Era la ciudad llamada General Paz. ¿Cómo había llegado hasta allí?

El camionero se presentó en la comisaría, pero los funcionarios no le creyeron. Y fue preciso llamar a la empresa para confirmar que Rubén era una persona normal. El camionero, que entonces contaba cuarenta y dos años de edad, entró en estado de shock, con fuertes dolores de cabeza y convulsiones.

Horas antes de la experiencia de Meneses, los habitantes de la ciudad de Derqui, ubicada a 50 kilómetros del punto en el que fue arrebatado el camión, observaron un objeto de gran luminosidad, aterrizado en las cercanías de la población. La tierra quedó cristalizada.

PANAMÁ

En una investigación en Panamá conocí a Nita Arango.

En el verano de 1981 vivió una experiencia que jamás olvidará.

—Hacia las seis de la tarde —explicó—, mis tres hijos y Uvencia, la empleada doméstica, se encontraban en la terraza del edificio en el que vivíamos, en la zona de El Cangrejo, en la ciudad de Panamá. Es un bloque de viviendas de siete pisos. La terraza es enorme, con más de trescientos metros cuadrados, y rodeada por una reja. Mis hijos jugaban con unos patines.

—¿Qué edad tenían los hijos?

—Mónica, siete años; Ricardo, seis y Diego, cinco.

—¿Y qué sucedió?

—Mi marido y yo nos encontrábamos en la casa, en un nivel inferior. Veíamos la televisión. Entonces oímos las voces de Uvencia. Nos reclamaba. Algo pasaba en la terraza. Subí a la carrera y me encontré con «aquello»... A cosa de siete u ocho metros sobre la terraza se hallaba un aparato circular, enorme. Los niños estaban quietos, mirándolo. Corrí hacia mis hijos y quedé tan asombrada como ellos.

—¿Cómo era el objeto?

—Circular, de unos veinte metros de diámetro. Se mantenía quieto. Tenía muchas luces en la parte inferior. Eran amarillentas. Y, de pronto, la «panza», por llamarlo de alguna manera, se movió y fue recogiéndose hacia el interior. Al meterse, las luces desaparecieron. Entonces noté que me elevaba. Y me agarré a mis hijos.

—¿Levitó?

—Sí.

—¿A qué altura llegó?

—No sabría decirte.

—Y los hijos, ¿se elevaron también?

—No. Ellos estaban bien, sin miedo, pero asombrados. Después la nave se alejó y desapareció.

—¿Cuánto tiempo la observaron?

—En total, unos quince minutos.

—Háblame de la «panza».

—Era como una estructura metálica, de color plomo. De pronto empezó a meterse en el interior del aparato.

Ricardo, uno de los hijos, redondeó las apreciaciones de Nita:

—Yo estaba mirando un avión, a lo lejos, cuando se presentó una «estrella». Eso creí al principio. Y en cuestión de diez o quince segundos, la supuesta estrella descendió y se colocó sobre nosotros. Era un objeto ovalado, metálico, entre gris y dorado. Tenía luces que daban vueltas. Era totalmente silencioso.

De izquierda a derecha: Diego, Mónica y Ricardo. (Gentileza de la familia.)

No pude hablar con Uvencia Atencio. Cuando interrogué a la familia Arango, la empleada había fallecido. El marido de Nita no subió a la terraza; prefirió seguir viendo la televisión...

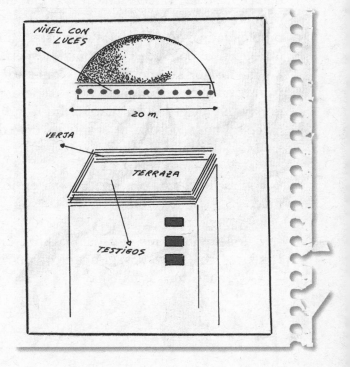

Ciudad de Panamá, 1981. Cuaderno de campo de J. J. Benítez.

SÓLLER

El caso de Antonia Albiñana me recordó lo sucedido en la ciudad de Panamá.

El avistamiento se registró en la noche del 16 de enero de 1984, en la localidad de Sóller, en Mallorca (España).

Antonia, amablemente, me contó lo sucedido:

—Fue a eso de las doce y media de la noche. Regresaba a casa. De pronto me llamó la atención una estrella. Se movía. Pensé en un helicóptero. Estuve mirando unos minutos. La supuesta estrella se aproximó y comprobé que no hacía ruido. Seguí caminando hacia el portal de casa y el objeto fue acercándose. Y al llegar a la puerta se colocó encima. Oí un silbido y vi unas luces que giraban. El objeto lanzaba un rayo de luz blanca desde el centro. Comprendí que era un ovni y me asusté. Empecé a buscar las llaves en el bolso, pero no daba con ellas. Eran dos puertas. Y, malamente, logré abrir la primera. Entonces empecé a sentir calor. Sudaba. Y, ante mi perplejidad, vi que flotaba. Podía estar a un palmo del suelo. Me agarré al pomo de la puerta, desesperada. Estaba muerta de miedo. No sé cómo, pero conseguí abrir la segunda puerta y entré en la casa. Entonces bajé al suelo. Desperté a mis padres y me hicieron una tila. Me fui a mi habitación y, a los cinco minutos, volví a oír el silbido, pero dentro de mi cabeza. Mi padre salió al callejón pero no vio nada.

—Descríbeme el objeto.

—Era un disco, con una cúpula en lo alto. Parecía metálico.

—¿Diámetro?

—Más grande que el callejón; quizá diez o doce metros. Las luces, rojas y verdes, giraban con un ritmo.

—¿A qué altura se hallaba?

Sóller
(Mallorca),
1984.
Cuaderno
de campo
de J. J.
Benítez.

—Muy cerca del tejado; quizá a un metro.

—Háblame del foco central...

—Surgió cuando la nave se detuvo. Era un haz de luz de color blanco, como la nieve, y llegaba hasta el suelo. Tendría medio metro de diámetro. Se movía constantemente, como si buscara algo. Y al impactarme fue cuando sentí el calor y empecé a levitar.

—¿Cómo era el silbido?

—Intermitente. Lo escuchaba unos segundos y paraba.

Horas después (18 de enero), algunos vecinos de Málaga observaron las evoluciones de un objeto, idéntico al descrito por Antonia Albiñana.

PERTH

La aventura vivida por la señora Knowles, en Australia, me impactó igualmente.

Éste fue su relato:

... Era ya de noche... Recuerdo que fue el 21 de enero de 1988... Habíamos salido de la ciudad de Perth... Conducía mi

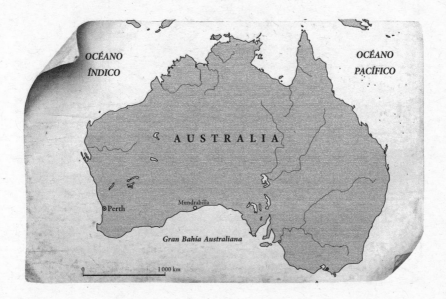

hijo Sean... Venían también mis otros dos hijos... Y nada más dejar atrás la ciudad de Perth vimos unas luces... Discutimos... ¿Eran farolas?... Entonces se estropeó la radio... No hubo forma de recuperarla... Y nos fuimos acercando a las luces... Estaban a un costado de la carretera y muy bajas... Vimos también otra luz sobre un vehículo que circulaba en sentido contrario... Casi chocamos con dicho vehículo... Sean frenó y dio media vuelta, persiguiendo a la luz que se hallaba sobre el primer coche... Pero la persecución duró poco... De pronto, la luz se detuvo y se dirigió hacia nosotros... Se colocó sobre el auto y oímos un fuerte golpe en el techo... Y el auto fue arrastrado hacia lo alto... ¡Levitamos!... A los pocos segundos, el automóvil regresó al asfalto, y violentamente... Uno de los neumáticos reventó... Mientras estábamos en el aire bajé el cristal de la ventanilla y saqué la mano, tocando el objeto... Era tibio y esponjoso... Un humo y un polvillo entraron por la ventanilla... Y percibimos un olor muy desagradable, como a huevos podridos... Una vez sobre la carretera,

Australia (1988). Cuaderno de campo de J. J. Benítez.

Sean detuvo el auto y salimos a la carrera hacia un bosque próximo... Desde allí contemplamos el objeto... Era blanco, con algo amarillo en el centro... Emitía un ruido como el de los cables de alta tensión... Cambiamos la rueda y proseguimos hacia Mundrabilla... Allí denunciamos lo ocurrido... En el techo del coche apareció una abolladura... La policía analizó el polvo que se hallaba en el interior del auto y descubrió que contenía potasio, calcio, silicio, carbono y astatina, un elemento sintético.

Según Paul Norman, que me facilitó la información, la astatina es radioactiva. Su periodo de vida es muy pequeño. Ningún científico entiende cómo pudo permanecer activa durante días.

CHÍO TAMAIMO

Lo investigó Paco Padrón, el mejor investigador canario de todos los tiempos.

... Sucedió el 18 de mayo de 1992 —me contó—... Un conductor de guaguas [autobuses], cuya identidad no debo revelar, se desplazaba de madrugada por la carretera de Chío Tamaimo (Canarias, España)... De repente vio salir una gran luz del mar... Apareció a la derecha de la isla de La Gomera... Era una esfera de color anaranjado... Iluminó las aguas como si fuera de día... Ascendió y desapareció... Días después, cuando el chófer conducía por la misma carretera, y poco más o menos a la misma hora [seis de la madrugada], notó que la guagua se había quedado sin frenos... Y el motor se paró... Todos los instrumentos se volvieron locos... Las luces se encendían y se apagaban, como si fueran intermitentes... Y cuando el conductor pensaba que iba a chocar, el bus empezó a levitar... Y se levantó unos dos metros sobre la carretera... Después descendió y se posó con suavidad sobre el asfalto... El reloj del chófer quedó parado en las seis y dos minutos...

Poco puedo añadir a lo manifestado por Paco Padrón.

319

Canarias (1992). Cuaderno de campo de J. J. Benítez.

LAS TRANCAS

Necesité varios años para localizar a Emiliano Escalona y a su amigo Sepúlveda.

Vivían en Chile.

En febrero de 1969, cuando pasaban unas vacaciones en Las Trancas, a pocos kilómetros de las célebres termas de Chillán, fueron testigos de algo insólito:

—Viajamos a las termas en dos autos —explicaron—. Y de madrugada, cuando dormíamos, una de las mujeres sintió el motor del coche de su marido.

Sepúlveda se refería a María de Escalona.

—Pensó que lo estaban robando e intentó despertar a Emiliano. Y en esas estaba cuando escuchó el motor del segundo vehículo, el mío.

María Escalona logró despertar al cónyuge y éste, pistola en mano, se dirigió al aparcamiento.

Sorpresa.

Los dos automóviles habían sido removidos, y trasladados a 50 metros de los lugares donde fueron estacionados inicialmente.

—No había huellas en el pasto —prosiguió Arturo Sepúlveda—. ¿Cómo los movieron? Los coches estaban cerrados y las llaves seguían en las habitaciones del hotel. ¿Cómo los arrancaron?

Escalona y Sepúlveda examinaron los vehículos y observaron que ambos presentaban una extraña pintura en el parachoques.

—Y en esas estábamos cuando fuimos sorprendidos por un gran ruido y un enorme resplandor. Y vimos una esfera plateada que ascendía por la montaña cercana. Era muy grande y silenciosa.

IQUIQUE

Veinticinco años después del extraño «juego» con los automóviles, en Las Trancas, sucedió algo parecido en la ciudad de Iquique, también en Chile, y a 1.800 kilómetros de distancia.

Su protagonista —Óscar Gaete— me lo contó así:

... Nunca lo he olvidado... Sucedió en 1994... Me hallaba en Iquique, cumpliendo con mi trabajo como cobrador... Serían las 18 horas de un día de finales de marzo... La calle se llamaba La Tirana... El sol caía ya hacia el horizonte... Observé algunas nubes en el cielo... Detuve mi coche, un Seat Ibiza, y lo estacioné en paralelo con la acera... Mi intención era cruzar la calle... Allí estaba la casa en la que tenía que cobrar... No cerré el auto, porque, como digo, estaba a la vista... Me llevé las llaves del motor (siempre lo hago), cerré la puerta y caminé hacia la acera de enfrente... Golpeé la puerta del deudor y esperé... Debo aclararle que la dirección de aquel Seat no era hidráulica; para maniobrar era preciso tiempo y paciencia... Y seguí esperando a que me abrieran la puerta...

Óscar Gaete.
(Gentileza
de la familia.)

Seat Ibiza de
Óscar Gaete.

Entonces giré la vista hacia el auto... Seguía en la misma posición... Y fue en ese instante cuando sentí un impulso y miré
hacia arriba... Vi una gran nube, perpendicular al auto... Me
pareció extraño: era un poco baja... Continué esperando y
golpeé la puerta de nuevo... En eso volví a girarme hacia el
Seat y recibí la sorpresa del día... El auto no se encontraba
donde lo había estacionado... Mi mente se negó a reaccionar... ¡No habían pasado ni diez segundos desde que lo contemplé por última vez!... ¡No podía ser!... ¡Me lo robaron!...
Pero ¿cómo?... Y, no sé por qué, volví a mirar hacia el cielo...
La nube rara no era tan blanca; ahora tenía un color como el
aluminio y brillaba... Y en eso, desde la nube, asomó un disco, con muchas ventanillas alrededor y una especie de torreta
en lo alto... Y prendió unas luces de colores: rojas, amarillas,
rosadas... Parecía como si alguien me estuviera observando...
Y, de pronto, las luces empezaron a parpadear, como si me
saludaran... La nave se despegó de la nube y salió disparada
hacia lo alto... Y pensé: «¿El ovni me robó el coche?»... Me
hallaba de pie, en la acera, en el mismo lugar... Y, de pronto,
sentí que mi pierna topaba con algo... Miré y, ¡oh, sorpresa!,
¡era mi auto!... Estaba estacionado al otro lado de la calle, y
no en paralelo, como lo había dejado, sino en vertical (en batería)... ¡Había volado unos cinco metros!... Y fue encajonado
(esa es la expresión) junto a otro coche que se hallaba apar-

cado en ese lado de la calle... Estaba estupefacto... ¿Cómo pudo llegar hasta allí?... Para estacionarlo en ese lugar hubiera necesitado del orden de cinco minutos, como mínimo... Pero las llaves de arranque del motor estaban en mi poder... ¿Cómo se movió?... Yo no oí el ruido del motor... Para sacar el Seat no tuve más remedio que raspar la chapa del coche que se hallaba al lado... Menos mal que nadie me vio...

Interrogué a Óscar sobre los detalles de la nave y fue muy concreto:

... Era redonda, como un plato, con numerosas ventanillas... En esos momentos sucedió algo igualmente insólito: fue como si el tiempo se hubiera detenido... No había viento, ni sonidos... Todo era silencio... Extrañamente, nadie pasaba por la calle: ni personas ni vehículos...

Iquique (1994). Cuaderno de campo de J. J. Benítez.

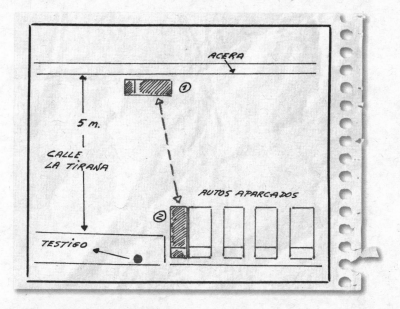

1. Posición inicial del Seat.
2. El coche «voló» al otro lado de la calle.
Cuaderno de campo de J. J. Benítez.

La relación de casos ovni es interminable...

Y concluyo este primer capítulo con una respuesta rotunda: SÍ, EL FENÓMENO OVNI ES REAL (mal que le pese a más de uno).

2

S egunda gran pregunta: si el fenómeno ovni es real (y lo es), y si no tiene nada que ver con el hombre, ¿quiénes tripulan esas naves? En otras palabras:

¿DE DÓNDE PROCEDEN?

Los casos seleccionados hablan por sí solos...
Veamos.

MALLECO

El presente relato me lo contó Francisco Ortega, nieto de los protagonistas.

... Tuvo lugar en enero de 1914... Era verano en Chile... Mi abuela se llamaba Sara Hassig... Procedía de Suiza... Se casó con un español: Pedro Oñate...Vivían en un rancho, al sur de Chile, a cosa de veinte kilómetros de Malleco, al pie de la cordillera andina... Esa noche estaba toda la familia en la casa: el matrimonio y diez hijos... El mayor tenía diecisiete años y la más pequeña cuatro... Debo aclararte que mis abuelos tenían tres perros, muy agresivos... En la zona abundaban los cuatreros, y los perros —siempre sueltos por la finca— eran de gran utilidad... Para un extraño era imposible llegar a la puerta de la casa... Los perros lo hubieran destrozado... Pues bien, a eso de las diez de la noche, tras la cena, cuando el abuelo leía la Biblia a la luz de las velas, la casa se vio súbitamente iluminada... Una luz blanca e intensa entraba por las ventanas y por las rendijas... Se acercaron a las ventanas y vieron una estrella, que caía... La noche se volvió día... Veían el campo, los árboles, todo... La abuela contaba que los perros aullaban, como locos... Y, al poco, todo volvió a la normalidad... Pasó una media hora y llamaron a la puerta... To-

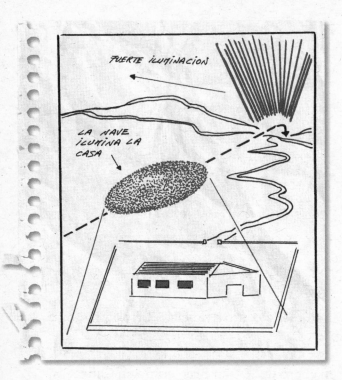

Al pie de los
Andes (1914).
Cuaderno
de campo de
J. J. Benítez.

dos se extrañaron... Los perros estaban en silencio... Desde la cancela de la finca hasta la puerta de la vivienda había cien metros, como poco... Era imposible que alguien hubiera salvado esos metros... Pedro Oñate se hizo con una escopeta y ordenó a uno de sus hijos que abriera... Y ante la familia se presentó un individuo muy raro... Era alto (casi dos metros), con un traje ajustado, como el que utilizan los ciclistas, delgado y con los ojos azules... Lo tomaron por un gringo... «Buenas noches —les dijo—. Me he perdido y necesito agua»... El acento era extranjero... Y mis abuelos le dejaron entrar... Se sentó y le ofrecieron agua y comida... Pero insistió en que sólo necesitaba agua... Y le dieron el agua en una olla... Mi abuelo le preguntó una serie de cosas pero sólo replicaba con monosílabos... Según Sara «era bonito como un ángel»... Le ofrecieron que se quedara pero lo rechazó... Al cabo de una hora se fue... A la mañana siguiente, Vicente, Victoriano y Armando (los hijos mayores) fueron a caballo hasta el lugar en el que había «caído» la estrella... Y descubrieron un círculo de tierra quemada de diez metros de diámetro... El cerro por el que traspuso la «estrella» se hallaba a dos kilómetros de la casa...

GUINES

El presente caso de encuentro con tripulantes de ovnis fue investigado por Virgilio Sánchez-Ocejo, uno de los más veteranos investigadores norteamericanos.

Lo he mencionado, pero conviene repetirlo: soy de la opinión de no investigar lo que ya otros excelentes investigadores de campo han investigado. Sería una pérdida de tiempo, de dinero y de energía, así como un gesto de mal gusto.

Es por ello que me fío, al cien por cien, de lo investigado por otros ufólogos, siempre que sean investigadores de campo (insisto). Los de salón o internet, en cambio, no son de fiar.

Virgilio recogió el presente testimonio a través de Arcadia Álvarez, hija del protagonista.

... Sucedió en el año 1930, en la isla de Cuba...

Y Virgilio añade: «A. C. (antes de Castro)».

—El doctor M. T., padre de Arcadia, era capitán de la Marina de Guerra cubana... Esa noche, hacia las doce, viajaba por carretera, desde Guines a La Habana... Y, de pronto, los faros del coche alumbraron algo en la ruta... Era un hombrecito de unos tres pies de altura (un metro)... El doctor pensó en un niño perdido y decidió parar el automóvil... Pero ¿qué hacía a esas horas y en aquellos parajes solitarios?... M. T. bajó del auto y se encaminó hacia el «niño»... Era un «hombre», pero casi enano... E intentó levantarlo del suelo... No pudo... Pesaba como el plomo... Tras varias esfuerzos, y comprobando que era imposible, el doctor regresó al auto y se alejó del lugar... Y allí quedó el «niño de plomo»... Años más tarde, en 1951, M. T. fue testigo del aterrizaje de un objeto de gran brillo en las proximidades del puente de Cojimar, también en Cuba...

NIPAWIN

Información proporcionada por John Brent:

... La ciudad de Nipawin está situada cerca del lago Tobin, en Canadá... En 1933, numerosos vecinos de la zona observaron el paso y aterrizaje de veloces luces de color blanco... Algunos dijeron que se trataba de luces provocadas por los gases de los pantanos, muy frecuentes en la región... Pero no todos creyeron en esa estupidez... Y en el verano del referido 1933, dos hombres y una mujer partieron de Nipawin en una camioneta, con el fin de resolver el misterio de las luces... Eran las doce de la noche... En el horizonte se observaba un gran resplandor, como en tantas noches... Y hacia dicha luminosidad se dirigieron... Pero los pantanos les cortaron el paso... Tuvieron que bajar del vehículo y continuar a pie hasta donde fue posible... Y llegaron a 150 metros del gran resplandor... Otro pantano se interpuso... Y los testigos se ocultaron entre la maleza, observando... Quedaron perplejos... La luz procedía de un objeto de forma ovalada, muy grande... Descansaba sobre varias patas... Presentaba una cúpula y era

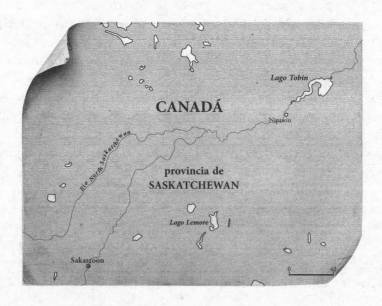

redondeado por la zona inferior... La nave tenía una puerta... Desde esa zona caía una escalera de aspecto metálico... Por ella subían y bajaban unos seres de aspecto humano... Contaron doce... Parecían niños... Altura: un metro y poco... Portaban cascos y unos trajes muy ajustados y plateados... «Parecían uniformes», manifestaron los testigos... Los seres se hallaban atareados en lo que parecía la reparación del objeto. Portaban cajas y herramientas (?)... La luz naranja iluminaba la zona... Se veía como si fuera de día... El silencio era sobrecogedor... Los testigos permanecieron en el sitio durante treinta minutos... Dos días después regresaron al lugar y encontraron seis huellas grandes y cuadradas que, probablemente, pertenecían al tren de aterrizaje... En el centro hallaron un círculo quemado de 4 metros de diámetro.

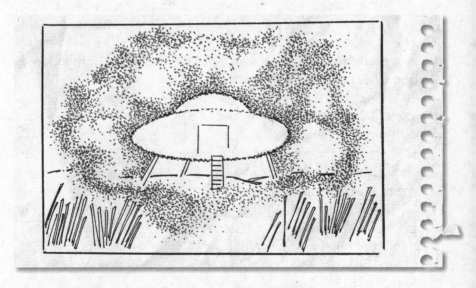

Canadá, 1933. Cuaderno de campo de J. J. Benítez.

AGUA DE ENMEDIO

A finales de los años noventa (siglo xx), Abraham Sevilla, músico y buen amigo, comentó algo que me dejó intrigado: su padre (Juan Sevilla) le había contado una historia «oficialmente imposible»... Me entrevisté con Juan y rogué que repitiera el asunto. Así lo hizo, encantado. He aquí una síntesis:

... Mi abuelo, Diego Serrano Perea, fallecido en 1975, me lo contó dos veces... Diego era un hombre de campo, serio y muy trabajador, incapaz de fantasías... Y habló de principios de siglo (se refería al xx)... Diego se hallaba en un cortijo, entre los pueblos de Tahivilla y La Zarzuela, en la provincia de Cádiz (España)... Y un buen día —aseguraba— vieron caer un objeto... Era redondo, sin alas... En el interior viajaban unas criaturas de pequeña estatura y grandes cabezas... Estaban muertas... Y las enterraron allí mismo.

No daba crédito a lo que oí.

¿Un ovni estrellado en el término de Tarifa, en Cádiz?

Conversé con Juan Sevilla en varias oportunidades y la versión fue siempre la misma.

¿Podía tratarse de un error? ¿Fue un globo o un avión lo que se estrelló en el cortijo?

A pesar de las dudas, «algo» me obligó a proseguir las indagaciones. Y abrí varios frentes.

En primer lugar, la prensa.

Permanecí días y días en la hemeroteca, intentando localizar alguna noticia sobre el extraño suceso. Negativo. No hallé nada. Busqué entre 1900 y 1915.

El segundo frente lo dediqué a los parientes de Diego Serrano Perea. Quizá supieran darme razón sobre el supuesto accidente del objeto. Empecé por los hijos. El resultado fue igualmente negativo. Nadie sabía nada. Y lo mismo sucedió con el resto de la parentela.

Y me centré en el último frente: Tahivilla, en el término de Tarifa (Cádiz, España).

En el Ayuntamiento fui informado del número de cortijos existentes en la franja indicada por Diego Serrano a Juan Sevilla: La Maga, Tapatana, el de Bohórquez y La Haba.

Me desmoralicé. Demasiada extensión.

Pero la fuerza que siempre me acompaña presionó: «Continúa...».

Juan Sevilla. (Foto: Blanca.)

Diego Serrano Perea.
(Gentileza de la familia.)

En principio, la idea era peinar cada cortijo, interrogando a los propietarios y a los trabajadores.

Alguien tenía que saber algo. Es más: llegué a meditar sobre lo que debería hacer, en el caso de que diera con el lugar del siniestro. Desenterraría el objeto y los supuestos cadáveres... Después, ya veríamos.

Pero todo esto eran puras fantasías.

Y siguiendo el instinto (fundamental en todo investigador) me dediqué a interrogar a los vecinos de Tahivilla; en especial, a los ancianos.

Fue una jornada larga y agotadora. Nadie sabía nada. Mejor dicho, los de mayor edad apuntaron (todos) a un accidente de aviación, ocurrido en el término, y en los años veinte.

Y saltaron las alertas...

¿Pudo tratarse de un error por parte de Diego Serrano Perea?

Regresé a la hemeroteca de Cádiz y revisé *El diario de Cádiz*, *El noticiero gaditano*, *El demócrata* y *El correo de Cádiz*.

Esa vez tuve suerte.

El 11 de julio de 1929 se publicaba la siguiente noticia: «Informaciones telefónicas. Sevilla. Ha llegado a la base aérea

335

de Tablada un avión pilotado por el capitán Guerrero, quien ha dado cuenta del siguiente triste suceso: dice el capitán Guerrero que salió con su aparato de Larache (Marruecos) trayendo como observadores al teniente de caballería Sr. Esquivias y al también teniente Sr. Castro.

El aparato pasó el Estrecho volando a una altura de mil cuatrocientos metros y al cruzar sobre la ciudad de Tarifa capeando el temporal y a causa de una fuerte depresión atmosférica hubo de descender en un bache grande con tan gran violencia que fueron despedidos del aparato los tenientes Castro y Esquivias que, como hemos dicho, viajaban como observadores.

El capitán Guerrero vio lo ocurrido y él debió su vida gracias a ir amarrado al mando y sujeto con un cinturón.

Al llegar a Tablada (Sevilla), el capitán Guerrero, al dar cuenta de lo ocurrido, mostrábase grandemente emocionado...».

Los periódicos dieron cobertura al suceso durante varios días.

Los cuerpos, destrozados, fueron encontrados en el cerro de La Mulata, cerca de Tahivilla. Allí fue levantado un monolito, a la memoria del teniente de caballería, Antonio María Esquivias. En el monolito aparece el nombre de Esquiváis.

Estaba claro.

El accidente había sido real, pero no se trataba de un ovni, sino de los ocupantes de un Breguet 19, un primitivo avión español.

Diego Serrano Perea —ignoro por qué razón— había sufrido una confusión.

Hablé con Juan Sevilla y le expuse lo hallado. Quedó tan confuso como yo. Juan seguía asegurando que su abuelo no hablaba de seres humanos.

—Diego —insistió Juan Sevilla— se refería siempre a enanos cabezones...

La firmeza de Juan Sevilla me hizo dudar de nuevo.

Y, a pesar de las evidencias, decidí llevar a cabo una nueva ronda de entrevistas con los familiares de Diego Serrano Perea.

Fue así como llegué a Cristobalina Núñez Navarro, suegra de Juan Sevilla. Fue el 13 de marzo de 2015.

Cristobalina, aparentemente, no tenía nada que ver en el asunto, pero había conocido a Diego Serrano Perea. Y probé fortuna.

Cuando le expuse lo supuestamente observado por Diego Serrano, Cristobalina, ante mi desconcierto, afirmó con la cabeza. A pesar de sus ochenta y seis años, la mujer disfrutaba de una excelente memoria.

Cristobalina, con la imagen de su padre, Francisco Núñez. (Foto: Blanca.)

—Yo vivía entonces en el cortijo del Agua de Enmedio —explicó—. Tenía seis años. Diego Serrano Perea trabajaba allí como jornalero.

El cortijo en cuestión se encuentra en la urbanización Atlanterra, en el término de Tarifa.

Hice cuentas. Cristobalina nació en enero de 1929. Estábamos hablando, por tanto, de 1935.

Y la mujer prosiguió:

—Una mañana bajó un avión redondo...

—¿Dónde?

—En mitad del cortijo.

—¿Un avión redondo?

—Sí, no tenía alas. Era del color de la lata. Se abrió una puerta y salieron tres personas, muy bajitas.

No podía creerlo. Y solicité toda clase de detalles.

Cortijo del Agua de Enmedio (1935). Cuaderno de campo de J. J. Benítez.

—Tenían las cabezas grandes, como sandías —prosiguió Cristobalina—. Eran feos, con la piel gris y muchos bultos en la cara. Hablaron por señas con mi padre, Francisco Núñez, y a nosotras nos metieron en la choza.

—¿A vosotras?

—A mi hermana Rafaela y a mí.

Francisco Núñez habló con los seres, por señas. (Gentileza de la familia.)

Cortijo del Agua de Enmedio. Señalado con la flecha, el lugar del aterrizaje. (Foto: Blanca.)

—¿Qué edad tenía Rafaela?

—Cinco años.

—¿Por qué os metieron en la choza?

—Mi padre no se fiaba de los cabezones.

—¿Cómo eran esos tres seres?

—No medirían más allá de un metro. Llevaban uniformes verdes, como los militares.

—¿Cuánta gente los vio?

—Todos los que estaban en el cortijo: mi padre, mi madre (Josefa Navarro), mi hermana Rafaela, Diego Serrano Perea, Camilo Jiménez, *el Mondiña*, Pepe y Manolo Fernández, Geromo, Isidoro y no sé cuantos más.

Sumé.

—Unas diez personas...

—O más.

—¿Y qué pasó?

—Mi madre les proporcionó comida.

—¿Comieron?

—Sí, lo que había. Entraron en la choza y se sentaron.

Josefa Navarro, madre de Cristobalina. (Gentileza de la familia.)

—¿Usted estaba allí?

—Sí, en la choza, con Rafaela y con Antonia, otra hermana más pequeña. Antonia era un bebé.

—¿Hablaban?

—Sí, pero no les entendíamos.

—¿Cómo era el aparato?

—Redondo, como una hogaza de pan, y muy brillante.

—¿Cuánto tiempo estuvieron allí?

—Un buen rato. Después se metieron en el avión redondo y se fueron.

—Dice que fue a plena luz del día...

—Sí, por la mañana.

—¿Recuerda la fecha?

—No, hijo. Sólo sé que yo tenía cinco años y que, al poco, empezó la guerra.

Eso nos llevaba, como dije, a 1935.

—¿Alguien más «habló» con los seres?

—No lo sé. Mi padre lo hizo, pero por señas. Y recuerdo que acariciaron a los perros.

—¿Hacía ruido el «avión redondo»?

—Ninguno. Yo me acerqué y lo toqué. Entonces mi padre me regañó, y nos obligó a entrar en la choza.

—¿Qué sensación le produjo tocarlo?

—Era suave y templado.

—¿Templado?

—Sí, ni frío ni calor.

—Comprendo...

Un mes después, según Cristobalina, el objeto volvió, y permaneció sobre el cortijo del Agua de Enmedio, pero no descendió. Fue visto también por todo el personal.

Traté de interrogar a Rafaela, la hermana de Cristobalina, pero su cabeza no se hallaba en condiciones. El resto de los trabajadores de Agua de Enmedio había fallecido.

Fue así, siguiendo la pista de un «imposible», como hallé otro caso de encuentro con humanoides, sencillamente fascinante.

ISSIK-KUL

Conocí al coronel Bondarev en la década de los años noventa. Era agregado militar en la embajada rusa en Madrid. Tuve numerosas conversaciones con él. Era un gran aficionado al tema ovni, y sabía...

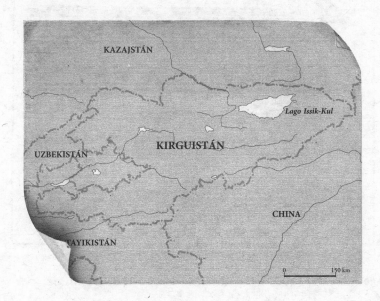

En una de esas charlas me habló del lago Issik-Kul, también conocido como Ysyk Köl, en la ex república soviética de Kirguistán.

—Tienes que ir allí —me propuso—. En ese lago suceden cosas muy extrañas...

Y pasó a relatar uno de los sucesos registrados en las profundidades del Issik-Kul:

... Sucedió en 1938... En ese lago se llevaban a cabo los entrenamientos de los buzos del ejército ruso... Pues bien, en una de las ocasiones —según consta en un informe confidencial—, los ranas soviéticos se vieron sorprendidos por la presencia de unos «submarinistas» de tres metros de altura... Vestían trajes ajustados, y de color plateado, y no portaban equipos de buceo... Los soviéticos se hallaban a 42 metros de profundidad y en unas aguas prácticamente heladas, a cosa de cinco grados bajo cero... Los rusos los enfocaron con sus linternas y comprobaron que eran de aspecto humano pero, como te digo, enormes... Vieron cinco... Nadaban muy cerca,

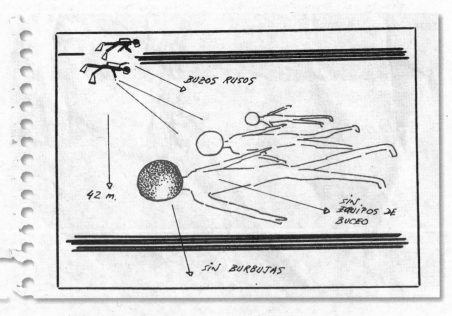

Lago Issik Kul (1938). Cuaderno de campo de J. J. Benítez.

a cosa de diez o quince metros... No había posibilidad de confusión... Como digo, no llevaban botellas... Sólo unos cascos... Días después trataron de capturar una de esas criaturas, pero los buzos fueron lanzados hacia la superficie por una fuerza poderosa y desconocida... Algunos murieron...

Y el coronel insistió:

—Tienes que viajar a Issik-Kul...

RUBIACO

En una de mis correrías por las bellísimas Hurdes, en Extremadura (España), fui a coincidir con Marcelo y Julián Martín. Ambos eran agricultores y ganaderos. Gente sencilla y amable.

Marcelo (izquierda) y Julián Martín. (Foto: J. J. Benítez.)

En su infancia y juventud fueron contrabandistas. Era la época del estraperlo en España.

Pues bien, mientras apurábamos un café, me contaron lo siguiente:

—Sucedió en la Nochebuena de 1940. Marchábamos los tres: Fausto (ya fallecido), Marcelo y servidor.

El peso de la narración lo llevó Julián Martín.

—Éramos hermanos —prosiguió—. Serían las once y media o doce de la noche. Caminábamos, con las caballerías, con

343

cien kilos de harina. Procedíamos de Portugal y Salamanca y nos dirigíamos a Vegas de Coria. Pasamos Rubiaco y a cosa de dos kilómetros empezamos a oír una algazara de hombres. Por lo menos, veinte o treinta. Cantaban, tocaban palmas y también guitarras. En un primer momento pensamos que se trataba de mochileros (también contrabandistas). Pero seguimos avanzando y no vimos nada. Allí no había nadie. Los cánticos y las palmas los oímos los tres. Y poco más allá volvió la algazara. Nos quedamos de piedra. En esos momentos vimos un hombre muy alto, de unos dos metros de altura, que cruzaba la carretera de izquierda a derecha. Se nos heló la sangre. La música, los cánticos, las palmas y el guitarreo procedían de aquel hombre. Él lo hacía todo. Pero lo más increíble es que no tenía cabeza. Fausto intentó hablarle, pero no respondió, y siguió hacia el monte. Vestía una camisa o una túnica blanca.

Paraje de Vallemulos. La flecha indica la dirección del hombre sin cabeza. (Foto: J. J. Benítez.)

—¿A qué distancia pasó?

—A unos veinte metros, se distinguía bien porque había luna llena.

—¿Tenía brazos y piernas?

—Sí, todo más o menos normal, pero sin cabeza.

—¿Están seguros que el sonido lo producía él?

—Completamente. Y nos quedamos como cirios, sin poder movernos. Después, al perderse en el monte, el sonido se
fue apagando.

Marcelo se lamentó:

—Fue el mayor fracaso de mi vida.

—¿Por qué?

—No fuimos capaces de entender qué era aquello.

—¿Cantaba en español?

—No se le entendía bien. Era como si cantaran cincuenta
gallegos y con orquesta.

Lo que Marcelo y Julián no sabían (ni supieron nunca) es
que esa misma criatura —sin cabeza— fue vista en numerosas
oportunidades durante la conquista de América (cuatrocientos
años antes). Las referencias a los llamados «seres acéfalos» son
frecuentes entre los cronistas de aquella época. En una visita al
museo nacional de Copenhague me llevé una sorpresa: allí se
expone una figurilla de un «acéfalo», en marco de madera.

**Criatura acéfala (sin
cabeza), observada en la
conquista de América.**

Por supuesto, los hermanos Martín dijeron la verdad.

—Sentimos tanto miedo —puntualizaron— que nos comprometimos a no decir nada a nadie. Nos hubieran tomado por chiflados...

Algo similar ocurrió con los cronistas de la conquista de América. Muy pocos les creyeron...

AÑOVER DE TAJO

Y hablando de criaturas extraordinarias, al poco de investigar el caso de Las Hurdes llegó a mi poder un informe de los entonces jóvenes investigadores madrileños Emilio Martino y Manuel Salazar.

En él contaban lo siguiente:

... Fecha: primavera de 1941... Testigo: Jacinta Parra Contreras... Relato del suceso: Añover es un pueblecito que se encuentra colgado prácticamente sobre las terrazas del río Tajo, muy cerca de Aranjuez, entre las provincias de Madrid y Toledo... Su población es eminentemente agrícola y ganadera... El suceso nos fue relatado por Jacinta Parra... La en-

346

tonces joven testigo, natural de la referida villa, había subido aquel día de primavera hasta la ermita del pueblo, y en compañía de, al menos, veinte personas... Su intención era acompañar a la virgen en la procesión... Cuando llegaron al lugar, algunos hombres descubrieron que el velo de la virgen se hallaba rasgado... En el suelo, de tierra, aparecían unas huellas que identificaron con las de un caballo sin herrar... y, de pronto, oyeron gritos, procedentes del exterior de la ermita... Al salir observaron a una criatura que corría y se refugiaba en una antigua gruta, muy próxima... La descripción de doña Jacinta es breve y elocuente: «Se trataba de un hombre con el cuerpo de caballo... Era de medio cuerpo para arriba muy bello, casi guapo... La otra parte del cuerpo era parecida a un caballo, de color parduzco o gris... Aquello me dio tanto miedo (Jacinta tenía entonces once años) que no pude dormir durante días»... Lo cierto es que el cura párroco de Añover mandó colocar una reja en la entrada de la cueva...

En 2016, mi buen amigo José Manuel Rodríguez Salinas llevó a cabo varias visitas a Añover de Tajo y consiguió entrevistarse con Jacinta Parra. La testigo contaba ochenta y seis años de edad. Lamentablemente, no recordaba el asunto del centauro.

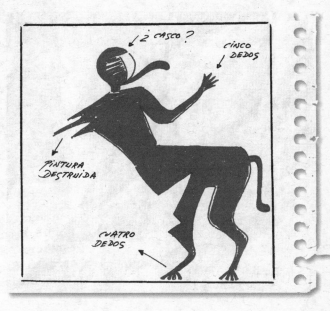

Figura de un centauro, en Tassili N'Ajjer (Argelia). Antigüedad de la pintura: 10.000 años. Cuaderno de campo de J. J. Benítez.

Jacinta Parra con
José Manuel
Rodríguez Salinas.

Centauro en vasija
(850 a 750 a. de C.).
Museo de Arqueología
de Nicosia (Chipre).
(Foto: Blanca.)

Sicilia. Centauro femenino.
(Foto: Blanca.)

Santuario de Ayia Irini, en
Chipre. Escultura de un
centauro. Antigüedad
aproximada: 2.700 años.
(Foto: Blanca.)

Siempre consideré que los centauros eran fruto de la fantasía humana. Hasta que llegó el testimonio de doña Jacinta Parra. Después, al explorar el Tassili N'Ajjer, en el desierto argelino, terminé de convencerme: los centauros existen (o existieron). Las pinturas rupestres del referido Tassili no dejan lugar a la duda. Hace 10.000 o 12.000 años, los naturales de la zona los vieron y los pintaron.

Con el tiempo surgieron más casos. Uno de ellos en Medellín (Colombia). El testigo me explicó que había tenido oportunidad de ver una criatura —mitad hombre, mitad caballo— junto a una cascada. La visión fue breve. El centauro terminó ocultándose en la cueva existente tras la cortina de agua.

Después he contemplado centauros en Sicilia, en Grecia y en Chipre. Las representaciones, en cerámica y en esculturas, son anteriores a nuestra era.

Sé que la ciencia sonreirá, escéptica... Allá ella.

LE VERGER

Información proporcionada por otro notable investigador del fenómeno ovni: Gordon Creighton.

Madeleine Arnoux fue la testigo... Vivía en una granja, en Toulon-sur-Arroux, en Francia... Así expresó lo sucedido: «Ocurrió en el verano de 1944... Yo tenía trece años... Y cada semana me desplazaba en bicicleta a varios kilómetros de la casa, con el fin de reunir provisiones... Era un camino agradable, rodeado de bosques... Mi intención era llegar a Le Verger... Pues bien, poco antes de alcanzar la población, me bajé para recoger algunas moras... En ese lugar había un camino de tierra que partía de la carretera 42 y se adentraba en el bosque... Caminé despacio por dicho camino, buscando las moras, y fue cuando los vi... A cosa de cien metros, poco antes de una curva, había una "cosa" en el suelo... Era algo mayor que un coche y de color gris metálico... A su lado vi unos seres pequeños, de un metro de altura, más o menos... Entonces quedé paralizada... Los seres, creo que tres, tampoco se movieron... Me miraban... No sé cuánto duró aquello... Quizá un par de minutos... Yo quería regresar a mi bici y salir de aquel lugar... Entonces recuperé el movimiento y huí... Cuando me volví, para mirar, la "cosa" y los seres no estaban allí... Lo único que observé fue un golpe de viento, azotando los árboles... No se me ocurrió mirar hacia arriba... Si lo hubiera hecho seguramente habría visto la nave... Estaba aterrorizada...»

Le Verger (Francia), 1944. Cuaderno de campo de J. J. Benítez.

TAHEKE

Fue Creighton quien también me facilitó el siguiente caso. Veamos:

En Agosto de 1945, la señora Church emprendió un agradable paseo por las colinas cercanas a su casa, en la localidad de Taheke (Nueva Zelanda)... Eran las cuatro y veinte de la tarde... Pero empezó a nublarse y decidió regresar... «Fue en esos momentos —manifestó la testigo— cuando vi aquel objeto, posado en el suelo... Tenía forma de media luna, con una torreta en lo alto... La torreta era rematada por una especie de seta... Pensé en una atracción de feria... En esos días se celebraba una fiesta en el lugar... Se hallaba próximo a la carretera... Y llegué muy cerca de la "cosa"... Quizá a diez metros... Entonces vi a unos seres... Eran tres... Uno estaba fuera del objeto y los otros en el interior... Podía verlos por una ventana... Todos llevaban casco... Pero lo que me desconcertó fue el aspecto de aquellas criaturas... Vestían unos monos verdes y estaban embuchados en unas estructuras o cajas (?) transparentes... Y continué acercándome... Entonces descubrí que carecían de brazos y piernas o, al menos, yo no los vi... Podía estar a seis metros... Pero quebré una rama y el ser que estaba en el exterior lo oyó y se volvió hacia mí... Inmediatamente levitó y se metió en la nave... Apareció una luz en la parte inferior del objeto, escuché un zumbido, y aquello se elevó y se perdió...»

Gordon Creighton se interesó por los detalles y la testigo respondió:

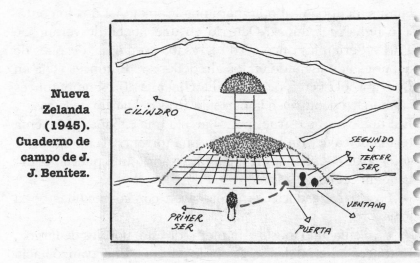

Nueva Zelanda (1945). Cuaderno de campo de J. J. Benítez.

«... La cabeza de los seres era enorme... Ocupaba la mitad del cuerpo... No distinguí rostro... El objeto presentaba unas bandas verticales y marrones, parecidas a la madera... El diá-

metro de la nave era de 20 pies [algo más de seis metros]...
Cuando el objeto se elevó vi una luz azul que salía del mismo... No me atreví a denunciar el hecho a las autoridades...
Temí que me tomaran por loca.»

BOURNBROOK

Los casos de avistamientos de seres diminutos siempre me fascinaron. La presencia de estas criaturas, en todo el planeta, conduce, indefectiblemente, a una reflexión: las leyendas sobre duendes y gnomos deberían ser revisadas.

Pero vayamos a los hechos. De los cientos de casos registrados en el mundo, he seleccionado una decena. El lector sabrá juzgar.

Jenny Randles y Philip Barnet investigaron el siguiente suceso:

... El testigo (en la actualidad muy anciano) no desea revelar sus identidad... Lo llamaremos Frank... Así nos lo contó: «Yo tenía diez años... Ocurrió en una noche de verano de 1901... Serían las once... Yo regresaba a mi casa, después de haber estado jugando en los alrededores... Entonces vivía en Bournbrook, cerca de Bornville (Inglaterra)... Fue entonces cuando lo encontré en la parte de atrás del jardín de la casa... Era una extraña estructura... Parecía una cabaña, pero tenía forma de caja... En lo alto lucía una torreta... Tenía un bello color azul metálico... Frente a mí se abría una puerta, como la de un coche...»

Los investigadores se interesaron por las medidas de la «caja».

«... Tenía algo más de un metro de alto, por dos de largo... Entonces salieron dos seres por la puerta... Uno avanzó hacia mí y el otro se quedó junto a la "caja"... Eran muy pequeños... Podían tener cincuenta centímetros de altura, o algo así... El que caminó hacia mí tenía los brazos abiertos, como saludándome... Y me indicó que no me acercara... Obedecí, claro, y retrocedí unos pasos... Eran humanos, pero mucho más pequeños... Estaban afeitados... Podían tener treinta o cuarenta años de edad... Vestían de la misma forma: con uniforme verdoso, pero sin galones ni insignias... Portaban sendos cascos oscuros, de los que salían unos cables [?]... Uno a cada lado de la cabeza... Cada cable medía alrededor de dieciocho o veinte centímetros... Entonces, la criatura que me había saludado dio media vuelta y regresó a la nave... El otro también lo hizo... Y, en segundos, la "caja" se vio envuelta en un arco de luz azul... Se oyó un ruido tremendo y el objeto salió disparado hacia lo alto...»

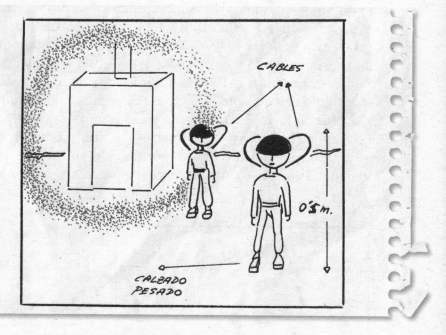

Inglaterra (1901). Cuaderno de campo de J. J. Benítez.

RENÈVE

Cuando quise interrogar al abate «Renève» (así lo llamaré) ya había fallecido. Pero el investigador francés Jean Besset

353

tuvo la fortuna de conversar con él en diferentes ocasiones. Gracias a Besset, el testimonio del sacerdote no se perdió.

Veamos una síntesis del mismo:

... Los hechos tuvieron lugar el 20 de abril de 1945, en los alrededores de Renève, en Côte-d'Or (Francia)... En aquel tiempo existían una laguna y un bosque que unían prácticamente la población de Renève con Poyans... Esa tarde el cura del pueblo salió al campo, con el fin de recoger champiñones... Le encantaban los llamados «bolas de nieve»... Recorrió el bosque durante horas, pero no encontró ninguno... Y hacia las 18 horas, cuando volvía al pueblo, se fijó en un corro de pinos que no había inspeccionado... «Era un terreno —aseguró Renève— sin cultivar. El propietario había sido hecho prisionero en 1940»... Y el abate procedió a un minucioso registro de la maleza... «Me tendí en el suelo y exploré»... Pero tampoco halló champiñones... «Y, decepcionado —prosiguió el sacerdote—, me puse de rodillas, con la intención de levantarme. En ese instante vi a un hombrecillo, de unos quince a diecisiete centímetros de altura, que caminaba, rápido, por delante de mí. Me pareció sofocado y algo asustado. Y me miró intensamente. Pensé en apoderarme de

El abate frente al hombrecillo (1945) Francia. Dibujo de Joël Mesnard.

él, pero rechacé la idea al observar la caña o pica que sobresalía por encima de la cabeza. En total, unos dos centímetros. Finalmente desapareció en el interior del bosquecillo»...

El abate regresó a su casa tan perplejo como decepcionado.

«... Pude atraparlo, pero no lo hice...»

Renève volvió al bosque, provisto de unas podaderas y una sierra, con el fin de limpiar la zona, y descubrir la madriguera del hombrecillo, pero no lo logró.

La descripción de la criatura fue exhaustiva:

«... Pasó muy cerca —manifestó el cura—: a cosa de treinta centímetros... Lo vi por espacio de quince o veinte segundos... Caminaba deprisa, pero no corría... Era exactamente igual que un hombre, pero en miniatura... Aparentaba setenta años, más o menos... Lo vi fuerte y, aparentemente, con buena salud... Vi los ojos, las orejas, la nariz y la boca... Su rostro era muy expresivo... Tuve la sensación de que estaba apurado (quizá por mi presencia)... Vestía un buzo color burdeos (oscuro y mate)...

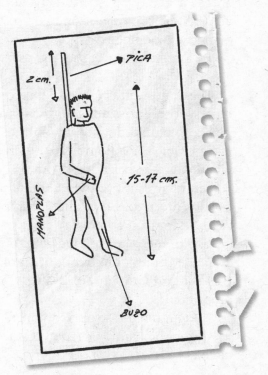

Detalles del hombrecillo de Renève. Cuaderno de campo de J. J. Benítez.

Parecía muy flexible y le cubría todo el cuerpo, excepto la cabeza... En las manos, el buzo terminaba en unas manoplas... Los pies eran botas... Ni vi costuras, ni cinturón, ni botones o cremalleras... Yo diría que el buzo era de plástico... En el lado derecho, sobresaliendo del buzo, vi una pica o caña muy afilada... Sobrepasaba la cabeza de la criatura en unos dos centímetros... Penetraba en el buzo, pegado al ser, hasta la altura del tobillo derecho... Esa caña hacía la marcha especialmente rígida... En la punta de la pica no vi ningún orificio... Tuve la sensación de que era un arma, pero no estoy seguro...»

Por supuesto, la visión del hombrecito cambió los esquemas mentales del abate...

CHALAC

En 1975 me acerqué a la aldea de Chalac, en la frontera entre Paraguay y Argentina. La noticia, proporcionada por Sevor Galíndez, me dejó atónito. Pero ¿por qué me sigue sorprendiendo el fenómeno ovni?

La historia, muy resumida, es la siguiente:

Diez años antes (25 de febrero de 1965), tres objetos volantes no identificados sobrevolaron Chalac. Fueron vistos por la totalidad del poblado: un centenar de indígenas de la etnia «toba». Los hombres, mujeres y niños quedaron maravillados y aterrorizados. Eran discos silenciosos. Sobrevolaron el lugar durante toda la mañana. Finalmente, uno de los objetos aterrizó. Los indios se aproximaron y, arrodillándose, los adoraron como si se tratase de dioses.

Según me relataron les ofrecieron fruta.

Y, de pronto, del ovni que había tomado tierra surgieron tres seres. Flotaban en el aire y emitían una poderosa luz amarillenta.

Y, lentamente, se aproximaron a los indios.

«Eran bellísimos —manifestaron—, como espíritus del cielo...»

Chalac (Paraguay), 1965. Cuaderno de campo de J. J. Benítez.

Ninguno de los seres superaba los veinte o treinta centímetros de altura. Y, no sé por qué, recordé a las hadas...

Uno de los indígenas trató de aproximarse a la nave, pero los seres le indicaron que no lo hiciera. Y la totalidad del poblado escuchó una voz (en su lengua), procedente, al parecer, de una de las criaturas que continuaba flotando en el aire, a cosa de cinco metros del suelo. La voz pidió que se calmasen y añadió: «Los hombres del espacio regresarán algún día para convencer a los humanos de su existencia, y traer la paz después de la gran tribulación...».

Y los seres volvieron lentamente a la nave. Segundos más tarde, el objeto se elevó y desapareció, en la compañía de los otros ovnis.

Los «toba» se sintieron felices, aunque no comprendieron lo de la gran tribulación. Yo, en esos momentos, tampoco entendí...

MINNESOTA

La presente historia me fue proporcionada por el APRO (Aerial Phenomena Research Organization), con sede en Tucson (Arizona, USA).

... Sucedió en 1965... Jerry Townsend, de diecinueve años de edad, viajaba el 23 de octubre por la carretera que une Little Falls con Long Prairie... A las 19.15 horas, cuando se encontraba a casi ocho kilómetros de Long Prairie... Jerry observó un objeto muy extraño en mitad de la carretera... Tenía forma de cohete y se apoyaba en unos soportes parecidos a aletas... Era grande (según el testigo, la altura rondaba los diez metros)... El diámetro podía ser de tres... De pronto, cuando se hallaba a seis metros del «cohete», el motor del auto se apagó, así como las luces... Jerry estaba desconcertado... «¿Qué hace un cohete —pensó— en mitad de Minnesota?»... Y el muchacho salió del coche, con el fin de empujarlo, para tratar de proseguir el viaje... Fue en esos momentos cuando los vio... Por detrás del objeto aparecieron tres «cosas» con forma de lata... «Eran perfectamente cilíndricas —aclaró a la policía—, al igual que una lata de conservas. Se apoyaban en sendos trípodes. Cada "cosa" tenía 6 pulgadas de altura (unos doce centímetros). Eran lisas, sin caras. Pero,

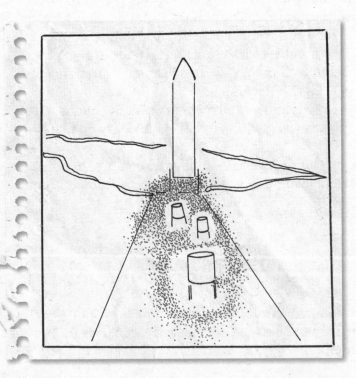

Minnesota (USA), 1965. Cuaderno de campo de J. J. Benítez.

aun así, sentí que me miraban»... Y allí estuvieron, varios minutos... Al cabo de ese tiempo, las «cosas» dieron media vuelta y regresaron al «cohete»... Y el objeto se elevó en el aire, en total silencio... El vehículo, entonces, volvió a funcionar con normalidad... Al denunciar el hecho a la policía, Jerry añadió que «las criaturas (quizá robots) se movían gracias a dos aletas delanteras y a una trasera... Al detenerse bajaban la aleta trasera y quedaban estabilizados... Todo discurrió en el más absoluto silencio»...

La forma del «cohete» me recordó lo observado por otros testigos en Sierra Nevada (Granada), Sevilla y en el monte Gorbea (Vizcaya, España), en los años 1958 y 1977, respectivamente.

Por supuesto, ninguno de los testigos españoles supo de la experiencia del joven Jerry, ni éste de lo sucedido en España.

GUAMA

El 30 de octubre de 2007, según consta en uno de mis cuadernos de campo, me hallaba en Venezuela, investigando. Y supe del caso de José Rodríguez. He aquí su versión:

... Yo tenía siete años... Era el periodo de vacaciones de 1966... Me encontraba con mi familia en la población de Guama, en el estado de Yaracuy, en el centro occidente de Venezuela... Era agosto, aunque no recuerdo el día... Me encontraba jugando en la orilla del río, solo, cuando, de pronto, observé una figura muy cerca de mí... Era un hombrecito de 20 centímetros de altura... Flotaba sobre el río... Me miró y sonrió... Estaba cerca; quizá a tres o cuatro metros... ¡Flotaba sobre las aguas!... Me llamó la atención el sombrero... Era enorme, tipo charro mexicano... No dijo nada... Yo me asusté tanto que salí corriendo, refugiándome en la casa... Les dije lo que había visto, pero no me creyeron...

Habían pasado 41 años y el hoy ingeniero agrónomo continuaba igualmente impactado.

IBAGUÉ

El caso registrado en Ibagué (Colombia) el 10 de agosto de
1973 viene a confirmar una de mis viejas sospechas: uno de
los orígenes de estos seres no humanos podría estar en mundos o dimensiones paralelos a los que todavía no hemos tenido
acceso, al menos desde el punto de vista técnico.

Así me lo contaron los muchachos:

—Nos encontrábamos a las afueras de Ibagué... Concretamente en lo que llaman la quebrada de El Jordán... Buscába-
mos plantas... Todos éramos alumnos de la escuela normal...
Y, de pronto, cuando estábamos sobre un puente, nos asoma-
mos al río y vimos unas criaturas pequeñísimas... Eran cuatro... No medirían más de veinte centímetros de altura cada
una... Vestían unos buzos blancos... Eran totalmente humanos, pero diminutos... Parecían buscar algo en el barro... Y, al
vernos, desaparecieron.

—¿Se alejaron?

—No, se esfumaron en el aire. No sabemos cómo...

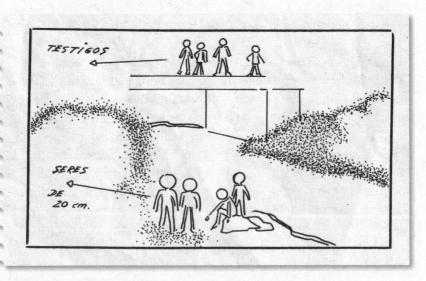

**Ibagué, al suroeste de Bogotá, 1973. Cuaderno de campo
de J. J. Benítez.**

Otro de los testigos —Hipólito García— remachó:

—Estaban y, un segundo después, ya no estaban.

El resto de los jóvenes (Hernán Manjarras, Mario Fernández y Medardo Martínez) confirmó las palabras de Hipólito.

Según mis noticias, un policía local también acertó a ver a los seres. Y presentó un informe. La descripción del agente es similar a la de los muchachos.

Al aproximarse a las piedras sobre las que se hallaban las criaturas, los testigos descubrieron hasta catorce pisadas diminutas.

Si se «esfumaron» en el aire, como aseguraban los testigos, es lógico pensar que dominan el cambio de dimensiones; algo difícil de aceptar por la ciencia, de la misma manera que Colón no hubiera comprendido el viaje del Apolo a la Luna...

MALASIA

Entre 1970 y 1991 se registraron en Malasia un total de catorce avistamientos de ovnis y tripulantes de pequeñas dimensiones. He seleccionado tres casos. La información me fue proporcionada por Ahmad Jamaludin, investigador de la región. Veamos:

... En la tarde del 19 de agosto de 1970, seis niños informaron de la presencia de un objeto en las cercanías de la escuela de Bukit Mertajam, en el estado de Penang... Tenía forma de plato y no medía más de un metro... El miniovni aterrizó en el jardín del colegio y de él salieron cinco criaturas de 3 pulgadas de altura cada una [algo más de seis centímetros]... Uno de los seres vestía un buzo amarillo; los otros llevaban uniformes azules... Y los niños observaron cómo los hombrecillos amarraban un cable a la rama de un árbol... Los nombres de los testigos son: Mohamad Zulkifli, de once años; Abdul Rahim, de diez; David Tan, de nueve; Sulaiman, de diez; Vickneswaran, de diez, y Mohamad Alí, de ocho... La criatura con el uniforme amarillo presentaba dos antenas en la cabeza... Uno de los niños (Vickneswaran) hizo ademán de coger a uno de los seres, pero el de las antenas le disparó, hiriéndole en una pierna... Los seres regresaron al objeto y desaparecieron.

Segundo caso:

... Base de la Fuerza Aérea de Malasia en Kuantan... 1975... Varios muchachos que jugaban en el interior de la base aérea, pertenecientes a la escuela primaria de la misma, fueron testigos de la presencia de una criatura de 3 pulgadas [seis centímetros]... Uno de los niños —Paul Lazario— aseguró que el hombrecito se hallaba cerca de una cloaca... Presentaba dos antenas en la cabeza y portaba una especie de barra metálica en la mano izquierda... Algo parecido a una pistola colgaba del cinto...

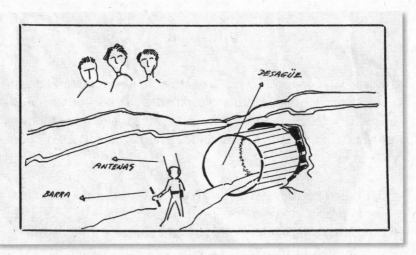

Base aérea de Kuantan (Malasia, 1975). Cuaderno de campo de J. J. Benítez.

El tercer testimonio se registró en mayo de 1991.

... Sucedió en Kuala Terengganu, al noreste de Malasia... Testigos: varios niños de la escuela primaria de Sultán Sulaiman... Los hechos se produjeron los días 12 y 13... A las15 horas, durante el recreo, los niños se aproximaron a la valla exterior y pudieron contemplar a decenas de criaturas, muy pequeñas, que salían de un agujero en la tierra... Tendrían seis o siete centímetros y vestían de rojo... Uno de los testigos —Nor Zaidi, de ocho años— aseguró que intentó atrapar a uno de los seres, pero éste le pinchó (?) en una mano... Los maestros pudieron comprobar la herida...

Seré sincero. Durante años, las informaciones procedentes de Malasia me dejaron confuso. ¿Decían la verdad los testigos? ¿Por qué siempre eran niños?

Y en 1994 llegó la sorpresa. Un fotógrafo catalán había logrado captar dos imágenes de un ovni invisible (que nunca vio) y que medía alrededor de cuarenta o cincuenta centímetros de diámetro. El fotógrafo (Arbós) se hallaba en la sierra de Collserola, en Barcelona (España). En esos momentos fotografiaba la fuente del Bon Pastor. Al revelar la película, en dos tomas sucesivas, apareció la pequeña nave...[1]

1. Amplia información en *Mis ovnis favoritos* (2001).

Pequeña nave en la sierra de Collserola (1994).

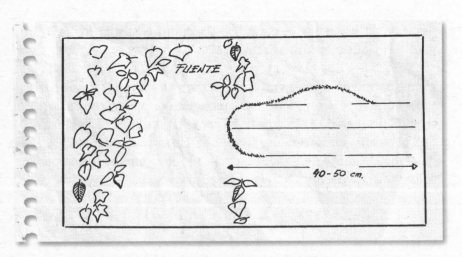

Pequeño ovni en una sierra de Barcelona (1994).
Cuaderno de campo de J. J. Benítez.

Segunda fotografía tomada por Arbós.

MEOQUI

Mi buen amigo Gilberto Eduardo Rivera, de Chihuahua (México), se ocupó de investigar el caso de las criaturas de Meoqui. Con su información cierro el presente bloque sobre seres diminutos.

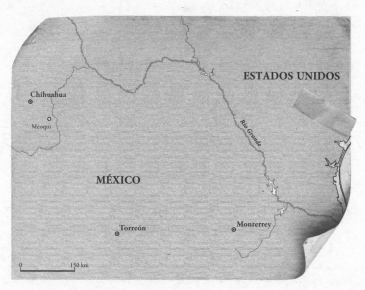

... En septiembre de 1987, la ciudad de Meoqui se vio conmocionada por un hecho singular... A las afueras de la población se hallaba la casa de la familia Payan... Cierto día, los niños Sergio Lira y Javier Valenzuela, de nueve y once años, respectivamente, se encontraban jugando en el patio de la casa de la referida familia Payan... Y, de pronto —según cuenta Rivera—, por uno de los agujeros del terreno vieron aparecer cinco pequeños seres, de unos quince centímetros de altura... «Eran delgaditos —explicaron los niños—, con una cara casi redonda, y la piel blanca... Los ojos eran grandes y rojos... No tenían nariz, o no se distinguía... La boca era una simple línea... Tampoco vimos orejas... El pelo era puntiagudo y de color amarillo... En el pecho lucían un círculo que emitía una luz roja... Tenía tres dedos en cada mano y también en los pies... Los dedos de las manos terminaban en garras»... Los testigos manifestaron que las criaturas hablaban en perfecto español, aunque no abrían las bocas; sólo las hacían vibrar... Dijeron que estaban allí porque les interesaba estudiar el clima de la región y el comportamiento de sus habitantes.

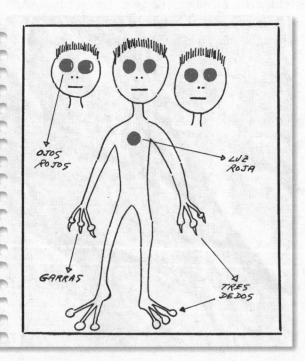

Seres de Meoqui (México), 1987. Cuaderno de campo de J. J. Benítez.

GOIO-BANG

Cuando visité Brasil por primera vez, José C. Higgins había fallecido. Hablé del caso con los ufólogos locales, en especial con Irene Granchi. Coincidieron: el avistamiento del topógrafo fue real. Y me proporcionaron toda la información disponible. He aquí una síntesis de lo ocurrido aquel 23 de julio de 1947 (veinte días después del célebre caso Roswell):

... Aquel 23 de julio, Higgins se hallaba al oeste de la colonia Goio-Bang, al noreste de Pitanga (Brasil)... Trabajaba como topógrafo... Lo acompañaban varios trabajadores de la región... Y en eso, en plena mañana, oyeron un silbido penetrante... Al mirar al cielo descubrieron una extrañísima nave... Era circular, como las pastillas que se venden en las farmacias... Y el objeto empezó a descender... Los trabajadores, aterrorizados, huyeron... Pero el topógrafo permaneció en el sitio... Y contó lo siguiente: «La nave hizo un círculo y terminó aterrizando suavemente, a cosa de cincuenta metros del lugar donde me hallaba... Era grande y metálica. Mediría alrededor de cincuenta metros de diámetro... Tenía tubos que se entrecruzaban, pero no distinguí humo ni fuego; sólo ese extraño silbido que parecía proceder de los tubos... Unas varas curvas le servían de tren de aterrizaje... Al tocar tierra se doblaron un poco...»

Y Higgins decidió acercarse al objeto... Al inspeccionarlo observó una ventana... Dos seres le miraban con evidente curiosidad... Segundos después, una de las criaturas se dio la vuelta, como si hablara con un tercero... Y, al poco, el topógrafo escuchó un ruido... Se abrió una puerta en la zona baja de la nave y vio salir a tres seres de unos dos metros de altura cada uno...

«Llevaban unos "trajes" (?) transparentes —manifestó el testigo—. Les cubrían todo el cuerpo, incluida la cabeza... Eran trajes hinchados... En la espalda cargaban una caja metálica... Parecía formar parte del traje... A través de esa protección transparente pude ver sus ropas... Vestían camisas, pantalones cortos y sandalias... La protección parecía hecha con papel (?) brillante... Me impresionaron sus ojos... Eran grandes y redondos, sin cejas... Los cráneos también eran enormes y sin pelo... Las piernas eran desproporcionadamente largas en relación al resto del cuerpo... Eran tan iguales que parecían trillizos...»

Uno de los seres cargaba un tubo de metal, largo y estrecho, y apuntaba con él a Higgins... Los seres hablaban entre ellos, pero el topógrafo no entendía... Y el del tubo le indicó que les acompañara... Caminaron hasta la puerta de la nave y el topógrafo observó parte del interior del ovni... Vio una tubería y algunas vigas redondas...

«Comprendí que deseaban que entrara —declaró Higgins— y les pregunté a qué lugar querían llevarme... Creo que entendieron... Uno de ellos se agachó y dibujó en el suelo un círculo, rodeado por siete círculos concéntricos... Después señaló al sol, a la nave, y, por último, al séptimo círculo... Comprendí y empecé a sentir miedo... Y traté de pensar a toda velocidad... No quería que me llevaran... Y sólo se me ocurrió buscar una sombra (a los seres les molestaba el sol), sacar la cartera, y mostrarles una foto de mi mujer... Enton-

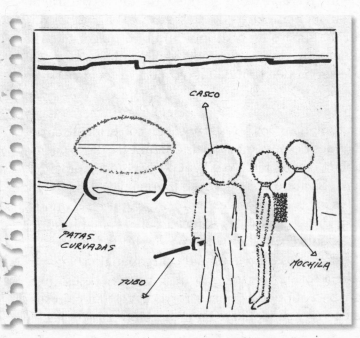

Brasil, 1947. Cuaderno de campo de J. J. Benítez.

ces traté de hacerles comprender que deseaba ir a buscarla para que me acompañara en ese viaje... Los individuos me dejaron ir y me oculté en el bosque... Y allí permanecí un rato, contemplándolos... Actuaban como niños... Daban saltos y levantaban grades piedras, arrojándolas lejos... Media hora después inspeccionaron el terreno y regresaron a la nave... Y escuché de nuevo aquel penetrante silbido... El objeto se elevó y desapareció entre las nubes...»

A preguntas de los investigadores, Higgins no supo decir si las criaturas eran hombres o mujeres.

«... No tenían pechos, pero no sabría definirme... Eran bellos... Los ojos hechizaban... Cuando hablaban, la lengua era irreconocible, pero melodiosa... Identifiqué *alamo*, cuando hacían alusión al Sol, y *orque* cuando señaló el séptimo círculo...»

Como comentaba Irene Granchi, «nunca sabremos si se referían a nuestro sol o a otra estrella». Con el paso del tiempo, el topógrafo llegó a dudar de si había sido un sueño. No lo fue. Los cinco trabajadores que lo acompañaban dieron fe de la presencia de la nave.

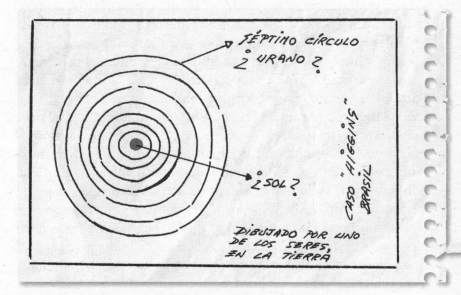

¿Procedían de Urano? Cuaderno de campo de J. J. Benítez.

LA JIMENA

Conocí a Próspera Muñoz el 16 de octubre de 1983, en Ciudad Real (España). Me pareció una mujer sencilla, amable y audaz. No todo el mundo es capaz de hablar en público sobre ovnis... Y Próspera lo hizo, y muchas veces.

En aquella oportunidad, Próspera me dedicó algunas horas. Y contó su caso. Después volví a verla. Las versiones fueron idénticas.

He aquí lo sucedido en aquel mes de mayo de 1947 en el paraje de La Jimena, a 13 kilómetros de la ciudad murciana de Jumilla (España):

... Mi hermana Ana y yo nos encontrábamos en Villa Próspera, una casita de campo, propiedad de mi familia... Anita tenía trece años y yo nueve... Esperábamos a mi padre... Él traía la comida cada dos o tres días... Serían las once de la mañana... Me hallaba asomada a una de las ventanas de la casa cuando vi algo brillante a lo lejos... Y llamé a mi hermana... Era un «coche» muy raro... Flotaba en el aire y se acercaba por encima de los campos... Anita confirmó que aquello no era un coche... Y, de pronto, aterrizó frente a la casa... Brillaba al sol... Bajaron dos seres y entraron en la vivienda... Eran bajitos, con los ojos almendrados... Tenían el pelo pegado a la cabeza... Y pidieron un vaso de agua... Ana se lo dio a uno de ellos y éste lo dejó sobre una mesa, sin beber... Después hicieron algunas preguntas y se marcharon... Y la nave se elevó, en medio de una gran luz... Creo que nos desmayamos... Al poco entró mi tío Juan, asustado... Se encontraba muy cerca, en una viña, y vio cómo el objeto ascendía... Esa misma tarde volví a ver a los seres... Recorrieron el exterior de la casa, como midiendo o inspeccionando, y me dijeron que no me acercara a la zona en la que había aterrizado la nave por la mañana... Allí, en efecto, quedó una zona quemada... Y me dijeron también que nos laváramos con mucha agua... A raíz de esas visitas empezaron a pasar cosas extrañas en la casa: los alimentos se pudrieron, inexplicablemente, una puerta se atrancó y las tazas y platos se rompían sin más... Por la noche se presentaron frente a la ventana del dormitorio... Todos dormían... Me hicieron señas, para que saliera, y así lo hice... Allí me encontré con dos seres, muy altos... Parecían robots... Uno de ellos llevaba en brazos a *Liborio*, el perro de la familia... Y me trasladaron a una nave más grande, como una casa de dos pisos, aterrizada en el campo...»

Allí, según Próspera Muñoz, en unas pequeñas pantallas, como de televisión, se vio a sí misma, con su hermana Ana, en escenas que habían sido grabadas por los tripulantes de la nave.

La historia —larga y compleja— termina con la visita de Próspera a otra nave, en la que fue sometida a una serie de chequeos médicos.

Me faltó tiempo para trasladarme a Murcia y buscar a Anita, la hermana, así como a Juan, el tío de ambas.

Ana, amabilísima, me dio toda clase de detalles (al menos de lo que recordaba).

—Fue en mayo —explicó—. Hacía calor. La casa era de mi padre. La compró cuando le tocó la lotería. Y esa mañana, Próspera estaba fuera, esperando a nuestro padre. Traía la

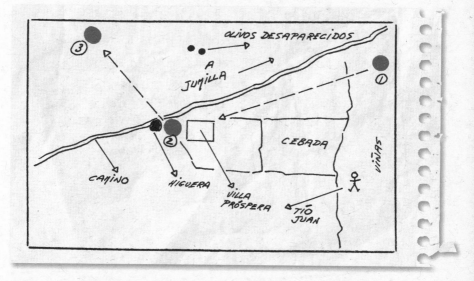

Trayectoria de la nave. Cuaderno de campo de J. J. Benítez.

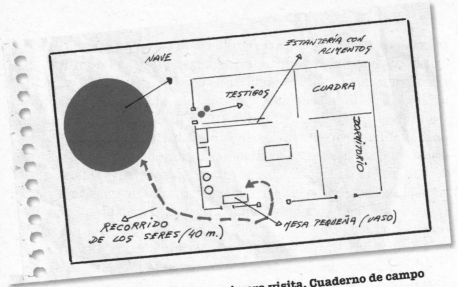

Recorrido de los seres en la primera visita. Cuaderno de campo de J. J. Benítez.

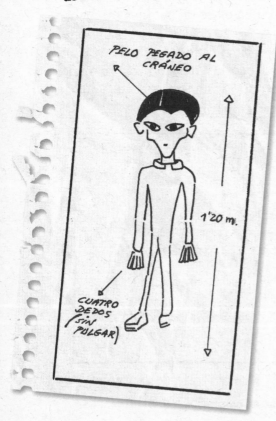

Descripción de los seres (primera visita), según Ana y Próspera Muñoz. Cuaderno de campo de J. J. Benítez.

comida y golosinas. Y le dije a mi hermana que entrara. Eran las once. El padre ya no vendría ese día. Pero Próspera era tozuda y no quería entrar. Tuve casi que arrastrarla, y cerré la puerta. Ella, entonces, se puso a mirar por la ventana.

—¿Y tu tío Juan?

—En esos momentos se hallaba cerca, en una pequeña finca, trabajando.

—¿A qué distancia?

—No sé... Quizá a cien o doscientos metros de la casa.

—¿Y bien?

—Mi hermana me reclamó. Dijo que se acercaba un coche.

—¿Qué hora podía ser?

—Alrededor de las doce. Acudí a la ventana y, en efecto, vi algo que brillaba. En aquel tiempo no había muchos coches en Jumilla. Uno de ellos era el de Blas, amigo de mi padre. Y pensé: «Ahí viene el coche de Blas». Pero, al fijarme bien, observé que volaba sobre los bancales. «¡Eso no es un coche!», le dije. Y visto y no visto...

—No entiendo...

—Lo estábamos viendo, a lo lejos, y, de repente, lo vimos junto a la casa. No pasó ni un segundo.

—¿Hacía ruido?

—Nada. Le dije que cerrara la ventana, pero mi hermana no quería. Tuve que darle un cachete y arrastrarla de allí.

—¿Por qué?

—Tuve miedo. Era la responsable de su seguridad.

—¿A qué distancia de la ventana se hallaba el objeto?

—Muy cerca, en un terreno que había frente a la casa. Brillaba al sol y flotaba a cosa de medio metro de la tierra.

—¿Qué forma tenía?

—Redondo y grande como un camión; quizá tuviera cinco metros de diámetro. Me recordó un huevo cortado por abajo. Me impresionaron los destellos.

A partir de esos momentos, Ana tiene la mente en blanco. Cree que se desmayaron.

—Próspera se sometió a hipnosis —añadió— y ahí salió lo de la primera visita y el vaso de agua, pero yo no lo recuerdo.

—¿Y después?

—Entró mi tío Juan, muy asustado. Nos ayudó y se enfadó cuando vio el terreno, chamuscado. Era la tierra sobre la que había bajado la nave. Aparecía quemada y creyó que nosotras la habíamos incendiado.

—¿Y por qué estaba asustado?

—Cuando trabajaba en la viña vio subir una cosa brillante. A la mañana siguiente, en un campo de cebada próximo, apareció un gran círculo, aplastado. Nadie supo qué había pasado. Y también se enfadó con *Liborio*, el perro.

—¿Por qué razón?

—Porque no ladró ni avisó cuando se presentó la nave. El perro estaba como dormido; en realidad «acartonado». Fue muy raro. Al poco murió. Lo enterraron en el cerrico del Oro.

Pregunté a Ana por los olivos desaparecidos en un campo próximo a Villa Próspera, al parecer durante la segunda o tercera visita de los pequeños seres. Confirmó la noticia:

—El campo era del tío Antolín. Desaparecieron uno o dos olivos de gran tamaño; posiblemente centenarios. Nadie entendió cómo los arrancaron de raíz. Y el tío Antolín se enfadó mucho.

—¿Se denunció el hecho?

—Creo que no.

Cuando acudí al cuartel de la Guardia Civil no supieron darme razón. Los archivos no existían.

Y busqué a Juan Muñoz Pérez, tío de las hermanas, y testigo de parte de la historia.

Lo localicé en Elda (Alicante).

—No es mucho lo que puedo decirle —matizó—. Esa mañana me encontraba cerca de la casa, en una viña, en la compañía de *Capitana*, la burra. Vi una explosión de luz junto a la casa y algo que salía hacia arriba, hacia el cielo.

—¿Cómo era?

—Parecido a un huevo, pero con mucha luz. Me asusté y corrí hacia Villa Próspera. Pensé en un avión, que se había estrellado.

—¿Y qué encontró?

—El perro, en la puerta, parecía muerto. En el interior estaban las niñas, desmayadas. Las atendí y, poco a poco, se recuperaron.

Villa Próspera.
(Foto: J. J. Benítez.)

Próspera (izquierda),
el tío Juan y Ana
Muñoz, en 1944.
(Gentileza de la
familia.)

—¿Y qué contaron?

—Algo muy brillante aterrizó delante de la casa. Todo estaba revuelto.

Y el tío Juan apuntó un detalle muy significativo:

—Mi reloj quedó parado en las once y media de la mañana. No supe qué pasó.

—¿A qué hora vio el «huevo» que subía?

—A las once y media.

—Ana me contaba que usted se enfadó cuando vio la zona quemada, junto a la casa.

—Sí, lo recuerdo. Fue muy raro. La tierra aparecía calcinada. No sé cómo lo hicieron...

—¿Cree que fueron las niñas?

—Al principio sí lo creí; por eso las regañé. Ahora no lo veo tan claro.

Localicé igualmente al entonces propietario de Villa Próspera, José María Tomás, que se brindó, amablemente, a acompañarme hasta la casa. La inspeccionamos detenidamente.

Próspera asegura que los seres abandonaron en el interior de la vivienda un pequeño objeto, metálico. Y la niña lo ocultó en uno de los muros. No encontramos nada.

Por último peiné la zona, interrogando a vecinos y propietarios. Habían pasado 36 años. Nadie recordaba nada de importancia.

Algo estaba claro para mí: las dos hermanas y el tío fueron testigos de la llegada, aterrizaje y despegue de un ovni. El suceso tuvo lugar unas cinco semanas antes del «accidente» de Roswell.[1]

CIBAO

Los avistamientos ovni en la República Dominicana han sido numerosísimos. He tenido la oportunidad de investigar muchos de esos casos. Uno de los que más me impactó sucedió en Cibao. El investigador Leonte Objío levantó la liebre. Ramiro Marín fue testigo. Lo interrogué en 1990.

... Nos avisó Nicolasa, una vecina... Fue por la tarde... Salimos todos y vimos un objeto, con forma de manzana mordida... En el interior se distinguían dos hombres, con grandes cabezas...

Ramiro hablaba de noviembre de 1949.

... El objeto se colocó sobre el río Yaque —prosiguió el testigo— y vimos cómo se abría una puerta... Entonces lanzaron una caja de madera... Y el objeto se alejó... La caja contenía latas... Era comida...

Ramiro sonrió, y añadió:

... Sabía fatal... Era como cartón, y sin sal.

La comida, al parecer, fue distribuida entre los vecinos.

No logré más información sobre la nave, los seres o la caja. El objeto, según Ramiro, se hallaba muy cerca del agua cuando lanzó los alimentos.

... Utilizamos la madera como combustible —añadió—. Y le diré más: ni los perros probaron aquel «cartón».

1. Amplia información en *Pactos y señales* (2015).

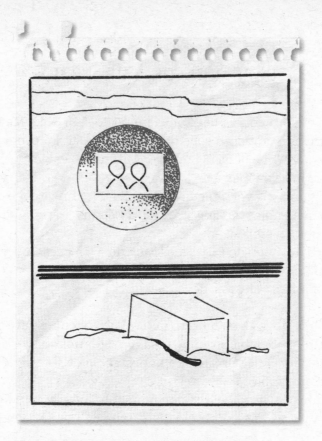

Valle del Cibao, 1949. Cuaderno de campo de J. J. Benítez.

SOLANILLA DE LOS LOBOS

La primera noticia llegó de la mano de J. J. Ruiz. Me hablaba de un avistamiento sucedido en Australia. Lo protagonizó un español. Y me daba el nombre: Antonio G. Pablos.

Y me puse en marcha.

Pregunté y revolví media Australia. Finalmente me confirmaron que Pablos había regresado a España.

Y vuelta a empezar.

El 13 de mayo de 2014 me trasladé a Cáceres. Allí vivía el testigo. Y conversé con él durante toda la jornada.

He aquí una síntesis de la charla:

... Sucedió el 20 de febrero de 1950... Yo tenía nueve años... Mi padre trabajaba en una finca, en Solanilla de los Lobos, cerca de Aldea del Obispo, en la provincia de Cáceres (Extremadura, España)...

Comprobé, desde el primer momento, que, a pesar de sus setenta y tres años, Antonio disfrutaba de una excelente memoria.

... Eran las 13.30 horas... Me encontraba removiendo bellotas cuando llegué a una zona en la que estaban las ovejas... Una de ellas había parido y vi cómo miraba al cielo... Levanté la vista y lo vi... Era un aparato redondo, como si usted corta un huevo cocido por la mitad... Era grande... Mediría ocho metros de diámetro... Estaba quieto, sobre las matas, pero no las tocaba... Y era silencioso, como una iglesia... Entonces se abrió una puerta y salió alguien... Me entró miedo y corrí en dirección al lugar donde se hallaba mi padre... Pero el hombrecito (y ahora le diré por qué lo llamo así) empezó a dar saltos... Unos saltos enormes... En cada salto «volaba» diez metros, o más... Yo me escondí en los matorrales y esperé... El corazón se me salía por la boca... Y se paró frente a mí... Era «chiquinino»...

Pregunté la altura.

... Un metro o poco más... Y parecía japonés... Casi no podía abrir los ojos... Llevaba un uniforme del color de los guantes de la enfermeras: azul... Era casi pelón... Entonces sacó un tubo del bolsillo y me lo mostró, indicándome con las manos para que lo siguiera... Era un tubo muy bonito... Y, no sé por qué, se me quitó el miedo y me fui tras él... Yo le pregunté quién era y qué quería, pero el hombrecito se limitaba a repetir lo que yo preguntaba...

Antes de que prosiguiera me interesé por los rasgos del «hombrecito».

... La boca y la nariz eran como las nuestras... Los ojos no... Los ojos eran negros y rasgados, hasta las sienes...

Y Pablos continuó con su relato:

... Agarré una vara, por si las moscas, y el individuo me decía, por señas, que la dejara... No lo hice... Y de vez en cuando me mostraba el tubo... Era muy bonito, con tres colores... Y al llegar al aparato me invitó a subir... Yo no quería... Y recuerdo que cogí una piedra, para tirársela... Fue entonces cuando abrió los ojos por primera vez... Eran grandísimos y totalmente negros... Yo le decía que me regalara el tubo de colores, pero él sólo repetía lo que yo decía... La voz era infantil, como la de un niño... Y terminé por entrar en la nave... El ser me indicaba que no la tocara con las manos... Al entrar me fijé en las «patas»... Eran cinco tubos... Y allí, en el interior,

Antonio G. Pablos.
(Foto: Blanca.)

me encontré con otros «hombrecitos», aunque uno de ellos parecía una mujer... Pero no porque tuviera pecho, que no lo tenía, sino por el cabello... Era largo y cambiaba de color...

Interrumpí el relato, una vez más:

—No entiendo lo del cabello...

—Según de qué lado estaba, era negro o azul o rojo.

—¿Y cómo era la supuesta mujer?

—Igual que los otros dos. Tenía los dientes muy «chiquininos». Eran los tres de mi misma altura: alrededor de un metro.

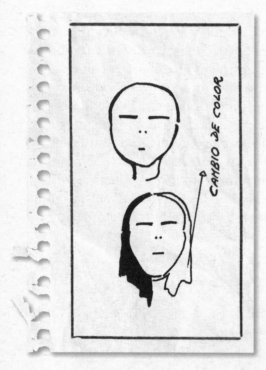

Los seres, según Pablos. Cuaderno de campo de J. J. Benítez.

—¿Y qué hacía el segundo hombre?

—No se movió del asiento donde estaba. Lo protegía una especie de cabina, de plástico. Le vi manejar instrumentos.

Y Antonio terminó su historia:

... Cerraron la puerta y, antes de que me diera tiempo a reaccionar, me pincharon en el vientre... Sé que me sacaron sangre... Yo me resistí, como pude... Les daba patadas a los dos... Pero me quitaron la ropa y perdí las fuerzas... Quedé inconsciente... Y a las siete de la tarde me soltaron... Al llegar a la casa, los perros no me reconocieron, y me atacaron... Mi padre estaba muy preocupado... Al día siguiente me llevó al médico y acudimos al sitio donde se había posado la nave... Descubrimos cinco boquetes y las ramas de las encinas rotas y quemadas... Durante meses me costó mucho caminar... Estaba muy débil...

—¿Cuántas veces pudieron pincharte?

—Aunque estaba medio inconsciente, yo sentía el dolor en cada pinchazo. Lo hicieron en la nuca, en el cuello y en los brazos.

—¿Cinco veces?

—Como poco.

—Dices que te quitaron la ropa. ¿Te la devolvieron?

—Sí, pero al retirar la camisa, saltaron varios botones. Y allí se quedaron, con las bellotas...

—¿Las bellotas?

—Sí, las llevaba en los bolsillos. También me las quitaron.

—¿Qué hiciste al salir del objeto?

—Me quedé parado, mirándolo. Ellos estaban en la puerta y me hacían señas para que me alejara. Y la nave arrancó en mitad de un gran viento y en silencio. Después se fue hacia Trujillo.

—¿Recuerdas algo más de lo sucedido en el interior del objeto?

Solanilla de los Lobos, 1950. Cuaderno de campo de J. J. Benítez.

—En un momento determinado sentí frío. Ellos, entonces, activaron algo y empezó a salir vapor. Y yo, asustado, grite: «¡fuego, fuego!». Y los seres repetían lo que yo gritaba.

—¿Cuánto tiempo pudiste estar inconsciente?

—Casi todo el tiempo. Entré a las dos de la tarde y abandoné la nave a las cinco. Calcula...

—¿Recuerdas algún detalle más del hombrecito que se hallaba en la «cabina»?

—Parecía el jefe. No se movió en ningún momento. Manejaba aparatos y se hallaba sujeto con correas. Manipulaba los instrumentos con las manos y con los pies.

VILLARES DEL SAZ

El 23 de junio de 1953 fue un día poco común. Un objeto de forma hexagonal se dejó ver sobre la ciudad de Palma de Mallorca (España). Fue visto por miles de personas. Entre los testigos se encontraban los miembros de la Asociación Astronómica de Baleares. Fue observado con prismáticos y con un telescopio. «Era bellísimo —explicaron— y construido en vidrio. Disponía de seis caras, todas iluminadas. Presentaba dos focos. Permaneció a la vista durante hora y media. Calculamos que se hallaba a cosa de diez mil metros de altura.»

Los expertos no supieron de qué se trataba.

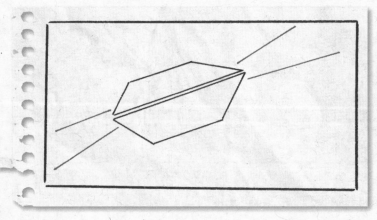

Ovni sobre Palma (23 de junio de 1953). Cuaderno de campo de J. J. Benítez.

En esos mismos días —especialmente el 26 de junio—, cientos de testigos observaron el paso y las evoluciones de objetos volantes no identificados, en especial en la provincia de Cuenca (España). Dispongo de información de las localidades de Honrubia, Valverde de Júcar, San Clemente, Villares y El Cañavate, entre otras poblaciones.

Y el 9 de julio, el diario *Ofensiva*, de Cuenca, publicaba una información que dejó perpleja a media España. La reproduzco en su totalidad. Sinceramente no tiene desperdicio:

«... El pueblo no cree lo que dice haber visto el pastor. El muchacho es normal. La familia asustada. Primeras pesquisas. Una leyenda no es. Y decidimos esto —escribía Jesús Sotos— porque el chico no ha leído cuentos. No podría leerlos. No sabe leer. Eso es importante y eso es real... El pintor Luis Roibal y el que esto escribe recibimos la orden de nuestro Director. Debíamos ir a Villares del Saz. Había circulado el rumor en la ciudad sobre algo que se traduce en "platillos volantes" y que nosotros nos atrevimos a calificar de "camelos en punta". No extrañará, pues, que la primera sonrisa, quizá la primera carcajada, corriera a nuestro cargo cuando la misión se nos encomendó. No podíamos creer lo que se decía, lo que se comentaba. Por eso —probablemente por única vez— no pensamos mucho en el reportaje. Íbamos convencidos de que nada era cierto y que el chavalillo —Máximo Muñoz Hernaiz se llama— lo único que había visto eran visiones, fruto de un sueño más o menos agradable.

Todo eso y muchas cosas más, decimos, fue lo que pensamos. Tomamos la cosa un poco a chirigota. Pero ahora, después de haber charlado con el pequeño, con sus padres, con las gentes del pueblo, nuestro pensamiento es muy distinto. Y el asunto que creímos "una cosa de chicos" ha habido que tomarlo en serio, muy en serio...

En Villares todo el mundo habla del "platillo volante". La mayoría de sus habitantes no cree en lo que el chico afirma que ha visto. Sólo unas pocas personas ratifican su confesión. Nos referimos a aquellas que poco después de narrar Máximo "lo que había visto" se personaron en el lugar del suceso, guiados por ese afán de curiosidad. "Allí —nos dicen— había huellas; el chico no miente."

En la casa del chiquillo

Está retirada del pueblo. Unos mil metros la separan de él. Es un tejar. Eras, en plena actividad. Casa humilde de labradores. Viven allí el matrimonio y seis hijos. No poseen luz eléctrica y se alumbran con un candil. Cuando llegamos allí, la honrada familia se deshace en atenciones. Si la cara es verdad que es el espejo del alma nadie allí puede mentir. Hablan con toda franqueza. Las preguntas que se suceden con gran rapidez son contestadas sin asomar la diplomacia porque esto es algo que ellos, el matrimonio y sus seis hijos, ignoran. Hablan con gran respeto y con miedo. El padre lo disimula. Pero la mujer no puede y llora. Las dos chicas nos miran atónitas. El hijo mayor parece con la mirada decir: "Terminen. Mis padres están asustados con tanto interrogatorio".

Felipe Muñoz Olivares es el cabeza de familia. A él van dirigidas nuestras primeras preguntas. Al chiquillo, base del reportaje, lo hacemos sentarse a nuestra derecha. Rogamos que no hable más que cuando le preguntemos.

—¿Qué edad tiene el hijo?

—Catorce años.

—¿Sabe leer?

—No, señor. Conoce simplemente algunas letras.

—¿Tiene amigos?

—Juega con sus hermanos.

—¿Trabaja mucho?

—Sí, señor.

—¿Alguien en la familia ha sufrido enfermedad mental?

—Nadie.

—¿Hablaron ustedes en presencia del chico de los llamados "platillos volantes"?

—Nunca. Yo he oído hablar de eso por ahí. Nunca conté nada. Era algo que no creía.

—¿Y ahora?

—Mi chico lo ha visto.

La madre se llama Amalia Hernaiz. Estuvo en la capital días pasados cuando se corrió el rumor de que se había visto un "platillo volante".

—¿Contó aquí el suceso de Cuenca?

—No.

—¿A nadie?

—Lo "repasé" con mi hijo el mayor.

—¿Qué le dijo?

—No recuerdo.

—¿En casa nunca habló de ello?

—Creía que eso no existía.

—¿Y existen?

—Mi chico vio lo que dice.

—¿Cómo lo asegura?

—Le he dicho muchas veces que lo negara, que dijera que todo es mentira.

—¿Por qué le invitaba a hacer eso?

—Para evitar disgustos.

—¿Disgustos?

—Sí señor. Nos hacen muchas visitas, mi chico está asustado... ¡Si no hubiera ido ese día con las vacas...!

—¿A qué hora se marchó de casa?

—A las nueve.

—¿Cuándo vio el aparato?

—A la una.

—¿Había comido algo?

—Almorzó.

El chico, Máximo, que continúa sentado a nuestro lado, ha comenzado a llorar. Tenemos palabras amables para él. El padre mira y remira nuestro bloc. No entiende nada de lo que escribimos. Volvemos a repetirle lo que somos y a lo que hemos ido.

—Mire usted —nos dice—, si alguien tiene que ir a la cárcel que sea yo. Él es menor...

—¡A la cárcel! ¡Por Dios!

... Es la madre la que interviene:

—Jamás, desde que ocurrió el suceso, he dicho nada. Y le invité a que lo negara todo. Me fastidian los líos. Crean lo que digo. ¡Por este hijo que tengo en los brazos!

Habla el chico que "vio" el aerostato

—Pequeño, ¿a qué hora saliste de casa el día del suceso?
—Un "poquiyo" más tarde que otros días.
—¿Hora?
—Las diez o por ahí... (se entiende que son solares).
—Ibas al cuidado de las vacas, ¿no?
—Sí, señor.
—¿Habías dormido mucho la noche anterior?
—Como siempre.
—¿Tenías sueño cuando te marchaste?
—No.
—Pero luego te quedaste dormido...
—¡Qué va!
—Lo ha dicho tu tío en el pueblo. Pasó por allí y lo vio. No te quiso molestar. (Esto es incierto; formulamos la pregunta con el fin de observar cómo reaccionaba el chaval.)
—No señor, no; eso es mentira. ¡No me dormí! ¡Nunca me duermo! ¡Que venga mi tío!

Yo vi a los "tietes"

No obstante la rotunda negación de Máximo, nosotros continuamos insistiendo.
—Eso que has "visto" no existe. ¿Cómo puedes, pues, explicar tu visión?
—Sí que lo vi, yo vi a los "tietes".
—¿Por qué no dices la verdad?
—La estoy diciendo.
—¿A qué hora viste el aparato?
—A la una.
—¿Qué hacías en ese momento?

—Estaba sentado y mirando a las vacas para que no se metieran en el verde.

—¿Oíste algún ruido con anterioridad?

—Sí, pero pequeño. Por eso no me volví.

—¿Estabas de espaldas?

—Sí, señor.

—¿Qué oíste?

Máximo dice que percibió un silbido tenue, apagado y por tiempos. Cuando volvió la vista el aerostato había aterrizado.

—¿Qué hiciste al verlo?

—Nada. Creí que era un "globo grande", de esos que tiran en la fiesta. Luego me di cuenta de que no; "relucía" mucho...

—¿Brillaba constantemente?

—Cuando estaba parado menos que cuando se fue.

—¿Color del "globo grande"?

—Parecido al de las columnas de la luz [farolas].

—¿Gris?

—Amarillo.

En su casa hay unos cuantos cuadros adornando las paredes. Invitamos a Máximo a señalar con el dedo el colorido más aproximado... Deducimos que su colorido era un gris claro y brillaba, poco más o menos igual que el acero cuando los rayos del sol chocan con él.

—¿Qué tamaño tenía?

Señala con la mano una altura de 1.30 metros.

—¿Forma?

—Igual que una "tinajeta", así de ancha [31 centímetros de radio].

—¿Estuvo mucho tiempo parado?

—Muy poco. Como creí que era un globo fui a cogerlo. No me dio tiempo a moverme. Se abrió una puerta y comenzaron a salir "tietes".

—¿Cómo eran los "tietes"?

—Muy "pequeñetes". Así... [unos 65 centímetros].

—¿Tenían la cara como nosotros?

—Eran amarillos y los ojos estrechos.

El pintor, Luis Roibal, comienza a dibujar "tietes" con los rasgos y características que el pequeño dice.

—Así, como éste —dice el chico— pero más "chaparrete".
Los rasgos de la cara eran completamente orientales.
—¿Cuántos hombrecillos descendieron del "globo"?
—Tres.
—¿Por dónde?
—Por una puertecilla que "eso" tenía encima.
—¿Cómo bajaban?
—Daban un "saltete".
—¿Qué hicieron después?
—Vinieron donde yo estaba.
—¿Hablaron?
—Sí, señor; pero yo no les entendí.
—¿Cómo se colocaron?
—Uno a un lado, otro a otro y el que me habló, enfrente.
—¿Te hicieron alguna cosa?
—Al hablar, como no les entendí, el que estaba enfrente
me dio una palmadita en la cara.
—¿Después?
—Nada. Se marcharon.
—¿Cómo subían al aparato?
—Se agarraban a una "cosa" que llevaba el "globo", daban
un "saltete" y ¡hala!, dentro.
—¿Recuerdas cómo vestían?
—Igual que los músicos en la fiesta. Con un traje muy
majo azul.
—¿Llevaban gorra?
—Sí, señor. Era chata y con una visereja por delante.
—¿Más?.
—En el brazo llevaban una chapa.
—¿Recuerdas su dibujo?
—No me fijé.
—Cuando el aparato se puso en marcha, ¿qué velocidad
llevaba?
—Relucía mucho; hizo el mismo "ruidillo" que cuando lo
vi antes y se marchó muy deprisa, igual que un cohete...
—¿Con estela de humo?
—No.
—¿Lo estuviste viendo mucho tiempo en el aire?

—Poco; me asusté y me fui corriendo con las vacas a casa.

—Entonces, ¿cómo sabes que iba tan rápido?

—Porque lo vi salir.

—¿Qué dijiste en casa al regresar?

—Todo lo que había visto.

—¿Lo creyeron?

—No, señor; mi madre dijo que me había dormido y vi visiones.

—¿Usted le creyó? —preguntamos ahora al padre.

—Tampoco, pero como se puso tan "cabezón"... Estaba tan asustado y medio temblando... Pues, la verdad...

—¿Qué hizo?

—Me fui al sitio en compañía del comandante de puesto de la Guardia Civil.

—¿Y qué comprobaron?

—Pisadas, muchas, y boquetes...»

Los reportajes de Jesús Sotos se prolongaron durante días. En mi opinión lo más importante eran las declaraciones de Máximo, el pastor de vacas. Las entrevistas, como dije, no tienen desperdicio...

Y el caso de los Villares del Saz quedó en la «nevera».

En esta ocasión me equivoqué. Debí acudir a la aldea mucho antes...

Y el 14 de diciembre de 1980, según consta en mi cuaderno de campo, me presenté en Villares. Máximo Muñoz, entonces camionero, me recibió con amabilidad y nos sentamos a tomar un café. Cuando expliqué que deseaba hacerle algunas preguntas sobre el encuentro con los «tietes», Máximo, sin perder la sonrisa, dijo que no, que no deseaba hablar de ese tema.

—¿Por qué?

—Cuando lo conté —manifestó rotundo— nadie me creyó. Ahora no hablo de eso...

Traté de convencerlo. Le dije que conocía la historia. Sólo deseaba entrar en detalles. Negativo. No hubo forma.

Y durante doce años acudí a Villares del Saz una o dos veces por año. Máximo y yo terminamos siendo amigos. Nos sentábamos y hablábamos de muchos temas. Pero, al plantear el encuentro con los «tietes» el 1 de julio de 1953, Máximo se cerraba en banda y no había forma. Sólo conseguí arrancarle tres datos: el objeto no tenía 1,30 metros, como se dijo, sino tres metros de altura; los «tietes» también eran más pequeños de lo que publicó *Ofensiva*, el periódico de Cuenca: no llegaban a cincuenta centímetros. En cuanto a la chapa que lucían en los brazos, Máximo sí se fijó en el dibujo: era una serpiente con alas.

Nos hicimos amigos, sí, pero ha sido uno de los grandes fracasos de mi vida como investigador del fenómeno ovni.

Durante esos años interrogué a cuantos tuvieron algo que ver con el asunto.

Felipe Muñoz, padre de Máximo, fue muy gentil:

—Ese mismo día —explicó— pasó por mi casa la pareja de la Guardia Civil. Y preguntaron: «¿Alguna novedad?». Entonces les conté. Y fuimos al sitio donde dijo que vio el aparato.

—¿Vio algo?

—Sí, muchas huellas, como de zapatos, pero chiquitos, y sin tacón.

—¿Cuántos pudo ver?

—Catorce o quince, y unos boquetes en el suelo.

Le pedí que lo dibujara.

—Formaban un triángulo. Cada agujero era profundo: de veinte o treinta centímetros de profundidad por diez o quince de lado.

—¿Usted cree a su hijo?

—Por supuesto.

Interrogué también a Juan Bautista Real, subteniente de la Benemérita. Vio las huellas pero se mantuvo escéptico.

—El chico —dijo— no tenía muchas luces...

—¿Cree que pudo inventar la historia?

—No, carecía de imaginación.

—Entonces...

Juan Bautista se encogió de hombros.

—¿Hicieron algún informe oficial?

—No, para eso se necesitan pruebas, y allí no las había. Me limité a comunicar el suceso por vía telefónica a la línea.

Representación del encuentro de Máximo con los «tietes» (1953) Cuenca. Cuaderno de campo de J. J. Benítez.

Felipe Muñoz, padre del testigo. (Foto: J. J. Benítez.)

Vicente Fauli Guzmán era el maestro de la escuela en aquellas fechas. Lo localicé en Villamarchante (Valencia) y se prestó gustoso a la conversación:

—Máximo —aclaró— no iba mucho por la escuela. El trabajo, en el campo, se lo impedía. Al día siguiente del suceso (2 de julio) yo estaba en la peluquería. Y noté movimientos raros en Villares. Corrían rumores. Un niño —dijeron— había visto un «platillo volante». Total, me fui para la casa del chico, y pregunté. Lo que me contó fue lo siguiente: en la mañana del día anterior, cuando pastaban las vacas, Máximo vio bajar algo. Era un objeto fusiforme, de unos tres metros de altura. Se abrió una trampilla en la parte de arriba y saltaron a tierra unos hombrecitos de reducida estatura; quizá cuarenta o cincuenta centímetros. Él los llamaba «tietes». Eran de rasgos orientales, amarillos, y con uniformes. Uno de los «tietes», como él los llamaba, le acarició la cara. Después regresaron al aparato y la nave se fue.

—¿Usted le creyó?

—Quedé perplejo, la verdad. Máximo no era capaz de inventar algo así. Hubo otras personas, además, que vieron el objeto.

—¿Quiénes?

—Unas mujeres que lavaban la ropa muy cerca. Después lo interrogaron los guardias civiles y los militares.

—¿Militares?

—Sí, llegaron de Madrid. Eran del Ejército del Aire. Pero lo interrogaron a solas. Escribieron mucho y le hicieron dibujar.

No pude evitarlo, y pensé en la desclasificación ovni por parte de las Fuerzas Aéreas Españolas. La tomadura de pelo de los militares se inició en 1992. Entre los informes desclasificados no figura el caso de julio de 1953. Que cada cual lo interprete como quiera (o pueda).

—Tuve que hacer un informe —añadió el maestro—. Y escribí lo que pensaba: Maxi no era muy despierto...

—¿Para quién fue el informe?

—Para los militares y para la Guardia Civil.

Busqué a las mujeres que lavaban la ropa a esas horas y encontré a Anuncia Monreal Cuenca, así como a las hermanas Rubio. Todas coincidieron:

—A eso de la una de la tarde —explicaron—, cuando lavábamos muy cerca, sentimos un silbido y vimos una cosa que

Vicente Fauli.
(Cortesía
de la familia.)

subía, muy rápida, y con gran brillo. Procedía de la zona donde estaba Maxi con las vacas.

También lo vieron (desde el pueblo) Juana Villagarcía y otros vecinos.

El periodista Jesús Sotos, que interrogó a Maxi, fue rotundo:

—El chico no mintió. Nadie, en esa época, resistía los interrogatorios de la Guardia Civil. Después llamaron de la Capitanía General. Querían toda la información disponible. Y se la dimos...

Sotos, de *Ofensiva*, en la compañía del pintor Luis Roibal, visitó también el lugar del aterrizaje ovni.

Roibal, especialmente observador, comentó lo siguiente:

—En el sitio, además de huellas, apreciamos un círculo de unos seis metros de diámetro, totalmente calcinado.

Por fortuna, en esas fechas (julio de 1953), Pablo Bres, que llegaría a ser oficial del Ejército del Aire español, también fue testigo de las pisadas de los hombrecitos, así como de los boquetes dejados por el tren de aterrizaje de la nave. Me lo contó años después, en Murcia.

—Éramos unos niños —aclaró—. Nos hallábamos de vacaciones en un campamento del Frente de Juventudes, en las cercanías de Villares de Saz. Teníamos catorce o quince años. Y llegó la noticia del ovni. Entonces, con los monitores al frente, acudimos al lugar y sacamos moldes de escayola de las huellas. Vimos muchas; alrededor de veinte. Los boquetes formaban un triángulo perfecto, de unos dos o tres metros de lado. Cada agujero tenía diez centímetros de lado, con una profundidad de treinta, más o menos. Los boquetes eran perfectos.

—¿Cuánta gente vio las huellas?

—Éramos ciento y pico «flechas», más los profesores. La zona, después, fue acordonada por la Guardia Civil.

—¿Recuerdas los nombres de los mandos?

—José Alba, José Briones y Adolfo Alba, entre otros.

—¿Qué dimensiones tenían las huellas de los pies?

—Parecían zapatos de niños: de unos cinco o seis centímetros de longitud por uno de profundidad.

—¿Presentaban tacón o algún dibujo?

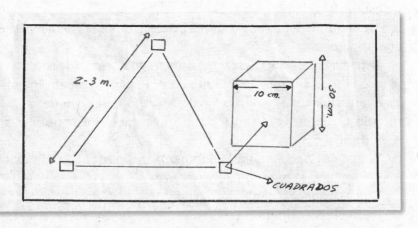

Huellas del tren de aterrizaje del objeto que tomó tierra en las proximidades de Villares de Saz (1953). Cuaderno de campo de J. J. Benítez.

—No, eran huellas lisas.

—¿Adónde fueron a parar los moldes de escayola?

—Lo ignoro. Se los quedaron los mandos.

Un año antes, como fue dicho, en mayo de 1952, quien esto escribe tuvo una extraña experiencia en las montañas navarras de Urdax. En aquella oportunidad, la criatura que se presentó ante mí era alta o muy alta. ¿Guardaban relación los sucesos de Urdax y Villares de Saz?

SANTA MARÍA

El 26 de marzo de 1954 fue un día especial para Ruben Hellwig.

He aquí su vivencia:

... Fui periodista, pero después me dediqué a los negocios... En aquel tiempo regentaba una plantación de arroz en las cercanías de Passo do Corvos, en Río Grande do Sul (Brasil)... Una tarde, a eso de las cinco, cuando me dirigía a la plantación, vi un extraño objeto a la derecha de la carretera... Estaría posado a cosa de cincuenta metros... Pensé en seguir, pero «algo» que no he sabido interpretar, como una fuerza misteriosa, me hizo parar... Y me aproximé... Era un objeto con forma de balón de rugby... Podía tener cinco metros de diámetro mayor... Tenía una cabina, con un cristal o algo parecido... En el interior había un hombre... Fuera, a corta distancia de la nave, distinguí un segundo hombre, también delgado... Recogía hierbas y se las pasaba al otro... No eran muy altos... Quizá un metro y medio... Las cabezas estaban descubiertas... Me quedé quieto y los tipos se dieron cuenta de mi presencia... Hablaron entre sí y, finalmente, el que se hallaba en el exterior se encaminó hacia mí... Traía en la mano una botella de vidrio de un litro de capacidad y con un líquido de color rojo... Nos saludamos, aunque no entendí su idioma... Y, por señas, me hizo ver que necesitaba el líquido de la botella... Me dejó que lo olfateara y deduje que se trataba de amo-

Brasil, 1954. Cuaderno de campo de J. J. Benítez.

níaco... Y también por señas le dije que lo vendían en São Pedro do Sul, el pueblo más cercano... Me costó que entendiera... Sonrió, dio media vuelta y se alejó hacia el objeto... Se introdujo en la nave y, de pronto, apareció un círculo azul verdoso alrededor de la misma... Y el objeto se hizo redondo... De cada lado de la cabina surgieron cuatro tubos y por ellos otras tantas llamas [?] amarillas... Y la nave desapareció en silencio e instantáneamente...

Cuando pregunté si el ovni se alejó, Hellwig insistió:

—No se alejó, ni se elevó. Estaba allí y, en décimas de segundo, dejó de estar. Fue como si lo aniquilaran.

Y pensé: ¿cambio de dimensión?

IRÁN

Ese mes de marzo (1954), pero a miles de kilómetros de Brasil, se registraron otros avistamientos ovni.

El Flaco Creighton me pasó la información:

... Sucedió en Irán (antigua Persia)... El primer caso tuvo lugar en las afueras de Mahallat, al sur de Teherán... Un objeto brillante y con forma de media naranja aterrizó en los sembrados... Muchos campesinos se aproximaron, curiosos... La parte central era metálica... El resto brillaba con los colores del arco iris... Todos quedaron fascinados... Llegaron a concentrarse doscientas personas en los alrededores, y a poco más de ochocientos metros del objeto... A la media hora, la nave se elevó despacio y en total silencio, desapareciendo... Esa misma tarde, hacia las seis, otro testigo quedó sorprendido ante la presencia de un objeto no identificado... Ocurrió en Shamsabad, cerca de la capital... Estaba en tierra y mediría cinco metros de diámetro... Entonces vio a un ser bajito, de pie sobre una plataforma circular... No tendría más de ochenta centímetros de altura... Miraba a todas partes, como buscando algo... El testigo siguió acercándose y, al llegar a 20 metros de la nave, la criatura le miró... El testigo sintió miedo y el hombrecito se rió de él (posiblemente de su miedo)... La criatura terminó entrando en el aparato y éste se elevó a gran velocidad... El tercer episodio se registró de madrugada, en pleno centro de Teherán... Ghaseme Fili se hallaba en la ventana de su casa, en la calle Amireah, cuando advirtió la presencia de un objeto muy brillante... Era redondo y fue acercándose a Fili... Estuvo a cosa de treinta metros de la casa... El testigo corrió a un balcón y descubrió en el interior del aparato a un ser de escasa talla, con ropa negra, y una extraña máscara en la cabeza... La definió como la trompa de un elefante... En esos momentos, el testigo sintió cómo lo absorbían... «Era una fuerza que me arrastraba hacia la nave», manifestó... Pero Ghaseme se agarró al balcón y resistió, al tiempo que gritaba, solicitando auxilio... Los vecinos salieron a las ventanas y vieron el ovni... El objeto, entonces, se elevó entre chispas y desapareció.

DINAN

Lo sucedido al señor Droguet, en Dinan (Francia) en mayo de 1955, me recordó la experiencia de Miguel Timermans en la localidad gaditana de Prado del Rey.[1]

1. Amplia información en *La quinta columna* (1990).

He aquí la información, facilitada por el investigador J. Cresson:

... Un sábado del mes de mayo de 1955, Droguet regresaba del cine... Serían las doce de la noche... El testigo vivía entonces en los terrenos de la Universidad Femenina, en Dinan (48° 28' N y 2° 02" W)... Y al abrir la cancela metálica que da acceso a los campos de la universidad sucedió algo insólito... «La pequeña puerta hizo ruido —manifestó Droguet—. Pues bien, al instante, un rayo de luz azul verdoso me iluminó, dejándome momentáneamente ciego... Me asusté... Y noté cómo se me ponían los pelos de punta... Cuando me acostumbré a la luz descubrí un extraño objeto, suspendido a metro y medio del suelo... ¡Dios mío!, ¿qué estaba pasando?... No oía ruido... Sólo sentía una especie de vibración... Y, de repente, aparecieron dos hombres junto al aparato... Parecían ajenos a mi presencia... Vestían monos metálicos, de una pieza, parecidos a los trajes del hombre Michelin, el de los anuncios... Portaban un enorme casco y guantes... En el vientre llevaban una caja negra de la que salían varios cables... Algunos tocaban el suelo... Uno de los seres estaba recogiendo algo (no sé si guijarros)... El otro inspeccionaba el lugar y se detuvo a mirar por una ventana... En la nave, sin duda, había más seres... Tuve la clara sensación de que me vigilaban... Quise moverme, correr, y salir de allí, pero no pude... Estaba clavado, literalmente, a tierra... No sé cuánto tiempo transcurrió; quizá quince minutos, aunque a mí me pareció una eternidad... Los seres, finalmente, se dirigieron a la nave y subieron por una escalera metálica... No eran muy altos... Quizá medían 1,60... Noté que caminaban con dificultad, como los antiguos buzos en el fondo del mar... Cuando caminaban, de los grandes y pesados zapatos salía un sonido metálico... Una vez dentro, la escalera fue elevada y escuché un sonido, como si aspiraran aire... La nave se encendió y fue elevándose despacio y en silencio, hasta la altura de los árboles... Entonces pude apreciar un agujero negro en la parte inferior... El objeto giraba a gran velocidad, pero no así el referido agujero circular... Yo, entonces, recuperé la movilidad... Y la nave

Dinan (Francia) 1955. Cuaderno de campo de J. J. Benítez.

apagó las luces, desapareciendo... La verdad es que corrí a mis habitaciones, aterrorizado... Y no salí de ellas en varios días... Me sentía muy mal...»

Cuando la directora de la universidad se enteró de lo que había sucedido prohibió a Droguet que hablara sobre el asunto.

El testigo permaneció en silencio durante quince años.

Cresson apunta un detalle interesante: «En Dinan existen depósitos de uranio. ¿Era lo que buscaban?».

REUNIÓN

Años más tarde, a miles de kilómetros de Francia, volvían a aparecer los llamados «hombres Michelin».

Sucedió en la isla de la Reunión, al este de Madagascar.

El Flaco Creighton me pasó la información:

... Este nuevo caso de encuentro con humanoides tuvo lugar el 31 de julio de 1968, hacia las nueve de la mañana... Lugar: una planicie denominada «llanura de los Cafres»... El testigo —señor Fontaine—, de treinta y un años de edad, es granjero... Todo el mundo en Reunión lo considera una persona seria y equilibrada, incapaz de fantasías o mentiras... Fontaine contó así su experiencia: «... Me hallaba en un claro de un bosque de acacias, cerca del kilómetro 21... Recogía hierba para mis conejos... Y en eso vi un objeto muy raro... Estaba cerca, a cosa de veinticinco metros, y a cuatro o cinco del suelo... La parte delantera era transparente, como el parabrisas de un Peugeot 404... Visto de frente era ovoide, como si colocáramos dos platos hondos unidos por los bordes... Brillaba como el aluminio, con reflejos azules... Calculé cinco metros de diámetro por dos y medio de altura... En el centro de la cabina vi a dos individuos, de espaldas... Entonces, uno de ellos, el de la izquierda, giró en redondo y se me quedó mirando... Era pequeño... No llegaba a un metro de altura... Llevaba puesto un traje, como el de los anuncios de Michelin... El de la derecha volvió la cabeza hacia mí... También llevaba casco y vestía igual... Segundos después volvieron a darme la espalda y percibí un destello, como un relámpago... Todo se volvió blanco a mi alrededor... Aquello emitió calor y se levantó una ráfaga de viento... Después desapareció... No se elevó o se alejó... Se aniquiló... Al regresar lo conté en la gendarmería». La investigación —prosigue Creighton— fue dirigida por los capitanes Legros y Maljean de St. Pierre, del Servicio de Protección Civil... Visitaron el lugar del avistamiento y detectaron radioactividad en un radio de cinco o seis metros, así como en las ropas del testigo.

En 1975 se produjo un nuevo encuentro con tripulantes «Michelin» en la isla de la Reunión.

El teniente coronel Lobet informó a Gordon Creighton y éste tuvo la amabilidad de avisarme.

Veamos una síntesis de lo sucedido.

«... La noche del 11 al 12 de febrero de 1975 —explicó Antoine Severin— empecé a oír ruido... A veces lo escuchaba cerca y, en ocasiones, lejos... Era un ruido dentro de la cabeza... Y así continuó en los siguientes días... El 14 de febrero tuve que abandonar el trabajo: el ruido me perforaba los tímpanos... Y me dirigí a mi casa... Entonces, en un maizal cercano a la choza, sentí un calor sofocante... Quedé clavado en el sitio, paralizado... No podía mover un dedo... Entonces vi aquella máquina... Tenía forma de sombrero... Era muy brillante, tipo aluminio... Se encontraba a metro y medio del suelo... Estaba quieta y emitía un zumbido... Y en eso vi salir una escalera de la parte baja del objeto... Tenía tres peldaños y se deslizó sin ruido, en un ángulo de 45 grados... Un hombrecito salió de la máquina... Vestía una ropa muy rara, como el anuncio de Michelin... El traje brillaba como el ovni... En una mano sostenía algo, como un palo, de unos treinta centímetros de largo... Bajó la escalera con ligereza pero, al llegar a tierra, sus pasos se volvieron patosos... Caminaba con los pies juntos... Después salió un segundo hombrecillo y un tercero... Todos vestían de la misma forma... El primero se puso a escarbar en el terreno... El segundo llevaba una bolsa, pero el que escarbaba no depositaba la tierra en dicha bolsa... Fue muy raro... Parecía como si todo aquello fuera un teatro, minuciosamente organizado... Los tres tenían antenas en las cabezas... Y, de pronto, en la máquina, apareció la cabeza de otra criatura... Y sentí un golpe en la espalda... Y los hombrecitos, de un metro de altura, o menos, regresaron a la escalera... Acto seguido, el aparato se elevó, emitiendo un fuerte

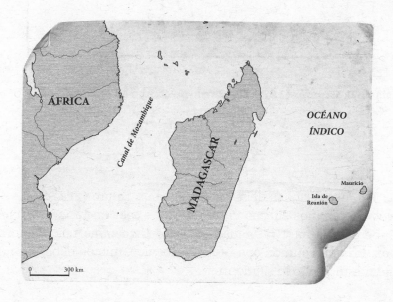

silbido... Cuando pude me levanté y corrí hacia la cabaña de mis padres...»

Según Creighton, el 20 de febrero, los gendarmes acudieron con Severin al lugar de los hechos. Y, al llegar al maizal, el testigo cayó al suelo, desmayado. Nadie supo qué le sucedió. Lo trasladaron a su casa y, al recuperar el sentido, explicó: «Volví a oír ese sonido agudo...».

En el terreno aparecieron unas huellas extrañas. Formaban un triángulo isósceles, de 1 metro de lado, y 3 centímetros de profundidad.

Isla de la Reunión, 1975. Cuaderno de campo de J. J. Benítez.

BOTTENVIKEN

Un mes después del avistamiento en Dinan (Francia), varios ciudadanos suecos vivieron una experiencia irrepetible. Supe de ella en 1979, cuando visité Estocolmo por primera vez. En una reunión con ufólogos locales, uno de ellos, Bernd Schmann, contó lo siguiente:

... Me hallaba en la ciudad de Charlottenborg, contemplando una exposición de fotos sobre ovnis, cuando se presentó un señor de unos sesenta años... Y repasó las imágenes con curiosidad... Parecía muy interesado en el fenómeno... No pude evitarlo y le pregunté el porqué de ese interés... Fue entonces cuando escuché el relato más fascinante de mi vida.

He aquí, en síntesis, lo que contó el anciano sueco:

«... Un día de julio de 1955 me encontraba en los bosques de Bottenviken, en Västernorrland... Yo era leñador... Conmigo se hallaban mis hermanos... Y a eso de las seis de la mañana, cuando ya había amanecido, observamos, a lo lejos, un objeto que zigzagueaba hacia nuestra posición... Era una cosa cilíndrica, como un cigarro... Pensamos en un avión, en apuros... Y el objeto siguió hacia el río que teníamos muy cerca, como a trescientos metros... Supimos que se iba a estrellar... Y así fue... Pero, al chocar, no oímos ruido... Y el lugar se llenó de luz... Era una luz tan rara que podíamos ver a través de los árboles, como si fueran de cristal... Nos sentimos empujados hacia delante... Yo me estrellé contra un ár-

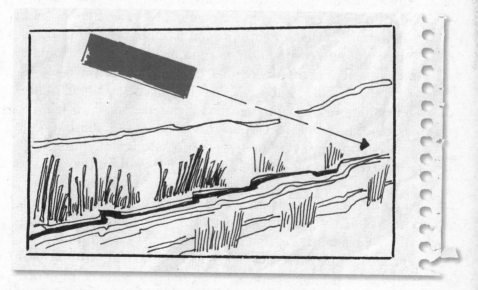

Un cilindro se estrelló (?) a 300 metros de los leñadores, en Suecia (1955). Cuaderno de campo de J. J. Benítez.

bol... Todo fue normalizándose y, como a la media hora, la luz desapareció... Entonces nos acercamos al lugar del siniestro, pero no vimos nada... No había rastro alguno del supuesto avión sin alas... Sólo ramas y troncos destrozados... No logramos comprender...»

Bernd hizo una pausa y comentó:

—Ahora viene lo bueno...

Y prosiguió:

«... Buscamos durante más de una hora —continuó el anciano—. Y en esas, cuando estábamos a punto de regresar al trabajo, alguien gritó: "¡Aquí hay un enano uniformado!"... Corrimos y contemplamos a un hombrecito de un metro de altura... Pensamos que estaba muerto... Quizá había saltado antes del accidente... Todo, a su alrededor, brillaba... Emitía una luz blanca... Nos quedamos pasmados, sin saber qué hacer... Y uno de mis hermanos trató de tocarlo, pero no pudo... Una descarga eléctrica le obligó a retirar la mano... Entonces, el hombrecito abrió los ojos y dijo, en perfecto sueco: "No me ataquen... Tan sólo recibirían una descarga eléctrica de gran potencia"... Hablaba un sueco tan perfecto que a nosotros, aldeanos a fin de cuentas, nos costaba entenderlo... Me calmé y permanecí observándolo... No era un enano, sino un hombre perfectamente proporcionado, pero con una estatura infantil, como la de un niño de cinco años... Tenía la piel amarilla, como los chinos, con los ojos pequeños y negros, sin el blanco habitual... Los lóbulos de las orejas aparecían unidos al cuello, como las aletas de un tiburón... Los labios eran incoloros y muy finos... Cuando sonreía se le veían unos dientes pequeños y blancos, todos cuadrados... El cabello era casi blanco y las manos finas y diminutas... En la frente y en una de las mejillas observamos algunas heridas y sangre roja... Tenía un uniforme metálico... Parecía un mono, como el de los aviadores... Era rojizo... Presentaba un cinturón que brillaba, con una hebilla enorme y dos "letras" (?) en el centro: una "V" y una "U" (entrelazadas)... Las botas eran rematadas por algo parecido a las bandas de un camión oruga... De vez en cuando vibraban... Y sucedió que, mientras contemplaba los zapatos-oruga, la criatura asintió con la cabeza... Comprendí que era capaz de leer el pensamiento... En esos instantes yo pensaba que servían para desplazarse, sin necesidad de caminar... Quedé más atónito aún... Y el hombrecito exclamó: "Aunque por dentro estoy destrozado, me mantengo con vida gracias a mi uniforme"... Metió la mano en un bolsillo y sacó un objeto rectangular, no mayor que una caja de cerillas... En la parte superior conté doce perforaciones... Introdujo algo en varios de los agujeritos y lanzó la cajita a cierta distancia... Después, sonriendo, comentó: "He avisado que nunca regresaré"... Cerró los ojos y notamos que padecía un gran dolor... Sus facciones se crispaban... Mis hermanos se fueron y yo permanecí junto a él por espacio de dos horas... Aseguró que procedían (en plural) de un lugar cercano, en la constelación del Águila... Y comentó también que no era la única civilización "no humana" que visitaba la Tierra, y desde una lejana antigüedad... Algunas de esas civilizaciones, dijo, llegan a nuestro mundo para vigilar lo que hacemos... Habló de miles de años: nos visitan, en

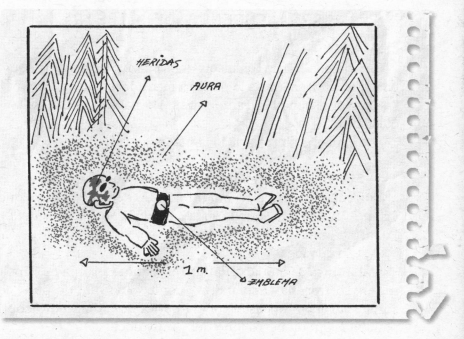

Suecia, 1955. Cuaderno de campo de J. J. Benítez.

realidad, desde siempre... Eso fue lo que escuché... Después sacó una bolsa y rogó que, al morir, lo metiéramos en dicha bolsa y lo arrojásemos al río... "Después —manifestó— han de lavarse las manos"... Y el hombrecito empezó a respirar con dificultad... Al mismo tiempo, la luz que lo envolvía se fue apagando... Y susurró unas últimas palabras: "Has venido hasta aquí en contra de tu voluntad y te vas en contra de ella... Nuestra vida es niebla"... Y murió... Mis hermanos me ayudaron a introducir el cuerpo en la bolsa... Pesaba mucho y olía a azufre... Al echarlo al río, el agua empezó a "hervir"... Y a los cinco minutos no quedaba ni rastro... Durante veintitrés años guardé silencio.»

Cuando me interesé por la identidad y el domicilio del anciano, Bernd no supo darme razón. Y añadió:

—Fue un encuentro casual, en 1978, y no tuve la precaución de anotar sus datos...

Lástima.

SANTA EUGENIA DE RIBEIRA

Juan León Reiríz tenía seis años cuando disfrutó de aquel encuentro. Sí, ésa sería la palabra más adecuada: disfrutó...

Conversé con él durante horas. No hallé ninguna contradicción.

He aquí una síntesis de lo hablado:

—Sucedió en marzo de 1957 —arrancó Juan León—. Yo era un niño. En esa ocasión, mi madre, Pepita Paz, tuvo que viajar a Vigo. Yo me quedé en la casa de la abuela, Josefa Paz Peña.

—¿En qué lugar?

—La finca se llamaba Fafián, en Santa Eugenia de Ribeira, en La Coruña (España). Y, como cada día, después de comer salí a dar un paseo por el interior de la finca. Me acompañaba *León*, un perro lobo fiel y muy dócil.

—¿Qué hora sería?

—La dos de la tarde. A las tres empezaba el colegio.

—¿Era un día de labor?

—Sí, por supuesto, pero no recuerdo la fecha. Y empecé a jugar con *León*. Le tiraba una piedra, a la que amarré un cordel, y él me la traía. En una de esas, el perro se quedó quieto, y no fue a por la piedra. Me extrañó. Y empezó a ladrar. *León* miraba hacia un lugar concreto. Fue entonces cuando lo vi. Muy cerca, a cosa de ocho metros, había un objeto redondo. Flotaba a cinco metros del suelo y en silencio. Tenía ventanillas. Era metálico y de color blanco. Brillaba al sol.

—¿Y qué hiciste?

—Me quedé mirando, maravillado.

—¿No te asustaste?

—No, verás, pensé que se trataba de una excursión escolar. Me encantaban las excursiones...

—¿Por qué una excursión escolar?

—Por las ventanillas aparecía gente...

—¿Cuántas ventanillas?

—Tres o cuatro. En algunas vi a dos personas; en otras se asomaba una. En total distinguí a unos diez seres. Iban y venían. Y, de pronto, estaban allí, conmigo.

—¿Descendieron de la nave?

—Obviamente, pero no sé cómo lo hicieron. No vi escaleras. Como te digo, estaban saludando, en las ventanillas, y después se encontraban a mi lado.

—¿Y la nave?

—Continuó arriba, quieta.

—¿Observaste la parte de abajo?

—No me fijé.

Y Juan León prosiguió su relato:

—Entonces, al verlos, me di cuenta de que eran niños. Medían como yo, un metro y poco. Reían mucho y daban vueltas a mi alrededor. Parecían muy alegres. Me tocaban sin cesar. Eso les divertía. Y acariciaban también a *León*. Fueron, incluso a por la piedra y la examinaron.

—¿Cuántos seres bajaron?

—Cinco.

—¿Cómo eran?

—Muy pálidos. El rostro y las manos se confundían con el traje. Era como un buzo, también blanco, y muy ajustado. Las caras eran alargaditas, con los ojos achinados. Tenían unas cabezas enormes. Eran calvos y los labios casi no se distinguían. Yo los tomé por niños ricos, que disfrutaban de una excursión. Por eso no me asusté. Como te dije, me encantaban las excursiones. Mi abuelo, que era cartero, me hablaba mucho de Nueva York y de América. En la zona donde vivía mi abuela se veían dos costas. Y yo imaginaba que una de ellas, la más lejana, era América.

—Continúa...

—Parecían chinitos... Fue todo muy infantil. Se reían, como te digo, y no paraban un instante.

—¿Oías las risas?

Juan León se quedó pensativo.

—Ahora que lo mencionas, no, pero se reían.

—¿Hablasteis?

—Sí.

—¿En qué idioma?

—En aquel tiempo, yo sólo hablaba en gallego. Me daba vergüenza hacerlo en castellano.

—¿Y ellos?

—Supongo que hablaban en gallego, pero no lo recuerdo.

—Dices que te tocaban...

—En efecto y todo el rato. Eran toques rápidos, como jugando. Tocaban en la cara, en el pecho, en los brazos, en las piernas...

—¿Había un jefe?

—No lo distinguí. Todos vestían de la misma forma, con un cinturón, y el mono ajustadísimo, como la ropa de los ciclistas. Pensé que era el uniforme de su colegio.

—¿Cómo eran las piernas y los dedos?

—Delgaditos. Parecían hombrecitos en miniatura.

—¿Llevaban algún emblema?

—No.

—¿Cómo se comportó el perro?

—Muy bien. Movía la cola. Eso me dio mucha tranquilidad.

—¿Te dieron la mano?

—Sí, al menos dos.

—¿Apretaban?

—No. Las sentí frías.

—¿Cómo caminaban?

—A saltitos.

—¿Eran varones?

—Eso me pareció. No vi mujeres.

—¿Cuánto pudo durar aquel encuentro?

—No lo sé. No más allá de quince minutos...

E, inexplicablemente, el testigo se vio en el interior del objeto.

—Sí, y el perro me acompañaba.

—¿No recuerdas haber entrado en la nave?

—Para nada. No sé cómo sucedió. Pero, de pronto, estaba dentro.

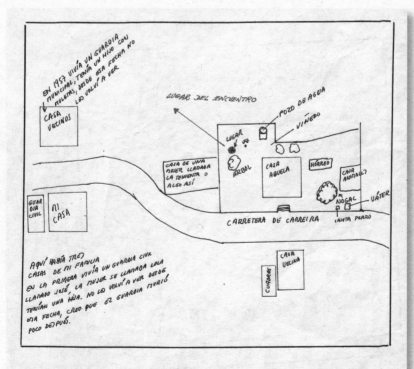

Lugar del encuentro, dibujado por Juan León.

—¿Y qué pasó?

—Me hallaba frente a una de las ventanillas. Y vi dos costas; una muy cerca de la otra. Pensé que se trataba de un río, pero uno de los seres leyó mi pensamiento y dijo: «Ésa es la costa americana y la otra es Europa». Y yo me quedé feliz. ¡Al fin veía América!

Dibujos
de Juan
León
Reiríz.

«Parecían chinitos», manifestó el testigo. (Dibujos de Juan León Reiríz.)

Hice cálculos. Para poder contemplar ambas costas, la nave tuvo que situarse a más de mil kilómetros de altura. Quedé atónito, pero no dije nada a Juan León.

—¿Cómo eran esas dos costas?

—Marrones, con el agua muy oscura.

—¿Y después?

—Mi mente está en blanco. Sólo recuerdo que me vi de nuevo en la finca. Había anochecido. Quizá fueran las ocho de la noche. Mi abuela estaba desesperada y llorando. Otros vecinos la acompañaban. Me llamó «bandido».

—Eso quiere decir que permaneciste seis horas con los «chinitos»...

—Más o menos.

Al día siguiente, la abuela lo llevó al colegio y trató de justificar la ausencia del nieto. Juan León contó la verdad pero el maestro, un hombre llamado Monchín, no le creyó.

—Sacó una navaja —comentó el testigo— y dijo que me cortaría la lengua, por mentiroso.

411

A partir de aquel momento, Juan León Reiríz empezó a dibujar aviones redondos. Años después, al ver películas, comprendió que estaba en un error: los aviones no eran redondos...

—Yo regresé muy contento —añadió Juan León—. Al fin había visto América. Y se lo dije a la abuela, pero no me creyó; nadie me creyó. Y decidí guardar silencio sobre lo ocurrido. Nunca más hablé de ello, hasta hoy.

TANDIL

A lo largo de estos 44 años de investigación ovni, la casi totalidad de los testigos que acerté a interrogar (miles) se prestó, amable y colaboradora, al trabajo de reconstrucción del avistamiento o del encuentro.

En el presente caso, como ocurriera con el cura de Peñafiel, en Valladolid (España),[1] el testigo no puso buena cara cuando me interesé por lo sucedido.

Se trataba de otro sacerdote: Emilio González Amores.

La primera noticia me la facilitó el querido doctor Vila.

«Alguien, en Brasil —comentó Enrique Vila—, tuvo un encuentro con humanoides.»

Después de no pocas idas y venidas logré dar con el testigo. En 1999 era cura párroco de la iglesia de San José Artesano, en la población gaditana de San Fernando.

Al plantearle la cuestión, el padre Emilio se negó en redondo. Necesité una hora para hacerle ver que esos sucesos no debían ser ocultados, y menos por un sacerdote.

—Pero usted ganará dinero si yo se lo cuento...

La insinuación no me gustó. Y repetí lo que he afirmado cientos de veces, en público y en privado.

—Los libros sobre ovnis son ruinosos. Las investigaciones son costosas. Jamás cubro lo invertido.

—Entonces, ¿por qué lo hace?

—Le responderé a la gallega: y usted, ¿por qué es sacerdote?

---

1. Amplia información en *Cien mil kilómetros tras los ovnis* (1978).

—No es lo mismo...

—Es exactamente igual. Se supone que usted viste esta sotana por vocación.

—Así es.

—Pues a mí me sucede lo mismo. Yo investigo y divulgo lo que encuentro porque es mi vocación, y porque la gente tiene derecho a saber.

Medio lo convencí, y aceptó relatarme lo ocurrido, con una condición: nada de grabadoras ni fotos.

Acepté.

Y al día siguiente, 21 de septiembre de 1999, a las siete y media de la tarde, me reunía con el párroco en su despacho.

No fue en Brasil donde vio a los humanoides, sino en la localidad de Tandil, al noreste de Mar del Plata, en Argentina.

... Sucedió una noche, en enero de 1958 —detalló—. Era verano... Otro sacerdote y yo acudimos al vía crucis... Era un lugar aislado y cerrado... Llevábamos sendas linternas... Y, de pronto, oímos ruidos... Enfocamos a uno de los bancos y encontramos a dos seres, sentados... Eran más bajos que yo...

El padre Emilio medía 1,50 metros, aproximadamente.

... Calculo que rondarían el metro... Tenían la piel verde y unos ojos muy bondadosos... Y uno de ellos habló y dijo, en perfecto español: «No se preocupen. Venimos a conocer»... El caso es que no movía la boca... Lo oímos en el interior de nuestras cabezas... Los dos curas quedamos petrificados... Total, nos entró miedo y salimos corriendo, hacia la parroquia...

Cuando interrogué a Emilio González Amores observé cómo palidecía. Al recordar el suceso, el padre volvió a sentir miedo.

—¿A qué distancia estaban los seres?

—A dos metros.

—En otras palabras: la observación fue clara...

—Totalmente clara.

—¿Recuerda algo de las ropas?

—Nada. Los ojos nos hechizaron.

—¿Por qué?

—Eran hermosos y dulces.

Tandil (Argentina), 1958. Cuaderno de campo de J. J. Benítez.

—¿Vio desaparecer a los seres?

—Cuando nosotros salimos corriendo, ellos tiraron montaña abajo.

Insistí en la descripción de los hombrecitos, pero el testigo no recordaba. Los ojos fueron el centro de atracción.

—También recuerdo las barbillas. Eran puntiagudas.

—¿Cree usted que no eran humanos?

—Ahora sí...

Los dos sacerdotes (uno de ellos de Granada, ya fallecido) se confabularon para no decir nada a nadie.

—Así fue durante doce años...

BELÉN

En esas mismas fechas (enero de 1958), al norte de Argentina se registraba otro encuentro espectacular.

He aquí un resumen de lo ocurrido:

... El testigo se llamaba Fernando Arquíbola... Era técnico en radio y en electricidad y profesor en electrónica... En enero de 1958 se encontraba en la ciudad de Belén, en Catamarca...

414

Una mañana —explicó— decidí iniciar labores de cateo...
Me interesaba encontrar determinados minerales... Y me dirigí a una zona ubicada a ocho kilómetros al sur de Belén...
Emprendí la marcha a las cuatro de la madrugada, en compañía de un burro... Allí cargué el instrumental necesario
para los sondeos del terreno... Llegué al lugar a las siete de la
mañana y me centré en lo que llamaban la mina de San Antonio... Caminé por el terreno, a la búsqueda de minerales
«pilotos»... Y a eso de las doce hice un alto... Descansé y comí
algo... Hacía mucho calor; quizá 35 grados... Y en eso estaba,
almorzando, cuando empecé a oír un zumbido... Me alcé y
miré, pero no vi nada... Era intermitente... Procedía, al parecer, de una quebrada próxima... Y, curioso, me encaminé hacia el sitio... Pero, al llegar al lugar, ya no se escuchaba el
zumbido... Exploré el terreno con la vista y distinguí algo que
me desconcertó... En mitad de la nada había un «edificio»...
Eso creí... Miré los mapas... Negativo... En el catastro general
de minas no figuraba... Pensé en alguna instalación militar
secreta... Se levantaba a cien metros de donde me encontraba... Podía tener sesenta de largo por otros veinte metros de
alto... Y me dije: «Eso no es un edificio»... Se apoyaba en tres
patas y tenía ventanas a su alrededor... No vi a nadie y decidí
aproximarme... Pura curiosidad... Cuando había avanzado
veinte o veinticinco metros observé algo: por la parte superior del «edificio» surgió un periscopio, o algo así... Me detuve... «Si son militares —seguí pensando—, primero disparan
y después preguntan...»... Mejor no arriesgar... A los pocos
minutos vi aparecer a alguien... Salió por uno de los extremos
del «edificio»... Era muy alto... Casi dos metros... Y aparecía
enfundado en un traje como de amianto, de color blanco... Lo
cubría de pies a cabeza... En la escafandra se distinguía un
visor de vidrio... No entendía nada... «¿Dónde me había metido?»... En los mapas tampoco figuraba ninguna base o instalación militar... Nos observamos mutuamente durante algunos segundos... Y fue cuando oí en mi mente una especie de
gorjeo de pájaros... Al instante escuché en mi cabeza una voz;
hablaba en un español impecable, sin acento... Ordenó que
me detuviera y preguntó quién era... Yo estaba confuso... Le

grité cómo me llamaba y que aquélla era la zona de cateo en la que trabajaba... Y pregunté qué clase de edificio era el que tenía a la vista... Recibí algo así como una sonrisa de burla... Lo increíble es que me hallaba a cosa de setenta metros del individuo y, sin embargo, le oía como si estuviera a un metro... «No es ninguna instalación militar terrestre», replicó el del traje de amianto. Y yo mismo me respondí: «Entonces será naval...»... Y pregunté si podía pasar al otro lado del edificio, para continuar los sondeos... «No se mueva de ahí», respondió... Y el ser tomó una cosa (una especie de linterna) y apuntó a una roca... De la «linterna» salió un haz de luz blanco brillante e impactó en la piedra, situada a 30 metros... Y en cuestión de segundos, la roca se derritió... Sentí miedo... Aquello, sin duda, era una demostración de fuerza... Y me quedé quieto, naturalmente... Durante unos segundos sólo hubo silencio... Finalmente pregunté: «¿Qué tipo de arma es esa?»... «Energía pura», replicó el tipo... A continuación preguntó: «¿Por qué cree que eso —y señaló el edificio— es una instalación militar?»... «Por el color verde oliva —le dije— y por las características. Parece un laboratorio de investigación»... Volví a percibir la sonrisa de burla y respondió que se trataba de un vehículo espacial no humano... «Hemos tenido problemas técnicos, pero estarán solucionados en breve tiempo»... Entonces pregunté si el zumbido que había oído se debía a esos problemas técnicos... Dijo que sí... Repasé el «edificio», a la búsqueda de motores o toberas, pero no hallé nada... Y pensé que mi interlocutor me estaba tomando el pelo... En mi cabeza se repitió la sonrisa de burla y escuché: «El sistema de propulsión no es conocido por ustedes»... Y al observar el «edificio» con detenimiento recordé el asunto de los ovnis... Trabajé durante un tiempo en USA y había leído algo al respecto... Era un aparato enorme... Tenía que pesar toneladas... El otro leyó mi pensamiento y contestó: «Hace más de 20.000 años que visitamos su planeta»... «¿De qué lugar vienen?», pregunté con timidez... Y aseguró que procedían de nuestra galaxia, de un sistema planetario con dos soles... Pregunté el nombre de los soles y del planeta, pero no entendía sus palabras... Solicité entrar en la nave... Tenía curiosidad... Y él replicó: «¿Pretende tener seiscientos años de la noche a la mañana?»... «¿Qué quiere decir?»... «Lo que usted puede ver ahí dentro —añadió— es ininteligible para su mente... Nos separan 50.000 años de civilización»... Y me puso un ejemplo: la mosca de mayo... «Vive ocho horas terrestres —explicó—. Si nace a las ocho de la mañana, a las cuatro de la tarde muere. Es decir, pasa por la infancia, juventud y madurez en ocho horas. Ése es el tiempo del ser humano, respecto a nosotros.»

... Y hablamos de otros asuntos: la Atlántida, la esfinge egipcia, la velocidad de la luz... Después me indicó que me ocultara por detrás de la quebrada, que me lanzara al suelo y que me tapara los oídos... Así lo hice... Y volví a sentir el zumbido, pero más agudo... Y noté una fuerte presión en la cabeza... La presión se prolongó durante medio minuto... Levanté la vista y vi el «edificio», a cosa de trescientos metros de altura... Tenía forma lenticular y brillaba como el metal... Estaba inmóvil en el espacio... Por la parte de arriba brillaba en un

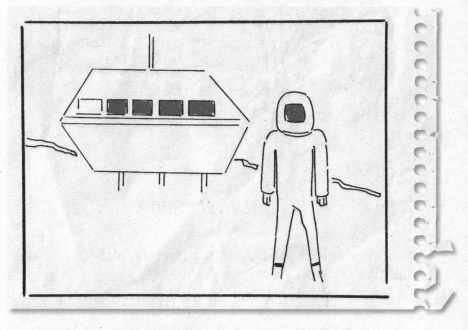

Belén (Argentina), 1958. Cuaderno de campo de J. J. Benítez.

rojo sangre... Segundos después se dirigió hacia el noroeste y desapareció de mi vista... Quedé muy impresionado...

Los investigadores preguntaron sobre la Atlántida, y Arquíbola repitió lo que le había dicho el astronauta: «La habitaban unos seres de casi cuatro metros de altura... Era una isla en mitad del océano Atlántico... Un colapso sísmico la hizo desaparecer.» En cuanto a la esfinge, la criatura afirmó que, hace miles de años, otra expedición de su mundo descendió en Egipto. La mandaba una mujer. La gente moría como consecuencia de una epidemia, y los nuestros les ayudaron, salvando muchas vidas. En agradecimiento a esa mujer levantaron la famosa esfinge.

COLONIA ROCA

Cuando recibí la carta de Graciela no lo dudé. Y volé a Argentina.

La mujer había sido testigo de algo singular.

—Yo vivía entonces en Colonia Roca, a cosa de cinco kilómetros de Concordia, en la frontera con Uruguay.

Graciela se refería a enero de 1959. Tenía cinco años de edad.

—Vivíamos en el campo —prosiguió—. Colonia Roca estaba compuesta por muchas casitas, desperdigadas aquí y allá. Y una noche, después de la cena, llegaron algunos vecinos. Traían escopetas. Hablaron de matar a un animal. Al parecer, estaba robando ganado. Dejaba las vacas y las ovejas sin sangre. Los vi asustados e irritados.

Me recordó el asunto del mal llamado «chupacabras», una criatura de ojos rojos que mata a los animales domésticos, extrayéndoles la sangre. Y Graciela continuó:

—El grupo terminó saliendo, a la búsqueda del animal, y yo, no sé por qué, me escapé de casa, dirigiéndome a la cerca que separaba nuestra finca de otra, colindante.

—No entiendo. ¿Por qué saliste de la casa? Era de noche y los vecinos iban armados...

—Yo tampoco lo sé. «Algo» me llamaba...

—¿Oíste alguna voz?

—No, pero la oía en mi cabeza.

Graciela prosiguió:

—Caminé hasta la cerca. Al otro lado vivían los Rojas.

—¿A qué distancia de tu casa se levantaba la cerca?

—A unos treinta metros. Entonces lo vi. Fui directa hacia él. Era un «hombre» alto, de casi 1,80 metros. Estaba tendido en el pasto. Era peludo y todo blanco. Jadeaba. Yo le miré y él me miró. Tenía los ojos rojos.

—¿No te dio miedo?

—No. Entonces me habló.

—¿En qué idioma?

—En español, pero no movía los labios. Lo escuché en mi cabeza.

—¿Y qué dijo?

—«No me delates»... «No tengas miedo.»

Graciela recordaba el incidente a la perfección.

—Era como si lo conociera de toda la vida...

Pregunté detalles:

—¿Cómo era?

—Todo blanco y peludo, como el yeti.

—¿Y los ojos?

—Eran los de una persona, pero rojos. Todo el cuerpo irradiaba luz.

—¿Había luz en el lugar?

—No.

—Háblame de la «piel».

—Cada pelo podía medir diez centímetros. La piel lo cubría por completo. Sólo se le veían los ojos.

—¿Quieres decir que el ser tenía luz propia?

—Eso es. Entonces, mientras nos mirábamos, oí los disparos de las escopetas y los gritos de la gente.

—¿Encontraron algo?

—No, que yo sepa.

—¿Estaba el ser asustado?

—Yo diría que sí, y mucho. Evidentemente estaba huyendo.

—¿Qué hiciste?

—Me mantuve de pie, junto a la criatura. Pero, al poco, salí corriendo y regresé a la casa.

—¿Llevaba armas?

—No vi nada de eso. Y creo que la «piel» podía ser algo que lo ocultaba.

—¿Se lo dijiste a alguien?

—No. Esa noche, cuando nos acostamos, oímos unos alaridos terroríficos. Yo temblaba de miedo. Eran desgarradores.

Graciela. (Gentileza de la familia.)

—¿Supiste algo de los cazadores?

—A la mañana siguiente pregunté. No encontraron nada.

—¿Y el ser?

—Ya no estaba.

Colonia Roca (Argentina), 1959. Cuaderno de campo de J. J. Benítez.

CIUDAD DEL VATICANO

Me impresionó lo vivido por el papa Pío XII.

El mundo lo supo gracias a la audacia del cardenal Tedeschini.

... El Soberano Pontífice —aseguró el cardenal—, tan turbado y tan emocionado como jamás le había visto antes, dignose confiarme lo que sigue: «Ayer vi un prodigio que me impresionó profundamente». Y me contó cómo había visto el «sol», bajo qué forma... «Era el 30 de octubre de 1950, víspera del día de la definición solemne de la Asunción al Cielo de la Muy Santa Virgen María... Alrededor de las cuatro de la tarde hacía mi paseo habitual en los jardines del Vaticano, leyendo y estudiando, como de ordinario, varios documentos... En un cierto momento, habiendo levantado los ojos de los papeles que tenía en las manos, fui sorprendido por un fenómeno tal como hasta entonces nunca había visto... El "sol", que estaba aún bastante alto, aparecía como un globo opaco, amarillo pálido, completamente rodeado de un círculo luminoso que, no obstante, no impedía en forma alguna mirar atentamente al "astro", sin sentir la más leve molestia... Una pequeña nube, extremadamente ligera, se hallaba delante... El globo opaco se movía ligeramente en el exterior, bien girando, bien desplazándose hacia la derecha o hacia la izquierda... Pero en el interior del globo se mostraban con toda claridad y sin interrupción unos movimientos muy fuertes... El mismo fenómeno se repitió al día siguiente, 31 de octubre... Después, el 1 de noviembre, día de la definición... Luego el 8 de noviembre, octava de dicha solemnidad... Después, nunca más... Varias veces he intentado otros días, a la misma hora, en condiciones atmosféricas idénticas, mirar al sol por ver si el fenómeno se reproducía; pero en vano: no he podido mirar fijamente al sol, pues éste me ha deslumbrado...»

Cada lector puede interpretar el avistamiento como quiera o como pueda...

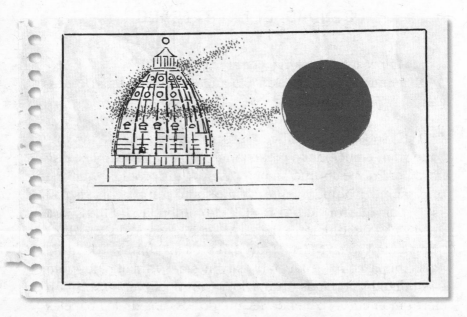

Vaticano, 1950. Cuaderno de campo de J. J. Benítez.

CASTELGANDOLFO

Pero si la observación de Pío XII fue espectacular, similar a la registrada en Jerusalén durante la crucifixión de Jesús de Nazaret[1] y también en Fátima (1917), el encuentro de Juan XXIII no lo fue menos.

El suceso, registrado en julio de 1959, se mantuvo en secreto durante veinte años, y por expreso deseo del pontífice.

Tuve noticia del asunto merced a Higinio Alas, también sacerdote, y amigo de Francesco Capovilla, secretario personal del *Papa Bueno*.

En un viaje a Costa Rica, donde residía Alas, me contó lo siguiente:

—Francesco habló del suceso mucho después de la muerte del papa. Una noche de julio, en Castelgandolfo, la residencia de verano del pontífice, Juan XXIII y su secretario se hallaban paseando por los jardines cuando, de pronto, vieron una estrella que se movía.

—¿Qué hora sería?

—No muy tarde; alrededor de las diez. Se quedaron mirando y hablaron. No se ponían de acuerdo. Entonces, la «estrella» empezó a bajar. El papa y Francesco quedaron asombrados. ¡Era una nave!

—¿La describió?

—Redonda y muy brillante. Irradiaba luz por todas partes. Y la noche se hizo día. Contaba Francesco que podían ver los árboles, la tierra y el estanque como a plena luz del sol.

Y Alas prosiguió:

—La nave se mantuvo quieta en el aire. Entonces —decía— vieron aparecer un rayo de color amarillo. Era como un tubo de luz. Partía del aparato y llegaba a escasa distancia del terreno.

—¿No tocaba el suelo?

—No. Asombrosamente, el «tubo» de luz se quedó a un metro del jardín. Y por ese «tubo» surgió una criatura. Era

1. Amplia información en *Jerusalén. Caballo de Troya 1* (1984).

humano, como nosotros, pero más alto y con unas largas orejas.

—¿Especificó la longitud de las orejas?

—No, sólo dijo que eran más largas y puntiagudas que las nuestras. Pero lo más llamativo es que, al llegar al suelo, y salir del cono luminoso, la criatura apareció con un halo de luz a su alrededor.

—¿De qué color?

—Blanco. Y el ser saludó, alzando el brazo izquierdo.

El papa y su secretario cayeron de rodillas y empezaron a rezar.

—¿Por qué?

—Pensaron que se trataba de una visión divina...

Y en cierto modo lo era.

—... Al cabo de unos minutos levantaron de nuevo los ojos y comprobaron que la nave y el ser seguían en el mismo lugar. Y el santo padre tuvo una reacción, muy típica de él. Sin decir nada se levantó y caminó hacia la criatura de largas orejas. Francesco se quedó quieto, de rodillas.

Y según Alas, Juan XXIII y el ser luminoso conversaron durante casi media hora.

—¿De qué hablaron?

Juan XXIII.

Loris Francesco Capovilla.

Higinio Alas, que confirmó el encuentro del papa Juan XXIII con un tripulante ovni en julio de 1959. (Gentileza de Jaime Rodríguez.)

Castelgandolfo, 1959. Cuaderno de campo de J. J. Benítez.

—Francesco nunca lo dijo. Dudo, incluso, que lo supiera. El papa no lo dijo.

—¿Francesco escuchaba las voces?

—Sólo la del pontífice.

—¿El papa entendía lo que le decía el ser?

—Sí, perfectamente. Pero, según tengo entendido, fue una comunicación telepática.

—¿Y después?

—La criatura regresó a la nave, por el mismo camino, y ésta se alejó, en silencio. El papa y su secretario quedaron muy impresionados. Juan XXIII estaba pálido.

Sospechosamente, poco después, Juan XXIII convocó el célebre Concilio Vaticano II.[1]

¿Hablaron de este tema? ¿Recibió el papa la idea de convocar dicho concilio durante la citada «conversación»? Es más que probable...

VIRGINIA

Sé que alguien podrá sonreír, escéptico, ante lo narrado por Alas. ¿Una criatura de orejas largas y puntiagudas? En mis archivos figuran decenas de casos en los que aparecen tripulantes de ovnis con características similares. Mencionaré algunos, y brevemente:

Virginia (USA)... 23 de abril de 1965... La señora Frederick, ama de casa, fregaba los platos después del desayuno... Miró por la ventana y creyó ver un niño, de pie, en un campo cercano... Temiendo que pudiera ser atacado por el ganado, la mujer corrió al porche y le gritó... La sorpresa de la señora fue total... Muy cerca se hallaba una máquina, posada en el terreno... Del objeto salía un cable (?) de color verde que terminaba en la cintura del supuesto niño... El ser era pequeño, de un me-

---

1. El Concilio Vaticano II arrancó en diciembre de 1961. Juan XXIII murió en 1963.

tro de estatura, con ojos negros y grandes, y unas orejas puntiagudas... «¡Dios mío! —declaró la señora Frederick—. Parecía el diablo... Tenía rabo»... La criatura recogía plantas y hierbas y las introducía en una bolsa... El ser se encontraba a 200 metros... La nave era elíptica, con ventanillas y luz a su alrededor... Emitía un zumbido... El ser caminó hacia el aparato y éste despegó... En el lugar fueron halladas huellas... Parecían garras... Se hicieron moldes de yeso y se enviaron a la Fuerza Aérea, pero los militares respondieron que se trataba de un globo meteorológico (!)... La Fuerza Aérea no devolvió las pruebas.

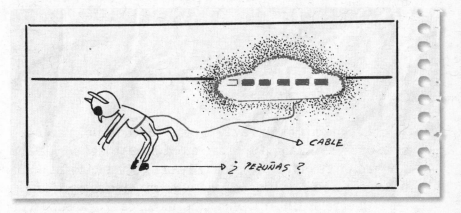

Virginia (USA), 1965. Un ser de orejas puntiagudas. Cuaderno de campo de J. J. Benítez.

WISCONSIN

... Diciembre de 1974... William Bosak, agricultor, viajaba por la carretera oeste, en Wisconsin (USA)... La niebla era espesa... Eran las once de la noche... Bosak, de sesenta y nueve años, no tenía prisa... Se encontraba a casi doce kilómetros del poblado de Frederic cuando, de pronto, «vi lo más extraño que he visto en mi vida»... Se trataba de un objeto, con forma de plato, y posado en la carretera... La niebla cubría la parte de abajo... En la zona frontal, el granjero observó un cristal y, detrás, de pie, la figura de un «hombre»... «Tenía los brazos alzados sobre la cabeza —manifestó Bosak—. El tipo parecía tan asustado como yo... Sólo vi la parte superior de la criatura; el resto lo cubría la dichosa niebla»... El testigo describió al ser de la siguiente manera: «Tenía pelo y le caía a ambos lados de la cabeza... Era humano... Lo cubría algo negro, como el cuero... Pero lo más llamativo eran las orejas... Eran largas, parecidas a las de los terneros... La boca y la nariz aparecían aplastadas»... El granjero aceleró y pasó por delante del objeto... En esos instantes, las luces del vehículo se debilitaron y escuchó un silbido... Después, la niebla ocultó la nave... Durante mucho tiempo, Bosak se negó a salir durante la noche.

SAN ANTONIO

... El 3 de mayo de 1975, el señor Olenick, de cuarenta y ocho años, circulaba por la carretera Mogford, al sur de San Antonio, en Texas (USA)... A las 21 horas, el vehículo fue iluminado por un objeto no identificado... Al situarse sobre la camioneta (Chevrolet 1959), las luces y el motor se apagaron... «Traté de salir —declaró el testigo—... La nave tenía forma de globo, con dos grandes "aletas" (?)... La zona inferior del aparato parecía metal, muy pulido... Brillaba en un color rojo... En la cúpula vi dos hombres»... El objeto se hallaba ligeramente inclinado (unos cuarenta grados), ofreciendo una perfecta visión al señor Olenick... Esa zona superior o cúpula era transparente, con un ligero tono rojizo... «Parecían estar tan interesados en mí —manifestó el testigo— como yo en ellos... Uno era el piloto, porque mantenía las manos sobre unas palancas... Sin duda eran mandos... Miraba a lo alto, no a mí... El otro tripulante sí me miraba... Eran hombrecitos; es decir, de pequeña estatura... No creo que alcanzaran el metro... Tenían narices curvadas y unas orejas prominentes, como de burro»... Llevaban ropa oscura... A los pocos minutos, el ovni se alejó... «No oí ruido alguno... Sólo percibí un remolino de aire, muy fuerte... El viento zarandeó la furgoneta y la nave desapareció»... El testigo notó un intenso olor a cables quemados.

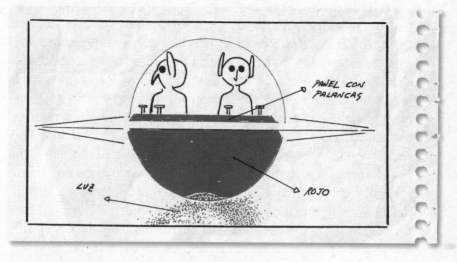

San Antonio (Texas, USA), 1975. Cuaderno de campo de J. J. Benítez.

QUEBRADILLAS

... El 12 de julio de 1977, Adrián Olmos fue testigo de un suceso sorprendente... Ocurrió en la población de Quebradillas, al oeste de Puerto Rico... «Hacia las nueve de la noche —declaró el testigo— me encontraba en el balcón de mi casa, descansando... Y, de pronto, de una finca próxima, vi salir una figurita... Caminaba hacia mi casa... Tendría un metro y poco de estatura... Pasó por debajo de unos alambres de espinos y se dirigió a un poste del alumbrado público, situado muy cerca de mi casa... Me di cuenta de que "aquello" no era nada conocido... Caminaba normalmente, como un niño... Los brazos eran más cortos de lo normal... Lo cubría una especie de traje verde, inflado... La cabeza estaba tapada por un casco de apariencia metálica, con una pequeña antena en la zona superior... En la punta se veía una lucecita... Del casco, a cada lado, salían unas orejas enormes y puntiagudas... Al frente llevaba un cristal, o algo parecido, pero no pude observar el rostro... El alumbrado público se reflejaba intensamente en dicho cristal»... El hombrecito se acercó a unos tres metros del poste del alumbrado y a cosa de nueve del asombrado testigo... En la mano derecha portaba algo pequeño, como una caja de fósforos, con otra lucecita en un extremo... Olmos reclamó a Irasema, una de las hijas, para que saliera y prendiera la luz de la sala; pero la muchacha se equivocó y movió el interruptor de la calle... «Al prender la luz exterior —continuó el testigo principal—, el hombrecito se detuvo, alertado... Dio media vuelta y regresó por donde había llegado... Pasó bajo los alambres y se detuvo... Lo vi colocar las manos en la cintura, al frente, y se encendió una caja que cargaba a la espalda... Escuché un ruido, como el de un taladro eléctrico... Entonces, ante mi desconcierto, el hombrecito se elevó y se fue hacia los árboles»... En esos momentos salió la familia, así

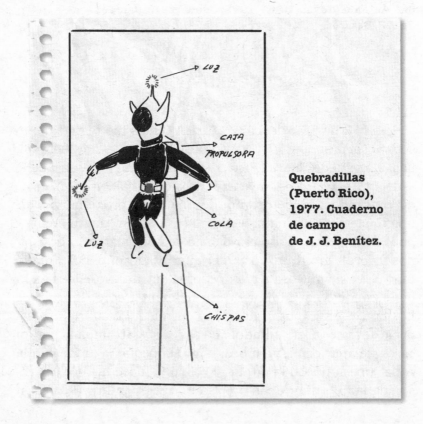

Quebradillas (Puerto Rico), 1977. Cuaderno de campo de J. J. Benítez.

como los vecinos, y vieron la luz, que se alejaba... Saltaba (?) de árbol en árbol... Y también vieron una segunda luz, similar a la primera, que identificaron con otra criatura... «De la caja que llevaba a la espalda —añadió Olmos— salieron unos chorritos, pero de chispas... Eran como las de la soldadura... El hombrecito tenía un rabo, y bien largo... Al volar lo levantaba»... Según los vecinos, el ganado estaba como loco... Corría de un lado a otro, mugiendo si cesar... Estaba aterrorizado... A la mañana siguiente examinaron los árboles y observaron ramas partidas y desecadas.

GASTAGH

El 24 de noviembre de 1978, Angelo D'Ambros, de sesenta y un años, se hallaba recogiendo leña en las afueras de Gastagh, en la provincia italiana de Vicenza... Poco antes de las doce de la mañana, mientras trabajaba, quedó perplejo... Frente a él observó a dos seres, en el aire, a cosa de medio metro del suelo... «Uno medía 1,20 metros —manifestó a los investigadores— y el otro algo menos... Eran muy delgaditos, con la piel tan estirada que se transparentaban las venas de las manos y de las cabezas... Eran calvos, con las cabezas en forma de pera invertida... Me llamó la atención las orejas: eran puntiagudas, grandes y verticales... La nariz llegaba al labio superior... Los ojos no tenían párpados y aparecían hundidos... Eran enormes... Desde el cuello a las rodillas se cubrían con un buzo oscuro y muy ajustado... Las manos y pies eran grandes, con dedos y uñas muy largos... Pregunté quiénes eran y qué querían... Sólo oí un murmullo... Y el más alto se vino hacia mí e intentó arrebatarme unas podaderas... Me resistí y forcejeamos... Entonces sentí un calambrazo en la mano y en el brazo... Agarré una rama, para defenderme, pero las criaturas huyeron... Los perseguí, pero desaparecieron... Al llegar a un claro del bosque me detuve... A 30 metros, posado en tierra, había un artefacto elíptico... Descansaba sobre cuatro patas... Era como un disco, con una cúpula en la parte superior... Era claramente metálico... Mediría cuatro metros de diámetro por dos de alto... Entonces vi la mano de uno de los seres, que cerraba una trampilla o ventana situada en la cúpula... Después despegó a gran velocidad y en silencio... Por

Italia, 1978. Cuaderno de campo de J. J. Benítez.

detrás quedó una luz roja»... En el terreno descubrieron una zona de hierba oscurecida y aplastada (en sentido contrario al de las agujas del reloj)... También detectaron huellas en forma de «U», de 20 centímetros de largo por 3 de profundidad... En una de las hojas de la podadera, los investigadores observaron varias líneas horizontales, del grosor de un dedo... El filo había tomado un llamativo color rojo...

SALOMÓN

La primera noticia sobre el avistamiento de Sharon Seider me llegó a través de Liana Romero, inquieta y veterana investigadora española.

Sharon vive en USA.

Esto fue lo que le contó a la querida Liana:

—En 1961 me encontraba de acampada en el río Salomón, en un lugar llamado Webster Lake, en Kansas (Estados Unidos). Fue un día intenso: nadamos y disfrutamos de la naturaleza.

—¿Con quién estabas?

—Con mi familia y unos amigos.

—¿Y qué pasó?

—Nos fuimos a dormir. Pero, de madrugada, algo me despertó. Salí de la tienda y vi a dos seres. Vestían monos muy ajustados y plateados. Me recordó las estatuillas de los Oscar.

—¿Puedes describirlos?

—Muy altos y bien proporcionados. Los ojos eran grandes y almendrados, como los de las pinturas egipcias.

—¿Te asustaste?

—Tuve pánico. Y en eso recibí un mensaje mental: «No tengas miedo. No te haremos daño». Y me invadió una calma total.

—¿Y después?

—Vi la nave. Estaba cerca. Me llevaron al aparato, pero no sé cómo. No caminé. De pronto estaba dentro. Había luz por

Sharon Seider.
(Foto: Liana.)

Kansas (USA), 1961. Cuaderno de campo de
J. J. Benítez.

todas partes, pero no supe de dónde procedía. Vi una gran pantalla, con un teclado. Eran teclas de colores, del tamaño de una moneda de 25 centavos. En las paredes se distinguían ventanas, parecidas a los ojos de buey de nuestros barcos.

—¿Cuántos tripulantes había en el interior?

—Cinco; uno de ellos era mujer.

—En 1961 no había ordenadores...

—Sí, a mí también me sorprendió.

—Y bien...

—Uno de ellos se acercó al «ordenador» y la nave se elevó. Y la pantalla se llenó de estrellas. ¡Estábamos en el espacio! Se veía la Tierra, azul y bellísima.

—¿Seguías hablando con «ellos»?

—Sí, mentalmente. Fue una sensación muy benéfica.

—¿De dónde procedían?

—Me indicaron una de las estrellas, muy brillante. Y yo comenté: «Venus». Ellos, entonces, dijeron que no. Y mencionaron Sirio. Yo, en esos momentos, no sabía de qué hablaban. Y me devolvieron al campamento.

CABEZAMESADA

En una de mis conversaciones con el rejoneador Rafael Peralta (que tuvo la fortuna de ver un tripulante),[1] el jinete apuntó la pista de Canorea:

—Algo le pasó en Toledo... Habla con él.

Peralta es un hombre serio. Me fié de él, naturalmente.

Y durante meses me dediqué a perseguir a Diodoro Canorea, famoso empresario taurino.

Hablé con él en diferentes ocasiones, pero siempre esquivaba la cuestión.

No tenía prisa, y esperé.

1. Amplia información sobre el encuentro de Rafael Peralta en *La quinta columna* (1990).

Finalmente, el 3 de febrero de 1984 lo abordé en la plaza de toros de Sevilla (España). No pudo negarse y, quizá por aburrimiento, contó algo (sólo algo) de lo que le había pasado. Pero antes me hizo prometer que no lo haría público hasta después de su muerte. Y lo prometí, claro está. No era la primera vez...

Lo que saqué en claro —porque tampoco fue muy explícito— es que el hecho tuvo lugar en las proximidades de su pueblo natal: Cabezamesada, en la provincia española de Toledo.

—Vimos un objeto en el suelo. Parecía una gigantesca almeja. Abierto. Y, cerca, a varios hombres, muy altos, vestidos de blanco. Salimos pitando...

El avistamiento me recordó los casos de Sagunto y Los Nebles, en Huelva, relatados anteriormente.

Intenté profundizar, pero las sucesivas llamadas telefónicas lo impidieron. Y, sin más, se levantó, despidiéndose.

Quedé frustrado, una vez más...

Lo intenté de nuevo, pero Canorea había dado el asunto por terminado.

El empresario falleció el 28 de enero del año 2000.

Diodoro Canorea, en Sevilla. Cuaderno de campo de J. J. Benítez.

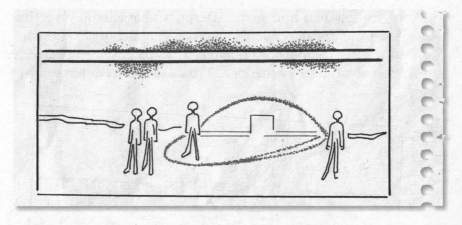

Toledo (fecha desconocida). Cuaderno de campo de J. J. Benítez.

LE BRUSC

Tuve más fortuna en Francia.

Había oído rumores. Los pescadores de la zona de Le Brusc, entre Marsella y Niza, llevaban tiempo observando extrañas luces en el cielo y en la mar.

Hablaron y contaron, pero el caso que me llamó la atención había tenido lugar en 1962.

Los testigos solicitaron que no revelara sus nombres. Siempre cumplo este tipo de petición.

Y los protagonistas resumieron su experiencia:

... Sucedió en agosto de 1962... Éramos tres, en dos botes. Salimos a pescar... El tiempo era bueno. Soplaba una brisa suave... Y al caer la noche observamos algo largo y oscuro, muy cerca, a cosa de trescientos metros... Se movía lentamente sobre la superficie del agua... Tenía una torreta en lo alto... Y comentamos: «Un submarino ha salido a la superficie»... Pero no lo reconocimos... «Debe de ser extranjero», pensamos... El mar, a su alrededor, estaba agitado... Y de pronto aparecieron cuatro hombres rana... Salieron del mar y subieron a la nave... Les gritamos, pero no nos hicieron caso... Preguntamos si eran extranjeros, pero ni siquiera miraron... Estaban a lo suyo... Después aparecieron otros buzos... Contamos doce... Y subieron igualmente al «submarino»... Tres o cuatro se quedaron de pie, sobre la nave, y observaban a su alrededor... Y todos se introdujeron en el

Le Brusc (Francia), 1962. Cuaderno de campo de J. J. Benítez.

La nave iluminó los botes. Cuaderno de campo de J. J. Benítez.

navío... El último se volvió hacia los botes y levantó la mano, saludando... Fue visto y no visto... La nave empezó a elevarse y permaneció suspendida en el aire durante unos segundos... Estábamos perplejos... Se encendieron unas luces, rojas y verdes, y un haz de luz blanca se dirigió hacia nosotros, iluminando ambas embarcaciones... Primero una y después la otra... Después se apagó el foco y la nave se elevó a cosa de veinte metros sobre las aguas... Y empezó a girar sobre sí misma, muy despacio... Y se apagaron las luces rojas y verdes... Todo era silencio... Era un disco, como un plato... Tenía el tamaño de un submarino o algo más pequeño... Y salió como una flecha, horizontalmente, desapareciendo... Pero al poco, regresó, trazó una curva sobre los botes y se elevó hacia las estrellas... Se quedó como un punto rojo... Allí permanecimos un buen rato, maravillados... Después tomamos la decisión de callar... Nos hubieran tomado por chiflados...

SAGRADA FAMILIA

En una de mis visitas de investigación a Minas Gerais, en Brasil, conseguí reunir información sobre un caso que me tenía desconcertado desde que supe de él, en 1972.

Los testigos hablaban de cíclopes: criaturas con un solo ojo. Siempre había pensado que se trataba de leyendas.

Pues no...

He aquí, en síntesis, lo que averigüé:

... Los hechos se registraron en la noche del 28 de agosto de 1963 en el jardín de una casa que se levantaba en la calle Conselheiro Lafaiete, número 1533, en el barrio de Sagrada Familia, en Belo Horizonte... Los testigos fueron tres niños: Fernando Eustaquio Gualberto, su hermano Ronaldo y José Marcos Gomes Vidal, amigo de los anteriores... Tras la cena, los tres muchachos salieron al jardín, con el objetivo de lavar una cafetera... Cerca había un pozo... Al salir por la puerta de atrás de la casa, notaron que el jardín se hallaba iluminado, pero no le dieron importancia porque había luna llena... José Marcos se dirigió a un contenedor para hacerse con el agua... Fue Ronaldo, que se encontraba detrás de José Marcos, quien descubrió de dónde procedía la iluminación... Un objeto esférico flotaba sobre un árbol, un aguacate... Calcularon que se hallaba a unos cinco metros sobre tierra y a cosa de ocho de los niños... Las paredes de la esfera eran transparentes... Medía alrededor de cuatro metros de diámetro... En la parte superior presentaba dos antenas, en forma de «V», con bolitas en cada una de las puntas... A través de las paredes de la esfera se veían cuatro personas, sentadas en sillas de una sola pata... Parecían hombres, menos uno de los tripulantes, que presentaba el pecho de una mujer y el pelo rubio recogido hacia atrás... El primero (por la derecha) manejaba un tablero o panel de control... Frente a él aparecía una pantalla de televisión... Vestían trajes, como los de los submarinistas, con cascos transparentes... Los trajes eran blancos, con botas oscuras... Y, a los pocos segundos, por la parte inferior de la nave, se proyectaron dos luces paralelas hacia el suelo... Uno de los hombres, el que se hallaba sentado junto a la mujer, se levantó y lo vieron aparecer en el aire, entre los dos haces de luz... Flotaba... Tocó tierra y caminó hacia los muchachos... Fernando y Ronaldo estaban paralizados y pegados a la pared... No podían avisar a José Marcos, que seguía con la cabeza metida en el contenedor de agua... Balanceando los brazos, el ser se acercó al pozo... Allí se detuvo y extendió la mano hacia José Marcos... Fernando interpretó este gesto como una amenaza hacia su amigo y terminó empujando a José Marcos, que rodó por el suelo... Nadie se atrevió a gritar... Estaban demasiado asustados... El hombre, entonces, hizo una serie de movimientos con las manos (siempre horizontales), así como con la cabeza, y pronunció algunas palabras, muy extrañas... Los muchachos sintieron cómo se calmaban... La observación, entonces, fue más detallada... La criatura estaba a dos metros escasos de los tres niños... y lo describieron así: «Tenía un solo ojo... Era calvo... La piel era rojiza, como la de los indios americanos... Era muy alto... Más de dos metros... La cabeza la cubría un casco transparente, como una pecera... En la parte de arriba se veía una pequeña «antena» [?], con una bolita que colgaba... El ojo era grande, redondo y negro, sin la parte blanca habitual en todos los ojos —esclerótica—... Sobre el ojo vimos una zona oscura que se movía... ¿Se trataba de una ceja?... El traje cubría todo el cuerpo y parecía hinchado.» El hombre terminó sentándose en el brocal del pozo... Se hallaba de frente al ovni y de perfil, respecto a los testigos... Fernando, entonces, pensando que la criatura estaba distraída, fue a colocarse a espaldas del cíclope, tomó un ladrillo, y lo alzó, con la intención de golpear al ser... Pero, como si hubiera adivinado las intenciones del jovencito, el cíclope se puso en pie y, velozmente, encarándose a Fernando, lanzó un rayo de luz amarilla que dio en la mano del muchacho... El haz de luz salió del pecho... Y el ladrillo cayó al suelo... El cíclope miró a los otros seres y los testigos comprobaron que sólo tenían un ojo, como el que se hallaba en tierra... Todos portaban en la espalda una especie de caja metálica de color cobre... Y el ser que estaba en el suelo empezó a hablar en un idioma muy raro, acompañado por toda suerte de gestos de las manos, cabeza y ojo... No entendieron nada... Finalmente dio media vuelta y se dirigió a la

Sagrada Familia (Brasil), 1963. Cuaderno de campo de J. J. Benítez.

Cíclopes en Brasil. Cuaderno de campo de J. J. Benítez.

nave... Y volvieron a aparecer los dos rayos de luz... El tipo se elevó despacio y lo vieron entrar en la esfera... Después se sentó junto a la mujer... En cuestión de segundos se produjo un flash luminoso y el objeto se alejó, oblicuamente, hacia el este... Todo fue silencioso... Y los niños, malamente, recuperaron el aliento... Los muchachos entraron en la casa, alertando a la familia... José Marcos, aterrorizado, se metió debajo de una de las camas...

A partir de ahí, numerosos investigadores acudieron al lugar e interrogaron a los testigos.

LAGUNA BLANCA

Seis años después se repitió el avistamiento de cíclopes. Ocurrió en Argentina, en Laguna Blanca (El Chaco). Testigo: Amaro Lockett, ex agente de policía.

... El 9 de octubre de 1969 —manifestó Amaro— viajaba con mi camioneta por la zona de Laguna Blanca... Eran las cinco y media de la tarde... Entonces observé algo extraño sobre uno de los árboles que se asomaba a la ruta... Sobre las ramas había un aparato, un disco... Sentí frío y miedo... Y el coche se detuvo... Entonces vi algo desconcertante: alrededor de la nave flotaban unas criaturas de pequeña estatura... Calculé unos ochenta centímetros... Estaba desconcertado... Tenían el pelo largo y rubio, como los hippies... ¡Y un solo ojo!... No había ruido... Todo era silencio; un silencio inexplicable en ese lugar... De vez en cuando aparecían unas luces de colores que incidían en los seres que volaban... Al cabo de unos minutos, el objeto se elevó y se perdió... Cuando recobré el aliento puse en marcha la camioneta y salí pitando... Después denuncié el asunto en la policía... Al regresar al lugar, los agentes comprobaron que las hojas del árbol estaban quemadas.

El testigo falleció en 1971. Fue a partir de esos momentos —como sucede habitualmente— cuando los mercachifles de la investigación ovni se burlaron del asunto, asegurando «que todo se debió a un chiste».

La familia de Amaro, sin embargo, rechazó semejante despropósito. ¿Por qué el testigo iba a denunciar el hecho si se hubiera tratado de una supercheria? Amaro Teodomiro Lockett fue comisario de policía y hombre serio y responsable.

CÁRDENAS

En 1979, burlándose, a su vez, de los «chantas» de la ufología argentina, los cíclopes volvieron a aparecer...

El avistamiento se registró a finales de marzo, en la localidad de Cárdenas, en San Luis Potosí (México).

He aquí una síntesis de los hechos:

... Los hermanos Juan y Héctor Ruiz, de diez y ocho años de edad, respectivamente, regresaban del colegio... Se dirigían a su casa... Era la una de la tarde... Día azul y despejado... Al ingresar en el barrio de El Corito, los niños vieron un grupo de «hombrecitos»... «Unos veinte —declararon—. Tendrían medio metro de altura... Pensamos que eran niños, que jugaban... Pero no... Aquellos "hombrecitos" se movían a gran velocidad, y no tocaban el suelo... Nos quedamos parados, con la boca abierta... Entonces emprendieron el vuelo y se alejaron... Pero lo más asombroso es que sólo tenían un ojo, aquí, en el centro de la frente... Cada "hombrecito" aparecía rodeado de una luz blanca.»

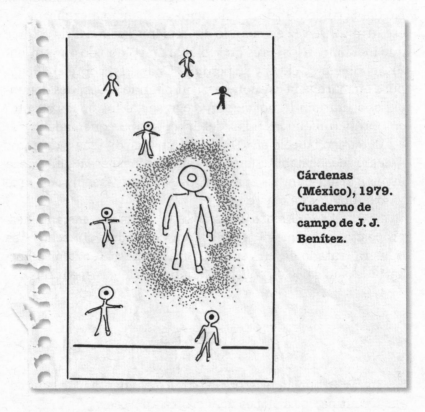

Cárdenas (México), 1979. Cuaderno de campo de J. J. Benítez.

Otros vecinos de la zona observaron también una veintena de luces que evolucionaban sobre el barrio.

Se da la circunstancia de que, días antes, otros testigos vieron pequeñas criaturas (con un solo ojo) en Ciudad Valles, también en San Luis Potosí.

Estos hechos me hicieron reflexionar y, al igual que sucedió con los centauros, me replanteé la cuestión. ¿El Polifemo de la Odisea es una simple leyenda? Quizá Homero supo de encuentros con cíclopes, como sucedió en Brasil, Argentina y México, y adornó la aventura de Ulises.

El lector sabrá juzgar...

CARACAS

Los medios de comunicación son de vital importancia a la hora de investigar un suceso ovni. Frecuentemente son los encargados de levantar la liebre, como se dice en mi oficio (soy y seré periodista siempre). Ejemplo: el caso del doctor Sánchez Vegas, en Venezuela.

Las primeras noticias, publicadas en la prensa de Caracas, decían, entre otras cosas:

«... Agosto de 1967... Los hechos acaecieron de la siguiente forma, según el relato del Dr. Sánchez Vegas: a fines de la semana pasada (mediados de agosto) entró al consultorio del científico un personaje sumamente raro, de baja estatura, extrañas facciones, raro modo de hablar y de moverse, aunque relativamente parecido a un ser humano normal, salvo algunas diferencias, pero vestido con un traje como metálico y de color plateado, quien le pidió ser examinado... Al tomarle la temperatura, el Dr. Sánchez Vegas se asombró al observar una temperatura elevadísima, casi hirviente, insoportable para un cuerpo normal, y ante el asombro del médico quien quiso apresurarse a suministrarle una alta dosis de antibióticos, el hombrecillo le expresó que no era necesario, porque ésa era su temperatura normal y que lo que ocurría era que él no era habitante de este planeta... Comenzó entonces un diálogo entre el doctor y el extraño visitante y, a las numerosas preguntas del primero, el hombrecillo le manifestó que él no era habitante de Marte, sino de un planeta más lejano aún; que ellos (pues hablaba también en plural) habían visitado la mayoría de los planetas existentes; que no se extrañase de que hablara un castellano perfecto e incluso con acento venezolano, pues antes de visitar cada nuevo mundo observan durante largo tiempo la vida de esos territorios y captan por instrumentos los idiomas y el acento, siendo capaces de hablar en todas las lenguas existentes... Dijo llamarse Astrum... Asombró al médico el hecho de que muchas preguntas que iba a hacerle al hombrecillo se las contestaba antes de ser formuladas... Nadie supo cómo había entrado en el despacho del doctor... Sánchez Vegas llamó a su enfermera, pero ésta no supo aclarar la incógnita... Tras media hora de conversación, el doctor procedió a examinar al «paciente», comprobando, con asombro, que carecía de orejas... Los ojos eran redondos y grandes y sólo disponía de diez dientes... Y verificó también que tenía un solo pulmón, con el corazón en el centro del tórax... Los órganos genitales eran muy reducidos... Finalmente, el hombrecito desapareció. Nadie supo cómo...».

Los hechos tuvieron lugar en el Centro Médico de San Bernardino, en la ciudad de Caracas.

Sánchez Vegas era un prestigioso médico venezolano. Por esta razón, el revuelo en la prensa, y en la ciudad, fueron notables. Los medios de comunicación se hicieron eco del asunto, aireando toda suerte de infundios y suposiciones. Se habló que, tras la visita al centro médico, el doctor Sánchez Vegas sufrió un infarto, consecuencia de la impresión. Se dijo que el resto de la comunidad científica exigía su inmediata dimisión y se habló, incluso, de que Sánchez Vegas había tenido que huir a Estados Unidos.

Y, como hago habitualmente, guardé la información en la «nevera»...

Y dejé pasar el tiempo.

En esta oportunidad, «sólo» treinta años (!).

Y en noviembre de 1999, el Destino tocó en mi hombro. Era el momento.

Aproveché uno de mis frecuentes viajes a Venezuela para buscar al doctor Sánchez Vegas. Imaginé que estaría muerto.

Pues no: ¡vivía!

Y me recibió, encantado.

Con Luis Leónidas Sánchez Vegas, endocrinólogo, se encontraban también su esposa, Carmen, y algunos de sus hijos.

Luis Felipe, también médico, fue clave a la hora de esta larga grabación.

El doctor Sánchez Vegas tenía, en ese momento, ochenta y dos años, pero recordaba lo ocurrido.

He aquí un resumen de dicha conversación:

—Así que desea conocer la verdad...

El comentario del doctor me dejó confuso.

—Por eso estoy aquí...

—¿Qué sabe usted de esa historia?

—Lo que pude leer en la prensa.

—Esa no fue la verdad...

—No entiendo.

Sánchez Vegas sonrió, divertido.

—Tuvimos que ocultar la verdad... Pero déjeme que se lo cuente desde el principio, tal y como ocurrió.

Escuché en silencio.

—Fue a mediados de junio de 1967. Yo trabajaba en el Centro Médico de San Bernardino. Era internista. Una mañana, Alicia, mi enfermera, abrió la puerta y comentó: «Doctor, aquí hay un señor que le está buscando». Era Silvano, un hombre que pedía limosna por la zona y que cuidaba los autos. Yo le conocía. Y me pidió que acudiera a La Quebrada, un barrio cercano a San Bernardino. Un enfermito necesitaba mi ayuda. Yo acudía con frecuencia a ese barrio marginal y ayudaba en lo que podía...

En las averiguaciones posteriores supe que Sánchez Vegas era un filántropo. Dedicaba muchas horas a curar a los más necesitados, y lo hacía siempre por amor. En La Quebrada lo querían mucho.

—«Es un muchacho muy raro —anunció Silvano—. Está echado y orina sangre. Quiero que lo vea». Y le pregunté: «¿Dónde está?». «Lo tiene María, la que hace las arepas y las conservas de coco.» También la conocía. En ese barrio, en esa época, había muy pocas casas, con un gallinero común. Y me presenté en la casa de María. Y fue allí donde lo encontré. Era una criatura extrañísima. Tenía la cara redonda, con grandes ojos y doce dientes: tres arriba, con dos colmillos, y el resto abajo. Se encontraba muy enfermo. Presentaba llagas en las piernas, todas infectadas.

No pude contenerme y pregunté:

—¿Cómo apareció en ese lugar?

—Nadie supo aclararlo. Nadie lo sabía. De repente se presentó en La Quebrada.

Rogué al doctor que prosiguiera.

—Estaba consciente. Lo examiné una y otra vez y observé que la infección en la pierna derecha era importante. Entonces fue cuando me fijé en los pies. Estaba descalzo y presentaba tres dedos, con un cuarto dedo posterior, hacia atrás. Parecían garras.

—En total, cuatro dedos en cada pie...

—Exacto. Las manos eran diferentes. Tenía seis dedos: tres hacia delante y el resto hacia atrás. Parecían pinzas. Al principio pensé en una deformación genética, pero era muy raro.

—¿Por qué?

—Continué examinándolo y auscultándolo y verifiqué que los pulmones eran muy pequeños; en realidad era un solo pulmón, dividido en dos. En el centro se hallaba el corazón. Era grande como un puño. El ritmo era de noventa pulsaciones por minuto; quizá más.

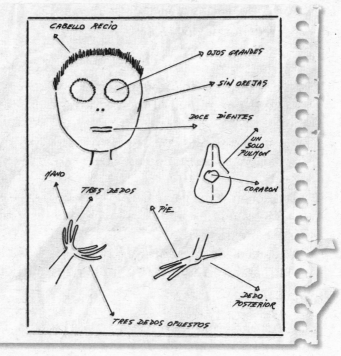

Caracas, 1967. Cuaderno de campo de J. J. Benítez.

CABELLO RECIO

OJOS GRANDES

SIN OREJAS

DOCE DIENTES

UN SOLO PULMON

CORAZON

MANO

TRES DEDOS

PIE

DEDO POSTERIOR

TRES DEDOS OPUESTOS

—¿Qué altura tenía?

—Un metro y 17 centímetros.

—¿Y la cabeza?

—Era desproporcionada en relación al cuerpo.

—Dice usted que los ojos eran grandes...

—Sí, y negros, sin el blanco del ojo.

—¿Tenía pelo?

—Sí, grueso. Y cinco costillas a cada lado, pero no presentaba las flotantes, como nosotros. No eran curvas, sino paralelas.

—¿Qué le pareció la sangre?

—Más oscura que la nuestra, tirando a morado.

Y Sánchez Vegas prosiguió:

—Lo colocamos en una cama y allí lo asistí, cada día.

—¿Habló con él?

—Poco.

—¿Hablaba español?

—Sólo algunas palabras.

—¿Cuánto tiempo lo asistió?

—Alrededor de dos meses.

—¿Le hizo fotos?

—No se me ocurrió.

—Pero ¿qué pensó usted que era?

—Quizá un animal; al menos, lo parecía. Después comprendí.

—¿Por qué?

—Al cabo de ese tiempo me hizo ver que se tenía que marchar.

—¿Recuerda sus palabras?

—«Me están buscando», dijo. Y yo le respondí que debía esperar a que mejorase.

—¿Cada día lo curaba?

—Sin faltar un solo día. También descubrí úlceras en las nalgas.

—¿Observó los genitales?

—Era un varón, pero con un solo testículo. Los genitales eran pequeños, como los de un bebé. ¡Ah!, y algo que me llamó mucho la atención: carecía de ombligo.

—¿Y las orejas?

—No tenía. Sólo el oído interno.

—¿Y la piel?

—Entre blanca y amarilla.

—¿Presentaba fiebre?

—Sí, aunque no muy alta.

—¿Se quejaba?

—Aparentemente sí, y rugía. Era obvio que sentía dolor.

—¿Estaba asustado?

—No lo parecía.

—¿Qué ropa llevaba?

—Dos piezas: una camisa y un pantalón.

—¿La ropa era normal?

—Sí.

—¿Le preguntó de dónde procedía?

—Sí, y respondió con una palabra: «Lejos».

Y, poco a poco, merced a la ayuda del doctor, la criatura mejoró.

Doctor Sánchez Vegas. (Foto: Blanca.)

Centro Médico de San Bernardino. (Foto: Blanca.)

—Entonces empezó a ayudar en la fabricación de las arepas.

—¿Caminaba normalmente?

—Arrastraba los pies.

—¿Comía con la gente de La Quebrada?

—No se movía de la casa de María. Allí comía. Y, al hacerlo, rozaba los dientes.

—¿Lo vio más gente?

—Todo el barrio.

—¿Qué comía?

451

—De todo. Se sentaba y miraba a los que llegaban.

—¿Por qué?

—No se fiaba, pienso yo.

—¿Él solicitaba la comida?

—Sí, y decía «comida», «agua»...

Y, según contó el doctor Sánchez Vegas, al cabo de dos meses, más o menos, el ser le hizo ver que tenía que marcharse. Y le dijo a dónde llevarlo y con quién debía ponerse en contacto.

—Tenía que trasladarlo a San Fernando de Apure, en el centro oeste de Venezuela —confirmó Sánchez Vegas—. Allí lo entregaría a una familia india. Ellos sabían qué hacer. Y el 17 de agosto lo llevamos al Centro Médico de San Bernardino. Allí le proporcioné medicamentos.

—¿Le hizo pruebas?

—No, fue todo muy rápido. Y en esos momentos, alguien vio a la criatura y terminó filtrando la noticia a la prensa.

El doctor se lamentó:

—No pude hacer nada, salvo inventar la historia de la súbita aparición del ser en el hospital. ¿Qué podía hacer? De haber contado la verdad, nadie me habría creído. Y las cosas se enredaron, merced a los bulos y a los despropósitos de los periódicos.

—¿Y lo llevaron a Apure?

—Sí. Unos amigos me ayudaron. Viajamos en dos carros y durante ocho días. Allí lo entregamos a la familia india. Y

Luis Sánchez Vegas (izquierda) con J. J. Benítez, en el Centro Médico de San Bernardino, en Caracas. (Foto: Blanca.)

éstos lo trasladaron a un lugar solitario, en la sabana, y lo dejaron con sus cosas. Entonces vimos un objeto, que descendía. Era un disco, con una cúpula. El hombrecito entró en la nave y ésta se elevó, desapareciendo. Todo en el más absoluto silencio.

—¿Se despidió de usted?

—Sí, y me dijo, con su escaso español: «Si no muero volveré en 2027.»

—¿2027?

—Eso dijo.

—Y ahora, transcurridos más de treinta años, ¿qué piensa del asunto?

—Imagino que la criatura se perdió o resultó herida.

—¿Era humana?

—No lo creo.

—¿Cuánta gente pudo ver la nave en Apure?

—Mucha...

ASHLAND

En ocasiones —muy pocas— no es preciso recorrer miles de kilómetros para interrogar a los testigos. A veces, el Destino juega a favor del investigador. Eso fue lo que sucedió con Herbert Schirmer, policía de Ashland, en Nebraska (USA). En mayo de 1979 fue invitado a participar en el programa *La clave*, de TVE. Y me apresuré a viajar a Madrid. Herbert, amabilísimo, me permitió conversar con él durante horas. Y reconstruí otro caso de especial interés.

He aquí una síntesis del suceso:

... El 3 de diciembre de 1967 (tres meses después del suceso vivido por el doctor Sánchez Vegas) Herbert, patrullero de la policía en la ciudad de Ashland, se sintió incómodo... Era de madrugada... Y el policía presintió algo... Los perros aullaban sin cesar... Los animales se mostraban inquietos... A las dos y media detuvo su auto en la intersección de la carretera 63...

Herbert Schirmer.
(Foto: J. J. Benítez.)

En la cuneta, a corta distancia, observó lo que creyó un camión... Lo iluminó con las luces largas y, ante su sorpresa, el supuesto camión se elevó, desapareciendo en la noche... Al regresar a la comisaría dejó constancia en el libro... Meses más tarde fue sometido a regresión hipnótica y contó lo siguiente: «Tras iluminar al "camión", vi aparecer a tres seres... Se acercaron al auto y uno preguntó, en inglés, "si era guardia de por allí"»...

Herbert respondió afirmativamente y el individuo colocó algo metálico en el cuello del patrullero... A partir de ese momento, el policía perdió la voluntad... Y fue llevado al interior de la nave... Se la mostraron y, posteriormente, fue devuelto al coche...

—Al principio —contó Herbert—, cuando observé el supuesto camión, el motor del patrullero, y las luces, se vinieron abajo. Intenté contactar por radio con la central, pero no funcionaba. En esos momentos vi a los tres individuos, que se acercaban.

—¿Cómo eran?

—No muy altos. Quizá cuatro o cinco pies [1,50 metros]. Las cabezas eran «apepinadas». La piel se veía de color blanco ceniza y los ojos saltones. El aspecto era oriental. Vestían buzos muy ajustados, de color plateado. Llevaban botas y guantes. Presentaban algo parecido a cascos, con una pequeña antena en el lado izquierdo. En el pecho llevaban un escudo en el que se distinguía una serpiente con alas.

—¿En qué parte?

—A la izquierda.

—¿Cómo fue la comunicación?

—Era un inglés muy cortante, muy primitivo. El sonido no partía de la boca, sino del pecho.

—¿Y qué hiciste?

—Intenté sacar el revólver, pero no pude.

—¿Por qué?

—No sé describirlo. Una fuerza invisible lo impidió. Entonces, uno de los seres activó un aparato y vi aparecer un gas de color verde. Y el auto quedó envuelto en esa cosa. Creo que perdí el conocimiento. Después me encontré en el interior de la nave.

Dibujo de uno de los tripulantes, realizado por el policía de Nebraska en el cuaderno de campo de J. J. Benítez.

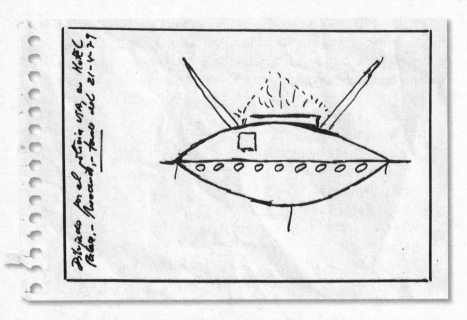

**La nave observada por el policía norteamericano.
Cuaderno de campo de J. J. Benítez.**

—¿Qué viste?

—Entré en una habitación. Tenía una iluminación rojiza. Había dos sillas de respaldo triangular. Todas las paredes estaban repletas de aparatos que no había visto nunca. También vi varias ventanillas.

—¿Qué te dijeron?

—Que procedían de una galaxia cercana y que disponían de bases en Venus y en otros planetas del sistema solar, incluida la Luna. También afirmaron que tenían bases en la Tierra: en los polos, frente a las costas de Florida y en Argentina; todas bajo las aguas.

—¿Desde cuándo nos observan?

—Desde siempre. Y vi mapas de estrellas, pero no supe interpretarlos.

—Háblame de la serpiente alada...

—El que parecía el jefe la tenía en color rojo; las otras eran blancas.

—¿Por qué descendieron en ese lugar?

—Dijeron que necesitaban electricidad. Allí cerca había una subestación eléctrica.

Y los técnicos, en efecto, constataron la caída del voltaje, al menos durante tres minutos.

—¿Qué fue lo que más te impresionó?

—Ellos hablaron de «invasión», aunque de forma amigable. Y manifestaron «que algún día se mostrarán abiertamente».

—¿Debemos tener miedo?

—No, para nada. Son pacíficos. Eso deduje. Y explicaron: «Algún día, ustedes verán el universo como nosotros lo vemos».

BELAGUA

José Pío Mayo era ganadero. Vivía en Belagua (Navarra, España). El 16 de agosto de 1968 le tocó vivir una experiencia singular. Me lo contó el 15 de mayo de 1992, en Pamplona. Lo recordaba perfectamente.

—Ocurrió hacia las dos de la madrugada, a cosa de diez kilómetros del pueblo. Había subido el ganado al puerto y bajaba ya tranquilamente, en compañía de mis perros. Y al alcanzar el llano de Belagua, por la zona sombría, distinguí dos sombras. Y pensé: «La pareja de la Guardia Civil».

—¿Bajaba por la carretera?

—Sí.

—¿A qué distancia se hallaban las sombras?

—A doscientos metros, más o menos. Y, de pronto, me detuve. No lo va a creer...

—Le aseguro que he oído de todo.

—Pues bien, ¡flotaban! Se movían en algo que no tocaba el suelo. Como si fuera una canoa. Pero no tenía alas ni emitía sonido alguno. Y, sin embargo, se desplazaba a un metro de la tierra.

—¿Y qué hizo?

—Dejé que se aproximaran. Y cuando estaban a diez metros me vieron y, sin más, giraron a su derecha, y se perdieron en el matorral.

—¿Vio luces?

—Nada. Y me quedé con dos palmos de narices...

—¿Y los perros?

—Eso es lo bueno: se escondieron entre mis piernas. Estaban acoquinados.

—¿Eran perros valientes?

—Valientes y adiestrados para cuidar el ganado. Eso me dejó perplejo.

—¿Cómo eran las sombras?

—Sólo vi dos cabezas y la mitad de los cuerpos. Parecían sentados en la «canoa voladora», uno al lado del otro. Y al verlos doblar hacia el monte me dije: «Ya se mataron».

—¿Por qué?

—Aquél es un terreno salvaje. Si no lo conoces te estrellas...

—¿Qué longitud tenía la «canoa»?

**Pío Mayo Garcés.
(Foto: Iván
Benítez.)**

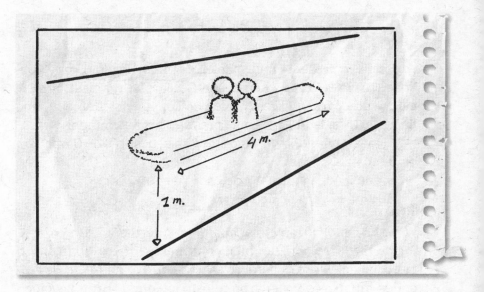

Belagua, 1968. Cuaderno de campo de J. J. Benítez.

—Unos cuatro metros.

—¿Vio ruedas?

—Nada. Aquello volaba. Y me dije: «¿Qué coño es eso?».

—¿Recuerda cómo fue el viraje?

—Suave y lento.

—¿Hicieron algún gesto o hablaron?

—Nada, iban tranquilísimos; como si conocieran el lugar.

—¿Qué velocidad llevaba la «canoa»?

—Muy poca; como la de una persona cuando camina.

—¿Y qué hizo usted?

—Seguí hacia la borda y me metí en la cama, pero no pude dormir. A la mañana siguiente regresé al lugar, pero no vi nada extraño.

—¿Y los perros?

—Se negaron a acompañarme.

—¿Todavía estaban asustados?

—Acobardados, diría yo. Uno de ellos tuvo que ser sacrificado a los pocos días.

—¿Por qué?

—Le salieron muchos bultos...

COWICHAN

Recibí la presente información del investigador Garry Jopko, del APRO (Aerial Phenomena Research Organization, «Organización para la Investigación de Fenómenos Aéreos»), uno de los grupos de ufólogos más prestigiosos del mundo.

El avistamiento ovni tuvo lugar en el hospital de Cowichan, en Duncan (Canadá).

Era la madrugada del 1 de enero de 1970.

He aquí la versión de Jopko:

... La señora Doreen Kendall era enfermera... En compañía de Fieda Wilson, también enfermera, empezó su turno en la noche del 31 de diciembre... Acudieron a la unidad de cuidados intensivos y vigilaron a los pacientes... Eran las cinco de la madrugada... Kendall se dirigió a una de las camas, junto a la ventana, y Fieda atendió al enfermo situado cerca de la puerta... Kendall llevaba nueve años en dicho hospital... Y, de forma rutinaria, Doreen Kendall abrió las cortinas del ventanal... Entonces lo vio... Era un objeto con forma de disco... Se hallaba muy cerca de la pared, a cosa de veinte metros... Las enfermeras se hallaban en el segundo piso y el ob-

jeto brillaba a la altura del tercero, el pabellón infantil...
Kendall se quedó fascinada... E hizo la siguiente descripción:
«Calculo que tendría cincuenta pies de diámetro [unos diecisiete metros]. Estaba quieto... No se percibía ningún ruido...
En un primer momento lo vi inclinado y a cosa de sesenta
pies del suelo [veinte metros]... Tenía forma de platillo, con
una cúpula y un "collar" de luces a su alrededor... Era metálico y plateado... Al estar inclinado, pude ver parte del interior de la cúpula... Parecía iluminada de abajo hacia arriba...
La cúpula, no sé si lo he dicho, era transparente, como el
cristal... Y dentro de esa burbuja vi a dos individuos... Eran
totalmente humanos... Al principio sólo los vi de cintura para
arriba... Uno de los individuos se hallaba sentado, frente a
unos instrumentos cromados, compuestos por círculos grandes y pequeños... Todos irradiaban luz... Detrás, de pie, había
otro ser... Eran altos... Medirían dos metros o más... De pronto, el tipo que se hallaba de pie me miró... Llevaban monos
oscuros y las cabezas cubiertas con cascos... Y fue a colocar
su mano en el hombro del que estaba sentado, como advir-
tiéndole de mi presencia... Y el que controlaba los aparatos

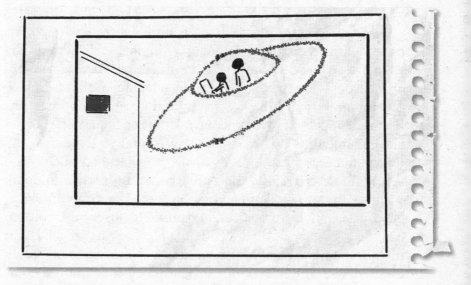

**Hospital de Cowichan, en Canadá, 1970. Cuaderno de campo
de J. J. Benítez.**

activó una especie de palanca, como la que llevan algunos aviones... Se hallaba en el suelo de la nave y tenía una bola en el extremo... Movió la palanca hacia arriba y hacia abajo y el disco se inclinó hacia mi ventana... La visión, entonces, fue perfecta... Los seres tenían una belleza muy llamativa... Entonces vi unos taburetes... La visión se prolongó unos segundos... Reclamé la atención de mi compañera, que vio el ovni cuando ya se alejaba...».

Otras enfermeras, alertadas por Kendall y Wilson, se asomaron a las ventanas y observaron una luz, muy baja, que describía círculos sobre el hospital. Después la vieron alejarse.

PENÁGUILA

En 1997 recibí una carta de Carlos Fernández, licenciado en Filosofía y Letras. En ella contaba un avistamiento ovni, relativamente parecido al del hospital de Canadá. Asombroso...

La carta decía así:

... Ocurrió en la primera semana de agosto de 1982... Yo pasaba las vacaciones en Penáguila, un pueblo de la montaña en la provincia de Alicante (España), cerca de Alcoy... Una noche, después de cenar, salí a la calle, a jugar al fútbol... Lo hice con un amigo... Estábamos solos (aún no era la época de las fiestas del pueblo)... Nos encontrábamos en la plaza de la iglesia... Y, mientras nos pasábamos la pelota, yo le interrogaba tranquilamente sobre los *ufos* (ovnis, en inglés)... Era una conversación de chavales... Sin embargo, en un momento dado, Vicente, mi amigo, detuvo el balón y me rogó que mirase al cielo, casi en nuestra vertical... Le prometo que me estremezco cuando lo escribo... Allí arriba había algo... Se asemejaba a un platillo volante... Estaba suspendido en el aire, completamente estático, y sin ruido... Lo miré en varias ocasiones para aceptar su presencia (como en los dibujos animados)... Sé que tenía forma de plato sopero invertido por la posición de sus luces...

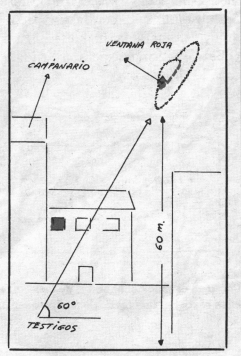

Si el ovni no se hubiera inclinado, la figura del tripulante habría pasado inadvertida. Cuaderno de campo de J. J. Benítez.

Estaban (más o menos) dispuestas en dos niveles: las de arriba eran de color azul y naranja, y las de debajo de color rojo... Las de abajo estaban dispuestas en línea horizontal y marcaban el perímetro del objeto (por eso sé que era redondeado)... Pero lo más fuerte es que, en el punto medio de esa línea, había una abertura, semejante a una ventana... Desprendía luz roja... Y en medio de la ventana, una figura «humanoide» que parecía observar... No distinguimos rasgos; era imposible... La luz procedente del interior oscurecía su figura y tan solo podía verse la silueta, de cintura para arriba... Debió de estar suspendido veinte o treinta segundos, y desapareció con el mismo sigilo con que había venido... Volvimos a mirar y ya no estaba... Increíble... Eso es todo... Naturalmente fui a casa muy excitado, para contar lo sucedido, pero nadie quiso creerme...

En sucesivas comunicaciones, Carlos precisó algunos detalles. Por ejemplo: la nave podía encontrarse a unos sesenta metros del suelo. E insistió en lo del silencio: Reinaba una calma absoluta que, con la perspectiva del tiempo, me parece «muy especial». Podía «oírse». El tripulante presentaba una cabeza en forma de pera invertida. Parecía musculoso (sobre todo los hombros).

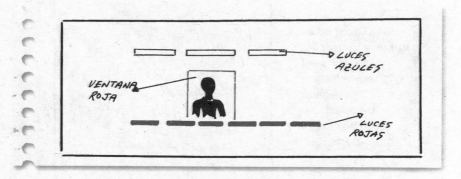

Como en el caso del hospital de Cowichan, el tripulante observó a los testigos. Cuaderno de campo de J. J. Benítez.

MENDOZA

Nunca lo conté, y ya va siendo hora...

La persona que despertó mi interés por el fenómeno ovni se llamaba Alfonso Ventura. Fue el redactor jefe de la desaparecida *Gaceta del Norte* (País Vasco), periódico en el que trabajé entre 1972 y 1979.

Una mañana dejó una hoja de teletipo sobre mi mesa, en la redacción, y ordenó: «Mira a ver qué es esto».

Leí, curioso.

Alguien —decía el teletipo— había visto un ovni en la provincia de Burgos.

Me hice con un fotógrafo (Alberto Torregrosa) y pensé, para mí: «¡Vaya chuletas que me voy a comer en Lerma!».

Quedé impactado.

Los testigos hablaban de un objeto enorme y silencioso, que se colocó sobre la escuela...

Escribí la información y se la entregué a Ventura. Me pidió que esperase. Leyó las cuartillas con detenimiento y preguntó:

—¿Qué opinas?

—Muy raro —repliqué—. Creo que no mienten...

—¿Podría ser un helicóptero o un globo?

—No.

—Entonces...

Me encogí de hombros. No sabía qué pensar. Era la primera vez que me enfrentaba al asunto ovni.

Antes de retirarme de la «pecera», Ventura buscó en un cajón de su mesa y extrajo unas hojas de periódico. Y, sonriendo, me las entregó. Llevaban fecha de septiembre de 1968. Habían sido escritas por él, como enviado especial a Mendoza (Argentina).

—Puede que te interese —redondeó.

Leí los reportajes (siete en total) con una extraña avidez.

Alguien estaba «tocando en mi hombro»... Era el momento.

Las hojas de *La Gaceta del Norte* contenían una extensa información sobre un encuentro con tripulantes, registrado en plena ciudad de Mendoza en agosto de 1968.

He aquí un resumen:

... Juan Carlos Peccinetti y Fernando Villegas trabajaban en el casino de la ciudad... La noche del 30 al 31 de agosto de 1968, al concluir su jornada laboral, ambos se dirigieron a sus domicilios en el coche de Villegas. Manejaba Villegas... Y al llegar a la calle Neuquén, el viejo Chevrolet 1934 se detuvo... Eran las 3.42 de la madrugada... El motor se paró y las luces se apagaron... La zona era un descampado... Villegas descendió y se dirigió al motor... El auto ya había tenido problemas técnicos... Peccinetti, que iba adormilado, terminó por descender del vehículo... Pensó en otra avería...

Y fue en esos momentos cuando vieron algo sorprendente... Cerca, hacia el oeste, se hallaba un objeto desconocido, como dos platos encarados... Despedía una luz compacta...

El objeto no tocaba el suelo... Podía estar a un metro o poco más... Parecía metálico y oscuro... Los testigos se encontraban a unos treinta metros del extraño aparato... Entonces se percataron de la presencia de cinco individuos, muy cerca del objeto... Al parecer bajaron (?) por un haz de luz que partía de la zona inferior del ovni... Tres de estos hombres (de 1,40 metros de estatura) caminaron hacia los asombrados testigos... Otros dos permanecieron junto a la nave... «No sentimos ganas de correr —manifestaron—. Nos invadió una extraña sensación, como de paz»... Y los testigos vieron cómo se acercaban... «Parecían personas normales, aunque más bajos... Las cabezas eran abultadas y sin pelo... No movían los labios, pero les oíamos en nuestras cabezas... Y dijeron: "No temer, no temer"... Hablaban en castellano, y prosiguieron: "Tres vueltas al Sol para estudiar costumbres e idiomas"... Vestían monos ajustados, como los de los corredores de autos»... Entonces tomaron las manos de Villegas y Peccinetti y procedieron a extraerles sangre... «Sentimos el dolor de los pinchazos»... Y seguían las palabras de los tripulantes: «No temer, no temer»... Y en eso, los que habían quedado atrás se adelantaron... Uno cargaba un «aparato» (?) circular... Parecía una pantalla de televisión... Y se la mostró a los desconcertados testigos... Aparecían imágenes en colores... Vieron una catarata, con mucha agua, que no supieron identificar... Se apagó y se presentó otra imagen: una especie de hongo nuclear o gran explosión, con una nube enorme... Se veía contra el azul del cielo... Después volvieron las cataratas, pero sin agua... Era como un paisaje de invierno y oscuridad, mucha oscuridad... En eso advirtieron un chisporroteo que procedía del auto... Uno de los seres manejaba algo que provocaba una luz parecida a la de la soldadura... «En nuestros cráneos resonaban, sin parar, las conocidas frases: "No temer, no temer"... Era como si nos hubieran introducido unos diminutos altavoces en los oídos»... El ser que se acercó al Chevrolet trazó unos símbolos sobre la puerta del conductor y también en el estribo de ese mismo lado... Por último se alejaron hacia la nave y los vieron subir por el haz de luz, «como si se tratara de escaleras mecánicas»... Al entrar el último, el cilindro luminoso se apagó... Y se produjo como una explosión... Villegas notó el flameo de sus pantalones y su compañero un aire muy fuerte... Y el ovni ascendió con rapidez... Los testigos corrieron hacia el Liceo Militar, relativamente cercano, y denunciaron lo sucedido... Después llegaron más militares, la policía, los periodistas y los investigadores... Según los médicos que examinaron a Villegas y a Peccinetti, los corazones latían a 150 pulsaciones por minuto (algo asombroso)... La temperatura de las axilas era algo superior a lo habitual... Presentaban incisiones en los dedos índice y corazón de las manos izquierdas... El ovni fue visto por otros vecinos (entre ellos Micaela Rodríguez y María Spinelli, que observaron cómo ascendía)... El reloj de Peccinetti se detuvo a las 3.42: la hora del encuentro... El Chevrolet fue hallado por la policía a las cinco y media de esa madrugada, con el motor encendido y las luces prendidas... Los signos, en el auto, no pudieron ser descifrados... Curiosamente, los citados símbolos carecían de relieve... Poco a poco fueron borrándose, de derecha a izquierda...

Tras la lectura de los reportajes entendí el porqué del interés de Alfonso Ventura en el asunto ovni. Él me había

Mendoza (Argentina), 1968. Cuaderno de campo de J. J. Benítez.

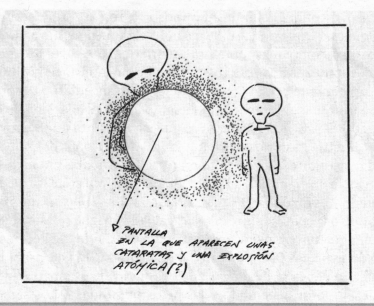

Uno de los seres mostró una pantalla circular. ¿Se trataba del futuro? Cuaderno de campo de J. J. Benítez.

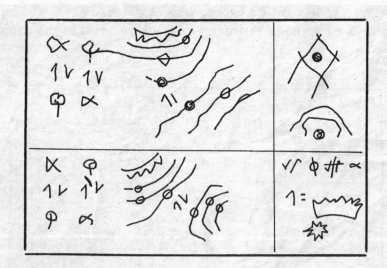

En el recuadro superior, los signos en la puerta. En el inferior, los que grabaron en el estribo izquierdo del auto. Algunos me recordaron el beréber antiguo.

Alfonso Ventura (izquierda), enviado especial a Mendoza (Argentina), con Villegas y Peccinetti, testigos del encuentro con los cinco tripulantes en agosto de 1968. Ventura observa las incisiones en los dedos.

Alfonso Ventura señala el auto. A su lado, Villegas, uno de los testigos.

precedido... Y durante un tiempo me pregunté: «¿Por qué me tocó a mí?». En la redacción éramos muchos... Ahora lo sé.

Sirvan estas líneas como un pequeño homenaje al hombre «que me puso en el camino»: Alfonso Ventura.

CURICÓ

En una laboriosa pesquisa, por Chile, pude hallar, finalmente, a Alejandro G. Reyes, testigo de un encuentro con humanoides. El enésimo...

He aquí una síntesis de su versión:

—Vivíamos en Curicó (Chile). Yo era camionero por aquel entonces... Sucedió al atardecer del 25 de noviembre de 1968 —casi tres meses después del caso de Mendoza, al otro lado de la cordillera andina—... Salí en busca de mi esposa y, cuando había recorrido unos veinte metros, observé algo en el cielo... Era un objeto que descendía de forma extraña.

—¿Por qué?

—Frenaba y aceleraba y no hacía ruido.

—¿Cómo era?

—Como una lenteja. Y al llegar a cosa de cincuenta metros del suelo se detuvo. Entonces lo vi mejor. Asemejaba a dos platos, encarados por los bordes. En la parte superior presentaba una «campana» o cúpula. En lo más alto vi una antena, o algo así, rematada por una «Y».

—¿Y qué hizo usted?

—Me asusté y salí corriendo, escondiéndome detrás de un árbol. Y continué observando. El objeto terminó de descender y tocó suelo, aunque no estoy seguro de esto último.

—¿Qué vio?

—Era un objeto tipo disco, como le digo, con cuatro patas. No era muy grande. Quizá tenía dos metros de diámetro por otros dos de alto, o así. Vi una ventana y una puerta. Parecía hecho de aluminio. Brillaba en un blanco mate.

—¿A qué distancia estaba del objeto?

—A sesenta o setenta metros.

—¿Eran patas cortas o largas?

—De un metro, aproximadamente.

—¿Y qué ocurrió?

—A los pocos segundos de aterrizar vi salir a unos hombres. Eran «hombres», se lo aseguro, pero de este tamaño.

Y Alejandro señaló unos ochenta centímetros de altura.

—Entonces, uno de ellos se aproximó a un poste de la luz. La bombilla se apagó. Cuando se alejó, volvió a encenderse.

—¿Y qué pasó?

—Nada, tocó la madera...

—¿Y los otros?

—Uno se agachó y escarbó con los dedos en el suelo. Después tomó un puñado de tierra. Y el tercero y último, que llevaba un instrumento en las manos, se dedicó a pasear alrededor del objeto. A través de la puerta se veía a un cuarto individuo.

En esos momentos —según el testigo— se escuchó el motor de un camión, que se aproximaba por la carretera.

—Y los tres seres —concluyó Alejandro— se dirigieron de inmediato a la nave. Uno de ellos, el que llevaba el «fusil», tuvo problemas para subir.

—¿Por qué?

—No sé, tenía dificultades. Cuando entraron, el objeto basculó, como hacen las hojas de los árboles cuando caen, y salió disparado, a una velocidad que da miedo.

—¿Sin ruido...?

—Sin ruido.

—¿Cuánto pudo durar la observación?

—No más allá de cinco minutos.

—¿Cómo vestían?

—Con monos oscuros y las cabezas descubiertas.

—¿Observaste algún rasgo extraño en las cabezas?

—No, parecían personas normales, pero más bajitas.

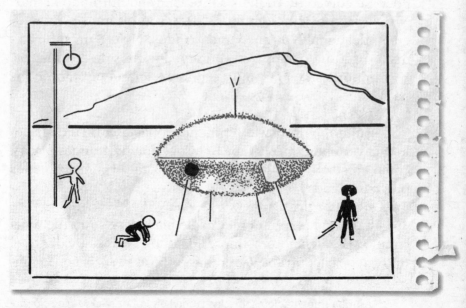

Curicó (Chile), 1968. Cuaderno de campo de J. J. Benítez.

MARMORA

Prometí no desvelar su identidad, y lo he cumplido. Fue uno de los militares norteamericanos que me informaron sobre los edificios en ruinas en la superficie de la Luna[1], filmados por los astronautas del proyecto «Apolo». En 1969 se hallaba destacado en la isla de Antigua, en el Caribe. Y allí le tocó vivir (o sufrir) una experiencia desconcertante. Me lo contó en varias ocasiones:

—Fuimos a pescar a la bahía de Marmora, al sureste de la isla. Éramos varios amigos, todos militares. Colocamos las cañas y nos sentamos en las rocas. Allí mismo se abría la playa. Estaba atardeciendo. Y muy cerca, en la arena de la bahía, distinguimos un grupo de nativos. Los conocíamos de vista. Formaban un círculo. En el centro se levantaba una hoguera. Los vimos manipular una gallina. Le cortaron el cuello y llenaron un cuenco de madera con la sangre. Después esperaron. Y uno de los hombres, el que parecía el líder, se colocó de rodillas sobre la arena, mirando al mar. No pasaron ni cinco minutos. De pronto vimos salir a alguien del agua. Nos quedamos mudos. No era un submarinista. Era una persona, pero muy alta; más de dos metros. Y caminó despacio, y muy seguro, hacia el círculo de los nativos.

—¿Cómo era?

—Enjuto, pero fuerte. En la nuca, hasta el final de la columna vertebral, presentaba una sucesión de grandes placas, como crestas. Tenía la cabeza apepinada y los dedos de los pies palmeados.

Y el militar prosiguió:

—Caminó los treinta metros de playa y se situó fuera del círculo. El silencio era impresionante. Y, de inmediato, el tipo que se encontraba de rodillas tomó el cuenco, con la san-

---

1. Amplia información sobre las ruinas en la Luna en *Mirlo rojo* (documental de la serie *Planeta encantado*, para televisión).

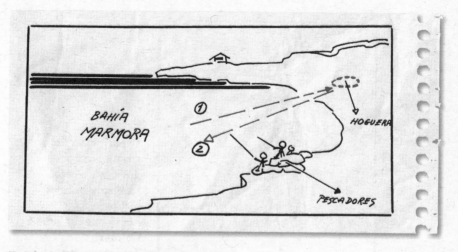

Bahía de Marmora (Antigua), 1969.
1) El ser sale del agua. 2) Regresa a la mar.
Cuaderno de campo de J. J. Benítez.

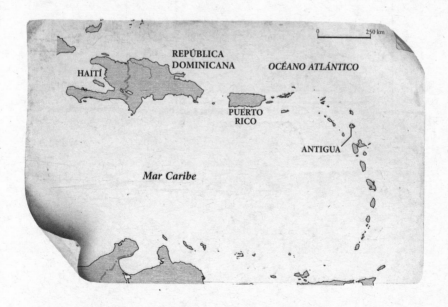

gre, y se adelantó hacia la criatura. Se lo entregó y el ser lo
tomó, llevándoselo a los labios. Y durante treinta o cuarenta
segundos, eternos, procedió a beber el contenido. Después
devolvió el cuenco, dio media vuelta, y se encaminó hacia el
agua. Los nativos permanecieron en silencio, observando. Y

473

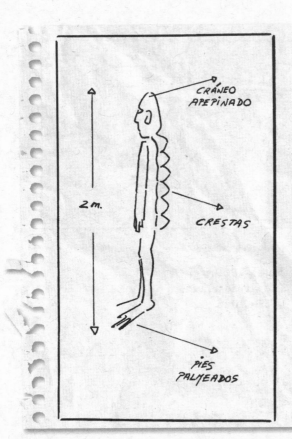

CRÁNEO
APEPINADO

2 m.

CRESTAS

PIES
PALMEADOS

Descripción del
ser que salió
del agua y bebió
sangre, según el
militar
norteamericano.
Cuaderno de
campo de J. J.
Benítez.

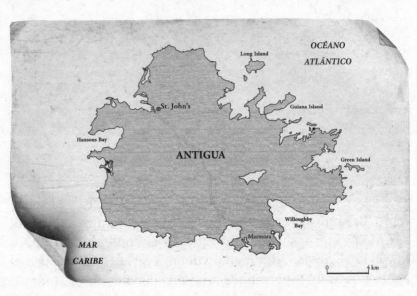

474

la criatura se introdujo en el mar, caminando, hasta que desapareció bajo las aguas.

—¿Y vosotros?

—Dejamos las cañas y salimos corriendo. A la mañana siguiente regresamos, pero no había nadie; sólo quedaban las cenizas de la hoguera.

—¿Y las huellas del ser?

—No las distinguimos.

—¿Pudo tratarse de un buzo?

El militar lo negó, rotundamente.

—No llevaba equipo de buceo. Era algo muy raro.

—¿Hablasteis con los nativos?

—No quisimos meternos en semejante historia.

—Está claro que no era la primera vez que le proporcionaban sangre...

—Evidentemente.

STUTTGART

También en este caso prometí no desvelar la identidad del testigo. Así me lo pidió.

Lo llamaré Romero. Era franciscano.

En 1979, cuando conversamos, me contó una historia extraordinaria.

Veamos:

... Yo vivía en Stuttgart (Alemania)... En ese tiempo tenía trece años... En marzo de 1971 empezaron a pasar cosas extrañas... En realidad mucho antes, pero iré al grano...Desde mi habitación se veía un bosque... Pues bien, durante varias noches observé una potente luz que descendía y se perdía entre los árboles... En abril llegaron unos sueños muy raros... Veía cosas que luego sucedían en verdad... Escuchaba voces... Pensé que me estaba volviendo loco... En mayo regresaron las luces sobre el bosque... Y entre el 8 y el 12 de ese mes de mayo (1971), en las clases de historia empecé a marearme... Me salían hematomas en las piernas... Algo estaba pasando... En la pizarra aparecía una sombra, ovalada, que nadie veía... Y el 15 de mayo vi caer otra luz sobre el bosquecillo... Pues bien, el 19, miércoles, a eso de las nueve de la noche, regresé a mi casa, caminando... Y pasé frente al bosque de las luminarias... Entonces vi un gran foco entre los árboles... Me picó la curiosidad y me acerqué... Fue curioso... La luz no hacía daño a los ojos, aunque era muy potente... Y producía serenidad... Conforme avanzaba, la luz era más grande... Seguí caminando y llegué a un claro... Allí había algo... Era un foco enorme... Estaba en el aire... Pero no oía nada... Todo era silencioso... Me escondí tras uno de los pinos y observé... ¡Era un disco!... Giraba sobre sí mismo... No producía sombras... Parecía una nube de gas luminoso, aunque yo sabía que era algo metálico... Y empezó a descender... Pensé que se trataba de un avión norteamericano... Muy cerca había una base... No vi ventanillas ni alas... Se posó en el suelo pero, curiosamente, no aplastó la vegetación... Y empecé a hacerme preguntas: «¿Por qué no había más personal si se trataba de una nave USA? ¿Por qué no había policías? ¿Por qué no había ruido?»... Entonces, aquello empezó a pulsar y disminuyó la luminosidad... Era metálico, en efecto... Y muy brillante, como la plata... Y empezó a emitir un zumbido... Aquel sonido me producía placer... Yo seguía detrás del árbol... Y escuché un ruido, como un portazo... Quedé pasmado: de la nave empezó a salir una especie de rampa, también metálica... Y llegó a tierra... Era estriada... Entonces se abrió una puerta circular, como los diafragmas de las cámaras fotográficas... Y, de inmediato, vi una segunda puerta... Ésta se abrió hacia arriba... Y el zumbido aumentó la intensidad... No me vas a creer, pero sentí cómo el pene se levantaba... El cabello se me erizó... Me fijé en el interior... Estaba oscuro, aunque se distinguía una luz fosforescente... La segunda puerta, cuadrada, era enorme: más de tres metros... Medí la nave con la vista: unos veinticinco metros de diámetro por otros siete de alto... Y, de pronto, no sé cómo, apareció una figura en mitad de la puerta... Era humano... Me asusté y el zumbido se incrementó, apaciguándome... Seguí pensando que se trataba de un gringo... Podía tener 1,80 metros; quizá más... Usaba escafandra... Y me pregunté: «¿Por qué usa escafandra?»... El traje era ajustado, de color plata, con botas hasta los tobillos; parecían de tela... Llevaba un cinturón dorado, con una hebilla y un símbolo... El casco era negro y esférico... No permitía ver el interior... Y me repetía: «No puede ser, no puede ser... ¿Dónde están los carteles de prohibido el paso?»... Y empezó a bajar la rampa, con paso lento... Mi corazón latía a gran velocidad... Era el único ruido que oía... Dejó la rampa atrás y se alejó cinco o seis metros de la nave, hacia su derecha... Entonces me llegó un pensamiento: «No tengas temor»... Lo oí con claridad en mi cabeza... Se detuvo y empezó a mover un aparato que llevaba en la mano... Era luminoso, con destellos verdes... Lo movía como si fuera un botafumeiro... Fue increíble... Sin agacharse, aquel ser hizo un boquete en el suelo... Supongo que con el aparato... La tierra, de pronto, se acumuló cerca del agujero... Fue mágico... Era un hoyo de medio metro de profundidad por otros cincuenta centímetros de diámetro... Entonces se agachó y extrajo algo del boquete... ¡Era una bola, como un balón de fútbol, metálica, y cubierta de pinchos!... Podía tener treinta o cuarenta centímetros... Se alzó, con la bola en las manos, y la abrió por la mitad... Entonces, al abrirla, se produjo un fogonazo... Y todo apareció de color verde... Los árboles, el suelo, todo... Pero lo más desconcertante es que, al avanzar, la luz hacía transparente lo que pillaba a su paso... El bosque se iluminó como si fuera de día, pero en color verde... Por un momento pensé en una bomba... Y comprendí que me hallaba frente a algo no humano... Volvió a cerrar la bola mágica y la depositó en el fondo del agujero... Repitió el movimiento de la mano y la tierra salió volando, cubriendo el boquete... Yo no salía de mi asombro... Y la luminosidad verde se apagó... La criatura dio media vuelta y regresó a la rampa... Y empezó a subir... En esos instantes, un búho cantó y rompió el silencio... El ser se volvió y con el aparato con el que había practicado el hoyo lanzó un haz de luz de color violeta hacia el árbol... Y el búho se calló... Y una chispa violeta cayó de lo alto y me quemó... Me dolió... Y lancé un grito... El ser, que seguía caminando despacio por la rampa, se volvió por segunda vez... Entonces escuché una voz en el interior de mi cabeza: «No temas... Ya tendremos que alterar las comunicaciones»... Sinceramente, no entendí... Y el individuo levantó la mano derecha, en señal de saludo, como los indios... Y desapareció en el interior... Las puertas se cerraron y la rampa se introdujo en el interior del objeto, muy rápido... El aparato, entonces, se hizo nuevamente luminoso y empezó a subir, muy despacio... Giraba sobre sí mismo... En el suelo había quedado un círculo, con maleza carbonizada... Cuando llegó a diez metros de tierra surgió un cono de luz por la parte de abajo... Era una luz sólida... Tocó la maleza y, al instante, ésta se recuperó... Y desapareció lo quemado... Después, el objeto se alejó, en diagonal, y lo vi desaparecer en la noche... Yo estaba desconcertado... Regresé a casa hacia las once... Habían transcurrido casi dos horas... No dije nada a nadie: no me hubieran creído.

Dos años después volví a interrogar al franciscano.

—Cuéntamelo todo desde el principio, por favor...

Romero accedió y escuché de nuevo la asombrosa historia. No hubo contradicciones.

Y redondeé el caso con algunas preguntas:

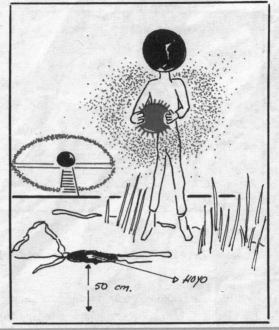

Stuttgart (Alemania), 1971. Cuaderno de campo de J. J. Benítez.

—¿Qué símbolo presentaba el ser en el cinturón?

—No lo recuerdo.

—La criatura, obviamente, sabía que tú estabas allí, detrás del árbol...

—Pienso que sí; de lo contrario, ¿por qué iba a levantar el brazo, saludando?

—¿Qué pasó con el búho?

—No me preocupé...

—¿Caminaba como nuestros astronautas en la Luna?

—No, lo hacía normalmente, aunque de forma lenta.

—¿Regresaste al lugar?

—No.

—No sabes, entonces, si la bola «mágica» sigue allí...

—Ni idea.

—¿Te parece que todo aquello pudo ser un teatro, perfecta y minuciosamente orquestado?

—Ahora sí, pero ¿con qué sentido?

—Quizá para que tú, un franciscano, dé testimonio de ello...

479

El ser saludó al niño. Cuaderno de campo de J. J. Benítez.

Romero se mostró conforme. Quizá...

El caso de la bola «mágica» me recordó otro asunto: el de las «ventanas» descubiertas por la NASA en los años sesenta del siglo xx. Mi confidente reveló lo siguiente:

... Los satélites artificiales descubrieron un total de doce «ventanas» que emitían una singular radiación, como un radio faro... Se hallaban enterradas entre 20 y 50 metros de profundidad y sólo eran detectables desde el espacio... Presumiblemente eran utilizadas por las naves que ingresaban en la Tierra... Podrían ser pequeñas pirámides de cuarzo rojo... Fueron localizadas en Antofagasta (Chile), Rusia, Bermudas, Egipto, Australia, Lugo (España), isla de la Reunión, China (tres), Japón y Alaska...

No pude obtener más información.

BADEN ARGAO

Conocí a J. C. Fochini en febrero de 2014. Me contó una experiencia, casi de terror...

... Yo tenía seis años... Vivía con mi familia en Neuenhof, una pedanía de Baden Argao, en Suiza... Teníamos una casita en mitad del bosque... Era el mes de agosto de 1971... Nos acostamos... Mis padres dormían en la misma habitación... Yo lo hacía en una cuna... Recuerdo que era una noche calurosa y dejaron la ventana abierta... Y a eso de la una de la madrugada, más o menos, me desperté... Noté algo extraño... A mi lado, junto a la cuna, vi a dos seres... Me estaban olfateando... Uno era muy alto (más de dos metros) y el otro bajo y regordete... Vestían con un traje pegado al cuerpo, como los de los submarinistas... Los ojos eran enormes... Susurraban entre ellos y se comunicaban con las manos... Mis padres seguían durmiendo... No se enteraron de nada... Entonces me palparon... Tenían dedos largos con una falange gruesa al final... Eran dedos más largos que los humanos... Y también los cubrían los trajes... Se aproximaron tanto que pude ver sus rostros... Los ojos no tenían pupilas y eran negros y rasgados... Me tapé, muerto de miedo... El más alto y delgado

Representación de los seres, según el testigo.

481

Fochini, a los seis años. (Gentileza de la familia.)

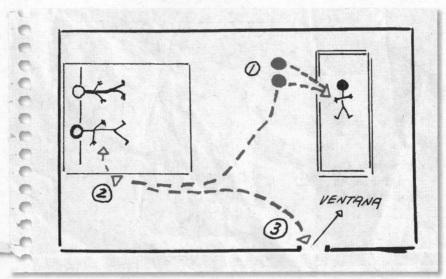

1) Los seres se acercan a la cuna.
2) Palpan y olfatean a los padres de Fochini.
3) Salen por la ventana.
Cuaderno de campo de J. J. Benítez.

parecía el jefe... Después se dirigieron a la cama de mis padres y los palparon y los olieron, como a mí... Pero no despertaron... Se pasearon por la habitación y terminaron saliendo por la ventana...

Le rogué que dibujara a los seres y Fochini trazó unos esquemas en mi cuaderno de campo.

El más pequeño —añadió— era casi deforme. Carecía de cuello y era barrigón.

NESS

El 13 de agosto de 1971, el señor Sundberg recibió el susto de su vida...

Se hallaba caminando por los bosques que rodean el célebre lago Ness, en Escocia.

... Me dirigía hacia el lugar donde se construía una gasolinera —declaró al investigador Holiday—... Eran las ocho y media de la mañana... Entonces, en un claro, observé una extraña máquina... Estaba en tierra, a cosa de setenta metros de donde me encontraba... Me escondí y me dediqué a observar... Era como un cigarro, con una parte curva en lo alto, similar al mango de una plancha... De hecho, todo él parecía una gran plancha... Al final del «mango» se distinguía una «puerta», o quizá una «ventana», provista de una cosa que me recordó una persiana... Calculé diez metros de diámetro por cinco de alto... Entonces vi a tres seres... Estaban cerca del aparato... Hablaban... Vestían de manera idéntica: con un traje de buzo, pero de color gris... Las cabezas también estaban cubiertas, así como las manos y los pies... En la zona del rostro vi sendas mascarillas de color blanco... Al principio pensé en los hombres rana que trabajaban en la bahía de Foyers... Podían medir 1,80 metros de altura... Pero no... En cuestión de segundos entraron en la nave... Posiblemente por alguna puerta situada en la parte de atrás del objeto... Y, ante mi asombro, la nave empezó a elevarse, siempre en silencio...

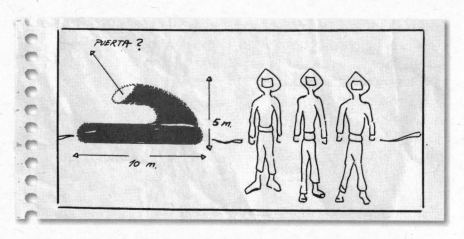

Ovni con forma de plancha en las orillas del lago Ness (Escocia), 1971. Cuaderno de campo de J. J. Benítez.

Al alcanzar los 20 metros se deslizó por encima de una colina y se alejó... Yo estaba paralizado... No era capaz de moverme...

El señor Sundberg cargaba una cámara fotográfica, pero fue incapaz de disparar. Sólo al final, cuando la nave se alejaba, logró hacer una fotografía del ovni. La calidad es pésima.

Años después (2003), un objeto similar al observado en el lago Ness fue detectado en Lyngdalsheidi (Islandia).

PALENQUE

El 5 de mayo de 1959, un conocido productor de televisión de la República Dominicana —Freddy Miller— desapareció cuando navegaba desde Santo Domingo a una población cercana: Boca Chica. Lo acompañaban María Luisa Castillo, de veintiún años (a la que llamaban *la Diabla del Mar*), sus hermanos menores, Francisco Antonio y Julia Altagracia, y la amiga Martha Jorge, de veintitrés años de edad. El tiempo era bueno. Las autoridades de la época llevaron a cabo una exhaustiva búsqueda, pero no se halló nada. Uno de los amigos de Freddy, llamado Quiróz, los despidió en el puerto. «El barco estaba bien —manifestó—. Nadie se explica lo que sucedió.»

Y pasaron los años...

El 22 de septiembre de 1972 (trece años después de la desaparición de Freddy Miller), Virgilio Gómez, vendedor de seguros, circulaba cerca de la localidad de Palenque, en la provincia de San Cristóbal (República Dominicana). Eran las nueve de la mañana. El día era claro. Y, de pronto, Gómez observó a una persona...

—Se hallaba a doscientos metros, en la carretera, con los brazos en alto, indicando que me detuviera. Dudé. Y pensé esquivarlo. Pero, conforme me acercaba con el auto, me di cuenta de que iba vestido de verde. Y en eso descubrí a dos personas más, a escasos metros de la primera. También vestían trajes verdes. Y pensé: «Militares». Así que opté por obedecer. Acerqué el coche a la cuneta y dejé el motor en marcha. La verdad, no me fiaba.

Virgilio Gómez continuó:

—Me hallaba a diez metros del que tenía los brazos en alto. Entonces, el señor se acercó...

—¿Cómo caminaba?

—Normalmente. Y preguntó si lo conocía. Lo miré de nuevo y le dije que no. Y él replicó: «Mi nombre es Freddy Miller... Soy dominicano».

—¿Era el productor desaparecido en 1959?

—Yo, en esos momentos, no lo sabía.

—¿Notó el acento dominicano?

—Sí. «Supuestamente —prosiguió el de verde— me he ahogado junto a dos personas, pero fui rescatado por un aparato moderno».

«¿Un helicóptero?», pregunté. «No —contestó—, algo más moderno y extraterrestre... Lo que ustedes llaman un ovni».

Pensé que era una broma y le pregunté de dónde venían. Y respondió con toda naturalidad: «Supuestamente, de Venus». «¿Y ha venido a pie?», comenté en tono de chiste. Entonces señaló hacia la maleza y descubrí un objeto, posado en tierra. Yo no lo había visto. Muy cerca estaban los dos tipos, también con monos verdes, y los brazos cruzados. Me observaban. Y volví a preguntar al que se hallaba cerca del auto: «¿Por qué están aquí?». Y respondió: «Investigamos la fosa de Milwaukee». «¿Por qué?». Y él aseguró: «Terremoto».[1] Al decir esto, con voz imperiosa, ordenó que me retirara «porque se marchaban». Así lo hice, y por el espejo retrovisor distinguí a los tres individuos que se alejaban entre la maleza. Me detuve a cosa de quinientos metros con el afán de observar, pero no vi nada. El silencio era total. Y sentí miedo.

—¿Cómo era el supuesto Miller?

—Alto, de unos cinco pies y once pulgadas [casi dos metros]. Aparentaba unos cincuenta años, con poco pelo. El traje era un mono. Lo cubría por completo, salvo el rostro. No vi costuras ni cremalleras. En la muñeca izquierda cargaba un reloj grande y negro, como los que utilizan los submarinistas. Los otros individuos también lo llevaban.

—¿Observó algún otro detalle que le llamó la atención?

—La piel tenía un extrañísimo color amarillo, muy desagradable. Era igual en los tres.

---

1. A unos cien kilómetros al noroeste de la República Dominicana se encuentra la llamada «fosa de Milwaukee». La profundidad es de 9.200 metros. Es un importante foco de terremotos en el área. En agosto de 1946, todo el país fue sacudido por un seísmo de fuerza 8.1. El epicentro fue localizado en la referida fosa.

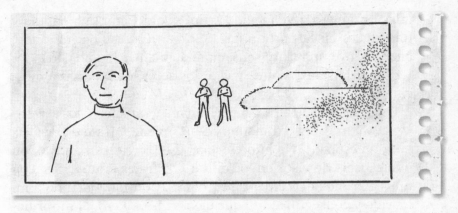

República Dominicana (1972). Cuaderno de campo de J. J. Benítez.

La noticia del encuentro con los seres terminó filtrándose, y el señor Gómez fue interrogado por numerosos medios de comunicación. En una fotografía, el testigo reconoció a Freddy Miller. «Es la persona que habló conmigo en la carretera», aseguró sin dudarlo.

Y sigo preguntándome: ¿puro teatro?

MÉXICO D. F.

Altagracia Sánchez es ama de casa. Vivía en el Distrito Federal de México. Y una madrugada vivió la siguiente experiencia:

... Sucedió en la noche del 18 al 19 de octubre de 1972... Yo tenía un bebé de ocho meses... Pues bien, a eso de las dos, Felipe, mi niño, se despertó, llorando... Tenía hambre... Me levanté, preparé un biberón, y se lo di... Volví a acostarlo y se durmió... A la media hora, más o menos, fui a la cama... Nosotros dormíamos en un sofá, al pie de una ventana... Entonces me di cuenta de que entraba mucha luz por los cristales... Pensé que se trataba de la luna y decidí correr las cortinas... Pero, al mirar, quedé desconcertada... En el edificio de enfrente, dos pisos por encima del mío, se reflejaba en los cristales un objeto desconocido... Era ovoide, con una cúpula y unas luces en la parte inferior... Y en eso estaba, mirando, cuando tuve una clara sensación: alguien se hallaba en el interior de la sala... Volteé y vi a dos seres, de pie, cerca de la cama...

La testigo accedió a dibujar la nave y también a los seres.

... Me miraban fijamente... Sentí miedo y traté de despertar a mi esposo... No hubo forma... Los seres eran altos y con una especie de visor en los ojos... Los trajes eran grises, con unos extraños y grandes cinturones... Continué jalando a mi marido y conseguí, al fin, que despertara... Pero, al mirar hacia los pies de la cama, donde se encontraban, ya no estaban... Y mi esposo me echó la bronca... «Eso no existe», dijo... Y siguió durmiendo... Al día siguiente, por la tarde, la prensa traía la noticia y la foto de una nave, observada esa misma madrugada, en Cuernavaca... Era idéntica a la que yo había visto... Compré el periódico y se lo mostré a mi marido, pero, aun así, no dio su brazo a torcer.

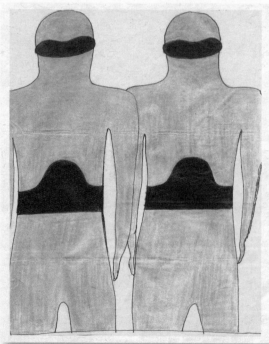

Seres al pie de la cama. D. F. (México), 1972. (Dibujado por Altagracia Sánchez.)

488

Nave observada en la madrugada del 18 al 19 de octubre de 1972 en el D. F. mexicano. Dibujo de Altagracia Sánchez.

En mis archivos hay cientos de casos de los llamados «visitantes de dormitorio». Nadie sabe cómo llegan a las habitaciones y cómo desaparecen. Cerca, como en el caso de Altagracia, suelen aparecer las naves.

LA BARCA DE VEJER

Luis Herrera Guerrero, de cuarenta y un años, y su ayudante, Antonio Real, de veinte, se dirigían aquella tarde de octubre de 1972 al poblado de Valero, en las proximidades de Zahara de los Atunes, en Cádiz (España). Transportaban muebles en una furgoneta. Y al llegar a la gasolinera existente en la Barca de Vejer, Luis decidió echar combustible y revisar la batería. Minutos después, hacia las 19 horas, prosiguieron el viaje, en dirección a Algeciras.

—Fue entonces, al poco de abandonar la gasolinera —explicó Luis Herrera—, cuando lo vimos. Al principio pensamos en un camión, que trataba de maniobrar. Pero, al aproximarnos, caímos en la cuenta: «aquello» no tocaba el suelo.

—¿A qué distancia llegaron?

—Estuvimos a 8 metros. Era un enorme cilindro, cruzado en la carretera, y suspendido a cosa de un metro o metro y medio sobre el asfalto. Nos quedamos de piedra. Sobresalía por los arcenes...

—¿Qué dimensiones tenía?

—Era más largo que un tráiler. Superaba los quince metros.

Luis y Antonio procedieron a describir lo que vieron:

—En la parte superior llevaba unos pilotos rojos. Vimos muchos. Algo más abajo presentaba ventanillas. Parecían remaches. Estaban metidas en el fuselaje y eran de color gris, como el resto del aparato.

En esos instantes, al acercarse al ovni, el motor y las luces de la furgoneta empezaron a fallar.

—¿Cómo eran las ventanillas?

—Como los ojos de buey de los barcos, pero hundidos en el aparato. Parecían embudos.

—¿Llegaron a parar la «dos caballos»?

—Muy poco. En cuestión de segundos, «aquello» empezó a elevarse, y en total silencio. Fue impresionante. Y se perdió en el cielo encapotado.

—¿Y qué pasó?

—La furgoneta se recuperó y seguimos viaje. La verdad es que íbamos con el alma encogida.

Pero la aventura de los vejeriegos no había terminado.

—A cosa de un kilómetro del lugar en el que vimos el objeto, de pronto, en lo que llaman la cuesta de Quiebrahoyas, observamos un «turismo» muy raro. Eso pensamos. Circulaba en sentido contrario al de nuestra marcha, pero ¡por el aire! Se acercó mucho. Parecía un Cadillac, muy iluminado. Nos quedamos embobados. Pero, al llegar a una curva, en lugar de tomarla, siguió recto, y se metió en un pinar. Iba lanzado. Y comentamos: «¡Ya se mató!».

—¿Qué dirección llevaba?

—La del puente, donde contemplamos el «cacharro» grande.

Al cruzar frente a la furgoneta, los testigos observaron algo más:

—En el interior del «Cadillac» que volaba, se hallaba alguien. La parte superior del objeto era transparente y se distinguía muy bien.

—¿Cómo era?

—Estaba sentado. Llevaba una especie de casco negro. El rostro aparecía protegido por una defensa de cristal. Los ojos eran muy rasgados, como los de los chinos. Vimos también dos tubos que cruzaban la cara. Partían de la boca y de la nariz hacia las sienes.

—¿A qué altura volaba?

—A un metro o poco más.

Luis aseguró que la piel era muy morena.

—Me recordó la cara de un gitano...

Al regresar (más o menos hacia las once de la noche), el conductor se detuvo en la misma gasolinera de la Barca de Vejer.

—Allí comprobamos que los vasos de la batería habían reventado. La broma me costó 980 pesetas.

Cuando peiné la zona, en busca de otros testigos, descubrí que Catalina Guerrero, directora del Auxilio Social de Vejer, también vio el «tráiler volador».

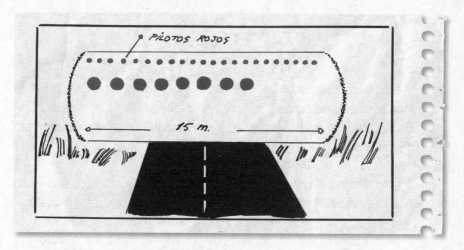

La Barca de Vejer (1972). Cuaderno de campo de J. J. Benítez.

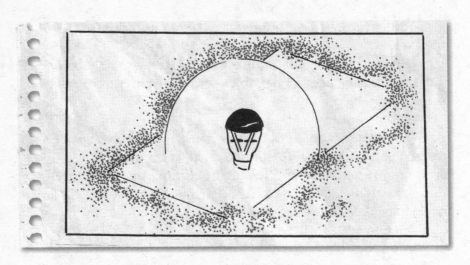

«Cadillac volante». Cuaderno de campo de J. J. Benítez.

—Me hallaba en la azotea de casa, en Vejer, tendiendo la ropa. Y, de pronto, vi un objeto, de grandes dimensiones, que ascendía hacia las nubes.

Las características del ovni, y el lugar desde el que se elevó, coincidían con lo observado por Luis Herrera y Antonio Real. El pueblo de Vejer de la Frontera se encuentra en un alto muy cerca del paraje donde tuvieron lugar los hechos.

ITÁLICA

En esta oportunidad fue el investigador Pepe Guisado, de Dos Hermanas, quien levantó la liebre. Algunos vecinos de Santiponce (Sevilla, España) habían sido testigos del descenso de un ovni y del «paseo» de varios tripulantes.

Acudí de inmediato.

En efecto. Fernando Moreno, María, su esposa, y dos vecinas del referido pueblo fueron testigos de algo muy extraño:

... Sucedió en el verano de 1973 —relató Fernando—... Eran las doce de la noche, aproximadamente... Nos había-

492

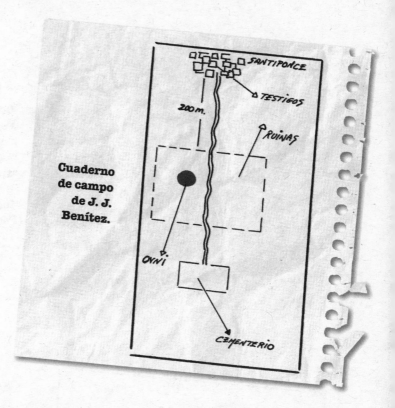

Cuaderno de campo de J. J. Benítez.

mos retirado a dormir cuando, de pronto, oímos los comentarios de unas vecinas...

Eran Eugenia de la Bandera y Concepción García.

... Al salir a la calle —prosiguió Fernando Moreno— vimos un objeto circular... Se hallaba cerca, a cosa de doscientos metros... Estaba sobre las ruinas de Itálica[1]... Podría tener entre doce y quince metros de diámetro... Era de color rojo, con luces en la parte inferior... Alrededor se movían unos seres... Daban saltos, como los astronautas en la Luna... Eran tres, me parece... Llevaban unos trajes reflectantes... Es posible que portaran escafandras... La verdad, nos entró miedo y entramos en la casa... No los vimos alejarse o desaparecer...

1. Las ruinas de Itálica corresponden a la ciudad fundada por Escipión el Africano, en el año 206 a. C. Se trata de una de las joyas de la arqueología española. En Itálica nació Marco Ulpio Trajano, que llegaría a ser emperador.

Concha,
Fernando,
Eugenia y
María,
esposa de
Fernando
Moreno.
(Foto: J. J.
Benítez.)

Itálica (1973).
Cuaderno
de campo de
J. J. Benítez.

Al día siguiente, los testigos acudieron a las ruinas y observaron una zona quemada, así como varios agujeros de 5 centímetros de profundidad. En esa época no había guardas en las referidas ruinas.

Algún tiempo después, como es mi costumbre, regresé a Santiponce e interrogué de nuevo a los testigos. La versión fue idéntica.

El avistamiento se prolongó durante quince minutos.

Eugenia de la Bandera aportó algunos detalles nuevos:

... Los seres eran de pequeña estatura y la nave permaneció quieta... La tierra quemada tenía un diámetro de cinco metros... La nave no hacía ruido...

MAUBEUGE

He investigado numerosos casos de huellas extrañas.

No estoy seguro de que todas puedan asociarse al fenómeno ovni. Algunas sí, por supuesto.

Relataré seis sucesos:[1]

26 de noviembre de 1973.

Maubeuge (Francia).

Información facilitada por el investigador M. Bigorne.

... La casa en cuestión se encontraba en la cuenca del Sambre... La familia Michel la integraba el matrimonio y cinco hijos... El domingo, 25 de noviembre, los Michel recibieron a unos amigos... Tras la visita, cenan y se acuestan... Serían las 22.30 horas... Sigue nevando... Uno de los hijos regresa del cine a las 23.45... Antes de acostarse mira por la ventana... El paisaje, nevado, es deslumbrante... Después de la medianoche, una de las hijas es despertada por unos golpes fuertes y sordos en la ventana de su habitación... Esa ventana da al huerto de la familia... Piensa levantarse, pero termina rechazando la idea... «Quizá ha sido un pájaro que ha

1. Amplia información sobre huellas en *Mis ovnis favoritos* (2001).

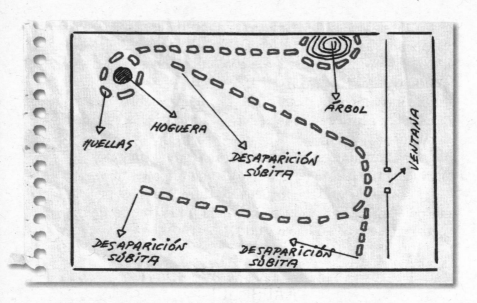

Huerta de los Michel (Francia), 1973. Cuaderno de campo de J. J. Benítez.

chocado con el cristal», piensa la mujer... Y se duerme de nuevo... A la mañana siguiente, 26, la familia se asoma al exterior y queda desconcertada... En el huerto descubren medio centenar de huellas de pies... No entienden qué ha pasado... Nadie ha visto nada... Las huellas aparecen y desaparecen súbitamente, como si el responsable de las mismas tuviera la capacidad de volar... Hay huellas alrededor de un árbol, de los restos de una hoguera, y por el jardín. Algunas llegan a la ventana en la que sonaron los golpes... Las huellas, en su mayoría, tienen una longitud de 45 centímetros... Son gigantescas... Otras son algo menores: 35 y 17 centímetros... Se trata evidentemente, de seres distintos... Aparecen, incluso, huellas de pies palmeados... Hacia las once de la mañana, la nieve se derritió y las huellas desaparecieron... ¿Quiénes descendieron esa noche en la huerta de los Michel?... No hay respuesta.

DEVONSHIRE

Sucedió el 8 de febrero de 1855, en el condado inglés de Devonshire. El asunto fue publicado una semana después en el *London Times*.

Los habitantes de los pueblos de Exmouth, Dawlish, Lymphstone y Tapsham, entre otros, descubrieron con extrañeza la existencia de numerosas huellas (más de doscientas), en los terrenos próximos a sus casas, en los huertos, e, incluso, en los techos de las viviendas.

Las huellas eran idénticas a las de los cascos de los asnos. Medían alrededor de diez centímetros; otras eran más pequeñas: 6 centímetros.

Los naturales, aterrorizados, pensaron que era obra del diablo. Hubo clérigos que se acercaron a los pueblos para bendecirlos.

Y yo, al leer la noticia, no sé por qué, pensé de nuevo en los centauros...

Inglaterra (1855). Cuaderno de campo de J. J. Benítez.

Algún tiempo después, huellas similares fueron descubiertas en Rusia, España (Galicia) y Holanda. En algunos lugares, los cascos trepaban por paredes verticales...

LA BAULE

Tercer caso.

19 de diciembre de 1973.

Lugar: La Baule, cerca de la ciudad de Rocher (Francia).

El matrimonio Noyon decidió salir al campo, con sus hijos. Los acompañaba un perro.

De pronto, mientras los niños jugaban con el perro, éste salió a la carrera, hasta un trigal cercano. Allí se puso a arañar la tierra. Uno de los muchachos se acercó al animal y vio algo que lo dejó desconcertado. Y reclamó la atención de los padres.

Al llegar, el matrimonio quedó igualmente estupefacto.

Junto a la tierra excavada por el perro descubrieron dos huellas de pies. Eran enormes. Medían 92 centímetros de longitud por 21 en la zona del talón y 37 en la parte delantera. La huella más cercana a la tierra arañada por el can se hallaba a 14 centímetros.

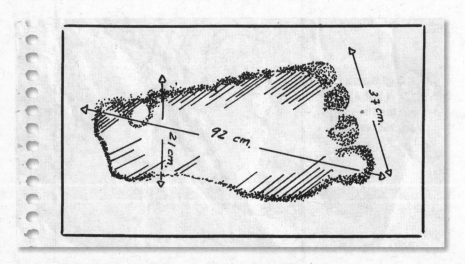

Francia, 1973. Cuaderno de campo de J. J. Benítez.

Y, asombrados, pusieron el asunto en conocimiento de los gendarmes. Allí acudió la policía y la prensa.

Un examen exhaustivo de las huellas permitió deducir que la criatura tenía cuatro dedos en cada pie. Cada uno de ellos medía 10 centímetros. La profundidad era de 1,5 a 2 centímetros. Ambas huellas, al parecer, pertenecían al pie izquierdo.

En esas fechas, algunos vecinos afirmaron haber visto extrañas esferas de color rojo que sobrevolaron el lugar.

La criatura en cuestión, según los cálculos de los expertos, alcanzaba cuatro metros de altura.

Como se recordará, las huellas gigantes de La Baule aparecieron un mes después de las halladas en el jardín nevado de los Michel, en Maubeuge. Éstas eran de 45 centímetros.

ZAHARA DE LOS ATUNES

Cuarto caso.

En agosto de 1978, José Luis Manso se encontraba pescando en la playa de Zahara de los Atunes, en Cádiz (España).

Eran las diez de la noche.

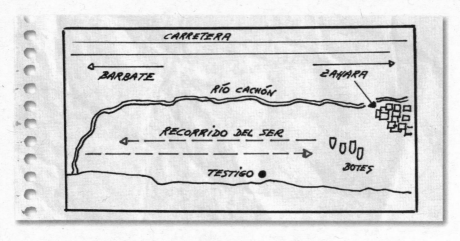

Cuaderno de campo de J. J. Benítez.

—Había marea baja —relató—. Y planté las cañas a cuatro o cinco metros del agua.

—¿En qué lugar?

—Poco antes de la desembocadura del río Cachón, a doscientos metros del pueblo. A mi izquierda se veían los botes, en la arena, a cincuenta metros.

—¿Estabas solo?

—Sí. Y en una de esas miré hacia Barbate. Por la playa caminaba un hombre. Se dirigía hacia mí.

—Entiendo que procedía de la zona de Barbate...

—Correcto.

—¿Y qué pasó?

—Me quedé desconcertado...

—¿Por qué?

—Era altísimo. Podía medir cerca de tres metros. Se acercó, como digo, y pasó a mi lado.

—¿A qué distancia?

—A cosa de cuatro o cinco metros.

Y José Luis procedió a describirlo:

—Quedé espantado. Era un ser de una altura descomunal; mucho más que Fernando Martín, el que fue jugador de baloncesto. Era muy delgado. Vestía de negro. Llevaba algo así como una camisa que terminaba en los muslos. Los pantalones también eran oscuros.

—¿Había luna?

—No, pero se apreciaba muy bien. Caminaba despacio, con pasos cortos.

—¿Te miró?

—No creo. Siguió hacia Zahara y se detuvo a la altura de los botes. Allí estuvo un poco, segundos, dio media vuelta y regresó por el mismo camino. Pasó de nuevo frente a mí y se alejó hacia Barbate.

—¿Recuerdas algún detalle más?

—Caminaba con los brazos pegados al cuerpo. No le vi las manos. Presentaba un cinturón, también negro, por encima de la levita.

—¿Viste la cara?

—No.

—¿Saludó o hizo algún gesto?

—Nada. Pasó como si yo no existiera.

El testigo entró en pánico, recogió las cañas, y escapó del lugar.

—¿Cuánto tiempo alcanzaste a verlo?

—Entre diez y quince minutos.

—¿Qué sensación te produjo?

—Que no era de este mundo.

José Luis Manso.
(Foto: Blanca.)

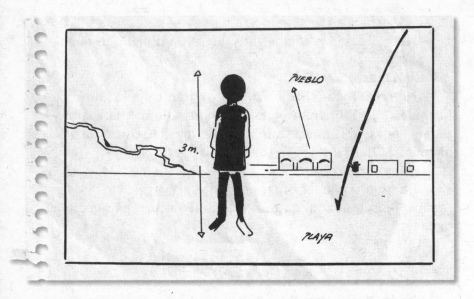

Zahara de los Atunes, 1978. Cuaderno de campo de J. J. Benítez.

Quinto caso.

Cuatro años después, en el mismo lugar, José Luis Manso y Loli Guirola, su esposa, protagonizaron otro suceso inexplicable.

—Fue en julio de 1982 —explicó Loli—. Serían las siete de la tarde. Nos encontrábamos en la zona de los botes. Y decidí bañarme. Entonces, al tirarme al agua, vi una huella. Estaba en el fondo y se distinguía con claridad. Era enorme. Podía medir medio metro. Tenía tres dedos, con el gordo muy separado. La profundidad de la huella era de cuatro a seis centímetros.

Y Loli, asustada, comentó:

—Cinco minutos antes había nadado en esa zona...

La mujer salió del agua y corrió a comunicárselo a su marido. Ambos regresaron al punto donde se hallaba la huella y comprobaron que aparecía en perpendicular con la costa.

—Decidí tirarme al agua —manifestó José Luis— y comprobé que había más huellas. Eran idénticas, con tres dedos, y cincuenta centímetros de longitud. Se dirigían hacia alta mar.

—¿Cuántas observaste?

—Muchas.

—¿Qué separación había entre huella y huella?

—Un metro, más o menos.

—¿Y qué hiciste?

—Estuve un rato contemplándolas. Buceaba, las veía, y salía a la superficie.

—¿Estaban claras?

—Clarísimas.

—¿Podían estar provocadas por las aletas de un buzo?

José Luis y Loli negaron al unísono.

—Es raro que un buzo camine por el fondo del mar. Además —argumentó José Luis—, en ese supuesto, sólo dejaría la huella del talón. Allí no había submarinistas.

Al final, José Luis, obviamente, sintió miedo. Y recordó la experiencia del hombre de tres metros.

Reconstrucción de una de las huellas aparecidas en la playa de Zahara de los Atunes, según indicación de los testigos (1982). (Foto: Blanca.)

Loli Guirola. (Foto: Blanca.)

—Nadé hasta no hacer pie —concluyó— y verifiqué que las huellas continuaban. No me gustó y decidí regresar.

HIATZITZ

Último caso:

En una de mis visitas a Israel supe de otro acontecimiento asombroso. A lo largo de 1993 y 1994, parte de Tierra Santa había sido visitada por seres gigantescos. He aquí uno de los sucesos:

... 15 de diciembre de 1994... Lugar: asentamiento Moshav Hiatzitz, a 17 kilómetros de Tel Aviv... Hacia las 20.30 horas, los testigos —Herzel Casantini y Daniel Hezra— se hallaban tomando café en la casa del primero... Casantini era jefe de la Guardia Civil del sector... Por su parte, Daniel era jefe de obras agrícolas... Se encontraban en el interior de la casa... Y en eso, la casa empezó a temblar, como sacudida por un terremoto... «Fue como si un tanque hubiera cruzado frente a la casa —declaró Casantini—, pero sin ruido»... Casantini se puso en pie y se dirigió a la puerta de la vivienda... Al abrir quedó atónito... Frente a la casa, sobre el camino, vio a una criatura gigantesca... Medía tres metros... Caminaba de forma recta, sin mirar a los lados, como si fuera un robot... El color de la criatura era dorado mate... En la cabeza aparecía una luz... Los testigos no pudieron apreciar los rasgos de la cara... El gigante se dirigió con rapidez hacia el campo y desapareció... Los testigos, desconcertados, cerraron la puerta y pensaron qué hacer... Finalmente llamaron a la policía... Al principio no les dieron mucho crédito pero, al saber que Casantini era jefe de la Guardia Civil, enviaron dos patrullas y algunos rastreadores... Las autoridades no hallaron a la criatura, pero sí numerosas huellas... En realidad, cientos... Según los expertos, el gigante pesaba del orden de tres toneladas... La parte delantera de las huellas era más profunda que el resto... Eso hizo pensar a los investigadores que el ser caminaba sobre los dedos... La distancia entre huella y huella era de 1,30 metros (lo normal en

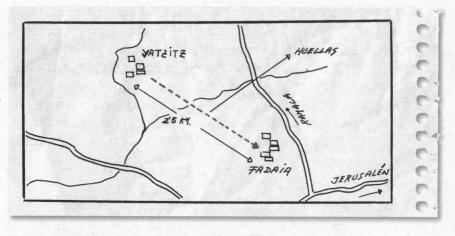

Fueron halladas huellas entre Hiatzitz y Fadaia, distantes 2,5 kilómetros.

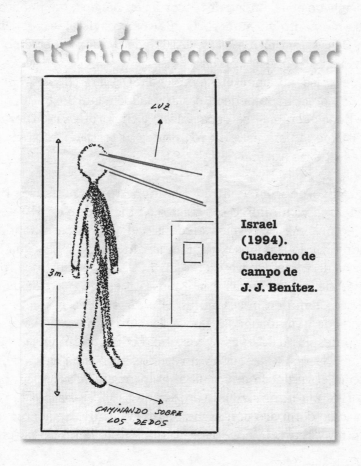

Israel (1994). Cuaderno de campo de J. J. Benítez.

un hombre son 40 centímetros)... Las huellas aparecían y desaparecían súbitamente, como si el gigante volara... Horas más tarde, la señora Guata, vecina del asentamiento de Porat, próximo a Kadima, al entrar en el corral, descubrió que sus 35 pollos estaban muertos... En realidad congelados... Tres ovejas aparecían también muertas, sin sangre, con varios orificios en las caras... Al perro de la familia le fueron extraídos los ojos... Fue desangrado en su totalidad... ¿Se trataba del mismo gigante?

VILVORDE

Intento que la presente selección de casos ovni sea inédita. Lo ocurrido en la ciudad de Vilvorde, en Bélgica, fue publicado en su momento en numerosos diarios y revistas especializadas. Cuando lo leí me causó tal impacto que he decidido incluirlo en *Sólo para tus ojos*.

Me puse en comunicación con SOBEPS (Société Belge d'Étude des Phénomènes Spatiaux, «Sociedad Belga de Estudios de los Fenómenos Espaciales») y tuvieron la gentileza de remitirme las entrevistas realizadas al testigo. He aquí una síntesis de las mismas:

... Vilvorde se encuentra a 12 kilómetros al noreste de Bruselas... El avistamiento se registró en diciembre de 1973... El testigo prefiere no revelar su identidad... En la casa donde se produjeron los hechos existía un jardín de 75 metros cuadrados... Una tapia separa dicho jardín de una gran finca, propiedad de las hermanas ursulinas... El testigo —al que llamaré Luc— tenía entonces veintiocho años... Esa noche, hacia las dos de la madrugada, Luc se levantó al baño... Con el fin de no despertar a su esposa se hizo con una linterna... Y al llegar a la cocina escuchó un ruido... Procedía del jardín... Parecía el ruido de una pala al golpear en tierra... También observó una luminosidad verdosa que se filtraba por la ventana... Lo comparó con la luz de un acuario... Se acercó a la ventana y retiró la cortina... Lo que vio le llenó de perplejidad... Al otro lado del jardín había un ser pequeño, de un metro de altura, que irradiaba una luz verdosa... La criatura estaba casi de espaldas... El uniforme brillaba... En la cabeza portaba un casco transparente (como una pecera)... De la parte de atrás del casco partía un tubo que terminaba en una caja o mochila que cargaba a la espalda... El traje carecía de bolsillos, cierres, botones o cremalleras... Luc observó también un cinturón... Cuando el ser se volvió hacia él, el testigo vio que en el centro del referido cinturón aparecía una cajita de unos 8 por 4 centímetros... La caja emitía una luz roja intensa y constante... Los pantalones quedaban recogidos en el interior de unas botas pequeñas... Las manos estaban enguantadas... Un halo luminoso rodeaba a la criatura en su totalidad... En las manos sujetaba un aparato que se parecía a una aspiradora o, quizá, a un detector de metales... El ser lo paseaba despacio sobre un montón de ladrillos que Luc había amontonado hacía tiempo... El instrumento presentaba un mango largo, con una empuñadura, y una cajita debajo de dicha empuñadura... El aparato tenía el mismo color que el uniforme: verde brillante... La criatura se movía con cierta torpeza, doblando ligeramente las rodillas... Fue en esos instantes cuando el testigo hizo uso de la linterna, iluminando a la criatura... Y el humanoide se giró, pero lo hizo con todo el cuerpo a la vez... La cara se presentó oscura... No vio nariz o boca... Lo único que distinguió fueron dos orejas puntiagudas y unos ojos muy extraños... Eran rasgados y de color amarillo, de un tamaño considerable y muy luminosos... Aparecían rodeados por un círculo o anillo de color verde... En la zona del iris, Luc observó una vena roja... La pupila era negra y oval... En ocasiones bajaba los párpados y el rostro se oscurecía... «Parecían persianas», manifestó el testigo... Y ocurrió algo no menos sorprendente... Luc siguió haciendo señales con la linterna y la criatura, como si entendiese, levantó la mano derecha e hizo el gesto de la victoria, una «V», utilizando para ello los dedos índice y medio... Después, balanceándose, se dirigió a la pared del fondo del jardín... Al situarse frente al muro levantó uno de los pies y, acto seguido, hizo otro tanto con el segundo pie... Y empezó a caminar, recto como un palo, por la superficie de la tapia... Mantenía las piernas rígidas y sujetaba también el «detector»... Al llegar a lo alto de la pared, a 3 metros de altura, trazó un arco perfecto y se situó, en vertical, sobre el muro... Y descendió por el otro lado... A los cuatro o cinco minutos, Luc observó cómo la zona se iluminaba... Y oyó un sonido... Entonces vio aparecer un objeto redondo... Y la máquina hizo estacionario a escasa altura del suelo... Así permaneció otros cuatro minutos... El sonido, según el testigo, se asemejaba al de un grillo... El ovni tenía cinco metros de diámetro... En la parte superior presentaba una cúpula transparente que emitía una luz verdosa... Alrededor del objeto se veían chispas... En el interior de la cúpula aparecía el ser que había visto en el jardín... Por debajo de la cúpula, Luc apreció una especie de emblema... Lo formaba un círculo negro, atravesado diagonalmente por un rayo amarillo... La nave se elevó unos veinte metros y empezó a mecerse suavemente, de un lado al otro... El sonido chirriante se hizo más intenso y se transformó en

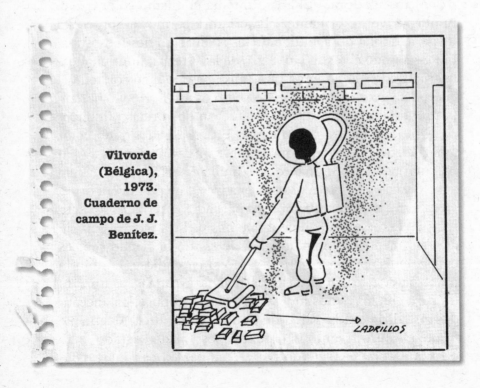

Vilvorde (Bélgica), 1973. Cuaderno de campo de J. J. Benítez.

LADRILLOS

un silbido... La nave, entonces, salió disparada hacia el cielo... Luc regresó a la cocina y se hizo un tentempié... Después volvió a la cama y se durmió...

Los investigadores visitaron la finca de las monjas, pero no hallaron huellas.

El ser caminó por el muro. Cuaderno de campo de J. J. Benítez.

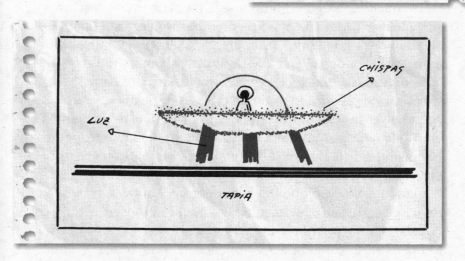

La nave apareció por detrás de la tapia. Cuaderno de campo de J. J. Benítez.

Y después de tantos años sigo preguntándome: ¿Fue todo un teatro? ¿Por qué la criatura hizo el gesto de la victoria?

THON

El ciudadano Gorne (nombre supuesto) circulaba por la carretera comarcal 38. Eran las cinco y media de la madrugada. Al dejar atrás la aldea de Les Routières (Francia), la moto se paró, inexplicablemente. Se encontraba cerca del río Thon, en las proximidades de Origny.

... Me hallaba sobre el puente que salta sobre dicho río —explicó el testigo— cuando, desconcertado, vi frente a mí a dos tipos muy raros... Vestían como los cosmonautas... Eché pie a tierra y descubrí, a mi izquierda, a cosa de 30 o 35 metros, una masa oscura y ovalada... No vi luces... Parecía posada directamente en tierra... Asocié aquello con los tipos que estaban frente a mí... Y los «cosmonautas» se aproximaron y se colocaron a mi lado; uno a la izquierda y otro a la derecha... Y sujetaron el manillar de la moto... Yo estaba temblando de miedo... No vi a nadie más... La zona estaba oscura y silenciosa... Y los «cosmonautas» empezaron a gesticular, haciéndome ver que tenía que comer... No entendía nada... Medían alrededor de 1,70 metros de altura e iban vestidos con un traje oscuro, de una sola pieza, como los cosmonautas... Llevaban cascos cuadrados, con un cristal por delante... Pero no acerté a ver las caras, quizá por el miedo... Sus movimientos eran normales... Me llamaron la atención los guantes: eran larguísimos; llegaban hasta el hombro, como los que se usan en la inseminación de los animales... Y los tipos siguieron gesticulando... Yo creo que hablaban entre sí, quizá a través de los cascos... Insisto: estaba aterrorizado... Entonces, el que se hallaba a mi izquierda le hizo un gesto al otro... Y éste metió la mano en la espalda del compañero... Y sacó algo de una bolsa... Y puso ante mí una cosa, de un centímetro cuadrado, más o menos... La agarraba con las puntas de los dedos de su

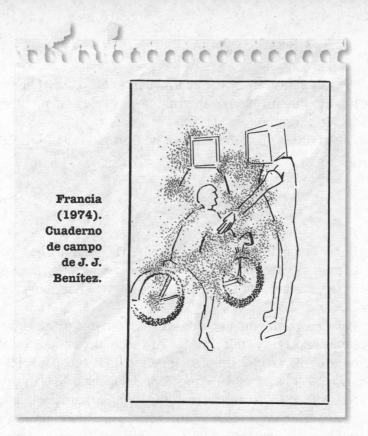

Francia (1974). Cuaderno de campo de J. J. Benítez.

mano derecha... Y, con la izquierda, me hizo señales para que la comiera... Lo tomé y lo metí en la boca... Tenía la consistencia del chocolate (quizá algo menos), pero no sabía a nada... Y los tipos esperaron a que me lo comiera... Después soltaron el manillar, se retiraron unos pasos, y me dieron a entender que podía seguir... Y lo hice a toda velocidad, espantado... No miré atrás y no me detuve hasta que llegué a casa.

Gorne, obrero metalúrgico, cometió el error de comentar el suceso con sus compañeros de trabajo. Las burlas, y la incomprensión, lo sumieron en una profunda depresión. Esto dificultó la labor de los investigadores. Finalmente aceptó hablar.

La nave que se encontraba posada en el campo podía medir «como dos coches juntos» (alrededor de ocho metros), por otros dos de altura. No escuchó sonido alguno. No tenía patas o, al menos, el testigo no las vio. No observó ventanillas.

Cuando los vecinos se personaron en el lugar, sí encontraron huellas en la zona indicada por Gorne. La hierba estaba quemada y aplastada.

Tras la ingestión de la extraña sustancia, el testigo no experimentó ningún cambio apreciable en su organismo. Ningún médico lo examinó.

«... Mi única obsesión —comentó Gorne— era huir de allí.»

PUTRE

Lucio Quevedo era un niño aymará de catorce años. Nació en Bolivia, pero su familia lo envió a estudiar a un internado, en Putre, al norte de Chile. Allí le tocó vivir una experiencia única.

Tuve conocimiento del caso en 1977, en una de mis investigaciones en Arica (Chile). Pedro Araneda, investigador del fenómeno ovni, me hizo un primer relato de lo sucedido el 27 de junio de 1974. Araneda era profesor del colegio en el que estudiaba Lucio. Fue, por tanto, testigo de primera mano. Después, en sucesivas pesquisas, me entrevisté con otros profesores, así como con Luis Maturana, reportero del diario *La Estrella*, de Arica, que interrogó al muchacho a las pocas horas.

He aquí una síntesis de lo averiguado:

... Lucio era un muchacho responsable y apreciado por todos... Desde el primer momento demostró una gran habilidad para los trabajos de cerámica... Sacaba muy buenas notas... En ese junio de 1974 cursaba el séptimo curso de Básica... Era también el responsable del televisor del colegio... Aquel 27 de junio, Lucio se fue a la cama a la hora de costumbre... Y se quedó profundamente dormido... Pero, hacia las tres de la madrugada, fue despertado por un ruido que procedía del cuarto del televisor, muy próximo al dormitorio común... El muchacho pensó que alguien trataba de robar el televisor o las mantas que cubrían las ventanas que daban al patio y se encaminó hacia el lugar... Y al llegar al sitio quedó desconcertado: todo estaba iluminado... Entonces descubrió a alguien, subido en una silla... Lucio, dominando el temor, preguntó quién era y qué estaba haciendo allí... El hombre terminó por bajar de la silla y se aproximó al jovencito... «No tengas miedo», le dijo... El ser era muy alto y delgado... Vestía un buzo de color oscuro y brillante, con tonalidades metálicas... Desde el cuello a la mano derecha lucía una franja plateada que recorría todo el brazo... Tenía el pelo corto y rubio (casi blanco)... Presentaba un cinturón muy ancho con extrañas esferas y rombos de colores... Sacó una de las esferas y comentó: «Mira, aquí te reflejas»... Y el niño vio su rostro en la esfera... Era como un espejo... Y una serie de intensos colores lo dejaron medio ciego... El hombre se movió hacia una de las ventanas y desapareció... El ser no caminaba: flotaba a corta distancia del suelo... Y Lucio, muy asustado, regresó a su litera y se cubrió con las mantas... No sabía qué pensar... A la mañana siguiente, Julio, hermano de Lucio, fue a despertarlo, pero lo encontró frío y rígido... Llamó a los profesores y comprobaron que, en efecto, Lucio Quevedo estaba inconsciente, pálido y muy rígido... Pedro Araneda lo examinó y verificó que tenía los músculos del cuello muy tensos, así como la cabeza echada hacia atrás... Respiraba con dificultad... «Todos pensamos que podía ser un principio de meningitis —aclaró Araneda— y reclamamos la presencia de José Sáez, el practicante de los Carabineros... Examinó al muchacho y llegó a la conclusión de que podía tratarse de una gripe muy virulenta, que podía haber afectado al cerebro... Finalmente le inyectó penicilina... El niño siguió inconsciente y así discurrió la mañana... A eso de las doce abrió los ojos y dijo que se encontraba bien, y quiso levantarse... Se lo prohibimos... Le dimos de comer y continuó en reposo y en observación... Todos los síntomas habían desaparecido...» Y a eso de las tres de la tarde, los alumnos avisaron de nuevo a los profesores: Lucio se había lanzado por una de las ventanas del dormitorio... Al parecer se abrigó bien, con dos chalecos y una bufanda, pero no dijo nada... Su hermano Julio lo contemplaba desde uno de los extremos del dormitorio... Lucio se subió a la litera más alta, abrió la ventana, y se lanzó de cabeza al exterior... La altura, al suelo, era de 3 metros... Los profesores acudieron al sitio, pero no encontraron al niño aymará, ni tampoco huellas... Había desaparecido... Los profesores y alumnos peinaron el colegio y los alrededores, pero no lo hallaron... A las 18 horas se dio cuenta a los Carabineros y se inició una búsqueda masiva. Participó el pueblo y los alumnos... La temperatura, en esos momentos, era de 0 grados Celsius... Los resultados fueron infructuosos... Lucio no aparecía... A las ocho de la tarde, los profesores del colegio encendieron una hoguera en el patio, para que sirviera de guía al muchacho... A las 21 horas, la temperatura era ya de -4 grados... La inquietud se había extendido por todo Putre... Y, de pronto, escucharon los gritos de otro alumno... «¡Aquí está!»... Era Donato Pérez... «Acudimos y allí estaba, cerca del colegio y de una casa de adobe en la que guardábamos los cerdos»... Donato dijo que había visto a dos hombres, con una lámpara, que cargaban a Lucio... Al ver a Donato soltaron al aymará y huyeron... Trasladaron al niño al colegio y llamaron de nuevo al practicante... Sáez examinó a Lucio y comprobó que su temperatura era de

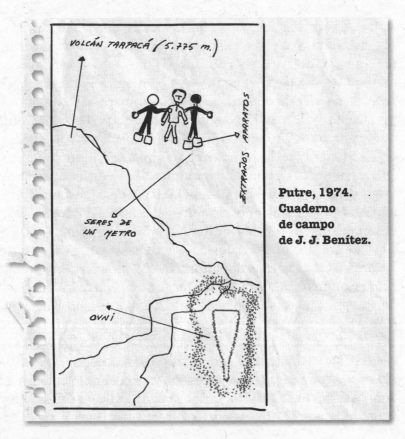

Putre, 1974.
Cuaderno
de campo
de J. J. Benítez.

34 grados... Estaba inconsciente y con la presión muy baja... Le dieron calor y lo examinaron con detenimiento... No hallaron heridas o golpes... Los zapatos presentaban una gravilla de tipo volcánico... No era la tierra del pueblo o de los alrededores... Y el practicante aseguró: «Es tierra de los faldeos del volcán Taapacá»... Pero ese volcán se encuentra a 50 kilómetros, en línea recta, de Putre... En los dedos de Lucio descubrieron también una serie de heridas profundas y triangulares... Parecían incisiones... Y dedujeron que le habían sacado sangre... Pero ¿quién y por qué? Las incógnitas seguían acumulándose... El muchacho, mientras tanto, se quejaba... Y terminó quedándose dormido... De vez en cuando enderezaba el tórax, sin apoyar los codos... Era muy raro... Y así pasó la noche... A la mañana siguiente estaba bien y conversando con sus compañeros... «Y yo le pregunté —prosiguió Pedro Araneda—: "¿Qué pasó?"... Y él replicó: "Usted no tiene idea de lo que a mí me pudo haber pasado"... No le saqué nada más... Se negó a hablar... Después llegó el practicante, lo examinó de nuevo, y dijo que se encontraba bien, y que lo dejáramos en cama ese día...» A media mañana, Luis Briones, otro de los profesores, pasó a ver a Lucio... Estaba nuevamente rígido, con la cabeza para atrás... Briones llamó al resto de los profesores... Lucio deliraba y lloraba... «No me van a creer —repetía—. Conversen ustedes con ellos para que me crean»... Después se tranquilizó y cayó en un profundo sueño... A las cuatro de la tarde se levantó... Parecía normal... Salió al patio y se sentó, mirando fijamente al volcán Taapacá... «Todos estábamos preocupados —insistió Araneda—. Al chico le había sucedido algo; eso era obvio, pero ¿qué? Y discurrimos una estratagema para tratar de esclarecer el asunto... Poli, mi esposa, era también profesora del colegio y buena amiga de Lucio... Y le hicimos creer al muchacho que Poli estaba enferma, con los mismos síntomas que Lucio... El aymará se apresuró a verla, interesándose por su estado... Fue así como Lucio terminó contándole lo que había ocurrido... Hablaron durante dos horas»... En resumen, esto fue lo que explicó: «Estaba en la cama —dijo— cuando oí una voz en mi cabeza... Me ordenaron que me levantara y que me abrigara bien...

Obedecí... Luego me dijeron que me lanzara por la ventana, que no temiera... Y así lo hice... Pero no llegué al suelo... Allí me esperaban dos hombres... No tocaban tierra... Me recogieron en el aire y me tomaron por las axilas... Eran bajitos; quizá de un metro de estatura... En los pies llevaban unas cosas... Y volamos hacia la quebrada que está detrás de la escuela... Pero no tocábamos tierra... Y así seguimos, por el aire, hasta las proximidades del volcán Taapacá»... Según Lucio, los personajes que lo trasladaban no tenían cuello... «Eran rectos, sin hombros, y con un uniforme blanco... Las manos parecían guantes de boxeo»... Los seres llevaban cascos... Eran calvos y presentaban unos ojos grandes y saltones, como los de las llamas... Lucio asegura que perdió el conocimiento en varias ocasiones... Y, de pronto, se vio cerca del volcán Taapacá... Allí abajo vio una gran luz... «Tenía forma de copa —explicó Lucio—. Era como la plata, con un pie central»... Entonces, no sabe cómo, el muchacho se vio en el interior de la «copa»... Lo desnudaron, pero él no recuerda bien... Y, presumiblemente, lo sometieron a algún examen médico, así como a diferentes extracciones de sangre... En el interior del objeto había una luz turquesa, muy intensa... Y se encontró frente a cuatro individuos, también de pequeña estatura... Vestían túnicas... Los ojos eran negros y grandes, sin nariz, y con unas bocas en forma de rombos (casi cuadradas)... Las orejas eran enormes y puntiagudas... Los pies eran cajas... Y también flotaban... En un momento determinado, Lucio preguntó: «¿Por qué no se les ven los pies?»... Y ellos respondieron: «Para no contaminarnos»... Por la parte de debajo de las cajas, el testigo veía luces... En el resto de la sala había máquinas que el muchacho no supo para qué servían... «Tenían luces, palancas y pantallas», manifestó Lucio... Y hablaron... Entre otras cosas le comunicaron que «pertenecían a tiempos distintos al nuestro»... Y en eso se presentó un quinto hombrecito... Habló con los que se hallaban frente al aymará y le comunicaron que «no pretendían hacerle daño, que su gente lo estaba buscando, y que lo devolverían de inmediato a su pueblo»... Los seres que lo habían trasladado hasta el volcán lo tomaron de nuevo por las axilas y lo llevaron de vuelta a Putre...

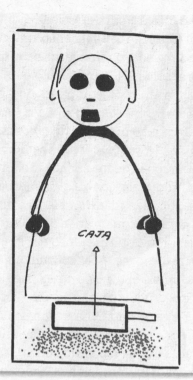

Criatura observada en el interior de la «copa». Cuaderno de campo de J. J. Benítez.

CAJA

Lucio Quevedo. (Gentileza de la familia.)

Lucio contó a Pedro Araneda que, al bajar en las proximidades del Taapacá, el descenso fue violento, y las huellas de sus zapatos quedaron impresas en el terreno. Si lo deseaba podía mostrárselas. Y Pedro aceptó. A las pocas horas del «regreso» del aymará, en la compañía de Luis Briones y del practicante de Carabineros, José Sáez, Araneda se encaminó al volcán. El viaje se prolongó durante cinco horas. Al llegar donde fue vista la «copa», los expedicionarios encontraron, en efecto, las huellas de los zapatos del muchacho. Eran unas suelas inconfundibles, con dos líneas paralelas en el centro. Y comprobaron algo más: las plantas de la zona (especialmente la tola) aparecían quebradas en un radio de cincuenta a sesenta metros. El terreno arcilloso era el mismo que habían encontrado los profesores en el calzado de Lucio Quevedo. No había duda: el aymará estuvo en aquel paraje. Pero ¿cómo pudo trasladarse, en la noche, a pie, a una distancia de cincuenta kilómetros, y a –4 grados? La desaparición del muchacho se produjo entre las tres de la tarde y las nueve de la noche. En seis horas, nadie hubiera podido cubrir esa distancia, insisto, a pie y en semejantes condiciones. Sólo quedaba una explicación: Lucio decía la verdad.

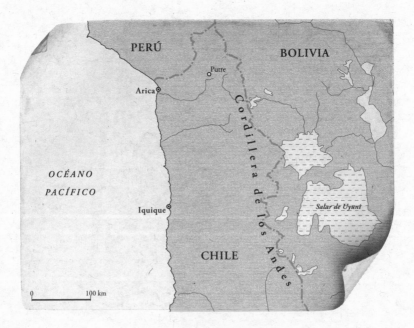

Antes de regresar a Putre, los profesores y el practicante se dieron cuenta de algo: los ojos de los tres sufrían pequeños derrames. Estaban enrojecidos. Y lo mismo sucedió con los ojos de los mulos. En ese momento decidieron abandonar el lugar.

En 2014, cuarenta años después del suceso de Putre, pude localizar a Lucio Quevedo.

Y me trasladé a Bolivia, donde vive.

Allí sostuve con él una larga conversación. Confirmó todo lo que sabía..., y algo más. Pero ésa es otra historia.

SANLÚCAR

En el verano de 1974, Charo Camacho tenía ocho años. Vivía con sus padres y sus abuelos en la calle Obispo Fray Manuel María, en la localidad gaditana de Sanlúcar de Barrameda. Coincidí con ella en Barbate en 2014 y me hizo el siguiente relato:

... Recuerdo que era verano... Aquella noche me había propuesto, una vez más, solucionar esa «manía» de hacerme pis en la cama, como decía mi madre... Quería quitarme aquellos calzones de plástico, con pañal, que me hacían sentir tan mal... Años más tarde me enteré que todo era debido a una enfermedad y no a una «manía»... Así que intentaba no dormirme, por si me entraban ganas, y podía salir corriendo al baño... Pero, noche tras noche, una y otra vez, caía rendida y volvía a hacerme pipí... Recuerdo que ya sentía la respiración de mis abuelos (que dormían en la misma habitación) cuando observé aquella luz... Me sentía contenta porque continuaba despierta... Eso era un éxito para mí... Y en esas estaba, contemplando la oscuridad, cuando vi una luz en el techo... Se movía... Pensé en algún novio filipino de la hija de Reglita, una vecina... Trabajaba en la base de Rota y salían con ella... Y allí me quedé, esperando a que la luz desapareciera... Pero allí siguió, más intensa... Entonces descubrí que

519

no oía el lógico ruido del coche... Me puse de pie en la cuna y miré por la ventana... En efecto: no había ningún auto... Lo que vi, a cosa de quince metros, fue una masa de humo... Era denso... Por la parte de arriba salía luz... Esa masa era algo alargada, con forma oval... Era tan grande como la totalidad de la finca en la que se encontraba... Se hallaba muy cerca de un peral del que sólo veía una rama, la más gruesa... Era un humo [?] luminoso, muy raro... Pensé entonces que el peral se estaba quemando... Pero ¿dónde estaba el fuego?... En esas andaba, a punto de llamar a mis abuelos, cuando apareció él... Me pareció que iba bajando una escalera, pues caminaba de arriba abajo... ¡Dios, qué alto era!... ¡Era un gigante!... Ahora, con los años, puedo calcular dos metros y medio... Un gigante para mi edad... Llevaba un traje oscuro, parecido a un uniforme, con la cabeza cubierta por un casco, también negro... Era un uniforme metalizado que se doblaba en las articulaciones... La primera vez que vi algo parecido fue en la película *La guerra de las galaxias*... El malo se le parecía mucho, pero sin capa... De verdad que pensé que el director de esa película se inspiraba en algo real... Entonces miré hacia las camas de mis abuelos, por si habían despertado, pero no; seguían dormidos... En esos segundos, el tipo caminaba ya hacia mi casa... Yo, entonces, asustada, cerré las cortinas y pegué la cara a la pared... Y, lentamente, volví a descorrer los visillos... Asomé un ojo, sólo uno, y confirmé que el gigante avanzaba hacia la casa... Creo que no me vio, pero siempre tuve la sensación de que él sabía que yo estaba allí, mirándole... Y me dio miedo, mucho miedo... Pegué un salto y me tapé hasta la cabeza... Sudaba... Sobre todo, por el cuello y la espalda... Yo no quería que entrara... Yo sabía, no sé por qué, que ese hombre no necesitaba llamar a la puerta... Yo sabía, a mis ocho años, que ese gigante tenía poderes y que se disponía a entrar en la vivienda... No recuerdo haber oído la escandalosa cancela de la casa, ni el timbre, ni nada parecido; ni siquiera sentí la puerta de la habitación (que el abuelo Manuel siempre cerraba)... Lo que sí empecé a oír, con fuerza, era mi corazón: latía a mucha velocidad... Y también escuché la respiración del gigante... Era una respiración forzada, como cuando respiras en el interior de una bolsa... Estaba aterrorizada... Pensé que quería llevarme... Él sabía que yo estaba despierta, lo sé, aunque tenía los ojos cerrados... Ignoro por qué no grité... Sólo sudaba y sudaba... Sentí que pasaba sus manos sobre mí, pero sin tocarme... Las sentí desde la cabeza a los pies... Después permaneció un tiempo junto a mí... Yo escuchaba su agitada respiración... Y el miedo fue desapareciendo... Pero estaba paralizada: no era capaz de moverme... No sentía los músculos... Y empecé a sentir un olor muy intenso, a crisantemos... Y pasaron los minutos... Nunca supe cuántos... ¿Quizá diez?... No lo sé... Cuando retiré las sábanas de mi cabeza, el hombre ya no estaba... No me atreví a mirar por la ventana... Y terminé dormida... A la mañana siguiente, junto al peral, no había nada.

A Charo le extrañó que la perra, que se hallaba en el exterior de la casa, no ladrara. Y no entendió tampoco que el abuelo, de sueño ligero, no atendiera sus llamadas cuando vio la «niebla».

—Con el tiempo —añadió Charo— me arrepentí por no haber sido más valiente...

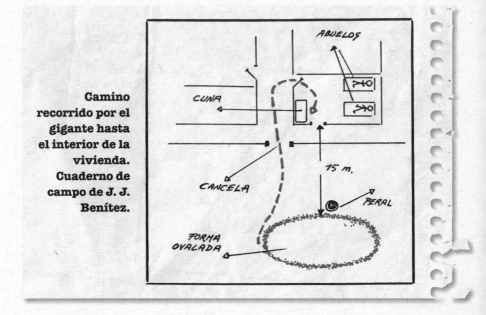

Camino recorrido por el gigante hasta el interior de la vivienda. Cuaderno de campo de J. J. Benítez.

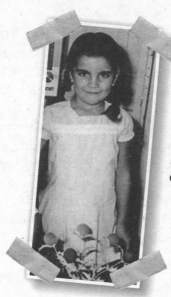

Charo, a los ocho años. (Gentileza de la familia.)

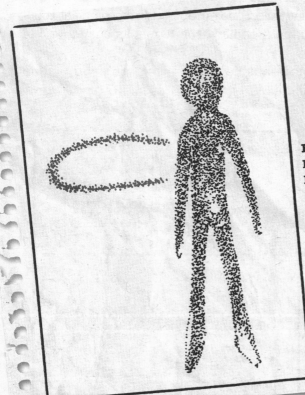

El gigante llegó hasta la cuna de la niña (1974). Cuaderno de campo de J. J. Benítez.

—¿Más valiente? ¿A los ocho años?

—Sí, tendría que haber hablado con él... Tendría que haberle preguntado quién era y qué quería.

—¿Quedaron huellas, en la casa o en el terreno?

—No vi nada.

—¿Piensas que era alguien «conocido»?

—Ahora sí, aunque no puedo demostrarlo. Fue algo parecido a lo que te sucedió a ti en Urdax. ¿Recuerdas?

Por supuesto que lo recordaba...

CORTIJO DE EL MORO

A las pocas horas recibí la noticia: cuatro guardas de un hotel y varios vaqueros del cortijo de El Moro, en el término de Tarifa (Cádiz, España) habían sido testigos del paso y aterrizaje de una nave desconocida.

Sucedió el 20 de abril de 1975 a primera hora de la mañana.

Dejé pasar unos meses y, en verano, interrogué a los testigos.

Los guardas del hotel Atlanterra (ya demolido) se mostraron de acuerdo:

—Fue a las siete de la mañana —declararon Antonio Pérez, Juan Ruiz, Ríos y Pedro Morillo Gilabert—. Lo vimos todos. Era como una media naranja, con algo que colgaba. Y fue a aterrizar junto a las torretas de alta tensión. En el interior vimos a dos personas, sentadas. Manejaban unos aparatos. Después salieron de la máquina y se dedicaron a inspeccionar el terreno.

En la colina donde se produjo el aterrizaje, a trescientos metros de la puerta del hotel, había un campo de cebada.

Y los guardias prosiguieron:

—Estuvieron caminando alrededor de la nave durante unos minutos. Después, por el camino, vimos aparecer a Pedro, uno de los vaqueros de El Moro, y los tipos entraron al objeto, precipitadamente. Después, la cosa aquella se elevó y pasó sobre nuestra vertical, hacia el mar.

J. J. Benítez, con los vaqueros (1975).

—¿Vieron algún detalle?

—Era blanca por arriba y silenciosa. Parecía un paraguas. En el interior vimos a los dos tipos. Llevaban algo negro en las cabezas, como cascos. Al pasar, los dos saludaron.

—¿A qué altura se hallaba?

Cortijo de El Moro (Tarifa), 1975. Cuaderno de campo de J. J. Benítez.

Pedro, vaquero del
cortijo de El Moro.
(Foto: J. J. Benítez.)

Recreación de la
nave y los seres
vistos cerca del
hotel Atlanterra
(al fondo). (Foto:
J. J. Benítez.)

Pedro Morillo.
(Gentileza
de la familia.)

—Muy bajo. Quizá a treinta metros.

—¿Saludaron los dos?

—Así es. Levantaron las manos izquierdas.

Horas más tarde me reuní con los vaqueros en el referido cortijo de El Moro, en la sierra del Retín. Me rogaron que no diera apellidos.

Pedro los vio muy cerca. En esos momentos se dirigía a un aprisco.

—Marchaba a caballo —explicó— cuando vi cómo caía. Pensé en un avión. Y me dije: «Se mataron». Pero no. Era una máquina brillante y blanca por arriba. Aterrizó despacio en la cebada y salieron dos personas. No eran muy altas...

Y Pedro indicó la altura: alrededor de un metro.

—Se dedicaron a recoger cebada y guardarla en unas bolsas rojas. Después, uno de ellos se dio cuenta de mi presencia y ambos se retiraron.

—¿A qué distancia se encontraba de los seres?

—A cosa de cincuenta metros.

—¿Se alteró el caballo?

—No.

—¿Y qué pasó?

—Aquello se levantó del suelo y se fue.

—¿Se fijó en algún detalle de la nave?

—Los tipos iban sentados en una plataforma, en el interior de la burbuja.

—¿Pudo ver las ropas?

—Llevaban unos buzos blancos, ajustados, y un casco en la cabeza.

En la compañía de Antonio Trujillo Cabanes, dueño del cortijo Quebrantanichos, me trasladé a la colina en cuestión. La recorrimos pero no observamos nada extraño. Aparentemente, no quedaron huellas.

Guardas y vaqueros hicieron sendos dibujos de lo que vieron y coincidían.

EL ROCÍO

En 1975, el inefable Manuel Osuna, veterano investigador español, me remitió el siguiente comunicado:

... El Rocío (Almonte)... Primeros días de agosto de 1975. Para que no faltase nada en esta gran oleada concentrada, como postre de la anterior o como principio de la próxima, he aquí un «CONTACTO» que vamos a exponer con toda crudeza, para que después el lector extraiga sus propias conclusiones: una familia de Almonte pasa los veranos en la aldea de El Rocío, donde tiene una casa antigua, como todas, de amplio corral. El sujeto del hecho es hombre de cuarenta y cinco años, agricultor, sin estudios... La familia suele pasar el día en la cercana playa de Torre de la Higuera, regresando por la tarde... La otra noche se echó abajo de la cama y salió al corral... Son las dos de la madrugada... En un instante, aparece sobre el suelo una luz, en forma de llama de vela, pero muy blanca y del tamaño de un frigorífico casero... De la luz se destaca una figura de hombre normal, aunque demasiado delgado... Y la aparición le dice esta frase lapidaria: «VENIMOS A LLEVARNOS, ÚNICAMENTE, VUESTRA FIGURA DE HOMBRE».

A partir de ese momento, él no sabe qué siguió ocurriendo... Dice no saber cuánto tiempo estuvo en la situación descrita y tampoco recuerda ninguna otra frase del visitante ni suya propia. Ni siquiera cómo fue su despedida... Un elemento de confusión último es el de los animales que había en el corral: gallinas, bestias y un perro, que no mostraron ninguna inquietud, al menos mientras el testigo conservó su lucidez. Especialmente raro en el perro que por naturaleza está destinado al ataque y defensa de su amo...

Cuando me personé en la vivienda del testigo, éste lo negó todo. Supongo que fue una actitud de defensa. Manuel Osuna era un investigador serio y muy bien informado.

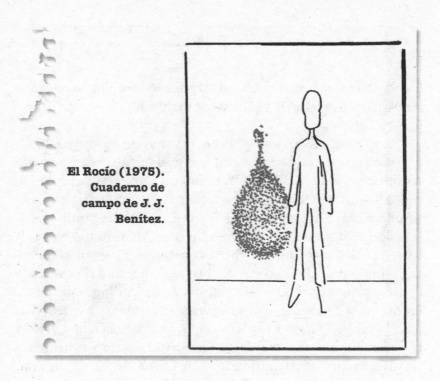

LE BANEL

Dominique Menuge era carnicero. El domingo, 2 de mayo de 1976, conducía su coche, un Renault 15, por el distrito de Le Banel, en las Ardenas, al noreste de Francia (cerca de la frontera belga). Tenía veintiún años. Eran las nueve y media de la noche. Y al llegar al cruce de las carreteras que conducen a Fontaine de la Noue y a Deux Villes, Menuge prendió las luces del auto. Oscurecía.

... En esos momentos —declaró a los investigadores— fue cuando los vi... Me hallaba a diez metros de la desviación a Fontaine... Había muchos... Quizá cincuenta... Eran unos hombrecillos muy raros... Los iluminé con los faros del R15... Estaban a mi izquierda y muy cerca... Se hallaban en el campo... Eran de color verde, con aspecto de ranas... Algunos estaban de frente, mirándome... Otros aparecían de perfil... No sé si el color verde correspondía al uniforme... Es posible... Los brazos eran largos y desproporcionados; les llegaban a la mitad de la pierna... Me fijé en las manos y en los pies... Tenían los dedos palmeados, como los patos... Las cabezas estaban cubiertas con cascos... Tenían ojos grandes y rojos... Yo diría que cada ojo medía alrededor de diez centímetros de diámetro... Eran impresionantes; sobre todo por el color... Todos los seres medían un metro o poco más... Parecían robustos... Eran calvos... No tenían nada en las manos ni cargaban instrumentos... Tampoco vi ninguna nave en los alrededores... Me asusté y giré allí mismo, regresando por donde había llegado... Entonces, al girar, a mi izquierda, vi otro hombrecillo... Estaba solo... Era similar a los otros cincuenta... Podía estar a tres metros del auto... Y escapé como pude... Al llegar a casa denuncié el hecho en la gendarmería... No logré dormir en toda la noche.

Los gendarmes, acompañados por los investigadores de ovnis, entre los que se encontraba Spingler, mi informante, acudieron al cruce de carreteras, pero no hallaron ninguna huella.

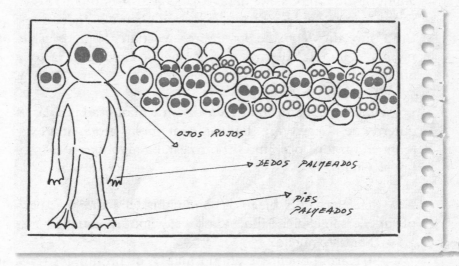

Frontera franco-belga (1976). Cuaderno de campo de J. J. Benítez.

NÁJARA

Aquella noche, Antonio Manzorro, ganadero, montó en su modesta moto amarilla y se dirigió a su casa, en la pedanía vejeriega de Nájara, a escasos kilómetros de Vejer de la Frontera, en Cádiz (España).

Supe de su encuentro con unos extraños seres merced al buen hacer de Rafael Vite, investigador de la zona. Y Rafael y yo lo interrogamos:

—Sucedió un sábado —explicó Manzorro—. Era el 28 de agosto de 1976. A eso de la una y media de la madrugada, cuando me hallaba a seis kilómetros de la general (Cádiz-Algeciras), la moto se paró. No logré arrancarla. Entonces, en mitad de la oscuridad, vi luces. Pensé que era un camión cisterna. Estaba cerca de la carretera, a mi derecha. Y empecé a caminar hacia el «camión». Pero, a los pocos pasos, me di cuenta: ¡aquello no era una cisterna!

—¿Por qué? —preguntó Vite.

—Era redondo y estaba al otro lado de la alambrada. Allí no hay camino... Un camión no hubiera podido pasar los alambres de espinos. Me detuve, pasmado. Y entonces los vi. Frente a mí, a escasa distancia, se hallaban dos individuos. Eran muy altos; más de dos metros. Vestían como los astronautas. Tenían las piernas muy largas. Los perros de la zona aullaban.

—¿Qué hacían?

—Uno se encontraba cerca de otra alambrada, a la izquierda de la carretera. Parecía contemplar el ganado existente en un toril próximo. El otro estaba algo más atrás, sobre el asfalto.

—¿Y...?

—Pensaba pedir fuego al conductor del «camión», pero me quedé con el cigarrillo en la boca. ¿Qué era aquello?

—¿Sentiste miedo?

—Sí, claro. Aquello no era normal. Y, de pronto, los seres dieron media vuelta y volaron...

—¿Volaron?

—Como lo oye. Dieron unos saltos impresionantes y salvaron la alambrada, dirigiéndose al objeto. Después despegó a gran velocidad y se perdió en la noche. Regresé a la moto y arrancó.

—¿Cómo vestían los seres?

Antonio Manzorro, en el lugar de los hechos. (Foto: J. J. Benítez.)

Nájara (1976). Los seres «voladores». Cuaderno de campo de J. J. Benítez.

531

—Con trajes oscuros, parecidos a los de los astronautas que fueron a la Luna. Y se movían como ellos: a cámara lenta.

—¿A qué distancia se encontraban?

—A cosa de treinta metros, no más.

Días después acudimos al lugar y comprobamos que la hierba sobre la que permaneció la nave aparecía aplastada y quemada. La zona afectada formaba dos círculos, de un metro de diámetro cada uno. Estaban separados cinco metros. No hallamos huellas.

Los análisis de la hierba indicaron que se hallaba deshidratada (hasta la raíz). Para lograr algo así —según los científicos— se hubieran necesitado del orden de quinientos grados Celsius, como mínimo.

Pero las pesquisas no terminaron ahí.

Dos guardias civiles habían visto el despegue del ovni en la referida noche de agosto de 1976.

Y di con ellos...

Se trataba de Ildefonso Espinosa y Francisco R. Torrejón.

Ambos se hallaban de servicio, cerca del lugar sobre el que se posó la nave: en el cruce de la carretera de Medina a Las Lomas.

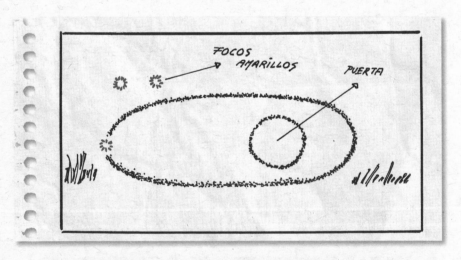

Monte Mateo (Nájara), 1976. Antes de despegar, las luces del ovni se vinieron abajo. Los perros de la zona aullaban sin cesar. Cuaderno de campo de J. J. Benítez.

Seres con cascos cuadrados y dos cristales en el centro. Altos y corpulentos. Cuaderno de campo de J. J. Benítez.

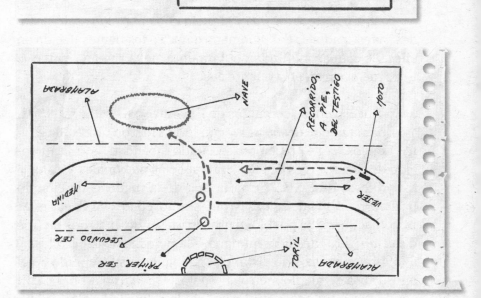

Manzorro llegó a treinta metros de los seres. Cuaderno de campo de J. J. Benítez.

—Estábamos aparcados —declararon— y con las luces apagadas. Y se presentó una luz muy potente. Pensamos en cazadores furtivos. Estábamos fuera del coche. Y la luz se fue haciendo más grande y se perdió en el cielo. No escuchamos ruido. Después supimos lo de Manzorro. No hicimos parte.

—¿En qué lugar estaban ustedes?

—En el cruce de la carretera CA-P-2111 con la C-343. Lo del ganadero fue a cosa de un kilómetro, en línea recta, poco más o menos.

—¿Por qué no dieron parte?

—No queríamos problemas...

Durante un tiempo, Manzorro se negó a circular por la referida carretera durante la noche.

—El corazón me latía muy rápido —se justificó—. Y dejé pasar un tiempo.

EL PEDROSO

Joaquín Mateo Nogales y Manolo Filpo han sido (son) grandes investigadores del fenómeno ovni. Todos hemos bebido en ellos. Se ocuparon, fundamentalmente, de la región sevillana. Ellos me pasaron el siguiente caso:

... Suceso en las cercanías de El Pedroso (Sevilla, España).

En una noche despejada y con luna salieron de Sevilla cuatro amigos, con dirección a la citada localidad, con la intención de cazar... Tres de ellos eran policías nacionales y el cuarto, profesor de EGB... Sería la una de la madrugada cuando partieron... El viaje se desarrolló sin novedad... Al llegar a las inmediaciones del pueblo divisaron un ser de unos dos metros de altura, de apariencia humana, a la derecha de la carretera y a unos cien metros de distancia... Se hallaba suspendido en el aire, a cosa de medio metro del suelo... Quedaron atónitos... El conductor aminoró instintivamente la velocidad... Pero, debido a la corta distancia a la que se hallaban, pronto estuvieron a su altura... Y lo contemplaron con detalle... Aparecía cubierto con un traje blanco, en su totalidad, brillante, al estilo del que usan algunos cantantes, no pudiendo precisar los rasgos faciales... Sí vieron un cinturón, también blanco, en cuyo centro relucía algo de forma rectangular, a modo de hebilla... Pararon el coche a cien metros y se desviaron por un carril... Allí deliberaron... ¿Qué hacían?... ¿Regresaban?... No hubo acuer-

Joaquín Mateo Nogales (izquierda) y Manuel
Filpo. (Foto: Blanca y gentileza de M. Filpo.)

do... Unos deseaban seguir y otros querían retroceder... En
esas estaban cuando, por el espejo retrovisor, observaron un
resplandor... Volvieron las cabezas y quedaron estupefactos al
ver, a cosa de cien metros, una colosal estructura, como una
enorme lenteja, provista de una iluminación opaca y uniforme... Estaba posada en tierra... Y, presas del pánico, huyeron...
Ante la repentina llegada y la turbación de su rostro, la esposa
del profesor, que nunca ·había creído en tales relatos, quedó
convencida... La afectación se prolongó mucho tiempo... Los
entrevisté en varias ocasiones —refiere Manolo Filpo—. Naturalmente, conozco sus nombres y apellidos (habla del profesor
y su esposa)... Estaban dispuestos a presentarme al resto de los
policías que, por cierto, llevaban sus armas reglamentarias...
No sé exactamente el año pero calculo que fue en 1976...

Cuando interrogué a los policías nacionales confirmaron lo
expuesto por los investigadores sevillanos. La fecha fue fijada
en el sábado, 9 de octubre de 1976, hacia la una y media de la
madrugada. El ser, provisto de casco, carecía de rasgos o ellos
no los captaron.

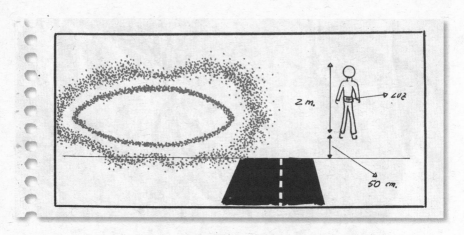

El Pedroso (1976). Cuaderno de campo de J. J. Benítez.

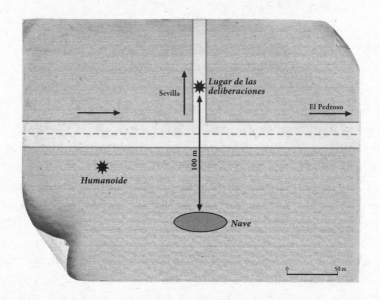

WINCHESTER

Los investigadores Harris y John Ledner me proporcionaron el siguiente caso:

... 15 de noviembre de 1976... Proximidades de la localidad inglesa de Winchester... Testigos: Joyce Bowles, de cuarenta y dos años, empleada en el ferrocarril, y Ted Pratt, de cincuenta y ocho, jubilado por enfermedad... Hora: 8.50 de la tarde... Ambos salieron del domicilio de Joyce y se dirigieron, en el automóvil de ésta, a la granja Chilcomb, a 3 millas, para recoger a un hijo de Bowles... Todo iba bien... El coche de Joyce funcionaba a la perfección; era un Mini Clubman... Al girar hacia la carretera A-272 distinguieron un brillo naranja en el cielo... Pero desapareció, para volver a aparecer en cuestión de segundos... Y enfilaron hacia la granja de Chilcomb, rodando por un camino estrecho... A la derecha se abría una zona de hierba de unos quince metros... Más allá era maleza... Nada más entrar en este camino, el auto empezó a sufrir sacudidas... «Parecía como si se fuera a descomponer», manifestaron los testigos... El motor se paró y el auto se dirigió hacia la hierba... Circulaba diagonalmente... Los esfuerzos de Joyce, por enderezarlo, fueron inútiles... Ted agarró el volante, pero no pudo hacer nada... El coche corría fuera de la carretera... Era inexplicable... Y, de pronto, se detuvo en mitad de la franja de hierba... Y, ante la sorpresa de ambos, el motor volvió a arrancar sin que nadie tocara la llave... Y empezó a rugir de forma alarmante... «Era todo muy raro —aseguró Joyce—. Yo no estaba pisando el pedal del acelerador...»... Las luces del coche se prendieron, pero con una intensidad muy superior a lo normal... Y, en esas, los testigos descubrieron un objeto frente al automóvil... Se hallaba a cinco metros, también sobre la hierba... Tenía forma de cigarro puro... Era brillante y naranja... Flotaba sobre la hierba a cosa de doce pulgadas [24 centímetros]... Tendría cinco metros de longitud... Y Joyce, desconcertada, desconectó el motor de su vehículo... El objeto presentaba unos chorros por debajo... Parecía vapor... En la parte superior izquierda observaron una ventana... Tres seres los miraban... Y, en eso, un hombre salió de la nave... Ninguno de los testigos supo decir por dónde... Era alto... Tenía dos metros... Vestía un uniforme de color plateado, similar al de los caldereros... Una cremallera [?] le llegaba hasta la barbilla... El traje flameaba, aunque no había viento... Y, en cuatro zancadas, el individuo se puso a la altura del coche... Tenía el pelo rubio y largo, cepillado hacia atrás, y una barba negra... La piel era clara... Joyce, entonces, oyó un silbido... Y el ser se encorvó, colocando una mano sobre el techo del auto... Y miró al interior... La nariz era puntiaguda, aunque no muy larga... Pero lo que más llamó la atención de los aterrorizados testigos fueron los ojos: eran de color rosa, «como los de un conejo albino»... No se distinguían el iris ni tampoco la pupila... Todo era rosa... Joyce lo miró y sintió algo especial... «Al dejar de mirarle a los ojos —explicó la mujer— seguía viendo esferas de luz, como cuando quedas deslumbrada por el sol»... Joyce, entonces, muy asustada, agarró a su acompañante, y notó que las ropas estaban muy calientes... Ted confirmó: «El tipo me miró y creo que me transmitió una energía; eso me calmó»... El ser permaneció junto al coche durante dos minutos, aproximadamente... Ted quiso salir, pero la mujer no lo permitió... El ser, entonces, se movió hacia la parte posterior del vehículo... «Y ahí lo perdimos —declararon Joyce y Ted—. No volvimos a verlo. Se había esfumado. Y con la nave pasó lo mismo. Cuando miramos hacia delante ya no estaba»... Joyce logró arrancar el coche y, no sin esfuerzo, salió de la zona de hierba... «Teníamos por delante una pared invisible, que nos frenaba... Las ruedas patinaban y patinaban y el motor se ahogaba»... Por último, lograron

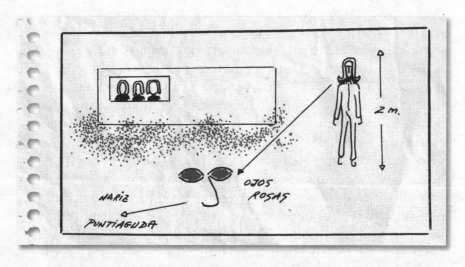

Winchester (Inglaterra), 1976. Cuaderno de campo de J. J. Benítez.

salir al camino y proseguir el viaje... La experiencia (dramática) había durado siete minutos.

Y me planteé de nuevo la posibilidad de la desmaterialización por parte del ser y de la nave. ¿Pasaron a otra dimensión? Probablemente...

TAGANANA

Tres meses más tarde (febrero de 1977), en Taganana (Canarias, España), se registró un hecho parecido al de Winchester: los seres, de pronto, se esfumaron, como si hubieran saltado a otra dimensión...

Me lo contaron Paco Padrón y Manuel Salazar, veteranos investigadores ovni.

He aquí una síntesis:

... Dos matrimonios de Tenerife, cuyas identidades deben permanecer ocultas, acudieron a pescar a Taganana... Era el segundo sábado de febrero de 1977... Con ellos se encontraba un niño de tres años... Y a eso de la una de la madrugada decidieron regresar a sus domicilios... Los hombres se situaron delante y las mujeres detrás... El niño ocupó el espacio existente entre el piloto y el copiloto... Pusieron el reloj del coche en hora y emprendieron el viaje de vuelta a Santa Cruz... Al cubrir el trayecto entre la ensenada de Taganana y Bailadero observaron una luz en lo alto de una de las montañas... Parecía hacer señales a alguien... Y en eso vieron salir de la mar un objeto enorme, de forma esférica... Se produjo un gran espumaje... La bola era amarilla y ámbar... Tendría cien metros de diámetro... Y salió disparada, a gran velocidad... Sobrevoló la zona y fue a colocarse sobre el auto... Fue cuestión de segundos... Las revoluciones del coche se dispararon, pero no lograban que avanzara... Los testigos se pusieron muy nerviosos... El objeto terminó alejándose y, tras realizar un ángulo de 90 grados, fue a situarse sobre la cima de la montaña en la que parpadeaba la primera luz... Y el grupo llegó a una pequeña recta, poco antes del cruce de Bailadero... La recta tiene 20 metros, pero el conductor observó algo anormal: la recta en cuestión se «estiraba», como si fuera de goma... Al final de la extraña carretera descubrieron a cuatro personas «que parecían esperarlos»... El chófer frenó instintivamente... «¿Qué hacía aquella gente en ese lugar, a esas horas?»... Dos de los seres se encontraban a la derecha de la carretera, sobre una pequeña elevación... Los otros, a la izquierda, permanecían quietos en la cuneta... De pronto, uno de los seres (a la derecha), se esfumó... «Estaba —dijeron los testigos— y después no estaba»... Las mujeres gritaron... Y el vehículo pasó muy cerca de los individuos que se hallaban a la izquierda... Los seres vestían uniformes blancos... A la espalda cargaban una especie de mochila de color amarillo o negro... Eran muy altos, con movimientos algo torpes... La frente era extraña: alta y huidiza, con un cráneo muy levantado... El cabello era rubio platino y comenzaba en el centro de

Taganana (1977). Dibujo de Manuel R. Salazar Serrano, según la descripción de los testigos.

la cabeza, como si fueran calvos... El cabello caía sobre los hombros... El mentón era muy puntiagudo... «Parecían calaveras —resumieron los testigos—. Eran muy blancos»... Los ojos eran rasgados y largos... Y, de pronto, el ser que permanecía a la derecha, sobre un montículo, también desapareció, y de la misma manera: se volatilizó... Después oyeron un ruido, como metálico... Y pensaron que el espejo lateral izquierdo del turismo había golpeado a uno de los seres... «Pasé muy justo —afirmó el conductor—, pero no estoy seguro de haberlo golpeado»... Y alguien gritó: «¡Vámonos de aquí!»... El coche aceleró y los seres desaparecieron... «No los vimos correr o tirar hacia el monte. Sencillamente, se esfumaron»... Al llegar a la ciudad, los testigos quedaron nuevamente desconcertados: el reloj del auto marcaba la una y media de la madrugada pero, en realidad, eran las tres y veinte. Faltaban dos horas... ¿Qué sucedió en ese tiempo? Los testigos nunca lo supieron.

SALILLAS

Un mes después del caso «Winchester», en Inglaterra, se registraba en Salillas (Huesca, España) otro caso desconcertante.

Me avisó el investigador Luis García Núñez, de Huesca, pero no le presté demasiada atención. No daba abasto. Los avistamientos y encuentros se sucedían sin cesar. Y dejé pasar el tiempo.

El segundo «aviso» me lo proporcionó Bruno Cardeñosa, otro joven e incansable investigador ovni.

El relato de Bruno decía así, más o menos:

... DOS SERES «ESCAMADOS» HACEN BROTAR AGUA DE UN ESTRIBO.

José Salillas y Agustín Viñuales (*Tío Agustín*) habían estado trabajando en unas reparaciones hasta la medianoche del 12 de diciembre de 1976... Concluida la labor fueron juntos hasta la plaza de Santa Ana, en Salillas (Huesca)... José tomó la primera esquina y se dirigió a su domicilio, mientras *Tío*

Agustín se dirigió a su furgoneta, que aún permanecía abierta... La cerró y se dispuso a entrar en su casa, sita en la referida plaza... Antes llevó a cabo algunos arreglos en el árbol de Navidad, que se levantaba allí mismo... Quince minutos después de despedirse de José Salillas, *Tío Agustín* entró en su casa... Vitorina, la mujer, y los suyos, lo encontraron raro... Parecía aturdido... No se despidió de los niños y se metió en la cama... Nadie hizo preguntas... Desde esa noche, el hombre, siempre amable, no fue el mismo... Algo le había sucedido antes de abrir la puerta de su domicilio... Quince años después —sigue contando Bruno Cardeñosa— me presenté en Salillas... Y fui a dar con el alcalde del pueblo, Jesús Viñuales, sobrino del testigo... Sostuvimos una larga conversación y contó lo ocurrido... «Al día siguiente —relató Viñuales— *Tío Agustín* contó lo que le había sucedido la noche anterior... Él también vio aquel extraño resplandor rojo, como todos».

—¿Cómo todos?

—Sí, una cosa que estuvo horas y horas en el cielo. Lo vio todo el pueblo.

—¿Qué forma tenía?

—Como una nube alargada y rojiza, con muchas espirales. Después se alejó hacia Zaragoza.

Pues bien, mientras el pueblo de Salillas contemplaba espirales en el cielo, *Tío Agustín* se dirigió a su casa.

—Y, de pronto —prosiguió el sobrino—, se le presentaron unos hombres. Dijo mi tío que eran como la gente de la mar.

—¿Buzos?

—Sí, con trajes muy «pretos» y con unas escamas muy grandes, como plata. Eran mucho más altos que nosotros; de unos dos metros y medio. El hombre no tenía pelo, pero la mujer sí.

—¿La mujer llevaba escamas?

—Sí, aunque mi tío no sabía si aquello era la piel o un traje. Y le contaron algo: que procedían de otro mundo.

—¿Habló con ellos?

—Sí, y le dijeron que, para que los creyera, harían brotar agua de una piedra. Y le invitaron a que tocara la pared, junto a la iglesia. Allí hay un estribo. Y mi tío tocó el contrafuerte y brotó agua.

—¿Sigue saliendo agua?

—No, fue sólo en el momento.

—Pero ¿quién tocó la piedra?

—Mi tío, con la mano.

—¿Dónde se le presentaron?

—En la plaza. Él vivía junto a la iglesia.

—¿Cuánto tiempo estuvo con los seres?

—Cinco o seis minutos.

—¿Cómo desaparecieron?

—Bajaron a una placita cercana y ahí estaba el aparato. Era muy pequeño.

—Era como una plataforma —comentó la madre de Jesús Viñuales, que asistía a la charla—. Arriba tenía algo como un paraguas.

Al recoger otros testimonios —prosigue Bruno— comprobé que *Tío Agustín* habló únicamente con la mujer. El hombre, al parecer, permaneció junto al aparato, sin moverse. Fue la mujer la que subió las pequeñas escaleras y se acercó al testigo, en la citada plaza de Santa Ana.

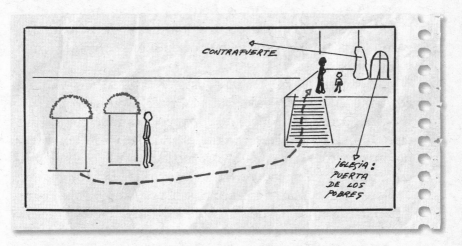

La mujer subió las escaleras y habló con *Tío Agustín*. Examiné el contrafuerte pero sólo era una roca. No había posibilidad alguna de filtraciones. Diario de campo de J. J. Benítez.

Tío Agustín tenía treinta y siete años cuando se produjo el encuentro. Murió cuatro años después, en 1980.

Mientras manteníamos la conversación con Jesús Viñuales y su madre, se presentó en la casa José Salillas, la última persona que vio al testigo antes del encuentro. Le pedí su versión y me dijo:

—Estábamos arreglando una fregadera antigua. Teníamos que terminarla, aunque fueran las dos de la mañana. Y, al marcharnos hacia casa, dijo mi chaval: «*Tío Agustín*, tienes la puerta del coche abierta». Y él replicó: «Voy a cerrarla». Fue entonces, al volver la esquina, cuando se le presentó aquello...

—¿Comentó cómo hablaban los seres?

—No, pero dijo que los entendía perfectamente. Y la mujer comentó que venían de otro planeta y que venían a sacarnos del «lío» en el que estábamos.

—¿Aquello le afectó a *Tío Agustín*?

—Mucho. Ya no fue el mismo.

Bruno Cardeñosa averiguó también que los seres conocían el nombre del testigo. Así lo confirmó la viuda de *Tío Agustín*:

—Le llamó por su nombre. La mujer le habló muy bien y con cariño. Después, al tocar la roca, y ver cómo salía el agua, le entró una «cosa»... Y me dijo que le costó mucho llegar a la casa. ¡Fíjese!, sólo hay unos metros... Estaba como paralizado. Al día siguiente llegaron tres guardias civiles y lo interrogaron. A partir de ese día ya no quería salir por la noche. Y su salud empeoró...

Cuando visité Salillas, en agosto de 2003, Jesús Viñuales confirmó cuanto había averiguado Bruno. Y precisó:

—Los seres llegaron en dos objetos. Eran idénticos. Parecían cabinas telefónicas, con un tejadillo curvo. El hombre se mantuvo cerca de los aparatos y fue la mujer la que subió las escaleras hasta la plaza de Santa Ana. Allí habló con mi tío.

Por lo que contaron los vecinos, el resplandor rojizo se registró horas antes del descenso de las naves. Lo vio prácticamente todo el pueblo, incluido *Tío Agustín*.

—Al principio pensamos en una tormenta —dijeron—, pero «aquello» se quedó fijo en el cielo, y durante horas. Después se alejó hacia Uxón.

Jesús Viñuales,
indicando el estribo.
(Foto: Blanca.)

Señalado con la flecha,
el contrafuerte del que
brotó agua el 12 de
diciembre de 1976, en
Salillas (Huesca,
España). (Foto: J. J.
Benítez.)

Tío Agustín.
(Gentileza
de la familia.)

Sin que me viera nadie me aproximé al contrafuerte de la iglesia y acaricié la piedra de la que salió agua. No sucedió nada, naturalmente...

Y me vino a la memoria otro suceso, narrado en la Biblia: «Moisés tocó una roca y brotó agua» (Éxodo, 17-6).

¡Qué interesante!

BARBATE

Aquella noche se fue la luz. Y Barbate, en Cádiz (España), se quedó a oscuras durante casi diez minutos. Corría el mes de julio de 1977.

Eran las diez y media de la noche.

Francisco José Reyes era un muchacho. Tenía quince años. Se hallaba entrenando con otros compañeros de la misma edad en un gimnasio existente junto al río.

—Y al marcharse la luz —explicó— se me ocurrió salir a la calle. El pueblo estaba a oscuras.

Al poco se restableció la normalidad y Reyes regresó al interior, prosiguiendo el entrenamiento. Pero la luz se fue por segunda y por tercera vez.

—Salí de nuevo, tratando de saber qué ocurría. Entonces lo vi. Y entré en el salón, avisando al resto. Todos salieron...

Los testigos —Manuel Ladrón de Guevara, Moriano, Manolo González y Matías, entre otros— confirmaron el testimonio de Reyes:

—Era un tipo enorme —relataron—. Medía tres metros, o más. Primero lo vimos agachado, junto a un tractor. Después se incorporó. Vestía un traje plateado. Parecía interesado en el vehículo. Tenía una pieza del tractor en las manos y la miraba.

—¿A qué distancia estabais?

—A diez metros.

—¿Él os vio?

—No lo sabemos.

Y los muchachos continuaron con la descripción:

—Tenía una luz en la cabeza, como los mineros. Era blanca. Alumbraba el tractor y parte de la calle

—¿Cómo era el traje?

—Parecía de aluminio. Estaba muy ajustado al cuerpo.

—¿Cómo eran los movimientos?

—Muy lentos. Para mover un brazo necesitaba segundos. Vimos también un cinturón.

Los amigos se asustaron y retrocedieron, refugiándose en el gimnasio.

Una hora después volvieron a salir, pero la criatura había desaparecido.

En cuanto tuve noticia del asunto me personé en el lugar y conversé con el dueño de un taller mecánico que se levantaba a cinco metros del sitio donde vieron al ser. El tractor, en efecto, era de un cliente, pero no le faltaba ninguna pieza. Fue reparado y se lo llevó.

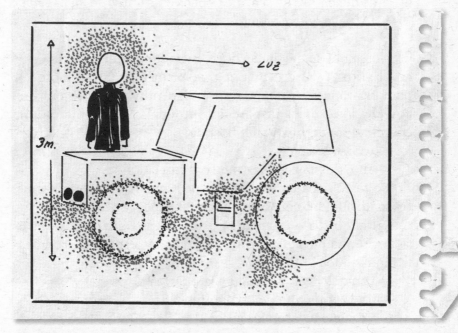

Barbate (1977). Cuaderno de campo de J. J. Benítez.

La noche del encuentro, varios pescadores, en la zona de La Barra (desembocadura del río), fueron testigos del paso, a baja altura, de una esfera silenciosa y de un intenso color rojo. Se dirigía hacia la mar. El gimnasio se hallaba a doscientos metros de La Barra.

OUTES

He pasado muchos días (y muchas noches) en las montañas y aldeas de Galicia (España). Fruto de ese esfuerzo han sido decenas de investigaciones ovni. A lo largo de *Sólo para tus ojos* iré mencionando algunas de esas pesquisas.

En diciembre de 1980 alcancé la bella y perdida aldea de Outes, en La Coruña.

Allí me aguardaba otra sorpresa...

Manuel V. Fernández había tenido un dramático encuentro el 23 de diciembre de ese año (pocos días antes de mi llegada).

Esto fue lo que me contó:

—Esa noche, hacia las doce, regresaba a mi casa. Iba solo en el auto. Y, al cruzar por una pista forestal, el motor se paró. Entonces, frente a mí, vi algo muy raro. No era una cosechadora, ni nada parecido. Además, ¿qué pintaba una cosechadora en medio del bosque?

—¿Cómo era?

—Alta, de más de diez metros, con columnas.

No terminaba de entender y pedí que la dibujara. Manuel trazó un cilindro con una especie de cúpula en lo alto.

—Del objeto —prosiguió— salía humo o niebla. Entonces se abrió una puerta, pero hacia arriba, y se presentaron cuatro individuos.

—¿En qué lugar se hallaba la puerta?

—En la zona alta de la máquina.

—¿Y cómo bajaron los seres?

—Lo ignoro. Dos caminaron hacia mi puerta y el resto permaneció frente al coche.

—¿Y qué sucedió?

—No lo tengo muy claro...

—¿Por qué?

—Estaba como hipnotizado. Creo recordar que abrieron la puerta y me sacaron. Me tomaron por los codos y me levantaron del suelo. Entonces me dieron un paseo por un prado cercano. Después me dejaron en tierra y se fueron.

—¿Y la nave?

—Se levantó y desapareció.

—¿Cómo eran los seres?

—Vestían iguales. No eran muy altos: quizá 1,40.

Manuel medía 1,80 metros.

—Los trajes eran ajustados al cuerpo —prosiguió—, con unos cascos cuadrados, como los de los apicultores. Al frente tenían un cristal, pero no alcancé a ver las caras. Me recordó también la protección de los soldadores.

—¿Te dijeron algo?

—No lo recuerdo.

—¿Cuánto duró el «paseo»?

—Poco. Caminaron unos diez metros. Mejor dicho, no tocaban el suelo: flotaban a un palmo de la tierra.

Cuando la nave partió, el testigo, descompuesto, arrancó el auto y se dirigió a su casa a toda velocidad. No lo comentó con nadie hasta pasadas unas horas.

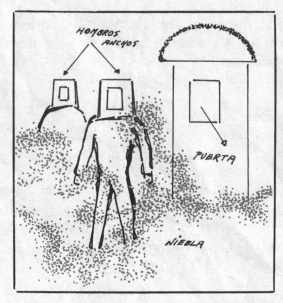

Outes (1980).
Cuaderno
de campo
de J. J. Benítez.

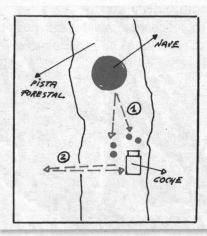

1. Recorrido de los seres
hasta el vehículo.
2. «Paseo» del testigo sin
tocar el suelo.
Cuaderno de campo de J. J.
Benítez.

Al día siguiente, en la compañía de un primo, regresó al lugar del encuentro, pero no hallaron huellas.

El caso me recordó lo sucedido en 1974 en las proximidades del río Thon, en Francia, así como el rapto del niño de Putre (Chile), también en ese mismo año. Manuel Fernández nunca supo de ambos sucesos.

LA ESCALADA

En agosto de 1977 recibí otra noticia ovni. Decía así:

... 3 de agosto (19.30 horas)... La Escalada (Huelva, España)... Ceferina Vargas, de veinte años, soltera, iba a visitar a su abuela —residente en una aldea cercana— caminando por unos senderos bordeados por un arroyo... De repente recibió un reflejo en los ojos procedente del arroyuelo... Un impulso instintivo hizo que acelerara la marcha, pero notó que algo la frenaba... Después de recorrer unos veinte metros recibió otro fogonazo, blanco, del tamaño de un faro de bicicleta, muy molesto... Presa del nerviosismo, sintió que las fuerzas le fallaban... Cuando el foco se apagó observó a dos figuras a unos cuatro metros, ambas de pie, sobre el sendero... Una de ellas era mujer, muy alta, de unos dos metros; de cabello largo y de color platino, hasta la cintura; de ojos grandes y cejas arqueadas; sin nariz o sólo dos orificios... En la boca distinguió una línea que se movía, sin abrirse, dando la impresión de querer hablar mientras gesticulaba con sus brazos... Vestía túnica larga de color verde oscuro, destellante, como hecha de pequeñas lucecitas... La apertura superior era redonda, de hombro a hombro, y ancha en las mangas... Tampoco llegó a observar si tenía pies... El pecho era plano... El hombre tenía las mismas facciones... Parecía inmóvil... Su cabello era corto y algo alborotado... Llevaba una túnica más estrecha que le llegaba hasta las rodillas... Era de color marrón claro con destellos... Su altura era ligeramente inferior, de 1,70 metros... Ceferina los define de caras repelentes, de color amarillo limón... Aturdida, perdió el sentido poco después de sentarse sobre una piedra... No percibió ruido ni olores... Los seres permanecieron indiferentes a la presencia de la testigo...

La información procedía de Manolo Filpo y de Joaquín Mateo Nogales.

Hice la maleta y me adentré en las tierras de Huelva, a la búsqueda de Ceferina Vargas.

La Escalada se encontraba en un paraje agreste y bellísimo. En aquellos momentos la habitaba medio centenar de vecinos.

Ceferina me recibió de buen grado, aunque no entendía el porqué de tanto revuelo.

Y permanecí con ella varias horas. En síntesis, contó lo siguiente:

—Esa tarde me encaminé a la aldea de Calabazares, cerca de aquí, con el fin de ayudar a mi abuela. Quería encalar la fachada de la casa porque se acercaban las fiestas.

Ceferina se hizo con dos bolsos. En uno metió la ropa de faena y en el otro sus pertenencias personales.

—Y hacia las siete y media de la tarde —prosiguió— salí para Calabazares. La aldea está a quince o veinte minutos de marcha. Pero, cuando había caminado unos diez minutos, algo, una luz muy potente, me dio en los ojos. Procedía del arroyo que pasaba por allí. Al principio pensé en algún cristal, pero descarté la idea...

—¿Por qué?

—El sol estaba oculto detrás de las colinas y no llegaba a la garganta por la que caminaba. No podía ser un reflejo.

Y el foco continuó cegando a Ceferina.

—Presentí algo y me asusté. Y aceleré el paso, intentando llegar a la aldea de mi abuela lo antes posible.

—¿Te molestaba esa luz?

—Mucho. Y a los pocos pasos empecé a sentir escalofríos. Me di cuenta de que no podía caminar. Entonces me dio un mareo y me senté en una piedra. Fue cuando se presentaron aquellos seres.

—¿Qué tiempo transcurrió entre la «luz» y la presencia de los seres?

—Ni diez minutos.

—¿A qué distancia se encontraban?

—Muy cerca, a cosa de metro y medio.

—Es decir, los observaste con claridad...

—Sí.

—¿Los viste llegar?

—No, yo me encontraba con la cabeza agachada y las manos en los ojos, tratando de recuperarme del mareo. Y al levantar la vista los vi. Ya estaban allí. Y me asusté mucho.

Ceferina hizo una descripción exhaustiva de los seres:

—Parecían conversar entre ellos, gesticulaban, pero no escuché lo que decían. Movían las manos normalmente. Lo asombroso es que carecían de labios.

—Vayamos por partes. Las primeras noticias dicen que uno era mujer...

—No puedo asegurarlo.

—¿Tenía pecho?

—No.

—Entonces...

—Los ademanes eran femeninos. Éste era el más alto. Alcanzaba los dos metros. Tenía el cabello rubio, casi blanco. Le caía por la espalda. Los ojos eran grandes y más rasgados que los nuestros.

—¿Y las pupilas?

—Azules. Las cejas eran muy pronunciadas y curvas.

Ceferina tampoco vio la nariz.

—En su lugar había dos pequeños orificios.

El ser vestía una túnica talar hasta los pies. Era de color verde oscuro.

Ceferina Vargas, en agosto de 1977. (Foto: J. J. Benítez.)

—¿Observaste si pestañeaban?

—No lo hacían.

—¿Y los pies?

—Tampoco los vi.

—¿Cómo era el otro?

—Más bajo. Quizá tenía 1,70 metros. El cabello era idéntico, pero más corto; hasta el cuello. Los ojos y el resto eran iguales. La barbilla, algo más afilada.

—¿Y la piel?

—Blanca, pero bronceada; igual que en el más alto. El más bajo vestía también una túnica, pero en dos piezas. La parte superior llegaba hasta las rodillas. Era rojiza. La inferior también tocaba el suelo y estaba formada por franjas verticales y onduladas de unos diez centímetros de anchura cada una. Eran de colores oscuros y verde pálido, alternativamente.

—¿Sonreían?

—No, estaban serios.

—¿Observaste las manos?

—Tampoco.

—¿Tenían dientes?

—No los vi.

—¿Cuánto tiempo permanecieron frente a ti?

—Una media hora.

Representación de los seres que se materializaron en las cercanías de La Escalada (Huelva, 1977). (Ilustración de Antonio Moya.)

—¿Qué sentiste?

—Miedo, mucho miedo.

—¿Cómo desaparecieron?

—Lo ignoro. Estaban y después no estaban. Yo salí corriendo y regresé a mi casa.

La madre de Ceferina —Eugenia Martín Vicente— confirmó que su hija llegó a la casa muy pálida y nerviosa. Hasta tal punto que marcharon al cuartel de la Guardia Civil, en Almonaster la Real, a 6,5 kilómetros de La Escalada. Y en la compañía de algunos guardias acudieron al lugar donde se presentaron los seres. Allí encontraron dos billetes de autobús, de los utilizados por Ceferina para trasladarse de Almonaster a Cortegana.

—Antes de llegar a la casa —completó Ceferina— tuve un presentimiento y miré el bolso. Faltaba el documento nacional de identidad. Los billetes del bus estaban en un bolsillo interior del bolso. No comprendo cómo terminaron en el suelo.

El DNI nunca apareció.

Ceferina regresó a su domicilio a las nueve y cuarto de la noche. Durante varios días permaneció intranquila, con pesadillas, y con falta de apetito. La madre la llevó al médico porque los ojos aparecían enrojecidos. Al cabo de unos días recuperó la normalidad.

Afortunadamente, la experiencia de Ceferina se olvidó pronto. De lo contrario, La Escalada podría haber terminado como Fátima o como Lourdes...

¿Me hallaba ante otro caso de seres procedentes de una dimensión desconocida? Muy probablemente.

FRODSHAM

La presente información me fue facilitada por el investigador Peter Rogerson.

... La noche del 27 de enero de 1978 fue fría y oscura... Pero los testigos del caso (cuyas identidades no debo desvelar) eran jóvenes y tenían la voluntad de salir a cazar... Y así lo hicieron... A eso de las 17.45 horas, los cuatro jóvenes (entre diecisiete y diecinueve años) se pusieron en marcha en dirección al río Weaver, a una milla [poco más de 1,5 kilómetros] de la ciudad de Frodsham (Canadá)... Los cazadores eran furtivos... Pretendían hacerse con algún faisán... Y se adentraron en una finca privada... Muy cerca corría, silencioso, el referido río... En los campos pastaban las vacas... Y en esas, mientras aguardaban, uno de los jóvenes observó una luz... Se acercaba a escasa altura sobre las aguas del estuario... No emitía ruido... Y los testigos pensaron en un satélite ruso... Poco antes, un satélite de la URSS se había estrellado en Canadá... Y se formó un gran revuelo en el país... Pero era un satélite muy raro... ¡Volaba a cinco o seis metros sobre la superficie del río y en paralelo con las aguas!... De pronto, el objeto cambió de dirección y se dirigió hacia los asombrados cazadores... Y se fue acercando... «Emitía un zumbido ligero —declararon a Rogerson—, mezclado con un ruido como de viento»... Era un objeto esférico y plateado... Tenía una base en la parte inferior... Podía medir quince pies [cinco metros]... Por las ventanillas salía una luz azul, muy molesta... Y la esfera aterrizó cerca, en unos arbustos... Los jóvenes seguían pensando que se trataba de un satélite descontrolado y, cuando se disponían a huir, vieron a alguien, que salía de la esfera... Vestía un traje plateado, de una sola pieza... En el casco lucía una linterna, como los mineros... Era un hombre, sin más... El personaje examinó el lugar, recorriendo la zona con la luz azul del casco... Y los jóvenes se percataron de algo que los asustó: las vacas de los alrededores estaban inmovilizadas... Y el ser regresó a la nave... Se ausentó durante unos segundos y regresó con un compañero... Ambos cargaban una especie de jaula metálica... Parecía muy ligera... Y los individuos caminaron hasta una de las vacas... El animal se hallaba quieto, como una estatua... Colocaron la «jaula» sobre la vaca y empezaron a manipular algunas de las barras, como si midieran al animal... Ahí terminó la aventura de los cazadores... Pensando que los siguientes podían ser ellos terminaron por huir... No miraron atrás ni supieron qué sucedió con la vaca...

Frodsham (Canadá), 1978. Cuaderno de campo de J. J. Benítez.

MINDALORE

La incansable Cynthia Hind se trasladó a Mindalore, en Sudáfrica, e interrogó a los testigos. Después tuvo la amabilidad de informarme. Veamos un resumen del caso:

... Mindalore es un barrio de Krugersdorf, a 26 kilómetros de Johannesburgo... Los hechos tuvieron lugar en la noche del 3 al 4 de enero de 1979, hacia las 23.50 horas... El cielo estaba cubierto y soplaba una ligera brisa... Esa noche, Meagan Quezet se hallaba sentada en el salón de su casa, leyendo... Meagan tenía treinta años... En eso entró Andrés, el hijo, de doce años, quejándose porque no podía dormir... Y pidió a su madre que le hiciera un té... Meagan se lo preparó... En esos instantes, *Cheeky*, el perro de la familia, empezó a ladrar furiosamente... Se encontraba fuera de la casa... Meagan salió y regañó al perro... «Tenía miedo de que despertara a los vecinos»... Entonces se dio cuenta: *Cheeky* había salido a la carrera, huyendo del jardín... Y la mujer solicitó ayuda a su hijo, con el fin de atrapar el perro y devolverlo a la casa... «No me atrevía a caminar sola por las calles —manifestó a Hind—. La zona no es recomendable por la noche»... Al llegar cerca de la calle Tindall vieron al perro... Seguía ladrando con furia... «Y todos los perros del barrio le imitaron. Fue asombroso»... En ese instante, Meagan y el muchacho vieron una luz rosa en la carretera... Y lo comentaron... No sabían qué era... «Pensé en un avión en apuros —manifestó la testigo—. Y escalamos un pequeño talud. Desde allí había mejor vista»... Los testigos se acercaron a la luz rosa y comprobaron que aquello no era un avión... Meagan, como enfermera, pensó que podía ayudar... «Tenía tres luces rojas: una en la parte de arriba y dos en los laterales... Era como un huevo duro partido por la mitad... Se mantenía derecho sobre la carretera... Lo sostenían cuatro "patas" muy delgadas, como las de las arañas... Terminaban en ventosas»... Las patas podían tener 1,20 metros cada una, y la máquina, alrededor de cuatro metros...«Pensé en un aparato de tipo experimental»... Andrés, el hijo, pensó lo mismo... Ninguno de los dos sintió miedo, al menos hasta esos momentos... «Y allí estábamos, comentando el asunto, cuando vimos aparecer a cinco o seis hombres... Uno o dos, no lo recuerdo bien, se fueron hacia la izquierda... Otros dos permanecieron junto al aparato y el resto (otros dos) caminaron hacia nosotros... Uno de los dos que venían hacia nosotros le hablaba al otro... Tenía una voz aguda... Utilizaba monosílabos... Pero no entendíamos... No era inglés»... Uno que se hallaba a la izquierda se agachó y tomó un puñado de tierra... Y la dejó caer entre los dedos... El tipo que hablaba siguió con los monosílabos... «Parecía chino —dijo Meagan—. Era un idioma rápido y "descosido"»... El hombre que acompañaba al que hablaba tenía la cabeza descubierta... Se apreciaba un cabello negro y rizado, así como una zona oscura en la parte baja de la cara (quizá una barba)... «Éste tenía la tez morena, como la gente del Medio Oriente, aunque no era negro... Los ojos eran normales... El otro, el que hablaba todo el tiempo, presentaba la cabeza cubierta; en realidad era un traje de una pieza que le cubría por completo... Y yo creo —prosiguió la mujer— que el de los monosílabos se dio cuenta de nuestra presencia... Se paró y dio un paso atrás... Ellos ya estaban muy cerca, en el mismo terraplén en el que nos encontrábamos Andrés y yo... Y calculé la altura: 1,50 metros, más o menos... Eran muy delgados... Las ropas, apretadísimas, permitían adivinar su constitución... El traje era blanco, aunque, a veces, aparecía rosa, por la iluminación de la nave»... En cuanto al ovni, los testigos aseguraron: «Era gris metálico, como el plomo, y liso... No vimos detalles ni accesorios»... El de la «barba» [?] miró a la mujer y dijo

La investigadora sudafricana Cynthia Hind. (Gentileza de la familia.)

algo incomprensible... «Yo, entonces, muy nerviosa, respondí: "Hola"... Me di cuenta: aquello no era normal y ordené al chico que fuera a buscar a su padre, a la carrera»... Andrés obedeció... Y el de la «barba» habló con su compañero y después se dirigió a los otros, siempre con monosílabos... Y todos regresaron al interior del objeto, precipitadamente... Los testigos no saben cómo entraron en la nave... «Yo no vi que la puerta se cerrarse», aseguró Meagan... Segundos después se escuchó un zumbido, «como el que emiten miles de abejas» y, al tiempo, las cuatro patas se alargaron hasta alcanzar el triple de su dimensión inicial... «La nave, entonces, podía tener siete metros de altura»... Andrés también oyó el zumbido y se detuvo, observando cómo la nave «crecía»... El objeto se elevó y se dirigió primero hacia la izquierda... Y las patas se replegaron sobre sí mismas, como si fueran telescópicas... La nave se detuvo unos segundos y, acto seguido, se elevó a una velocidad formidable... Atravesó las nubes y se perdió en el cielo... Según los testigos, las nubes, que no estaban muy

Mindalore (Sudáfrica), 1979. Cuaderno de campo de J. J. Benítez.

altas, quedaron pintadas de rosa... Y así fue durante un tiempo... En total, la observación se prolongó durante diez o quince minutos... Madre e hijo regresaron a casa, muy alterados, pero decidieron no despertar al señor Quezet... Y a la una de la madrugada se acostaron... A la mañana siguiente acudieron al lugar del encuentro, pero no hallaron huellas de ninguna clase... Al poco, la prensa se enteró de lo ocurrido y la noticia llegó hasta los investigadores... El perro regresó a la casa poco después, pero no parecía alterado...

Cynthia Hind preguntó a los vecinos, pero nadie había visto nada.

GÓRLIZ

La noche del 4 al 5 de agosto de 1979 sucedió algo insólito en un camping de Górliz (Vizcaya, España).

Los testigos principales —Fermina Teniente y Ángeles Kamín— me contaron lo siguiente:

—Serían las once y media de la noche. Estábamos a la puerta de la tienda, conversando. Desde hacía rato veníamos oyendo los ladridos de los perros de la zona. Aullaban con miedo.

—¿Cuánto tiempo antes?

—Por lo menos, media hora. Se notaban muy alterados. Pero no echamos cuenta. Los maridos estaban acostados. Teníamos un candil de gas colgado en la rama de un pino. Y en eso, mientras hablábamos, apareció una figura a cosa de un metro...

La criatura se presentó frente a Fermina. Procedía, al parecer, de un riachuelo próximo. Y Fermina, al verlo, comentó: «Mira qué perro más raro». La otra mujer replicó: «Eso no es un perro».

—En esos momentos —prosiguieron las testigos—, la criatura se volvió y nos miró. No dijo nada, pero la mirada fue elocuente. Fue como si dijera: «¿Un perro?».

—¿Cómo era?

—Lo confundí con un perro por el pelo y porque andaba a cuatro patas, como los monos. Al pararse se enderezó y nos miró.

—Tenía los ojos muy grandes y negros —prosiguió Ángeles—. Parecían gafas de sol. Eran saltones y con muchas caras [facetas] como los insectos. La frente estaba aplastada y las cejas salidas. Aparecía peinado hacia atrás. La boca era enorme, hasta las orejas. No tenía labios; sólo una línea. En cuanto a la nariz, parecía un grano, pero con dos grandes orificios.

—¿De qué color era el pelo?

—Como la caoba.

—¿Tenía pelo en todo el cuerpo?

—Sí, menos en la cara. Ahí era más corto, como pelusilla.

—Hablemos de los ojos...

—Eran grandes, como siete veces los de un ser humano.

—¿Cómo pudisteis observar tantos detalles?

—Por la luz del candil. La mirada era muy dulce —aseguraron las mujeres—. Parecía la de un niño.

—¿Y el cuerpo?

—No era muy alto; alrededor de 1,50 metros. Era ancho y sin cuello.

—¿Qué dimensiones podía tener el pelo que lo cubría?

—Unos diez o quince centímetros.

—¿Pudo entender lo que dijisteis?

—Aparentemente, sí. La mirada, al volverse, fue clara: «¿Tengo pinta de ser un perro?».

—¿Caminaba a cuatro patas?

—Arrastraba las manos por el suelo. Caminaba como un niño pequeño. Después, cuando se alejó, volvió a encorvarse. Y se perdió cerca de una tienda...

Fermina trató de agarrar el candil, pero no pudo. Estaba atorado en la rama.

—Entonces me hice con una linterna, a pilas, pero no funcionó. Lo intenté varias veces, pero no prendía. Fue cuando empezamos a gritar.

A partir de esos momentos, medio camping se puso en pie, alarmado. Los maridos no salieron de las tiendas y gritaron para que las mujeres cerraran las puertas.

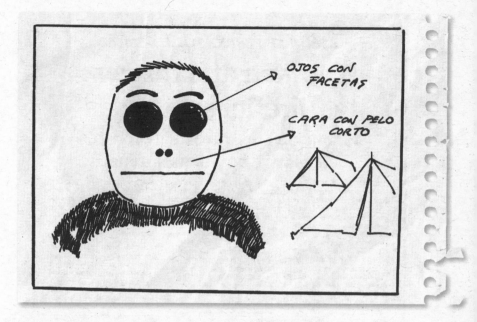

Górliz (1979). Cuaderno de campo de J. J. Benítez.

—No os hicieron mucho caso...

—Al principio, no.

Poco después, la gente del camping vio a otros dos seres, idénticos, que caminaban desde el riachuelo hacia lo alto de una colina.

—Iban más ligeros...

A los quince minutos, medio centenar de personas observó algo sorprendente: una luz redonda y azul se presentó por detrás de la colina en la que habían desaparecido los seres. Y al sobrevolar el camping iluminó las tiendas, «como si fuera de día». Después desapareció. A las tres de la mañana volvió a presentarse y se repitió la potente iluminación y el escándalo general.

—Pensamos que había amanecido...

Lamentablemente, como sucede con frecuencia, algunos periódicos tomaron la noticia a chacota. ¡Cuán cierto es que la ignorancia nos acompaña desde las cavernas! Uno de los locutores de radio —famoso por sus programas de misterio en la medianoche— llegó a escribir: «Es pena que a una noti-

SEGÚN EL PERIODISTA J. BENÍTEZ

Los extraterrestres las prefieren vascas

Habla de tres raros seres vistos en Górliz por unas jóvenes

BILBAO, Efe.

Los extraterrestres las prefieren vascas, y vizcaínas para mayor concreción, y también parecen mostrar su predilección por esta provincia de la comunidad autónoma, según hechos acaecidos en los últimos días y de los que da fe a Efe el periodista J. J. Benítez, conocido investigador en la materia.

«En los últimos días —señala Benítez—, decenas de vecinos de las localidades de Plencia, Barrica, Górliz, Algorta y Zorroza vienen observando cómo objetos muy brillantes y silenciosos cruzan los cielos a muy baja altura. Uno de los ovnis fue visto durante más de una hora por el señor Castro, miembro de la Asociación de Ayuda en Carretera, cuando salía de su domicilio, en Plencia. El objeto —ha declarado el testigo— tenía una luz fortísima y permanecía estático sobre los montes de Munguía.»

Sobre lo acontecido a las mujeres, relata Benítez: «En un «camping» de la localidad de Górliz, Fermina Teniente y M. Angeles Kamín quedaron aterrorizadas al ver pasar a dos metros del lugar donde se encontraban a tres seres de baja estatura, que se encaminaban desde un pequeño riachuelo hasta la cima de una colina.

«Cuando las vecinas de Bilbao comenzaron a gritar, uno de los extraños seres se volvió hacia las mujeres, observándolas durante segundos. En descripción hecha por las testigos, «los hombres tenían ojos enormemente grandes y con múltiples caras, como los ojos de algunos insectos. Caminaban ligeramente encorvados y todo su cuerpo parecía cubierrto de una gruesa piel oscura.»

«A los pocos minutos —concluye el relato—, y ante la sorpresa de numerosos testigos que habían acudido en socorro de las mujeres, un objeto redondo y muy luminoso apareció por encima de la colina, cruzando sobre los desconcertados miembros del "camping"».

En opinión de J. J. Benítez, «de acuerdo con estadísticas recogidas en todo el mundo, la presencia de ovnis suele preceder a graves acontecimientos»'.

Noticia difundida por la agencia EFE sobre el encuentro en Górliz. Sin comentarios.

cia se le dé ese tratamiento; cuando una docena —escasa— de investigadores estaban consiguiendo que el fenómeno adquiriese altura y fuera considerado, llega ahora esta aventura que parece extraída de cualquier serie americana. Queremos pensar que Benítez ha dicho unas cosas que no han sido entendidas o que se han malinterpretado. Es una pena, porque interpretaciones así nos hacen retroceder a aquellos viejos tiempos de folclore y marcianos verdes, nada deseables».

El locutor se llamaba Biosca (Antonio José Alés). El comentario fue publicado en la prensa el 1 de marzo de 1982.

Pobrecito...

LA REJANOSA

En febrero de 1980, entre los días 6 y 14, numerosos testigos (más de cuatrocientos) de Botafuegos, Las Vegas, sierra de Ojén y Garganta del Capitán, en Cádiz (España), observaron las evoluciones de luces extrañas y silenciosas durante la noche.

Los testigos comentaron:

Era una bola de luz blanca, con irisaciones violetas... Al acercarse tomaba forma de taza invertida, con luces rojas y verdes... En la parte superior se apreciaban antenas... Bajaba lentamente por la sierra de Ojén y se detenía en la barriada de Los Adalides, en Algeciras (Cádiz)... Desde allí sobrevolaba otras zonas: La Granja, camino viejo a Los Barrios, etc. Era totalmente silenciosa... Diámetro: alrededor de doce metros... Volaba "como si jugase", balanceándose, y haciendo estacionario... Después se alejaba y se perdía.

Una de aquellas noches (la del día 9), tres jóvenes de la referida barriada de Los Adalides se armaron de valor, y de sendas linternas, y se encaminaron a las colinas sobre las que se presentaba la luz. Se trataba de Diego Gutiérrez, José Antonio San Juan y José Rodríguez.

... Al llegar a la carretera que va de Botafuegos al Cobre —explicaron— observamos que las linternas no funcionaban... No lo entendíamos: las baterías eran nuevas... No vimos nada extraño pero, al acercarnos a una zona, las linternas se apagaban... Y se apagaban las tres a la vez... Al retornar a la carretera, todas funcionaban... Repetimos la operación tres veces y en todas, al llegar al sitio «maldito», fallaban las luces... Nos quedábamos quietos, con los ojos fijos en la negrura, pero no vimos nada... Sólo «sentimos» el silencio; un silencio total, que producía pánico.

El 11 de febrero se repitió el «festival» ovni...

Y los referidos jóvenes tomaron de nuevo sus linternas y se dirigieron a las colinas habituales. Pero alguien más estaba viendo la «luz que bailaba». Era Rafael Tobajas, entonces concejal del Ayuntamiento de Algeciras. Se hallaba en la casa de unos amigos, en compañía de su esposa. Y decidieron acudir a la zona en la que se veía el ovni.

Así me lo contó Tobajas:

—La luz se dirigía hacia Las Vegas y Botafuegos. Montamos en el auto y pasamos por Los Adalides. Allí coincidimos con los tres muchachos. Les pregunté si habían visto la luz y dijeron que sí, y que ya la conocían. Así que los monté en el auto y nos fuimos hacia la carretera de Botafuegos. Aparqué en la cancela de una finca llamada La Rejanosa y empezamos a observar el campo y las colinas. Todo era oscuridad.

—¿Qué hora era?

—Las 21.45. El silencio era impresionante. Entonces vimos aparecer una luz. Se hallaba en una loma próxima. Era una luz blanquecina con un halo anaranjado. Y, de pronto, se dividió en dos. Estábamos desconcertados. Después se dividió en tres y, seguidamente, se reunieron y volvieron a ser un solo cuerpo. Y empezamos a sentir temor.

Rafael Tobajas y su esposa en el lugar del encuentro. (Foto: J. J. Benítez.)

Tobajas explica cómo flotaban los seres. A su lado, el investigador Gómez Serrano. (Foto: J. J. Benítez.)

Algeciras (1980). Cuaderno de campo de J. J. Benítez.

—¿Cuánto duró el «espectáculo»?

—Un rato. Y la luz se partió de nuevo en dos. Fue entonces cuando vimos aquellas figuras. Eran humanos, pero altísimos.

—¿Cuánto?

—Tres metros, como poco. No podíamos distinguir las facciones porque irradiaban luz. Eran dos. ¡Y flotaban! Salvaban los obstáculos: árboles, ramas, todo... Y bajaron hacia un pequeño río, a 20 metros de nosotros.

—¿Tuvisteis miedo?

—Sí, pero también mucha curiosidad. Y aguantamos junto a la alambrada. Allí permanecieron unos minutos, moviéndose de aquí para allá. Lo hacían a cámara lenta. Como te digo, eran altísimos. Entonces sucedió algo que terminó por descomponernos. Los seres, supongo, advirtieron nuestra presencia y se dirigieron hacia el grupo. Fue el caos. Todos corrían. Traté de calmarlos, pero no lo conseguí. Y ordené que nos metiéramos en el coche. Y arrancamos a toda velocidad, en dirección a Algeciras. Yo miraba por el espejo retrovisor y veía cómo nos seguían, a grandes saltos. «¡Corra! —gritaban los muchachos— ¡Que nos cogen!». Finalmente llegamos a Los Adalides y dejé a los chicos en el barrio. Estaban muy alterados, y no digamos mi esposa.

—¿Y los seres?

—Se quedaron atrás.

Al día siguiente, el investigador Andrés Gómez Serrano, amigo de Tobajas, se presentó en el lugar en compañía de un topógrafo: Manuel Aguilar que, además, era primer teniente de alcalde de Algeciras. No hallaron nada de especial relevancia.

SAN ANDRÉS

Sucedió en el poblado de San Andrés, en el monte Ajusco, al sur de la capital azteca. Fue investigado por Adrián Chávez. Él me dio los detalles:

... El testigo se llama Pedro... No desea publicidad... Una tarde de verano de 1980, salió a pasear en bicicleta... La zona, como sabes, es arbolada y montañosa... Entonces vio una luz a su espalda... Pedro se orilló, para darle paso, pero la luz se mantuvo detrás de él... Pedro detuvo la bici y vio que se trataba de una nave triangular... Estaba posada en el camino... Y, de repente, vio salir a dos hombres... Eran de pequeña estatura, con las orejas largas y puntiagudas... Y le hablaron por señas... Querían que subiera al objeto... Pedro sintió miedo, pero terminó entrando... La nave tenía el suelo transparente... Y se elevó a cierta altura... El testigo dice que veía los árboles, la carretera, y las casas... No estaban muy altos: quizá a veinte o treinta metros del suelo... Entonces, uno de los humanoides le transmitió mentalmente: «Vine a decirte que no somos peligrosos»... Y Pedro cuenta que vio un rayo de color azul... Salía de la dentadura del ser; concretamente, de los dientes de abajo... Y el rayo traspasó el piso de la nave, incidiendo en un árbol... La madera resultó quemada, y vio un agujero en el árbol... El ser, entonces, le dijo: «Si quisiéramos hacerles daño ya lo hubiéramos hecho... Ve y díselo a la gente»... La nave descendió y Pedro salió del objeto... Estaba tan alterado que no quiso hablar del asunto en mucho tiempo.

CANTARRANAS

Rafael Vite fue otro gran investigador del fenómeno ovni. Dedicó muchas horas al estudio y a las pesquisas. Le acompañé en numerosas oportunidades. En una de ellas visitamos el pago de Cantarranas, en el término de Vejer de la Frontera (Cádiz, España). En esta ocasión, la protagonista fue su suegra: Carmen Navarro Guerrero. He aquí el relato de los hechos:

... El 14 de octubre de 1981, el matrimonio formado por Diego García Padilla y la mencionada Carmen Navarro se encontraba en el dormitorio, descansando... Eran las tres de la tarde... Al despertar de la siesta, el marido preguntó por sus zapatillas... La esposa señaló el lugar en el que se encontraban y Diego se las puso, encaminándose al baño... Éste se hallaba en un pequeño patio... Carmen se sentó en la cama y se dispuso a levantarse... Fue entonces cuando vio a un ser, muy alto, en el interior de la habitación... Estaba mirando por la ventana, de espaldas a la mujer... «Era altísimo —explicó Carmen—. Casi tocaba el techo»... El techo del citado dormitorio se encontraba a 2,65 metros... «Llevaba un traje de una pieza, pero tan ajustado al cuerpo que parecía una segunda piel. Se le notaban las cachas del culo», manifestó la aterrorizada señora... Y Carmen, desconcertada, se tapó la cara y llamó a gritos a su marido... Pero Diego, algo sordo, no oía... Necesitó unos minutos para escuchar a la mujer... En-

Carmen y Diego. (Gentileza de la familia.)

tonces, al entrar en la habitación, el ser ya no estaba... Carmen no supo cómo había desaparecido... «Cuando recuerdo la escena —comentaba— me entran ganas de llorar»... En la noche siguiente, el ventero Blas Cruz, así como medio pueblo, asistieron, atónitos, al paso de un «globo» azul que daba vueltas sobre Cantarranas... Era silencioso y muy brillante... Regresó durante dos noches más.

MARCAHUASI

En noviembre de 2007 recibí una carta de un buen amigo. La escribía el neurólogo Roger Ademir Ildefonso Huanca, de cincuenta y un años, vecino de Lima (Perú). Fue uno de los testigos de los ovnis que vimos el 7 de septiembre de 1974 en los arenales de Chilca, al sur de la capital limeña, y a los que me he referido en páginas anteriores. En dicha carta ratificaba el célebre avistamiento. Decía, entre otras cosas:

«... Hace unos días hallé tu dirección postal y me atrevo a escribirte con el solo fin de cumplir un anhelo: recordar y compartir una experiencia de avistamiento ocurrida en Chilca el sábado 7 de septiembre de 1974... Yo contaba dieciocho años de edad y estaba iniciando estudios universitarios de Medicina. Mi interés por el tema ovni hizo que desde 1973 asistiera no regularmente al IPRI, llegando a conocer a supuestos contactados y estudiosos del tema que llegaban, como era el caso tuyo... Una tarde me disponía a retirarme del local de Barranco cuando Charlie (Paz) me llamó: "Ademir, ¿tienes algo que hacer este sábado?"... "No, ¿por qué?", respondí... "Te invito a una salida, a Chilca... Ven con ropa ligera, de campo".... Hasta ese momento nunca había participado en las salidas del grupo RAMA ni del IPRI... Escuchaba sus testimonios, sus experiencias en Marcahuasi, etc., pero no hallaba el sustento necesario para darles credibilidad, aunque tampoco los rechazaba. En algunos momentos veía a aquellos jóvenes adolescentes, como yo, como si estuviesen viviendo una sugestión o psicosis colectiva, influidos por el libro *Yo visité Ganímedes*... Bueno, llegó el día de la salida y asistí sin esperar ser testigo de algo excepcional. Me llamó la atención las pocas personas que asistían y la presencia de gente mayor como vos, Eduardo Elías, Lilian y Bertha. Pensé que siendo así había más seriedad en el asunto. Y todo fue tranquilo y ameno, pues el grupo que asistía resultó ser ecuánime y paciente... Sobre todo para esperar más de una hora en aquella zona oscura y fría... Recuerdo que las señoras nos sirvieron una bebida caliente, que con vos conversamos algo del País Vasco mientras en el lejano horizonte se veían las luces de algunos vehículos que circulaban por la Panamericana Sur... Cerca de las nueve [p.m.], nuestros anfitriones (Charlie, Mito, Paco) nos indicaron que nos sentáramos formando un círculo y esperamos relajadamente... Y súbitamente dieron el aviso para mirar arriba y se dio el avistamiento, que fue en dos etapas...».

Años después, Ademir y yo coincidimos en Lima. Fue el 23 de abril de 2013. Y recordamos viejos tiempos. La vida nos había llevado por caminos diferentes. Él, ahora, es un prestigioso médico. Ya no tenía contacto alguno con el IPRI. Y, de pronto, me mostró una revista.

—Te interesará...

La hojeé y recordé.

Era la revista *Oiga*, un semanario de actualidad que se editaba en Perú. En ese número, del 16 de agosto de 1982, se publicaba un amplio reportaje sobre la fotografía de un supuesto extraterrestre, captado en lo alto de una roca, en Marcahuasi. La imagen aparecía en portada, con un titular que rezaba: «¡Primicia mundial! Extraterrestre fotografiado en Marcahuasi». La revista dedicaba ocho páginas al asunto.

Conocía el tema.

En síntesis, *Oiga* decía lo siguiente:

«... Una estudiante peruana examinaba el miércoles de la semana pasada unas fotografías a color que tomó hace casi un mes durante una excursión en la meseta de Marcahuasi, cuando se le heló la sangre: una de las vistas mostraba sobre una alta roca o farallón "algo" de aspecto humano que no estuvo en el momento en que tomó la fotografía. Por lo menos no se veía en ese momento... El estupor dio paso a la curiosidad. ¿Qué o quién fue captado por su cámara fotográfica? Para empezar, la roca se encontraba a por lo menos 200 metros de donde se posicionó ella para imprimir la vista, y la roca misma tiene unos 60 metros de altura. Con estos datos puede colegirse fácilmente que la figura que se divisa en lo alto tiene por lo menos tres metros de altura. Además, el color celeste-verdoso del mameluco y la cabeza de un tono anaranjado no se asemejan, en modo alguno, a la vestimenta que alguien pudiera usar en un paraje como Marcahuasi... Uno de los brazos está levantado, tal vez en gesto de saludo, dice, o quizá señalando al firmamento... La fotografía no fue trucada. *Oiga* recibió la serie de negativos completos y sin ninguna alteración... La fotógrafa recuerda que lejos de la zona donde habían acampado estaban los integrantes del grupo RAMA, instalados en un campamento con carpas, del que salía música esotérica...».

Días después, ante el revuelo que provocó la noticia, Amador García y Dagoberto Ojeda, redactores de *Oiga*, se trasladaron a Marcahuasi, llevando a cabo toda clase de comprobaciones. La foto no era un fraude. El entonces director general de la Comisión Nacional de Investigación y Desarrollo Espacial del Perú, Jorge Coloma de Las Casas, se personó en la redacción de la revista y solicitó que le mostraran los negativos. Así se hizo.

Y recordé también que, en esas fechas (1982), el entonces presidente del IPRI, don Carlos Paz, me envió una carta (que conservo) en la que hablaba del «gigante de Marcahuasi». Decía textualmente:

«... Barranco, 28 de septiembre de 1982.

Estimado y recordado amigo: favorecido por la singular y extravagante experiencia, de la que fue protagonista la estudiante universitaria Srta. Lourdes Pizarro, cuya casual e impresionante fotografía de un posible Ser Extraterrestre ha llegado a manos de la Prensa española, ha dado origen para que nos recuerdes y haya tenido el placer de recibir tu correspondencia y un gracioso recorte periodístico... El informe completo aparecido en la revista *Oiga* te lo adjunto a la presente. Yo personalmente he tenido la satisfacción de entrevistar a Lourdes y comprobado de su honestidad en el interesante caso, de su perplejidad inicial y las sensaciones posteriores que han influido notablemente en su estado de ánimo...

Por supuesto, me interesé por el caso. Indagué, pero no fue posible entrevistar a Lourdes. Siempre se escurría...

Y en esas fechas me llegó un comentario de Sixto Paz, alma de los grupos RAMA: «El extraterrestre de Marcahuasi se había presentado en lo alto de la roca porque ellos estaban allí, acampados».

Tuve mis dudas, naturalmente, y dejé pasar el tiempo, utilizando lo que denomino «técnica de la nevera».

Finalmente, como dije, en 2013 el Destino me salió al encuentro. Y Ademir puso ante mí la revista *Oiga*. Habían pasado 31 años desde la foto del supuesto extraterrestre. Y consideré que era el momento de volver a buscar e interrogar a Lourdes Pizarro.

Ademir en 2013, en Lima. (Foto: Blanca.)

Portada de la revista Oiga (agosto de 1982). El supuesto extraterrestre en lo alto de una roca, saludando con el brazo derecho.

Solicité ayuda a mi amigo Ademir y, al poco, la fotógrafa estaba localizada.

Me trasladé nuevamente a Perú y el 3 de septiembre de 2014 quedé, al fin, con Lourdes Pizarro. Así consta en mi cuaderno de campo.

Pero, ante mi sorpresa, Lourdes no acudió a la cita. Lo hizo su hija, también llamada Lourdes. La madre, de sesenta y ocho años, sufría una neumonía.

Y en la conversación, a la que asistió Ademir, Lourdes hija aclaró las dudas sobre la fotografía del «gigante de Marcahuasi».

—No fue un extraterrestre —manifestó—. Fue un compañero de mi madre, del grupo que marchó a Marcahuasi en viaje de estudios. Pertenecían al Centro de Formación Turística de Lima. El viaje fue en mayo.

—Pero, no comprendo...

—Es muy fácil. Mi madre tomó las imágenes, en efecto, y mi abuelo, Edmundo Pizarro, vendió la historia a la revista *Oiga*.

—Sigo sin comprender...

—Mi abuelo, sin el conocimiento de mi madre, inventó la historia y fue con las fotos a la revista, asegurando que, al hacer aquella imagen sobre la roca, no había nadie. Y los periodistas lo creyeron.

—Entonces, el que aparece sobre la roca era un compañero de Lourdes Pizarro...

—Así es. La foto es real, naturalmente, pero no tiene nada que ver con extraterrestres. El muchacho se llamaba Carlos.

—¿Cómo reaccionó tu madre al ver el reportaje?

El «extraterrestre»
de Marcahuasi, en Perú, se
llamaba Carlos. Cuaderno
de campo de J. J. Benítez.

—Primero con sorpresa. Como te digo, ella no sabía nada sobre los manejos de su padre. Después, cuando se lo contó, con indignación.

—¿En cuánto vendió las fotografías?

—Eso no te lo puedo decir...

Era lo de menos. Lo importante es que la famosa imagen es un fraude.

Nadie, hasta hoy, se había atrevido a declararlo.

La revista *Oiga* fue engañada y Sixto Paz se aprovechó de la situación, una vez más...

GIRONA

Joaquín Marín investigó el caso y me lo remitió.

He aquí su relato:

... Juan Motas y Concepción Lara regresaban de su viaje de novios por España... Circulaban en su coche por la autopista A-17, en dirección a Figueras... Eran las tres de la madrugada del 30 de mayo de 1982... La noche era clara y serena...

«Habíamos rebasado Girona —cuenta Juan Motas— cuando experimenté una extraña sensación: alguien parecía observarme... Y me entró un desasosiego... Presentí algo... Y la sensación se intensificó, hasta el punto que incliné la cabeza para poder mirar el cielo por el parabrisas... Imagínate mi asombro al ver, frente al auto, una gran "ventana", iluminada y con dos o tres personas que me contemplaban... Era alargada... Aquello era un artefacto ovalado, de unos veinte o treinta metros de diámetro... Mi mujer seguía dormida y no se enteró de nada... Yo, entonces, reduje la velocidad y me puse a buscar la cámara fotográfica que llevaba bajo el asiento... Tanteé con los dedos y la localicé, y también el flash... Yo seguía mirando a la "ventana"... Marchaba a la misma velocidad que el automóvil, siempre por delante y a corta distancia... Cuando ya lo tenía todo a punto (máquina y flash),

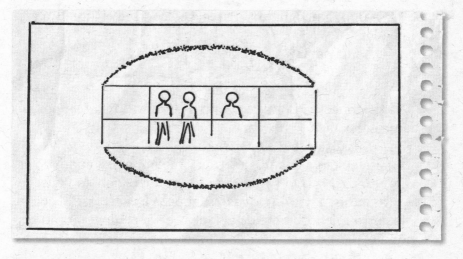

Girona (1982). Cuaderno de campo de J. J. Benítez.

"aquello" hizo un giro rapidísimo y se colocó detrás del auto, un poco a la derecha... Yo tenía la sensación de tenerlos encima... El techo del coche vibraba... Y, súbitamente, desapareció, como si se lo hubiera tragado la noche... ¿Quieres creer —responde a Marín— que tuve la sensación de que se dieron cuenta de la máquina de retratar?... No se fueron hasta el instante en el que la tuve lista...»

ALTO DE LA HERRERA

Lo vivido por el abogado Ramón Valle fue, sencillamente, extraordinario. Así me lo contó en julio de 1986:

—Ocurrió en 1982. No recuerdo la fecha exacta. Eran las tres de la madrugada. Yo me dirigía en coche desde La Guardia a Vitoria (Álava, España). Y al llegar al alto de La Herrera vi algo extraño a mi izquierda. Estaba a cosa de sesenta metros. Era como un panel de arco voltaico, pero en un color blanco azulado muy llamativo. ¡Flotaba!

—¿A qué distancia del suelo?

—A unos cinco metros. Parecía colgado en el aire. Era rectangular.

—¿Tenía patas?

—No las vi.

Y el abogado detuvo el coche.

—Entonces vi dos seres. Eran muy altos. Estaban por delante del panel.

—¿Qué altura podían tener?

—Calculé más de tres metros y medio; quizá cuatro. Vestían túnicas, o algo similar, en forma de cono. No conseguí ver las caras. Y uno de los seres empezó a acercarse al coche. Me entró miedo y traté de arrancar el vehículo, pero no respondió.

—¿Apagaste tú el motor?

—Creo que sí, pero ahora no estoy seguro. La cuestión es que no funcionaba nada: ni el motor ni las luces.

—¿Y qué hiciste?

—Lo único que se me ocurrió: solté el freno de mano y dejé que el auto se deslizara cuesta abajo. Me hallaba, como te dije, en lo alto del puerto.

—¿Bajaste sin luces?

—Así es, y muerto de miedo.

Pero las sorpresas no habían terminado...

—A cosa de ochocientos metros vi que subían dos individuos. Pensé en la pareja de la Guardia Civil. Pero me extrañó. Eran muy pequeños. Caminaban uno detrás del otro, por mi derecha. Y lo hacían fatigosamente.

—¿Y los seres con túnicas?

—Los perdí de vista al bajar el puerto.

Ramón Valle detuvo nuevamente el vehículo y se bajó.

—Como digo, pensé que eran guardias civiles o, quizá, forestales. Quería informar de lo que acababa de ver. Y así lo hice.

—¿Hablaste con ellos?

—Sí, y les dije que había visto una cosa muy rara, flotando, con dos seres altos al lado. Entonces, ante mi asombro, uno de ellos comentó: «No se preocupe... Están debidamente autorizados». Y repitió: «No hay que preocuparse porque están debidamente autorizados».

Alto de La Herrera (Álava), 1982. Cuaderno de campo de J. J. Benítez.

—¿Qué fue lo que entendiste?

—Que se refería a los seres que acababa de ver.

—¿Y cómo eran los «guardias civiles»?

—Pequeños, con un uniforme [?] de color verde.

El abogado quedó tan perplejo que se metió rápidamente en el coche y huyó del lugar.

—Y los tipos continuaron subiendo...

—¿Te fijaste en las caras?

—No lo recuerdo, sinceramente.

—¿En qué hablasteis?

—En castellano.

RUPIT

Podía ser noviembre de 1982. La testigo, Gertrudis Artigas Castells, no recordaba la fecha exacta. Cuando la entrevisté, en 1994, la mujer contaba ochenta y cuatro años de edad.

Gertrudis no hablaba español; sólo catalán. Mi buen amigo Pedro Lloberas me acompañó hasta el caserío de la testigo e hizo de traductor.

Artigas vivía en lo más agreste de la riera de Rupit, en Barcelona (España).

Una tarde, a eso de las cinco, inició el regreso a su casa. La mujer cuidaba de un puñado de vacas. Las sacaba por la mañana, temprano, y volvía al caserío poco antes de la puesta de sol.

Y al llegar a una suerte de mirador, desde el que se contempla La Guillola, la mujer se vio sorprendida por «algo» inusual:

—Era un objeto redondo —explicó Gertrudis—. Era muy bonito. Iluminaba la zona con una luz azul y blanca.

Poco a poco, siguiendo las indicaciones de la testigo, fui dibujando la forma del ovni. Se trataba de un objeto redondo, casi ovalado, con un diámetro de diez metros. En la parte superior presentaba una cúpula estrecha y alargada. Dada la naturaleza del terreno (puro monte), la nave —según la testigo— parecía flotar en el aire.

—Y alrededor de aquella cosa preciosa observé gente. Iban de un lado para otro. Yo diría que bailaban. Estaban muy contentos.

Gertrudis Artigas.
(Foto: J. J. Benítez.)

La «gente», según la testigo, era de baja estatura, «como niños», y cubiertos con trajes que brillaban como el papel de plata.

—Pude ver diez hombrecitos, o más...

La mujer alcanzó a distinguirlos durante diez o quince minutos.

—Saltaban, corrían o flotaban sobre la «cosa».

—¿Sobre qué parte de la nave?

—Encima del disco y también en los alrededores.

—¿Está segura que flotaban?

—Eso vi.

—¿Observó algún otro detalle?

—No, estaban lejos.

—¿Qué cree usted que era aquello?

Gertrudis se encogió de hombros. No tenía idea. Tampoco sabía qué eran los «objetos volantes no identificados».

Un examen del lugar, cubierto totalmente de bosques y matorrales, me hizo pensar que la nave, en efecto, no llegó a tocar tierra. Posiblemente se mantuvo en el aire, a corta distancia de las copas de los pinos.

Y la mujer, desconcertada, entró en la casa e invitó a la familia para que la acompañara al lugar sobre el que permanecía

Rupit (1982). Cuaderno de campo de J. J. Benítez.

la «cosa». Gertrudis necesitó quince minutos para llegar al caserío y otros quince para volver al «mirador». Pues bien, la nave y sus tripulantes habían desaparecido.

HONG KONG

No sé si el presente caso encaja en el fenómeno ovni; quizá sí, aunque podríamos estar igualmente ante un asunto distinto...

Me lo contó Antonio Felices, dominico y veterano investigador del misterio de los «no identificados».

El padre Felices fue una referencia para mí. Conversé con él en numerosas ocasiones y admiré, sobre todo, su mente abierta y tolerante.

En una de aquellas conversaciones en el convento de Arcas Reales, en Valladolid (España), Felices me hizo una confesión:

582

—Mi madre vivió una experiencia aterradora...

Y escuché el siguiente relato:

... Sucedió en 1983... Ella vivía en Hong Kong, en China... La casa disponía de una puerta metálica con dos cerrojos y la correspondiente llave... Pues bien, una noche se levantó para ir al baño... Prendió la luz y, cuando se encontraba a la altura de la puerta, observó, aterrorizada, cómo los cerrojos se movían solos... Y la puerta se abrió... Entonces entró un hombre... Era alto y vestía un mono de color blanco... Era un traje muy ajustado... En el pecho lucía una gran «T» roja... Mi madre se quedó petrificada... El hombre no dijo nada... Y al cabo de unos segundos desapareció... La puerta se cerró sola y los pasadores volvieron a correrse... No me preguntes por los detalles —se adelantó Felices— porque mi madre no recordaba nada más... Me dijo que no vio la cara del hombre y tampoco sabe por qué estaba allí.

El suceso me recordó la experiencia de la familia Pano Dorado. Uno de los hijos (Nono) vio a su padre, ya fallecido, en el dormitorio de la casa. Vestía una túnica, con una cruz en el pecho; era una cruz en relieve.[1]

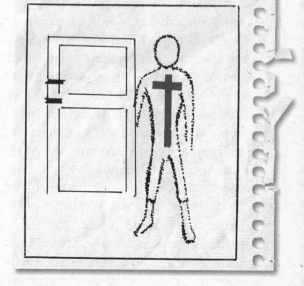

**Hong Kong (1983).
Cuaderno de campo
de J. J. Benítez.**

1. Amplia información en *Estoy bien* (2014).

ALABAMA

Bob Gribble investigó el caso y envió el informe al APRO (Aerial Phenomena Research Organization, «Organización para la Investigación de Fenómenos Aéreos»), en Tucson (USA). Y Coral Lorenzen tuvo la amabilidad de enviarme una copia. He aquí una síntesis:

... La señora Pat Norris (nombre supuesto), de veintiocho años de edad, vive con su esposo y tres hijos en la ciudad de Mobile, en Alabama (USA)... La noche del 3 de febrero de 1983 fue a visitar a una amiga... Tras la visita tomó su auto y se dirigió a la carretera 90... Cuando se hallaba a una hora, aproximadamente, de su domicilio, Pat oyó una explosión... Y el coche empezó a vibrar... «La conducción —declaró la testigo— se hizo muy difícil. Tuve que parar y revisar el auto, pero todo estaba bien»... La mujer continuó el viaje... El vehículo dejó de vibrar y, al cabo de un rato, observó una potente iluminación en un bosque cercano... «Pensé que se trataba de un helicóptero... Detuve de nuevo el coche y entonces comprendí que aquello no era un helicóptero... Era una máquina enorme... Calculé que tenía veintisiete o treinta metros de altura por setenta u ochenta de largo... Se dirigía hacia mí, en silencio, y a cosa de veinte kilómetros por hora, o menos»... Cuando el objeto se aproximó a cincuenta metros, Pat detuvo el auto y salió del vehículo... La noche era clara y fría... «No sentí miedo... Estaba fascinada... En lo alto de la nave había una ventana rectangular... Podía tener veinte metros... Vi a gente (veinte o treinta personas) que caminaban como si estuvieran cambiando de turno... Eran humanos, con la piel pálida, y unos trajes blancos, de una sola pieza... Eran altos, de casi dos metros... Tenían el pecho ancho y poderoso... La parte superior de la cabeza era puntiaguda... Carecían de pelo... Se movían con soltura»... En la parte inferior de la nave —según la testigo— se abría una puerta igualmente enorme, que cerraba de derecha a izquierda. En el interior observó una especie de «calle» (asfaltada)... A la izquierda de dicha «calle» vio tubos... La nave tenía decenas de ventanas más pequeñas, parecidas a los ojos de buey... «Sumé más de

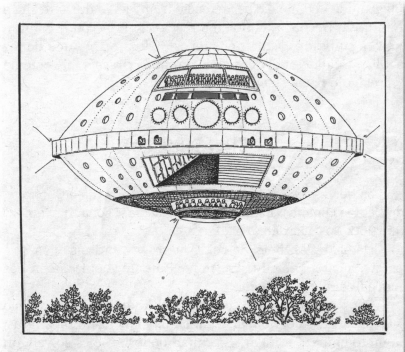

Alabama (1983). Ilustración de Lance Johnson y Robert Gonzales.

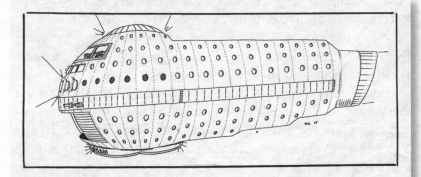

Vista lateral del ovni de Alabama (USA), 1983. Ilustración de Lance Johnson y Robert Gonzales.

cien»... Y en la base del objeto, en una especie de «torreta», la testigo descubrió otros seres... «Me miraban —indicó Pat—. Eran diez o quince. Entonces escuché un sonido raro, como un gruñido»... La nave permaneció frente a Pat durante cinco minutos... Después siguió en dirección sur... «Todo se iluminaba a su paso... Tenía unos focos de luz roja y otros de luz azul»... Cuando el ovni se alejó, la mujer arrancó el vehículo y prosiguió hacia su casa.

CHIPIONA

Los hermanos Colón regresaban aquella tarde a Chipiona, en Cádiz (España). Eran las siete y media. Fecha: noviembre de 1983. No recordaban el día.

Cristóbal y Antonio, de veinticuatro y veintiséis años, respectivamente, habían trabajado en una finca ubicada en Los Llanos, cerca de Chipiona.

—Nos hallábamos a cosa de tres kilómetros del pueblo —explicaron— cuando, al llegar a una mancha de eucaliptus, la moto empezó a fallar. En mitad de los árboles se veía un resplandor. Creímos que el bosquecillo estaba ardiendo. Pero no... No era fuego... Era algo, de color candela, que permanecía posado en el suelo.

Y al llegar a cien metros de los eucaliptus, la moto de los hermanos se detuvo definitivamente. Transportaban leche.

—El silencio era total. Era un objeto de unos veinte metros. Y nos apresuramos a huir del lugar. Al dejar atrás los eucaliptus, la moto se recuperó.

Unos quince o veinte minutos después, Manuel Colón, padre de los testigos, pasó por el mismo lugar. Marchaba solo, también en moto, y transportando varias cántaras con leche. Y sucedió lo mismo: al alcanzar la mancha de eucaliptus, la moto empezó a fallar.

—Fue entonces cuando vi la luz en el centro del bosque —manifestó Manuel—, y a los seres. La luz parecía candela. Lo iluminaba todo.

—¿Qué hacían los seres?

—Arrancaban las sierpes[1] con las manos. Era increíble. Para cortar uno de esos vástagos se necesita mucha fuerza o una radial.

—¿Cuántos seres vio?

—Dos.

—¿Cómo eran?

—Muy altos y con trajes brillantes, como el aluminio. Llevaban cascos. Las narices eran largas y puntiagudas.

—¿A qué distancia se encontraba usted?

—A doscientos metros, más o menos.

—¿Cómo era el objeto?

—Redondo, como un pozo.

—¿Y qué hizo usted?

—Eché pie a tierra y aguanté los jarrones de la leche.

—¿Qué hacían los seres con las sierpes?

—Las arrancaban con ambas manos y las dejaban en tierra.

—¿Cuánto tiempo permaneció observándolos?

—Unos tres minutos. Ellos, entonces, se dieron cuenta de mi presencia, recogieron las sierpes y se dirigieron al objeto a grandes zancadas. Casi volaban. Se metieron en esa cosa y el aparato se elevó a gran velocidad. Y se quedó como un copo de nieve.

—¿Hizo ruido?

—Ninguno.

Cuando la nave se alejó, la moto arrancó de nuevo y Manuel pudo llegar a su casa. Allí supo que sus hijos también habían visto el extraño aparato. A la mañana siguiente acudieron a la mancha de eucaliptus y descubrieron cuatro huellas. Formaban un cuadrado de 3 metros de lado.

—El suelo —explicó Manuel Colón— estaba negro. Recogimos una muestra de tierra y se la llevamos a la Guardia Civil. La tierra apestaba.

—¿Hicieron algún análisis?

—Lo desconozco. Nunca nos dijeron nada.

—¿Cuántas sierpes transportaban los seres?

1. Sierpe: vástago que brota de las raíces leñosas.

—Ocho o diez cada uno.

—¿No tuvo miedo?

—No, sólo curiosidad.

—¿Se estropeó la leche?

—No.

Lo más asombroso es que, a los tres días, Manuel Colón volvió a ver la nave y a los seres de narices largas y puntiagudas. Se hallaban en otro paraje, cerca también de Chipiona, y robando ramas de moscatel.

—Eran idénticos. Al verme salieron pitando...

Un año después, en una noche del mes de noviembre, Manuel Colón se encontraba pescando en la mar. Le acompañaba un primo hermano.

—De pronto se presentó una luz en el cielo y le dije a mi primo: «¿Quieres que me salude el ovni?». Levanté el brazo y la luz pegó un «chispazo». Mi primo no se lo creía y repetí el saludo. Entonces, la luz soltó un segundo «chispazo».

—¿Y qué dijo su primo?

—Se quedó con la boca abierta.

Pero la aventura de Manuel Colón no había terminado.

Manuel Colón.
(Foto: J. J. Benítez.)

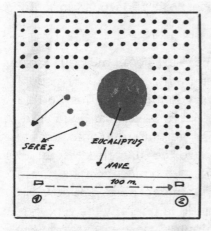

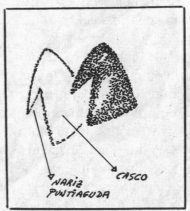

Chipiona (1983). Las motos se detuvieron en la posición «1». En la «2» volvieron a arrancar. Cuaderno de campo de J. J. Benítez.

Seres con cascos cerca de Chipiona (1983). Cuaderno de campo de J. J. Benítez.

—En eso vimos un avión militar. Procedía de la base de Rota. Se dirigía hacia el ovni. Y éste se alejó. Pero, al pasar sobre nuestra vertical, volvió a dar un tercer «chispazo». Yo me sentí feliz.

—¿Y qué hizo el avión?

—Dio varias vueltas y se fue.

LUCIO DEL CANGREJO

Después de 44 años de investigación ovni, casi estoy seguro: muchos de los encuentros con naves y tripulantes (quién sabe si todos) son puro teatro. En otras palabras: la presencia de estos seres fue minuciosamente programada. Eligieron a los testigos y eligieron el momento y el lugar. Nada quedó al azar. Y el lector se preguntará: ¿por qué? Se me ocurren dos razones. Primera: para concienciar a los humanos de que no estamos solos. Segunda: para estudiar nuestras reacciones.

El caso de J. R. encaja en lo expuesto anteriormente.

589

Su historia empezó en el invierno de 1964, cuando contaba ocho años de edad.

... Hacia las diez de la noche —explicó— me hallaba sentado en la puerta de la casa, en un lugar llamado Trasbola... Era una choza... Me encontraba con mis hermanos y un tío... Y, de pronto, se hizo de día... Sobre la vertical de la casa, a cuarenta o cincuenta metros, se presentó un objeto gigantesco... Podía tener doscientos metros de diámetro... Tenía tres focos... Era totalmente silencioso... Llamé a gritos a mi tío... Pegué patadas en la puerta... Finalmente abrió y pudo verlo... Y me metió en la choza, cerrando la puerta y las ventanas... El objeto permaneció diez minutos sobre la casa; después desapareció.

Veinte años después volvieron a visitarlo...

—Sucedió el 28 de enero de 1984 —relató—. Me hallaba en el lucio del Cangrejo, en el término de Aznalcázar (Sevilla, España). Recuerdo que la finca estaba anegada. Por la tarde llegaron unos amigos. Eran cazadores. Tomamos café. Y hacia las 18.30 horas me fui a la casa. Y le dije a mi mujer que quería echar un vistazo a las gallinas. Había comprado dos docenas. Eran pequeñas e indefensas. Podían ser devoradas por las ratas.

J. R. era el guarda de la referida finca. El lucio del Cangrejo sumaba 700 hectáreas. El núcleo principal lo formaban cuatro chozas y una torre de vigilancia. Allí vivía con Milagros, su esposa.

En las sucesivas visitas al lugar quedé asombrado: J. R. y su mujer vivían en mitad de la nada, casi como monjes.

Pero sigamos con la experiencia:

—Todavía había claridad —prosiguió el guarda— y caminé hasta la choza de las gallinas. Por prudencia me hice con una linterna. El perro me acompañó. Y en eso estaba, examinando a las gallinas, cuando oí un lamento. Se me pusieron los pelos de punta.

—¿Por qué?

—No era un animal que yo conociera. En esa zona hay alimañas, pero yo las distingo muy bien. Llevo mucho tiempo en este paraje. Después lo supe: los cazadores también lo escucharon. Y lo mismo sucedió con un grupo de pescadores que se hallaba muy cerca.

—¿Cuánto tiempo duró el lamento?

—Se prolongó durante quince minutos. De repente se callaba y, al poco, lo oía de nuevo. Y decidí acercarme al grupo de cazadores, para intentar averiguar qué sucedía. Pues bien, al doblar la esquina de la choza en la que estaban las gallinas, lo vi. El tipo miraba por una ventana al interior de otra de las chozas.

—¿Estaba iluminada esa choza?

—Sí, con una lámpara de Campingaz.

—¿Cómo era el tipo?

—Chiquito. No mediría más de un metro. Y, alarmado, le grité a mi mujer: «¡Hay un tío aquí!». Me acerqué y le pregunté: «Usted, ¿qué hace aquí?». Y respondió: «Yo me he perdido... Voy buscando Lupe».

A partir de ese momento, el diálogo fue casi de besugos...

—Pero usted, ¿de dónde viene? —preguntó el guarda.

—Me he perdido —respondió el ser en perfecto castellano—. Me he caído de un artefacto.

—¿Y eso qué es? ¿Qué es un artefacto?

J. R.
(Foto: J. J.
Benítez.)

—Una nave...

J. R., cada vez más mosqueado, insistió:

—Y usted, ¿por dónde ha aparecido?

Y el ser señaló hacia la Isla.

—Aquello era muy raro. El lucio estaba totalmente inundado, como te dije, y, sin embargo, aquel tipo aparecía limpio y sin una sola mancha de barro.

—Como si hubiera caído del cielo...

—Algo así. Y seguí preguntando: «¿Usted no ha visto el coche que hay ahí?». Me refería al de los pescadores.

—No he visto ningún coche —replicó.

—¿Qué hora sería?

—Alrededor de las siete.

Y continuó el diálogo:

—Usted, ¿qué tiempo lleva andando?

—Tres días.

—¿Cuándo pasó por la Isla?

—¿Qué es la Isla?

—Un pueblo del río Guadalquivir.

—¿Y eso qué es? Yo no he pasado por ningún pueblo.

—¿Pasó por Coria?

—¿Coria qué es?

J. R. mencionó otros pueblos de la zona, pero el individuo no sabía de qué le hablaba.

—¿Cómo actuó el perro?

—Bien, sin problemas. Se acercaba al tipo y rozaba sus piernas, amigablemente.

—¿Cómo iba vestido?

—Con una chaqueta y un pantalón azules, tipo vaquero. Las botas, negras, aparecían igualmente limpias.

—¿Observó el rostro?

—Los ojos eran rasgados y la nariz muy grande y aguileña. Presentaba una cicatriz, con sangre seca, en la mejilla derecha. El pelo era corto y oscuro, en punta. Las orejas también eran puntiagudas.

—Dices que el perro se mostró cariñoso con el ser...

—Sí, y tampoco lo entiendo. Era un labrador muy fiero. Nadie podía acercarse a las chozas. Y te diré algo más: el perro estaba manchado de barro pero, al rozarse con el tipo, no lo ensuciaba. Era desconcertante.

—¿Y qué sucedió?

—Llamé a mi mujer y le dije que me trajera la pipa y el tabaco. Ella comprendió. La pipa era la pistola. Al poco regresó y me entregó el arma.

—¿Qué hiciste?

—La guardé, pero creo que él se dio cuenta porque preguntó: «¿Le he ofendido en algo?». Entonces dijo que se iba y que tenía hambre. Me dio pena y le dije que aguardara. Llamé de nuevo a Mila y le pedí que le hiciera un bocadillo.

—En otras palabras: su mujer también vio al ser...

—Sí, claro.

La esposa entró en la choza y preparó el bocadillo.

—Y nosotros seguimos hablando —prosiguió J. R.—. Dijo que se llamaba Fiché Alí Allí Abba, o algo parecido. «¿Eres moro?», pregunté. Y él respondió: «¿Moro?, ¿qué es eso?». Y continué preguntando:

—¿Por qué tienes tres apellidos?

—En mi mundo hay tres apellidos.

—¿Y cuál es tu nombre?

—Fiché.

—¿Dijo de dónde venía?

—Habló de Goria, o algo así. Era el nombre de su planeta. Y dijo también que podíamos apuntar lo que quisiéramos. A él no le importaba.

—¿Cómo era la voz?

—Como la de un adulto. Entonces le pregunté cómo se había hecho la herida de la cara. Dijo que con un árbol. Yo supe que me estaba mintiendo porque en la marisma no hay árboles. Después llegó Mila, con el bocadillo: tortilla con chorizo. Y se lo entregó, al tiempo que le aconsejaba que tuviera cuidado porque quemaba. Se lo tragó en nada. Fue increíble.

—¿En cuánto tiempo se lo comió?

—En un segundo. Después se alejó y desapareció en la oscuridad. Yo estaba perplejo. Y en eso oí los gritos de mi mujer. Corrí hacia la choza, asustado. Y Mila comentó: «¡Son las dos de la madrugada!». Miramos todos los relojes de la

Aznalcázar (Sevilla), 1984. Cuaderno de campo de J. J. Benítez.

casa. En efecto: eran las dos. Pero ¿cómo podía ser? ¡La «conversación» se prolongó durante siete horas!

Repasé los tiempos con J. R. El encuentro con el pequeño ser se registró hacia las siete de la tarde, minuto arriba o minuto abajo. La conversación fue larga, por supuesto, pero —según los testigos— nunca superó la hora, como mucho. ¿Qué sucedió con el resto del tiempo?

—Nos acostamos —prosiguió J. R.— pero, a eso de las cinco de la madrugada, escuchamos a *Lindo*, el perro. Ladraba furiosamente y arañaba la puerta, desesperado. Salí y vi al ser. Caminaba sobre el agua de la marisma. Llegó hasta mí y exclamó: «El río se cruza... No encuentro Lupe». Y repetía y repetía lo mismo. Parecía un disco rayado. Después saltó la empalizada y salió volando.

—¿Qué profundidad de agua podía haber en la marisma?

—En esas fechas, un metro.

En esta segunda ocasión, los pescadores también vieron a la criatura. Entre los que alcancé a localizar se hallaban Pepe y Juan Vivar y Anacleto Salvador. El ser se acercó al grupo y habló con ellos, relatando lo mismo que le había dicho a J. R.: «que estaba perdido, que buscaba Lupe y que procedía del planeta Goria».

—Le invitamos a comer —explicaron los pescadores—, pero no aceptó. Preguntó dónde estaba. Se lo dijimos, pero no pareció entender. Y aseguró que vendrían a buscarlo. Era muy raro. El tipo estaba limpio, sin una sola mancha de barro. Después se alejó... ¡por encima del agua!

La conversación con los pescadores se prolongó durante una hora.

Interrogué también a Mila, la esposa de J. R. Ratificó lo que había dicho su marido.

—Le advertí que podía quemarse cuando le entregué el bocadillo —redondeó la mujer— y él respondió: «No se preocupe, que no me quemo».

—¿Se asustó al ver al ser?

—Me asusté cuando vi que eran las dos de la madrugada.

—¿Observó algo raro en el ser?

—Era como un niño. El perro pesaba más que él. Y otra cosa: siempre llevaba las manos en los bolsillos.

Mila, esposa de J. R.
(Foto: J. J. Benítez.)

El lucio del Cangrejo.
(Foto: J. J. Benítez.)

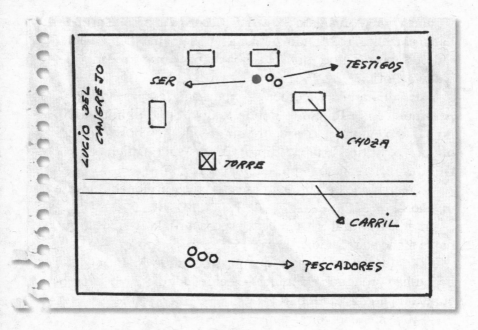

Cuaderno de campo de J. J. Benítez.

Lo dicho: puro teatro... Es más que probable que el tal Fiché Alí Allí Abba estuviera evaluando las reacciones de los seres humanos. ¿Inventó lo que explicó a J. R.? Entiendo que sí. La mayor parte de estos encuentros resultan tan absurdos que, en mi opinión, tienen que ser auténticos.

VALENCIA

Lo observado por Carmen Francia en el otoño de 1984 en plena ciudad de Valencia (España) viene a confirmar otra vieja sospecha: con nosotros conviven dimensiones desconocidas de las que no sabemos absolutamente nada.

He aquí lo narrado por la testigo:

... Pudo suceder en octubre o noviembre... No recuerdo el día... Eran las once y media de la mañana... Había salido de la academia, cerca de la calle Colón... Caminaba hacia el

596

bus... Y en eso, de frente, vi algo que me dejó perpleja: era un gigante, de unos cinco metros de altura... Le acompañaban dos personas de estaturas normales... Uno a cada lado... Fue asombroso... La cabeza del gigante era muy cuadrada... Caminaban de frente a mí... Procedían de la plaza de San Agustín... Marchaban por la derecha... Miré hacia atrás, para ver si venía alguien, pero no vi a nadie... La calle estaba desierta... No lo entendí: era un día de labor... A esas horas, lo normal es que hubiera gente... Pues bien, cuando miré de nuevo hacia delante, el gigante y los otros ya no estaban... ¡Desaparecieron!... No era posible... ¿Por dónde se fueron?... Los busqué por las calles adyacentes pero no los encontré...

Interrogué a María del Carmen durante horas, pero no puedo aportar ninguna explicación lógica. Sencillamente, no la había.

—¿A qué distancia mínima los tuviste?

—A diez metros.

—¿Pasaron coches?

—Ni uno. Y después me pregunté: ¿por qué no había tráfico?, ¿por qué no había gente? La zona es comercial. No me lo explico.

—¿Cómo vestía el gigante?

—Llevaba un traje de una pieza. Parecía un buzo. Era azul grisáceo.

—¿Y los otros?

—Casi no me fijé. Sólo me llamó la atención el grande.

—¿Caminaban rápido?

—Despacio, pero con paso decidido.

—¿Por la acera?

—No, lo hacían por el centro de la calzada.

—¿Te vieron?

—Estoy segura. Venían hacia mí.

—¿Cuánto tiempo duró la observación?

—Segundos. Al desaparecer, de pronto, se presentó la gente.

—¿Recuerdas algún otro detalle del gigante?

—Los brazos eran muy largos y las manos enormes. El cabello era moreno y los pómulos marcados. La barbilla era cuadrada y la cara ancha.

—¿Qué actitud tenían entre ellos?

—Parecían amigos. Iban conversando.

—¿Qué pensaste?

—Al principio creí que se trataba de alguien que trabajaba en un circo. Después comprendí que no hay gente que mida cinco metros...

EL PALMAR

A finales de mayo de 1986, Inés Pérez y su hija, Pilar, fueron testigos de algo poco común.

Sucedió en las afueras de El Palmar (Cádiz, España).

He aquí una síntesis de lo que me contaron:

... Estaba amaneciendo —explicó Inés—... Y siguiendo la costumbre salí de la casa... Había un silencio absoluto... Miré hacia la playa y observé un círculo negro junto al contenedor de vidrio... Pensé en un alijo de droga... Días antes había habido problemas con ese asunto... Me quedé quieta, sin saber qué hacer... Entonces me fijé mejor y vi seis bultos... Eran personas... Estaban de rodillas y con los brazos cruzados... Se hallaban en círculo... Y a los pocos segundos se presentó Pilar, mi hija... Entonces entramos en la casa... Pero, al caminar hacia la puerta, volví la cabeza y vi que flotaban... Se desplazaban hacia la venta de El Morito... Marchaban por el aire, uno detrás del otro... Flotaban paralelos a la carretera...

Inés Pérez, señalando el lugar en el que vio a las «monjas» que flotaban. (Foto: J. J. Benítez.)

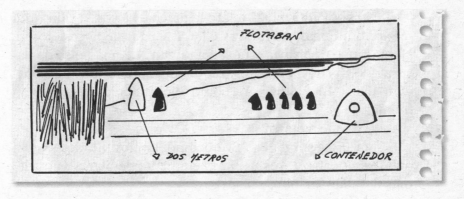

El Palmar (1986). Cuaderno de campo de J. J. Benítez.

Detalle del ser que flotaba en cabeza. Cuaderno de campo de J. J. Benítez.

Parecían monjas... Todos vestían de negro... Tenían la altura de una silla: alrededor de un metro... Guardaban la misma distancia entre ellos: unos cuarenta o cincuenta centímetros... Se movían lentamente.

Lo que no supo Inés es que la hija, al salir al encuentro de la madre, también vio las figuras que volaban, y con más precisión. Pero Pilar no dijo nada.

—No podía dormir —relató la muchacha— y vi salir a mi madre. Entonces me fui tras ella. Y al salir de la casa los vi. Había cinco o seis pequeños, del tamaño de una bolsa de basura, y otros dos más altos. Flotaban sobre el suelo. Se dirigían hacia El Palmar. Y, como dice mi madre, parecían monjas.

—¿Por qué monjas?

—Por las vestimentas. Eran como hábitos. El más alto, el que iba en cabeza, vestía completamente de blanco. Los demás llevaban «hábitos» negros.

—¿A qué distancia podían estar?

—A cincuenta metros, más o menos.

—¿Los «hábitos» eran de tela?

—No estoy segura. El más alto llevaba un capuchón, parecido al tocado de una monja.

—¿A qué velocidad se desplazaban?

—Muy despacio.

Para Pilar, que entonces contaba cuatro años, lo más impresionante fue el silencio.

—Era como si el tiempo se hubiera detenido —manifestó—. No se oía la mar, no se oían los pájaros, nada...

Pilar Molina con J. J. Benítez en el lugar de los hechos. (Foto: Rafael Vite.)

La primera conversación con las testigos se registró el 15 de octubre de 1995 en la compañía de Rafael Vite, el investigador de Vejer de la Frontera. Pues bien, ambas coincidieron en algo: el suceso quedó borrado de forma inmediata. Y volvió a la memoria en 1993, siete años después. Ahora, en sueños, Pilar ha vuelto a ver a las «monjas que volaban». Y asegura que tienen los ojos rojos...

—Me miran, pero no hablan —concretó Pilar.

MENÉTRUX-EN-JOUX

Días después del encuentro con las «monjas voladoras», el señor César Locatelli —también es casualidad— vivió una experiencia muy similar.

La información procede de los investigadores Morel y Mesnard.

... Sucedió el 20 de junio de 1986 en la región de Menétrux-en-Joux, al este de Francia... Protagonista: César Locatelli, de setenta y tres años, leñador y apicultor... César había localizado un enjambre de abejas en las proximidades de las cataratas de Hérisson, en la referida zona de Menétrux... Y decidió apoderarse de ellas... Pero, para hacerlo, tenía que esperar a que se durmieran... Y en la madrugada del 20 de junio se dirigió al lugar... Llegó con su coche al paraje conocido como Tournant de la Dame y desde allí se dirigió al valle... El señor Locatelli conocía la zona muy bien... Y, al alcanzar el árbol en el que anidaban las abejas salvajes, César descubrió algo que lo dejó confuso... En mitad del campo, cerrando el paso, se hallaba un objeto de grandes dimensiones... Era transparente, como el cristal, y se encontraba inclinado... Un extremo del ovoide se apoyaba en una gran roca... El objeto irradiaba una bellísima luz azul... «Y dentro de aquello —explicó Locatelli— observé la presencia de seis personas... Eran más bajas de lo habitual (quizá 1,50 metros)... Llevaban hábitos, como los monjes... Unas capuchas cubrían las cabezas... Los hábitos eran totalmente blancos... No pude ver las caras porque las capuchas caían hacia delante y las ocultaban... Todos permanecían de pie, alrededor de una especie de mesa, aunque no estoy seguro de esto último... La "mesa" tenía forma oval... Los "monjes" se hallaban inclinados sobre dicha mesa»... Locatelli, asustado, intentó huir, pero el motor se había parado... «Entonces oí un sonido, como el que hacen los cables de alta tensión... Intenté arrancar el coche de nuevo y lo conseguí... Al alejarme volví a mirar hacia aquella cosa... Uno de los seres se estaba distanciando de los otros... Entonces observé que tenía un cabello rubio y largo... Pero lo que quería era salir de allí, y escapé como alma que lleva el diablo»... Al día siguiente, César regresó al lugar... La nave —según el testigo— podía tener unos diez metros de diámetro... Examinó la piedra sobre la que se había recostado el objeto y descubrió algo insólito: la blancura de la misma era total... Le extrañó porque el resto de las rocas de la zona se hallaba cubierto de musgo... Cuatro años después, el señor Locatelli regresó al

Menétrux (1986). Cuaderno de campo de J. J. Benítez.

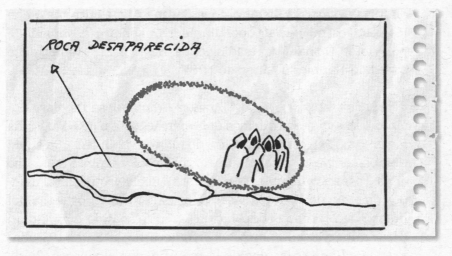

«Monjes» en el interior de un ovni. Cuaderno de campo de J. J. Benítez.

mismo paraje y observó, desconcertado, que la roca en cuestión había desaparecido... La mole pesaba más de mil kilos... La hierba no aparecía aplastada (que hubiera sido lo lógico) ni tampoco distinguió huellas de vehículos, posibles responsables del traslado de la roca...

Por supuesto, las testigos de El Palmar nunca supieron del encuentro del señor Locatelli, ni éste tuvo noticias de lo observado en la costa gaditana.

HIGUERA DE LA SERENA

Sólo para tus ojos es una oportunidad excelente para rendir homenaje a los investigadores más modestos. Sin ellos no sería posible un trabajo como el mío.

Conocí a Víctor Sierra en una de mis pesquisas por Extremadura (España). Era guardia civil y un entusiasta del fenómeno ovni. Sabía que se hallaba ante un asunto real y grave y dedicó buena parte de su tiempo libre al estudio y a la investigación. Además era amable y generoso. Él me puso en antecedentes del caso de Higuera de la Serena. Y me entrevisté con los testigos en varias oportunidades, siempre acompañado por Víctor. No hallé contradicciones. He aquí un resumen de lo sucedido a finales de junio de 1987:

... Los testigos —Alejo González, Adolfo José Dávila y Jacinto Tamayo— son vecinos del referido pueblo de Higuera de la Serena... Son gente sencilla y de toda credibilidad... En aquel tiempo tenían treinta y cuatro, dieciséis y treinta y cuatro años, respectivamente... Y una noche decidieron salir al campo con el fin de cazar ranas... «Nos encontrábamos cerca del huerto de Moreno —explicaron—, en un paraje que llaman Cicaratón, a 3 kilómetros de Higuera de la Serena (Badajoz)... Podían ser las dos de la madrugada del viernes, 26 de junio»... Fue Alejo quien se percató de una luz amarillenta en el cielo... «Nos entró miedo, esa es la verdad, y hablamos de dejar todo aquello y volver a casa... Pero no tuvimos tiempo material de recoger los aparejos... Como si la luz hubiera adivinado nuestros pensamientos se lanzó hacia nosotros y a una velocidad de vértigo... Y, de pronto, se detuvo en el aire, situándose sobre unos olivos, a cuatro o cinco metros de tierra y a poco más de veinte de donde nos encontrábamos... Era grande... Podía tener unos quince metros de diámetro... Parecía una esfera, con un intenso color amarillo... La luz iluminaba todo el entorno... Escuchamos un zumbido, muy tenue... Eso fue todo... No oímos más ruidos»... La noche era tibia y despejada... «Estábamos perplejos —prosiguieron—, sin saber qué hacer, cuando, de repente, vimos aparecer dos seres... No podemos decir por dónde salieron... Parecían humanos... Y echaron a caminar hacia nosotros... Eran altísimos: más de dos metros y medio... Eran fuertes... Estaban rodeados de una luz muy intensa... No pudimos apreciar las caras ni otros detalles... Caminaban a grandes zancadas y de forma lenta»... Los testigos, presa del pánico, echaron a correr... Y se refugiaron cerca de un arroyo... «Allí permanecimos unos cinco minutos, inmóviles y aterrorizados... Entonces oímos un silbido y miramos... Y vimos la esfera... Se alejaba hacia las estrellas... La velocidad era impresionante...

«Los seres eran muy altos; más de dos metros y medio», relataron los testigos. (Foto: J. J. Benítez.)

Víctor Sierra. (Gentileza de la familia.)

Los testigos, en 1987. De izquierda a derecha: Jacinto Tamayo, Adolfo J. Dávila y Alejo González. (Gentileza de Pedro M. Fernández.)

Víctor Sierra muestra las hojas deshidratadas de uno de los olivos. (Foto: J. J. Benítez.)

Nos metimos en el coche y salimos como balas... Y durante una semana no lo comentamos con nadie... No queríamos que nos tomaran por locos».

Víctor Sierra y Pedro M. Fernández, otro inquieto investigador extremeño, se apresuraron a interrogar a los testigos y recorrieron el paraje sobre el que fue vista la nave. Pedro me

Higuera de la Serena (Badajoz), 1987. Cuaderno de campo de J. J. Benítez.

contaba lo siguiente al respecto: «La parte superior de los olivos, donde los testigos nos indicaron que había permanecido el objeto, aparecía de un color blanquecino. Después de su estudio pudimos comprobar que las hojas habían sufrido un proceso de deshidratación. Curiosamente, sólo aparecían deshidratadas la mitad de las hojas; concretamente las zonas que habían quedado expuestas a la luz. La parte contraria, sin embargo, se hallaba intacta y sana».

NARBONA

Como vimos en el caso del lucio del Cangrejo, en ocasiones, la conversación entre el testigo y el tripulante de la nave es lo más parecido a un diálogo de besugos. El asunto se repitió en Narbona (Francia) el 12 de diciembre de 1987. Denise Lacanal me pasó la información.

... El suceso se registró hacia las once de la mañana en un lugar llamado Malvési, a unos tres kilómetros de la ciudad de Narbona, cerca de la costa francesa en el Mediterráneo... El tiempo era lluvioso y había neblina... El testigo —al que llamaré G. L.—, de cuarenta años, es una persona ecuánime y sincera... En la actualidad es compositor musical... «Yo había ido a Malvési —explicó a los investigadores— para recoger leña... Lo hago con frecuencia... Dejé el coche cerca de una fábrica demolida y me encaminé al lugar con el fin de lograr algunas tablas... No había avanzado ni seis metros cuando me vi, de pronto, frente a seis individuos que permanecían de pie junto a cuatro máquinas parecidas a las motos de nieve... Me miraban fijamente... Parecían asiáticos... Dos se hallaban delante; podían tener 1,50 metros de altura... Otros tres, más pequeños, se encontraban inmediatamente detrás... Después apareció un sexto ser... Eran calvos... Sólo una de las criaturas (uno de los pequeños) tenía el pelo blanco... Lo tomé por un albino... Aparentemente, buscaban refugio debajo de unos arbustos... Y me acerqué a ellos, diciendo: "Buenos días... ¡Qué mal tiempo!"... Respondieron con unos sonidos nasales que no comprendí... "¿Son ustedes del lugar?", insistí... Y uno

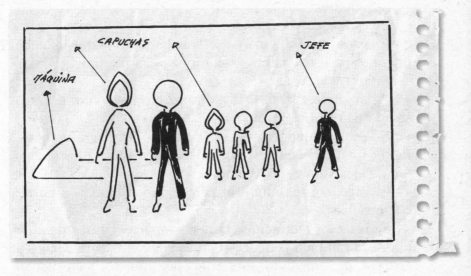

Narbona (1987). Cuaderno de campo de J. J. Benítez.

que se encontraba en primera fila replicó con dos palabras, en inglés; creo que dijo "planeta Tierra"... Pensé que eran unos bromistas y comenté: "Así que son ustedes extraterrestres"... Y eché un vistazo a mi alrededor, buscando la cámara oculta... Entonces, el individuo que había hablado en inglés se aproximó, se agachó, y dibujó unos signos en la tierra... Uno parecía la letra griega gamma... El otro era una "C"... Y, mientras dibujaba, decía: "Cielo, demonio"... Yo, entonces, decidí seguirles el juego... Pensé que estaban de broma...

—¿Van mejor las cosas en su planeta?

El que había dibujado en el suelo, y que parecía una mujer, respondió con dos palabras:

—Menos trabajo...

Y proseguí, divertido:

—¿Cómo funcionan esas máquinas?

—Magnéticas... —declaró la mujer—. Tenemos problemas con la lluvia... Perdimos contacto con la base.

Entonces, señalando al personaje que tenía a su derecha, comentó:

—Siglo noveno.

Después indicó con la mano a uno de los pequeñitos y exclamó:

—Siglo trece...

Yo estaba desconcertado.

En esos instantes, el que se hallaba junto al que hablaba, dio unos pasos hacia mí, extendió su mano, y dijo:

—Polo ártico.

Yo no pretendía darle la mano pero, movido por la curiosidad, se la di. La piel era fría.

En esos segundos capté sus miradas; parecían inquietas. Es más: yo diría que estaban disgustados por el encuentro. La mujer, entonces, intervino:

—Usted no nos interesa, pero algunos humanos parten con nosotros.

Fue en esos momentos cuando vi aparecer al sexto individuo. Era también pequeño. Estaba muy enfadado. Habló al grupo y, de inmediato, subieron a las "motos". Y en silencio se elevaron y se dirigieron hacia la cima de la montaña. Vola-

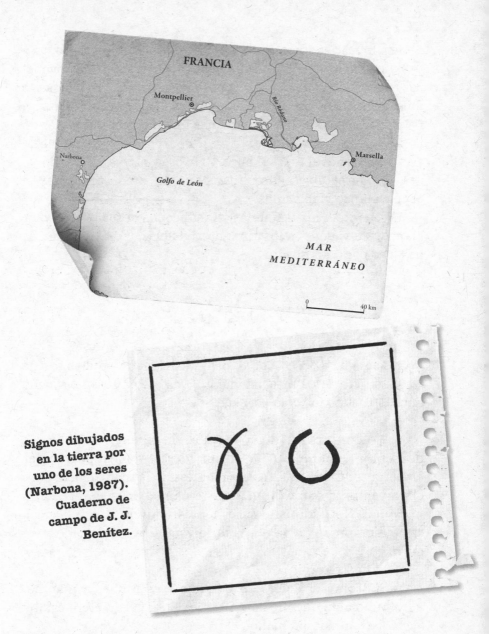

ban despacio... Entonces oí un sonido en el interior de mi cabeza y perdí el conocimiento... Pero, asombrosamente, permanecí de pie. Después regresé a mi casa. Por la tarde volví al lugar y hallé unas huellas en la hierba. Eran marcas de 10 centímetros de diámetro. Conté cinco. La hierba, en ese sitio, estaba negra y podrida.»

Los investigadores franceses se interesaron por las características físicas de los seres. Según el testigo, los dos primeros (los más cercanos a G. L.) no rebasaban el metro y medio de estatura. Los otros eran como niños (quizá de un metro). La piel era de color tierra, con unas líneas (?) horizontales en la base de la nariz. Vestían trajes oscuros, de una sola pieza. Dos de ellos llevaban capuchas. G. L. cree que había dos mujeres, pero no estaba seguro. Algunos de los «niños» presentaban el pelo blanco y aplastado.

En cuanto a las máquinas, el testigo las describió de color blanco, sin ruedas ni instrumentos visibles, y de 1,50 metros de largo por 0,40 de alto.

MÉXICO D. F.

Interrogué a José Guadalupe L. Rodríguez en diciembre de 2008, en México. En ese momento, José tenía setenta y ocho años. Su relato me dejó perplejo...

... Yo era presentador y maestro de ceremonias, además de locutor de radio. Un día, en abril de 1988, me tocó trabajar en las afueras del D. F. Y hacia las dos de la madrugada, concluido el trabajo, me dirigí al carro y me dispuse a regresar a la capital. Normalmente necesitaba 45 minutos para llegar a casa. Siempre lo hacía por la autopista. Era más rápido y seguro.

—¿Viajaba solo?

—Sí. Tomé el boleto en el peaje y continué la marcha. Pero hubo algo que me llamó la atención: la carretera estaba vacía. No transitaba nadie.

—Eran las dos de la mañana. Podía ser normal...

—No lo crea. Usted conoce México y sabe que el tráfico hacia o desde el D. F. siempre es importante.

—Así es.

—Las noches anteriores —prosiguió José Guadalupe— siempre encontré vehículos que iban o venían. Esta vez no.

La autopista aparecía desierta. Y me extrañó, la verdad. Pues bien, nada más dejar atrás el peaje, el coche se iluminó. Era una luz blanca e intensa que procedía del exterior. No entendí. ¿Qué estaba pasando? Y, acto seguido, me vi en el interior de un objeto...

—Pero usted estaba circulando...

—En efecto. Y eso es lo asombroso: yo estaba en otro lugar y veía el carro, allí abajo, circulando por la carretera.

—¿Quién manejaba el automóvil?

—Lo ignoro.

Y José Guadalupe continuó:

—Yo estaba en el interior de algo. Allí había varios seres. Una mujer me tomó de la mano y me condujo frente a una ventana. Entonces vi una nave y mi Volkswagen.

—¿Cómo era la nave?

—Como un disco, con ventanillas.

—¿Sintió miedo?

—No, estaba muy tranquilo.

—Descríbame a los seres.

—Vestían de blanco. Todos eran mujeres. Conté seis. Tenían las manos largas y finas, como los pianistas. La que me llevó a la ventana me condujo de nuevo hasta el grupo y, una vez allí, se inclinó ligeramente y colocó su mano derecha sobre mi pecho, al tiempo que sonreía. Tenían los ojos verticales. Las manos y las caras aparecían cubiertas con una especie de gasa muy fina.

—¿Le hablaron?

—Sí, pero no movían los labios. Yo, sin embargo, oía perfectamente.

—¿Qué le dijeron?

—No lo recuerdo bien...

—¿Qué altura tenían?

—Alrededor de 1,80 metros.

—¿Vio instrumentos?

—No.

—¿Y qué sucedió?

—Yo pensé: «¿Dónde estoy?». Y la mujer que puso su mano en mi pecho me llevó de nuevo a uno de aquellos gran-

José Guadalupe.
(Foto: Blanca.)

México D. F. (1988). Cuaderno de campo de J. J. Benítez.

des ventanales. Entonces contemplé las estrellas y otras naves. Volaban muy cerca. Una tenía forma de media luna. Después todo fue confuso.

—¿Por qué?

—De pronto, sin saber cómo, me vi dentro del carro. Fue
desconcertante: el auto seguía en primera... Es decir, en la
velocidad con la que arranqué en el peaje.

—¿Cuánto tiempo había transcurrido?

—Lo ignoro. Lo único que sé es que ya estaba a las puertas del D. F. Para ese trayecto empleaba siempre 45 minutos.

—Volvamos a la secuencia de la nave. No entiendo por qué no preguntó nada.

—Estaba feliz. Eso es lo que recuerdo.

—¿Qué sintió cuando la mujer colocó la mano en su pecho?

—Alivio.

—No entiendo.

—Yo había sufrido varias anginas de pecho. A partir de ese día no he vuelto a padecerlas.

—Usted tenía cincuenta y ocho años...

—Así es.

—¿Considera entonces que lo curó?

—Sí.

Y José Guadalupe llamó mi atención sobre otro detalle inexplicable:

—Cuando salí del peaje llevaba puestos unos guantes. Me gusta manejar así. Pues bien, en la nave no los tenía. Era como si no tuviera ropa. Y al «volver» al coche aparecieron en mis manos, como en el peaje.

La pregunta es: ¿qué «voló» (?) al interior de la nave?

CONIL

El 29 de septiembre de 1989 se registró en el pueblo de Conil (Cádiz, España) un suceso que dio la vuelta al mundo. Lo investigué a fondo.[1]

Un total de cinco jóvenes observaron extrañas luces sobre la mar y sobre la playa de Los Bateles. De pronto aparecieron en la arena mojada dos criaturas de dos metros de altura, provistas de largas túnicas blancas. Los seres se tumbaron en la arena y, tras pasarse una pequeña esfera azul, se levantaron de nuevo, pero convertidos en un hombre y una mujer. La pa-

---

1. Amplia información en *La quinta columna* (1990).

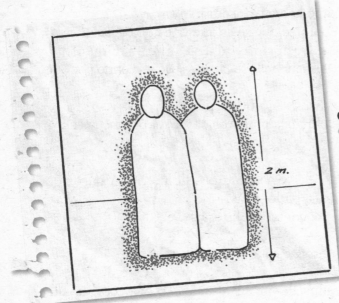

Conil (1989). Cuaderno de campo de J. J. Benítez.

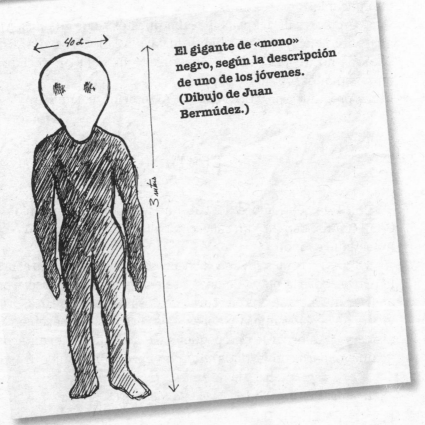

El gigante de «mono» negro, según la descripción de uno de los jóvenes. (Dibujo de Juan Bermúdez.)

reja —vestida normalmente— caminó por la playa y se adentró en el pueblo. Uno de los testigos vio también a un tercer ser, igualmente en la orilla de la mar, pero más alto (unos tres metros), con la cabeza en forma de pera invertida.

El instinto nunca traiciona. Yo sabía que, en esas fechas, pudieron registrarse otros avistamientos. Y trabajé a fondo durante años. Peiné Conil y los alrededores y las pesquisas dieron fruto. En las fechas anteriores y posteriores al 29 de septiembre de 1989, según mis indagaciones, tuvieron lugar una veintena de casos de avistamientos y encuentros con tripulantes. He seleccionado los más interesantes:

1984

El 22 de septiembre, Evaristo Fandiño y Jesús Arahuete, vecinos de la localidad de Vilagarcía de Arousa (Pontevedra, España), decidieron dar un paseo por la playa de Los Bateles, en Conil. Se hallaban de vacaciones.

... Alquilamos una casita —explicó Evaristo— y decidimos pasar unos días en el pueblo... Serían las doce de la noche cuando bajamos a la playa... Estaba desierta... Sólo queríamos pasear... La marea estaba baja y nos acercamos a la orilla... Entonces vimos algo a lo lejos... Pensamos que podían ser pescadores y optamos por acercarnos a ver qué habían pescado... Eran dos figuras muy altas... Pensamos que marchaban a caballo... Tenían algo así como capas... Seguimos aproximándonos y descubrimos que no iban a caballo... Eran unos tipos altísimos (quizá de tres metros), con algo en las cabezas... Parecían coronas.... Las capas, o las vestimentas, llegaban hasta la arena... Obviamente no eran pescadores... Las túnicas o capas brillaban como el papel de plata... Mi compañero y yo no hablamos... Estábamos desconcertados... Y comprobamos que las figuras siempre mantenían la misma distancia... No conseguíamos alcanzarlos... Entonces nos entró miedo y dejamos de caminar... Y los vimos desaparecer en la playa...

El 25 de junio de 2009 me entrevisté con Fandiño en la ciudad de Vigo (España). Me acompañaba Marcelino Requejo, otro excelente investigador. Y el testigo precisó:

—Pudimos estar a diez o quince metros de los seres.

—¿Cómo eran?

—Muy estilizados e iguales en altura: superior a los dos metros y medio; quizá tres. Parecían flotar.

—¿Se tocaban?

—No. La separación, entre uno y otro, era de un metro, más o menos.

—Dices que brillaban...

—Sí, pero no era un brillo intenso.

—¿Cómo eran las cabezas?

—Ovaladas y sin cuello.

—¿Y las «coronas»?

—No sabría definir qué eran. Parecían coronas o turbantes con unos picos que salían hacia arriba.

—¿Dejaban huellas en la arena?

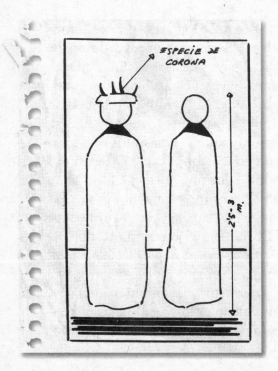

Conil (1984).
Cuaderno de campo
de J. J. Benítez.

Evaristo Fandiño.
(Foto: Marcelino Requejo.)

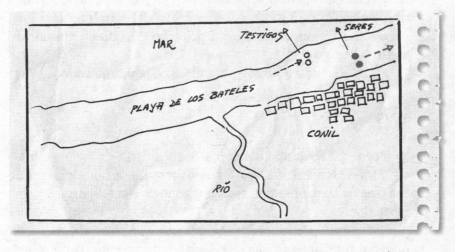

Cuaderno de campo de J. J. Benítez.

—No nos entretuvimos en mirar. Nos entró el pánico y regresamos al pueblo.

—¿Hablaban entre ellos?

—No oímos nada...

—Dices que flotaban...

—Eso nos pareció.

—¿Movían los brazos?

—No vimos brazos.

—¿Se volvieron hacia vosotros?

—En ningún momento pero, obviamente, sabían que estábamos allí. ¿Cómo explicar que guardaran siempre la distancia? No permitieron que nos acercáramos.

1989

El 7 de mayo, por la noche, un matrimonio cuya identidad no debo desvelar se dirigía en su vehículo hacia Conil. Conducía el esposo, guardia civil.

—Al llegar a la zona de La Barca de Vejer —explicaron— vimos un disco rojo que se elevaba hacia el cielo. No hacía ruido. Fue impresionante. Se hallaba a cosa de cien metros de la carretera. Acto seguido, ante nuestra sorpresa, vimos despegar otros catorce o quince discos, igualmente rojos, pero a mayor velocidad que el primero. Y todo en el más absoluto silencio.

Faltaban cuatro meses para el 29 de septiembre.

1989

Verano. Fecha no determinada.

Jaime Henri, industrial, se encontraba en el almacén de madera de su propiedad, en el polígono de Hozanejos, muy cerca de Conil.

... Ocurrió por la tarde —manifestó—. Al salir del almacén observé una luz extraña... Y llamé a Juan Leal, un empleado... También lo vio... Era una luz blanca... Parpadeaba... Y, de pronto, de la blanca vimos salir una luz roja... No hacían ruido... La roja trazó una elipse alrededor de la blanca y terminó entrando en la primera... Al poco volvió a salir la roja y empezó a girar alrededor de la blanca... Así estuvo un rato... De repente aparecieron cuatro o cinco luces —todas blancas— en formación... Formaban una «V»... Y volaron hacia nosotros... Lo hacían lentamente... Fue en esos momentos cuando hice las fotos... No marchaban muy altas... Quizá a

Jaime Henri. (Foto: J. J. Benítez.)

Polígono industrial de Hozanejos. (Foto: J. J. Benítez.)

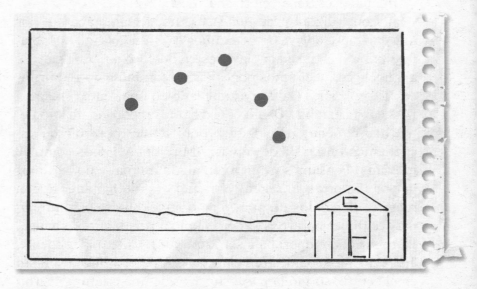

Hozanejos, verano de 1989. Cuaderno de campo de J. J. Benítez.

veinte o treinta metros... Tampoco hacían ruido... Eran grandes, del tamaño de un avión Boeing... Mientras tanto, las luces blanca y roja seguían al fondo...

Esa noche, al cerrar el almacén, Henri dejó la cámara de fotos en la oficina.

—Fue un fallo, lo sé...

A la mañana siguiente, al abrir, se encontró con una sorpresa: la cámara había desaparecido.

—Lo asombroso —detalló— es que no se llevaron nada más. Y allí había un televisor, una caja fuerte, y otros objetos de valor.

La puerta apareció partida.

1989

Verano. Fecha no determinada.

Juan Carlos Burgos se encontraba de vacaciones en la zona de Conil. He aquí su testimonio:

... Esa noche iba acompañado por un amigo... Lo que vimos fue terrorífico...

Juan Carlos tenía veintiocho años.

... Como digo —prosiguió—, esa noche caminábamos por una carretera que va de Los Caños de Meca a Conil... Habíamos pasado el día en la playa, cerca del faro de Trafalgar... Y al anochecer decidimos ponernos en camino para reunirnos con los colegas... Habíamos quedado en una venta cercana... Desde allí iríamos a Conil... Llevábamos recorrido un kilómetro, más o menos, cuando de pronto, a nuestra izquierda, escuchamos un crujir de ramas... Miramos y vimos cómo se movían... Pensamos primero en algún animal y no le dimos mayor importancia... Pero el ramaje siguió agitándose con fuerza... Segundos después, como aquel alboroto continuaba, decidimos pararnos... Al principio no distinguimos nada... La oscuridad empezaba a ser importante... Pero, de repente, apareció aquello... Entre las ramas se hizo un hueco y, justo en el centro, surgió la parte superior de una criatura negroide... Tenía los ojos brillantes, como los de una pantera... Pero eran más grandes y redondos... Completamente redondos... También acertamos a distinguir los hombros y la silueta de la cabeza... Era ovalada... El resto estaba tapado por las ramas... El ser mantuvo sus ojos clavados en nosotros, al menos du-

Carretera de Los Caños a Conil (1989). Cuaderno de campo de J. J. Benítez.

rante unos segundos... Estaba claro que pretendía llamar nuestra atención... Y, muertos de miedo, no me importa reconocerlo, salimos a la carrera... Después, pensando y pensando, llegamos a la conclusión de que «aquello» no era de este mundo... Semanas más tarde supimos lo ocurrido en la playa de Los Bateles, en Conil, y yo lo asocié de inmediato.

Posteriormente, a través del investigador Fernando García Rodríguez, pude obtener otros detalles sobre el suceso.

El «encuentro» se registró hacia las diez y media la noche de un sábado, en julio de 1989.

1989

Septiembre. Pocos días antes del 29.

Miguel Sánchez se dirigía a Conil. Estaba oscureciendo.

... Llevaba un R19, de gasoil... De pronto, al llegar a la cañada de La Higuera, en el término de Vejer, vi una luz blanca... Y el coche se paró... No pude arrancarlo... Y salí del auto... Aquello era espectacular... Parecía un carrusel... Estuve observándolo durante diez minutos... Era totalmente silencioso... Después se alejó y pude arrancar el vehículo.

Miguel Sánchez.
(Foto: J. J. Benítez.)

1989

Septiembre. Poco antes del día 29.

Miguel Puente, vecino de Conil, se levantó temprano...

... Serían las seis de la mañana —explicó—. Deseaba dar un paseo... Yo vivía en la calle Hernán Cortés y caminé por Reyes Católicos hasta llegar a la zona del río Salado... Allí, en la charca donde mariscan, vi una figura humana... Era muy alta y transparente... Todo el cuerpo emitía luz... Era como un gran fluorescente... Se hallaba en la orilla izquierda del río... Y, ante mi asombro, lo vi caminar sobre el agua... Me acerqué, por pura curiosidad, pero el ser se alejó... Días después, Juan Bermúdez [uno de los testigos del avistamiento del 29 de septiembre] me contó lo que habían visto en Los Bateles...

Y me vino a la memoria el suceso del lucio del Cangrejo.

Desembocadura del río Salado, en Conil. Un ser de casi tres metros de altura fue visto en la orilla izquierda en la madrugada del 26 o 27 de septiembre de 1989. (Foto: J. J. Benítez.)

Río Salado. Conil, 1989. Cuaderno de campo de J. J. Benítez.

29 de septiembre de 1989

Hacia las 23 horas, es decir, poco después del célebre incidente en la playa de Los Bateles, el matrimonio formado por Antonia Durán y José Antonio Serrano caminaba tranquilamente por una de las calles de Conil.

—Teníamos intención de pasear hasta el bar Rompeolas, en el paseo marítimo —explicó el marido—. Y tomamos la calle General Gabino Aranda. Pues bien, al fondo se presentaron dos personas, pero muy altas.

—¿A qué llamas muy altas?

—Más de dos metros. Vestían un traje de cuero, aunque parecía una segunda piel. Era como un mono.

José Antonio es guardia civil de tráfico y, por tanto, buen observador.

—Y se fueron acercando —prosiguió—. Ellos por el lado izquierdo y nosotros por el contrario.

—¿Había más gente en la calle?

—No, nadie. Y al llegar a la altura del estanco de Crespo cruzaron al otro lado.

—Obviamente, vosotros no sabías lo sucedido en Los Bateles...

—Nos enteramos después.

—¿Cómo eran esos hombres?

—Como te digo, vestían unos trajes parecidos a monos, pero brillantes, metalizados, y muy pegados al cuerpo. Las caras eran blancas y afiladas. Eran muy parecidos. Llevaban un paso largo y tranquilo. Los brazos iban sueltos.

Antonia intervino y precisó:

—Me llamó la atención que los trajes no produjeran arrugas.

—¿Y qué sucedió?

—Nos cruzamos.

—¿Os miraron?

—No.

Pero el matrimonio, perplejo ante la visión de aquellos individuos, se volvió de inmediato.

—Las piernas y los brazos eran muy largos. Y se notaba la forma de las nalgas.

—¿Qué edad representaban?

—Unos veinte años.

—¿Hablaban entre ellos?

—No.

—¿Había buena iluminación?

—Sí, además de las farolas, pasaron frente a una perfumería y a un banco, que también los iluminaron.

—¿Llevaban algo en las manos?

—No.

—¿Tenían cabello?

—Sí, de color castaño. Parecían nórdicos.

—¿Qué fue lo que más os impresionó?

—La altura y lo raro de los monos. No hacía tanto frío como para llevar algo así.

—Eran guapos —terció la mujer—. Eran muy finos, con una cintura delgada.

—¿Podían proceder de la playa?

—Perfectamente.

Conil (29 de septiembre de 1989). Cuaderno de campo de J. J. Benítez.

Dos seres de gran altura se pasearon por el centro de Conil. (Foto: J. J. Benítez.)

Insistí en la descripción de los monos, pero el matrimonio no supo aportar nuevos detalles:

—No vimos cremalleras, ni insignias; nada.

—¿Podía ser neopreno?

—No. Era parecido al cuero, pero metalizado, como si estuviera mojado. Era lo más parecido a una segunda piel.

—¿Los rostros eran normales?

—Sí.

—¿Cómo era el calzado?

—Formaba parte del buzo.

Y los seres se perdieron hacia el interior del pueblo...

29 de septiembre de 1989

Lo vivido por M. Álvarez y F. Cote en la playa de Los Bateles, en Conil de la Frontera, me recordó la experiencia de Fandiño y Arahuete en 1984, narrada anteriormente.

Así me lo contaron:

... Formábamos parte de un grupo musical... Esa noche tocamos en Conil... Y a eso de las doce y media o la una, después del concierto, decidimos dar un paseo por la playa... La marea estaba vacía y nos bañamos... Entonces vimos una pareja, a lo lejos, en dirección al río... Tras el baño nos vestimos

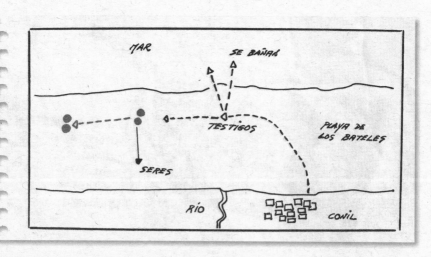

Cuaderno de campo de J. J. Benítez.

y seguimos caminando por la arena mojada... Y empezamos a notar algo raro... La pareja seguía allí pero, de repente, desaparecía y volvía a presentarse en otro lugar... Eran altísimos... Las cabezas eran enormes, como peras invertidas... Podían estar a 150 metros... Cote quiso acercarse para pedir fuego, pero no lo consiguió... Conforme caminaba, la «pareja» se alejaba, manteniendo siempre una distancia... Cuando se paraba, la «pareja» se paraba... Y Cote se asustó... Los vimos durante una hora, aproximadamente...

A los pocos días supieron lo de los dos gigantes que terminaron transformándose en un hombre y en una mujer.

29 de septiembre de 1989

Nieves Marín acudió esa noche al cine, en Vejer. Pero, al regresar a Caños de Meca...

... Serían las dos de la mañana —explicó—. Conducía mi Panda y, al llegar a la curva de Las Pitas, vi algo raro... Era como una luna llena... Volaba alto... Pero, en la curva de El Palmar, aquello se me echó encima... Era enorme y del color del fuego... Apreté el acelerador, pero el coche no respondía... Y aquella cosa se situó a quince metros del auto, por la derecha... Podía tener el diámetro de una casa... Finalmente, al alcanzar el faro de Trafalgar, el objeto se alejó hacia el mar y pude llegar a casa... Fue un gran susto.

29 de septiembre de 1989

La misma madrugada en la que Nieves Marín fue asaltada por un ovni, cuatro vecinos de Chiclana sufrieron otra experiencia traumatizante.

He aquí una síntesis del caso, relatado por J. Romero:

:.. Caminábamos por el Pago del Humo, en Chiclana... Hacía buen tiempo y paseábamos... Y en eso se presentó «aquello»... Se colocó sobre nuestras cabezas, a cosa de veinte o treinta metros... Era enorme... Calculé más de cien metros de diámetro... Tapaba las estrellas... Pero lo que más nos impresionó fue el silencio... No se oía una mosca... Nos agachamos... Mi mujer se orinó, del susto... Terminamos corriendo... Era como un disco, todo negro, con luces en el perímetro...

29 de septiembre de 1989

Se llamaba Marjá. Era holandesa. Esa noche, hacia las nueve y media, circulaba en su automóvil por la carretera de Conil a El Palmar.

—Y al llegar a la altura de la finca del torero Rafael Ortega, a mi izquierda, observé algo rarísimo. Era como un aeropuerto... A cinco o seis metros del suelo se alineaban decenas de luces rojas.

—¿Hay alguna granja en esa zona?

—No, es puro campo. Por eso me extrañó.

Y la holandesa prosiguió:

—Había muchas luces. Conté veinte o treinta.

—¿A qué distancia de la carretera?

—A trescientos metros, más o menos. Formaban un rectángulo. Entre luz y luz podía haber ocho metros. Parecían balizas. Era como si alguien estuviera esperando algo. Y sentí miedo.

—¿Bajaste del coche?

—No.

—Las luces, ¿estaban quietas?

—Sí, y juraría que se hallaban sobre largos palos metálicos, pero de esto no estoy segura.

—¿Te cruzaste con algún coche?

—No.

—¿Aparecían las luces a la misma altura?

—Sí, perfectamente alineadas. Como te digo, me recordó las pistas de los aeropuertos. Parecía una señalización. Pero, ¿para qué o para quién?

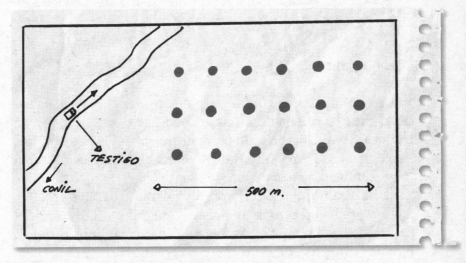

Carretera de Conil a El Palmar (29 de septiembre de 1989). Cuaderno de campo de J. J. Benítez.

Esa noche, como fue dicho, a escasa distancia, varios vecinos de Conil observaron objetos volantes no identificados, así como, al menos, tres gigantes.

—¿Hubo algo más que te llamara la atención?

—El silencio que reinaba en la zona. Todo parecía quieto. Y el rojo de las luces...

—¿Por qué?

—Era un rojo que nunca había visto. No sé describirlo.

—¿Cuánto duró la visión de las luces?

—Unos minutos. Después seguí mi camino, asustada.

27, 28, 29 y 30 de septiembre de 1989

Según información confidencial, procedente de los radares militares del área de Algeciras, ubicados en Las Palomas y en el Tajo de la Escoba, las instalaciones permanecieron «en vacío» desde el 27 de septiembre al día 30. Nadie logró explicar la singular avería.

Otro de mis contactos en la base de Rota (Cádiz, España) me informó sobre un suceso similar, que afectó, fundamentalmente, a los radares.

Está claro, para mí, que «ellos» fueron los responsables de la referida «anulación» de los radares.

20 de octubre de 1989

Tres semanas después del encuentro en la playa de Los Bateles, quince vecinos de Zahara de la Sierra, en Cádiz, fueron testigos de la presencia de un enorme objeto de color rojizo. Hablé con ellos y con el alcalde del pueblo, Francisco García Luna, también testigo del avistamiento:

... Bajábamos de la sierra de Grazalema —explicó José Benítez Moreno, empleado de banca— cuando, a la altura del puerto de los Azebuches, vimos una cosa roja, muy grande... Flotaba, inmóvil, sobre los montes cercanos... Paramos el coche y el alcalde y yo pudimos contemplarlo a placer... Después regresamos al pueblo y lo vio mucha gente... Al cabo de dos horas se desplazó hacia el peñón de Los Toros... Lanzaba destellos y no hacía el menor ruido... En lo alto se distinguía una especie de antena, en forma de «Y».

3 de septiembre de 1992

Aquella noche, Luis Sánchez, profesor y abogado, y su amigo Ramón G., decidieron acampar cerca de la desembocadura del río Salado...

—Habíamos pasado el día en Conil y a eso de las diez y media de la noche, de regreso, a pie, hacia Barbate, optamos por parar en la playa de El Palmar. Era la pleamar e instalamos los sacos de dormir cerca del agua. Cenamos algo y conversamos. Después, hacia las doce y media, nos despedimos y nos dispusimos a dormir.

—¿Había alguien más en la playa?

—Nadie. Estábamos solos. A lo lejos se veían las luces de la feria de Conil.

—¿A qué distancia estabais del agua?

—A unos ocho metros de la línea de la pleamar. El agua se encontraba a dieciocho o veinte metros. Y fue en esos momentos cuando vimos aparecer aquellas figuras. Venían como de Barbate y se dirigían hacia Conil. Corrían. Y lo comenté con mi compañero. Él también los vio. Y se fueron acercando. Fue entonces cuando nos quedamos mudos.

—¿Por qué?

—Eran muy altos; por encima de los dos metros. Llevaban unas capas y unas capuchas, que parecían formar parte del traje. Vestían pantalones. Las capuchas flotaban, sin tapar las cabezas. Pero corrían de una forma extraña: no articulaban las rodillas. Los movimientos, además, eran sincronizados. Tampoco puedo asegurar que tocaran el suelo. Marchaban emparejados, muy juntos, moviendo los brazos levemente.

—¿A qué distancia mínima los tuviste?

—Alrededor de quince metros.

—¿Os vieron?

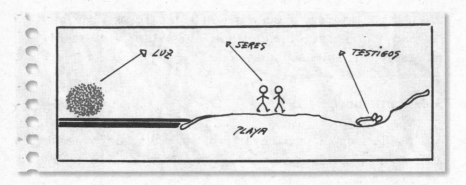

Playa de El Palmar (1992). Cuaderno de campo de J. J. Benítez.

—Creo que no, aunque no puedo estar seguro. Nosotros nos hallábamos en una pequeña hondonada y metidos en los sacos de dormir. Sólo levantamos las cabezas. Cuando aparecieron los vimos de frente a lo largo de treinta metros, más o menos. Después, de espaldas, los contemplamos durante doscientos metros, hasta que desaparecieron en dirección a la playa de Los Bateles, en Conil.

—¿Cómo eran las cabezas?

—Carecían de pelo. La piel era muy blanca y los ojos más grandes de lo normal. Las barbillas eran estrechas y los rostros triangulares.

—¿A qué velocidad corrían?

—Como un hombre en bicicleta.

—¿Cuántos metros y cuánto tiempo los observasteis?

—Unos doscientos cincuenta metros y algo más de un minuto.

Los testigos vieron también una luz de color naranja, inmóvil sobre la mar. Se hallaba entre cabo Roche y la desembocadura del río Salado. Permaneció a la vista durante una hora.

A la mañana siguiente se acercaron a la costa, pero no detectaron huellas. La marea las había borrado (si es que se produjeron).

—¿Tuvisteis miedo?

—Miedo no: pánico...

Invierno de 1994

Pedro, vecino de Conil, se levantó aquella mañana a las cinco. Pretendía mariscar.

...Me dirigí hacia la zona del río —explicó— y, de pronto, me encontré con un tío altísimo... Yo le dije: «Buenas...»... Pero el individuo no contestó... Podía tener dos metros y medio de altura... Quizá más... Pasó a mi lado, pero no dijo nada... Entonces lo vi moverse en zigzag... Tenía una cabeza muy rara... Parecía una pera boca abajo... Vestía todo de negro... Y se dirigió hacia la arena... Por detrás presentaba una especie de franja blanca en la espalda... Le salían unos pelos largos o cerdas desde el cráneo hasta el culo... Pasó una segunda vez a mi lado y repetí el saludo... Él emitió un sonido, como un pájaro... Algo así como «bu-bu-bu-bu»... Tenía los ojos achinados y brillantes... Emitía luz... Las piernas eran largas y arqueadas... Parecía unos alicates... Se movía sin tocar el suelo, como si tuviera un motor en los pies. En la tercera ocasión que lo vi, el ser se movía si yo caminaba... Cuando me detenía, el tipo también paraba... No lo pensé más, y regresé a mi casa a la carrera.

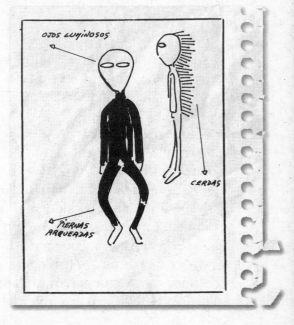

Conil. Ser con cerdas en la espalda. Cuaderno de campo de J. J. Benítez.

Meses después de aquel 19 de agosto de 1999 volví a conversar con Pedro.

La versión fue idéntica. Su única duda fue la fecha.

Según el testigo, los pelos o cerdas podían medir alrededor de ocho o diez centímetros.

Y me hizo recordar al singular personaje que bebió sangre en la isla de Antigua, en el Caribe.

A la vista de estas informaciones, resulta obvio que en la zona de Conil se han registrado casos muy extraños, y protagonizados por criaturas similares. El lector sabrá sacar conclusiones.

BENARRABÁ

También sucedió en 1989, y relativamente cerca de Conil.

La protagonista principal fue Pepi Lamas, enfermera.

Aquella tarde del 29 de diciembre de 1989 montó en su Seat Marbella, en la compañía de sus hijos (Miguel, de nueve años, e Irene, de tres). Había estado de compras en Algeciras. Y a las 17.30 horas tomó la carretera hacia Ronda. Pero aquel viaje —que hacía con frecuencia— no iba a ser como los demás...

—Recuerdo que llovía. Mi hijo venía a mi lado, en el asiento del copiloto. La niña se durmió enseguida. Y el viaje se desarrolló con normalidad. Yo había hecho ese trayecto muchas veces.

—¿Qué edad tenías?

—Treinta y cinco años.

Pepi continuó:

—Pero, al dejar atrás el pueblo de Gaucín, entramos en una espesa niebla. Fue algo súbito. Era como una pared. Y resultó tan espesa que, por un momento, pensé que me había salido de la carretera y que me estaba tragando el campo.

—¿Por qué dices que la niebla era como una pared?

—Porque era una pared. Era como si abrieras una puerta y entraras en ella. No era una niebla normal. Empezaba de

634

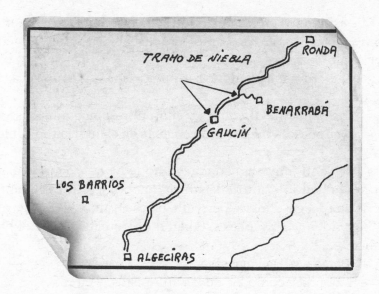

repente..., como una pared. Entonces, nerviosa, empecé a preguntar a Miguel qué hora era.

—¿Por qué preguntabas eso?

—Me sentía rara. Aquella niebla no terminaba nunca.

Pepi llevaba razón. Al salir de la niebla, el reloj señalaba las diez de la noche (!).

—¿Cómo podía ser? —preguntó Pepi Lamas—. Cuando salimos de la nube nos encontrábamos en el cruce a Benarrabá. Es decir, habíamos recorrido 4 kilómetros en el interior de la niebla.

—¿Cuánto tiempo pudiste emplear en el recorrido Algeciras-Gaucín?

—Alrededor de una hora, como mucho.

—Saliste a las cinco y media de la tarde de la ciudad de Algeciras...

—Sí.

—En otras palabras, como muy tarde, tendrías que haber salido de la niebla hacia las seis y media o siete de la tarde...

—Correcto.

—Pero tu reloj, al salir de la niebla, marcaba las 22 horas.

—En efecto. Y eso fue lo que, sin duda, me angustió del todo. ¿Qué había pasado en esas tres horas? Durante el tiempo que estuvimos en el interior de la niebla yo iba en primera, y muy despacio, pero no como para tardar tres horas en recorrer 4 kilómetros.

—¿Cuánto tiempo empleabas en el viaje desde Algeciras a Ronda?

—Normalmente, una hora y cuarenta y cinco minutos.

—¿Qué sucedió mientras circulabas en el interior de la niebla?

—Me sentí muy angustiada, como te digo. Y ocurrió algo extraño: en el interior de la niebla había luces. Al principio pensé en una gasolinera, pero allí, en ese tramo, no hay gasolineras. Además, las luces estaban a mi derecha, sobre el barranco.

—¿Cómo eran las luces?

—Redondas, como las de las autopistas, y en fila.

Al recorrer el lugar comprobé que la supuesta gasolinera fue vista por Pepi, y por su hijo, a la misma altura de la carretera... ¡pero en el aire! (sobre un barranco de 80 metros de profundidad).

—Y otro detalle interesante —añadió la testigo—. Mientras permanecimos en el interior de la niebla dejó de llover.

—¿Te adelantó o te cruzaste con algún otro vehículo?

—Con ninguno. Y también me extrañó.

—¿Cuánto tiempo observasteis las luces?

—No lo sé bien. Quizá unos minutos. Yo estaba muy agobiada porque no se veía nada y la carretera, como sabes, es estrecha y llena de curvas...

—¿Se despertó tu hija?

—No, afortunadamente.

—¿Y tu hijo Miguel?

—Se portó muy bien. Trataba de tranquilizarme.

Y, de pronto, «como si hubieran dado a un ventilador gigante, la niebla desapareció».

—Fue increíble. Entonces lo vimos. Estaba en mitad de la carretera. El coche se paró.

—¿Lo paraste tú?

—No lo creo.

—¿Y qué visteis?

—Yo lo llamo el «hombre-palo». Estaba a cinco metros del auto. Al principio tenía la cabeza baja. Vomitaba. Después levantó el rostro y me miró. Seguía vomitando.

—¿Cómo era?

—Delgadísimo, como un palo. Podía tener ochenta centímetros de altura. La cabeza parecía una bombilla, pero más picuda. Tenía ojos grandes y redondos. Más grandes que los nuestros y, al final, achinados. Los brazos eran largos y delgados. Las manos le llegaban por las rodillas. Las orejas, picudas, y por encima de los ojos. No tenía pelo. El cráneo presentaba numerosas arrugas o pliegues. Tampoco vi nariz. Los dedos eran más largos que los nuestros.

—¿Y la ropa?

—Era un traje muy ajustado al cuerpo. Marrón y blanco.

—¿Y los pies?

—No los recuerdo. Sólo sé que, al caminar hacia el barranco, lo hacía sobre las puntas de los dedos. Movía los brazos lentamente.

—¿Y qué pasó?

—Fue todo muy rápido. Vomitaba y seguía caminando. Y se perdió por la derecha, entre los poyetones.

—¿Cómo era lo que vomitaba?

—Era algo pastoso y abundante. Le caía por el pecho y hasta el suelo. Vomitaba todo el tiempo.

—¿Observaste si el vómito le producía arcadas?

—No recuerdo las arcadas.

—¿Y qué sucedió?

—El hombre palo desapareció por el barranco y el coche arrancó. Yo estaba mucho más nerviosa.

—¿Cuánto tiempo llevabas conduciendo?

—Unos quince años. Ya no era una novata. Entonces empecé a ver otros coches en la carretera. Eso me tranquilizó un poco.

—¿Seguía lloviendo?

—Sí. Finalmente entré en Ronda.

—¿Qué hora señalaba tu reloj?

—Las doce menos veinte de la noche.

Hicimos cuentas. Desde que salió de Algeciras (a las 17.30 horas), hasta que llegó a Ronda (23.40), habían trans-

Pepi Lamas y su hijo, Miguel, en el coche utilizado el 29 de diciembre de 1989. (Foto: J. J. Benítez.)

currido alrededor de seis horas. Lo normal, como dije, es que Pepi hubiera empleado una hora y media. ¿Qué sucedió con el resto? Y, sobre todo, ¿qué pasó en el interior de la «niebla»?

Pero las sorpresas no habían terminado.

—Esa noche —prosiguió Pepi Lamas—, de madrugada, me levanté para ir al baño. Y me puse a mirar un frasco de perfume que había comprado el día anterior. Y, de pronto, sin saber por qué, el cristal se rompió. Regresé a la cama y, ante mi asombro, los perfiles de hierro del somier se doblaron. Y lo mismo sucedió con los de la cama de mi hijo. Los hierros se curvaron 20 centímetros.

Pepi pesaba en aquellos momentos 45 kilos.

Examiné igualmente los somieres y no encontré una explicación lógica. En realidad no la había.

—Tuvimos que utilizar un gato neumático —añadió la testigo— para enderezar los cuadradillos.

Cada perfil medía 27 por 28 milímetros. Para doblar, en «V», un material así se necesitaba un empuje superior a 250 kilos.

Sí, misterio...

Pero la cosa no terminó ahí.

Durante días, Pepi no pudo acercarse a las copas y vasos de cristal. Sencillamente, estallaban. Y lo mismo sucedía con las bombillas de la casa.

Conversé también con Miguel, el hijo. Recordaba, prácticamente, lo mismo que la madre. El muchacho aseguró que no tuvo miedo.

—El ser —concretó— tenía los ojos muy brillantes.

Repasé el incidente con la testigo durante horas. No hallé contradicción alguna.

Al revisar el tramo de la «niebla», Pepi Lamas recordó algo:

—No entendí qué sucedió con la aguja del cuentakilómetros.

—¿Por qué?

—Se mantuvo a cero mientras permanecimos en el interior de la niebla.

—Pero el coche circulaba...

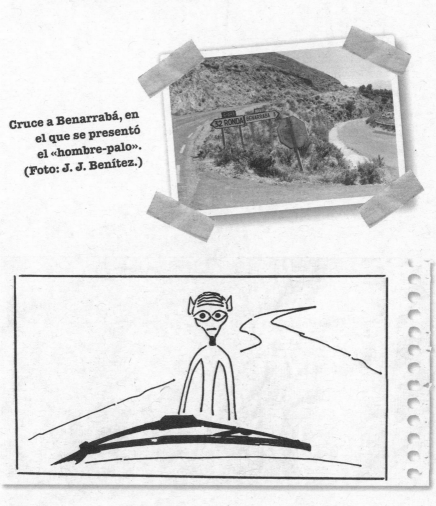

Cruce a Benarrabá, en el que se presentó el «hombre-palo». (Foto: J. J. Benítez.)

«Hombre-palo» (1989). Cuaderno de campo de J. J. Benítez.

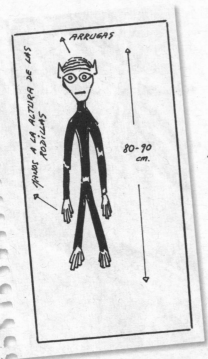

«Hombre-palo».
Cuaderno de campo
de J. J. Benítez.

El somier se dobló
20 centímetros.
(Foto: J. J.
Benítez.)

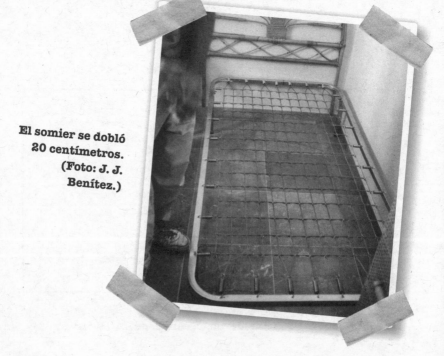

—Sí, o eso me parecía...

—¿Fallaron las luces?

—No.

A raíz de la experiencia, la testigo padeció numerosas pesadillas. Veía a seres parecidos al «hombre-palo», que se acercaban a ella y se la llevaban.

—Me levantaba hasta seis y siete veces en la noche...

CZĘSTOCHOWA

En 1990 se registraron en Polonia numerosos avistamientos ovni.

El investigador Bronislaw Rzepecki me puso al corriente.

... El 5 de noviembre —relató—, tres hombres de la unidad de Infantería del ejército de Polonia (Arkadiusz Adamiec, Tadeusz Krzyrak y Mariusz Shaznik) observaron un extraño suceso... «Sucedió poco después de las siete de la tarde... Terminamos de cenar y salimos al exterior... Entonces, no sabemos por qué, los tres miramos hacia el cielo... En ese momento contemplamos un grupo de esferas de color rojo... Había veinte... Eran muy brillantes... Viajaban hacia Opole, la ciudad... Las esferas lanzaban sendas colas, también rojizas... Y a los pocos segundos vimos aparecer un segundo grupo de objetos, también esféricos, e igualmente con colas brillantes»... En Opole, otros cientos de testigos pudieron contemplar el mismo espectáculo... En total, más de cuarenta esferas...

Días más tarde, el 18 de enero de 1991, entre las tres y las cuatro [p.m.], una mujer que no desea revelar su identidad se encontraba en una parada de autobús en el centro de la ciudad de Częstochowa, también en Polonia.

«... Al subir al bus —comentó— me sentí impulsada a mirar hacia el cielo... Entonces vi un globo rojo, con una estela, igualmente roja... Flotaba sobre el tejado de una casa próxima... Después lo perdí... Pero aquella visión me dejó feliz... Y

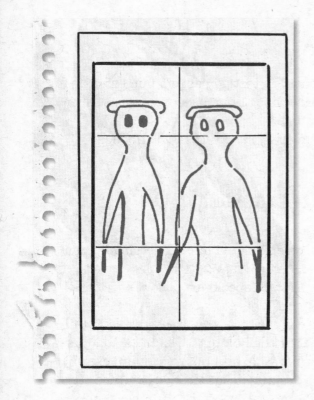

Częstochowa (Polonia), 1991. Cuaderno de campo de J. J. Benítez.

esa noche, hacia las nueve, cuando me hallaba en la casa, escuché un ruido extraño... Me pareció un crujido... Procedía del balcón... Miré a través de los cristales y quedé perpleja: allí había dos personas... No sentí miedo... Me dirigí a la cocina, puse algo de comida en dos platos y los coloqué sobre la mesa del salón... También puse dos vasos, con agua... Abrí el balcón y les invité a entrar... Parecían extranjeros... Después me senté y los observé... Medían 1,80 metros y eran muy parecidos a los humanos, aunque carecían de manos... Vestían trajes de una sola pieza, de color plateado... En la cabeza llevaban algo parecido a una torta... No dijeron nada, ni se movieron del balcón... A los cinco o seis minutos desaparecieron.»

Según Bronislaw, el investigador polaco que me informó, ese mismo 18 de enero, y también en Częstochowa, otras personas fueron testigos de extraños objetos esféricos de color rojo que evolucionaron sobre la ciudad.

REPÚBLICA CHECA

Babícek fue un inquieto investigador ovni. Trabajó en infinidad de casos.

Entre los años 1991 y 1993, la república checa registró más de doscientos avistamientos ovni. Algunos llenaron de terror a sus habitantes.

... Los testigos —me informó Babícek— hablan de seres plateados, semitransparentes, de aspecto humano, que se presentan en el interior de las casas...

Se trataba, en efecto, de los llamados «visitantes de dormitorio». En mis archivos figuran cientos de casos.

... En el verano de 1993 —prosiguió Babícek— el señor Strakonice vivió la siguiente experiencia: «Una figura blanca y resplandeciente entró en mi dormitorio... Yo me hallaba en la cama, pero despierto... La figura se detuvo cerca de la cama... Y allí permaneció unos segundos... Yo no podía moverme... Estaba rígido como una tabla... Sólo parpadeaba... Estaba muy asustado... La figura, después, se dirigió hacia la puerta y se disolvió»... La palabra *disolvió* —comentaba el investigador— es literal... El testigo dejó de ver la figura porque ésta se esfumó... Y, lentamente, el testigo recuperó la movilidad.

Babícek me proporcionó otro suceso:

... En agosto de 1991, en la ciudad de Lovosice, una estudiante llamada Micaela vivió (o padeció) la siguiente experiencia: se encontraba acostada en su cama cuando, de repente, fue despertada por una luz muy intensa... En la habitación había un hámster... Pues bien, el animal se puso frenético... Y la luz que veía por la ventana entró en la habitación... En aquel cono de luz, Micaela vio a una criatura... Parecía humana... Era una figura de hombre, de color plateado... Y, durante un rato, el «hombre» se paseó por la habitación... No tocaba el suelo... ¡Flotaba!... El ser emitía algo parecido a descargas eléctricas... La muchacha no podía moverse, ni tampoco gritar... Estaba aterrorizada... Sentía las piernas dormidas... La cabeza del ser era triangular... Y, de repente, la criatura atravesó la pared de la habitación y desapareció... El hámster estaba como loco... En 1992 se repitió algo parecido... Le sucedió al doctor J. S., en la ciudad de Zlin, en Moravia... Así me lo contó: «... Sucedió en la noche del 29 de noviembre... Fue una noche despejada... Me desperté hacia las doce y media con la sensación de que alguien me estaba mirando... Y, en efecto, allí había alguien... Era una figura alta... Me observaba desde la puerta del dormitorio... Pensé primero que era mi hija... Intenté hablar, pero no pude... Entonces me asusté... No, no estaba soñando... Al cabo de unos minutos conseguí encender la luz de la mesilla de noche... Y la figura desapareció... Era alta y corpulenta... Vestía una especie de mono o buzo de color claro... No acerté a ver el rostro».

El inquieto Stanislav Babícek me remitió otro caso, ocurrido igualmente en la república checa (antigua Yugoslavia).

En síntesis, decía así:

... La testigo fue una abuela... No desea revelar su identidad... Se encontraba en su habitación cuando, de pronto, en-

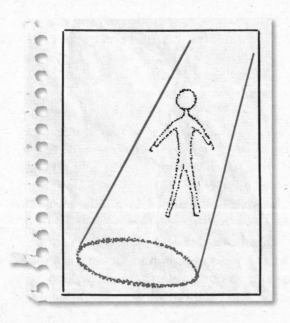

República checa. (Visitante de dormitorio). Cuaderno de campo de J. J. Benítez.

tró una luz por la ventana... Era de noche... Y en la luz surgió una figura... Era transparente... Se veía a través de ella... Era alta: alrededor de dos metros... «Traté de moverme, pero no pude... Estaba paralizada... Y la figura empezó a moverse por la habitación... En una mano cargaba una pequeña esfera, formada por numerosos cristales de colores... El "hombre" tocaba los objetos con la esfera... Entonces se dirigió hacia mí... Estaba muerta de miedo... Me tocó el codo y sentí cómo se encogió hacia atrás... Después se aproximó a la cama de mi nieta... Deseaba gritar, pero no podía... La niña se agitó y gimió, en sueños... Entonces, el ser plateado dio un paso atrás y desapareció.»

JEREZ

En el verano de 1991, Rafael Fernández era guarda de seguridad. La noche del 16 de agosto le tocó trabajar en una fábrica de cemento, próxima a la ciudad de Jerez, en Andalucía (España).

—Me encontraba en la caseta de entrada a la cementera —relató el testigo— y hablando por teléfono con mi jefe de grupo. Serían las once de la noche. Entonces observé a alguien entre los camiones que estaban aparcados en la explanada.

—¿A qué distancia se hallaban los camiones?

—A 25 metros.

—¿Había alguien en la fábrica?

—No.

Y Rafael, pensando en algún ladrón, salió de la caseta, dispuesto a interceptar al sujeto.

—Le di el alto, pero siguió caminando tan tranquilo. Se metió entre los camiones y yo continué tras él. Y volví a gritarle, pero no hizo caso. «¡Alto —le dije—. Alto o abro fuego!». En realidad no llevaba ninguna pistola; sólo la defensa. Pero quise intimidarle.

—¿Te hizo caso?

—No. Siguió caminando. Y volví a gritar: «¡Alto, alto!». El tipo, entonces, se detuvo, se dio la vuelta y me miró. ¡Dios mío, qué mirada!

—¿Cómo era el sujeto?

—Muy pequeño. Podía alcanzar un metro de altura. Tenía los ojos negros y grandes, como los de un caballo. La mirada era espectacular. No tenía pelo. Vestía un buzo de una sola pieza, de color gris. Desde el cuello, el individuo era blanco como la cal.

—¿A qué distancia estuviste del ser?

—A ocho o diez metros.

—¿Había iluminación?

—Sí, la explanada para el aparcamiento dispone de farolas.

—¿Y qué sucedió?

—El individuo continuó andando hacia la salida de la fábrica. Yo estaba tan desconcertado que regresé a la caseta de vigilancia y llamé a mi jefe. Y le expliqué lo que había visto. Entonces me ordenó que avisara a la Guardia Civil.

—¿Y el ser?

—Mientras hablaba por teléfono vi cómo se unía a otras dos criaturas muy parecidas. Llegaron por la carretera y se dirigieron hacia la caseta, hacia mí. Se lo comenté a mi jefe. Entonces cambiaron de dirección y se perdieron en la espesura, hacia la laguna de Medina.

—¿Y la Guardia Civil?

—Se presentó en cuestión de minutos. Al parecer —según comentaron— habían recibido llamadas, avisando de unas extrañas luces por la zona. Conté lo que había sucedido e inspeccionaron el lugar, pero no encontraron nada.

Insistí en los detalles sobre el aspecto de la criatura que había invadido la fábrica.

—La cabeza —explicó el testigo— era pequeña. La espalda estrecha y los brazos cortos. La nariz y la boca casi no existían.

—¿Por qué te impresionó la mirada?

—Eran unos ojos enormes. No parpadeó. Yo diría que intentó tranquilizarme.

—¿Cuánto duró esa mirada?

—Cuatro o cinco segundos.

—¿Dijo algo?

—Nada.

—¿Articulaba las rodillas y los brazos al caminar?

—Sí, perfectamente.

Antes de abandonar la cementera, el cabo de la Benemérita preguntó al guarda de seguridad: «¿Eran los altos, de piel arrugada, o los pequeños, de ojos grandes?».

—¿Por qué preguntó algo así?

—Lo ignoro. Seguramente ya tenía conocimiento de otros sucesos parecidos...

Al día siguiente, Rafael acudió al cuartel de la Guardia Civil, en Jerez. Así se lo aconsejó el cabo. Y un capitán le tomó declaración.

—Mientras yo hablaba, otro guardia escribía a máquina. Al finalizar, el capitán ordenó que guardara silencio sobre lo ocurrido o «podrían peligrar los puestos de trabajo en la hormigonera».

—¿Esas fueron sus palabras?

—Textualmente.

—¿Te dieron una copia de la declaración?

—No me dieron nada.

Gracias a mis contactos en Jerez pude averiguar quién fue el capitán de la Guardia Civil que interrogó al testigo. Se llamaba Andradas. Y lo localicé en Córdoba (España). Ya era comandante.

Rafael Fernández, en la explanada de la fábrica de cemento. (Foto: J. J. Benítez.)

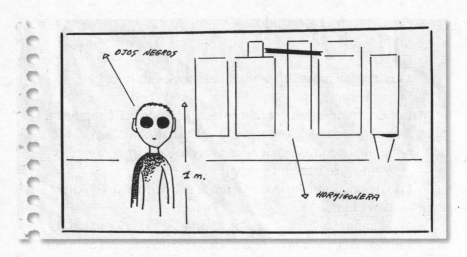

Cuaderno de campo de J. J. Benítez.

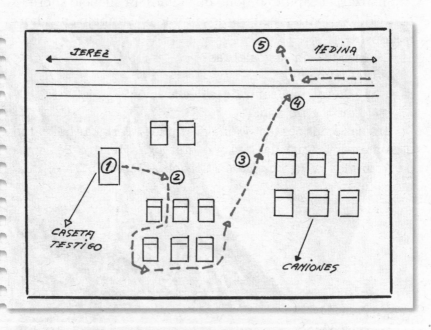

Posición «1»: el guarda observa la presencia del ser y sale a su encuentro. Posición «2»: el ser escapa entre los camiones aparcados; el vigilante lo persigue. Posición «3»: Rafael Fernández le da el alto y la criatura se detiene y mira al guarda. Posición «4»: el ser se reúne con otros dos. Posición «5»: se pierden en la espesura. Cuaderno de campo de J. J. Benítez.

Hormigonera próxima a Jerez. (Foto: J. J. Benítez.)

Al explicar la razón por la que deseaba hablar con él, se mostró sorprendido. Y, por supuesto, negó que se hubiera redactado ningún informe oficial.

—Yo jamás pronuncié esas palabras, exigiendo silencio al testigo —manifestó.

Obviamente no le creí.

—Al día siguiente —añadió— acudimos con la policía científica al lugar de los hechos, pero no hallamos nada.

A los pocos días del encuentro en la cementera, Rafael Fernández empezó a experimentar molestias:

—El tobillo izquierdo se inflamó y sentí dolores en el pecho, cuello, hombros y muñeca derecha. Tuve que acudir al hospital.

El testigo me facilitó el parte médico. En él se consignaba que Rafael había padecido fiebre durante dos semanas, siendo necesario el drenaje de la rodilla derecha. De la misma se extrajo un total de 6,5 litros de líquido articular inflamatorio.

Rafael y yo pensamos lo mismo: las dolencias pudieron estar provocadas por la proximidad al ser al que dio el alto.

ALER

La presente información me fue proporcionada por el investigador J. M. Trallero.

Dice así:

... Nos situamos en el año 1992... Concretamente en el mes de agosto... El testigo (cuya identidad no estoy autorizado a desvelar) cerró su comercio en Benabarre a eso de las ocho de la tarde y se dispuso a viajar a la localidad de Graus, en Huesca (España)... Tomó la carretera N-123 y a eso de las nueve de la noche, a la altura del pueblo de Aler, notó que el radiocasete empezaba a fallar... Detuvo el auto en una explanada (antiguamente una cantera) y se dispuso a reparar el aparato... Cuando tenía el radiocasete sobre las piernas, totalmente desmontado, oyó unos pequeños golpes en la ventanilla del copiloto... Levantó la vista pero no vio a nadie... Y no le dio importancia al asunto... Al poco escuchó de nuevo otros golpes y en la misma ventanilla... Esta vez fueron golpes más fuertes... Alarmado, el testigo salió del vehículo, tratando de averiguar de qué se trataba... «Fue entonces cuando lo vi —explicó a Trallero—... Era enorme... Podía tener tres metros de altura... Su pelo era blanco, como con canas... El rostro era como el nuestro, pero con rasgos orientales no muy pronunciados... Vestía una túnica, también blanca, totalmente suelta, sin ceñidor... Vi una especie

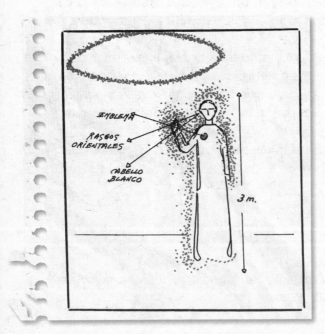

**Aler (Huesca), 1992.
Cuaderno de campo
de J. J. Benítez.**

de emblema en el pecho (en el lugar en el que llevamos el bolsillo de la camisa)... Me miraba fijamente sin pestañear... Al principio pensé que se trataba de una persona muy alta pero, a los pocos segundos, comprendí que aquello no era humano... Entonces levantó el brazo derecho, como si fuera a saludar...».

Trallero continuó interrogando al testigo y supo que, algo más atrás, aparecía un objeto lenticular.

«... Estaba suspendido en el aire y en silencio... No vi puertas ni ventanas ni motores... Era muy oscuro, de un gris casi negro... Tenía brillo metálico... Y el miedo pudo conmigo —reconoció el testigo—... Al ver aquel objeto y aquel ser tan grande temí por mi integridad física y salí disparado... Me metí en el coche y continué el camino hasta Graus... Miraba, incluso, por el retrovisor, pero no vi nada más.»

PICO MOTA

La primera noticia sobre el caso Pueyo me la facilitó David Sentinella. Decía así:

... El 7 de septiembre de 1993, al atardecer, alrededor de las ocho de la tarde, Carlos Pueyo, un joven de veintiocho años que se dedica al ganado, estaba en el monte por los alrededores de la ciudad de Bilbao, con su padre y su primo... Camino de dar de comer a las bestias, cruzaron por debajo de la «tubería» que pasa cerca del caserío de Zurutuza... Marchaban en fila india... Y, de repente, justo enfrente, vio a un enano con un buzo amarillo...

Efectivamente, Carlos Pueyo Herboso vivía cerca de Bilbao (País Vasco, España).

Contacté con él y resultó ser el campeón de Vizcaya de alzamiento de piedras. En octubre de 1991 consiguió el récord de Vizcaya con el levantamiento de una piedra rectangular de 265 kilos.

Y con él visité la zona del encuentro.

Caminaban bajo una gigantesca tubería de hierro en el pico de la Mota, en dirección a Santa Lucía, cuando, de pronto, sobre una plataforma de hormigón, vio a una criatura de un metro escaso de altura.

—Vi al ser —explicó Pueyo— poco antes de pasar bajo la tubería. Era el camino obligado.

Carlos Pueyo en el lugar del encuentro. (Foto: J. J. Benítez.)

Pico Mota (1993). Cuaderno de campo de J. J. Benítez.

Carlos Pueyo, levantador de piedras. (Gentileza de la familia.)

Estado en el que quedaron los eucaliptus próximos al lugar del encuentro con el ser de pequeña estatura. (Foto: Blanca.)

Blanca sostiene algunas de las muestras de hojas y ramas enviadas al laboratorio. (Foto: J. J. Benítez.)

—¿Cómo era?

—Pequeño. No llegaría a un metro. Pero no era un niño. Al contrario: parecía un viejo. Tenía el rostro lleno de arrugas.

—¿Qué hacía?

—Miraba.

—¿Cómo vestía?

—Con un mono amarillo, muy llamativo. Era una prenda de una sola pieza, o eso me pareció. Y de repente se quitó de en medio, desapareciendo entre los eucaliptus.

No hubo tiempo para más. Los acompañantes de Carlos (su padre y un primo) no vieron a la criatura.

—¿Se alteraron los animales que iban con vosotros?

—No.

—¿Observaste algún otro detalle que llamara tu atención?

—El pelo era corto y del color de la paja. La cara era muy rara.

—¿Por qué?

—Por las arrugas.

A las pocas horas del encuentro, Pueyo y los vecinos observaron que los eucaliptus próximos a la referida y gigantesca tubería se hallaban blancos. Nadie supo qué había sucedido.

Tomé muestras de las hojas y de las ramas y las entregué a un laboratorio especializado. El 23 de octubre de 1995 me remitían un informe de ocho páginas, con un exhaustivo análisis de los eucaliptus. Lo más llamativo —e inexplicable— era el contenido de manganeso en las hojas y en la madera: 2.830 partes por millón, cuando lo habitual, en este tipo de árbol, ronda las 300-500 ppm. «Una radiación desconocida —rezaba el informe— había alterado las muestras.»

Según pude comprobar sobre el terreno, ninguno de los animales de la zona había sido afectado.

Algunos guardas forestales me hablaron de extrañas luces que veían con frecuencia en las proximidades del monte y, sobre todo, en el caserío Monto, relativamente cerca de la tubería en la que Pueyo observó al tripulante.

Para mí estaba claro: muy cerca del ser del mono amarillo podía hallarse una nave. Fue este objeto el que alteró la naturaleza de los árboles.

MELENA DEL SUR

Información facilitada por el investigador Virgilio Sánchez-Ocejo:

... El 13 de diciembre de 1995, hacia las 19.30 horas, un extraño objeto esférico —con pinchos— se presentó a la vista de los habitantes del pueblo de Melena del Sur, en la isla de Cuba... Fue observado por numerosos vecinos... Entre los testigos se hallaba Mercedes Alcázar, médico, y su hijo, de trece años... «Era grande como una guagua —explicó la mujer— y giraba sobre sí misma... De pronto vimos aparecer a tres seres (tipo "niños") que se dedicaron a recoger muestras de tierra... Al cabo de unos segundos se retiraron y la nave desapareció.»

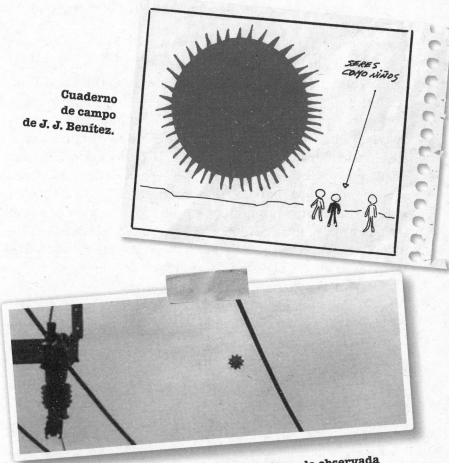

Cuaderno de campo de J. J. Benítez.

SERES COMO NIÑOS

Nave fotografiada en el D. F. mexicano, similar a la observada en Cuba en 1995. (Gentileza de Raquel Zarate.)

Avisada la milicia revolucionaria, se presentó en el lugar, armados hasta los dientes.

«La gente —concretó la médico— corría como loca... Y llegaron al punto del aterrizaje en toda clase de vehículos: bicicletas, carros... Total: destrozaron las huellas.»

MAJADAHONDA

Esther León es abogada.

En 1996 fue testigo de algo fantástico (en el mejor sentido de la palabra).

... Nos hallábamos paseando por Majadahonda, en Madrid, cuando, de pronto, vimos una esfera en el cielo... Yo iba con mi hijo y con un amigo... La esfera se hallaba frente a una nube... Cambiaba de colores... Y, súbitamente, vimos aparecer una figura... Salió de la esfera; de eso estamos seguros... Yo lo llamé el «surfista» porque se deslizaba, por el aire, encima de una especie de tabla... Lo sé: parece increíble, pero así ocurrió... Y lo vimos descender a gran velocidad... Al aproximarse comprobamos que era traslúcido... Después pasó entre nosotros, a corta distancia, como para que lo observáramos bien... Al ver al «surfista» me asusté y aparté al niño... Después se alejó y la esfera desapareció.

Interrogué a Esther y contó lo siguiente:

—Era una figura humana, no cabe duda, pero traslúcida; es decir, la luz lo atravesaba.

—¿Hombre o mujer?

—Creo que hombre.

—¿De qué tamaño?

—Algo superior a lo normal.

—¿Recuerdas su rostro?

—No.

—¿Escuchasteis ruido?

—No.

—¿A qué distancia pasó de vosotros?

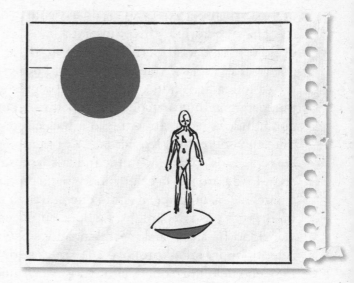

«Surfista» en Majadahonda (Madrid), 1996. Cuaderno de campo de J. J. Benítez.

—Muy cerca...
—¿Cómo era la tabla?
—Igual que el ser: traslúcida.

FERRERÍAS

Marcelino Requejo es uno de los mejores investigadores españoles del fenómeno ovni. Él me avisó del caso de Ferrerías, en la provincia gallega de Lugo (España).

He aquí una síntesis de los hechos:

... Todo empezó en los primeros minutos de la madrugada del 7 de marzo de 1996 —explicó Marcelino—, cuando José Manuel Castro Gonzalo, de treinta y ocho años de edad, se asomó a una ventana de la segunda planta de la solitaria vivienda que habita en Ferrerías, localidad situada en el término lucense de San Pedro de Villalbite, próximo a Friol... Nunca hubiera imaginado que la pequeña esfera anaranjada, suspendida a gran altura sobre el cercano monte de Portonovo, y rodeada de un parpadeante halo multicolor, le iba a dar un susto de muerte... Eran las doce y cuarto de la noche cuando salió al exterior y, tras observar la esfera detenidamente, decidió avisar a su hermano —Cesáreo—, cuya vivienda se encuentra a escasos setecientos metros de la suya... Pero Cesáreo se había acostado... José Manuel regresó a su casa y sacó una pequeña linterna con pila de petaca... Levantó el brazo y, apuntando a la esfera, empezó a hacer señales y a mover la linterna a derecha e izquierda... Y al tiempo gritaba: «¡*Baixa, baixa!*» (Baja, baja)... Grande fue la sorpresa de José Manuel cuando, de pronto, la esfera anaranjada empezó a desplazarse a derecha e izquierda, al ritmo que marcaba la linterna... Y de la sorpresa pasó al pánico... La bola, entonces, se lanzó a gran velocidad hacia el suelo, estabilizándose sobre los pinos del referido monte de Portonovo... Después se dirigió hacia el testigo, en vuelo horizontal, situándose a 57 metros de la vivienda... «Venía hacia mí —confesó el hombre— y terminé echando a correr... Subí al piso y miré por la ventana... La esfera estaba ya cerca del suelo... Era grande, como una casa... En el interior vi a unos hombres muy altos... Estaban boca arriba, uno frente al otro, como tumbados en el tambor de una lavadora... Conté cinco... A los que mejor veía eran a los que se hallaban en los bordes... Yo creo que tendrían tres metros de altura».... José Manuel asegura que el interior de la esfera giraba despacio y emitía un zumbido muy suave, similar al de las abejas... El resplandor iluminaba la totalidad de la finca... Acto seguido, una rampa de luz, a modo de arco iris y formado por potentes destellos de colores, surgió de la esfera... Y se prolongó hasta la parte superior de la finca... Por dicha rampa vio descender, lentamente, a tres pequeños seres... Al llegar al suelo, las criaturas, en fila india, empezaron a saltar sobre ambos pies... Y se dirigieron a la parte inferior de la pradera... «¡Saltaban como monos!», aseguró el testigo... Y, aterrorizado, José Manuel se encerró en una habitación contigua... Allí permaneció hasta el amanecer... Después acudió a la casa de su hermano y contó lo que había visto... Ambos se dirigieron a la pradera y verificaron la existencia de unas huellas que no correspondían a nada conocido... También encontraron tres orificios que formaban un triángulo isósceles y justamente en

Marcelino Requejo
(izquierda) con José Manuel
Castro. (Foto: J. J. Benítez.)

Huellas en la finca
del testigo.
Cuaderno de campo
de J. J. Benítez.

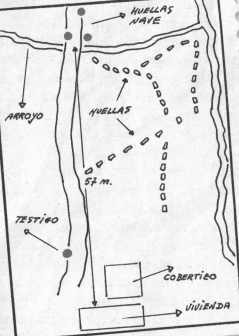

José Manuel Castro, con la
linterna que utilizó para
hacer señales a la nave.
(Foto: J. J. Benítez.)

el punto en el que descendió la esfera... ¿Se trataba del tren de aterrizaje de la nave?... Muy probablemente.

Marcelino halló también otros testigos en la zona.

Sara Jul, vecina de José Manuel, no vio la esfera, pero sí detectó extrañas interferencias en el televisor. Al marchar a la cama, Sara escuchó las voces de su vecino y vio cómo manipulaba una linterna.

María Fe P. Ceide, propietaria de un bar en la cercana localidad de Retorta, contempló una esfera anaranjada sobre el monte Portonovo. El hecho tuvo lugar una hora antes del encuentro de José Manuel.

Marcelino Requejo hizo moldes de escayola de las huellas[1] y las puso en manos del Departamento de Zoología de la Universidad de Santiago de Compostela (España), así como en la Facultad de Veterinaria de Lugo. Nadie supo a qué animal pertenecían.

Días después (14 y 15 de marzo), varios cazas de la Fuerza Aérea Española sobrevolaron la zona. Uno de ellos pasó en vuelo rasante sobre la finca del testigo.

Trece meses después de la experiencia vivida por José Manuel, Marcelino y yo nos presentamos en la casa del testigo principal. Y conversamos con él. La versión proporcionada por Castro Gonzalo fue idéntica. El hermano —Cesáreo— ratificó lo que había manifestado a Marcelino Requejo en su día.

Después recorrimos la finca. Parte de las huellas seguían allí. Las analizamos y medimos. Algunas alcanzaban 15 centímetros de profundidad, con zancadas de 1,40 metros, según los tramos. Otras eran más profundas, con 19 y 23 centímetros. Numerosas huellas presentaban tres dedos.

Al someter las muestras del aterrizaje de la nave a una empresa especializada en ingeniería y control de calidad —Vorsevi—, el resultado fue el siguiente: el objeto que dejó los orificios, en forma de triángulo isósceles, desarrolló una fuerza de 34,9 toneladas.[2]

---

1. Amplia información en *Mis ovnis favoritos* (2001).

2. Con la información y las muestras aportadas, Vorsevi llevó a cabo un ensayo de identificación (granulometría y límites de Atterberg) y otro de tipo edométrico remoldeado.

Recreación de la gran esfera naranja
contemplada desde la casa
del testigo. (Foto: J. J. Benítez.)

Tres seres descendieron
de la esfera en Ferrerías.
Cuaderno de campo
de J. J. Benítez.

Los tres seres que
descendieron en
Ferrerías (Lugo) me
recordaron una de las
pinturas rupestres del
Tassili N'Ajjer, en el
desierto de Argelia.
Cuaderno de campo de
J. J. Benítez.

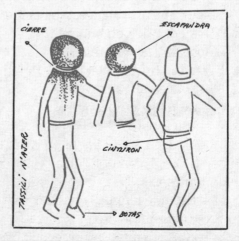

661

BOLONIA

Al principio, cuando hablé con el testigo, no caí en la cuenta...

El 16 de julio de 1996, José María García, jubilado, regresaba a su casa, en Bolonia (Cádiz, España).

Eran las diez y media de la mañana...

—Fui a ducharme al manantial —explicó José María—. Y caminé despacio hacia la casa. El día era bonito. Entonces oí un zumbido. Me volví y, sobre la mar, vi una máquina que volaba.

—¿Cómo era?

—Redonda y blanca, como un plato. Cruzó sobre la Piedra de la Murena y aterrizó en la playa. Entonces se abrió una trampilla y apareció una rampa de unos dos metros.

Al insistir, José María García redondeó los detalles con mayor precisión. Así pude deducir que la «trampilla», en realidad, era una puerta que se abría de abajo hacia arriba. La rampa era estriada. En cuanto a las dimensiones del ovni, el testigo calculó unos ocho metros de diámetro, con cuatro patas de dos metros cada una.

—En lo más alto llevaba una especie de antena.

—¿Y qué sucedió?

—Salieron dos hombres muy altos.

—¿A qué distancia estaba usted?

—A cosa de ochenta metros.

José María continuó:

—Y se vinieron hacia mí. Daban unos pasos larguísimos.

—¿Larguísimos?

—De más de dos metros.

—¿Se asustó?

—Algo... Y seguí hacia mi casa. Pero, al poco, me alcanzaron. Me cogieron por detrás y me dijeron: «¿Adónde va usted con tanta prisa?».

—¿En qué idioma le hablaron?

—En español.

—¿Cuánto duró la persecución?

—Un minuto.

—¿Usted corría o caminaba?

—Caminaba.

—¿Cómo eran?

—Altos, como le digo. Tendrían dos metros y medio. Y yo respondí: «Ahora voy a desayunar». Y el que hablaba replicó: «Usted se va a venir con nosotros».

A partir de esos momentos, el diálogo entre los seres y el testigo fue surrealista.

—¿Para qué tengo que ir con ustedes?

—Para que conozca una tierra que no conoce nadie. Usted, además, es una persona elegida...

Y el testigo contestó:

—Aquí, el que da las órdenes soy yo... Además, tengo que cuidar de mi niño.

—Pero, compréndalo: es usted una persona elegida...

—Ni hablar. Yo, aquello, no lo conozco; esto, sí. Nací en la escoria y moriré en la escoria.

—Pero vamos a volver...

—Ustedes pueden volver las veces que quieran pero yo no me muevo de aquí.

—Pero usted es una persona que vale...

—No, ustedes se han equivocado conmigo.

—Usted va a estar muy a gusto allí.

Y el segundo ser le susurró:

—Hay mujeres preciosas...

—Aquí también las hay —me defendí—. Y les diré: no quiero saber nada de mujeres.

—Allí, en esa tierra, no hay contaminación...

—No me importa. Lo siento: tengo prisa.

Y José María se alejó de los seres, rumbo a su casa.

—¿Cuánto duró la conversación?

—Unos cinco minutos.

Mientras hablaban —según el testigo— apareció un tercer ser. Pero se mantuvo junto a la puerta.

—¿Y qué pasó?

—A los pocos metros me di la vuelta. Los seres regresaban a la nave, también a grandes zancadas. Cuando entraron retiraron la rampa y la máquina se elevó despacio. Las patas se replegaron y formaron una especie de «H» en la panza.

—¿Vio usted una «H» en la base de la nave?

—Sí, muy negra.

—¡Vaya!

Los estudiosos del tema «Ummo» habrán comprendido el porqué de mi exclamación.[1]

—Y salió hacia Tarifa —comentó el testigo—. Lo hizo a gran velocidad. Entonces escuché un zumbido. Y se perdió en el cielo.

—¿Cómo vestían los seres?

—De negro. Eran trajes parecidos a los de los hombres rana, pero muy ajustados. En la cabeza llevaban gorros del mismo color; parecían pasamontañas.

—¿Cómo eran las caras?

—Finas y blancas.

—¿Y los ojos?

—Grises.

—¿Le hablaron de usted?

—Sí, todo el tiempo.

—¿Volvió a verlos?

—Nunca más.

—Dice que hablaban en castellano. ¿Con algún acento?

—Parecían extranjeros.

Como afirmaba al principio, en los primeros momentos no caí en la cuenta. Después reparé en ello: el encuentro de José María García con los tripulantes de la nave se registró el mismo día del caso «Los Villares», en el que Dionisio Ávila vio a tres seres que le lanzaron una «luz». En la nave, situada cerca, Dionisio distinguió un extraño «emblema» (?): IOI.

Quedé desconcertado.

El encuentro de José María García se produjo a las diez y media de la mañana del 16 de julio de 1996. El de Dionisio Ávila, en Los Villares (Jaén, España), tuvo lugar a las doce de ese

---

1. Amplia información en *El hombre que susurraba a los «ummitas»* (2007).

José María García.
(Foto; Iván Benítez.)

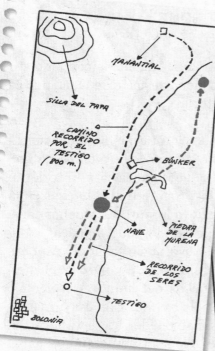

Los seres caminaron tras el testigo a grandes zancadas. Cuaderno de campo de J. J. Benítez.

Bolonia (Cádiz), 1996. Cuaderno de campo de J. J. Benítez.

665

mismo día. La distancia, en línea recta, entre Bolonia y Los Villares, es de 243 kilómetros.

Según esto, los «ummitas» serían los seres que aterrizaron en Los Villares (!).[1]

Según esto, el célebre emblema «IOI» estaría relacionado con la «H» de Ummo.

MATHENDUS

Cierta noche, en febrero de 2001, mientras contemplaba las estrellas en Mathendus, en pleno desierto de Libia, uno de los guías contó la siguiente historia:

.... La llaman *Soul*... Es una criatura que baja del cielo... Mucha gente la ha visto... Tiene cuerpo de serpiente y cabeza humana... Cuando se pone en pie alcanza la altura de un hombre sentado en un camello... Siempre deja huellas en la arena del desierto... Es una criatura inmortal... Muchos cazadores le han disparado, pero no han logrado matarla... *Soul* es vengativa... Y regresa para devorar el ganado... Muchas cabras han aparecido muertas, sin gota de sangre en el cuerpo... A su lado estaban las huellas del hombre-serpiente... *Soul* tiene un punto brillante en la frente... Con esa luz camina durante la noche... Dicen que no puede girar la cabeza... Si lo hace mueve todo el cuerpo... Tiene crines, como los caballos.

Y el guía, al terminar la historia sobre *Soul*, rezó a sus antepasados para que lo protegieran. Después, en otras zonas de Libia, volví a escuchar los mismos relatos sobre el hombre-serpiente.

Curioso: *Soul*, en inglés, significa «alma o espíritu».

Por supuesto que creí al guía y al resto de los testigos que afirmaba haber visto a la singular criatura «que siempre baja del cielo». Las historias fueron relatadas en lugares muy dis-

1. Amplia información en *Ricky-B* (1997).

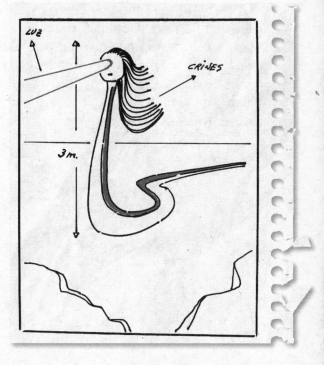

**Soul (Libia).
Cuaderno de campo
de J. J. Benítez.**

tintos y distantes de la hermosa Libia. En Shaba conversé con un tuareg que juró por sus muertos que había llegado a disparar tres veces contra *Soul*. La criatura huyó en la oscuridad.

—Y sepa usted —sentenció el libio— que nunca fallo el tiro...

BRIGNOGAN

Helena Carolina Gutiérrez es una muchacha dulce y despierta. La conocí en Colombia. Allí me contó una extraña experiencia:

... Ocurrió en la tercera semana de agosto de 2002... No recuerdo el día... Me hallaba con la familia de un primo, en un lugar llamado Brignogan-Plages, en Bretaña (Francia)... Se trata de un camping, a unos treinta metros de la playa... Es un lugar al que acuden familias inglesas, francesas y alemanas... Allí van con sus carros y caravanas... El camping está dividido en pequeñas parcelas... Cada familia alquila una parcela y allí instala su carpa... Pues bien, una noche, a eso de las dos y media de la madrugada, me desperté... Tenía ganas de ir al baño... Pero, para ir al servicio, debía caminar hasta uno de los refugios, como a cincuenta metros de la tienda... Estuve pensando: salía o no... Y, hacia las tres, decidí

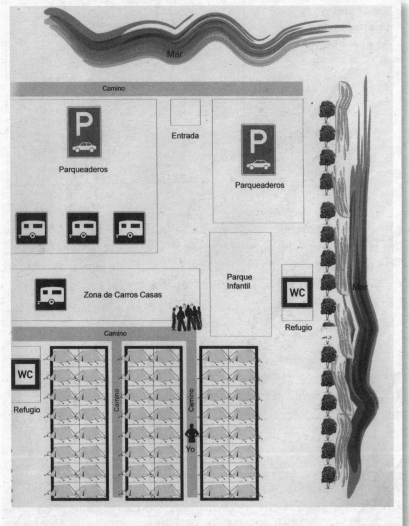

Plano del camping y situación de los seres, dibujado por la testigo.

Helena Carolina Gutiérrez.
(Gentileza de la familia.)

que sí... Me puse los tenis y una chaqueta y abrí la cremallera de la carpa... Salí y di unos pasos, hasta quedar en el camino que llevaba al refugio... En esos momentos, al mirar al frente, como a veinte metros, observé un grupo de seres... Eran trece... Estaban de pie... Formaban un circulo (más bien un óvalo)... Parecían estar comunicándose porque se mecían suavemente, de lado a lado... Obviamente, aquello era una reunión... Medían como dos metros de altura y vestían trajes negros, todos idénticos, de apariencia plástica, como el caucho... Eran vestiduras anchas... En la frente se veía un círculo rojo que alumbraba tenuemente... En esos instantes no se oía nada... No había ruido... Todo era silencio... Me quedé mirando, perpleja... Quizá estuve un minuto, observando... No entendía qué era aquello... De pronto, sentí que me miraban... Sólo lo sentí ya que los seres no se movieron... Fue la típica sensación, cuando sabes que alguien te está mirando... En esos momentos sentí pánico... Y regresé a la tienda, despertando a mi primo... A los dos o tres minutos salimos al exterior pero ya no estaban... Sólo había un carro; el mismo que estaba aparcado el día anterior y también al amanecer de ese día... Mi primo me acompañó al refugio y regresamos a la carpa... Yo no pude dormir en toda la noche... Nunca supe qué fue aquello.

Según explicó Helena Carolina, las luces rojas, en las frentes, podían tener un diámetro de ocho centímetros, aproximadamente.

Brignogan-Plages (Francia), 2002. Dibujado por Helena Carolina.

LINARES DE LA SIERRA

Primero recibí una carta de Juan Francisco. En ella contaba la experiencia de Carmen, su madre.

Y practiqué la técnica de la nevera...

Cuatro años más tarde (2014) viajé a la sierra de Huelva (España) y me reuní con la testigo.

Carmen no deseaba que mencionara sus apellidos. Y así lo hago. El deseo del testigo es sagrado para mí.

Linares de la Sierra es un pueblo muy bello, escondido entre montañas.

Conversé con Carmen y con su marido durante toda una mañana.

He aquí, en síntesis, lo conversado:

—Sucedió el 27 de julio de 2007 —relató la mujer—. Hacía calor y estuvimos sentados un rato en el patio, a la fresca. Fue entonces cuando oímos a los perros. Ladraban con furia. Pero no le dimos importancia. Y nos acostamos. Esa noche volvieron a ladrar y me despertaron. Estaban fuera de sí. Aullaban y chillaban. Después se callaron. Pero ya no fui capaz de conciliar el sueño.

—¿Qué hora sería?

—Las cuatro de la madrugada. Y me levanté para ir al baño. Fue entonces, desde el baño, cuando vi aquella luz. Se encontraba cerca, a cosa de cien metros, sobre un cortijo próximo. Estaba quieta y en el aire. No hacía ruido. La luz era blanca, muy intensa, aunque no deslumbraba. Después, cuando me disponía a regresar al dormitorio, descubrí que la luz ya no estaba.

—¿Prendió la luz del baño?

—En ningún momento.

—¿Cómo era la que flotaba sobre el cortijo?

—Grande y, como le digo, silenciosa. Me quedé un momento mirando por la ventana y fue cuando lo vi. Estaba muy cerca, al pie de la casa...

—¿Qué vio?

—Era un hombre. Parecía de cristal. Se movía de forma extraña. Flotaba. Se hallaba frente a unas zanjas.

Al inspeccionar el lugar observé que se trataba de excavaciones. Fueron practicadas como cimentación para una serie de viviendas; las casas nunca se construyeron. Recuerdo haber visto y fotografiado cuatro zanjas de no mucha profundidad.

Y la testigo prosiguió:

—Estaba en el filo de una de las zanjas, a no mucha distancia. Miraba hacia el fondo de la excavación.

—¿Cómo era?

—Feo. Podía medir 1,70 metros de altura. El traje era de tela. Se cubría la cabeza con una capucha que formaba parte del traje. Por delante llevaba una especie de protección o visera transparente. Se le veía la cara. Los ojos y la nariz eran pequeños. La boca era una simple línea. También observé una especie de tatuaje en el rostro.

Y Carmen procedió a dibujar el «tatuaje».

Quedé perplejo.

Era un símbolo muy familiar para mí: la «H» de Ummo, pero dibujada horizontalmente sobre el rostro. Una «H» sobre los ojos; otra sobre la nariz y la tercera sobre la boca.

—Eran unas líneas de color marrón —prosiguió Carmen—. Al principio lo confundí con arrugas, pero no. Era pintura, como la de los indios en las películas.

—¿Sintió miedo?

—Un poco, pero me contuve. Y continué en la ventana, observando. Me puse de lado, para que no me viera.

—¿Cómo podía verlo en la oscuridad?

—Tenemos un farol en esa zona. Alumbraba muy bien.

También lo comprobé. Es un farol del alumbrado público, instalado a 3 metros del suelo y muy cerca de la ventana del cuarto de baño en el que se hallaba la testigo.

—¿Y qué sucedió?

—El individuo caminó, o flotó, alrededor de las zanjas, inspeccionándolas. Tuve oportunidad de verlo de frente, de perfil y de espaldas y durante un buen rato.

—¿Cuánto tiempo?

—Una media hora.

—¿Por qué dice que era transparente?

—Cuando le daba la luz se volvía blanco.

—¿Vio las manos y los pies?

—No, podían estar enfundadas en el traje, pero no lo sé con certeza. Los pantalones aparecían recogidos en los tobillos, al igual que las mangas.

—¿Cómo era la capucha?

—No tenía nada que ver con las de los monjes. Se ajustaba a la cabeza y, como digo, era parte del traje.

Finalmente, al llegar a la última zanja, el ser «se deslizó, como los surfistas, y desapareció».

Linares de la Sierra (Huelva), 2007. «1», «2» y «3»: símbolos o «tatuajes» sobre ojos, nariz y boca. Cuaderno de campo de J. J. Benítez.

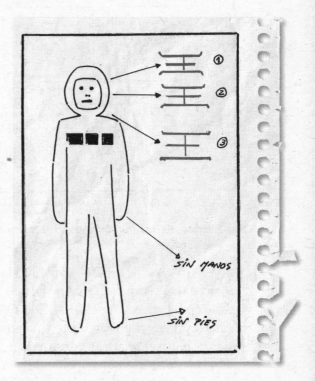

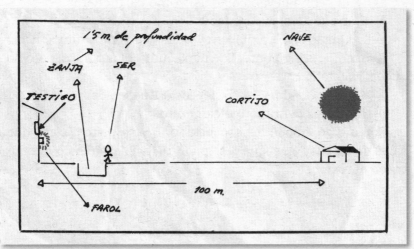

Cuaderno de campo de J. J. Benítez.

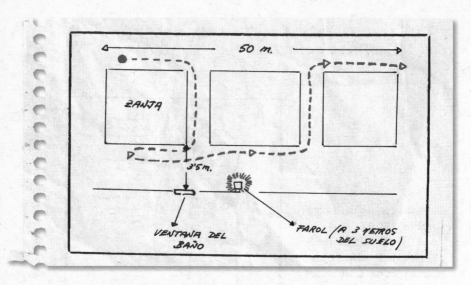

El ser rodeó las zanjas. Cuaderno de campo de J. J. Benítez.

—Ya no volví a verlo —continuó la mujer—. Y se hizo un silencio extrañísimo que se prolongó hasta las 13 horas. En ese tiempo no se escuchaban las chicharras, ni las ranas, nada. Después, a partir de la una, todo se normalizó, y los perros volvieron a ladrar con furia.

Regresamos a la descripción del ser.

—En el pecho llevaba algo así como cartucheras.

—¿Por qué dice que era feo?

—Porque lo era. La piel era verdosa y los ojos muy chicos.

A la mañana siguiente, Carmen acudió a las zanjas, pero no encontró huellas.

—¿Qué longitud podían tener los «tatuajes» del rostro?

—Unos diez centímetros cada uno.

Como digo, quedé desconcertado. Era la primera vez que sabía de un caso en el que el tripulante lucía el símbolo «ummita» en el rostro.

PUNTA DE HICACOS

He dejado para el final, intencionadamente, el bloque de seres voladores. En mis archivos, el número de encuentros con tripulantes de ovnis supera los tres mil. Pues bien, los llamados «humanoides voladores» constituyen, en mi opinión, uno de los segmentos más atractivos del misterio de los «no identificados». He seleccionado algunos casos (no sé si los más importantes). En su momento me impactaron...

El investigador cubano Hugo Parrado me proporcionó la siguiente imagen:

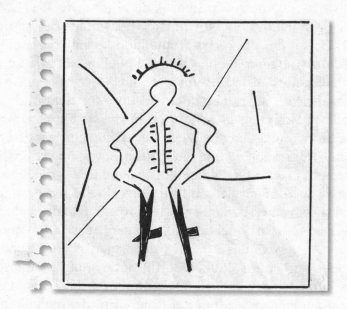

Cuaderno de campo de J. J. Benítez.

Procede de la cueva de Ambrosio, en punta de Hicacos, en la región de Matanzas (Cuba). No se sabe con certeza su antigüedad, aunque podría ser una pintura milenaria. Me llamó la atención el clarísimo trazado de las alas, así como los extraños pies, y el halo luminoso sobre la cabeza. ¿Qué fue lo que vieron los aborígenes cubanos? Quizá la respuesta se encuentre en los próximos capítulos...

ESCALANTE

La siguiente información me fue proporcionada por Iker Jiménez.

Lugar: Escalante (Cantabria, España)... Fecha: febrero de 1912... Testigo: Justo Tomás Rey, fallecido en 1966... Profesión: director de la cantera de Montehano (Escalante)... Principal fuente informativa: Claudio Rey, hijo del testigo... Investigando la célebre aparición de Escalante de julio de 1976 descubrí este enigmático suceso... Todo ocurrió entre los últimos días de enero y primeros de febrero de 1912... Gran parte de la llanura que hoy preside Escalante era una marisma... En lo alto del cerro Montehano se hallaba la cantera que daba trabajo a buena parte del pueblo... Escalante tenía 861 habitantes en 1912... Justo Tomás Rey era el encargado de la fábrica... Se trataba de un hombre trabajador, de reconocido prestigio en la zona... La noche de autos, sobre las 23.45 horas, Justo bajaba hacia Escalante, bordeando la marisma... Regresaba de una cita con su novia, María Castillo... Al llegar a la entrada del pueblo, observó una serie de luces o «lampariles»... Fue acercándose, con el lógico temor, pues no sabía si se trataba de ladrones... La intensidad de las luces le desconcertó... En aquel tiempo, Escalante carecía de luz eléctrica... Al aproximarse a unos doce metros comprobó que «aquello» no eran sólo luces... Allí flotaba una gigantesca figura humana, y lo hacía a 30 centímetros del suelo... Las luces, al parecer, procedían del traje... Era de una sola pieza, entallado, y sin cremalleras... El ser se balanceaba de izquierda a derecha, y suavemente... Permanecía en el mismo sitio... El testigo no pudo ver el rostro... «Parecía estar hecho del mismo material que el traje», confesó a sus familiares... Los brazos, que permanecían unidos al cuerpo, no presentaban manos... Los pies eran largos y finos... También aparecían enfundados en una especie de malla metálica brillante... Todo el ser era una estatua, finísima... Justo Tomás, haciendo gala de su arrojo, desenfundó su cuchillo montañés y se

Justo Tomás Rey.
(Gentileza de la familia
a Iker Jiménez.)

aproximó al ser... Y amenazó a la «torre»... Pero la criatura se limitó a retroceder, manteniendo siempre la misma distancia con el testigo... Fue al pasar junto al pórtico de la iglesia cuando Tomás comprendió y empezó a sentir miedo... El pequeño cráneo del ser quedaba a dos cuartas por debajo del referido pórtico... Éste se levanta a 3,95 metros del suelo... El ser, por tanto, alcanzaba más de tres metros de altura... En esos instantes, de la criatura surgió un leve resplandor y el humanoide empezó a temblar... El testigo no lo resistió y emprendió una veloz carrera, huyendo de la zona... Al día siguiente regresó al lugar y descubrió sus propias huellas... Durante varios días permaneció con un notable malestar... Todos, en el pueblo, creyeron lo narrado por el testigo... En mi visita a Escalante pude comprobar cómo personas de varias generaciones habían oído la singular experiencia de Justo Tomás Rey... Y por extraño que parezca nadie se mofaba del asunto... Todo lo contrario... Todo el mundo resaltaba las cualidades de aquel montañés.

PUIG-REIG

Ángel Puig tenía ocho años en 1932. Y vivió una experiencia que jamás olvidó.

Su nieto, David Parcerisa, me lo contó.

He aquí una síntesis:

... Puig-reig se encuentra entre Manresa y Berga, en la provincia española de Barcelona... En la primavera de 1932 (mi abuelo no recordaba el día exacto), hacia las once de la mañana de un día soleado, Ángel, mi abuelo, se hallaba paseando por el pueblo, camino de su casa... Su madre lo llevaba de la mano... Y, de pronto, observó en el cielo azul un «hombre gigantesco, de unos tres metros de altura»... Flotaba majestuosamente sobre la vertical de una vieja y pequeña casa... El ser volaba rígido... Los brazos aparecían pegados al cuerpo y las piernas igualmente unidas... El ser vestía un traje negro, muy ajustado, de una sola pieza y con una extraña escafandra que le cubría la totalidad de la cabeza... Era igualmente oscura, con una zona más clara en la parte del rostro... Mi abuelo decía que no alcanzó a verle la cara... En la espalda

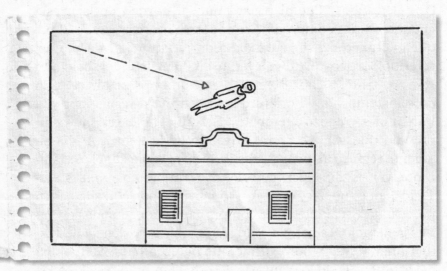

Puig-reig (1932). Cuaderno de campo de J. J. Benítez.

678

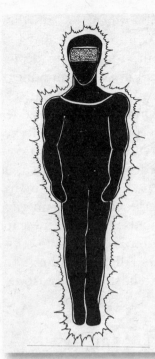

El gigante volador
de Puig-reig.
(Dibujo de David
Parcerisa.)

El investigador Ignacio Darnaude
(izquierda) y el testigo, Ángel Puig.
(Foto: David Parcerisa.)

Ángel Puig.
(Gentileza de la
familia.)

vio una especie de capa, también negra... A medida que mi abuelo lo observaba, el ser iba girando la cabeza, siguiendo los pasos de Ángel... Y la criatura fue bajando, despacio... Carecía de pies y de manos; en su lugar vio muñones... La madre de Ángel no vio nada porque caminaba muy cerca de la pared y no tenía ángulo de visión... Cerca, a cosa de cincuenta metros, se encontraba la rectoría... Mi abuelo pensó: «¡El capellán! ¡Se ha caído de la rectoría!»... Pronto comprendió que no era así... No se trataba del capellán, por supuesto... La distancia de mi abuelo al ser podía ser de seis metros, más o menos... Lo distinguió a la perfección... Era un gigante... Mi abuelo quiso decírselo a su madre, pero no fue capaz... Y el ser terminó ocultándose por detrás de la casita... La observación se prolongó durante ocho o diez segundos... Ángel mantuvo el avistamiento en secreto hasta que se casó.

KAZAJISTÁN

Cuatro años después del incidente en Puig-reig, una mujer rusa observó una criatura voladora, prácticamente gemela a la que sobrevoló el pueblo barcelonés. Y me consta que Ángel Puig no supo jamás del suceso registrado en Kazajistán...

El relato fue publicado en la revista soviética *Tekhnika Molodezji* (1976). El artículo lo firmaba V. Rubtsov.

En síntesis, decía así:

«... Hace algunos años conversé con la señora Loznaya en Kislovódsk... Me contó lo que le sucedió en 1936 cuando residía en el *sojov* (granja) Oktiabriski, en la región de Pavlodar (Kazajistán)... "Yo, entonces, tenía quince años —comentó la testigo—. Una mañana de invierno, al alba, emprendí el camino de la escuela... Iba sola... Se veía, aunque el sol no había salido del todo... La temperatura era fría... De repente vi algo en el cielo, a mi izquierda... Era un punto negro... Se movía muy rápido... Entonces se aproximó... Y descubrí que se trataba de un hombre, vestido totalmente de negro... Parecía un mono de trabajo... Llevaba un casco... Los brazos (cuadrados) permanecían unidos al cuerpo... No vi manos ni pies... En la espalda cargaba algo parecido a una mochila... Yo lo miraba, muy asustada... Y, de repente, cambió de rumbo y empezó a volar hacia donde yo estaba... Al girar hacia mí vi su brazo derecho ligeramente doblado a la altura del codo... Y se acercó, aunque no tuve ocasión de ver la cara... Todo era negro... En esos momentos escuché un ruido, como si aquello fuera un robot y no un ser vivo... Estaba muy asustada... Traté de esconderme, pero no era fácil: la estepa nevada no ofrecía ningún refugio... Me volví hacia el hombre volador, pero ya no estaba... Desapareció... Y regresé a mi casa a la carrera"... La observación se prolongó durante un minuto, aproximadamente... Según la testigo, jamás había visto nada igual... El individuo volaba en total silencio y con un perfecto dominio del vuelo».

Y surge una inevitable pregunta: si Ángel Puig y la señora Loznaya nunca se conocieron, y jamás supieron de sus respectivas experiencias, ¿cómo es que contaron lo mismo?

La respuesta es simple: dijeron la verdad.

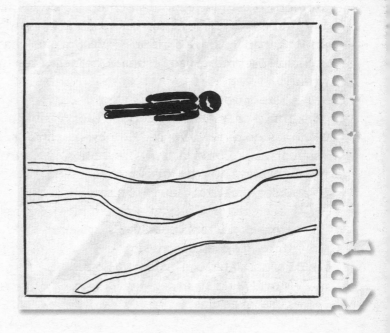

Oktiabriski (1936). Cuaderno de campo de J. J. Benítez.

BARBATE

Cierto día, Francisco Bernal, vecino de Barbate, me abordó. Echó mano de la cartera y extrajo un pequeño dibujo. Era un hombre con alas...

Y comentó:

—Puede que esta historia sea de tu interés...

Y ya lo creo que lo fue.

La experiencia en cuestión sucedió en 1960 en la zona de las «casetas del río», en la referida localidad gaditana de Barbate (donde me gustaría morir, según reza uno de mis libros). La vivieron el mencionado Paco Bernal y un primo suyo, Francisco Ramos.

Primero conversé con Bernal:

—Sucedió en la primavera. Yo me encontraba en la casa de mi primo. Era por la mañana. Él salió al patio y, al poco, entró descompuesto. Dijo que había visto a un hombre. Mejor dicho, habló de un esqueleto, pero vestido. Salí y también lo vi. A mi izquierda, flotando sobre el muro medianero, había un tipo. Podía alcanzar 1,80 metros de altura. Pero lo más asombroso es que tenía alas, como las de los murciélagos. Eran de color rojo oscuro. Las alas nacían en la nuca y se prolongaban hasta los riñones. Vestía una chaqueta y un pantalón oscuros, así como una gorra negra con un borlón en lo alto.

—¿Qué clase de chaqueta?

—Una «chamarreta», cerrada por arriba con botones, como las de aquella época. No llevaba zapatos. Los pies se veían blancos, como la cara y las manos. Era puro hueso. Por eso mi primo habló de un esqueleto.

—Dices que flotaba sobre el muro...

—En efecto. Podía estar a medio metro sobre la tapia.

—¿Qué altura tenía el muro?

—Unos dos metros y medio.

Y Bernal siguió con la descripción:

—Movía las piernas, pero en el aire.

—¿Usaba las alas?

Francisco Bernal,
mostrando el dibujo de
lo que vio en 1960.
(Foto: J. J. Benítez.)

Barbate (1960). Cuaderno de campo de J. J. Benítez.

Casetas del río,
en Barbate. Lugar
donde se presentó
el «esqueleto
volador». (Foto:
J. J. Benítez.)

683

—Al principio, no. Después, al alejarse, sí lo hizo. Y quedaron como pompas de jabón en el aire. Eran brillantes.

—¿Cuánto tiempo lo viste?

—Quieto, unos tres minutos; volando, alrededor de dos.

—¿Te miró o te dijo algo?

—No. Él estaba a lo suyo; sólo miraba al frente.

Insistí en el aspecto físico del ser:

—La cabeza —repitió Bernal— era una calavera o, al menos, a mí me lo pareció. No tenía ojos ni nariz. Eran cuencas vacías. No vi pelo ni orejas.

—¿Cómo era el vuelo?

—Recto. Agitaba las alas pero no sentí el viento.

—¿Escuchaste algún sonido?

—Nada, puro silencio.

—¿Te asustaste?

—Sí, claro. Pero, sobre todo, estaba perplejo.

Días más tarde —el 2 de febrero de 2014, según consta en mi cuaderno de campo— conversé con Francisco Ramos, primo de Bernal. La versión fue idéntica:

—Salí al patio. Deseaba orinar. Y cuando estaba en ello se presentó «aquello». Quedé espantado. Tenía las alas hacia

Francisco Ramos.
(Foto: J. J. Benítez.)

abajo. Fue tal el susto que se me cortó la meada... Y entré en la casa a la carrera.

—¿Te dio tiempo a observar algún detalle?

—Era como un esqueleto. En las puntas de las alas vi dos manos.

—¿Cuántas manos tenía?

—Las normales, con sus brazos, y las de las alas.

DA NANG

Reconozco que el caso de la mujer voladora, en Vietnam, me impresionó. Y aún me impresiona...

El suceso fue publicado en la prestigiosa revista inglesa *FSR* en junio de 1972.

He aquí una síntesis, narrada por Don Worley, tío político del testigo principal:

... El soldado de primera Earl Morrison tenía veintiún años en el momento del avistamiento... Era conductor de camiones en la compañía motorizada de la primera división de Infantería de Marina de Estados Unidos... El hecho tuvo lugar en una noche del verano de 1969, antes de los monzones, en Da Nang, en Vietnam... Era la una de la madrugada, aproximadamente... Soplaba una ligera brisa... Había una media luna en el cielo... Morrison recuerda estos detalles porque fue la única vez que estuvo de guardia... El testigo, y otros dos soldados, se encontraban en lo alto de un pequeño montículo de seis pies de altura [dos metros]... A su alrededor había alambradas... Más allá se extendía una zona de pantanos y hierba baja... Se hallaban conversando, mirando hacia el oeste, y con las linternas en el suelo, encendidas... La cuestión era vigilar la alambrada... «En esas estábamos —explicó Earl— cuando, de repente, sin saber por qué, los tres miramos hacia arriba... Y vimos una figura que volaba hacia nosotros... Brillaba... Al principio no supimos qué era... Se aproximaba despacio... Entonces comprendimos: tenía alas... Eran como las de un murciélago, pero gigantescas... Al acercarse observamos que era una mujer... Estaba desnuda... Era negra... Las alas también eran negras... Todo era negro... Pero brillaba con un matiz verdoso... Era como un resplandor que salía de todo el cuerpo... Tenía brazos, junto a las alas... Eran normales, con manos y dedos... Pero aparecían unidos a las alas por una especie de piel... Al principio, cuando movía las alas, no hacía ruido... Entonces se situó sobre nuestras cabezas... Yo diría que medía alrededor de dos metros; quizá más... Y nos quedamos mudos... No sabíamos qué hacer ni qué decir»... Curiosamente —prosigue Don Worley— los soldados no sintieron miedo; sólo sorpresa... No acertaban a comprender lo que tenían a la vista... Y la criatura descendió hacia el grupo en el más absoluto silencio... «Y al llegar a tres metros —continuó Morrison— empezamos a oír el ruido de las alas... En total, hasta que se perdió en la oscuridad, la contemplamos unos tres o cuatro minutos... Volaba despacio y majestuosamente... Llegó a tapar la luna durante unos segundos... Su vuelo era ondulante... Yo diría que no tenía huesos en los brazos... La envergadura de las alas era superior a los cuatro metros... Las alas arrancaban a la altura de los hombros, pero las manos no llegaban hasta las puntas de dichas alas... Éstas aparecían "pegadas" a los muslos (hasta las rodillas)... Le vimos perfectamente los pechos; por eso digo que era una mujer... Volaba boca abajo... Le vimos la cara, el tórax y las piernas... No vimos plumas... Las alas tenían el aspecto de la piel»... Los muchachos, naturalmente, se lo contaron a todo el mundo, pero nadie les creyó... Escribieron un informe oficial... Lo presentaron al teniente, pero no hubo comentarios... Nadie les dijo nada... Al día siguiente llamaron al puesto de vigilancia más próximo, para saber si habían visto algo, pero los tomaron por locos... A partir de esos momentos, los testigos optaron por guardar silencio... Cuando pregunté a mi sobrino por qué miraron los tres hacia lo alto, y al mismo tiempo, no supo qué decir... «Fue como si alguien o algo nos obligara a mirar hacia arriba»... Seguramente, de no haber levantado la vista, no habrían visto a la mujer alada...

Vietnam (1969). Cuaderno de campo de J. J. Benítez.

Don Worley insistió en los detalles y el testigo respondió:

«... El cabello de la mujer era lacio, no rizado... Ella nos vio, obviamente... Y se dirigió hacia nosotros, hacia la luz de las linternas que estaban en tierra... Tuve la sensación de que las alas formaban parte de su cuerpo... No eran un añadido... En otras palabras: como si hubiera nacido con ellas... No movía los pies... Sólo la cabeza y los brazos... La tenue iluminación verdosa nacía de todo su cuerpo... Ninguno de nosotros pensó en disparar sus armas... La mujer era sólida, no transparente... y hermosa».

TENANGO

En junio de 2009 conocí a Pedro Hernández, vecino de Metepec, en México. En junio de 1989 tuvo una experiencia terrorífica cuando regresaba a su ciudad.

Así me lo contó:

... Sucedió un sábado por la noche... Había ido a visitar las pirámides de Teotinanco con un amigo... Y de regreso, cerca de la caseta de peaje de Tenango, se nos echó encima lo que yo llamo un «hombre gárgola»... Era enorme... Tenía alas de murciélago... Pero la cabeza era totalmente humana... Los ojos eran grandes... Podía medir dos metros y medio... Lo vimos a nivel de la carretera... Planeaba... Llegó por la izquierda y cruzó por delante del carro... Paramos, pero ya no lo vimos... Se perdió en la noche... No batía las alas... Como te digo, planeaba... Pasó a cosa de cinco metros del auto... La envergadura de las alas superaba los cuatro metros... Al pasar frente al coche volteó la cabeza, mirándonos... Estábamos espantados... Las orejas eran puntiagudas y la mirada penetrante... Nunca olvidaré aquella visión... Tenía el cuerpo como los delfines (sin pies)... Los brazos aparecían pegados a las alas... Vimos las manos... En esos momentos nos encontrábamos a 15 kilómetros de Metepec.

ALIJÓ

Los ocupantes de aquel auto, en Portugal, no olvidarán lo que vieron en aquella noche de finales de septiembre de 1973.

He aquí el testimonio de Sergio Ribero, viajante, que conducía el vehículo, de Filomena Costa, funcionaria pública, y de Manuela Santos.

... Marchábamos hacia las termas de San Lorenzo —explicaron— cuando, en la zona de Fiolhal, sentimos un zumbido... Serían las diez y media de la noche... Y en esos momentos vimos una luz... Se desplazaba por nuestra derecha y en sentido contrario... Era una luz blanca, muy potente... Tenía forma de elipse, como dos platos encarados... En la parte superior se veía un gran ventanal por el que salía una luz roja... Era un aparato que brillaba como el aluminio... Paramos, pero ya no lo vimos... Y proseguimos el viaje... Pero, al llegar a la población de Alijó, tuvimos otro susto... El coche empezó a fallar y volvimos a escuchar el zumbido... Lo oímos durante un rato... Tenía una cadencia especial y breve y después se extinguió... Cuatro o cinco kilómetros más allá, camino de Vila Real, los faros del coche iluminaron algo en el centro de la carretera... Era como una «bala» y muy brillante... Tenía un color verde... Era una cosa, como un bolígrafo, de unos cuatro o cinco centímetros de longitud y otros dos de grosor... Se veía muy bien... Estaba a 100 metros... Y comentamos entre todos: pensamos primero en la rama de un árbol, pero no podía ser; las ramas no brillan... Sergio Ribero frenó

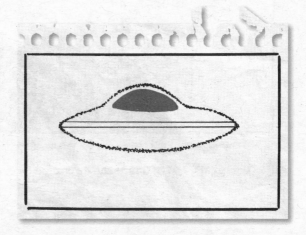

Nave observada en la zona de Fiolhal (Portugal), 1973. Cuaderno de campo de J. J. Benítez.

y redujo la velocidad a treinta o cuarenta kilómetros por hora... Después, ante el temor de que la «bala» fuera un artefacto explosivo, frenó un poco más, circulando a 15 kilómetros por hora... E intentó esquivar el brillante objeto... En esos instantes, los tres pasajeros vieron a dos criaturas, tumbadas en el arcén izquierdo de la carretera... Estaban echados de espaldas... Podían estar a dos metros del auto... Vestían buzos de una sola pieza, con cascos y un visor rectangular en la zona de los ojos... Quizá tenían 1,50 metros de estatura... Cerca del casco, los testigos observaron dos antenas verticales, con una luz roja en lo alto... Unos dijeron que salían del pecho y otro de los cascos... Los testigos oyeron unos sonidos guturales incomprensibles... Y, al instante, los dos cuerpos se elevaron sobre el terreno... «Parecían tablas», manifestaron los asombrados ocupantes del coche... Y al elevarse sobre el arcén, las luces rojas de las antenas se apagaron... Fue entonces cuando observaron una especie de mochilas en las espaldas... Los testigos, aterrorizados, huyeron del sitio a toda velocidad.

Alijó (Portugal), 1973. Cuaderno de campo de J. J. Benítez.

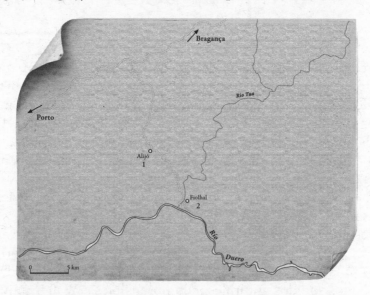

En la posición «1», los testigos oyen el zumbido y ven la nave. En la posición «2» observan la «bala» y a los dos tripulantes.

EL ROCÍO

En el otoño de 1974 se registró en la aldea de El Rocío (Huelva, España) un avistamiento muy similar al vivido por Amaía Bikuña en el País Vasco (España), en junio de 2005.[1]

Manuel Osuna, que investigó el asunto, me hizo el siguiente relato:

... José Huelva Hernández, taxista, recibió una noche la petición de trasladar a una persona desde Almonte a la aldea de El Rocío... José no conocía al cliente y, cauteloso, pidió al santero de la ermita (un tal *Alito*) que lo acompañara... Y así fue... Al llegar a la pensión Cristina, frente a la hermandad de La Palma del Condado, el pasajero abandonó el taxi y el chófer y *Alito* descubrieron en el cielo la figura gigantesca de un hombre... Estaba quieto —manifestaron— y flotaba... Lo contemplaron durante una hora... Y también otros vecinos de la aldea... Después empezó a moverse, despacio, y bambo-

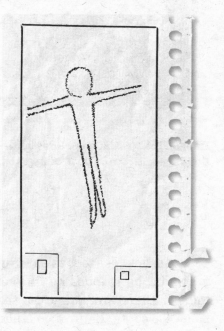

**El Rocío (Huelva), 1974.
Cuaderno de campo
de J. J. Benítez.**

1. Amplia información en *Pactos y señales* (2015).

leándose... El «hombre» tenía los brazos en cruz y las piernas juntas... Su cabeza era enorme, como si llevara casco o escafandra... El traje era muy extraño... Parecía de una sola pieza y ligeramente hinchado... La estatura era increíble: más de cuatro metros.

Y el inigualable Osuna concluía el informe con un sabroso comentario: «Nuestro corresponsal nos dice que ninguno de los dos son bebedores, ni siquiera prueban el alcohol».

Siempre lo he dicho. Los bebedores, justamente, son los que no ven nada...

Imagen fotografiada por Amaía Bikuña en el País Vasco en 2005. Cuaderno de campo de J. J. Benítez.

CASE DI MORDANCI

En las mismas fechas en las que fue visto el hombre gigante y volador en la aldea de El Rocío (noviembre de 1974), una mujer italiana era testigo de otro prodigio, «oficialmente imposible». Lo contó Gianfranco Lollino, investigador del fenómeno ovni:

... El extraño suceso ocurrió en una pequeñísima aldea (Case di Mordanci), en lo más profundo de la provincia de Romagna, al norte de Italia... La testigo fue Giovanna Sensoli, de cuarenta y dos años de edad... Giovanna era campesina y analfabeta... Hacia las 17.30 horas de un día de mediados de noviembre, como de costumbre, Giovanna se encontraba en el patio de la casa, al cuidado de los animales domésticos... «Entonces observé que tenían un comportamiento raro... Los pollos y los conejos corrían, aterrorizados, y se escondían... Algunas aves miraban hacia lo alto... Miré hacia arriba y quedé pasmada... En el aire, sobre el techo de la casa, como a cuatro metros de donde yo estaba, flotaba un tipo... Estaba sentado sobre una caja que se mecía suavemente... El hombre miraba, como si buscase algo... Era grande... Calculé dos metros... Vestía un traje brillante, de una sola pieza, con "manchas" de colores distribuidas por el cuerpo... Las había verdes, rojas y blancas... Tenía unas botas gruesas, como las de los esquiadores... Eran cuadradas por delante y por detrás... Un casco le cubría la cabeza... Pero tenía un visor... Por allí le vi los ojos... Y nos miramos»... Según la testigo, la caja podía medir medio metro de ancho por otros cincuenta centímetros de alto y otro tanto de largo, más o menos... De la caja partía una varilla con rayas de colores... Se supone que podía tratarse de algún tipo de mando... La testigo oía un zumbido muy agudo... En un momento determinado, el personaje estiró una pierna hacia el techo, como tratando de apoyarse en él... «Desconcertada —manifestó Giovanna— le grité a mi madre, pero no respondió... Y el hombre, no sé si por mis gritos, se fue alejando hacia el este... Yo me fui tras él y entonces me percaté de una luz, muy brillante, del tamaño de una luna, que se acercaba por el norte... En esos momentos experimenté mucho calor y toda la zona quedó iluminada, como si fuera de día... El hombre que volaba sobre la caja se detuvo sobre un almiar de superficie plana, como si quisiera aterrizar sobre la paja... Seguí acercándome, confusa ante sus incomprensibles gestos y, cuando me hallaba a cosa de tres metros, volvimos a mirarnos... Un segundo después partió hacia el este... Y la luz se fue con él... Poco más

**Case di Mordanci
(Italia), 1974.
Cuaderno de campo
de J. J. Benítez.**

allá, a cosa de un kilómetro, se encuentra el cementerio de San Clemente... Pues bien, el hombre y la "luna" empezaron a dar vueltas sobre dicho cementerio... Finalmente se quedaron quietos sobre las tumbas... Entonces se presentó mi madre, le conté lo que había visto y exclamó: "¡Bobadas. Seguro que fue un paracaidista!"... Después no volví a ver nada»...

La experiencia, según el investigador, se prolongó durante quince o veinte minutos.

CARACAS

Siendo niña, María Dolores Gutiérrez del Río vivió una experiencia única. Éste fue su relato:

... Nací en Caracas y allí ocurrió... Una noche, hacia 1976, la fecha no la recuerdo, me hallaba profundamente dormida en mi habitación... Y, de pronto, fui despertada por unos golpes... Eran bien fuertes... Pensé primero en la puerta, pero no: los golpes procedían de los cristales de la ventana... Y se repitieron... Y yo, en la cama, me decía: «Eso es imposible... Estamos en un quinto piso y no hay balcones ni escaleras»... Llegué a pensar que alguien se había subido a un árbol de pomarrosa que teníamos abajo pero, de inmediato, caí en la cuenta: ese árbol, como mucho, podía llegar al segundo piso... La insistencia de los golpes fue tal que terminé levantándo-

María Dolores Gutiérrez. (Gentileza de la familia.)

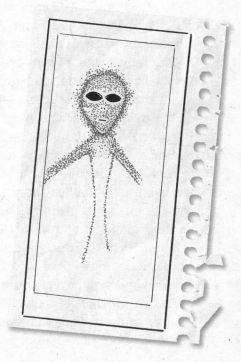

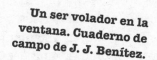

Un ser volador en la ventana. Cuaderno de campo de J. J. Benítez.

me... Me acerqué a la ventana, retiré las cortinas, y quedé atónita... Entonces vi a un ser con forma humana... ¡Estaba en el aire!... Y su cuerpo emitía luz... Entonces, en segundos, se alejó y a una velocidad desconcertante... Jamás he visto nada que vaya tan rápido; ni los cazas militares ni el Concorde... De su cara sólo llegué a apreciar unos enormes ojos negros, almendrados, como dos mejillones... Lo más increíble es que no me asusté... Volví a la cama y seguí durmiendo, tan feliz, como si no hubiese pasado nada.

CORNUALLES

En los años 1976 y 1978, la región de Cornualles, en Inglaterra, fue visitada también por los hombres alados. Los investigadores recogieron decenas de casos.

Veamos algunos:

... Mawnan... 17 de abril de 1976... Los niños June Melling, de doce años, y su hermana Vicky, de nueve, observaron una extraña criatura alada... Planeaba sobre la torre de la iglesia... El individuo era enorme —más de dos metros— y presentaba las alas cubiertas de plumas... Carecía de brazos... Las orejas eran largas y puntiagudas... Dio varias vueltas sobre el edificio de la iglesia y se alejó... Tres meses más tarde, el 3 de julio, Barbara Perry y Sally Chapman, de catorce años, se encontraban de acampada en un bosque de la región... Eran las diez de la noche... Y, de pronto, escucharon crujidos... Entre los árboles había un «hombre» muy alto... «Parecía un búho —dijeron—, con las orejas puntiagudas... Los ojos eran rojos y brillantes... Pensamos que alguien se había disfrazado y nos reímos... Pero, segundos después, el "hombre" alzó el vuelo... Chillamos, aterrorizadas... Los pies eran pinzas negras... Todo el cuerpo aparecía cubierto de plumas grises... Y desapareció entre las copas de los árboles»... Al día siguiente, Jane Greenwood y su hermana vieron también al «hombre-búho»... «Volaba sobre la iglesia de Mawnan... Después se detuvo so-

«Hombre-búho» sobre Mawnan (1976 y 1978). Cuaderno de campo de J. J. Benítez.

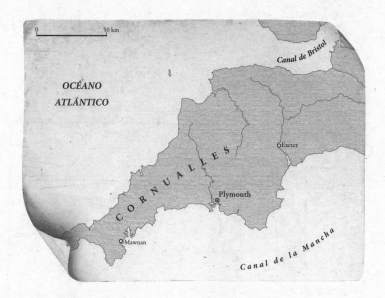

bre las copas de los árboles... Y, al vernos, huyó... Tenía los ojos oblicuos y rojos... La boca era grande y las plumas de color gris plateado... Los pies eran pinzas, como las de los cangrejos»... En 1978, el hombre volador regresó a la zona de Mawnan... Fue visto en julio y agosto y también sobre la iglesia... Las descripciones fueron idénticas...

BUCKHORN WASH

El 4 de julio de 2005 visité las pinturas rupestres de Buckhorn Wash, en el estado de Utah, en Estados Unidos. Quedé

Hombres alados en
Utah (USA). 2.000
años de antigüedad.
(Foto: Blanca.)

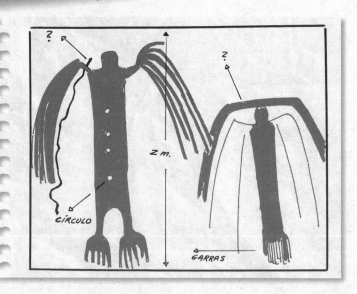

**Hombres alados con garras en Utah. Cuaderno
de campo de J. J. Benítez.**

Buckhorn Wash (Utah). (Foto: Blanca.)

desconcertado. Entre las figuras aparecían dos seres, muy parecidos al «hombre-búho» que fue visto en Inglaterra en 1976 y 1978. Ambas imágenes disponían de alas y de pies con garras. Antigüedad: 2.000 años, como poco. Para los arqueólogos son «ángeles de la lluvia».

Y me pregunté: ¿los naturales de Utah vieron lo mismo que los habitantes de Mawnan, en Inglaterra? ¿Cómo era posible? La respuesta es simple: ambos manifestaron la verdad: hombres con capacidad para volar.

VISTABELLA

Fue el incansable investigador Bruno Cardeñosa quien me avisó de nuevo: en el pueblo zaragozano de Vistabella había sucedido algo extraño...

Y el 22 de marzo de 1992, Bruno y yo nos presentamos en la pequeña y escondida localidad.

El testigo, Pedro Orós, era campesino. Me encontré frente a un hombre afable y sincero, que no sabía muy bien lo que había tenido delante..., y durante casi tres horas (!).

La conversación fue complicada. Pedro no sabía explicarse con claridad. Pero, poco a poco, logramos poner en pie el singular suceso.

Ocurrió en la madrugada del 18 al 19 de julio de 1990, en las cercanías de Vistabella (Zaragoza, España).

—La tarde del 18 —relató Orós—, a eso de las seis, me dirigí al campo. Tenía intención de regar. Y a las doce de la noche llegó mi hermano Domingo. Me trajo un bocadillo y quedó en relevarme al amanecer.

Todo fue bien. Pedro se dedicó al riego de los surcos de su huerta y, a eso de las doce y media, observó cómo las luces de un molino próximo se apagaban. Fue una noche oscura.

—Y hacia las dos y media de la madrugada —prosiguió Orós—, cuando me hallaba en plena faena, vi una luz rara. Llegó por la izquierda y fue a situarse muy cerca, como a cinco o seis metros.

No logramos una descripción detallada. Se trataba de una luz blanca, sin más.

—Y, como digo, se fue acercando... Entonces me di cuenta: era un hombre; mejor dicho, era como una estatua. Llevaba un aro alrededor de la cabeza. Los ojos eran grandes y brillantes. Pensé que me comía... Y se quedó quieto. Yo tenía una linterna y lo enfoqué, pero le sabía mal.

—¿Por qué?

—Hacía gestos raros.

—Siga con la descripción...

—Tenía la cabeza grande, más que la nuestra, y en forma de pera invertida. Las cejas las formaban franjas verticales. Podía alcanzar 1,80 metros de altura. Era chato y con una boca en forma de mariposa.

—¿Cómo era el aro de la cabeza?

—Como el de las reinas, con muchas luces. Desde ahí lanzaba «lamparazos». Primero fueron luces blancas y luego rojas.

—¿Cuánto tiempo estuvo en la huerta, con usted?

—Hasta que clareó. Calculo que unas tres horas.

—¿Y qué sucedió?

—Yo continué regando. Él observaba y, de vez en cuando, me tiraba los «lamparazos». Yo, entonces, sentía unos mareos muy raros, pero seguí a lo mío.

Y a las tres de la mañana, Pedro decidió hacer un alto en el trabajo.

—Tomé el bocadillo de carne con pimientos y me metí en una caseta que hay en la parcela. Y nada más empezar a cenar sentí unos golpes en el techo de uralita. Era él, el tipo de la corona luminosa. Quería que saliera.

—¿Cuántos golpes oyó?

—Primero tres. Después, como vio que no salía, siguió pegando en la techumbre, y lo hizo seis o siete veces. Me levanté, para ver. El tipo estaba en el camino. Golpeó durante media hora. Finalmente salí...

—¿Se comió el bocadillo?

—Claro, maño...

Pedro prosiguió el riego de los surcos y el ser continuó muy cerca; prácticamente a su lado.

—De vez en cuando me tiraba las luces.

—¿Hablaron?

—Nada, maño. ¿De qué íbamos a hablar?

—¿Cuántas luces tenía la «corona»?

—Ocho, más o menos. Eran como bombillas.

—¿Vio las manos?

—No me fijé.

—Decía usted que tenía el cabello blanco...

—No, maño, yo no he dicho eso. El tipo era calvo.

Pedro Orós no cayó en la trampa.

—Lo que sí tenía blancas —añadió— eran las cejas, y formaban líneas verticales.

Y Pedro insistió:

—Los ojos eran grandes y saltones y te hipnotizaban.

—¿Parpadeaban?

—No. Parecía que se le fueran a salir... Yo estaba deseando que se marchara.

—¿Qué pensó que quería?

—No lo sé. Al principio creí que me robaría el agua, pero no. Lo que hizo fue observar y lanzarme las luces. Y, cuando lo hacía, como les digo, me sentía mal, como borracho. Al tirarme las luces me dominaba.

Al amanecer, el ser se alejó y desapareció. La descripción de Orós es confusa. No supo aclarar si la criatura terminó convirtiéndose en luz.

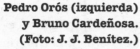

El ser de Vistabella
vestía una especie de
jersey, como de seda;
parecía su propia piel.
Cuaderno de campo
de J. J. Benítez.

—Yo vi una luz que se alejaba hacia las colinas. Supongo que era el mismo ser que me había acompañado durante la noche. La cuestión es que se alejó, volando.

Pedro continuó regando hasta las once de la mañana. Después regresó al pueblo y contó lo sucedido. Durante días padeció pesadillas.

—El ser se presentaba en mis sueños. Lo pasé mal...

Esa misma madrugada, hacia las cinco y media, un vecino de Luesma (localidad cercana a Vistabella) fue testigo de una esfera luminosa que se le echó encima. L. M. se refugió en su garaje y allí permaneció, asustado, durante un buen rato. ¿Se trató de la misma luz que vio Pedro Orós? Muy probablemente.

702

CALA TUENT

El presente caso lo investigó Pedro Penella, de Barcelona. A los testigos los llamó Ayora y Jomel.

... Se trata de una pareja de novios... En la tarde del 15 de agosto de 1991 decidieron viajar a Cala Tuent, al oeste de la isla de Mallorca (España)... La pareja, tras cenar en un restaurante próximo, fue a sentarse en el interior de su vehículo... Fue entonces cuando observaron algo raro en la orilla de la referida cala... Una pareja, también joven, había montado una tienda de campaña... Y el muchacho, provisto de una linterna, se hallaba en el agua, iluminando una zona del mar... La mujer, algo más atrás, permanecía atenta... Minutos más tarde, la pareja recogió la tienda y se fue... Empezaba a oscurecer... Y en eso, Ayora y Jomel distinguieron una extraña luz sobre el agua, muy cerca de la arena... «Era enorme. Más grande que una furgoneta —declararon los testigos—. Parecía una tarta de dos pisos... Era gris y brillante... Flotaba en el aire, muy cerca del agua... Se balanceaba suavemente, como "la barca", esa atracción de feria»... Ayora sintió miedo y no quiso mirar... El muchacho, sin embargo, continuó observando... «Fue entonces cuando vi al "fraile"... Lo llamo así porque era una figura con algo parecido a un hábito, con capucha... Flotaba frente al objeto... Miraba fijamente al ovni, como si estuviera reparando algo... Pero lo más increíble es que el "fraile" brillaba... El "hábito" era como un tubo de neón... Entonces recordé que en la guantera teníamos una linterna... Eché mano de ella y se me ocurrió iluminar al "fraile"... Y, en cuestión de segundos, el ser se dio la vuelta y empezó a caminar hacia nosotros... ¡Qué digo caminar!... En realidad flotaba... Y lo hacía despacio, balanceándose, como si tuviera dificultad para avanzar... Me asusté y me puse frenético»... Ayora también lo vio y quedó aterrorizada... No saben bien cómo, pero lograron arrancar el coche y salir del lugar... Y partieron a gran velocidad... Y los testigos «volaron» por aquella carretera comarcal, de apenas cuatro metros de anchura... Pero los sustos no habían terminado... A los pocos minutos, mientras conducían a toda velocidad, sintieron unos golpes en el techo del vehículo... Eran golpes fuertes y sonoros... Y, de pronto, dejaron de sonar... Los muchachos respiraron aliviados... Pero, a los pocos segundos, quedaron nuevamente aterrorizados... Por delante, frente al parabrisas, apareció «algo» inconcebible: una «raya»... Es decir, algo similar al conocido pez cartilaginoso, y en pleno vuelo... «Era enorme —precisaron Jomel y Ayora—. Medía como la carretera o más... Venía planeando... No lo vimos aletear... Y era brillante, de un color azul apagado... Tenía cara, con unos ojos grandes, negros y rasgados... El miedo fue total»... Y la «raya» remontó el vuelo, segundos antes del encuentro con el Citroën AX... E impactó ruidosamente contra el capó del vehículo... «El coche, entonces, se tambaleó de un lado a otro de la carretera. No sé cómo logré controlarlo»... Al poco, los testigos divisaron una pequeña ermita y se detuvieron, solicitando auxilio... El párroco trató de tranquilizarlos... A la mañana siguiente, Ayora descubrió unos arañazos en la pintura del coche... No tuvieron la menor duda... Aquello lo hizo la criatura que los observó mientras huían de Cala Tuent...

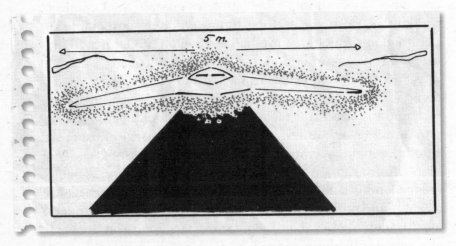

«Raya» voladora sobre Cala Tuent (Mallorca), 1991. Cuaderno de campo de J. J. Benítez.

PUERTO RICO

Cuatro años más tarde (1995), un vecino de Barranquitas, en la isla de Puerto Rico, tuvo una visión relativamente parecida a la de los novios en Mallorca.

La información procede de Jorge Martín, el gran investigador portorriqueño.

... El señor Dolores Torres se hallaba en la noche del 15 de mayo de 1995 en el patio de atrás de su casa... Recogía plátanos... De pronto, todo se iluminó a su alrededor... Las plantas, el terreno, los plátanos —todo— se iluminó con colores rojos, blancos y amarillos... Buscando el origen de aquellas luces alzó la cabeza y quedó sorprendido al ver en su vertical un cilindro luminoso y transparente... Medía entre veinticuatro y veintiséis centímetros de longitud, con un diámetro de seis u ocho centímetros... Se hallaba inmóvil, en el aire, y colgado de un cable [?] que se perdía en lo alto... Las luces procedían del cilindro... «Eran cegadoras y muy calientes», manifestó el testigo... Dolores no alcanzó a distinguir de dónde colgaba el cilindro... Al mismo tiempo oía un extraño zumbido... Y en eso, el señor Torres vio aparecer una «cosa negra»... «Era un bulto grande que se acercaba volando. Y quedó suspendido sobre mí»... Dolores comprobó que «aquello» era una figura humana, enfundada en algo negro... Tenía rostro, con unos ojos grandes y semicerrados... Vio nariz y boca... La piel tenía una tonalidad gris oscura... Sobre la cabeza presentaba una especie de gorro, también negro... «Intentó acercarse a mí —explicó el campesino a Jorge Martín— pero yo me defendí. Saqué el machete y lancé varios golpes, pero el cuchillo se iba en blanco... Era como si traspasase a la criatura»... Finalmente, los destellos se desvanecieron, y también la figura alada... Dolores quedó muy afectado y tuvo que ser ingresado en el hospital de Aibonito... En los brazos presentaba quemaduras que él atribuyó a las luces.

Jorge Martín (izquierda)
con Dolores Torres.
(Gentileza de J. Martín.)

Quemaduras

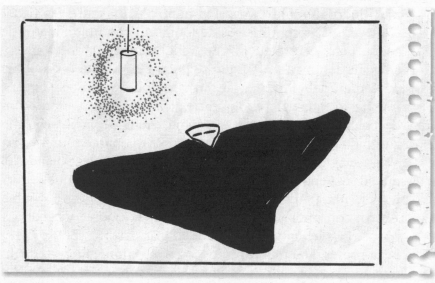

Puerto Rico (1995). Cuaderno de campo de J. J. Benítez.

ALISAS

La experiencia de José Saiz Abascal me dejó perplejo...
El lector sabrá juzgar.

... Aquella madrugada del cuatro de septiembre de 1991, José, de cuarenta y cinco años, se dirigía a su trabajo... Llevaba la ventanilla del coche abierta... Iba solo y cantando... Y al bajar el puerto de Alisas (Cantabria, España), en una de las curvas, se presentó una niebla extraña... «Era fosforescente —declaró al investigador Mariano Fernández Urresti— y se vino hacia mí... Y se hizo de día cuando, en realidad, era de noche... Podían ser las cinco, más o menos... Entonces lo vi... Hizo como las águilas, cuando toman tierra... Dio varias zancadas antes de detenerse... Era un hombre, muy alto, con una túnica azul y una especie de diadema, también azul, en la cabeza... Tenía el pelo largo y suelto, de un color castaño... La cara era estrecha y la nariz en punta... Alrededor de la cara observé luces de colores: azules, rojas y blancas»... Según el testigo, la criatura superaba los dos metros de altura... Pero lo que más impresionó a José Saiz fue la expresión del «ángel»... «Su mirada era triste —comentó—, muy triste... Imponía»... El encuentro duró poco... José aceleró y bajó el puerto

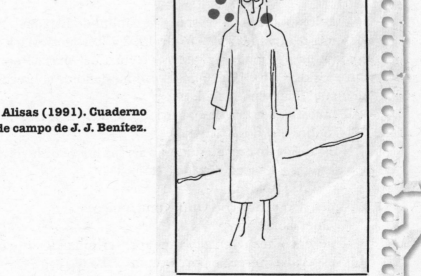

Alisas (1991). Cuaderno de campo de J. J. Benítez.

a toda velocidad... El ser aparecía descalzo y carecía de alas... No hubo diálogo, ni tampoco mensajes de tipo telepático... José sintió un intenso miedo... El ser permaneció quieto, mirando al conductor... José se hallaba a cosa de diez metros del «ángel» cuando éste aterrizó... Después fue aproximándose, hasta quedar a uno o dos metros de la criatura... Los brazos, larguísimos, llegaban casi hasta las rodillas... Las manos eran huesudas y morenas... Al perder de vista a la criatura, el conductor sintió un pitido intenso que cesó al poco...

Según Iker Jiménez, un campesino de San Román, también en Cantabria, fue testigo de la presencia de un ser muy parecido al que vio Saiz. Ocurrió en esos años. Volaba sobre una loma. Vestía una túnica brillante y tenía las manos y los pies muy morenos. Venancio Piedra, testigo del ser volador, lo identificó con un personaje divino.

MADRID

En el año 1995, Javier López Ramos me envió el siguiente informe:

... Humanoide volador sobre la capital de España... Avistamiento ocurrido en agosto de 1992... Testigos: María Ramos, Otilia Fernández y varios vecinos de María Ramos... Entre los días 11 y 13 de agosto, un humanoide sobrevoló el barrio del Pilar, en Madrid...
El investigador interrogó a los testigos principales:
—¿Sobre qué hora sucedió?
—Estaba oscureciendo. Podían ser las nueve de la noche o algo después —respondió María Ramos.
—¿Estabas sola?
—Me encontraba con Otilia, una amiga.
—¿Qué hacíais?
—Me encontraba en el comedor, terminando de coser. Otilia esperaba, mirando por la ventana. La terraza es amplia y tiene una magnífica vista.

—¿Y qué ocurrió?

—Otilia, en un momento dado, me avisó: por encima de uno de los edificios estaba viendo algo raro; algo que no sabía qué era. Me levanté y lo vi por primera vez. Estaba lejos y no lográbamos distinguir qué era. Pensamos en un avión porque era evidente que volaba. Venía del nordeste y hacia nosotras.

Las testigos se encontraban en la avenida de Betanzos; concretamente en un quinto piso.

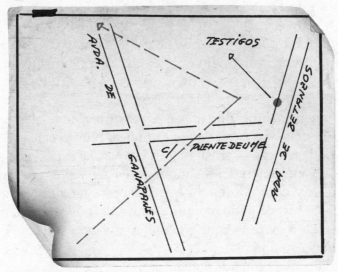

Madrid (1992). Trayectoria seguida por el hombre volador.

—Avanzaba lentamente —prosiguió María—. Creo que se detuvo en varias ocasiones. En una de ellas antes de alcanzar la vereda de Ganapanes. Y continuamos comentando. No sabíamos qué era aquello. No lográbamos distinguir las formas; sólo la luz. Pero, al poco, lo vimos con claridad: ¡era un hombre, vestido de negro! Se detuvo sobre un edificio algo más bajo que el nuestro. Teníamos la luz de la casa encendida y eso me provocó cierto miedo e inseguridad.

—¿Había gente en la calle?

—No mucha. Y escuché a los vecinos de arriba. Parecían comentar... Y el hombre siguió avanzando. Calculé que estaba a cosa de cuarenta metros del suelo.

—¿Cuánto tiempo había pasado desde que lo visteis por primera vez?

—Alrededor de ocho o diez minutos. Se acercó siempre de cara y perdiendo altura.

—¿Hubo ruido?

—No, ninguno. Y al pararse sobre el edificio de cuatro plantas (el que está frente a nuestra casa) sentí verdadero miedo. Yo quería cerrar la ventana... Tuvimos la sensación de que nos miraba. Y permaneció quieto en el aire.

—¿Cómo era?

—Llevaba puesto un traje negro, ajustado. Parecía lycra. En la cintura se distinguía algo; quizá un cinturón, aunque también podía tratarse de un traje de dos piezas. Las mangas eran largas y el cuello alto (de cisne).

Conviene aclarar que María es costurera de profesión. En consecuencia, sus observaciones fueron muy precisas.

—En la cabeza —prosiguió— llevaba una especie de pasamontañas, también del mismo tejido. En los pies presentaba unas aletas, como las de los buceadores, e igualmente de color negro. Era delgado, con una altura de 1,70 metros, más o menos. La piel de la cara y de las manos era blanca. Vimos algo en la espalda.

—¿Qué posición adoptaba?

—La de un nadador, con los pies hacia atrás y más bajos que la cabeza. Las piernas permanecían abiertas.

—¿Se comunicó con vosotras?

—No, que yo sepa.

—Háblame de la luz...

—Era amarillenta, redonda y del tamaño de una bombilla. No sé exactamente dónde la llevaba, pero era en la zona alta de la persona; quizá en la cabeza. Siempre estaba enfocada hacia delante.

—¿Varió la intensidad?

—No.

—¿Y después?

—Al cabo de unos segundos cambió de dirección y se alejó hacia el suroeste, siempre dándonos la cara y a la misma velocidad. Y se alejó hasta que lo perdimos.

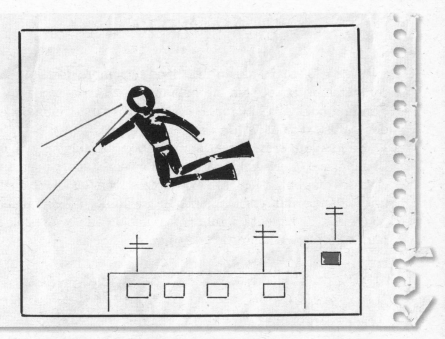

Madrid (1992). Cuaderno de campo de J. J. Benítez.

María Ramos, en la ventana desde la que vio al humanoide volador. (Gentileza de la familia.)

—¿Qué explicación le dais?

—No lo sé. Pensamos en un paracaidista, pero no tenía ala delta, ni paracaídas, nada...

DIAMANTINA

Viajé a Diamantina, en Brasil, en diciembre de 1999. Mis contactos en aquel país me habían puesto en antecedentes: «En una hacienda situada a 4 kilómetros de la ciudad suceden cosas extrañas... Han visto naves y seres».

No lo dudé. Eran otros tiempos. Hice las maletas y volé a Diamantina. Quería volver a verlos. Lo necesitaba, y permanecí varios días en la finca. Allí hice amistad con Rafael Busquets, un catalán perdido en el inmenso Brasil. Rafael y José Augusto do Santos, de ochenta y ocho años, nacido en Serra Azul, en Minas Gerais, me contaron la siguiente historia:

José Augusto do Santos.
(Foto: Blanca.)

... Sucedió el 13 de marzo de 1999...

Hice cuentas. La experiencia había tenido lugar nueve meses antes.

...Habíamos visto naves en muchas oportunidades —prosiguieron—, pero aquella noche fue distinto... Hacia las 23 horas nos apostamos, como siempre, cerca de la casa... Y esperamos... Entonces aparecieron tres bultos... Flotaban en el aire... No eran muy altos... Quizá un metro de estatura... Llevábamos un puntero láser y les hicimos señales... Se acercaron... Creí que me saltaba el corazón por la boca —confesó Do Santos—... Vestían totalmente de negro y presentaban una luz roja en la frente... Podían estar a tres o cuatro metros del suelo... Los tres volaban juntos, muy cerca... Y lo hacían en línea... Llegaron a seis metros de nosotros... Los vimos balancearse, sin ruido... Pensamos que nos observaron... Después se colocaron de perfil y siguieron su camino... No volvieron. Pasé muchas horas bajo las estrellas, pero no vi nada. Gajes del oficio...

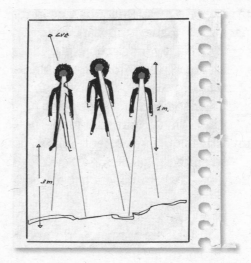

Diamantina (1999). Cuaderno de campo de J. J. Benítez.

GUADALAJARA

En una de mis pesquisas en México fui a dar con un caso fascinante. No guarda relación con el asunto ovni (que yo sepa), pero casi...

Se trataba de otra criatura voladora.

Al parecer, un auto la arrolló (?) en las proximidades del cruce de Guadalajara a Morelia.

El conductor bajó del auto y recogió a la criatura, pensando que se trataba de un ave. Después, al observarla con detenimiento, comprobó que no era un pájaro. Y decidió conservarla en formol.

Esto tuvo lugar en el verano de 2011.

Con el paso de los días, el ser hallado en las proximidades de Guadalajara fue trasladado al D. F. mexicano y puesto a disposición del periodista Jaime Maussán. Fue allí, en la oficina de mi buen amigo Maussán, especializado en enigmas y miste-

713

rios, donde tuve la oportunidad de contemplar, por primera vez, a la criatura que llamé *Campanita*.

Quedé asombrado. La hice girar en el frasco de formol y la contemplé desde todos los ángulos posibles.

Podía tener veinte o veinticinco centímetros de altura. Era claramente humana. Disponía de dos alas, implantadas con firmeza en la espalda. Observé manos y pies, sin dedos. Éstos habían sido sustituidos por garras. Las orejas eran largas, como en las leyendas sobre duendes y gnomos. La cintura aparecía cubierta con una especie de pelo. Nadie sabía si era macho o hembra. Al final de la columna vertebral presentaba una cola, armada con una especie de aguijón.

Maussán, afortunadamente, había puesto en marcha una investigación, para intentar averiguar la naturaleza del ser.

En síntesis, los biólogos y zoólogos —dirigidos por Ricardo Rangel— determinaron lo siguiente:

1. Se trata de una entidad con extremidades superiores e inferiores y un par de apéndices modificados en estructuras alares.
2. Las alas nacen en la espalda, en un cúmulo de tejido denso.
3. El tejido de las estructuras alares recuerda a las membranas de los murciélagos.
4. El análisis radiográfico demuestra la presencia de una columna vertebral, así como densidad ósea en el cráneo, mandíbula inferior, clavículas y costillas y una densidad inusual en la cintura pélvica, en la que nacen las extremidades inferiores y una cola modificada en arpón.
5. Las manos carecen de dedos; se trata de cinco garras (sin pulgar). Lo mismo sucede en los pies.
6. Los antebrazos son muy largos.
7. Cabeza con orejas puntiagudas.
8. Los pies no parecen apropiados para caminar; es posible que las garras sirvieran para colgarse de los árboles.
9. En la dentición se observa un diente que crece en forma horizontal. Podría tratarse de un inyector de veneno.

10. Extremidades largas, apropiadas para colgarse de las ramas.
11. En las microfotografías de contraste de fases se observa la primera falange y el nacimiento de una estructura en forma de garra. En la base nacen múltiples cerdas o vellosidades de entre 100 a 300 micras de tamaño y 20 de espesor. En los miembros inferiores también se aprecian estructuras microscópicas como cerdas o pequeños pelos que podrían ser sensoriales.

Campanita, fuera del tarro de formol. (Foto: Blanca.)

Orejas largas y puntiagudas. (Foto: Blanca.)

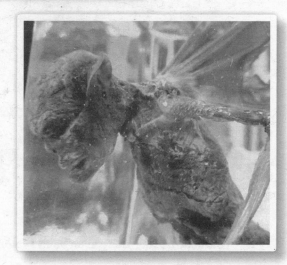

¿Quién fue realmente *Campanita*? (Foto: Blanca.)

Campanita: las alas nacen en la espalda. (Foto: Blanca.)

12. La estructura craneal es muy semejante a la de los homínidos. Se aprecian un par de cuencas oculares, pómulos discretos, un par de orejas laminares (posiblemente adaptadas a la eco-localización), un tabique nasal, una mandíbula inferior, en la que aparece la estructura ósea dentaria (en el maxilar superior se observan estructuras dentarias, destacando un colmillo arqueado).
13. En el borde de la oreja se ven estructuras de los anexos tegumentarios, como pelo de tamaño pequeño y muy fino.
14. A juzgar por las garras prensiles (en miembros superiores e inferiores), la criatura podría ser depredadora; su nicho, posiblemente, podría encontrarse en la maleza baja de los bosques templados y tropicales.

Teniendo en cuenta estas características —concluye Ricardo Rangel— se puede sugerir que esta entidad pertenece al *phylum* de los animales vertebrados, teniendo que generarse

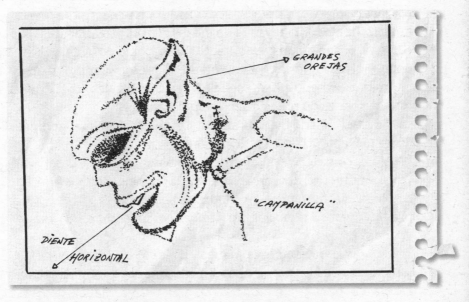

La dentadura presenta un diente horizontal (¿inyector de veneno?). Cuaderno de campo de J. J. Benítez.

un nuevo orden de animales para su clasificación. Y Rangel propone el siguiente nombre: *Hexa-braquiptera-hominidea*. Género: *escorpia* (por las características de la cola) y especie *mexicanus* (por el territorio donde se encontró).

En definitiva: me hallaba ante una criatura alada de 23 centímetros de altura, y provista de una cola con aguijón.

De inmediato, como digo, me recordó a *Campanita*, el hada de Peter Pan. Era la primera vez que me encontraba ante la presencia de un hada.

Al regresar a España sometí las imágenes de la criatura a una nueva ronda de inspección. La vieron toda suerte de médicos y especialistas. Nadie supo darme razón. Todos quedaron desconcertados. Mi maestro, el doctor Larrazabal, hizo una observación interesante: «... Tanto en aves como en murciélagos —aseguró— las alas nacen de una transformación de las extremidades superiores. No existen alitas que nazcan en la espalda».

La advertencia me dio qué pensar. ¿Podía tratarse de un fraude? Consulté en México con otros biólogos y descartaron esa posibilidad. Las microfotografías de manos y pies fueron determinantes. En algunas de estas microfotografías de fases (40×) se observan microastillas de la cutícula de la garra (evidencia del uso de la misma, bien como depredación al «percharse» sobre alguna superficie). A ningún falsificador se le hubiera ocurrido una sutileza semejante...

La inserción de las alas en la espalda es frecuente, además, entre los lepidópteros (mariposas).

Me encontraba, en definitiva, ante una criatura auténtica, pero totalmente desconocida para la ciencia. *Campanita* entraba —directamente— en el territorio de la leyenda. Y volví a preguntarme: «¿Por qué los humanos subestimamos las leyendas?».

Con la autorización de Maussán, el biólogo Ricardo Rangel tomó muestras de *Campanita* y me las entregó, a fin de trasladarlas a España y someterlas a un exhaustivo análisis de ADN. Puse las muestras en manos de especialistas en dos laboratorios (Sevilla y Galicia) y esperé los resultados con impaciencia.

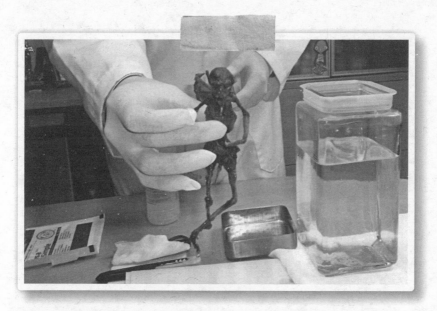

Extracción de muestras de *Campanita*. A la derecha, el tanque de formol en el que se halla depositada. (Foto: Blanca.)

Garras de *Campanita*. (Foto: Blanca.)

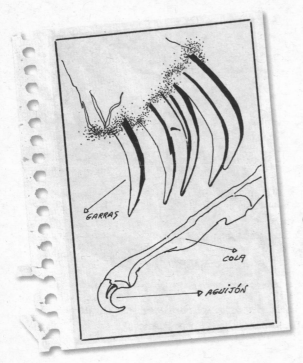

Garras y cola, con aguijón. Cuaderno de campo de J. J. Benítez.

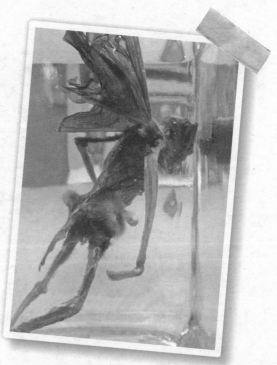

Campanita, en el tanque de formol. (Foto: Blanca.)

Aguijón en el extremo de la cola de *Campanita*. (Foto: Blanca.)

Campanita. (Foto: Blanca.)

En la actualidad, el cuerpo de *Campanita* se está momificando. (Foto: Blanca.)

Ambos laboratorios coincidieron: «Las muestras del estómago y de una de las alas no contienen estructuras celulares».

En otras palabras: «No fue posible hallar ADN humano, animal o vegetal en las muestras recibidas».

Posible explicación: el formol en el que se halla *Campanita* deterioró el ADN.

ESTADO DE MÉXICO

Meses más tarde (diciembre de 2012), la periodista mexicana Ana Luisa Cid descubrió la existencia de otra criatura, gemela a *Campanita*.

Me apresuré a conversar con Ana Luisa.

Y me mostró las imágenes. El ser, en efecto, era casi idéntico a la primera criatura. La llamé *Campanita 2*.

He aquí, en síntesis, lo relatado por la periodista:

Como antecedente debo decirte que conozco al propietario de *Campanita 2* desde hace ocho años... Su hijo había filmado un ovni desde la azotea de su casa... Algo verdaderamente impresionante... Es importante considerar esto, pues para mí no eran unos desconocidos... Esa tarde del 2 de diciembre de 2012 estaba en mi casa cuando recibí la llamada telefónica del señor Javier N.... Usaré un nombre supuesto porque el testigo quiere mantener su privacidad; se trata de un policía judicial y su hijo también lo es... En esa llamada me explicaron que tenían el cuerpo sin vida de lo que parecía un hada, pues se veía una figura femenina con dos pares de alas, de unos quince centímetros de altura, aproximadamente... Percibí mucha emoción y curiosidad en la voz que me hablaba, queriendo saber si yo podía ayudarles a resolver el misterio... ¿Qué era lo que tenían en sus manos?... Entonces les pedí que me contaran la historia... Y respondieron lo siguiente: el señor está casado en segundas nupcias; cuando conoció a su actual esposa, ésta ya tenía un hijo... Y fue precisamente este joven el que encontró el cuerpo de la presunta hada... Lo halló en 2010 en una zona boscosa del Estado de México... El joven, al parecer, tiene problemas de audición y necesita utilizar un aparato... La cuestión es que el muchacho, de quince años, empezó a percibir interferencias en el audífono y decidió caminar hacia la fuente que generaba el extraño sonido... Llegó a una parte del bosque quemada... Días antes, en esa zona, se había registrado un incendio inexplicable... Y fue ahí donde encontró los cuerpos sin vida... Eran alados y, en primera instancia, los tomó por insectos muy raros... Debo aclarar que yo sólo he conocido a una de las criaturas, aunque me aseguran que fueron dos las halladas en el bosque... Una de las *campanitas* tenía la pierna izquierda seccionada... Total, el chico tomó los dos ejemplares y se los llevó a su casa... El muchacho dispone de una colección de insectos... Cuando Javier N. llegó a su casa, en el estado de México, el joven le mostró lo que había encontrado... El padre, entonces, le pidió que le regalara uno de los cuerpos... Fue así como Javier N. entró en posesión de una de las *campanitas*... Y acto seguido me telefoneó, tratando de averiguar qué era aquello... Le dije que estaba dispuesta a ayudarle y que, para descartar cualquier confusión, me permitiera

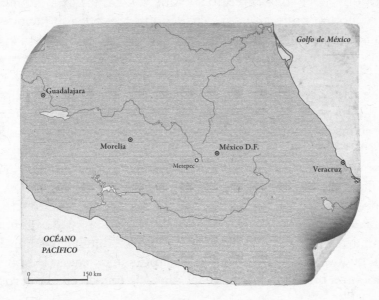

acudir a su domicilio en la compañía de un biólogo... Así, éste podría determinar si se trataba de un organismo real o de una creación artificial.

... Tanto el señor Javier N. como su hijo estuvieron siempre dispuestos a colaborar en la investigación... Ese primer encuentro lo planeamos a la una de la mañana, cuando ellos regresaran de su trabajo... Y así fue... Yo acudí al domicilio en compañía de mi hijo Alan y del biólogo Enrique Ortiz Carreón, del laboratorio SOS Health Care... Y en plena madrugada del 7 de diciembre de 2012 nos desplazamos a la casa de Javier N.... En el trayecto, el biólogo me decía: «Recuerda, Ana, que soy muy escéptico. Yo no creo en cosas raras»... Le respondí que por eso, precisamente, lo llevaba, para que me dijera la verdad... Enrique acudió con su equipo de trabajo: microscopio, laminillas, lupas, pinzas, lámpara, tinturas, etc. Le comenté que si él, a simple vista, notaba que era una creación artificial no merecía la pena sacar el microscopio y el resto del equipo... Llegamos a la hora planeada (muy puntuales)... Entramos en la casa y los policías nos mostraron a la criatura... Se hallaba depositada en una pecera cuadrada de acrílico, sin agua... Dentro de esa pecera había una pequeña caja... Al abrirla tuve una sensación indescriptible... Sentí un escalofrío... No daba crédito a lo que veían mis ojos... Aquello parecía una mujercita con alas, con una expresión facial de tranquilidad y rasgos muy finos... ¡No lo podía creer!... Revisé la dentadura con la lupa... Aquellos filosos dientes terminados en punta parecían tan reales... Estaban incrustados en las encías como los de las pirañas... Emanaba un olor entre naftalina y rancio... En las alas se apreciaban membranas, como las de los murciélagos, pero sin dedos en las extremidades de las mismas... No encuentro palabras para describir ese momento... Estaba muy impresionada, aunque intenté disimular... El biólogo, por su parte, reaccionó de inmediato y procedió a sacar su equipo... Yo noté que también estaba desconcertado... Primero revisó el cuerpo con la ayuda de una lámpara y merced a la lupa... Y empezó a detallar las partes del pequeño cuerpo, usando palabras técnicas... Después tomó una muestra de una de las alas y la colocó en el microscopio... Lo que vio ratificó mis sospechas: el biólogo encontró estructuras celulares... También raspó la pierna y el brazo de *Campanita 2*, asegurando que nunca había visto nada igual... Al parecer se hallaba muy descompuesta... «Eso —dijo el biólogo— complicaría la extracción del ADN... Otra cosa que me impresionó fue cuando Julio Enrique quiso arrancar un cabello de *Campanita 2*... Tenía pelo escaso en la cabeza, largo y muy fino... Pero no se pudo... Con cada tirón salía todo el cuero cabelludo... También aseguró que parecía deshidratada y quemada, pero no por fuego, ya que las alas se hubieran destruido por completo... El 11 de diciembre, Enrique Ortiz me hizo llegar un informe sobre lo que había observado... Esa noche casi no dormí... No podía conciliar el sueño... Sólo pensaba en la presunta hada... ¿Qué podía ser?... ¿Estábamos ante un muñeco, tan bien fabricado que había conseguido engañar al biólogo? Al cabo de un tiempo, Javier N. y su hijo me permitieron volver a ver a *Campanita 2*... Esta vez me acompañó una sobrina, estudiante de Medicina... La revisó y explicó que los huesos de la pelvis le hacían pensar que se trataba de un ejemplar de género femenino... *Campanita 2* fue presentada en la televisión y, posteriormente, sometida a nuevas exploraciones... Tomaron radiografías y se observó que la densidad ósea era muy marcada; en especial en el cráneo, cuello, manos, cintura y pies... ¿Podía tratarse de un exceso de calcio? Pero el estado de la criatura seguía deteriorándose y no fue posible someterla a nuevas revisiones...

Ana Luisa Cid me facilitó también el informe del biólogo, Julio Enrique Ortiz. Básicamente decía lo siguiente:
... Organismo volador de 12 centímetros, de tipo humanoide... Carece de vida... Se encuentra deshidratado... Es de color negro... Periodo de preservación sobre algodón y rociado con solución de formol: dos años... A la vista no parece ser fabricado o pegado o de material plástico... No se puede saber el tiempo que vivió el organismo... De acuerdo al propietario, este organismo fue colectado en estado fresco por otra persona que se lo proporciona... En la región cefálica se pueden apreciar dos aparentes ojos, con párpados cerrados... Po-

see boca grande con dientes filiformes curvos, sin poder contar la cantidad... Por un costado falta piel, por lo que se puede seguir apreciando dientes hasta el final del maxilar inferior... No se aprecia lengua... Posee una nariz pequeña, con fosas bien definidas pero obstruidas... También se observa plegamiento que parecen ser orejas en cada lado de la cabeza (se ven secos y sin forma definida)... En lo que sería la región cefálica superior se ven restos de pelo, más bien como la seda de los capullos o crisálidas... La parte posterior del cráneo es alargada (desproporcionada con el resto del cuerpo)... El cuello es largo y sin aparentes divisiones «vertebrales»... El tórax ventralmente se encuentra retraído por la deshidratación... No se define muy bien como caja torácica con costillas y musculatura... En la región dorsal ocurre lo mismo pero se logra ver una columna vertebral sin segmentación de vértebras y con una ligera curvatura hacia fuera del cuerpo... Brazos completos con manos pequeñas (cuatro o cinco dedos en los que no se aprecian divisiones o falanges)... No se aprecia más de un hueso en cada porción del antebrazo como sería el cúbito y el radio... Hay una articulación, tipo codo, y otra que correspondería a una muñeca en cada miembro... En la región de la cadera se insertan las piernas con forma de una típica cintura pélvica, sin apreciar huesos ilíacos... Las piernas son largas terminando en pies con dedos... Se ve articulación tipo rodilla y no se confirma la presencia de tobillo, ni de la tibia ni del peroné... Tanto en manos como en pies no se ve textura de huellas digitales... En la región dorsal superior se encuentra un par de alas soportado por una estructura de doble articulación y ala membranosa oscura no transparente, semejante a las alas de escarabajo... También se ve un segundo par de alas sin doble articulación, totalmente igual a la de insectos voladores, insertado casi en lo que llamaríamos región lumbar... Se recogieron algunos fragmentos de ala, encontrados en la caja en la que se guarda, y se observaron al microscopio óptico de 40×, en el que se observan estructuras celulares de apariencia quitinosa... La estructura general presenta a un organismo con vida, ya muerto, de características de insecto, ya que el cuerpo aparece cubierto por una super-

Ana Luisa Cid, mostrando a *Campanita 2.* A su lado, Enrique Ortiz, el biólogo que analizó al ser. (Foto: Gentileza de Ana Luisa Cid.)

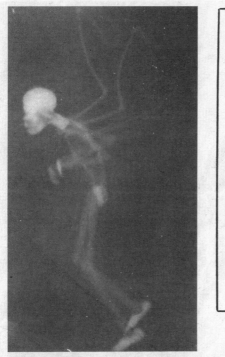

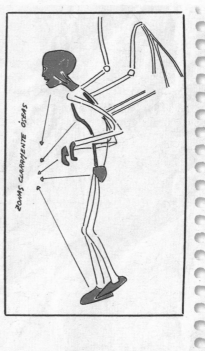

Izquierda: radiografía de *Campanita 2.* Las áreas más blancas denotan una mayor densidad ósea. A la derecha, cuaderno de campo de J. J. Benítez.

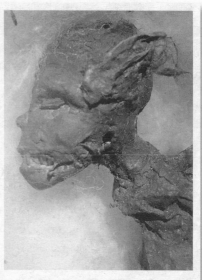

Según los dentistas consultados, *Campanita 2* tiene dientes humanos, pero no están en la posición correcta. (Gentileza de Ana Luisa Cid.)

Campanita 2: dos pares de alas. (Gentileza de Ana Luisa Cid.)

Última fotografía conocida de *Campanita 2.* (Gentileza de Ana Luisa Cid.)

ficie dura y negra (brillante), y opaca en algunas partes (que podría ser quitina)... En apariencia no se ven estructuras pegadas o fabricadas...

Traté por todos los medios de llegar a *Campanita 2*, pero no fue posible. El propietario —según explicó Ana Luisa Cid— la había vendido.

Al presentarla en televisión —aclaró la periodista—, un señor se comunicó con Javier N. y, al parecer, llegaron a un acuerdo... La entrega fue en el aeropuerto de la ciudad de México... Me contó Javier N. que el personaje llegó fuertemente escoltado... Todos vestían de negro... Casi no cruzaron palabra... Y cuando el policía, el propietario anterior, quiso invitarle a un café, el nuevo dueño no quiso... Le dijo que su avión salía en 15 minutos... Pagó en efectivo... Al parecer, procedía de Monterrey...

Regresé a España y llevé a cabo una nueva ronda de consultas con toda clase de médicos y anatomistas. Sólo pude ofrecer las fotografías que me había facilitado Ana Luisa Cid. Fue suficiente. Todos quedaron tan asombrados como con las imágenes de la primera «hada». Nadie logró explicar su posible origen. «Parece humana —fue la frase más repetida— pero no lo es».

La investigación, por supuesto, sigue abierta.

Y vuelvo a preguntarme: ¿de dónde podían proceder las tres *campanitas*? ¿Tendríamos que revisar los tópicos sobre hadas y duendes? ¿Podrían ser criaturas de otras dimensiones?

METEPEC

Leo en mi cuaderno de campo: «10 de diciembre de 2008. Primer encuentro con la imagen de *Margarito*... Ha sido un encuentro extraño».

Aquel martes acudía a la oficina del periodista Jaime Maussán, en el Distrito Federal mexicano, con la intención de cambiar impresiones sobre otro asunto que investigo de cerca, y desde hace años: los formidables círculos de las cosechas.

Maussán es un experto y deseaba consultarle algunas dudas. Pasamos parte de la mañana sumergidos en los círculos de Inglaterra, comentando y admirando las increíbles imágenes. Y, de pronto, en la computadora de Maussán se «coló» una fotografía que nada tenía que ver con lo que estábamos estudiando.

Me impactó.

Rogué que me la enseñara de nuevo y Jaime aceptó, gustoso.

Fue entonces cuando conocí la historia de aquella criatura. Maussán la resumió de la siguiente manera:

... En mayo del año pasado (2007), en un rancho llamado Las Margaritas, en la ciudad de Metepec, fue capturada una criatura muy extraña... Pero los empleados del rancho la mataron... Se asustaron... Y, al poco, el dueño del citado rancho me la ofreció... Así fue como llegué al ser de Metepec...

Y bauticé al ser de Metepec como *Margarito*.

Maussán, entonces, abrió la caja fuerte y me mostró a la criatura.

Se hallaba momificada. Había encogido. Permanecía unida al cepo de hierro en el que fue atrapada, según la versión de los trabajadores del rancho.

Recibí una fuerte impresión.

Blanca, mi mujer, y yo la examinamos con detenimiento. Era asombroso. Tenía manos y pies humanos, y una larga cola. El cepo lo mantenía sujeto por el antebrazo derecho. Esa mano había desaparecido. Observé costillas, una columna vertebral, dientes aparentemente humanos y un gran cráneo, con ojos enormes.

Y Jaime nos mostró también otras fotografías de *Margarito*, poco antes de que los empleados del rancho lo sacrificaran.

La historia me pareció fascinante y algo confusa.

El examen de la criatura se prolongó buena parte de la mañana. En esos momentos tenía una longitud de 8 centímetros. Cuando lo capturaron —según Maussán— medía 30 centímetros de altura. Tenía las orejas picudas, como los duendes. No vimos párpados ni tampoco pupilas. Los brazos eran largos y desproporcionados, con manos de cinco dedos (provistas de pulgar). Según los testigos, al ser capturada, la criatura trataba de morder su muñeca derecha, con el fin de liberarse del cepo. Me extrañó el corte de dicha muñeca. Era limpio y dejaba adivinar el cúbito y el radio. Aquello no parecía la consecuencia de sucesivos mordiscos. Inspeccioné las imágenes con lupa y no hallé una sola gota de sangre. «Qué raro —me dije—. ¿Por qué no hay sangre en el corte del antebrazo?». Pero era muy pronto para sacar conclusiones. Y opté por continuar la exploración. En la espalda aparecían algunos pelos. Fueron los únicos que hallé. La cola era larga y fina, con una especie de aguijón en la punta. Obviamente se trataba de un elemento defensivo. Los pies me llamaron especialmente la atención. Disponían de talón, como en el hombre. El tobillo se distinguía con claridad. No se observaba el sexo.

Y los reporteros de Maussán —Max Schiaffino y Yehohanan Díaz Vargas—, que trabajaron activamente en la reconstrucción del caso, aportaron otras informaciones:

... *Margarito* no fue el único ser que fue visto en el rancho... Otro empleado fue testigo de una segunda criatura que trataba de levantar una puerta... Y se halló un tercer ser, decapitado, en el interior de una coladera (alcantarilla), también en el rancho... Días después del hallazgo de *Margarito,* el dueño del rancho —Mario Moreno— fue brutalmente asesinado... ¿Guardaba su muerte alguna relación con la captura de la extraña criatura?

A partir de esos momentos me dediqué a la investigación de *Margarito.*

Me trasladé a la ciudad de Metepec, visité el rancho en cuestión y conversé con la viuda de Mario Moreno, así como con los empleados que tuvieron algo que ver con la presencia de las criaturas.

Myrna Lisbert, viuda del dueño del rancho, confirmó lo que me habían adelantado los reporteros de Maussán: una semana antes de la captura de *Margarito,* los caballos y los perros del rancho se mostraron inquietos.

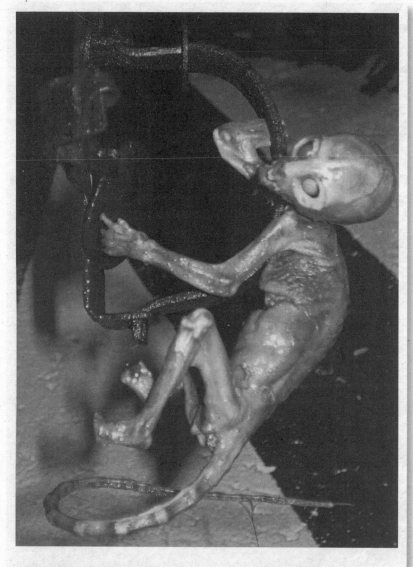

Margarito, atrapado en un cepo de hierro. (Cortesía de Jaime Maussán.)

—Los caballos coceaban sin cesar —explicó Myrna—. No sabíamos qué pasaba. En cuanto a los perros, no hubo forma de que permanecieran en el patio. Estaban furiosos. Sólo querían entrar en la casa. Algo les atemorizaba.

Después interrogué a Ángel Palacio, empleado del rancho. Según mis noticias fue el primero en encontrar a *Margarito*.

—Así es. Ocurrió el 11 de mayo de 2007. Era viernes. A eso de las cinco y media de la tarde entré en el taller de taxidermia y encontré la criatura, atrapada en un cepo de hierro.

—¿Dónde estaba el cepo?

—Muy cerca, en el suelo, pegado a una pared. La cadena estaba enganchada a un tubo de la luz.

—¿Y qué viste?

La criatura, atrapada por el antebrazo derecho. En un primer momento se creyó que *Margarito* estaba vivo al hacerle esta fotografía. Después se supo que ya estaba muerto. (Cortesía de Jaime Maussán.)

—Al principio no me fijé bien, y creí que era una rata. El animal se retorcía constantemente. Parecía una bola. Chillaba como una rata.

—¿Eran frecuentes esos cepos en el taller de taxidermia?

—Sí, había bastantes. Los utilizábamos para cazar ratas.

—En las fotografías aparece atrapado por el antebrazo derecho. Dicen que trataba de morderlo para huir...

—Sí, en efecto. Estaba claro que quería huir. Los chillidos eran horribles.

—¿A qué hora pudo caer en la trampa?

—Yo había estado en el taller poco antes y no había nada en el cepo. Tuvo que ser alrededor de las cinco.

—¿Y qué hiciste?

—Allí lo dejé. Al poco entró mi jefe, Marco Antonio, el taxidermista, y sabiendo el miedo que les tiene a las ratas, cogí el cepo, con la supuesta rata, y se lo lancé. Me llamó de todo. Después lo dejó sobre la mesa y salimos.

—¿Cuánta gente vio a la criatura?

—Sólo mi jefe y yo.

—¿Cómo era la supuesta rata?

—De color rosado. Medía unos treinta centímetros de altura. El pelo era escaso y fino.

—¿Dónde tenía el pelo?

—En la espalda. Era como pelusa.

—¿Volviste al lugar?

—A la mañana siguiente. Entonces lo encontré muerto. Mi jefe lo había introducido en una solución química.

—¿Alguien hizo fotografías o vídeos cuando estaba vivo?

—Que yo sepa no. Eso fue después de muerto.

—¿Qué impresión te produjo al verlo en el cepo?

—Rara.

—¿Por qué?

—Pensé que era una rata, pero extraña.

El siguiente interrogatorio fue a Marco Antonio Salazar, taxidermista del rancho Las Margaritas.

Confirmó lo adelantado por Ángel, su ayudante, y añadió:

—Llevo veinticinco años como veterinario y jamás vi algo parecido.

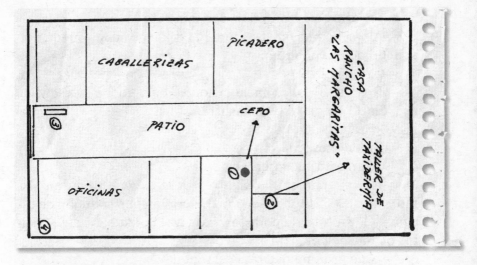

En la posición «1» el lugar donde se encontraba el cepo. En la posición «3» la coladera o alcantarilla donde fue hallado un segundo ser, sin cabeza. En la posición «4», puerta de las oficinas desde la que fue visto otro ser, similar al *Margarito*, que intentaba levantar el portón del rancho. Cuaderno de campo de J. J. Benítez.

Ángel Palacio, con una rata egipcia.
(Foto: Yehohanan Díaz.)

—Pero usted lo confundió con una rata...

—Al principio, sí. Después, al fijarme, comprendí que aquello no era una rata.

—¿Y qué hizo?

—Regresé al taller hacia las once de la noche de ese viernes, día 11 de mayo, y me asusté.

—¿Era agresivo?

—Si me acercaba sí.

—¿Es cierto que intentaba huir?

—Eso me pareció. Lo agarré por la cadena y continuaba mordiéndose. Entonces decidí meterlo en una solución de escamas de sulfuro de potasio y cal viva. Podía haber trescientos o cuatrocientos litros.

—¿Qué profundidad tenía el tanque?

—Un metro y veinte centímetros. Lo utilizábamos para curtir pieles.

En el rancho, además de cuarenta caballos, el dueño disponía de reptiles (alimentados con las ratas egipcias), rapaces y otros animales salvajes.

—Y lo lancé al tanque —prosiguió Marco Antonio—. Ahí terminaron los chillidos. La criatura se ahogó y se quemó.

No pude contenerme.

—Pero ¿por qué lo mató? Una criatura así, viva, hubiera sido de extraordinario valor para la ciencia...

El hombre se encogió de hombros, y reconoció:

—Tuve miedo.

Y Marco Antonio dejó a *Margarito* en el tanque y se fue a su casa.

A la mañana siguiente, a eso de las ocho, Ángel y el taxidermista regresaron al rancho. *Margarito* estaba muerto.

Fue entonces cuando Ángel comprobó que no se trataba de una rata. Lo lavó y lo extendió encima de la mesa, todavía con el cepo de hierro.

—Entonces entró el dueño, don Mario, y preguntó qué era aquella cosa —prosiguió Marco—. Le dijimos que una rata, pero él no aceptó semejante cosa. Y fue entonces cuando lo manipulamos y le hicimos fotos y videos.

—¿Manipularon? ¿Qué quiere decir?

Marco Antonio Salazar.
(Foto: Blanca.)

—Que lo pusimos medio en pie...

—¿Alguien hizo fotos cuando estaba vivo?

—No lo creo.

—¿Y qué hicieron con la criatura?

—La congelamos.

Tres días después, el lunes 14, un águila de Harris, propiedad del taxidermista, apareció muerta.

—Fue algo muy raro —explicó Marco Antonio—. El águila estaba en el taller, sobre un palo, y a 1,50 metros del suelo. Tenía la cabeza cortada y el pecho abierto. Eso no lo hace una rata.

—¿Cuándo pudieron matarla?

—Probablemente el domingo, día 13, a las pocas horas de la muerte de *Margarito*.

—¿Ve usted alguna relación entre ambas muertes?

—Intuyo que fue una venganza.

—¿De quién?

—De los compañeros de la criatura que yo maté.

Y el taxidermista decidió vengarse, a su vez:

—Preparé una trampa embudo y metí los restos del águila en el interior. Este tipo de trampa permite entrar, pero ningún animal puede salir. Para eso se necesita inteligencia. Y deposité la trampa en mi taller. Eran las cuatro de la tarde del lunes, 14 de mayo. Pues bien, el martes, al llegar por la mañana, me llevé otra sorpresa. Las patas del águila estaban en el exterior, junto a la trampa embudo. Pero ningún animal había caído en la citada trampa. ¿Cómo era posible? Alguien penetró en la trampa, devoró los restos del águila (o se los llevó), y dejó las patas en el exterior, como una burla.

—¿Cree usted que fue alguno de los compañeros de *Margarito*?

—Estoy convencido.

Días después (nadie supo concretar la fecha), uno de los perros del rancho se mostró inquieto junto a una coladera. La abrieron y descubrieron una segunda criatura, similar a *Margarito*. Tenía 50 centímetros de altura y había sido decapitado. Se hallaba en estado de momificación. Probablemente llevaba mucho tiempo en la referida alcantarilla. Lo guardaron en un congelador y, al poco, desapareció. Nadie se lo explica.

Proseguí las pesquisas y tuve conocimiento de otros sucesos extraños. Las telefonistas del rancho también observaron criaturas parecidas a *Margarito*. Y se negaron a trabajar durante la noche. Pero el caso más desconcertante lo vivió Fran-

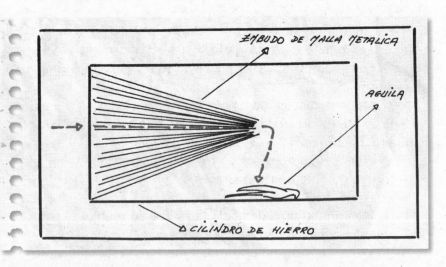

Trampa embudo. El animal puede entrar pero no es capaz de salir. Los restos del águila, sin embargo, aparecieron en el exterior. Cuaderno de campo de J. J. Benítez.

cisco Javier García, secretario de don Mario Moreno. Sucedió una semana antes de la muerte de *Margarito*.

—Fue por la mañana —explicó el testigo—. Yo me encontraba en una puerta lateral, en la fachada del rancho, cuando lo vi. Era una criatura pequeña, de un metro de altura, más o menos. Trataba de levantar el portalón de la entrada. Había introducido las manos por la pequeña ranura existente en la parte baja de la puerta. Yo estaba cerca: a cosa de nueve metros. Lo vi perfectamente. Era idéntico al que mató Marco

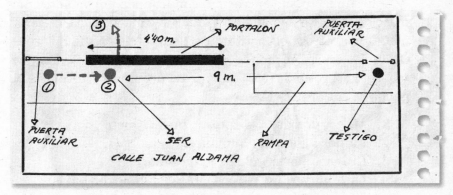

Posición «1»: el ser aparece cerca del portalón de entrada del rancho Las Margaritas. Posición «2»: el ser trata de levantar el portalón. Cuaderno de campo de J. J. Benítez.

Francisco Javier García.
(Foto: Blanca.)

Antonio, pero más alto. Me miró con absoluta indiferencia y se marchó.

El 30 de julio de ese año (2007), el dueño del rancho fue tiroteado cuando viajaba en su camioneta. Después le prendieron fuego.

Al poco de hacer públicas las imágenes de *Margarito*, los «investigadores» de Internet, y otros frotaesquinas, resolvieron el caso de un plumazo: se trataba de un mono. Y se quedaron tan anchos...

Por supuesto, me entrevisté con los más importantes primatólogos de México. Viajé a Veracruz y me dirigí a la reserva de Catemarco. En el Instituto de Neuroetología, Francisco G. Orduña, experto en monos, consultó las imágenes de *Margarito* y replicó, rotundo: «No se trata de un mono». Resumiré algunos de sus argumentos:

1. *Margarito* carece de cresta en el cráneo.
2. Manos y pies son humanos.
3. Cráneo más grande de lo habitual.
4. Ojos muy grandes (probable visión nocturna).

Otros primatólogos de la universidad veracruzana estuvieron de acuerdo con el dictamen de Orduña. Entre los consultados estaban Domingo Canales (experto en monos aulladores), Ricardo López, Rosamond Coates y Francisco Gómez (de la estación de Biología de la UNAM).

Todos quedaron sorprendidos.

Rosamond se centró en la dentadura y la consideró humana; en otras palabras: impropia de un simio.

Y resumió el sentir de los primatólogos que contemplaron las imágenes: «No sabemos qué es, pero, desde luego, no se trata de un mono».

La siguiente fase de la investigación se centró en los análisis médicos.

Los mexicanos, a petición de Maussán, llevaron a cabo un estudio exhaustivo. El doctor Ángel Gutiérrez Chávez, presidente de la Sociedad Mexicana de Medicina Forense, Criminología y Criminalística, me entregó un informe de 77 páginas. Destacaré algunos datos:

La talla de *Margarito* (momificado) era de 16 centímetros, con un perímetro cefálico de 9,5 cm y un perímetro torácico de 7.

Forma craneal dolicocefálica con presencia de suturas... Veinticuatro dientes y espacio para la erupción de los segundos molares. En vida podría haber alcanzado un total de veintiocho órganos dentarios.

No se observan genitales.

En los estudios radiológicos se observa un cráneo con un diámetro anteroposterior mayor que el transverso. Se identifican imágenes de mayor densidad en la base del cráneo... Se identifican también maxilar superior e inferior, con piezas dentales poco valorables... Se identifica una columna vertebral, con veinticuatro cuerpos... Se aprecia un apéndice caudal (cola) con segmentos óseos... En una de las proyecciones se observa una imagen cupular que por su proyección y morfología sugiere un diafragma que separa la cavidad torácica de la abdominal.

Los dientes carecen de raíces... No están implantados dentro de las cavidades llamadas alvéolos... Los dientes del espécimen se presentan adosados directamente en los huesos de los maxilares... Los dientes no presentan rasgos de desgaste... Tienen bordes cortantes y filosos, lo que indica una función carnívora... Esto difiere de los primates, que son herbívoros... La mandíbula del ser estudiado es cuadrada... En consecuencia, existen diferencias estomatológicas significativas con los primates... El espécimen encontrado en Metepec no puede ser incluido en grupo alguno conocido.

Al retirar la piel pierde los párpados y se puede observar la esclerótica alrededor del iris de los ojos, el cual está cubierto casi completamente por una zona opaca, posiblemente por el efecto de la deshidratación *post mortem* del globo ocular.

Manos: en el dorso se distinguen cinco metacarpianos (cuatro de ellos con nudillos)... También se observan las cuatro falanges proximales... El dedo pulgar no es oponible.

En el brazo derecho se observan muñones correspondientes al cúbito y al radio, los cuales muestran un corte nítido en forma transversal (por arriba de sus epífisis distales).

En el pie se pueden observar: el maléolo lateral del peroné, así como el talón formado por el hueso calcáneo... Se observa el empeine formado por el esqueleto del metatarso... No se observan los dedos. En su lugar aparece un borde recto, lo que indica que hubo un corte en esa zona.

Patología forense: los tejidos que revisten el espécimen presentan ausencia artificial (o no natural) del tejido de revestimiento epitelial... Se observan en las microfotografías el tejido muscular estriado con tejido adiposo y ausencia quirúrgica de tejido dérmico de revestimiento.

(En otras palabras: *Margarito* carecía de piel. ¿Desapareció al ser sumergido en cal viva y en sulfuro de potasio?)

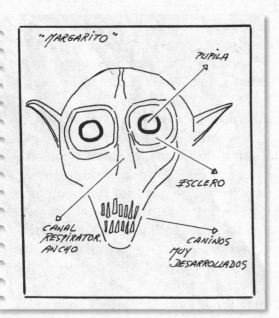

Cuaderno de campo de J. J. Benítez.

Por mi cuenta, y con la ayuda del doctor Jesús Higuera, *Margarito* fue sometido a diferentes tomografías y resonancias nucleares. Todas ellas fueron practicadas en el Instituto Nacional de Ciencias Médicas, en el D. F. mexicano.

Resultados más notables:

1. Senos paranasales neumatizados (*Margarito* era un adulto).

2. Fontanelas del cráneo cerradas (no era un infante).
3. Medidas: 85 milímetros (hasta el hueso sacro). La cola alcanza 12 centímetros.
4. Cerebelo muy desarrollado (esto podría explicar un mayor desarrollo en el equilibrio y la motricidad).
5. Oído interno muy desarrollado.
6. Observación de los órganos internos: corazón, hígado, pulmones, etc.
7. Canal en la cola.

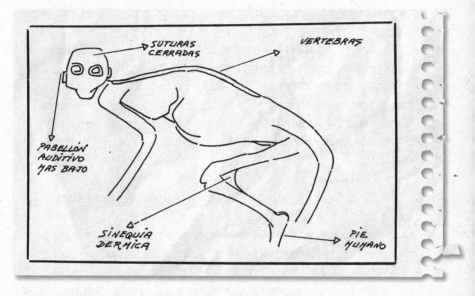

Margarito. **Cuaderno de campo de J. J. Benítez.**

Celebré conversaciones con especialistas de todo tipo. Una de ellas, con el patólogo Mario Morales, me pareció especialmente esclarecedora.

El patólogo empezó por mostrarme imágenes de las células de *Margarito.*

—En ellas —adelantó Mario— aparece el núcleo.

—¿Qué significa?

—Que la extracción de ADN es totalmente viable.

Comprendí. El estudio del referido ADN podría abrirnos muchas puertas y aclarar, en buena medida, el origen de la criatura. ¿Era humano? ¿Se trataba de un animal desconocido? ¿Estábamos ante un ser de fuera de la Tierra? ¿Podría ser un híbrido? ¿Era el resultado de un experimento biológico?

—Seguí estudiando las células y comprobé que no era un mono.

—¿Por qué?

—En primer lugar observé que existe una capa de células (de reposición) que hace las veces de piel. En otras palabras: la piel es lo que se ve.

Esto entraba en conflicto con la opinión de otros anatomistas.

—Pero hay más —prosiguió Morales—. El oído interno y el cerebelo no corresponden al de un primate.

Las tomografías y resonancias ya lo habían apuntado.

—Ambos (cerebelo y oído interno) son más perfectos, incluso, que los del hombre. Estarían programados para un equilibro asombroso y para una audición muy superior a la humana.

—Háblame de la piel...

—El epitelio es muy delgado. No queratiniza. Eso quiere decir que no podría vivir en el medio marino y tampoco en una cueva. Esa piel no está preparada para soportar radiaciones, ni tampoco cambios de temperatura, presión, etc.

—¿Cuántas capas componen la piel de la criatura?

—Yo he podido verificar cuatro capas de células. El ser humano tiene cinco. Y cada capa puede estar integrada por subcapas.

—¿De dónde podría proceder?

Mario Morales no supo contestar a la pregunta. En realidad nadie lo sabe.

Las células fueron extraídas de la cavidad bucal, del ano y de uno de los pabellones auditivos.

—Todas eran normales, con las formas y tamaños habituales —agregó—. El proceso de crecimiento celular era igualmente normal.

Morales examinó también los pelos encontrados en el ser de Metepec.

—Presentan un canal medular más ancho que el del ser humano. En *Margarito* supone el 80 por ciento del total. En el humano es inferior al 30 por ciento. En el ser de Metepec mide 25 micras; en el humano alcanza 80 y 100 micras.

Margarito en 2008. (Foto: Blanca.)

A mi regreso a España repetí las consultas. La totalidad de los médicos, biólogos y zoólogos consultados se mostró perpleja. Y coincidieron con las apreciaciones de sus colegas mexicanos. «*Margarito* no era un mono». Pero nadie supo qué era...

El doctor Juan Antonio Copano, catedrático de Anatomía y Embriología Humanas de la UCA (Universidad de Cádiz, España) llevó a cabo otro informe meticuloso. Y aparecieron nuevos datos. A saber:

1. Leve sinequia dérmica en flexura (codo) y también en rodilla. Esto hace suponer que la criatura tendría que caminar a cuatro patas o muy encorvado.
2. Mano bien formada (no prensil, como las de los monos).
3. Extremidades superiores iguales a las del hombre.
4. Pie humano (forma 90 grados con el tobillo).
5. Talón (característico del pie humano).
6. Costillas (respiración pulmonar).
7. Hombro humano.
8. Dispone de frente (los monos carecen de ella). Esto denota inteligencia.

9. Sin labios (esto hace pensar en la imposibilidad del habla. Se limitaría a los chillidos. Los labios permiten sorber).

Y dejé para el final los estudios de ADN.

Las muestras de *Margarito*, extraídas en el D. F. mexicano, fueron enviadas a laboratorios especializados de México, USA, Canadá y España. Yo me ocupé del traslado de las muestras a laboratorios de Galicia y Granada.

No aburriré al lector con los áridos datos científicos (más de ochenta páginas).

El resultado final es lo que cuenta. Puede resumirse así:

«ADN mitocondrial[1] del ser de Metepec: madre humana y padre no humano (no animal conocido)».

Quedé perplejo.

¿Qué significaba esto?

Para los científicos resultaba inexplicable.

Y yo apunto:

Posibilidad número uno: *Margarito* sería un híbrido, mezcla de una mujer humana y de un ser desconocido. ¿Estamos hablando de un experimento biológico? La capacidad de maldad del hombre no conoce límite...

Posibilidad número dos: ¿estamos ante una mujer abducida? No sería la primera...

Posibilidad número tres: ¿estamos ante un animal desconocido, quizá procedente de otra dimensión?

Y regreso a la pregunta que encabeza este segundo capítulo de *Sólo para tus ojos*: «Si el fenómeno ovni es real (y lo es), y si

1. El ADN mitocondrial es el material genético de las mitocondrias (los orgánulos que generan energía para la célula). El ADN mitocondrial se reproduce por sí mismo semiautomáticamente cuando la célula eucariota que ocupa se divide. En los humanos tiene un tamaño de 16.569 pares de bases, conteniendo un pequeño número de genes. Cada mitocondria contiene entre dos y diez copias de la molécula de ADN. La herencia mitocondrial es matrilineal; es decir, el ADN mitocondrial se hereda sólo por vía materna.

no tiene nada que ver con el hombre, ¿quiénes tripulan esas naves? En otras palabras: ¿de dónde proceden?».

Los 150 casos expuestos sobre encuentros con tripulantes de ovnis hablan por sí solos: pueden ser habitantes de nuestra galaxia o de otras galaxias (no sabemos cómo viajan, pero viajan) o pueden ser pilotos de otras dimensiones (no sabemos cómo «saltan» a la nuestra, pero «saltan»). La lista de encuentros con humanoides no tiene fin...

El lector, ahora, tiene la palabra...

CONTINUARÁ.[1]

En El Dueso, siendo las 13 horas del 2 de octubre de 2015.

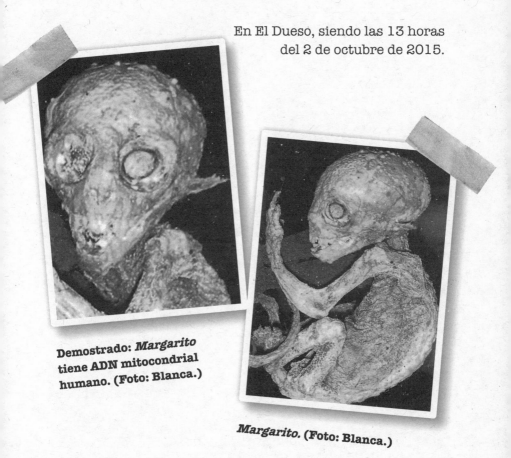

Demostrado: *Margarito* tiene ADN mitocondrial humano. (Foto: Blanca.)

Margarito. (Foto: Blanca.)

1. Lo lamento. No sé terminar los libros...

LIBROS ESCRITOS
POR J. J. BENÍTEZ

1. *Existió otra humanidad*, 1975. (Investigación)
2. *Ovnis: S.O.S. a la humanidad*, 1975. (Investigación)
3. *Ovni: alto secreto*, 1977. (Investigación)
4. *Cien mil kilómetros tras los ovnis*, 1978. (Investigación)
5. *Tempestad en Bonanza*, 1979. (Investigación)
6. *El enviado*, 1979. (Investigación)
7. *Incidente en Manises*, 1980. (Investigación)
8. *Érase una vez un ovni*, 1980. (Investigación). Inédito
9. *Los astronautas de Yavé*, 1980. (Ensayo e investigación)
10. *Encuentro en Montaña Roja*, 1981. (Investigación)
11. *Los visitantes*, 1982. (Investigación)
12. *Terror en la Luna*, 1982. (Investigación)
13. *La gran oleada*, 1982. (Investigación)
14. *Sueños*, 1982. (Ensayo)
15. *El ovni de Belén*, 1983. (Ensayo e investigación)
16. *Los espías del cosmos*, 1983. (Investigación)
17. *Los tripulantes no identificados*, 1983. (Investigación)
18. *Jerusalén. Caballo de Troya*, 1984. (Investigación)
19. *La rebelión de Lucifer*, 1985. (Narrativa)
20. *La otra orilla*, 1986. (Ensayo)
21. *Masada. Caballo de Troya 2*, 1986. (Investigación)
22. *Saidan. Caballo de Troya 3*, 1987. (Investigación)
23. *Yo, Julio Verne*, 1988. (Investigación)
24. *Siete narraciones extraordinarias*, 1989. (Investigación)
25. *Nazaret. Caballo de Troya 4*, 1989. (Investigación)

26. *El testamento de san Juan*, 1989. (Ensayo)
27. *El misterio de la Virgen de Guadalupe*, 1989. (Investigación)
28. *La punta del iceberg*, 1989. (Investigación)
29. *La quinta columna*, 1990. (Investigación)
30. *Crónicas desde la Tierra*, 1990. (Narrativa). Inédito
31. *A solas con la mar*, 1990. (Poesía).
32. *El papa rojo*, 1992. (Novela negra)
33. *Mis enigmas favoritos*, 1993. (Investigación)
34. *Materia reservada*, 1993. (Investigación)
35. *Mágica fe*, 1994. (Ensayo)
36. *Cesarea. Caballo de Troya 5*, 1996. (Investigación)
37. *Ricky-B*, 1997. (Investigación)
38. *A 33.000 pies*, 1997. (Ensayo)
39. *Hermón. Caballo de Troya 6*, 1999. (Investigación)
40. *Al fin libre*, 2000. (Ensayo)
41. *Mis ovnis favoritos*, 2001. (Investigación)
42. *Mi Dios favorito*, 2002. (Ensayo)
43. *Planeta encantado*, 2003. (Investigación)
44. *Planeta encantado 2*, 2004. (Investigación)
45. *Planeta encantado 3*, 2004. (Investigación)
46. *Planeta encantado 4*, 2004. (Investigación)
47. *Planeta encantado 5*, 2004. (Investigación)
48. *Planeta encantado 6*, 2004. (Investigación)
49. *Cartas a un idiota*, 2004. (Ensayo)
50. *Nahum. Caballo de Troya 7*, 2005. (Investigación)
51. *Jordán. Caballo de Troya 8*, 2006. (Investigación)
52. *Al sur de la razón*, 2006. (Ensayo)
53. *El hombre que susurraba a los «ummitas»*, 2007. (Investigación)
54. *De la mano con Frasquito*, 2008. (Ensayo)
55. *El habitante de los sueños*, 2008. (Narrativa). Inédito
56. *Enigmas y misterios para Dummies*, 2011. (Investigación)
57. *Caná. Caballo de Troya 9*, 2011. (Investigación)
58. *Jesús de Nazaret: nada es lo que parece*, 2012. (Ensayo)
59. *Rojo sobre negro*, 2013. (Narrativa). Inédito
60. *El día del relámpago*, 2013. (Investigación)
61. *Estoy bien*, 2014. (Investigación)
62. *Pactos y señales*, 2015. (Investigación)

ÍNDICE

Urdax   13
Cuarenta años después   14

1. ¿Estamos ante un fenómeno real?

La Bisbal   30
Kansas   32
Bulgaria   32
De nuevo La Bisbal   33
Canadá   36
Dinamarca   37
Sudáfrica   39
Himalayas   42
Cádiz, Huelva y Navarra   43
Barbate   47
Burgos   48
Nuevo México   49
Cuenca   51
Cartagena   56
Mar Cantábrico   57
Churriana   57
Madagascar   61
Mauri (USA)   62
Bardenas   65
Sabadell   70

Rosas   70

Jumilla   72

La Habana   74

Florencia y Mantua   75

Sevilla   76

Buenos Aires   78

Etna   79

Sierra Nevada y Sevilla   80

Sierra Maestra   83

Agadir   85

Cueva del Cerro   87

Mar Menor   89

Eco II   91

Castejón   93

Lucena   100

Montijo   100

Guayaquil   102

Venezuela   103

Noja, Tazacorte y Valldemossa   104

Gobi   109

Pamplona   111

Lima   112

Alcalá de Guadaíra   113

Costa portuguesa   115

Comores   115

Marruecos   116

Chiapas   119

Coto de Doñana   122

Antiguo Sahara Español   123

El Havre   124

El Molar   124

Rociana   126

Olivares   127

Sagunto   129

Bollullos del Condado   132

Chilca   133

Gójar   135

El ovni del Pirineo   137

Vilanova i la Geltrú   140
Pamplona   141
Vuelo Barcelona-Santiago   141
Santiago de la Ribera   142
Campillo de Altobuey   144
Autopista Sevilla-Cádiz   146
Golfo de México   148
Trasmoz   149
Campillo   151
Los Olmos   152
Bañares   154
Japón   156
Tenerife   158
Andratx   159
Zimbabwe   161
El Rocío   163
Remuñana   165
Corrales   167
Córdoba   169
Olivares-Gerena   171
Esquivel   172
Doñana   174
Sa Calobra   177
Barbate   180
Estepona   182
El gran suceso   183
Valdelamusa   188
La Garrufa   190
Uncastillo   192
Cabo Hatteras   194
Hoyo de Pinares   196
Jaca   198
«Cantora»   199
Bollullos, otra vez   201
Jerez   202
Pucusana   203
Valdehúncar   207
Villaverde del Río   209

La Ballena   211
Estrecho de Bass   214
Autopista Sevilla-Huelva   215
Jamaica   217
San Vicente del Raspeig   219
Turquía   221
Menasha   222
Carlet   224
Sevilla   227
Murcia-Alicante   229
Sur de Formentera   231
Archena   235
Monegros   237
Hinojos   238
Soria   240
Oktyabrskiy   241
Los Caracas   244
Los Morenos   247
Portugalete   248
Los Tornos   251
Sevilla   254
Cabo Blanco   255
Francia   256
Barbate   257
Vejer   259
Los Olivos   260
El Tajo   261
Chicago   263
Santander   265
Málaga   267
Galdácano   271
La Floresta   272
Cabo de Plata   273
Cenizate   275
Pascua   277
Almuñécar   278
San Vicente   280
Malpartida   282

Lorca   283
Gorbea   285
San Pedro   288
Israel   290
Beit Alfa   292
Castro del Río   293
Santiago de Chile   294
Atlanterra   296
Cazadores   297
Quintanilla de Arriba   300
Escocia   301
Tamaimo   302
Florida   305
Brasil   306
Río de Janeiro   308
Viedma   309
Santiago   311
General Paz   311
Panamá   313
Sóller   315
Perth   317
Chío Tamaimo   319
Las Trancas   320
Iquique   321

2. ¿De dónde proceden?

Malleco   329
Guines   331
Nipawin   332
Agua de Enmedio   333
Issik-Kul   341
Rubiaco   343
Añover de Tajo   346
Le Verger   349
Taheque   350
Bournbrook   352
Renève   353

Chalac   356
Minnesota   357
Guama   359
Ibagué   360
Malasia   361
Meoqui   365
Goio-Bang   367
La Jimena   370
Cibao   376
Solanilla de los Lobos   378
Villares del Saz   382
Santa María   395
Irán   396
Dinan   397
Reunión   399
Bottenviken   402
Santa Eugenia de Ribeira   406
Tandil   412
Belén   414
Colonia Roca   418
Ciudad del Vaticano   421
Castelgandolfo   423
Virginia   426
Wisconsin   427
San Antonio   428
Quebradillas   429
Gastagh   431
Salomón   433
Cabezamesada   435
Le Brusc   437
Sagrada Familia   439
Laguna Blanca   442
Cárdenas   443
Caracas   445
Ashland   453
Belagua   457
Cowichan   460
Penáguila   462

Mendoza   464
Curicó   469
Marmora   472
Stuttgart   475
Baden Argao   480
Ness   483
Palenque   485
México D. F.   487
La Barca de Vejer   489
Itálica   492
Maubeuge   495
Devonshire   497
La Baule   498
Zahara de los Atunes   499
Hiatzitz   504
Vilvorde   506
Thon   510
Putre   512
Sanlúcar   519
Cortijo de El Moro   523
El Rocío   527
Le Banel   528
Nájara   530
El Pedroso   534
Winchester   536
Taganana   539
Salillas   541
Barbate   546
Outes   548
La Escalada   551
Frodsham   556
Mindalore   557
Górliz   561
La Rejanosa   565
San Andrés   568
Cantarranas   569
Marcahuasi   570
Girona   576

Alto de la Herrera   577
Rupit   579
Hong Kong   582
Alabama   584
Chipiona   586
Lucio del Cangrejo   589
Valencia   596
El Palmar   598
Menetrux-en-Joux   601
Higuera de la Serena   603
Narbona   606
México D. F.   610
Conil   613
Benarrabá   634
Częstochowa   641
República Checa   643
Jerez   645
Aler   649
Pico Mota   651
Melena del Sur   654
Majadahonda   656
Ferrerías   657
Bolonia   662
Mathendus   666
Brignogan   667
Linares de la Sierra   670
Punta de Hicacos   675
Escalante   676
Puig-reig   678
Kazajistán   680
Barbate   682
Da Nang   685
Tenango   687
Alijó   688
El Rocío   691
Case di Mordanci   692
Caracas   694
Cornualles   696

Buckhorn Wash   698
Vistabella   699
Cala Tuent   703
Puerto Rico   705
Alisas   706
Madrid   708
Diamantina   712
Guadalajara   713
Estado de México   722
Metepec   729

Libros escritos por J. J. Benítez   749

Si desea ponerse en contacto con J. J. Benítez, puede hacerlo en el apartado de correos número 141, Barbate 11160 Cádiz (España) o bien en su página web oficial: <www.jjbenitez.com>.